U0517240

HERMES

在古希腊神话中，赫耳墨斯是宙斯和迈
亚的儿子，奥林波斯神们的信使，道路
与边界之神，睡眠与梦想之神，亡灵的
引导者，演说者、商人、小偷、旅者和
牧人的保护神……

西方传统　经典与解释 HERMES
Classici et Commentarii
莱辛注疏集
Lessings opera cum commentariis
刘小枫◉主编

汉堡剧评
Hamburgische Dramaturgie

[德]莱辛 G. E. Lessing　｜　著

张黎　｜　译

華夏出版社

古典教育基金·"传德"资助项目

"莱辛注疏集"出版说明

　　直到晚年，施特劳斯心里还挂记着莱辛。在给朋友的信中他曾这样写道："我还可能做的惟一一件事，是对我的好学生强调莱辛，在适当的场合说出我受益于莱辛的东西。"果然，在与老同学克莱因（Jacob Klein）一起面对学生们的对谈中，施特劳斯说了下面这番话：

> 为了获得独立的见解，我开始重新研习［斯宾诺莎的］《神学—政治论》；在这方面，莱辛对我很有帮助，尤其是他的神学著作，其中一些著作的标题便令人生畏。顺便说一句，就我所懂得的哲学主题来说，莱辛也是惟一写作生动对话的作家。那时，莱辛的著作我常不离身，我从莱辛那里学到的，多于我当时所知道的。

　　在德语的古典文人中，莱辛算歌德和席勒的前辈，但在文化界的流俗名气却远远不及两位后辈；惟有在少数心里有数的大哲人、学者甚至政治家那里，莱辛的文字及其历史意义不是歌德和席勒可比的（尼采就如此认为，参见《善恶的彼岸》，28 条）。在汉语学界，莱辛以德语古典文学家、戏剧批评家和启蒙思想家身份闻名，《拉奥孔》、《汉堡剧评》、《莱辛寓言》以及剧作《嘉洛蒂》都已经有汉译本。不过，显然不能以为，我们对莱辛的认识已经差不多了。翻阅一下莱辛全集就可以看到，莱辛的写作实在丰富多彩、形式多样。如果要确定身份，莱辛不仅是剧作家（传承莎士比亚传统）、诗人、评论家（有大量书评），也是哲人、神学家、古文史学家——诚如施特劳斯所言，莱辛"以一种独特的方式集哲人和学者迥然相异的品质于一身"。

当今学界——无论西方还是中国——仍然置身于启蒙问题的阴影中，莱辛的写作对我们来说之所以尤其重要，首先是因为我们迄今没有从启蒙问题中脱身。巴特和施特劳斯在说到莱辛时，不约而同将他与卢梭相提并论，以至于让人感觉到，莱辛仿佛德国的卢梭。与卢梭一样，莱辛置身启蒙运动的时代潮流，一方面伸张启蒙理性，另一方面又恪守古典的写作方式——虽然风格相当不同，他们都竭力修补传统和谐社会因启蒙运动的兴起而产生的裂痕。卢梭声名在思想史上如雷贯耳，莱辛却少见被人们提起。其实，对于现代民主（市民）社会问题的预见，莱辛并不比卢梭眼力差，对纠缠着二十世纪的诸多政治—宗教—教育问题，按施特劳斯的看法，亦有超乎卢梭的深刻洞察。莱辛以一个公开的启蒙知识人身份审慎地与启蒙运动保持苏格拉底式的距离，表面上迎合启蒙思潮却自己心里有数，以绝妙的写作技艺提醒启蒙运动中的知识人心里搞清楚自己是谁、究竟在干什么——对身处后现代文化处境中的我们来说，莱辛肯定是值得特别关注的前辈。

除生前发表的作品外，莱辛还留下大量遗稿。莱辛全集的编辑始于十九世纪，但直到二十世纪五十年代才有较为令人满意的进展（Paul Rilla 主编，Lessing *Gesammelte Werke*，Berlin：Aufbau，1954—1958；1968 第二版；Gerhard Fricke 主编，Lessing *Werke*，Leipzig：Reclam 1955）。晚近刚刚出齐的 Wilfried Barner / Klaus Bohnen 编，Lessing Werke und Briefe in 12 Bänden（Frankfurt/Main 1985—2003）含所有书信和未刊文稿，校刊精审、笺注详实、印制精良，在现有各种莱辛全集版本中堪称最佳。遗憾的是，我国德语学界还没有心力和能力来承担莱辛全集的汉译使命。

德国坊间还流行好几种莱辛文集，Herbert G. Göpfert 主编的八卷本文集（*Werke*，Frankfurt/Main 1970—1978；1996 新版）晚出，就内容含量而言，几近于全集（不含书信），校刊和注释俱佳。即便这样的篇幅，我们目前的翻译力量也难以承受。"莱辛集"除了以笺注体形式更新已有的莱辛要著的旧译外，将集中力量编译迄今尚未有汉译的莱辛要著。

古典文明研究工作坊
西方典籍编译部乙组
2003 年 12 月

目　录

中译本说明/刘小枫 ……………………………………………… 1

中译者序/张　黎 ………………………………………………… 3

《汉堡剧评》各篇内容提要 …………………………………… 15

预　告 …………………………………………………………… 1

1767 年 5 月至 12 月

一　关于宗教剧 ………………………………………………… 7

二　市民悲剧与法国人 ………………………………………… 55

三　关于历史的真空 …………………………………………… 94

四　关于历史剧 ………………………………………………… 146

五　关于戏剧情节的完整性 …………………………………… 173

六　关于整一律 ………………………………………………… 215

七　关于性格刻画 ……………………………………………… 259

八　《艾塞克思》的剧情 ……………………………………… 285

1768 年元月至 4 月

九　悲剧的净化问题 …………………………………………… 322

十　亚里士多德的悲剧理论与现代戏剧 ……………………… 368

十一　关于喜剧和悲剧中的人物性格 ………………………… 398

十二 关于表现异国风俗 …………………………………… 436

结 语 关于《汉堡剧评》 ………………………… 457

附 录

《汉堡剧评》补遗 ………………………………… 472

《汉堡剧评》初版过程 …………………………… 490

亚里士多德《诗学》阅读札记 …………………… 493

《汉堡剧评》的文本底稿 ………………………… 512

与《汉堡剧评》有关的材料 ……………………… 513

同代人的接受 …………………………………… 531

译者后记 …………………………………………… 543

中译本说明

刘小枫

《汉堡剧评》不仅在欧洲文学批判史上占有重要位置，也是欧洲启蒙运动时期的政治哲学文献。随着启蒙运动的兴起，戏剧在西欧成了启蒙工具。1758 年，卢梭发表了著名的《致达朗贝尔论戏剧的信》，从中可以看到，新戏剧涉及当时正急剧变动的政治秩序和道德风尚的品质，明显与现代市民社会的形成有内在联系。

莱辛的《汉堡剧评》虽然起因于汉堡剧院的创建，论题却相当广泛，涉及英国、意大利、西班牙文学、尤其法国启蒙戏剧的创作和演出，也涉及古希腊和古罗马文学。1753 年，库尔蒂乌斯的亚里士多德《诗学》德译本问世，为莱辛审视启蒙戏剧提供了法眼。在戏剧成为启蒙工具的时代，莱辛仍然坚持亚里士多德的"诗术"观，无异于延续了古今之争。

剧评的写作始于 1767 年五月，止于次年四月，为期刚好一年，共 104 篇，随后由莱辛结集成书。原书目录按发表时间顺序排列 104 篇剧评，并无主题。现在这个中译本的目录由本编者所拟：按一年十二个月分为 12 个主题，每个主题都是从相关时期的剧评中绁绎出来的，并非是这个时期每篇剧评的主题。

《汉堡剧评》中译本是我国德语学界的前辈学者张黎先生在"文革"中期（1972—1973）完成的大部头译作。在那个无所事事的年代，张黎先生明智地做了一件有历史意义的事情。译本在三十多年前由上海译文出版社出版（1981 年 9 月第一版），此后几次再版。这次重版，我们请张黎先生按 Wilfried Barner/Klaus Bohnen 编 12 卷本全集版补译了相关文献以及大量注释，谨致谢忱。

2015 年 9 月
中国人民大学文学院
古典文明研究中心

中译者序

　　《汉堡剧评》是莱辛继《拉奥孔》之后又一部重要理论著作，它是作者对汉堡民族剧院的实践进行批评和理论探讨的成果，是对德国资产阶级民族戏剧发展的科学原则最早、最成功的描述，在欧洲美学发展史上占有重要地位。这部著作不仅启发了歌德、席勒，现代德国戏剧大师布莱希特也从中为他的"史诗剧"理论找到了许多论据，可见其影响之深远。比莱辛年轻十五岁的德国重要批评家赫尔德，最早注意到莱辛在文学理论上的建树，他怀着十分赞赏和尊敬的心情写道:①

　　　　照我看，没有一个现代作家在文学的欣赏趣味和精深的批评方面，对德国发生过如此巨大的影响。

莱辛去世十八年之后，席勒研究了《汉堡剧评》，他在给歌德的信中感叹道:②

　　　　毫无疑问，在他那个时代的所有德国人当中，莱辛对于艺术的论述，是最清楚、最尖锐，同时也是最灵活的、最本质的东西，他看得也最准确。只要读读他的东西，便会感到德国欣赏趣

---

　　① 见《赫尔德文集》第 5 卷，第 255 页，柏林—魏玛建设出版社，1964。
　　② 见《席勒与歌德通信集》，《诚与爱的结合》，第 409 页，柏林民族出版社，1955。

味的大好时代已经过去了，现在对艺术的批评无人能跟他相比。

后来海涅则称赞莱辛在批评和理论方面的建树"代表了当时生气蓬勃的评论界"。①

莱辛时代是德国近代文化的开创时代，那时在戏剧领域莫说戏剧学，连像样的剧本都难得，德国戏剧生活跟法国相比落后得不可同日而语。到处流浪的戏班子，在班主率领下表演一半由粗略的脚本，一半由即兴台词构成的极为粗陋的节目，借小丑的插科打诨和杂耍招徕观众。演员生活没有保障，社会地位低到死后许多城镇的公墓不予收葬的地步。写戏和演戏，在当时被认为是在事业上失败的人迫不得已而为之的营生。德国戏剧水平之低下可想而知。在莱辛之前最早开始戏剧革新的是莱比锡大学教授高特舍特和一个戏班子的女班主卡洛琳奈·瑙伊伯，俗称瑙伊伯琳。高特舍特是提出戏剧革新主张的人，瑙伊伯琳则用自己的戏班子来实践他的主张。高特舍特提出，用严格的规则来代替杂乱无章的表演艺术，沿用法国新古典主义的"三一律"，使剧本规范化；把戏剧同其他艺术形式严格区别开来，革除舞台上由对话、歌唱、杂耍等组成的大杂烩；用固定的脚本代替舞台上的即兴台词。为此，高特舍特亲自动手翻译出版了法国新古典主义剧作家的剧本，取名《按照希腊人和罗马人的规则建立的德国戏剧舞台》，还按照法国人的样板，创作了剧本《临死的卡托》（1832），使流浪戏班子的演出有所凭据。瑙伊伯琳则根据高特舍特的主张，首先在舞台上废除了与剧情无关，专司插科打诨、取笑观众的小丑（Hanswurst），建立了符合剧本要求的角色制。高特舍特和瑙伊伯琳合作革新德国戏剧的努力，是在德国发展民族戏剧的最初尝试，虽然他们师法法国新古典主义那一套，受到莱辛的正当批判，但这在当时也是必然的趋势，他们是有历史功绩的，只是他们不像莱辛那样具有自觉的市民阶级意识，未能把戏剧艺术的革新同新兴市民阶级的愿望与理想

---

① 见海涅，《论德国宗教与哲学的历史》，第90页，商务印书馆，1972。

紧密结合起来。采取教条主义的方式，把法国新古典主义的戏剧理论
与实践生搬硬套到德国现实中来，显然无补于德国市民阶级意识的发
展，因为新古典主义的土壤是法国封建宫廷。从这个角度来看，莱辛
才是德国市民阶级民族戏剧理论和实践的奠基人。

汉堡民族剧院建立之前，莱辛的《拉奥孔》刚刚问世（1766
年），一生都在辛苦挣扎的莱辛，这时恰如他怀着痛楚心情说的那
样，正站在劳动力市场上待人雇佣。莱辛试图谋得柏林皇家图书馆馆
员的职位，然而弗利德里希二世却把这个美缺派给一个不知名的法国
僧人，而且还谄媚似的说："您瞧，不用德国人也行！"正值莱辛衣
食无着之际，汉堡有人请他去创办民族剧院，充当剧院艺术顾问。这
个职位从两方面来说对他都是有吸引力的：第一，八百塔勒的年俸可
以保证他过上安定生活，解除经济上长期捉襟见肘的窘境；第二，舞
台实践使他有机会深入系统地探讨德国戏剧的发展问题。本来，莱辛
由于长期贫困生活的折磨，对从事戏剧这一行几乎失掉兴趣，这个出
乎意料的机会又唤醒了他对戏剧的偏爱，尤其是在汉堡这座富庶的城
市，建立不受封建宫廷控制的、经济上独立的、艺术上遵循基本规则
而又不受庸俗欣赏趣味左右的"民族剧院"，使他一时心情雀跃，信
心满怀。这种情绪在《汉堡剧评》的预告里，表现得十分鲜明。然
而没有多久，莱辛便发现："剧院里许多事情是我无法理解的。经营
者意见不一，谁都不知道，哪个是厨子，哪个是招待。"[1] 可见这项
事业的基础从一开始就是不稳固的。

原来汉堡民族剧院的创立者，并不都像莱辛想象的那样抱有善良
愿望。剧院发起人是汉堡一位不甚出名的作家约翰·弗利德里希·罗
文，他是汉堡一个戏班子的班主勋奈曼的女婿，他的妻子是戏班子的
演员。勋奈曼曾与瑚伊伯琳在汉堡合作演过戏。罗文经常写些剧评，
为戏班子翻译剧本，也写些小节目，从莱辛收在《汉堡剧评》里的

---

[1] 莱辛于 1767 年 5 月 22 日致弟弟卡尔的信，见《莱辛文选》，第 2
卷，第 34 页，莱比锡丛书出版社，1956。

两段"开场白"与"收场白"来看，他是个思想相当敏锐的人。自1764 年起，德国戏剧史上著名的阿克曼剧团到汉堡落脚演出，并于1765 年盖了一座自己的剧院。罗文自 1766 年起常常批评阿克曼剧团，指责该团常常为了票房价值，不惜上演一些花哨风流剧目、羊人戏和杂耍等，指责剧院不该由班主来领导，应由有文学修养的人来指导。罗文的批评，一部分是有道理的，击中了当时对各戏班子带有普遍意义的流弊和极端低下的演出水平，但也透露了他有控制这个剧团的野心。罗文的想法受到阿克曼剧团主要女演员亨塞尔的响应，但她并不想让剧团的领导权落到罗文手里，她鼓动未来的丈夫，汉堡一商人阿贝尔·塞勒出面组织董事会，自任董事长，而亨塞尔隐身幕后，使自己在剧团里处于无人能与之竞争的地位。罗文的妻子也支持她丈夫的想法，企图借丈夫在剧团里的地位，获得优越的演出机会。汉堡民族剧院就是在这种同床异梦的情况下创立起来的。塞勒出面租用阿克曼的剧院，定期十年。但塞勒不是一个有组织才能的人，他也无法控制同行们各自的野心。于是剧院表演方面的全权落在亨塞尔手里，罗文充当艺术经理。原来的班主阿克曼，现在只是一个普通演员。

莱辛因为是剧院的艺术顾问，在领导集团中也占有一席重要位置。他的主要工作是创办一份小报，对上演剧目和表演艺术发表评论，以引起广泛兴趣和深入讨论，为剧院扩大影响。莱辛一心要把这项事业办好，他卖掉自己在柏林的全部藏书，拿出历年的结余，从一个叫波德的人手里买下一所印刷厂，这份每周两期的小报，就是在这里印刷的。然而莱辛的全部热心和努力，除这部《汉堡剧评》之外，一无所得。

汉堡民族剧院从 1767 年 4 月 22 日开张，同年 12 月事实上就关门了，拖拖拉拉到 1769 年 3 月最后宣布解散。阿克曼重整原班人马，继续进行为罗文批评过的那种演出。塞勒因事业未办成，声誉扫地，已无法再回商界，只好率领另一部分演员进行流浪演出。从前的亨塞尔，现在的塞勒夫人，在丈夫的戏班子里倒也大大出够了风头，歌德在晚年甚至十分赞赏她的演技，称她为"著名的塞勒琳"。自以为有文学修养、能领导一个剧院的罗文，跃跃欲试地也只支撑了一年，早在 1768 年 5 月就辞退了这个曾经被他觊觎过的职位。一个雄心勃勃的创立汉堡民族剧院的计划，终于失败了。

莱辛在汉堡建立民族剧院的尝试的唯一成果，是他根据第一年的 52 场演出撰写的 104 篇评论，1769 年集成上下两卷出版，每卷五十二篇，取名《汉堡剧评》。

莱辛在撰写这些评论之初，为自己确定的目标是：①

　　本剧评应该成为一部所有即将上演的剧本的批判性的索引，它将伴随作家和演员们的艺术在这里所走过的每一步伐。

可见他当初并未想到要撰写一部见解精深、具有普遍意义的关于戏剧艺术的系统专著。工作中出现的许多波折，迫使他超过原来的设想，常常以评论上演剧目为名，深入地讨论戏剧艺术的一些根本问题。关于表演艺术的议论，则由于演员不跟他合作，特别是亨塞尔夫人的不必要的虚荣心，使他不得不在第二十五篇以后戛然而止，致使莱辛未能针对表演艺术畅所欲言，做出更多的建树。

全书尽管表面上保持着纪事文体，实际上内部结构变化是十分明显的，随着剧院遇到重重困难，作者很难保持原来设想的那种戏剧评论的形式，而根据上演剧目按照时间顺序所写的评论，在这部著作中只占开头很小一部分，书中标明的演出顺序，对于作者来说只是形式，在这个形式下，作者尽情地发挥他的理论探讨。作者在第五十篇里曾经无可奈何地供认，这不是一份名副其实的戏剧报，而是冗长的、严肃的、干巴巴的批评和沉闷的理论探讨。因为莱辛并未想到要建立一个完整的戏剧美学体系，所以他事先也未为该书的结构确定一个固定的、系统的写作计划，而是根据演出剧目，随机应变地阐述了他对于戏剧艺术的看法、关于创立德国民族戏剧所必不可少的问题。

———————

① 见《汉堡剧评》预告。

因此，《汉堡剧评》不是一部系统的理论著作。关于这一点，莱辛在第九十五篇里有一段诚恳的表白：

> 让我在此提醒读者，这份刊物丝毫不应该涉及戏剧体系问题。我没有义务把我提出的全部难题加以澄清。我的思想可能没有多少联系，甚至可能是互相矛盾的：只供读者在这些思想里，发现自己进行思考的材料。我只想在这里散播一些"知识的酵母"。

莱辛的谦虚表现了一个理论家的美德，然而他在分析上演剧目时所表达的许多思想，至今仍然具有高度的现实意义，20世纪的剧作家、舞台工作者依然无法避开这部18世纪的经典著作中所阐述的那些关于戏剧美学的基本原则。

《汉堡剧评》在方法论方面，有两个明显的特点，一是论争的方法，二是比较的方法。

在论争中除旧布新，这是莱辛文风的特点。诚如海涅指出的那样，莱辛的整个一生就是一次大论战，通过他的论争，在德国引起了一次健康的精神运动。[1] 莱辛是个论争的能手，他具有抓住真理、所向披靡的气魄，一些在当时赫赫有名的人物，如莱比锡大学教授高特舍特、哈雷大学教授克洛茨、汉堡大主教葛茨，都被他那犀利的笔锋，搞得名声扫地。如海涅所说："他用他才气纵横的讽刺和极可贵的幽默网住了许多渺小的作家，他们像昆虫封闭在琥珀中一样，被永远地保存在莱辛的著作中。他处死了他的敌人，但同时也使得他们不朽了。"[2] 在《汉堡剧评》里，他选择了法国新古典主义戏剧及其代表人物，如高乃依、拉辛和伏尔泰作为论战对象。莱辛借他们的剧作在汉堡剧院上演的机会，对法国新古典主义戏剧在选择题材、运用语

---

① 见海涅，《论德国宗教与哲学的历史》，第90页。
② 见海涅，《论德国宗教与哲学的历史》，第91页。

言和戏剧规则（主要是"三一律"）等方面，进行了深入的分析和尖锐的批判。

莱辛从他们的作品中看出，新古典主义戏剧表现的是法国封建贵族阶级的意识，尤其是在他们的悲剧里，只有王公贵族才能充当主角和英雄人物，市民阶级只配在喜剧和滑稽剧里充当被讽刺、嘲笑的对象。似乎市民阶级根本不可能有那样深刻的感情活动，不可能有那样伟大的思想和行动。这是对市民阶级的蔑视。这种思想，是正在兴起的德国市民阶级，尤其是它的先进的代表人物所不能接受的。莱辛在第十四篇中指出："王公和英雄人物的名字可以为戏剧带来华丽和威严，却不能令人感动。我们周围人的不幸自然会深深侵入我们的灵魂，倘若我们对国王们产生同情，那是因为我们把他们当作人，并非当作国王之故。"这是莱辛代表市民阶级向贵族阶级美学思想的挑战，是莱辛建立市民悲剧的理论根据。

在莱辛看来，法国新古典主义戏剧的文风是雕琢的、矫揉造作的；它们那雍容的语言、空洞的辞藻、华丽的韵律以及舞台上那种有着球型桂树、几何形棱角的法国式公园，都表现了法国宫廷生活违反自然的特征。在莱辛看来，雍容华丽的语言，正是缺乏感情的表现，是封建阶级失掉了活力的表现。他提倡用单纯的、自然的、日常生活中的语言代替垂死的贵族阶级的华而不实的语言，主张在戏剧中即使表现贵族阶级的人物，他们的谈吐亦须是自然的。基于这种主张，他在评论《艾塞克思》的时候，把伊丽莎白女王的对话径直译成了日常生活中的白话，以表明女王也是自然的人，而不是一部机器。他在第五十九篇中说：

> 我早就认为宫廷不是作家研究天性的地方。但是，如果说富贵荣华和宫廷礼仪把人变成机器，那么作家的任务，就在于把这种机器再变成人。

关于法国新古典主义那些束缚戏剧创作活动的清规戒律，莱辛则认为那都是对古代文艺理论的歪曲。法国人在接受亚里士多德的理论时，把不重要的当成了重要的；错误地理解了亚里士多德未加以明确解释的规则；接受了只适用于古代希腊戏剧的那些规则。尤其是关于"三一律"问题，从前的理论家尽管有过争议，但没有一人能解释清楚，甚至像启蒙运动思想家狄德罗那样的人，在创作上也拘泥于这种流俗。莱辛是第一个从理论上对"三一律"进行了详尽分析和批评的人。他在《汉堡剧评》第四十四、四十五、四十六篇中，以超过前人的敏锐洞察力，精辟地说明"三一律"是由希腊戏剧有歌队这一特点产生的。他指出法国新古典主义者不明白，古希腊人讲的地点和时间的统一，是由行动的统一决定，并由此引申出来的。行动统一才是根本规律。在现代戏剧已经废除了歌队的情况下，法国人仍然把地点、时间的统一绝对化，这就犯了教条主义的毛病。莱辛的结论是，既然法国人误解了亚里士多德，那么借亚里士多德之名规定的那些清规戒律，就不足为训了，德国人必须离开法国宫廷悲剧的歧途，另辟蹊径。

莱辛把法国新古典主义戏剧及其代表人物作为论争的对手，并非出于纯理论斗争的目的，而是为了建立民族戏剧和市民戏剧，以达到德国启蒙运动要求民族统一的政治目标。尽管他在反对法国新古典主义，特别是在反对伏尔泰的论争中，表现了偏激情绪和片面性，但就论争的实质来说，莱辛是符合历史发展方向的，他反对法国宫廷悲剧的斗争，是正义的，是切中要害的。不管这种悲剧的历史根源如何，像高特舍特那样，把它直接搬到德国来，作为师法的样板，对德国资产阶级艺术的发展显然是有害的。莱辛是作为资产阶级艺术的先驱者发言的，而不是作为腾空的、超时间的、超民族的批评家。所以，《汉堡剧评》不仅在欧洲文艺理论史上占有重要地位，而且是 18 世纪德国在准备形成一个统一国家的过程中的重要民族文献。①

---

① 见保尔·黎拉，《莱辛及其时代》，第 149 页，柏林建设出版社，1960。

　　《汉堡剧评》在方法论方面另一个明显特点，是比较的方法。独立地采用比较的方法研究文学和作为一种文学批评方法，始于19世纪末20世纪初欧美一些国家。第二次世界大战以后，比较文学作为一种方法论，在世界许多国家的文学研究工作者中，得到相当广泛的应用，一些大学里还开设了比较文学专业或比较文学系。比较文学冲破了国别甚至地区文学研究的界限，开阔了文学科学的视野，在综合研究中去弄清各国文学的相互影响和吸收，加深对作品的理解，丰富文学知识。比较文学研究要求文学研究工作者能熟练地运用数种外语进行阅读，并具备广泛的文学知识。

　　用比较的方法进行研究和批评，事实上古已有之，只是古人并未把它形成一个独立的方法论。欧洲启蒙运动时期的杰出思想家们，大都是博学之士，又谙熟古希腊、拉丁语言和欧洲大陆数种近代语言，有的甚至还精通希伯来语。他们中的许多人都采用过比较的方法进行文学研究。例如法国启蒙运动作家孟德斯鸠，用比较的方法研究过不同节奏语言的诗歌；伏尔泰用比较的方法研究过古代和近代欧洲各国的史诗；德国的约翰·埃里亚斯·史雷格尔用比较的方法研究过欧洲各国戏剧；莱辛的《汉堡剧评》更是18世纪一部杰出的比较文学著作，他熟悉欧洲古今文学和文艺理论，达到了信手拈来的程度，涉及范围之广，见解之精深，至今读来仍然令人叹为观止。

　　莱辛在批判法国新古典主义戏剧的清规戒律，建立自己的现实主义戏剧理论的斗争中，把亚里士多德的《诗学》作为理论武器。然而法国新古典主义者也是把亚里士多德奉为权威的。但是莱辛在比较中，得出了新古典主义者歪曲了亚里士多德学说的结论，指出新古典主义者把亚里士多德著作中不重要的东西，当成了实质性的东西，而把真正实质性的东西，却通过种种限制和说明，大大减弱了它的力量。对于"三一律"的批评，对于高乃依关于怜悯与恐惧的误解的批评，都显示了莱辛的敏锐的鉴别力和作为一个新兴阶级代表人物的战斗精神。高乃依把亚里士多德的怜悯与恐惧这一对命题理解为：悲剧引起怜悯与恐惧，以净化表演出来的激情。莱辛在第七十七篇中反驳道："悲剧应该引起我们的怜悯和我们的恐惧，仅仅是为了净化这种和类似的激情，而不是无区别地净化一切激情。"意思是说，悲剧引起怜悯与恐惧，应该净化观众的怜悯与恐惧。他认为，所谓恐惧是担心我们自己可能会成为被怜悯的对象，这种恐惧实际是对我们自身的怜悯。高乃依所说的"表演出来的激情"，其实是直接与法国宫廷的思维方法联系在一起的种种问题。而莱辛是站在市民阶级立场上看待戏剧的社会功用的，为了发展和加强市民阶级的自我意识，他要求戏剧应该让观众理解市民阶级的历史地位，在观众心目中引起怜悯与恐惧，让情感的净化发挥使观众对舞台上表现的社会问题采取立场，参与市民阶级反对贵族阶级的斗争的作用。自然，莱辛在比较了亚里士多德与法国新古典主义的理论的同时，也指出了《诗学》的实质究竟是什么。那就是它的现实主义成分。莱辛在这方面的许多精辟论述，无疑是研究现实主义理论的宝藏。

在德国戏剧应该以哪个国家的作品为榜样进行革新的问题上，莱辛利用一切机会，拿莎士比亚的剧作与法国新古典主义剧作进行比较，充分发挥了他的现实主义艺术观。他的结论是借鉴伟大的莎士比亚，才能帮助德国诗人建立自己的民族戏剧。关于这个问题，在莱辛之前曾经在莱比锡的高特舍特和苏黎世的鲍德默与布莱丁格之间展开过热烈的论战。莱辛虽然称那是一场"蛙鼠之争"，但他的立场基本上是与苏黎世派相同的。莱辛把莎士比亚的历史剧同法国新古典主义历史剧进行了比较，他断言，如果说莎士比亚的历史剧是巨幅壁画，则法国新古典主义历史剧只不过是镶嵌在戒指上的小品而已。他甚至觉得，同样是法国人，狄德罗和马蒙泰尔也比高乃依和拉辛高出不止一筹。这是因为他们在法国都是为建立市民悲剧而斗争的人物，是跟莱辛站在同一条战线上的国际盟友。莱辛以亚里士多德的学说来衡量莎士比亚的戏剧，认为莎士比亚较之高乃依、拉辛更接近亚里士多德的基本精神，是真正伟大的戏剧天才，而自认为颇得亚里士多德真传的法国新古典主义者，则只学到了《诗学》的皮毛，如怎样分幕、怎样安排情节等表面规则。他的结论是：不是规则创造天才，相反，天才时刻都可能突破规则。

此外，莱辛在《汉堡剧评》里关于古希腊、罗马喜剧师承关系的比较研究，关于《艾塞克思》题材在欧洲不同国家文学中独立处理情况的比较研究，都对深入理解这些作品，提供了"知识的酵母"，为比较文学研究做出了范例。

这部《汉堡剧评》译稿，最初完成于 1972 年夏到 1973 年底，虽于 1979 年校订一遍，但它不可避免地带着时代和译者本人知识浅薄的烙印，这样一部著作很难一次翻译成功，作为引玉之砖，若干年后，倘有更精良的译本取代它，也算我没有白白"啃"它一场。

本书是根据原德意志民主共和国建设出版社 1954 年出版的十卷本《莱辛文集》第六卷翻译的，该书编者是已故德国著名批评家、杰出的莱辛研究者保尔·黎拉。书中脚注有莱辛自己做的（注明"莱辛注"），有编者黎拉做的（注明"编者注"），还有一部分是译者加的，它们或者根据原编者注考虑我国读者需要加以适当增删改写的，或者是译者根据 Wilfried Barner/Klaus Bohnen 的 12 卷本酌情添加的。原书没有目录，为方便读者专题性查阅，译者整理一个粗略的"各篇内容提要"，或许有一定参考价值。翻译过程中因当时条件限制，只找到了《汉堡剧评》的部分中译文片断，倘能把专家们过去翻译的全部片断都找来作为参考，肯定会为本译文增加更多光彩。译者觉得，本译文未能充分集中前辈翻译家的智慧，实在是个很大的遗憾。现在摆在读者面前的这部译稿里，包含着外国文学研究所王焕生、陈洪文和其他一些同志的辛勤劳动，他们是理当受到感谢的。

2016 年 4 月 29 日重识

《汉堡剧评》各篇内容提要

预　告　《汉堡剧评》最初的创作意图

第 1 篇　评克洛奈格的《奥琳特与索弗洛尼亚》——关于宗教剧的殉难者——戏剧表现时代的优秀人物及其改善人的意图

第 2 篇　关于宗教剧——人物性格与行动动机的真实性问题

第 3 篇　怎样表演道德性的说教——感情与语言

第 4 篇　关于手势的表演——关于女演员亨塞尔夫人的演技

第 5 篇　演员的激情与理智——莎士比亚论表演艺术——造型艺术与表演艺术

第 6 篇　《奥琳特与索弗洛尼亚》的致辞

第 7 篇　关于致辞的评论：戏剧作为法律的补充——关于克洛奈格——关于英国演员加里克——开场白与收场白的作用

第 8 篇　评德·拉·舒塞的《美拉尼德》——关于翻译——关于道白的语调——霍伊菲尔德的《尤丽》与卢梭的《新爱洛伊丝》

第 9 篇　评《尤丽》及其演出——关于《珍宝》的题材探源

第 10 篇　关于戴斯托舍——评独幕喜剧《新阿妮斯》——伏尔泰和法国舞台

第 11 篇　关于在舞台上表现鬼魂的问题

第 12 篇　伏尔泰的鬼魂是"艺术机器"，莎士比亚的鬼魂是"行动的人物"——关于伏尔泰的《塞密拉米斯》——伏尔泰的《咖啡店》

第 13 篇　戴斯托舍的《文雅的乡村地主》——关于高特舍特夫人的译文——史雷格尔的《寡言的漂亮姐》——莱辛的《萨

拉》

第 14 篇　市民悲剧与法国人

第 15 篇　关于伏尔泰的《扎伊尔》——希尔的英文译本

第 16 篇　英国是怎样演出《扎伊尔》的——关于意大利译文——意大利人和德国人的不同欣赏趣味——杜伊姆对《扎伊尔》的批评

第 17 篇　格莱塞的《希德尼》——雷雅尔的《德谟克力特》

第 18 篇　马里沃的《虚伪的信赖》——舞台上的丑角——杜·贝雷的《采勒米尔》——民族与诗人——关于历史的真实

第 19 篇　关于历史的真实——译文采用散文还是韵文

第 20 篇　格拉菲尼的《塞尼》——高特舍特夫人的译文——评魏塞的《阿玛利娅》

第 21 篇　伏尔泰的《纳尼娜》——关于喜剧的标题——关于喜剧的可笑与感动的混合问题

第 22 篇　盖勒特的《病女人》——喜剧里的丑角——托马·高乃依的《艾塞克思伯爵》

第 23 篇　伏尔泰对《艾塞克思》的批评——关于历史剧的真实性

第 24 篇　关于历史剧的真实性

第 25 篇　为什么平庸的作品能受到欢迎——关于表演

第 26 篇　伏尔泰的《塞密拉米斯》——关于戏剧的配乐问题

第 27 篇　关于《塞密拉米斯》配乐的分析

第 28 篇　评马里沃《有遗产的农民》——雷雅尔的《颠三倒四的人》——关于喜剧里的可笑

第 29 篇　喜剧要通过笑来改善人——罗文的短剧《谜》与伏尔泰——比埃·高乃依的《罗多居娜》——关于历史剧的题材

第 30 篇　关于《罗多居娜》的历史题材——高乃依对历史题材的处理

第 31 篇　高乃依笔下的克莱奥帕特拉——诡计与纠纷

第 32 篇　历史剧的虚构与真实——虚构与创作的目的性——莱辛对
　　　　　高乃依的批判

第 33 篇　法瓦尔的《苏莱曼二世》——马蒙泰尔的小说——法瓦尔
　　　　　改编的技巧——关于性格与情节

第 34 篇　史实与性格——性格的一致性——创作的目的性——戏剧
　　　　　的教育作用

第 35 篇　关于戏剧情节的完整性

第 36 篇　关于戏剧情节的完整性——伏尔泰的《墨洛珀》——作家
　　　　　与观众对他的恭维

第 37 篇　《墨洛珀》题材的来源——关于悲剧的四种布局——达希
　　　　　埃对亚里士多德的解释

第 38 篇　莱辛对亚里士多德的解释——悲剧的情节——悲剧的突转、
　　　　　发现和灾难等三种成分

第 39 篇　欧里庇得斯的《克瑞斯丰忒斯》的剧情——希吉努斯的故
　　　　　事与《克瑞斯丰忒斯》的剧情

第 40 篇　希吉努斯记载的《克瑞斯丰忒斯》的故事——马菲《墨洛
　　　　　珀》的结构

第 41 篇　马菲《墨洛珀》演出的成功——伏尔泰对马菲的批评

第 42 篇　莱辛对马菲的批评——伏尔泰/林德勒的批评的批评

第 43 篇　林德勒的言过其实——林德勒的歪曲

第 44 篇　林德勒对马菲的批评——关于地点整一律

第 45 篇　关于时间整一律——场次的联结——上下场的动机

第 46 篇　古希腊人和法国人对行动整一律的理解——马菲和伏尔泰
　　　　　对行动整一律的理解

第 47 篇　行动整一律在伏尔泰和马菲的作品里

第 48 篇　狄德罗论惊异——欧里庇得斯与惊异——戏剧性与史诗性
　　　　　的混合

第 49 篇　关于惊异——伏尔泰是怎样运用惊异的

第 50 篇　马菲是创造，伏尔泰是摹仿

第51篇　戴斯托舍的《已婚哲学家》是否对堪皮斯特隆的摹仿

第52篇　关于史雷格尔的《善女的胜利》和门德尔松的批评

第53篇　关于《塞尼》——关于莫里哀的《太太学堂》——关于叙述与行动

第54篇　本克斯的《艾塞克思伯爵》的内容提要

第55篇　本克斯的《艾塞克思伯爵》的内容提要——与高乃依的作品比较——关于在悲剧里打耳光问题

第56篇　关于在舞台上表演打耳光问题

第57篇　关于性格刻画

第58篇　关于性格刻画

第59篇　关于悲剧的语言和感情的关系

第60篇　西班牙文原作《艾塞克思》的剧情

第61篇　西班牙文原作《艾塞克思》的剧情

第62篇　西班牙文原作《艾塞克思》的剧情

第63篇　西班牙文原作《艾塞克思》的剧情

第64篇　西班牙文原作《艾塞克思》的剧情

第65篇　西班牙文原作《艾塞克思》的剧情

第66篇　西班牙文原作《艾塞克思》的剧情

第67篇　西班牙文原作《艾塞克思》的剧情

第68篇　西班牙文原作《艾塞克思》的特点

第69篇　维加论严肃与可笑的结合——自然与艺术中的平凡与崇高

第70篇　关于摹仿自然问题——罗曼努斯的《两兄弟》——莱辛把伏尔泰作为对立面——伏尔泰对泰伦茨的误解

第71篇　关于泰伦茨的《两兄弟》

第72篇　关于泰伦茨的《两兄弟》

第73篇　马里沃的《出乎意料的结局》——魏塞的《理查三世》——莎士比亚作为榜样——作家与批评

第74篇　恶人与悲剧的恐怖——关于悲剧的恐惧与怜悯——门德尔森论怜悯

第 75 篇　亚里士多德论怜悯——高乃依对亚里士多德《诗学》的曲解

第 76 篇　莱辛对高乃依的曲解的批判——怜悯与慈悲感

第 77 篇　怜悯与恐惧——亚里士多德关于悲剧的定义——高乃依和达希埃对悲剧道德目的的分析

第 78 篇　关于悲剧的净化问题

第 79 篇　用悲剧理论来分析《理查三世》——戏剧的作用

第 80 篇　伏尔泰论法国人为什么没有悲剧

第 81 篇　法国人为什么没有真正的悲剧——高乃依对亚里士多德的曲解与莱辛的批判

第 82 篇　高乃依对亚里士多德的曲解与莱辛的批判

第 83 篇　高乃依对亚里士多德的曲解与莱辛的批判

第 84 篇　狄德罗的《一家之主》——狄德罗在他的小说《饶舌的宝贝儿》里对法国戏剧的批评

第 85 篇　狄德罗对法国戏剧的批评——狄德罗的戏剧

第 86 篇　喜剧的主要任务是表现性格还是表现身份——关于完美性格的礁石

第 87 和 88 篇　关于喜剧表现类型，悲剧表现个性的评论——关于泰伦茨的《自责者》的说明——《私生子》的性格与狄德罗的主张

第 89 篇　亚里士多德论历史与文学的区别，悲剧与喜剧的区别

第 90 篇　喜剧人物的名字与性格特点的关系

第 91 篇　关于剧中人物采用真实姓名问题

第 92 篇　哈德论喜剧和悲剧中的人物性格问题

第 93 篇　哈德论喜剧和悲剧中的人物性格问题

第 94 篇　哈德论人物性格的真实性

第 95 篇　哈德论人物性格的真实性——莱辛对哈德的评价

第 96 篇　罗曼努斯的《两兄弟》——德国文学状况——关于文学批评——关于文学表现异国风俗问题

第 97 篇　关于戏剧表现本国和异国风俗问题——关于《两兄弟》
第 98 篇　关于《两兄弟》
第 99 篇　关于《两兄弟》
第 100 篇　关于《两兄弟》
第 101 至 104 篇　《汉堡剧评》产生的历史、目的及其结果

预　告

不难猜测，本剧院的新领导①是目前这份刊物的发起人。

刊物的宗旨是为大家殷切期望于各位领导的善良愿望服务的。关于这种善良的愿望，他们做过详尽的说明，② 他们的表白不仅在本城，而且在外埠也博得了有教养的公众的称颂，这是每一个热心公益事业的人理应受到的鼓励，也是在我们的时代可以奢望的。

当然，不论何时何地总会有一些自命不凡的人，他们把任何善良举措都视为区区小事。我们竭诚希望他们能安于自己的判断，但是，如果这种所谓的区区小事触怒了他们，从而反对这项事业；如果他们

---

① 　就其表面框架来说，汉堡剧院是原来本埠戏剧活动的延续，原来的流动戏班子领导人是康拉德·阿克曼，他于 1765 年 7 月在鹅市广场盖了一座剧院，开始了在固定剧院的演剧活动。由多多少少在汉堡有点名气的市民组成一个董事会，商人阿贝尔·塞勒作为经济方面的领导人，作家罗文任艺术方面的领导人，这个董事会于 1766 年 10 月在合同基础上接管了这家剧院，其目的是通过与私人经营无关的资金筹措和组织形式，在新的基础上开展戏剧活动。原想借助这种方式来推动国家剧院思想的实现，自然后来的实践证明，这一尝试是行不通的。

② 　作家和戏剧史学家罗文，在他那篇《关于汉堡剧院（1766）将于1767 年复活节发生变化的临时通告》（1766 年秋天，参见 "与《剧评》有关的材料"，第一号）的文章中说明了剧院的目的。在这篇文章里，他提出了对于当时的剧院水平具有深远意义的要求，例如艺术领导与商务领导脱钩，演员的经济保障（以及他们的社会地位的改善）与建立一座戏剧学院，培养新人。

怀着恶意的嫉妒,① 既诋毁那样的愿望,又破坏这项事业,那么他们必须懂得,他们是人类社会最可鄙的蟊贼。

凡是听不见这些可怜虫喧嚣的地方,凡是绝大多数正直的市民能够使他们安分守己、毕恭毕敬,不容许他们把全体市民中的优秀分子变成其阴谋诡计的牺牲品,把爱国的愿望变成讽刺性恶作剧的借口的地方,都会获得成功。

尤其是像汉堡这样一个富庶自由的城市,更有理由获得成功。

当年史雷格尔②(丹麦剧院里的一位德国作家!)为繁荣丹麦戏剧曾经建议(德国由于未能给他提供机会来繁荣我们的戏剧,将永远遭受谴责):当务之急是"切勿使演员为他们的盈亏而忧心忡忡"。③ 他们的班主④把自由的艺术贬低成为一门谋生的手艺,向头人提供衣食或者享乐的流浪艺人越固定,顾主越多,他越会对这门手艺漫不经心,用以满足一己的私欲。

---

① 从莱辛的语气可以看出,反对汉堡剧院的人数相当可观。例如一份流传下来的匿名攻击罗文"临时通告"的文字说:"舞台空间不大,损失却不小,/它们从变化目的中涌流出来,/如果这变化不能/比这通告更好。"(见 J. F. Schuetze,《汉堡戏剧史》,第 337 页,汉堡,1794。)

② 史雷格尔(Johann Elias Schlegel, 1719—1749),生活在丹麦的德国作家,曾经担任索伦骑士学院教授,趁哥本哈根剧院在弗雷德里克五世领导下重新开张之际,他撰写了两篇纲领性文章,当时并未发表,莱辛在这里并未对它们加以区分,它们是《关于建立哥本哈根剧院的一封信》(莱辛引文出自这篇文章,据史雷格尔,1761—1770,五卷本文集)和《关于繁荣丹麦戏剧的一些想法》(莱辛沿用了这篇文章的标题)。那篇书信谈的是剧院的组织形式问题,想法则讨论了剧本结构和戏剧理论问题。莱辛把两篇文章混在一起了。史雷格尔作为诗人和理论家,早被莱辛所认识,他在 1756 年 11 月给尼柯莱的信中,便以他的《卡努特》为例,讨论了悲剧的效果问题。

③ 见《作品集》,第 3 卷,第 252 页。——莱辛注

④ 当年流动戏班子的领导人。这是一种私人经营和组织的、实行家长制的领导形式,其经济基础是动摇不定的,完全依赖于观众的兴趣,因此,其演出节目被贬低成了最能带来收益的"谋生手段",成了浅薄的消遣商品。

在这里，到目前为止尚未做出什么惊天动地的事业，只有一伙剧友在同心协力地制订一项对大众有益的计划。仅仅这一点，已堪称一个很大的成绩了。尽管公众给予的支持是有限的，但从这个初步的变化中，已经可以容易而迅速地获得为我们的戏剧所必需的一切其余的改善了。

可以肯定，勤勉和牺牲仍然是不可缺少的。至于是否缺乏鉴赏力和判断力，让时间去做结论吧。难道观众没有能力克服和改善这方面的缺陷吗？问题的症结在于，要让观众去看和听，去检验和裁决。切不可低估他们的声音，切不可忽视他们的评论！

并非每个学识浅薄的批评家都愿意尊重观众的意见，那些期望落空的人，也要反躬自问，他们所抱的是什么样的期望。不是每一个爱好者都是内行，不是每一个能发现一部剧本的优点和一个演员的精彩表演的人，都能正确估价一切其余的剧本和演员的成就。片面的鉴赏力等于没有鉴赏力，然而人们却往往带着强烈的倾向性。真正的鉴赏力是具有普遍性的鉴赏力，它能够详细阐明每一种形式的美，但绝不妄求于任何一种形式，以至于超出它可能提供的娱乐和陶醉的范围。

一个正在成长中的剧院要达到完善的顶峰，须攀登许多阶梯，但是，一个业已衰败的剧院距这样的高度，自然尚相去十万八千里。我担心德国的剧院是后者而不是前者。

一锹挖一眼井是做不到的。事物的成长虽不易觉察，过一些时间之后，却可见到成长起来的事物。眼前有目标的人，走得再慢，也比漫无目的、浪荡徘徊的人走得快些。

本剧评应该成为一部所有即将上演的剧本的批判性的索引，[①] 它将伴随作家和演员们的艺术在这里所走过的每一步伐。选择剧目事关紧要。然而选择以数量为前提。如果上演剧目不总是杰出作品，人们应该懂得其过失之所在。平庸作品切勿冒充优秀，这样，失望的观众

---

① 《汉堡剧评》按照原来的计划应该称为"汉堡戏剧述评"（Hamburgische Didaskalien，第 102 篇至第 104 篇），原打算为剧院的演出写些杂记，做些索引，这其中的评论带有实践教学的目的。

至少可以借此学习判断优劣。对于一个智力健康的人，如果人们想教给他鉴赏力，就需要分析他不喜欢某些东西的原因。某些平庸作品之所以必须保留，是因为它们描写了某些有特点的角色，演员可以借此表现他们的特长。不能因为歌词写得糟糕，连乐曲也扔掉。

戏剧评论家最可靠之处，在于能够准确无误地区分每一场演出的得失，什么或者哪些应由作者负责，什么或者哪些应由演员负责。把甲的过失推给乙，妄加指斥，对两者都是有害的。这样会使乙泄气，而使甲产生盲目自信。

特别是演员有权利要求人们遵循最严格的、毫无偏私的批评标准。作家在任何时候都可以为自己辩护，他的作品摆在那里，随时都能够再出现于我们面前。但是，演员的艺术创造具有时间的局限性。① 他的得与失转瞬即逝，往往是观众（而不是他自己）当天的情绪，成为这一点或那一点给观众留下生动印象的原因。

漂亮的身段，迷人的表情，寓意丰富的眼神，兴味盎然的步伐，讨人喜欢的风度，娓娓动听的声调——所有这些都不足以用语言来表达。这些既不是演员唯一的，也不是最大的才干。宝贵的天赋对于他的职业来说是非常必要的，但这远不能满足他的职业的要求！他必须处处跟作家一同思想，② 凡是作家偶然感受到某种人性的地方，演员

————————————

① 这个典故是出自《拉奥孔》（1766）的一个概念，这本书以"时间的局限性"为标志，探讨了绘画与诗歌的区别，从而奠定了《汉堡剧评》的艺术理论基础。

② 判断演员成就的评论标准：舞台表演既不是目的自身（迷人的表情，会说话的眼睛等等），也不是单纯模仿连续的对话等等，而是要赋予艺术作品一种见识，这种见识能够指出"大自然的馈赠"及其发展方向。莱辛对一个"一同思想"的演员的要求，在他那个时代既是一个很高的要求，也是一个无法实现的要求，因为那个时代的表演文化，其水平是很低的。要求与现实之间的反差，即使在莱辛那颇为克制的对表演的评论中，流露得也是十分清楚的；演员的过敏反应令他心灰意冷，他只好放弃本来打算做的舞台评论（第25篇之后），而局限于对剧本的评论。

都必须替他着想。

　　人们有充分理由期待我们的演员在这方面经常示以范例。但是，我不赞成观众抱有过高的期望。许下过多的诺言，抱有过多的期望，对两者都是不利的。

　　今天是剧院揭幕的日子。它将决定许多事情，但是，它没有必要决定一切事情。在最初的日子里将会出现五花八门的评论。冷静地听取各种意见，要花费许多精力。因此，第一份刊载这种文字的刊物，将不会早于下月初才能问世。

汉堡，1767 年 4 月 22 日

1767 年 5 月至 12 月

一　关于宗教剧

第 1 篇　1767 年 5 月 1 日

本剧院于上月 22 日以上演《奥琳特与索弗洛尼亚》①　这出悲剧而成功地揭幕了。

大家无疑都希望上演一部德国作品作为开端，以便给人以新颖之感。就这部剧本的内在价值来说，是不能奢望取得这样一种荣誉的。这一选择理当遭到谴责，事实表明，选择一部更好的作品是办得到的。

《奥琳特与索弗洛尼亚》是一位青年作家的作品，是他未完成的遗作。对于我们的剧院来说，克洛奈格②过世得太早了。按照他的朋友们的评论，实际上他的声望不是建筑在他的既得的成就上，而主要是建筑在他可能为我们剧院创造的成就上。对于任何时代和民族来说，有哪一个戏剧作家以其二十六岁的年龄过世的时候，批评界对他的真实才能③的评论不是值得怀疑的呢？

---

①　这是一部未完成的悲剧作品，作者是已故剧作家克洛奈格（Johann Friedrich Reichsherr von Cronegk, 1731—1758），死后于 1760 年发表。

②　克洛奈格，德国剧作家、诗人，年轻夭折，他的剧本《克特鲁斯》曾获莱辛好友出版家尼柯莱颁发的"美科学丛书"奖。

③　1758 年 1 月 21 日，莱辛对尼柯莱（死于 1757/1758 年的除夕夜）谈到克洛奈格时说："他的死的确令人惋惜，他是一个天才人物，只不过他所缺少的东西，永远也得不到了，那就是成熟。"

题材是塔索①作品里的一个有名的插曲②。把一篇动人的小故事改编成一部动人的戏剧，③ 并不是一件轻而易举的事情。诚然，虚构新的矛盾，把各种不同的感情分布到各场戏里，花费不了多少气力。但是，须懂得使这些新的矛盾既不削弱兴趣，又不损害真实性；使它们能够从叙述者的角度移到每一个人物的真实处境中去；不是描述激情，而是使之发生在观众面前；不是断断续续，而是发生于持续的幻觉之中，不论观众愿意与否，须使他产生同感。这一点是必须做到的，这是天才无须了解、无须听取无聊的说明所做的事情，而单凭机智进行摹仿的人，则只能枉费心机。

塔索在塑造他的奥琳特和索弗洛尼亚的时候，似乎心里曾经想到了维吉尔的尼苏斯与厄里阿鲁斯。④ 如同维吉尔在这里描写了友谊的威力一样，塔索在那里描写的是爱情的威力。在那里是英姿勃勃的服役热情使友谊受到考验；在这里则是宗教使爱情获得充分显示它的力量的机会。但是，在塔索的作品里，宗教只是使爱情发挥作用的手段，而在克洛奈格的改编中，宗教则成了主题。他企图用宗教的胜利，使爱情的胜利显得更为高尚。的确，这是一个虔诚的改善，但是，除了虔诚便什么也没有！因为这种改善引导他把在塔索作品里显得那样朴素和自然，那样真实和具有人情味的东西，表现得无比的复

---

① 塔索（Torquato Tasso，1540—1594），意大利文艺复兴后期的著名诗人。

② 典出塔索的叙事诗《被解放的耶路撒冷》（*Gerusalemme Liberata*）第二歌，1—54。

③ 这是典型莱辛式的文艺类型学论述。用剧本规则设定批评的前提，但是，只有天才人物，而并非"仅仅是机智的头脑"（参见第30、32篇），才知道它们的本质，并将其付诸实施。借助"真实性"、激情发展的"持续的幻觉"和"同感"（即通过怜悯而实现的观众参与）等概念，莱辛立即在第一篇里便提出了他的判断标准，他就是运用这个标准来衡量同代人的悲剧创作的。这个标准的细微差别和理论支撑决定了《汉堡剧评》的进展。

④ 见罗马作家维吉尔的《伊尼德》，Ⅴ，294 - 361；Ⅸ，176 - 437。尼苏斯和厄里阿鲁斯是一对特洛亚友人，他们在试图穿过敌营去见伊尼亚斯时遇难身亡。——编者注

杂和怪诞，无比的奇异和神圣！

塔索描写了一个魔术师，这个小伙子既不是基督教徒，也不是穆斯林教徒，他把两种宗教揉搓在一起，造成了一种自己的迷信，他给阿拉丁出了一个主意，让他把显灵的圣母像从天主教堂移入回教堂。为什么克洛奈格把这个魔术师改写成一个穆斯林的阿訇呢？如果这个阿訇对于他的宗教不像作者那样无知，他是不会想出这样一个主意来的。穆斯林教是根本不允许往它的教堂里存放任何画像的。克洛奈格在许多作品中都暴露了他对穆斯林信仰持有一种非常不正确的想法。然而，最大的缺点还是，他到处都把一种宗教错误地描写成多神教，① 这种宗教几乎比其他任何宗教都更倾向于神的一体化。在他看来，回教堂是"异端神位"，他让阿訇发出这样的呼声：

> 你们还不想拿起复仇和惩罚的武器，
>
> 神啊？击死，铲除那些基督教贱坯！

细心的演员对他的行头从头到脚都要进行准确的观察，他一定要指出这种不合理的地方！

在塔索的作品里，圣母像从教堂不翼而飞，谁都不知道是人移走的，还是神移走的。克洛奈格则让奥琳特充当移像的人，并且让他把圣母像换成一幅"主的受难像"。但是，画像就是画像，这种不幸的迷信给奥琳特的性格增添了非常可鄙的一面。人们再也不会对他抱有好感，因为他通过一个小小的行动把他的人民置于毁灭的边缘。即使他事后主动承认事情是他做的，也只能说是应尽的责任，并非什么高

---

① 与犹太教和基督教的一神教不同，它信奉多种神灵，自从十字军时代以来，这一点成了基督教反对伊斯兰教的口实。莱辛在这里，也在别处，多次对此进行了驳斥，这一点在《智者纳坦》里萨拉丁这个人物身上，做了最为明显的艺术表现。

尚行为。在塔索的作品里，仅仅是爱情促使他采取这一步骤的。他想拯救索弗洛尼亚，要么便跟她死在一块儿，跟她死在一块儿，仅仅是为了跟她死在一块儿而已，生不能与之同榻，死也要与之共棺，与她肩并肩共缚于一根刑柱上，为同一堆火舌所吞噬，他所感到的仅仅是一种甜蜜的偎倚的幸福，他对坟墓的彼岸不抱任何希冀。他只是希望更紧密，更亲切地偎依在一起，胸脯贴着胸脯，让他的灵魂在她的唇边轻轻地烟消雾灭。

一个可爱的、镇静的、完全沉湎于精神生活的女子和一个狂热的、贪婪的青年人之间这种十分出色的对比，在克洛奈格的作品里完全不见了。两个人物都是十分单调的。他们的头脑里只有做殉教者的念头。不只是他，也不只是她，愿意为宗教而牺牲，埃凡德①也愿意，瑟莱娜②对此也并非不感兴趣。

我想在这里讲两个问题，牢记这两个问题，可以使有关的悲剧作家避免犯重大的错误。一个是一般地涉及悲剧的问题。要使充满英雄气概的思想引起人们的惊叹，③ 作家切勿过多挥霍笔墨，因为经常见到或者见得多的东西，不会再引起人们的惊叹。克洛奈格的

---

① 奥琳特的父亲。——编者注
② 索弗洛尼亚的女仆。——编者注
③ 这是巴洛克悲剧的一个核心文艺学范畴，早在十年前，莱辛就在与尼柯莱和门德尔松的通信中，深入探讨过这个问题（参见 1756 年 11 月 13 日、11 月 29 日致尼柯莱的信和 1756 年 11 月 29 日、12 月 18 日致门德尔松的信）。不论在那里还是在这里，其出发点都是研究"惊叹效果与怜悯效果之间的区别"（1756 年 12 月 18 日致门德尔松的信）。当莱辛把这种效果文艺学的区别与对悲剧具有"混合性质"的要求结合起来以后，得出结论说，拒绝惊叹是一种悲剧情绪，并得出一个假设的说法："悲剧在我们身上除了引起怜悯之外，不能引起任何情绪"。（1757 年 2 月 2 日致门德尔松的信）

《克特鲁斯》① 就大大违背了这条规则。从热爱祖国，直至为祖国志愿捐躯，都应该集中表现于克特鲁斯一人身上，使他成为一个独具风格的人物，让人感到作家跟他具有相同的意向。但是，如果埃莱辛黛、菲拉伊黛、梅冬②等等全都具备献身祖国的精神，我们的惊叹便被分散了，克特鲁斯也就淹没在人群里了。在这出戏里就是如此。在《奥琳特与索弗洛尼亚》里描写的基督徒，全都是殉难者，他们把死视为饮一杯白水一般轻而易举。关于这种虔诚的夸口，我们从各种各样人物的嘴里听得多了，因而也就失掉了应有的效果。

第二个是涉及基督教悲剧的特殊问题。这类悲剧的英雄人物大都是殉难者。现在我们生活在一个健康理性的呼声广为传播的时代，而那时每一个狂怒的人都会轻率地、毫无必要地怀着对他的一切公民职责的轻蔑走向死亡，以猎取殉难者的称号。现在我们懂得区分真假殉难者，我们鄙视假殉难者，尊敬真殉难者，而且他们最多只能引起我们为他们的盲目与荒谬淌几滴伤感的眼泪，这是因为我们在他们身上总还能看到人性的作用。不过这不是悲剧要激起的那种愉快的眼泪。如果作家因此而选择一个殉难者做英雄人物，必须赋予他最真实最恰

---

① 克洛奈格的《克特鲁斯》作为一种启发，在莱辛作品中起过重要的作用：作为尼柯莱主编的《美科学与自由艺术丛书》的征文作品，这出戏赢得了莱辛的关注（"《克特鲁斯》只能受到我的欢迎"，1757 年 10 月 22 日致门德尔松的信），并受到他的推荐（"您尽管给《克特鲁斯》颁奖吧"，1758 年 1 月 21 日致尼柯莱的信），同时启发莱辛产生了创作自己的剧本的想法，以便克服克洛奈格的缺点（"一部更好的《克特鲁斯》"，1757 年 10 月 22 日致门德尔松的信），与第一个初稿有关的是，产生了一个"资产阶级的维尔姬尼亚，后来他给予她一个'爱米丽娅·伽洛蒂'的标题"。"祖国之爱"（即热爱祖国）这个主题，最终被莱辛写成 *Philotas*（1759）。

② 克洛奈格剧本《克特鲁斯》中的人物形象。

当的动机！① 赋予他在踏上危险境地时无法回避的必然性！切勿让他死于非法或者具有嘲笑意味地强求殉难。不然的话，他的英雄人物会给我们以憎恶之感，作者企图赞美的宗教，也会受到损失。我在前面说过，我们鄙视魔术师的信仰，是因为它只是一种毫无意义的迷信，是它怂恿奥琳特把圣母像又移出回教堂。尽管曾经有过这样的时代，在那时像这样一种迷信是普遍的，甚至可能具有许多良好的性质；尽管现在也还有这样的国家，在那里人们对这种虔诚的愚昧并不感到惊异，但这也绝不能减轻作家的过失。因为他的悲剧既不是为那个时代创作的，也没有规定要在波希米亚或者在西班牙②上演。一个有才能的作家，不管他选择哪种形式，只要不单单是为了炫耀自己的机智、学识而写作，他总是着眼于他的时代，着眼于他国家的最光辉、最优秀的人，并且着力描写为他们所喜欢、为他们所感动的事物。尤其是剧作家，倘若他着眼于平民，也必须是为了照亮他们和改善他们，而绝不可加深他们的偏见和鄙俗思想。

第 2 篇　1767 年 5 月 5 日

　　还有一个关于克洛琳黛③改变信仰的问题，同样也是涉及基督教悲剧的问题。尽管我们总是愿意相信神明庇护的直接效果，但在

---

　　①　莱辛在他对基督教悲剧的批评中，并不是反对为"美好事业"所做的牺牲，而是要求为这种死亡寻找一个动因，这动因要符合"健康理性的呼声广为传播的时代"的"思维方式"，因此是作为一种"无法回避的必然性"，不能引起"憎恶之感"，而是引起怜悯。

　　②　它们是天主教国家的突出例子，按莱辛的说法，"迷信"在这些国家是"普遍"现象。

　　③　出自塔索的《被解放的耶路撒冷》（第 12 歌）：作为一个信奉基督教的埃塞俄比亚大公的弃儿，她是跟着回教徒长大的，因此她的"改变信仰"，不能认为是"神明庇护"和"奇迹"，因为她天生就是个改变信仰的人。

舞台上这种效果却很难引起我们的兴趣，在舞台上一切属于人物性格的东西，都必须是从最自然的原因中产生出来的。我们只相信产生自物质世界的奇迹，在道德世界里，一切都必须保持其合理的过程，因为剧院应该是道德世界的大课堂。① 下定任何一个决心，或者改变任何一个微小的想法和主张的动机，都必须按照既定性格的准则加以深思熟虑，这些动机必须是按照严格的真实性产生出来的，绝对不可与此相违背。作家可能掌握了通过细节的美使我们对这类逆境产生错觉的艺术手腕，但他也只能迷惑我们一次，一旦我们冷静下来，他再也无法骗得我们的掌声。用这个观点来衡量一下第三幕②第四场，③ 人们将会发现，尽管索弗洛尼亚的语言和态度能够引起克洛琳黛的同情，但却远远不足以促使一个根本没有宗教狂热天赋的人改变宗教信仰。在塔索的作品里，克洛琳黛也接受了基督教，但却是在最后的时刻，即在她发现她的父母也曾经眷念过这种信仰之后不久。这是一些细腻而重要的情节，通过这些情节，神力的作用仿佛被交织在一系列自然的事件里，任何人都不如伏尔泰更懂得怎样在舞台上表

---

① 莱辛悲剧主张的核心段落。作为"物质世界"的对立面，"道德世界"这个词汇失掉了美德学说（与伦理学和教育学相连）的狭隘含义：戏剧成了精神世界的"大课堂"，在这个世界里"一切都必须保持其合理的过程"，在这个世界里心理动机（"最自然的原因"）将成为剧本的结构规则。用这个"严格的真实性"来衡量，莱辛面对"基督教悲剧"说出了他那原则性的"疑虑"。——请比较 1769 年 10 月 21 日致尼柯莱的信，在这封信里他坚决地与那些"可怜的剧院捍卫者们"划清了界限，因为他们"竭力要把剧院办成一种美德大课堂"。

② 应为第四幕，在这一幕戏里克洛琳黛为女基督徒索弗洛尼亚的牺牲精神所感动，而改信基督教。——编者注

③ 应该是克洛奈格剧本的第四幕第四场，在这一场戏里，索弗洛尼亚以自己的榜样感动克洛琳黛改变了信仰（在这里只讲信仰，回避了塔索"天然"出身的主题）。

演这一作品。在扎摩尔①的敏感而高尚的灵魂受到榜样与请求，高尚行为与谆谆告诫的冲击，直到受到深切的震动以后，伏尔泰还是让他推测而不是让他相信宗教的真理，尽管他在信仰宗教的人身上看到许多伟大之处。若不是为了安慰观众而必须发生某种事情的话，或许伏尔泰会干脆取消这种推测的。

根据对上述两个问题的解释来看，高乃依的《波利厄克特》②也不是无懈可击的。尽管摹仿他的人越来越多，他那出号称基督教悲剧的戏，毫无疑问仍然不是十全十美的。我所指的是在一出戏里基督徒单单是作为基督徒而引起我们的兴趣。但是，像这样一部作品是可能的吗？真正基督徒的性格不是太没有戏剧性了吗？他的默默的冷静，不变的温柔，是他的最主要的特征，这些不是跟借助激情来净化激情的悲剧的全部任务互相冲突吗？他期待此生的幸福得到满足，不是违背不谋私利的品质吗？我们希望看见在舞台上发生和完成的一切伟大而善良的行动都是不谋私利的。

包括一部天才作家（人们只能从经验中向他们学习）的作品在内，须克服多少困难才能雄辩地驳倒这些疑虑呀！因此我的忠告是：对迄今所创作的一切基督教悲剧，来个不演为佳。这一忠告是从艺术的需要引出来的，它只能为我们带来极平庸的作品。这一忠告之所以一无是处，

---

① 伏尔泰《阿勒齐尔》（1736）中一个高尚的粗人形象，它是基督教在伦理上比"自然"宗教优越的一个例证："敏感而高尚的灵魂"，由于它那即将死亡的对手的宽恕，不但从中看到了"许多伟大之处"，还相信了"宗教的真谛"。

② 高乃依（1606—1684）的悲剧，作于1640年，正是这出戏，自他的《熙德》出版以来，巩固了他法国戏剧革新者的声望。以指出"对上述两个问题的解释"，并非无懈可击为起点（这里指的既是"通常的悲剧"，尤其是指"基督教悲剧"），莱辛揭开了对法国古典戏剧进行彻底批判的序幕，这种批判不仅仅针对殉难者悲剧（如《波利厄克特》），而且也针对"借助激情来净化激情的悲剧的全部任务"。参见莱辛于1756年12月18日致门德尔松的信中围绕"惊叹"这个概念的有关讨论。

是因为它有利于感情脆弱的人，我真不晓得，当他们在舞台上听到理应在一个神圣的场所听到的思想时，将会怎样毛发悚然。不管是什么人，戏剧都不应该触怒他，我希望戏剧能够而且愿意防止一切可能产生的愠怒。

克洛奈格的剧本他自己只写到接近第四幕的结尾，其余是由维也纳的"一支笔"①续写的。我之所以称他为"一支笔"，是因为在其中不太能看得出一个有头脑的人的劳动。无论从哪个角度看，续者给予故事的结尾，都与克洛奈格本来的想法大不相同。死亡是解决一切纠纷的最好办法，因此续者给奥琳特与索弗洛尼亚二人都安排了死的结局。在塔索的作品里，他们二人都避免了死亡，这是因为克洛琳黛以无私的高尚行为成全了他们。克洛奈格则让克洛琳黛陷入情网，自然这就很难预料，倘若不是借助死亡，他将用什么方法把两个情敌拆开。在另一出远不像样子的悲剧里，主要人物当中的一个人竟突然死去，一个观众询问他邻座上的人："可是，她是怎么死的？"邻座上的人回答道："怎么死的？死于第五幕呗。"的确，第五幕是一种非常可恶的害死人的瘟疫，②尽管前四幕答应让他长命百岁。

我不想对作品进行更深入的评论。作品是平庸的，演出是出色的。关于表面的华丽，我不想评论，因为我们的戏剧做这样的改善是需要花钱的。改善戏剧需要技巧的帮助，这些技巧在我国像在别的国家一样，是完美无缺的，不过艺术家也希望像在别的国家一样，得到同样的报酬。

在一出戏的演出中，四五个人物里有几个表演得很出色，其余几个表演得也好，人们就应该满意。倘若有谁因为看到担任配角的是一个初次登台的或者甚至是一个应急的角色，觉得受了很大侮辱，因而

---

① 指的是维也纳档案管理员卡西昂·冯·罗什曼－贺尔堡为了上演这出戏，于1764年为它续写了一个第五幕（并未出版印刷品）。据莱辛说，在这一幕戏里，奥琳特和索弗洛尼亚通过他们的死，解决了"一切纠纷"。

② 18世纪还有一种能够致人死亡的传染性疾病，它能传染人和动物（狗）。

对整个演出嗤之以鼻，就请他去乌托邦之国旅行一番，去那里看看完美的剧院，那里的修剪灯花的人大概都能与加里克①相媲美呢。

艾克霍夫②先生扮演埃凡德。埃凡德虽是奥琳特的父亲，但他基本上是一个典型的配角③。艾克霍夫能扮演任何一个他愿意扮演的角色，在他扮演最微不足道的角色时，人们仍能看出他是第一流的演员，并且总是因为不能同时看到他扮演其余一切角色而感到遗憾。他的特殊才能，在于他懂得以端庄的风度和深沉的感情，来表达像道德说教和具有普遍意义的格言④这类蹩脚作家的沉闷台词，陈词滥调在他嘴里也能表现出新意和尊严，最冷淡的台词在他嘴里也能获得热情和生命。

在剧本里写入道德说教，这是克洛奈格最擅长的手法。在他的《克特鲁斯》和这部剧本里，某些道德说教表达得十分简洁精炼。他

---

①　这是一种形象的比较，从乌托邦的此岸反映了剧院的现实状况。剪灯花的人，负责维修和净化舞台照明（那时的舞台照明用的是置于玻璃灯罩里的蜡烛），其地位处于整个剧院经营机构的最下层。加里克（1716—1779）是一个超出英国国界的著名"明星"，他既是演员、作家，又是伦敦 Drury – Lane 剧院的经理，尤以演莎士比亚戏剧而著称（1741 年演出理查三世），属于剧院经营的最上层。莱辛引用这个典故说明，当年的汉堡剧团演出水平很不整齐。

②　康拉德·艾克霍夫，当年人们通常称他为艾克霍夫（1720—1778），汉堡剧院的主要演员，在德国戏剧史上被誉为现实主义表演艺术的奠基人。莱辛像他的同时代人一样，称誉他为一种新的融自然与智慧于一炉的表演艺术的代表人物。

③　一种类似仆人龙套角色，能传达剧中主角的想法（绕开令人忌讳的独白），是当时角色分配中一个固定的组成部分；艾克霍夫在这里扮演的"基本上"是一个配角。

④　与"道德说教""警句"和"格言"，一起被贬低为"闪烁其词"，如同一个"蹩脚作家的沉闷台词"，从戏剧学的角度值得怀疑，因为它们会分散观众的注意力，同时必须满足超越"艺术真实"和接近"绝对真实"的要求，但是这一点，像在克洛奈格作品里所看到的那样，是很少能够做到的。莱辛在这里所说的克洛奈格"最擅长的手法"，他在自己的创作中也是设法避免的：在他看来，"机智的反话"与天才作家的作品是不相容的，要想让作品获得成功，熟练的艺术技巧和作家的道德意图，必须隐藏在作品后面。

的许多诗句可以被当作警句保存下来，成为人民群众日常生活中流行的智慧。遗憾的是他常常只是为我们寻找一些彩色玻璃冒充宝石，唠叨一些机智的反话，冒充健康的理智。在第一幕里，有两句类似的诗给我留下了特殊的印象。

其一是：

> 老天爷见谅，唯独教士不放。

另一句是：

> 认为别人不好的人，自己就是坏蛋。

令人吃惊的是，我在观众席上发现了一种普遍的骚动，在观众鼓掌的时候发生了交头接耳的情况，尽管这种交头接耳并未完全打断注意力。我在想：好极了！人们喜欢这种说教；观众欣赏这种格言；欧里庇得斯可以在这个舞台上获得荣誉，苏格拉底也许会愿意进这样的剧院。但同时我又感到，这种所谓的格言是多么偏激、多么错误、多么粗鄙呀，我非常希望那种交头接耳的非难会得到大多数观众的赞同。世界上只有过一个雅典，今后也不会再出现第二个雅典，在那里连平民的道德感情都是文雅和敏锐的，在那里由于一句猥亵的说教，演员和作家有被逐下舞台的危险！我当然懂得，剧中人物所表达的思想必须符合他的既定性格，这种思想不可能盖有绝对真理的印记，只要它在艺术上是真实的，只要我们承认，这样的性格，在这样的情况下，处在这样的激情中，只能做出这样的判断，也就够了。但是另一方面，这种艺术真实又必须接近绝对真实，作家绝对不能把事情想得那样天真，以为一个人只是为了作恶而作恶，以为他在按照邪恶的原则行动时，明明知道这些原则是邪恶的，还以此来反对自己也反对别人。这样的人是不可思议的，既可恶又不可教诲，他是一个思想贫乏的人的简陋的隐身所，这种人把闪烁其词的无聊废话当作悲剧的最高美。难道因为伊斯梅诺尔是一个残酷的教士，所有的教士便都成了伊斯梅诺尔了吗？人们并不反对议论一种虚伪宗教的教士。世界上还没有一种宗教虚伪到如此地步，甚至需要野蛮人来充当自己的导师。在虚伪的宗教里，如同在真正的宗教里一样，教士之所以给人们造成祸害，并非因为他们是教士，而是因为他们是坏人，这些坏人为了满足自己邪恶的愿望，滥用任何一种地位所赋予他的特权。

如果剧院宣扬关于教士的如此轻率的评论，① 如果在这些评论里确实有些是轻率的，而教士们又称这是通向地狱的笔直大道，将会出现怎样的奇迹呢？

呜呼，我又陷入了对于剧本的批评，我本来是想谈谈演员的。

第3篇 1767年5月8日

演员（艾克霍夫先生）用什么方法使我们甚至连最平常的道德说教都能听着顺耳的呢？如果说在这种情况下，他同样能使我们获得娱乐，那么其他演员应该向他学习的究竟是什么呢？

通过人物的口表达出来的一切道德说教，都必须是从内心里②迸发出来的，演员不能对此做长时间的思考，也不能给人以夸夸其谈的印象。

不言而喻，道德说教的段落，必须精心练习。断断续续和含含糊糊，都是不允许的，它们必须像在一条奔腾而下的语言的江河里一

---

① 典故出自从神学角度提出的对剧院的批评，在这种批评中，主教牧师葛茨提出了从道德和宗教方面进行价值判断的标准。葛茨的攻击是针对他的职业同行施罗瑟（Johann Ludwig Schlosser）的，此公当时一边写些喜剧拿去公演，一边在贝尔格多夫担任牧师职务，葛茨把他的攻击写进了他那篇《论当今戏剧舞台的恶俗》（1770）里。莱辛认为，从两方面来看这都是"轻率的评论"：他在1769年10月11日写给尼柯莱的信中说："请您告诉我们的朋友，在葛茨对我们的剧院说了那么多坏话之后，再对它多说几句，我是用不着生气的。我衷心祝愿全德国的剧院，都按照葛茨文章的说法，关门大吉。如果二十年之后需要重新开张，也许有人还会从另外一个角度来攻击这番事业。"

② 典出《马太福音》，第12章，第34行，另见《明娜·封·巴伦海姆》。这里的意思是告诉演员，他必须自发而自然地朗诵那些散见于作品中的道德性格言，而不应该带有巴洛克戏剧那种典型的教训口吻。

样，表达得十分流畅，它们不应该是记忆力的努力炫耀，而应该是事物现状的直接示意。

同样需要避免的是，不能因为错误的声调而使我们怀疑，演员絮絮叨叨说些什么，他自己并不理解。他必须通过最正确、最可靠的声韵使我们确信，他完全理解他的台词的全部含义。

但是，正确的声韵在必要的时候，连鹦鹉也可以教会。可见，一个只是做到了理解的演员，距离同时还做到了感受的演员是多么远啊！理解了台词的意思，并且印入记忆里，对于这样的台词，即使在灵魂完全关注着别的事情的时候，也可以正确无误地表达出来，但这仍然可能没有感情。灵魂一刻都不能脱离语言，演员必须把灵魂的注意力专心致志地倾注在道白里，唯其如此而已。

但是，尽管演员可能确实是感受至深，① 而表现出来的却似乎是一无所感。感情通常总是一个演员才能的最容易引起争执的因素。在它存在的地方，人们却往往看不出来；在人们自以为看出它来的地方，却又不存在。因为感情是某种内在的东西，我们只能凭着它的表面特征来判断。因此身体结构中的某些东西，有可能要么根本不可能产生这些特征，要么削弱这些特征，要么使之表里不一。演员可能有某种面部造型、某种表情和某种声韵，使我们联想起与他目前所表达和表现的能力、热情和思想完全不同。这样纵然他感受得再深，我们也不会相信他，因为他是自相矛盾的。相反，另外一个人的结构可能是十分幸运的，他具有决定性的特征，他的所有的肌肉都能轻易地、迅速地由他随意调动，他能够控制自己的声音进行细腻的、丰富多彩

---

① 莱辛关于表演艺术的思考，目的不是为了一种理论，如他在 *Remond de Sainte – Albine* 的 Le Comedien. Ouvrage divise en deux parties（1747）里所看到的，在《戏剧丛书》（1754）里所说过的那样，而是为了表演实践。自然，他所采取的行动是按部就班的：例如他在悲剧理论发展方面，把情感论置于批判性的控制之下，目的是把选择感情表达的可能性问题当作出发点，其他的个别要领都是从这个核心理解中引申出来的。

的变化。总之，他能够借助一切表演哑剧①所必需的才能，做高度成功的表演，使我们感到他对自己（不是根据原样，而是按照某个好的范例）扮演的这些角色，似乎有着十分深刻的感受，其实呢，他说和做的一切，无非都是机械的摹仿。

　　毫无疑问，虽然后者的表演是无动于衷的、冷淡的，但在舞台上却远比前者有用。假如他经过长时间的摹仿，终于积累了一系列细小要领，并按照这些要领进行表演，通过对它们的观察（依据规则是灵魂的变化，引起身体发生某种改变，而身体的改变反过来又影响灵魂的变化）而获得某种感情，尽管这种感情不像那些从灵魂入手的演员的感情那样长久和热烈，但在表演的瞬息，却足以能够由身体的被动改变引起某种东西，而且我们相信，几乎只是根据这些东西的存在，就能确切地断定这种内在的感情。比如说，有这样一个演员在表演异乎寻常的愤怒，假如说，他根本不理解他所表演的角色，他既不充分理解这种愤怒的原因，又无法生动地设想，如何才能使他的灵魂愤怒起来。照我看，只要他跟一个具有真实感受的演员学会哪怕是最蹩脚的表现愤怒的方法，并且懂得毫不走样地进行摹仿，例如：急促的步行，顿脚，嘶哑的声音——忽而是刺耳的尖叫，忽而是阴沉的哀叹，眼眉的紧锁，嘴唇的颤动，咬牙切齿等等，我敢说，只要他成功地摹仿这些东西——若是人们愿意，这些都是容易摹仿的，他的灵魂将不可避免地笼罩上愤怒的阴沉感情，这种感情反过来影响身体，引起不依赖于我们的意志的改变。他的面孔将红胀，他的眼睛将闪光，他的肌肉将抽动。总之，他似乎成了一个真正愤怒的人，尽管他不是，而且一点也不懂得，为什么要成为这样的人。

　　总之，按照这些关于感情的规则，我试图确定，伴随着表达道德说教的感情都有些什么样的表面标志，哪些标志可以为我们所采用，

---

　　①　无声的形体表现和面部表情语言，尽管它们不是"从灵魂入手"，因而他们那纯纯戏剧性的姿态，被证明是"无动于衷的和冷淡的"，然而却能"获得某种感情"，作为表演手段来推荐却是有用的。

使每一个演员，不论有没有感情，都可以表演这些标志。我觉得应该像下文那样。

每一个道德说教，都是一个具有普遍意义的命题，它要求一定程度的心灵的集中和冷静的思考。因此，应该用镇定和某种冷淡来表达它。

这种具有普遍意义的命题，同时又是个人的境遇给行动的人物所留下的印象的结果；它不是单纯象征性的结论；① 它是一种经过概括的感情，演员应该借助热情和某种兴高采烈的情绪来表达这种感情。

那么怎样理解借助兴高采烈和镇定，借助热情和冷淡呢？

不是别的，即借助两者的混合。但是，在这种混合当中，要按照剧情的性质，忽而突出这种情绪，忽而突出那种情绪。

假若剧情是冷静的，灵魂则仿佛一定要通过道德说教出现一种新的激荡，它似乎一定要对自己的幸福或者义务做出具有普遍意义的思考，以便通过这种普遍性，更加愉快地享受它的幸福，更加热心和勇敢地履行它的义务。

相反，假若剧情是激烈的，灵魂则仿佛一定要通过道德说教（我对这个字义的理解是各种具有普遍意义的思考）停止自己的翱翔，它似乎一定要给自己的激情以理性的外表，给剧烈的爆发，以慎重决断的形象。

前者要求一种崇高的、激动的声调；后者则要求一种平稳的、庄重的声调。因为在那里必须使理性的思考爆发成为激动，而在这里则必须把激动冷却成为理性的思考。

多数演员的表演则恰好相反。在激烈的剧情里，他们像处理其他道白一样，使这种具有普遍意义的思考激烈地脱口而出；而在冷静的剧情里，他们又像处理其他道白一样，使之镇静得像祈祷。这样一来，在两种情况下都不能正确地表达道德说教。在前一种情况下，我们觉得它不自然，在后一种情况下，我们觉得它单调而冷淡。他们根本没想到，刺绣必须与其衬底有所区别，一堆纷乱混杂的黄金同样给

---

① 那个时代的逻辑学术语，表示一个知识性的推论。

人以乏味之感。

他们通过自己的表情把一切都糟蹋无遗。他们在做这种表情的时候，既不知道自己在做什么，又不知道为什么这样做。通常他们都是做得太过分，太无意思。

当灵魂在激烈的剧情里忽然镇定下来，用思考的目光注视着自己或者周围环境的时候，它将自然而然地控制它那纯粹以意志为转移的身体的一切动作。不单单是使声音镇定，为了表现内在的静，四肢必须全部处于静态，否则理性的眼睛便无法顺利环视自己的周围。一瞬间，脚步停顿，双臂下垂，整个身体呈平衡状态，① 停顿——然后沉思。演员站在那里，呈现一种庄重的静止状态，他似乎不愿被人打扰，在谛听着自己。沉思中止——又是停顿——沉思的目的好像是，要么缓和他的激情，要么激发他的激情，要么他突然又行动起来，要么他的四肢渐渐进入表演过程。在沉思的时候，热情的痕迹只停留在面部，表情和眼睛仍处在运动和激动之中，因为我们无法像控制脚和手那样，极其突然地控制住表情和眼睛。恰恰是在这时，即在这种达意的表情中，在这种激动的眼神中，在身体其余部分的静止中，产生了热情和冷淡的混合，我认为应该借助这种混合，在激烈的剧情里来表达道德说教。

在冷静的剧情里，也应该借助同样的混合来表达道德说教，所不同的只是，行动部分倘若在前者是热情的，在后者则必须是冷淡的；在前者是冷淡的，在后者则必须是热情的。同样，倘若灵魂只有温柔的感情，而它试图通过具有普遍意义的思考，使这种温柔的感情达到高度生动的程度，于是便把直接归它调动的身体的四肢统统调动起来，双手充分地活动起来，只是面部的表达能力不可能如此迅速地跟上，表情和眼神仍然处于静止状态，灵魂则要把身体的其余部分从这种静止状态中解脱出来。

---

　① 指的是身体的平衡状态，即身体姿势处于"静态"，像秤盘在称东西时一样。

第4篇 1767年5月12日

　　双手采取什么样的动作才能在冷静的剧情里恰当地表达道德说教呢？

　　关于古人的相手术，① 亦即古人为双手的动作所规定的规则的实质，我们了解得很少。但是我们知道，他们把手势语言发展到一种完美的程度，至于我们的演说家在这方面能够达到什么程度，这种可能性几乎是无法预测的。我们似乎觉得这种语言只是一种毫无节奏的嘶叫，只是做出某些动作的能力，而并不懂得如何赋予这些动作以固定的意义，如何使它们互相联系起来，使它们不只是表达一个单一的内容，而且能够表现一种互相联系的意义。②

————————————

　　① 指（演说家或者演员）在公开演讲时所用的"手势语言"，哑剧艺术的一部分，罗马演说家昆提利安（"修辞学指南"，［De institutione oratoria I 11］）把它视为修辞学的组成部分。

　　② 莱辛在分析演员的表情术时所用的评论标准，用于表达道德性"格言"这种特殊情况。如果能够做到"把道德说教的象征性再还原为摸得着、看得见的事物"，从而满足自鲍姆加登《美学》（1750）以来即确定下来的艺术规则的要求，就能达到这种意义的一致性，这也是莱辛在论述布局时所提出的核心思想。若要让"道德说教明白易懂，生动活泼"，其前提是要用"个性化的手势"（见第203页，第3－5行）。在这种背景下，莱辛才把手势区分成"有意义的""绘画美的"和"哑剧式的手势"（见第203页，第34行）。哑剧式的手势被视为"约定标志"（见第202页，第25行），具有"公认的意义"（见第202页，第29行），但它们必须用明白无误的信号代替语言，它们并不是个性化的，也不能产生"互相联系的意义"。与此相比，"有意义的"和"绘画美的"手势，属于"自然标志"（见第202页，第28行），是表演艺术的真正手段，后者自然是带有局限性。莱辛在讨论类型差别的《拉奥孔》里，把对自然标志和人为标志的区分运用于表演艺术，其目的在于，通过要求对手势进行最表面的克制，使表演艺术服务于他那些关于戏剧自然性的设想。

但愿人们不至于把古代的哑剧表演者同现在的演员混为一谈。演员的双手远不像哑剧表演者那样无休无止。对于后者来说，双手代替语言，对于前者来说，它们只应起加强语气的作用，通过手的动作，作为事物的自然标志，使声音的约定标志获得真实性和生活感。对于哑剧表演者来说，双手的动作不仅仅是自然的标志，许多动作都有一个公认的意义，演员则必须把这种公认的意义全盘保持下来。

与哑剧表演者相比，演员的手势要节省得多，比哑剧表演者少做许多不必要的动作。如果他不表达或者加强什么，就不必采用手势。他不做无关紧要的动作，大部分演员，尤其是女演员，通过持续不断地、单调地采用这种无关紧要的动作，使人觉得完全像牵线木偶①一样。忽而挥动右手，忽而挥动左手，好像在身体两侧朝不同的方向描绘着半截优美的 8 字，或者像用双手同时分开身旁的空气，而且美其名曰赋予双手以行动。如果有谁按照舞蹈家那种袅袅婷婷的姿态练过功，呜呼！他以为能使我们神痴心迷呢。

据我所知，霍加斯②甚至命令演员按照美丽的蛇形的线条练习双手的动作。要向各方面摆动，要尽可能地变化多端，这种线条是能够按照手摆动的幅度和持续的时间来变化的。他命令他们这样做只是为了练习，通过这种训练使他们能够伶俐地表演手势，使他们的胳膊能

---

① 请比较《明娜·封·巴伦海姆》，那里说到士兵如同"旋转木偶"一般。尽管莱辛在这里并未提到汉堡剧团，但显然可以看出，他对表演的批评越来越尖锐。

② 霍加斯（William Hogarth，1697—1764），英国画家和铜版雕刻家，他的艺术理论著作《美的分析》（1753）在德国很有影响，德文译者是莱辛的表兄米留斯（1754）。霍加斯在这部著作里把成功的审美形式，与两种线条的表现形式联系在了一起，一种是波浪形的线条（作为美丽的经验），一种是蛇形的线条（作为妩媚的经验）。他的主张在洛可可风格的奠基方面，发挥了巨大作用，不假思索地把这种主张运用于表演艺术，助长了肤浅的宫廷戏剧表演风格的形成，莱辛在这里所反对的正是这种表演风格。

够熟练地表演妩媚的曲线，但这并不是说，手势总是朝着一个方向来描绘这种美丽的线条。

去掉这种毫无意义的手势吧！尤其是在表达道德说教的段落，更要去掉它！妩媚出现在不恰当的地方，便是矫揉造作，便是丑态毕露。同样的妩媚，如果反复出现，也会遭到冷遇，最终将令人讨厌。① 如果演员以在法国式的三步舞②会上用的手势来表达具有普遍意义的思考，或者他的道德说教像纺车的捻杆一样重复出现，我会认为是小学生在念儿歌。

在道德说教的段落，手的每一个动作，都必须是有意义的。倘能避免哑剧式的表演，常常可以达到绘画美的程度。将来也许能找个机会，举例说明从有意义的手势到绘画美的手势，从绘画美的手势到哑剧式的手势的演进，③ 以及它们的区别和应用。现在来说明这个问题将会离题万里，在此我只想说明，在有意义的手势中有一种手势，是演员一定要遵守的，他能借此使道德说教明白易懂、生动活泼。这种手势用一句话来说，就是个性化的手势。道德说教是一种具有普遍意义的命题，它是从行动的人物的特殊处境中概括出来的。通过它的普遍性，对于事物来说它将成为某种陌生的东西，成为一种题外之言，注意力不甚集中，或者辨别力不甚敏锐的听众，将会忽略或者不理解它同目前事物的关系。一旦有一种方法把这种关系具体化，把道德说教的象征性再还原为摸得着、看得见的事物，一旦这种方法可能就是某种手势，演员切不可放过做这种手势的机会。

---

① "讨厌"的德文词是 ekel，最初印刷的时候，莱辛运用的是古老的（口语）形式，即 eckel，莱辛经常运用这个词汇作为评价性修饰语，其意义十分宽泛，这里的意思是令人讨厌，令人反感，不讨人喜欢。

② 那个时代的法国舞蹈形式，具有经过严格训练的步伐，成了一种社会性仪式化舞蹈。

③ "有意义的"手势指一般指示的手势；"绘画美的"手势指通过摹仿事物的表面形式来图解道白的手势；"哑剧式的"手势指代替道白的手势。——编者注

试举一例，人们将会很容易理解我的意思。我举一个眼前想到的例子，演员不必费力便可清楚地想见。奥琳特怀着不切实际的希望，他以为上帝会感动阿拉丁的心，虽然阿拉丁威胁着基督教徒们的生命，但他也并不至于如此残酷无情地对待他们。这时埃凡德作为一个老人，心里除了想着我们的希望的欺骗性之外，不可能有别的想法。

　　孩子，切勿轻信，这希望是靠不住的！①

他儿子是一个热情的青年，在青年时代，人们大都倾向于期望有一个十分美好的未来。

　　由于他们过于轻信，天真的青年常常上当。

可是当他想到老年人也并非不倾向于这种相左的缺点时，他不愿意全盘否定这个勇敢的年轻人，他接着说：

　　老年人自寻烦恼，因为他太少希望。

在朗诵这些台词的时候，伴随以一种冷漠的行动，伴随以胳膊的美丽的动作，比完全没有行动还糟糕得多。唯一适合这些台词的行动，是把它们的普遍性再限制在特殊性上的行动。

　　由于他们过于轻信，天真的青年常常上当。

这一句，必须以对奥琳特进行父亲般的警告的声调和手势来朗诵，因为恰恰是由于年轻的奥琳特没有经验和轻信，才引起谨慎的老

_____

① 《奥琳特与索弗洛尼亚》第二幕第四场中一段格言式的台词。

人得出这样的结论。下边一句则相反：

　　　　老年人自寻烦恼，因为他太少希望。

　　这一句台词要求能够表达出我们承认自己的弱点的声调和肩膀的耸动，双手必然要放在胸前，以表明埃凡德这句话是自身的经验之谈，以表明他就是这位老年人，这句话恰好适用于他。

　　是时候了，让我从关于如何朗诵道德说教的段落的题外之言重新回到正题上来吧。如果人们从中得到了什么教益，最终还是要感谢艾克霍夫先生所提供的榜样，我只是试图从中进行正确的抽象概括。研究一位艺术家的成败，是一件多么容易、多么舒服的工作啊，艺术家不仅要获得成功，而且还要表演得成功！

　　克洛琳黛这个角色是由亨塞尔夫人①扮演的，亨塞尔夫人是历来德国剧院中最优秀的女演员之一。她的特长在于非常正确的道白，在她的口中难得听到错误的重音，她懂得敏捷而精确地表达最混乱、最粗陋、最含糊的诗句，通过她的声音，这些诗句可以获得最明确的说明和最圆满的释义。她的道白总是令人感到妙不可言，这种奥妙要么产生自十分成功的感受，要么产生自十分正确的判断。让我们听听她对奥琳特所作的一段爱情的表白：

　　　　理解我的心情吧！我不能长此沉默；
　　　　装腔作势或者傲慢是卑鄙的人的本性。
　　　　奥琳特在危险中，我也慌了神智——
　　　　我常常赞叹地看着你在战场上厮杀；

---

　　① 亨塞尔夫人（Friederike Sophie Hensel，1738—1790），汉堡剧院第一个悲剧演员，被认为是个既聪明、热情又诡计多端的女人，是剧团内部某些不和的始作俑者。

> 我的心啊，它唯恐揭开自己的奥秘，
> 在抗拒着我的荣誉和我的傲慢。
> 你的不幸掠去了我的整个灵魂，
> 现在我才感到自己多么渺小，多么软弱。
> 现在一切崇拜你的人都视你为仇寇，
> 你蒙受着痛苦，被一切人抛弃，
> 被当成罪犯，你这不幸的基督徒，
> 濒临可怕的死亡，比死亡还痛苦：
> 现在我不得不供认：我了解我的欲望！①

这呼声是多么自由，多么高尚啊！每一句话里都燃烧着火一般的热情！用多么深沉的感情，多么心事重重地在倾诉着她的怜悯！用多么坚定的语言在诉说着她那爱情的信念！但是，当她用枯燥的语言表达自己的信念时，突然改变了声音和眼神，改变了身体的全部姿态，这一切是多么出乎意料、多么令人惊异啊！眼睛望着地面发出一声缓慢的叹息，终于在心情紊乱之中，用懦怯的声调说：

> 我爱你，奥琳特，——

这是一句真心话！即使不知道是否该这样表白爱情的人，也觉得她应该这样来表白。作为女英雄，她下决心承认她的爱情，她是作为一个温柔、羞怯的女人来承认她的爱情的。尽管像她这样一个女战士，在各方面都习惯了男性的风度，在这里却是女性的因素占了上风。没等这种违背习惯的语言全部表达出来，突然又出现了那种坦率的声调。她以毫无顾忌的活泼、无所忧虑的热情继续说道：

> ……为我的爱情而骄傲吧，

---

① 《奥琳特与索弗洛尼亚》第三幕第三场中的一段台词。

为我的权力能拯救你的生命而骄傲吧，

我把手和心献给你，还有王冠和王位。

爱情表现为慷慨的友谊，友谊表达得大胆，爱情却表达得羞怯。

第 5 篇　1767 年 5 月 15 日

无可争辩的是，女演员通过对台词的这种独具匠心的降调，使

我爱你，奥琳特，——

这句话得到一种美感，对于这种美感，作家是没有一点功劳的，在他的作品里一切都是在同一条语言的溪流里潺潺作响。但是，假如她喜欢继续改良自己的角色！也许她执意要违背作家的思想，或许她唯恐有人责备她不去表演作家所说的东西，而是表演作家可能说的东西。然而，还有比这种责备更大的赞扬吗？自然，不是每一个演员都有资格获得这种赞扬。否则可怜的作家们会丢尽了丑的。

克洛奈格确实把他的克洛琳黛描写成了一个非常无聊、非常令人讨厌、非常丑恶的人物。抛开这一点不谈，她是作品里唯一能引起我们兴趣的有性格的人物。作家越是贬低她的美丽天性，① 这种村野的、粗鲁的天性越会产生某些效果。这是因为其余的人物都是完全违背天性的，同抱有不着边际的幻想的人物相比，我们则更易于同情一个女龙骑兵。只是最后当她也跟着陷入激动的声调时，才使我们感到

---

　　① 用否定性的等级"美丽天性""村野的、粗鲁的天性"和"完全违背天性的"来表达剧中人物形象，说明莱辛与人物描写的传统标准密切不可分，在这种人物描写中，丑陋的东西被归入了不自然的人性之中，他的理解跟"狂飙突进"一代人对真实性和自然性的理解一样。

同样平庸和厌恶。在她身上一切都是矛盾的，她总是从一个极端跳到另一个极端。她还没把自己的爱情表达清楚，便补充道：

> 你要蔑视我的心？你沉默？——下决心吧；
> 如果你怀疑——你就发抖吧！

发抖？让奥琳特发抖？她不是时常看见他在厮杀的骚乱中，在死亡的边缘上也毫不畏惧吗？应该在她面前发抖？她想干什么？要剜出他的眼睛吗？——呜呼，如果女演员忽然想到，代之以"发抖吧！"这种没有教养的女人的夸口，① 而说："我发抖！"她倒是可能发抖的，当她发现自己的爱情遭到蔑视、骄傲遭到侮辱的时候，她可能大大地发抖一番。这才是非常自然的呢。但是，要求奥琳特发抖，刀按在脖子上要求他表达相应的爱情，不仅可恶，而且可笑。

是什么帮助作家在瞬息之间保持文雅与节制的呢？接下去让克洛琳黛以醉醺醺的市场女贩子的真实声调狂叫，于是镇静和伪装都不见了。

为了尽善尽美地表达作家的意思，女演员唯一可能做的，也许是不要完全被他那强烈的热情所俘虏，表现得镇静一些，不要以过于紧张的声音和过于粗暴的表情来表现极大的愤怒。

尽管莎士比亚②不是一个伟大的职业演员，而只是一个剧作家，但他至少懂得哪些是前者的艺术，哪些是后者的艺术。也许他关于前者的艺术想过许多，因为他对这门艺术太缺少天才。哈姆雷特③在教训演员的时候，从他嘴里说出来的每一句话，对于一切盼望获得理智

---

① 即"吹牛"（Gasconade），这个词来源于法文，意思是像加斯克尼（gascony）地方的人一样喜欢吹嘘，莱辛在这里的意思是"脸皮厚"。

② 莱辛这句话暗指当时有人认为莎士比亚是一个伟大演员的说法，莱辛说这话时，一方面有表明自己地位的心态，另一方面也承认了表演艺术规则中的一个重要认识。

③ 引文出自第三幕第二场。

的掌声的演员来说，都是金科玉律。他让哈姆雷特对演员说："念这段台词，我请你们，要念得像我念给你们听的那样，轻溜溜的，从舌尖上吐出来。要是你们把它从喉咙里吼出来，像许多演戏的惯常做的那样呢，我倒宁愿叫宣布告示的公差来念我的词句了。也千万不要老是用手把空气劈来劈去，像这样子，而是要用得非常文静；要知道，就是在你们热情横溢的激流当中，雷雨当中，我简直要说是旋风当中，你们也必须争取到拿得出一种节制，好做到珠圆玉润。"①

人们对演员的热情问题议论得很多。关于一个演员的热情是否太多，往往争论得很厉害。② 比方说，有人认为一个演员在不恰当的地方表演得激烈，或者至少比剧情要求的要激烈些；而另外一些持相反意见的人，则有充分的理由认为，在这种情况下不是演员的热情太多，而是表现理智太少。总而言之，问题的症结在于我们如何理解热情这个词。如果说嘶喊和做怪相就是热情，那么演员的热情可能表演得过分了，这是无可争辩的。但是，如果说热情就是敏捷与活泼，而演员身体的各部分都借此使他的表演具有真实感，那么我们绝对不愿意看见这种真实感被过分地夸张成为幻想，即使演员可以运用许多我们所理解的这种激情。莎士比亚所要求的在热情的激流、雷雨和旋风中加以节制的，绝不可能是这种热情。他所说的一定只是那种激烈的声音和动作。为什么在作家未感觉到需要丝毫节制的地方，演员在两方面都必须加以节制，其原因是不难想象的。声嘶力竭的叫喊，无不令人觉得厌恶；过于仓促、过于激烈的动作，很少给人以高尚之感。总之，既不应该让我们视之刺目，又不应该让我们闻之刺耳；在表达激烈的热情时，只有避免一切可能引人不愉快的东西，这种激动的热

---

① 这段译文引自卞之琳译，《哈姆雷特》，第86—87页，人民文学出版社，1957。

② 莱辛从字面上引用了 Sainte - Albine "Le Comedien" 一个章节的标题（第三章），后来的论证都是以这部著作作为出发点，并把引文纳入了他自己的论述中。

情才能给人以强烈的印象，唤醒不知悔悟的罪人的良智的时候，也要求他们这样表演。

演员的艺术，① 在这里是一种处于造型艺术和诗歌之间的艺术。作为被观赏的绘画，美必须是它的最高法则，但作为迅速变幻的绘画，它不需要总是让自己的姿势保持静穆，静穆是古代艺术作品感动人的特点。它可以而且必须常常带有那种坦佩斯塔②（Tempesta）式的村野粗俗，那种白尔尼尼③式的胆大妄为。在表演艺术中演员所表现的一切，都不应该带有令人耳目不悦的东西，造型艺术则是通过静态做到这一点的。不过对于这种状态的表演，时间不可停留得太久。这种表演必须通过前面的动作逐渐做好准备，通过下面的动作，再逐渐转变为文雅人的普通声调。绝不可让演员所表现的东西，像作家在创作时表现的那样强烈。这种表演是直接让我们用眼睛来理解的无声的诗歌。演员要想使作品的意义毫不走样地深入观众的心灵，那么作品的每一点内容都不应该遭到忽略。

我们的演员即使在最激烈的热情中也得运用他的艺术保持节制的时候，很容易被观众的掌声弄得手足无措。然而，那是什么样的掌声

---

① 在《拉奥孔》的论证框架中，莱辛把表演艺术定位为造型艺术和诗歌之间的中介，它是为美服务的（作为观赏的绘画），但同时（作为迅速变幻的绘画）也要公开为"村野粗俗"和"胆大妄为"服务（因为这是转瞬即逝的）。把"节制"的设想作为"美"的前提，莱辛设法走一条中间道路，对于他来说，这条中间道路将保证他在"观赏"戏剧的同时，也能获得"知识"。参见第186页，第22行注释。

② 据推测可能是指专门以画海上风暴著名的荷兰画家 Peter Molyn（Pieter Mulier, 1637—1701），他有一个绰号叫"坦佩斯塔"（风暴）。

③ 白尔尼尼（Lorenzo Giovanni Bernini, 1598—1680），意大利著名建筑师和雕塑家，巴洛克艺术的典范。罗马彼得广场建筑群是他的代表作。法国路易十四时代曾参与扩建卢浮宫。

啊？楼上的后排座位①自然是那些吵吵嚷嚷、任情嬉戏的人最喜欢的地方，他们总是对于大声啼哭报以热烈的掌声。德国观众的鉴赏力，大部分都是如此，而有些演员则懂得狡猾地从这种鉴赏力中猎取好处。最偷懒的演员，当他在一场戏的末尾应该下场的时候，屏着力气突然提高嗓门，过分地表演动作，全然不想他的台词的内容是否要求这种高度紧张。他甚至往往篡改下场前的台词，但是，台词跟他有什么关系呢？他借此引起观众的注目，若有好心的观众报他以掌声，这就达到了目的。观众应该把他嘘下台去！遗憾的是，部分原因在于缺乏内行的观众，部分原因在于心肠太好，把博取观众喜欢的非分欲望当成了成功的表演。

关于这出戏里其余演员的表演，② 我不想再说什么。如果他们千方百计地掩盖缺点，视平庸为合理，即使最好的演员，也会给人以暧昧不明的印象。即使我们不让他一块儿为作家给我们带来的败兴承担责任，我们也没有足够的兴趣来指出他应得的公正的评论。

头一天晚上是以《昔日的胜利》③ 结束的，这是法国作家勒格朗④的独幕喜剧。这是三出短剧中的一出，勒格朗在 1724 年以《时间的胜利》为总标题，将它们搬上法国舞台，在此之前数年，他曾以《可笑的恋人》为题，描写过这个题材，但未曾受到欢迎。其中描写的事件非常诙谐，有些情节是很可笑的。不过把这种可笑写成一篇小说比搬上舞台更合适些。时间对于美貌和青春的胜利，给人以悲观之

---

① 这个词在莱辛时代拼写成 Gallerie，现代德语拼写成 Galerie。这里指的是观众的社会成分问题，楼上的（便宜）座位坐的是仆役、侍从，正厅坐的是市民，莱辛否认二者有共同的表演文化。

② 扮演索弗洛尼亚的女演员梅库尔（Mécour）从一开始便拒绝莱辛对她的表演发表评论。——编者注

③ 《昔日的胜利》（*Le triomphe de temps passé*，1725），勒格朗（Marc Antoine Le Grand）的喜剧。莱辛的批评针对的又是破坏"美丽天性"的问题，在他看来，在舞台上表演"笨老头儿"和"傻老太婆"是让人反感的。

④ 勒格朗（Marc-Antoine Le Grand，1673—1728），法国喜剧作家。

感。一个六十岁的笨老头儿和一个同样年龄的傻老太婆，设想时间不会控制他们的美貌，这诚然是可笑的。但是，观看这个笨老头儿和这个傻老太婆，本身就是催人呕吐的事情，而不是可笑。

第6篇　1767年5月19日

我忘记谈一谈头一天晚上演出大戏前后对观众的致辞了。它们出自一位诗人①的手笔，这位诗人比任何人都更懂得用机智的语言，把意味深长的思想生动活泼地表达出来，赋予发人深省的严肃以讨人喜欢的诙谐外表。除了把它们完整地介绍给读者，我还能指望用什么来更好地装饰这份刊物呢？下面就是这些致辞。无须注释。我只希望其中的某些话不至于成为耳旁风！

两篇致辞写得都非常好，第一篇朗诵得十分文雅和庄重，另一篇朗诵得十分热情和优美，并且十分亲切，每篇致辞的特殊内容都要求这样朗诵。

---

①　无法准确判断开场白和收场白为何人所作。有人说是出自罗文手笔，按照他的受教育情况，他是个法学家，但以诗人和戏剧评论家著称，作为汉堡剧院的艺术领导人，他在那篇"临时通告"里曾经介绍过剧院的规划，作为剧本作家对选择剧目做出过贡献，仿佛天生就是承担这个任务的材料。从内容来说，罗文把政治评论与天赋人权的气质坦率地结合在一起，热情评价了艺术在社会上所起的作用，莱辛在其中看到了"深省的严肃"与"讨人喜欢的诙谐外表"的结合。至于说这份"刊物""无须注释"，只能理解成这是莱辛采取的谨慎措施：从美学的角度来说，他并非在所有问题上都赞成罗文的描述，但不能立即反驳他对纲领的说明。（尤其是）从政治的角度来说，他作为一个陌生人在汉堡，作为《明娜·封·巴伦海姆》的作者，在公开场合他必须克制自己，因为这个时期的汉堡，出于政治原因，正在禁止上演这出戏。——编者注

开场白

（朗诵者：罗文夫人①）

朋友们，在摹仿艺术中你们喜欢在这里对人做丰富多彩的
表演：

你们高兴流泪，你们的灵魂温柔、善良，
自责的乐趣，是多么美丽，多么高尚；
忽而心肠激动，甜蜜的泪水流淌，
泪珠儿融入柔情，悄悄地爬上面庞，
忽而灵魂受到冲击，震动每根神经，
在痛苦中体验欢乐，发出愉快的颤动！
告诉我，这艺术如此感化你们的心，
热情的激流在你们周身翻滚，
感动令人快乐，恐怖令人迷狂，
引起怜悯、博爱和高尚思想，
它教人各种美德，这创造道德的人
难道不投合你们的抚爱和善心？

它慈祥地降天意在大地上，
教化野蛮人，使他人性健旺；
这艺术充当国王们的师长，
传授上苍的才干、热情和威望；
令掌权者通过眼泪得到慰藉，
将最迟钝的博爱感情磨砺；
通过甜蜜的异常忧虑，愉快的恐怖，
将邪恶驱逐，将灵魂锻铸；

---

① 罗文夫人（Eleonore Luise Dorothea Loewen，1733—1783），汉堡剧院
最为引人注目的女演员之一，多次受到莱辛的特殊赞扬。

为国家造福，将愤怒者，村野者
教养成人、市民、朋友和爱国者。

法律固然强化国家治安，
给不公正的手铐上锁链：
法官面前总是掩盖恶人的诡计，
政权常常保护崇高的坏蛋。
谁为无辜雪恨？无能的国家真丢脸，
它没有美德，只有一部法典！
法律只是公开犯罪的篱禁，
法律只能教人宣判仇恨，
假若私利、骄傲和偏私赋予它们
不是沙龙精神，① 而是专制精神！
为了逃避惩罚，贿赂便学着
调动王室手里的上方宝刀：
权势欲用脚踩着自由的脖颈，
为廉洁奉公的衰落感到高兴，
让主张自由的人遭受诅咒和刑戮，
让泰米斯②的杀人板斧斩尽无辜！

若是没有法律惩处，或者能够惩处
那狡猾的坏蛋，血腥残暴的君主，
若是他压迫无辜，谁人敢于将无辜掩护？
暴君有密谋保护，而无辜者却遭受恐怖。
谁是他们的护神，敢于从中阻拦？

---

① 所谓沙龙精神，用雅典立法者（约前640—前561）通用的话说就
是正义、公平。

② 泰米斯（Themis），希腊神话里的法律女神。——编者注

谁？就是它们，现在手持匕首和皮鞭，①
大无畏的艺术，敢于把明鉴
置于一切丑恶形象和不受惩罚的愚行面前；
它揭开掩盖阴谋诡计的帷幕，
向暴君指出，他是残暴的君主；
它毫不畏惧，敢于站在王位面前，
用雷鸣般的声音对着大公的心灵发言；
吓退头戴王冠的凶手，使野心家清醒，
惩罚伪君子，笑得蠢人更聪明；
为了教诲他们，让舞台上出现亡灵，
我们借助伟大艺术哭泣，或者发出笑声。

在希腊它得到保护、爱戴和热心教育；
在罗马，在高卢，② 在阿尔比翁③和这里。
朋友，当它眼泪流淌，你们也常常
以高尚的温柔，让泪水洒满面庞；
你们的痛苦和它的真诚汇在一处，
你们那发自肺腑的哭声淹没了欢呼：
如同它的恨和爱，希望和羞怯，
博爱使你们在痛苦中感到喜悦。
长期来它枉费心机将舞台寻遍：
在汉堡找到保护，这里是它的雅典！
在安静的怀抱里，在聪慧施主的保护中，
赞扬给它勇气，内行促它成功；
是的，我祝愿，我希望，我预言，

---

① 指悲剧和喜剧。——编者注
② 法国的古称。
③ 不列颠的旧称。

第二个罗修斯①和索福克勒斯将要在这里出现！
希腊人的高底靴,② 由日耳曼人复兴,③
一部分荣誉将由你们施主担承。
愿你们不辜负这称号！保持善心,
别忘记, 别忘记全德国在注视你们!

收场白
(朗诵者：亨塞尔夫人)

你们看, 基督徒怀着坚定的信念牺牲!
这样无情的仇恨, 被误会欺蒙,
被残忍利用, 他把自己的事业、
荣誉和梦想, 服务于上帝的训诫。
误会的精神是暴力和追踪,
盲从充当功勋, 恐怖充当虔诚。
他用毒药、暗杀和庄严的闪光,
保护他那谎言的罗网。
没有信念的地方, 恐怖弥补欠缺,
一旦越过真理, 谬误便要求流血。
违背伊斯梅诺尔教导, 持异端的人,
要追踪, 用剑迫使他们悔过自新。
某些阿拉丁或者贤明, 或者软弱,

---

① 罗修斯 (Quintus Roscius Gallus, 公元前 1 世纪), 古罗马著名演员, 成了尽人皆知的人物。

② 古希腊罗马悲剧里的演员穿高底靴上台, 此处喻指戏剧。

③ 此句的"日耳曼人"曾有人改为"日耳曼", 不对, 这里指的不是国家, 而是指这个国家的居民, 即"日耳曼人"。联系起来看, 这一段的意思是：开场白的作者希望, 能有一位演员 (罗修斯) 和一位诗人 (索福克勒斯) 为德国人复兴古希腊戏剧 (其代表性标志是：高底靴)。

追随审查神圣凶手的秘密裁判所，
用他的利剑将幻梦者痛恨的人，
真理的朋友和殉难者手刃。
对于野心家和阴谋诡计的可恶的杰作，
无所谓过分的罪名，无所谓无情的诅咒！
啊！可以滥用神明的教条，
是插入无辜心脏的仇恨利刀，
它那血污的军旗常常覆盖着尸首，
为了鄙视残暴行为，谁来把我诅咒！
朋友，在你们人性的胸中为女英雄
响起高尚呼声，当她为真理殉命，
成为教士盛怒的无辜牺牲：
感谢你们的每一滴眼泪和同情！
误入歧途，不该遭到仇恨和讥笑惩罚：
教人仇恨的，并非上帝说的话！
爱那些误入歧途者，好心盲从的人，
唉，当然他们太软弱，但总还是人。
要开导和容忍，不要逼得他们泪流满面，
他们是无可非议的，切勿做出别的臆断！
这男人是正直的，他忠于自己的信仰，
没有什么迫使他把可恶的伪君子乔装；
他热衷于真理，从不为恐怖束缚，
像奥琳特，用自己的鲜血愉快地将它封固。
这样的榜样，尊贵的朋友，值得你们赞扬：
凡是克洛奈格精心教导的思想，
全都使他自己变得非常高尚，
我们要用自己的表演深埋入你们的心房！
作家的一生是美丽的，像他死后的声望，
基督徒死了——原谅我把眼泪流淌！

让他那卓越的心灵在诗歌里

将后世教诲，——还能期望什么呢？

若是索弗洛尼亚现在感动了你们，

不要忘记作者的尸骨，这是你们的责任，

叹息他的死亡，感谢他的教诲，

唉！哀悼的祭品是一捧眼泪。

但是，尊贵的朋友，好心鼓舞我们；

倘有不当，那就责备，但也要谅解我们。

谅解给人以高尚的勇气，

善意的责备教人赢得最高的荣誉。

试想，在我们这里艺术还是刚刚开端，

一千个科文①里只有一个加里克；

我们将不断提高，不要期望过多，

只有你们能令我们沉默。

第 7 篇　1767 年 5 月 22 日

开场白表现了戏剧的最高尊严，它把戏剧视为法律的补充。② 在人的道德行为中，有些微不足道的、自身变化无常的事物，就其对社会利益的直接影响来说，似乎值得或者适于置身法律的正确监督之

---

① 科文（James Quin, 1693—1766），英国演员，其知名度相当于加里克，与加里克不同的是，他被认为是过时的表演艺术的代表人物。参见第 7 篇。

② 紧接着开场白之后，莱辛对艺术的论述接近了独立性原则："戏剧"在资产阶级法律条文的规范面前，要保持它的独立性，因为它表现的是人的领域（动机），而这些人都置身于法律管辖的范围和评价可能性（惩处）之外（在那里"一切法律都是无能为力的"），但通过人的道德完善恰恰又可以改善社会秩序。

下。还有另一些事物，一切法律对它们都是无能为力的，其动机是不可理解的，其本身是令人不可思议的，它们能引起无法估量的后果，它们要么完全不受法律的惩处，要么无法对它们施加法律的惩处。我不想把前者仅仅视为滑稽可笑的体裁，即喜剧；把后者仅仅视为使理性惊愕、心灵骚动的道德范围里的异乎寻常的现象，即悲剧。天才讥笑一切划定批评界限的做法。但是，无可争议的是，戏剧总得或者在规则的此岸，或者在规则的彼岸来选择它的主题，① 而且在处理这出戏的题材时，使之既不失之于可笑，又不流之于可恶。

收场白主要表达了悲剧的部分情节和人物性格所要表达的主题思想之一。诚然，封·克洛奈格先生在一部取材于不幸的十字军时代的作品里宣扬容忍，在穆罕默德教徒身上表现迫害精神的残暴性，未免有点轻率。正是这场本质上体现了罗马教皇政治野心的十字军，在其征伐过程中酿成了基督教迷信当时所干下的惨绝人寰的迫害；大多数噬血成性的伊斯梅诺尔当时具有真正的宗教；② 惩罚劫掠回教堂的个别人，就是反对自恃正义的欧洲为踏平不信神的亚洲而犯下的灭绝人性的暴行吗？不过，悲剧作家在作品里描写得很不得体的地方，收场白作者却能领悟得很好。人性和温柔随时都应该受到赞美，并且毫无理由不这样做，至少我们的心灵觉得这种理由是很不自然、很不必要的。

另外，我高兴地赞同作家对已故克洛奈格的感人肺腑的赞扬。我不相信，关于作品艺术价值③的评论，他和我的看法是不一致的。使我非常惊讶的是，有人曾经断定，我那直言不讳的评论会激起许多读者的愤慨。如果他们不喜欢这点有限的自由（这可绝对不是什么区

---

① 选择它发挥作用的天地。

② 对比《智者纳坦》里的大主教这个人物形象，在莱辛作品中是"嗜血成性的伊斯梅诺尔"式的代表人物。

③ 与那种以"感人肺腑的赞扬"来对待作者的特点和品德（如"机智"、"感情"和"道德"等，如第218页，第35行）的批评划清界限。美学的批评是按照规律性来判断作品的结构和影响的，莱辛在他的《汉堡剧评》里，就是在设法说明这些规律的必要性和恒定性。

区小事），我将冒险使他们常常感到愤慨。我无意让他们放弃对一位作家的偏爱，向他们推荐毫不矫揉造作的机智、十分文雅的感情和最纯洁的道德说教。这些特点无论什么时候，都会令人对他赞不绝口，至于说人们是否一定要否认他还有别的特点，对此要么是他根本没有天赋，要么是它们的成熟尚需某些岁月，可惜他死得太早了。他的《克特鲁斯》得到《美科学丛书》的作者们的嘉奖，① 但确实不是作为一出好戏，而是作为当时竞奖②的作品当中的优秀作品。我的评论并未剥夺当时的批评所给予他的荣誉。一群跛子赛跑，他们当中最先到达目的地的人，仍然是一个跛子。

在收场白里有一段引起了误解，这是应该补救的。作家说：

> 试想，在我们这里艺术还是刚刚开端，
> 一千个科文里只有一个加里克。

据说科文并非是个坏演员。——不，确实不是，他是汤姆逊③的一个特别要好的朋友，一位演员跟像汤姆逊这样一位诗人要好，总是会引起后世对他的艺术的偏爱。科文不只赢得了人们的偏爱。人们知

---

① 1756 年春，尼柯莱在他的杂志《美科学与自由艺术丛书》上，为优秀的德国悲剧颁发了一笔 50 塔勒的奖金。最初莱辛建议奖励他的朋友布拉威（Brawe）的《不信神的人》，最后决定奖励《克特鲁斯》。参见莱辛 1757 年 2 月 19 日和 1758 年 1 月 21 日致尼柯莱的信。——编者注

② 指的是有奖征文，在这次有奖征文中，尼柯莱作为《美科学与自由艺术丛书》的主编，曾于 1756 年投入 50 塔勒征求未发表过的优秀悲剧。除克洛奈格之外，Joachim Wilhelm Freiherr von Brawe 也以他的悲剧《自由思想者》参加了应征。克洛奈格获得了奖金，这中间他却去世了。

③ 汤姆逊（James Thomson, 1700—1748），苏格兰 - 英国诗人，他的描绘自然风光的诗歌，特别是 The Seasons（1730）产生了广泛影响。他的剧本最初得到莱辛的好评（见《雅科布·汤姆森先生悲剧全集》前言，1756），他的描绘自然的方法却在《拉奥孔》里遭到莱辛的尖锐批评。

道，他在悲剧里表演得很出色，他特别懂得尽情地表达密尔顿①的庄严的语言，他的滑稽表演使福尔斯塔夫②这个角色③达到了十分完美的境界。尽管如此，他仍然不及加里克。而引起误解的原因，是由于人们以为，作家以一个公认的坏演员同这位公认的杰出演员作比较。在这里，科文应该是一个比比皆是的普通类型的演员，他的表演总能使观众感到满意，他也能非常出色地表演这种或那种性格，似乎他的身材，他的声音，他的气质都在表演中替他作美。这样的人是不可缺少的，可以有充分理由称他为一个好演员，但他还有许多不足之处，使他不能成为自己这门艺术的普罗修斯，④ 而这对于加里克来说却早已是人口皆碑的了。无疑，这样一个科文会把《哈姆雷特》里的国王演成像喜剧里的汤姆·琼斯和瑞伯翰⑤一样，而世界上有许多瑞伯翰，他们无时无刻不在想着把科文高高抬到加里克之上去。他们说："什么？加里克是最伟大的演员？他似乎不怕鬼，而他就是一个鬼。怕鬼算什么艺术？毫无疑问，假如我们看见过幽灵，我们也会像幽灵一样，我们同样能做幽灵会做的事情。另外一个人，国王则相反，他似乎有点激动，但是作为一个好演员，他会尽一切力量将这种激动掩盖起来。他冲着幽灵把每一句话都说得清清楚楚，他的声音铮铮响亮，如同你们为之小题大做的那个微不足道的小人物一样。"

---

① 密尔顿（John Milton，1608—1674），英国诗人，他的宗教史诗《失乐园》曾经在德语地区围绕奇迹和崇高的诗学问题引起一场论战（在高特舍特学派和瑞士人波德默与布莱丁格之间）。这里说的是密尔顿的悲剧 Samson Agonistes。

② 福尔斯塔夫是莎士比亚历史剧《亨利四世》里的一个破落骑士，是个仗势作恶、广行欺诈的冒险家典型。

③ 莎士比亚《亨利四世》和《温莎的风流娘们》中的一个人物。

④ 希腊神话中的海神，据说他能任意变幻形象，这里比喻变化能力是演员的最高艺术。——编者注

⑤ 菲尔丁长篇幽默小说《汤姆·琼斯，一个弃儿的故事》（1749）里的人物。关于表演艺术的引文出自该书第16卷第5章。——编者注

英国人的每一部新剧作都有自己的开场白和收场白，其作者要么是作家自己，要么是作家的朋友。古人利用开场白告诉听众各种各样的事情，它们帮助观众迅速理解构成戏剧的基础的故事，英国人却不是派它作这种用场，但也不是全无用处。他们懂得在里边讲述五花八门的事物，它们成了作家的讲坛，或者为他所描写的题材进行辩护，还可以借此预防针对他或者针对演员的不公正的批评。他们也不像普劳图斯①那样，采用收场白来讲述在第五幕当中容纳不下的作品的全部"解"，而是把收场白当成一篇应用文，里面充满善意的教诲，充满关于作品所描写的风俗和所采用的艺术手段的细致说明，这一切都以诙谐而愉快的声调讲述出来。即使在悲剧里，他们也不改变这种声调。在血腥的、感人至深的表演之后，用讽刺来引起一场哄堂大笑，把机智表现得这样轻佻，完全不是什么反常的事情，似乎故意在嘲弄一切善良的印象。大家都知道，汤姆逊曾极力反对过在麦尔波美妮②之后出现的这种恶作剧。因此，如果我希望我们的新作品不全无引言和介绍地搬到观众面前，不言而喻的是：悲剧收场白的声调，必须符合我们德国的严肃。在喜剧之后收场白的声调随便怎样诙谐都行。在英国人当中，德莱顿③创作了这种形式的杰出作品，这些作品至今读起来仍能给人以巨大的乐趣，它们都是作者为演出而创作的，但在演出之后，其中一部分早已为人遗忘。汉堡迫切需要一位德国的德莱

---

① 普劳图斯（Titus Maccius Plautus，公元前251—前184），古罗马喜剧作家，对启蒙运动时期喜剧的发展产生过重要影响。

② 麦尔波美妮（Melpomene）是古希腊神话中司悲剧的女神。汤姆逊多次反对悲剧的开玩笑似的收场白。——编者注

③ 德莱顿（John Dryden，1631—1700），英国剧作家和批评家，作为宫廷诗人首先对法国古典主义风格发生兴趣，作为理论家是莎士比亚戏剧的拥护者。

顿。① 无需再次指出，是我们作家当中的哪一位②像这位英国人那样，懂得用诙谐的语言把道德说教与批评表现得那样饶有风趣。

第 8 篇　1767 年 5 月 26 日

第二个晚上重演了头一晚上的节目。

第三个晚上（上月 24 日，星期五）演出了《美拉尼德》。③ 舒塞的这出戏是大家都熟悉的。这出戏归入感人的体裁，人们给这一体裁起个绰号叫它作哭泣的喜剧。倘若凡能引起我们流泪的，而我们对于哭泣又并非不感兴趣，都称作哭剧的话，那么这一体裁里的许多作品，岂止引起哭泣，它们简直会使一个多愁善感的人泪流成河。同这一体裁相比，法国悲剧里的平庸末流，④ 被称为哭剧再合适不过。假

① 指的是第一个晚上开场白和收场白的作者，莱辛针对他用过类似的定语，像在这里一样（见第 6 篇开头），估计指的是罗文。

② 显然是指第 6 篇中引证的开场白和收场白的作者。——编者注

③ 舒塞（Pierre Claude Nivelle de la Chaussee, 1692—1754, 法国喜剧作家）的五幕诗体喜剧，1741 年首演。"感人的喜剧"的样板，可以被认为是三四十年代讽刺—诙谐类型戏剧和莱辛《明娜·封·巴伦海姆》式严肃喜剧之间的中间环节。其基本思想不是面对容易被人识破的可笑事物，证明观众的智慧的优越性，而是通过激起观众对日常生活素材的兴趣，加强观众的品德修养。起初这种戏剧形式遭到激烈攻击，还被人加了一个"嘲弄性的绰号"："哭泣的喜剧"，尤其是在沙希荣（Chassiron）的 Reflexions sur le Comique – Larmoyant（1751）这篇论文里。这中间，盖勒特在他的 Pro comoedia commovente 一文里，捍卫了它在德国的合法性，莱辛于 1754 年发表了这两篇论文的译文，还加上了自己的附言（论哭泣的和感人的戏剧），以此为一种新的戏剧类型，同时也为他自己的"市民悲剧"《萨拉·萨姆逊小姐》打下了基础，据说这出戏的"感人的"段落，赚得许多观众"泪流成河"（见第 222 页，第 5 行）。

④ "末流"（Prass）一词，典出大吃大喝，铺张浪费的宴席，有废物、垃圾的意思，比喻一大堆平庸、不重要的东西。

如作家对他的艺术理解得较好，他的作品大体上也能使我们达到想哭的程度。

《美拉尼德》不是这一体裁里的杰作，但是观众总可以从中得到娱乐。这出戏自从 1741 年初次演出以来，成了法国剧院里的保留剧目。据说这部作品取材于一部题为《德·邦泰普斯小姐》①的小说。我没见过这部小说。即使第三幕第二场的情节是取材自这部小说，我也一定会嫉妒一个素不相识的人，而不是德·拉·舒塞，因为我曾经期望创作一部《美拉尼德》。

译文不错，比第奥达蒂②的《戏剧丛书》第二卷中的意大利文译本要好得多。我觉得，我们的大批翻译家满可以自慰的是，他们的意大利同行比起他们来，大都糟糕得多。把优秀的诗行译成优秀的散文，不只要求准确，而且要求某些别的东西。过分拘泥于准确性，反而会使译文生硬，因为，在一种语言里是自然的东西，在另一种语言里却未必尽然。用诗行翻译的译文，总是显得乏味和不顺眼。上哪里去找那样高明的韵律学家，完全按照格律、韵脚，在这里多点或者少点，在那里强点或者弱点，快点或者慢点，而无须摆脱它们的束缚进行朗诵呢？如果翻译家不懂得区别这一点，如果他没有足够的鉴赏力和勇气，在此处删去一个无关紧要的词汇，在彼处用表达原意的词汇代替一个譬喻，在另一个省略的地方补充或者增添一个词语，那么他将使我们看到原

---

① 指的是居莱特（Thomas Simon Gueulette，1683—1766）的长篇小说《德·邦德普斯小姐的回忆》，莱辛提到的这出戏，并非取材于这部小说。

② 第奥达蒂（Ottaviano Diodati），《意大利戏剧丛书》的主编，这套文集最初出版于 1762 年，是那个时代的典型戏剧作品译文集，除了日常的用途之外（例如供流动戏班子演出之用），很少能满足忠实于原作的较高要求。莱辛的翻译批评，可以被视为翻译问题上一个新的评价的开端，从时间和理论上来说，在浪漫派时期（如史雷格尔、施莱尔马赫）达到了顶峰。尽管有这样的批评，仍然不可忽视的是，18 世纪的大量翻译活动，发挥了重要文化介绍作用，推动了欧洲的启蒙运动。

作的一切缺陷，还要为原作在原来语言中由于对仗和押韵的困难而造成的缺陷负责。

扮演美拉尼德的女演员，离开舞台九年之久，又以其一切完美性重新出现，不管是内行还是外行，有识别能力还是没有识别能力的人，都会在她身上感觉到这种完美性，并为之惊叹。罗文夫人以其银钟般洪亮悦耳的声音，以世界上最坦率、最安详，同时又最富于表现力的面孔，表达最细腻、最敏捷的感情，最确切、最热忱的感受，尽管她不总是像许多人希望的那样生动活泼，但却总是表演得文雅而庄重。在道白当中，她的语调是正确的，但不是引人注目的。缺乏语调的强弱是造成单调的原因，但是她在这一点上是无懈可击的，她懂得运用另外一种文雅的声调，而少用这种加强的语调。遗憾的是，许多演员根本不懂得这一点。我想说明我的看法。人们知道音乐里的运动①是什么意思，不是节奏，而是表现节奏快慢的程度。这种运动单调地贯穿在整个作品里。所有节奏都必须以演奏头一批节奏时的速度，演奏到最后一批节奏。这种单调在音乐当中是必要的，因为一部作品只能表现相同的东西，没有这种单调，就不可能把各种各样的乐器和声音联结到一块。道白则完全是另一码事。假如说我们把一个由许多诗行组成的句子视为一部特殊的音乐作品，把这许多诗行视为这部作品的节奏，那么即使这些诗行具有完全相同的长度，并且是由时间长短相同的同样数量的音节构成的，也绝对不能以相同的速度朗诵出来。因为它们在这里无论就明晰性和语势或者就充满整个句子的情绪来说，都不可能具有相同的意义和重要性。因此，依照自然的趋势，将那些比较无关紧要的诗行迅速地脱口而出，漫不经心地一带而过，而着意于较为重要的诗行，将它们延长并进行连贯的朗诵，将每一个单词，将每一个单词里的每一个字母都送入我们的耳中。这种区分的程度是无穷尽的。不管它们是否取决于非人工划分的时间段落，

---

① 原文为 Mouvement，速度、运动的意思，在"道白"里表达方式的变化，是通过语速实现的。

也不管它们能否互相测定，哪怕最没受过训练的耳朵也能分辨它们，正如语言从内心深处、而不仅仅是从良好的记忆里流露出来的时候受到最没受过训练的舌头控制一样。声音的这种变化无常的运动所具有的效果，是令人难以置信的；而音调的全部改变，不仅在涉及高低、强弱，而且在涉及粗暴和温柔、尖利和圆润，甚至在涉及粗陋和平滑的地方，都是与这种运动紧密相连的。这样就产生了必然使我们心灵敞开的那种自然的音乐，因为我们的心灵感受到，这音乐是从心灵里产生出来的，而艺术只有在这种情况下才能受到欢迎，也只有这样才能成为自然的艺术。在我看来，在这种音乐当中，我所谈的这位女演员是非常出色的，任何人都无法与她媲美，只有艾克霍夫先生，当他把强度甚大的音调加到个别单字上——那位女演员对此却不甚留意——的时候，也只有这样，他才能够赋予他的道白以一种较高的完美性。当然，她或许也能够做到这一点。我之所以对她做这样的评论，是因为我还没有看见她在扮演哪一个角色的时候把感动提高为激情。我在悲剧当中等待着她，并将在我们剧院的历史进程中继续做出评论。

第四个晚上（星期一，上月 27 日）演出了一出新的德国原著，剧名是《尤丽》（或《义务与爱情的竞争》）。① 作者是维也纳的霍伊菲尔德先生，他告诉我们说，他的另外两出戏业已受到了那里的观众的欢迎。我不了解那两出戏，但根据目前这部作品判断，它们不会很坏。

剧情的主要线索和大部分情节取材自卢梭的《新爱洛伊丝》。② 但愿霍伊菲尔德先生在创作他的作品之前，曾经阅读和研究过在《关于

---

① 维也纳剧作家霍伊菲尔德（1731—1786）的三幕剧作（1766），其余作品有《摩登持家》（1765）、《摩登情人》（1765）。

② 《新爱洛伊丝》（Julie ou La nouvelle Heloise, ou Lett res de deux amants, 1759）是一部对伤感主义文学运动产生过广泛影响的小说，作者是卢梭（Jean Jacques Rousseau, 1712—1778）。

当代文学的通信》中关于这部小说的评论。① 那样他就会以一种成熟的见解增添他的原作的美感，也许会在许多作品中获得更大的成功。

从虚构方面来说，《新爱洛伊丝》的意义是微乎其微的，其中最优秀的部分是根本不能改编成戏的。情节也是普通的或者不自然的，而少数好的情节又彼此相距甚远，倘不生拼硬凑，便无法压缩到三幕戏的狭窄天地里。故事在舞台上不可能像在小说里那样没有结局。尤丽的情人在这里必须得到一个幸福结局，霍伊菲尔德先生让他得到了一个幸福的结局。他得到了自己的女学生。但是霍伊菲尔德先生是否考虑过，他的尤丽根本不再是卢梭的尤丽了呢？诚然，是卢梭的尤丽也好，不是也好，有谁会关心这些呢？只要她是一个引人入胜的人物就行。可她恰恰不是这样一个人物。当霍伊菲尔德先生想到卢梭作品中一个美丽段落的时候，她只不过是一个钟情的小傻瓜，有时彬彬有礼地说些废话。我在前面提到的评论过那部小说的批评家说："尤丽在故事中扮演着双重角色。开头她是一个软弱的，甚至有点迷人的少女，最后成了一个妇人，她作为一个道德的榜样，远远超过了人们曾经虚构过的这类人物。"这最后一点，她是通过自己的驯服，通过牺牲自己的爱情，通过战胜自己的心灵的能力达到的。如果这一切在作品里都听不到、看不见，那么除了一个满口道德和智慧，满腹愚蠢念头的软弱而又迷人的少女之外，在她身上还有什么值得称道的呢？

霍伊菲尔德先生把卢梭的圣·普乐改名为西格蒙特。② 而西格蒙

---

① 这篇评论发表在第 167 封《文学通信》上，它的作者是门德尔松（1729—1786）。这是启蒙运动时期关于新感情文化论争的一份重要文献。后面的引文表明，在门德尔松看来，卢梭的主人公是"世界上最愚蠢的人"（见第 226 页，第 23 行）。

② 给剧中人物命名，在那个时代大部分类型化的剧本中，都起着相当重要的作用，它能让观众较好地辨认和驾驭剧中人物的价值判断。习惯上给一个仆人的命名，是不可以草率地派给另一个有身份的人物的，"在这些小节上稍微经心些"（细致些），是符合莱辛自己的戏剧实践的，如在《明娜·封·巴伦海姆》里，人物的命名就具有个性化特征。

特这个名字，在我们听起来颇有点家仆的味道。但愿我们的戏剧作家
在这些小节上稍微经心些，多注意点这个偌大世界的声调。在卢梭的
作品里，圣·普乐就已经扮演了一个非常无聊的角色。我引证过的那
位批评家说："他们都称他为哲学家。哲学家！我想知道，这年轻人
在全部故事里，说了些什么，做了些什么，竟然获得这样一个称号？
在我的眼睛里，他是世界上最愚蠢的人。在一般性的宣言中，他把理
性和智慧捧上天，而自己却连最起码的理性和智慧都没有。他在自己
的爱情里是冒险的、傲慢的、放荡不羁的，而在其余当做和不当做的
行为中，没有丝毫思考的痕迹。他非常骄傲地信赖自己的理智，却根
本不打算身体力行，不愿意受到他的女学生或者他的朋友的引导。"
而德国的西格蒙特还远不及这个圣·普乐呢！

第9篇　1767年5月29日

　　在小说里，圣·普乐偶尔还表现出他那被启蒙的理性，并扮演一
个正直的人的活跃角色。但喜剧里的西格蒙特却只不过是一个渺小的
自命博学的人，他以自己的软弱冒充道德，并且由于他那颗多愁善感
的心灵得不到同情，而感到很伤心。他的全部效果是因做了几件大傻
事而引起的。这小伙子想寻短见。作者自己感到他的西格蒙特没有足
够的行动，① 但是他相信这种指责是可以预防的，他指出："像他这
样一个人在二十四小时之内，不同于一个随时都有机会完成伟大行动
的国王。人们必须预先把他设想成一个正直的人，如所描写的那样，

---

　　① 莱辛从一种剧本类型出发，展开他的评论，重又考察了《拉奥孔》
的绘画与诗歌的类型差别，并作了具体说明：如同"时间顺序……"是"诗
人的领域"（《拉奥孔》，XVIII）一样，戏剧关心的则是促使行动展开的动
力，在展开行动的过程中，"公正的规则"要服从下面的要求，即"我们要
在舞台上看看这是些什么样的人"，并且是"从他们的行动"中。只有"切
身体会"，即认识到性格和行动的联系，才能令观众发出笑声。

只要尤丽、她的母亲、克拉莉塞、艾杜阿特这些正直的人，认为他也是一个正直的人就够了。"

如果人们在日常生活中，不恶意地怀疑别人的性格，完全相信诚实的人们互相提供的证据，这是非常善良的行为。但是戏剧作家能够允许自己以这种公正的规则来搪塞我们吗？无论他通过这种办法把自己的事业做得多么易如反掌，都是肯定不允许的。我们要在舞台上看看这是些什么样的人，而这也只有从他们的行动中才能看得出来。只是从别人口里知道的他的善良品质，是无法令我们对他们产生兴趣的。如果我们对此从无丝毫切身体会，只能使我们完全无动于衷，甚至会对我们应该不折不扣地相信他们的忠诚和信仰的那些人产生恶劣的反作用。倘若因为尤丽、她的母亲、克拉莉塞、艾杜阿特宣布西格蒙特是最优秀、最完美无缺的年轻人，我们就承认他是这样一个人，那简直是天大的谬误。倘若我们从未亲眼见过他们怀着好意为之辩护的东西，我们宁可对所有这些人物的判断力持怀疑态度。的确，一个普通人，① 在二十四小时之内不可能完成许多伟大的行动。但是，有谁要求伟大的行动呢？在最细微的行动当中，性格也可以得到表现，并且只有把性格表现为最明确的行动，按照艺术的判断，才是最伟大的行动。事情怎么那样凑巧？西格蒙特居然在二十四小时之内，有足够的时间和机会干出两件异乎寻常的蠢事，而这对于一个人来说在他的境遇当中只能是偶然的事情。哪里来的那么多机会干这些蠢事，或许作者能够回答，不过他是不会这样做的。纵然这些机会出现得如何自然，处理得如何适当，但我们亲眼看见的他做的那些蠢事所产生的恶劣效果，仍然使我们认为他是一个年轻的、昏头昏脑的假贤人。他的行为不当，我们眼见；他的行为可能得当，我们只是耳闻，从未见到具体事例，而是只见于最一般化的、最暧昧的语言。

---

① 不同于有身份的人，尤其不同于"历史大戏"（Haupt－und Staatsaktion）中那些有身份的人，他们的"伟大的行动"是由别的动机控制的，而不是从被表演的人物的性格中产生出来的。

尤丽应该从她父亲手里接受另外一个人作为自己的丈夫，而不是如她的心愿所选择的那样。尤丽在她父亲身上所遇到的这种阻碍，在卢梭的作品里几乎没有接触到。① 关于这一点，霍伊菲尔德先生大胆地为我们写了一整场戏。我喜欢青年作家做些大胆尝试。他让父亲把女儿打倒在地上。我曾经担心过这一行动的表演，其实没有必要。我们的演员非常协调一致地表演了这个动作。在表演过程中，不论从父亲方面还是从女儿方面，都非常遵守礼节，而这种礼节丝毫没有破坏了真实性，我必须承认这些演员是能够表演好这一行动的。霍伊菲尔德先生要求，当尤丽被她母亲拉起来时，应该表现出脸上有血。去掉这个细节，他是不会不高兴的。表情绝不可弄到令人恶心的地步。② 在这种情况下，活跃的想象力认为看见了血，就够了，不必让眼睛真的看见流血。③

接下去的一场戏，是全剧中最优秀的一场。这一场戏是属于卢梭的。我自己也不知道，若是我们看到一个当父亲的跪下向他女儿哀求某种东西，在激动的感情中会掺进去什么样的愤怒。看到一个自然赋予了神圣权利的人居然如此低三下四，会使我们感到委屈和伤心。人们必须原谅卢梭采用这种异乎寻常的方法，他激怒的人太多了。因为

---

① 莱辛利用卢梭来反对霍伊菲尔德，这太不公平了。事实上卢梭对这种阻碍描绘得相当深入（第一卷，第63封信），圣·普乐"欲寻短见"，同样也是事实（第一卷，第56封信；第二卷，第21封信）。当然，这些行动在舞台表演中比起在叙事作品中，给人的印象更加真实。

② 这是把《拉奥孔》第 XXIV 节关于丑的思考，运用到了舞台表演上。表演"令人恶心的东西"，是那个时代舞台实践当中通用的手段，按照莱辛的说法，这种表演会令观众感到不舒服，抵消通过"想象力"产生出来的幻觉。——对比莱辛致门德尔松论幻觉的信（1757年2月2日）。

③ 18世纪的演员常常运用自然主义的表演手段。甚至连艾克霍夫和施罗德也间或采用喷血器。爱娃·柯尼希于1772年7月15日写给莱辛的信中，谈到在维也纳上演《爱米丽娅·迦洛蒂》时，关于王子有这样一段话："他在您的作品的木尾是怎样表演的呀？他把自己那本来就够大的嘴巴裂到耳根，从嗓子眼里把舌头伸出来老长，去舔爱米丽娅自尽用的匕首上的鲜血。"——编者注

没有任何理由能说服尤丽。鉴于她当前的心情，过分的逼迫只能更加坚定她的决心，所以她只能通过意外遭遇的突然袭击受到震动，从一种麻木不仁的情况下转变过来。恋人应该转变为女儿，迷人的温柔应该转变为盲目服从。由于卢梭无法从自然中看到这种转变，他只好下决心迫使她转变，或者，如果人们愿意的话，为她窃取这种转变。采用任何别的方法，我们都无法在后来原谅尤丽，为了冷酷无情的丈夫而牺牲热心的情人的行为。但是由于在喜剧里没有发生这种牺牲，由于不是女儿，而是父亲终于做出了让步。若是霍伊菲尔德先生丝毫不缓和这种转变呢？卢梭只想通过这种转变为那种牺牲的令人惊异的因素进行辩护，以防备这种牺牲的不寻常的因素被指责为不自然。不过，批评是无止境的！如果霍伊菲尔德先生这样写，我们会少看一场戏，尽管这场戏与全剧不甚吻合，却是很有力的。他会在自己的作品中为我们枉费一道光彩，① 尽管人们不知道这一道光彩从何而来，但它却有一种恰到好处的效果。艾克霍夫先生表演这场戏时的那种方式，以及当他哀求女儿时把一缕白发垂到眼前的那个动作，只能算是一点小小的瑕疵，这点儿瑕疵，除了冷静的艺术批评家在分析布局时能发觉之外，也许不会引起任何人的注意。

这天晚上加演了《珍宝》，② 这是一部根据普劳图斯的《特里努姆斯》改编的摹仿作品。作者企图把原作当中的一切滑稽场面都压缩到一幕剧里。这出戏表演得很好。演员们都懂得采用表演庸俗滑稽的事物所必需的熟练技巧来表演他们的角色。当一个不成熟的念头，一个未加考虑的疏忽，一句俏皮话，被慢慢腾腾、结结巴巴地讲出来的时候，当人物对于像闭嘴这样的琐事，居然前思后想、举棋不定的时候，不可避免地要给人以无聊之感。逗趣的话必须接二连三地说出

---

① 莱辛把绘画中的明暗关系移用到文学作品上来，对比《拉奥孔》XVII，在那里他提到了"更明亮的光"应该让它同时照在"艺术画面"的各个部分。

② 莱辛于 1750 年根据普劳图斯《特里努姆斯》所作的"摹仿作品"（改编）。

来，让听众没有一点时间去回味它们是否机智。这出戏里没有女人，唯一可以加上去的是一个冷淡的情人；自然，与其有这样一个女人，还不如没有好。我不想劝告任何人去追求这种特殊性。我们过于习惯于两性的混杂，似乎我们完全离开漂亮女性便会感到某种空虚一样。

在意大利人当中，在此之前有塞奇，① 近年来在法国人当中有戴斯托舍，② 把普劳图斯这出喜剧重又搬上了舞台。他们二人都据此创作了五幕大型作品，因此有必要用自己的虚构扩大罗马人的布局。塞奇的作品叫《嫁妆》。李可勃尼③在其《意大利戏剧史》里，作为他的优秀的古典喜剧之一加以介绍。戴斯托舍作品的标题是《密藏珍宝》，这部作品于1745年在巴黎的意大利舞台上仅公演了一次，而这唯一的一次公演尚未完全演到幕终。它没有受到欢迎，直到作家死后若干年，才作为德国的《珍宝》印刷问世。普劳图斯并非这一成功的、为许多人竞相摹仿的题材的首创者，而是费来蒙，④ 他的作品具有同样简单的标题，后来在德文里又回到了这个标题上来。普劳图斯命名他的作品，有自己的特殊风格；大部分他都采用最平常的词汇。例如他把这部作品命名为《特里努姆斯》，即《三筒枪》，因为希柯番特⑤得到一把三筒枪作为他的报酬。

---

① 塞奇（Giaovanni Matia Cecci, 1517—1587），意大利作家，曾在戏剧方面进行过革新。塞奇根据普劳图斯改编的作品《嫁妆》（*La Dote*）出版于1550年。

② 戴斯托舍（Philippe Nericault Destouche, 1677—1753），法国喜剧作家，他根据普劳图斯改编 *Le tresor cache*，1757年在他的遗稿中印刷出版。

③ 李可勃尼（Ludovico Riccoboni, 1677—1753），颇为莱辛所称道的意大利演员和剧院领导人，他的《意大利戏剧史》一书出版于1727年，莱辛于1755年主编出版了这本书的德文版。

④ 费来蒙（前361—前263），出身于西西里的希腊诗人，新希腊喜剧的代表人物，其作品仅存少量残稿。他的喜剧的标题（"简单的标题"）取名"珍宝"，普劳图斯按照罗马小钱币（三筒枪）命名为 Trinummus，因为告密者希柯番特得到一支三筒枪。

⑤ 希柯番特（Sykophant），职业密探。——编者注

二 市民悲剧与法国人

第10篇 1767年6月2日

　　第五个晚上（星期二，4月28日）演出的剧目是戴斯托舍的《想不到的障碍》（又名《没有障碍的障碍》）。①

　　翻开法国戏剧年鉴，我们会发现这位作者的最好的喜剧，也恰恰是最不受欢迎的作品。不论是目前这出戏，还是《密藏珍宝》，或者《擂鼓幽灵》，或者《文雅的乡村地主》，都不曾受到欢迎，而且即使在问世之初，也只能公演少数几场。这主要是由于作家自己的风格，或者创作他的优秀作品时所采用的风格造成的。人们默默地承认，似乎他有义务永远不放弃这种风格。如果他放弃这种风格，人们就有理由为此而感到吃惊。人们在作者身上寻找作者，只要没有发现同一个作者，便认为发现了某种坏东西。戴斯托舍在他的《已婚哲学家》里，在他的《自夸者》里，在他的《浪费者》里树立了一种文雅而又高尚的滑稽的榜样，如同人们在莫里哀的作品里，甚至在他那些最严肃的作品里所熟悉的那样。那些喜欢划分等级的艺术批评家们，立即把这一点说成是他的特点；凡在诗人手里只不过是偶然选择的东西，都被他们宣布为出类拔萃的癖好和重

---

　　① 《想不到的障碍》（*L'obstacle imprevu ou L'obstacle sans obstacle*），戴斯托舍的五幕喜剧，"庸俗滑稽"的样板，被莱辛称为"文雅而又高尚的滑稽"的对立面（用戴斯托舍的剧本证明）。莱辛对喜剧的理解是值得注意的，他说戴斯托舍这些按照 Commedia – dell – arte 传统创作的剧本，不论有多少值得指摘的地方，他还是在其中发现了"真实的滑稽"，说它们"能引起我们发自内心的笑声"，并给以高度评价。

要的本领；凡诗人一次、两次不想采用的手法，在他们看来似乎是他不会，而当他采用这种手法的时候，在他们改变自己的轻率评论之前，除了他们绝不给予作家以公正的评价之外，还能指望这些艺术批评家们说些什么呢？我并不想借此说明，戴斯托舍的庸俗滑稽跟莫里哀的一模一样，的确是生硬得多。机智的头脑比起忠实的画家来，在作品里表现得要明显得多，他的傻瓜很少像在自然的手里塑造出来的那些愉快的傻瓜，而大部分是呆头呆脑的类型，像艺术家雕刻的一样。他们身上有着过分的矫揉造作、举止越轨、刻板拘泥的特征，他的舒勒维茨，[①] 他的玛祖伦，[②] 迟钝甚于可笑。但是除此之外——这正是我想说的——他的喜剧作品，并不像具有偏爱的鉴赏力的人所发现的那样缺乏真实的滑稽。这些作品里的许多场面，能引起我们发自内心的笑声，也为他自己在滑稽诗人当中保持相当可观的地位。

当晚还加演了一出新创作的独幕喜剧，剧名是《新阿妮斯》。[③]

格特鲁黛夫人在大庭广众之中把自己装扮成一个虔诚而冷酷无情的人，但在暗地里却充当一个叫作贝纳德的人的愉快而热情的女友。贝纳德，你使我多么幸福，多么幸福啊！有一次在喜不自禁的时候，她这样喊了出来，并且被她的女儿窃听了去。清晨那可爱而天真的小姑娘问道：可是妈妈，那个使人幸福的贝纳德是谁呀？母亲发觉自己泄露了机密，马上克制了自己的感情。我的女儿，他是我不久前刚选择的神，他是天堂里的一位伟大人物。不久，女儿结识了一个叫作西拉尔的青年。这好心的孩子觉得跟他在一块很开心。妈妈生了疑心，暗中盯着这一对幸福的人儿。妈妈听见女儿发出同样动听的叹息，就

---

① 根据发音翻译的人名，《擂鼓幽灵》中的城堡经理。

② 戴斯托舍喜剧《文雅的乡村地主》中的主角，一个文学艺术的爱好者。戴斯托舍的全部戏剧作品的德文译本，出版于1756年。

③ 罗文（参见第183页，第8行注释）的喜剧作品，自莫里哀的《太太学堂》以来，阿妮斯成了天真无辜的少女典型的同义语（源于 Hl. Agnes 传说，这姑娘为了保护自己的贞操而自杀）。

像女儿不久前从妈妈那里听到的一样。母亲发了脾气，着实教训了她
一番。怎么哪，可爱的妈妈？心平气和的少女终于开口了。您选择了
贝纳德先生，而我选择了西拉尔先生，为什么不行呢？——这就是诙
谐的伏尔泰作品中的智慧老人馈赠给青年世界的一篇富有教益的童
话。① 法瓦尔②觉得把这个故事写成一出滑稽歌剧是很有教育意义
的。他只是觉得那些神的名字是刺耳的，而且他懂得怎样回避使用这
些刺耳的名字。他把格特鲁黛夫人描写成了一个柏拉图式③的智者，
一个信奉加巴里斯学说④的女人。贝纳德先生则被描写成一个冒充一
位好友的姓名，装扮成这位好友的样子去拜访一个规矩女人的希尔
芬。⑤ 甚至连西拉尔也被描写成了希尔芬式的人物。简单说来，这里
产生了一部名叫《伊萨贝尔和格特鲁黛》（又名《想象的希尔芬》）
的轻歌剧，⑥ 这就是《新阿妮斯》的蓝本。人们设法使作品里的风
俗习惯尽可能地接近我们的风俗习惯，尽量保存了其中的文雅的礼
貌。那可爱的少女具有讨人喜欢和令人尊敬的纯洁。通过这一切便
产生了一系列善意的滑稽情节，其中一部分是德文作者的独创。我
不能详尽评述作者在初稿里所作的那些改变，但是并非不熟悉那些

---

　　① 伏尔泰的韵文故事《格特鲁黛》（又名《一个女儿的教育》，*Ger-*
trude ou L'education d'une fill），莱辛操着对伏尔泰的嘲笑口吻（"伏尔泰作品
中的智慧老人馈赠给青年世界"）开始了对他的尖锐批判，这对伏尔泰的贡
献是不公正的。

　　② 法瓦尔（Charles Simon Favart，1710—1792），法国喜剧和歌唱剧作
者，他就是这里所描述的喜剧《伊萨贝尔和格特鲁黛》（又名《想象的希尔
芬》，1765）的作者。

　　③ 柏拉图在《斐德若篇》中阐述爱情本质时说，爱情是对于美的对象
的欣赏和眷恋。故有"柏拉图式"之俗称。

　　④ 一种在当时颇有吸引力的秘密学说，启蒙运动时期一股暗流（如巫
术，精神信息学），即 Abbe de Montfaucon de Villar（1635—1673）的《吉巴
里斯伯爵关于秘密科学的谈话》（1670）一书中所宣扬的信仰幽灵的思想。

　　⑤ 空气中的原始幽灵（被想象成人与精神之间的存在物）。

　　⑥ 法瓦尔的喜剧（1765）。——编者注

改变的有鉴赏力的观众，希望他保留女邻居以代替父亲。阿妮斯的角色是由菲尔布利希小姐扮演的，这位年轻小姐可望成为一个优秀女演员，因此，应该受到最好的鼓励。年龄、身材、表情、声音，一切都有利于她的表演。不管这种天赋条件对于她扮演这样一个角色是否带来许多便利，人们必须得承认，她的表演具有许多优美精良之处，这些地方比起扮演一个阿妮斯来，更能恰如其分地显出演员的谨慎和艺术才能。

第六个晚上（星期三，4 月 29 日）演出的是伏尔泰先生的《塞密拉米斯》。①

这出悲剧是于 1748 年被搬上法国舞台的，受到了热烈欢迎，并且在这个舞台的历史上具有某种划时代的意义。伏尔泰先生在创作了《扎伊尔》《阿勒齐尔》和《布鲁图斯》与《恺撒》之后，越发强烈地认为，他的民族的悲剧作家在许多作品中远远超过了古代希腊人。他说，希腊人可以向我们法国人学习熟练的表演，学习场次安排的伟大艺术，避免舞台上出现空场，使人物不致无缘无故地登场和下场。② 他说，他们可以向我们学习情敌们相互之间怎样进行机智的对话，作家怎样使大量崇高的、光辉的思想放射出光芒和引起人们的惊叹。他们可以向我们学习……呜呼，自然喽，还有什么不能向法国人学习的呢！偶尔会遇到那么个把外国人，他们读过一些古代作品，他们恳求允许讲点别的意见。他也许会认为法国人的所有这些长处，对于悲剧的主要方面无甚重大影响。这些美妙之处恰恰是为古人的朴素

---

① 五幕悲剧（1748），后文提到的作品有 1732 年的《扎伊尔》、1736 年的《阿勒齐尔》、1730 年的《布鲁图斯》、1735 年的《恺撒》。

② 莱辛引自伏尔泰的论文 Dissertation sur la tragedie ancienne et moderne，其中部分是忠于原文的，伏尔泰把这篇论文放在他的悲剧前面，论文认为"现代"（法国）悲剧与"古典"悲剧相比，是有优越性的。莱辛在引用伏尔泰的论证时，在选择用词方面有曲解之嫌。

的特点①所不屑的。然而，跟伏尔泰先生争辩有什么用处呢？他说什么，就信什么便是了。他对自己的舞台唯一感到不如意的是，这个舞台上的伟大杰作却未能得到豪华的表演，还不如希腊人对刚刚在形成中的艺术的微小的尝试所给予的重视。巴黎剧院是一处装饰趣味极为恶劣的举行晚会的旧舞厅；② 人们都站着拥挤在一处肮脏的剧场里，这足以使他感到不快，尤其使他感到难堪的是，那种允许观众上舞台③的村野习惯，演员几乎没有足够的场地来表演他们必须做的动作。他确信，恰恰是这种弊端给法国带来了许多好处，这些好处，在一处宽敞的、便于表演动作的华丽的剧院里，无疑是容易获得的。为了在这样的剧院里进行演出，他创作了自己的《塞密拉米斯》。一个女王聚集了她的国中的知名人士，参加她的婚礼，一个鬼魂走出坟穴，为了阻止一场血族通奸的罪行，并向他的凶手报仇。一个小丑钻进坟穴，扮成罪犯从中走出来：这一切对于法国人来说，确实都是非常新颖的。在舞台上出现了许多喧哗，出现了许多煊赫的变化多端的场面，就像在歌剧中常常看到的那样。作家自以为给一种完全特殊的体裁树立了样板，似乎不是为本来的，而是为他所希望的那种法国舞台树立的样板，尽管这样，这出戏还是在同样一个舞台上，在他眼前大致按照剧本的原样进行了演出。首次演出时，观众还是坐在台上

---

①　典出温克尔曼对古典艺术的论述，他称古典艺术为"崇高的朴素和静穆的伟大"，莱辛在《拉奥孔》第一节里引用了这句话。（〔译按〕"朴素的特点"德文为 einfaeltige Groesse，把温克尔曼的"朴素"和"伟大"捏合在了一起，中文翻译时，为了便于理解起见，对 Groesse 一词采取变通方法，译成了"特点"）。

②　1689 年建成剧院，原址从前是一座大楼，可以在里面玩各种球类（jeu de paume）。

③　某些特权阶层观众所享有的优先权，这是一种"村野习惯"，曾经流行于法国和德国。尽管莱辛在这里公开说了一些讽刺话，重建西洋镜式的舞台，毕竟是实践他的戏剧主张的一个重要因素，即把观众厅与舞台上发生的事件明确地分离开来。

的。我倒想看看一个古怪的鬼魂是怎样出现在彬彬有礼的人群中的。后来在演出时，才改正了这种不适当的情况。演员把台上的人请了下去，这在当时还是一个例外，纯粹是为了照顾这样一部非凡的作品，从那以后，舞台才成为固定的设备。但也仅仅对巴黎的舞台来说是如此，如前面说的那样，对于这个舞台来说，《塞密拉米斯》这部剧作具有划时代的意义。外省人常常还是按照那个老规矩办事，宁可放弃一切幻觉，也不愿放过用脚去踏扎伊尔和墨洛珀的拖长的衣襟的机会。

第 11 篇　1767 年 6 月 5 日

鬼魂出现在法国悲剧中，是一个大胆的新鲜事物，[①] 敢于尝试这件新鲜事物的作家，提出了自己的申辩理由，花费一点精力谈谈这个问题，还是值得的。

伏尔泰先生说："人们从四面八方写文章来指责说，人们不再相信鬼魂，死者的出现，在文明开化的民族眼中，无疑是幼稚的。"他反驳说："怎么？整个古代都曾经相信过这种奇迹，而现在就不准许再效仿古代吗？怎么？我们的宗教是那样重视预言的非凡作用，而恢复这种作用，却应该是可笑的吗?"

我认为，这些叫喊，与其说是理由，毋宁说是诡辩。我尤其希望把宗教问题搁在一边。从鉴赏力和批评的角度来说，这些理由足以使反对他的人无言以对，但却不足以令人心服口服。作为宗教，它在这里不能说明任何问题，它只是一种古代遗产，它所提供的证据，只能

---

　　① 　舞台上表现超自然的力量，与对真实的理解是互不相容的，在启蒙时期不论对于古典主义戏剧，还是对于"一个文明开化的民族"都是如此。伏尔泰为舞台上的鬼魂出现所做的辩护（见他的剧本前面论文的第三部分），只能求助于"古代"和"宗教"的历史权威。

被视为古代的旁证。① 照这样说来，我们在这里所谈的只是古代文化。

当然，整个古代是相信过鬼魂的。古代剧作家有权运用这种迷信。当我们在舞台上表演他们的剧中出现的死者时，如果按照我们的进步的见解来处理这个过程，那就不合理了。但是，持有我们这种进步见解的新的剧作家，因此就有同样的权力吗？当然没有。但是，假如他把自己的故事放到那个轻信的时代呢？即使这样也没有。因为戏剧家毕竟不是历史家，他不是讲述人们相信从前发生过的事情，而是使之再现在我们的眼前。不拘泥于历史的真实，② 而是以一种截然相反的、更高的意图把它再现出来。历史真实不是他的目的，只是达到他的目的的手段。他要迷惑我们，并通过迷惑来感动我们。如果我们现在真的不再相信鬼魂，如果没有这种迷信必然会阻碍迷惑，如果没有迷惑我们便不可能产生同情心，如果剧作家现在违背自己的目的，为我们创作这种令人难以置信的童话，那么他为此所运用的一切艺术手法，便都是失败的。

照这样说来？照这样说来，根本就不允许把鬼魂和虚幻的形象搬上舞台了吗？照这样说来，这种惊恐和伤感的源泉就枯竭了吗？不，对于诗歌来说，这个损失太大了。在诗歌里不是有过这样的先例吗：有才能的作家知道如何摆脱我们的一切哲学的束缚，而让那些在冷静的理性看来非常可笑的事物，使我们的想象感到非常恐怖？因此，结

---

① 认为宗教只是一种"遗产"，这种认识开了莱辛晚年神学论文的先河（参见《论神灵与大能的证明》：偶然的历史真实，永远不可能成为必然的理性真实），这一认识使艺术家向前迈出了决定性的一步，使艺术摆脱了它那个时代的宗教代理人的支配，而这些宗教人士总是设法"让他的敌人闭嘴"，尽管无法"说服"他们。

② 莱辛由此开始思考的核心问题是，与历史学相比，戏剧的本质和功能究竟是什么。在第19、24、33和89篇里继续这种思考，在思考中对亚里士多德《诗学》第九章进行了阐释，并把这一章作为自己思考的主要依据。当然，在他所提出的关于戏剧的"一种截然相反的、更高的意图"中，尚未像亚里士多德那样，对作品进行美学的论证，而只是做了影响美学的论证，即从戏剧功能的角度出发，"通过迷惑感动"观众，由此可以进一步确定，在什么样的条件下"鬼魂和虚幻的现象"（"这种惊恐和伤感的源泉"）才是可以允许的。

论恰好相反，而那种设想则是错误的。我们不再相信鬼魂了吗？谁说的？或者说，这是什么意思？难道说这意味着我们的判断力终于达到了这种程度，能够指出为什么鬼魂的出现是不可能的，某些与迷信鬼魂相矛盾的无可辩驳的真理，已经是家喻户晓，甚至连农野村夫随时都能判断，关于鬼魂的争论是可笑和无聊的吗？不可能是这个意思。我们现在不相信鬼魂，只能意味着：关于这个问题，既有赞成的，也有反对的；这不是强行规定的，也是不可能强行规定的事情。在这个问题上，目前占统治地位的想法是，持反对意见的居优势。少数几个人则认为，多数人愿意看见鬼魂出现，后者大喊大叫地表示赞同。大多数人却沉默不语，持无所谓的态度，他们忽而这样想，忽而那样想，光天化日里他们乐于听人关于鬼魂的戏言弄语，黑夜里则怀着恐怖的心情听人讲述关于鬼魂的故事。但是，在这样来理解不相信鬼魂的时候，不能也不准许稍微阻止戏剧作家来应用鬼魂。迷信鬼魂的种子深藏在我们每个人的心里，尤其是深藏在他主要为之而创作的那些人①的心里。他的艺术就在于使这种种子发出芽来，运用某些技巧的目的就在于使说明它的真实性的理由转瞬之间即呈现出生气勃勃的形象。如果他能够做到这些，那么我们在日常生活中什么都可以相信，在剧院里，凡是他相信的，我们都必须相信。

莎士比亚就是这样的作家，莎士比亚几乎是独一无二的这样的作家。不论你信或不信，在他的《哈姆雷特》里的鬼魂②面前是要毛发悚然的。伏尔泰先生所描写的鬼魂则一点都不成功，他自己和他的尼努斯的鬼魂都令人感到可笑。

我们觉得莎士比亚的鬼魂真是从那个环境里产生的。因为它出现在庄严肃穆的时刻，出现在恐怖的寂静的夜间，出现在充满着忧郁、

---

① 莱辛所说的观众，主要指那些不受阶级地位和知识偏见束缚的观众，诗人的想象必须适应他们的日常思维习惯。

② 莱辛在这里指的是莎士比亚的《哈姆雷特》，它的鬼魂出现在作品第一幕，第一场；第一幕，第四、五场和第三幕，第四场。

神秘气氛的环境中，犹如我们当年和乳母在一起等待和想象鬼魂时一样。然而，伏尔泰笔下的幽灵连用来恐吓孩子的怪物都不如。他不过是个化了装的喜剧演员，他什么也没有，什么也不说，什么也不做，而这些在鬼魂或许是可以办得到的，他只是一味地故弄玄虚而已。他出现时的一切环境则更是破坏了这种欺骗，令人一眼便可看出，所谓鬼魂纯系一个冷静的作家为了迷惑和恐吓我们、却又不知道从何下手时创造出来的这么一个东西。只需考虑这一点，便不言而喻：在光天化日之下，在国中知名人士聚会的时候，突然间宣布伏尔泰式的鬼魂走出坟穴，来到面前。伏尔泰在什么地方、什么时候听说过，鬼魂敢于这样胆大妄为？哪个老太婆不能告诉他，鬼魂是怕见阳光的，是根本不会出现在人多的场合的？当然，伏尔泰或许也知道这个，但是，利用这种平凡的环境使他显得过于懦怯、过于讨厌。他企图给我们表现一个鬼魂，但却是一种高尚的鬼魂，通过这种高尚的形式，他把一切都败坏无遗。如果一个鬼魂违背了一切惯例，违背了鬼魂一切良好的习惯，在我看来，它就不是一个真正的鬼魂。凡是不能促进想象力的东西，必然要破坏想象力。

若是伏尔泰曾经稍微注意过哑剧，也许他会从另一个侧面感觉到鬼魂出现在人群当中是不合理的。所有看到鬼魂的人必须同时表现出恐怖与惊骇；所有的人都必须表现出不同表情，尽管看上去可以不必像芭蕾舞那样具有死板的对称。对此目的需要设置一批笨拙的不讲话的演员，倘若设置得非常成功，人们会感到采用多种形式表现同一种感情，必然要大大分散观众对于主要人物的注意力。如果我们不只是看见他们，我们会觉得这是恰当的。相反，如果我们除了他们之外什么也看不见，则我们觉得这也是好的。在莎士比亚的作品里，鬼魂与之交往的只有哈姆雷特一个人，在母亲也在场的那一场戏中，母亲既没有看见他的形象，也没有听见他的声音。我们的全部注意力都集中在他的身上，我们越来越多地从他身上发现了因恐怖和惊骇而引起的纷乱恍惚的情绪的标志，就越是容易像他那样看待引起他心绪纷乱的幻影。鬼魂在我们身上产生的效果，主要的还是通过他，而并非通过鬼魂自己。他对于鬼魂的印象传给我们，其效果就像我们怀疑不寻常的原因一样非常明显，非常强烈。伏尔泰对这种艺术手法的了解是何等肤浅啊！有人对他的幽灵感到惊骇，但是不多。有一次塞密拉米斯呼喊道："天哪，吓死我了！"可其他人跟他的周旋并不比例如对待一个突然闯进家门的远方朋友更多。

第 12 篇　1767 年 6 月 9 日

我还想谈谈存在于英国作家和法国作家作品中的鬼魂的区别。伏尔泰的鬼魂只是一部艺术机器，① 它只是为情节而存在，我们对它丝毫不感兴趣。莎士比亚的鬼魂则相反，是一个真正行动的人物，我们关心它的命运，它唤起恐怖，但也唤起怜悯。

毫无疑问，这种区别总的说来是产生自两个作家关于鬼魂的不同想法。伏尔泰视死者的鬼魂为奇迹，莎士比亚则视其为完全自然的事件。② 两者的想法之中，谁的想法更具有哲学意味，且不必追问，但是，莎士比亚的想法更具有艺术性。在伏尔泰的作品里，尼努斯的幽灵作为一种存在，它在来世还有愉快的和不愉快的感受，并且它还能引起我们的怜悯，这是毫无疑问的。他只是想借此说明，为了揭露和惩罚隐蔽的罪行，至高无上的权力也会从它那永恒的法律中创造例外。

我并不是想说，戏剧作家安排他的剧情为说明或者证实任何一个伟大的道德真理服务是错误的。但是，我敢说，剧情的这种安排是必

① 暗指"舞台机关"这类技术性的艺术手段，古希腊罗马戏剧往往借助这种手段，解决一个戏剧冲突中纠缠难解的"结"，即通过一个机器装置让一个神降临在舞台上，在莱辛看来，这是违背一切戏剧性因果规则的。
② 所谓自然，是指鬼魂在某种程度上是一种视觉化的"心理现象"，它在剧中人物身上所留下的"印象"，让观众忘掉了"不寻常的原因"。

要的，这样可以产生不以表达某一格言为目标的非常有教益的完美作品。如果把古代人各种悲剧的结尾的最后一句格言看成似乎全剧都是为它而存在，那就错了。

如果说，伏尔泰先生的《塞密拉米斯》的使他感到骄傲的成就，仅仅在于使人学会尊重至高无上的正义，惩罚越轨的行为，选择不平常的道路，那么在我看来，《塞密拉米斯》只不过是一部很平庸的作品。尤其是因为这种道德本身并无多大感化作用。如果剧本不需要描写这种不平常的道路，而我们所看到的是被穿插到事物的正常联系①之中的善恶报应，② 那么毫无疑问，这剧本会更适合最有智慧的人们的口味。

我不想再花费过多的笔墨来讲述作品上演的情况。人们有充分理由对此表示满意。舞台是宽敞的，足以容纳作家安排在各场戏中需要登场的众多人物，而不会发生混乱。舞台布景都是新颖的，都是精心的制作，经常变换的地点则尽可能地都集中到一处。

第七个晚上（星期四，4月30日）演出戴斯托舍的《已婚哲学家》。③

这出喜剧于1727年首次登上法国舞台，受到了普遍欢迎，因而一年之内居然演出三十六场之多。德文译本不是柏林翻译的那部戴斯托舍全集中的散文译本，而是一部经过许多人修订的韵文译本。它确实有许多成功的诗行，但也有许多生硬和不自然的段落。类似的段落

---

① 一种符合自然科学观念的光栅，莱辛用它来说明自己严格的因果原则，类似历史哲学范围的“大轮”与许多“小轮”的互相交错（见《人类的教育》，第92节）。

② 这是个意义模糊的混合词。要么理解成对善的报酬，对恶的惩罚；要么理解成对善与恶的判断、评价。

③ 《已婚哲学家》（*Le philosophe marie*，1727）。戴斯托舍的德文全集出版于1756年，这里提到的这部作品，为了演出而加工成了亚历山大体诗句，可能是剧院里什么人改的。赛莲（羞于结婚的阿里斯特的妹妹）和吉隆（迫使揭露真相的伯父）都是剧中的人物。

给演员的表演造成了多大困难，简直是无法描述的。尽管如此，一部法国作品在我们的剧院受到如此热烈的欢迎，这在任何一个德国剧院里都是不多见的。所有角色都饰演得很得体，尤其是罗文夫人扮演的快乐的赛莲非常出色，艾克霍夫先生扮演的吉隆也是无懈可击的。我不想再谈作品本身。这部作品是大家都熟悉的。毫无疑问，它属于那些将永远受到我们欢迎的法国戏剧杰作之列。

第八个晚上（星期五，5月1日）的剧目是伏尔泰先生的《咖啡店》（又名《苏格兰女人》）。①

关于这出喜剧演变的历史，可以写一本厚书。它的作者把它作为从霍姆②的英文原作翻译过来的译本公之于世，原作者不是那位历史学家和哲学家，而是另外一个因创作《道格拉斯》悲剧而出名的同名者。③ 作品里的几个人物与哥尔德尼的《咖啡店》④ 有些相似之处，尤其是哥尔德尼的唐·玛其奥似乎是弗莱翁的范本。这个人物在哥尔德尼的作品中仅是一个恶棍，而在这里同时又是一个穷困潦倒的笔墨骗子。作家称他为弗莱翁，批评家一下便会想到与他结下深仇的那个叫做弗莱容的新闻记者。他想借此打倒弗莱容，无疑他给了那人一个沉重的打击。我们外国人不参与法国学者们那些不怀好意的讥讽嘲弄，抛开这部作品中的人身攻击，我们在弗莱翁身上发现的只是一

---

① 《咖啡店》（*L'Ecossaise*，1760），被伏尔泰误认为是从英文翻译成法文的，显然是一种伪装，因为剧中含有对当时某些人的攻击。

② 莱辛的原文是 Hume［休谟］，这个错误源于伏尔泰的误解，这里说的是 John Home（霍姆，1722—1808），一位苏格兰神职人员，因写过一出悲剧《道格拉斯》反对等级制度，被迫辞职。关于"历史学家和哲学家"大卫·休谟（1711—1776），莱辛在第22篇里有深入分析。

③ 莱辛把霍姆（Home）的姓误认为和休谟（Hume）相同，故有此说。

④ 哥尔多尼（1707—1793），原作名为 La Bottega del Caffe，作者从1761年起生活在巴黎，是个非常高产的喜剧作家。莱辛认为哥尔德尼的唐·玛其奥这个人物和伏尔泰的弗莱翁具有相似性，但这种说法掩盖不了被嘲笑的弗莱翁，其实就是弗莱容（这个人物的名字可以翻译成"马蜂"）这个新闻记者，他在自己的杂志 Annee litteraire 上激烈批评过伏尔泰。

种类型的人的忠实描写，这种人在我们当中也并不陌生。我们有自己的弗莱翁，如同法国人、英国人有他们的弗莱翁一样，只不过这些人在我们当中不甚为人留心罢了。因为我们的文学根本不关心我们的痛痒。即使这种人物所披露的对象在德国根本不存在，除此之外这部作品也足以引起人们的兴趣，单是那个诚实的弗雷波特，① 就能使这部作品赢得我们的好感。我们喜欢他那笨拙的高尚品质，而英国人自己则因此而感到受宠若惊。

只是因为有这样一个人物，不久前英国人将这株树完整地移植到弗雷波特因出生在那里而感到骄傲的土地上。科尔曼②无疑是当代优秀的英国喜剧作家，他翻译了《苏格兰女人》，并命名为《英国商人》，赋予它原作所不曾有的民族色彩。尽管伏尔泰先生很愿意了解英国风俗习惯，却常常反其道而行。比如在这部作品里，他让琳达奈住在一家咖啡店里。相反，科尔曼则让她寄宿在一个有着家具齐全的住房的诚实女人家里，而这个女人是这个年轻美貌的被遗弃者的朋友和慈善家，她远比法希里茨③规矩得多。科尔曼尽量使人物性格符合英国人的欣赏趣味。奥尔顿小姐不仅是一个嫉妒心切的泼妇，她还想成为一个有才干、有鉴赏力、有学问的女人，并且俨然以文学的护神自居。他以为这样可以使她同那个穷困潦倒的弗莱翁的关系更真实一些，他称弗莱翁为 Spatter。④ 尤其是弗雷波特得到一个更为广阔的活动天地，他对待琳达奈的父亲像琳达奈那样热情。凡在法文本里福布利奇爵士⑤为了赦免他所做的事情，在英文本里都是由弗雷波特做的，而且他一个人使一切都得到一个幸福的结局。

英国艺术批评家们认为在科尔曼的改编中，思想是卓越的，对话

---

① 伏尔泰剧本中的人物，莱辛称他有"笨拙的高尚品质"。

② 科尔曼（George Colman，1732—1794），他的译著的第二版出版于1767 年，标题是 The English Maechant。

③ 伏尔泰《咖啡店》里的店主。——编者注

④ 诨号：脏东西、邋遢鬼。

⑤ 均为伏尔泰作品里的人物。

是文雅而生动的，人物性格刻画得是很成功的。但是他们仍然认为他们的科尔曼的其余作品①更好，其中《心怀嫉妒的女人》，人们从前曾在这里的阿克曼剧院里看到过，凡是还记得的人，大致可以按照这部作品做出判断。他们认为《英国商人》没有足够的行动，作品不能满足他们的好奇心，全部矛盾在第一场里就看出来了。其次是这部作品与其余作品相比，有过多的相似之处，而其中最优秀的情节都不够新颖。他们认为，弗雷波特不应该对琳达奈产生一点点爱情，他的慈善行为由此而失掉了任何意义等等。

这种批评并非全无道理，情节不丰富和不错综复杂倒是使我们德国人感到非常满意。在这一点上，英国人的风格会分散我们的思想，使我们精疲力竭。我们喜欢一眼便能看透的单纯的布局，② 如同英国人要想使法国作品在他们的舞台上受到欢迎，须首先添上许多插曲一样，我们若想用英国戏剧成功地丰富我们的舞台，则须减少它们的许多插曲。他们的康格里夫和魏彻利③的优秀喜剧，倘不砍掉那些过于繁茂的枝杈，对我们来说将是令人难以忍受的。我们更喜欢他们的悲剧，这种悲剧至少不像他们的喜剧那样错综复杂，而许多悲剧无须改变分毫，便在我们这里取得了成功。我没听说他们的哪一出喜剧获得过这样的成功。

意大利人也有一个《苏格兰女人》的译本，登载在第奥达蒂④的《戏剧丛书》第一卷里。这个译本完全忠实于原作，跟德文译本⑤一样，只是在结尾的一场里，意大利人增添了一些情节。伏尔泰说，弗莱翁在英文原稿里最后受到了惩罚，但是不论这种惩罚是多么合理，他却觉得这种惩罚有损于主要兴趣，因而他把它去掉了。意大利人认为这种辩解的理由是不充分的。他独出心裁地加上了对于弗莱翁的惩

---

① 指 *Polly Honeycombe* （1760），*The Clandestine Marriage*（1766）。

② 具有简单而一目了然的戏剧情节和场次安排。

③ 康格里夫（William Kongreve，1670—1729）和魏彻利（Willian Wycherley，1640—1715）均为英国17世纪末18世纪初的喜剧作家。

④ 加布里埃利（Gabrielli）的译文出版于1762年。

⑤ 作品标题是《咖啡馆，一出感人的喜剧》，译者博得（Bode）。

罚，因为意大利人是艺术正义的伟大爱好者。

第13篇 1767年6月12日

　　第九个晚上（星期一，5月4日），本来应该上演《塞尼》，但是突然有过半数的演员感染了一种流行病而无法上场，只好尽量设法补救。重演了《新阿妮斯》，并演出了歌唱剧《家庭女教师》。①

　　第十个晚上（星期二，5月5日），演出了戴斯托舍的《文雅的乡村地主》。②

　　这部作品的法文本原是三幕，译文则变成了五幕。没有这种改进便不值得收入曾经名噪一时的高特舍特教授先生③的《德国戏剧舞台》之中，高特舍特的有学问的女友，女翻译家，是一个非常能干的妻子，她万万不该盲目地拜倒在她的丈夫的批判的名言④脚下。值得花费这样大的气力把三幕改成五幕？观众可以到另一间屋里去喝杯咖啡，到庭园里去散散步，必要时剪灯花的人也可以走出来说："我的女士们，先生们，请您到后台歇一会儿。两幕中间插入的这场戏是

---

　　① 维也纳喜剧演员库尔茨（1715—1785）创作于1764年的闹剧，并非汉堡剧院节目单上的光荣一页，所以莱辛并未继续评论。

　　② *La fausse Agnes, ou le poete compagnard*，德文译者是露易丝·阿德尔贡黛·维克托利·高特舍特（1713—1762），译者按照自己的艺术主张，把三幕扩充成了五幕，发表在高特舍特（1700—1766）主编的《德国戏剧舞台》第三部分（1741）上。

　　③ 即使高特舍特已辞世，在这里仍能感觉到莱辛对高特舍特毫不留情的攻击性腔调，高特舍特在世的时候，莱辛就激烈地与他进行过斗争（参见《文学通信》，第17），从未对这位三四十年代的重要文学理论家的改革成就给予相应的评价。

　　④ "批判的名言"指高特舍特的著作《批判的诗学》。这里说的高特舍特的妻子系指他的第一房妻子喜剧作家和翻译家露易丝·阿德尔贡黛·维克托利。

专门为剪灯花而撰写的，如果台下观众看不见，您的表演又有什么用呢？"——译文本身并不坏，尤其是马祖尔人（一个无聊的情人）的音调不畅的韵文，教授夫人译得很得体，很成功。在她认为必须采用另外的词汇来表达原作的地方，是否处处都能如此成功，通过对照便可以看清。尽管这位可爱的女人完全出于好心肠进行这样的改进，我仍然听到有人对此提出责难。在亨莉埃特扮演愚蠢的妓女的那场戏里，戴斯托舍让马祖尔人对她说："您使我惊讶，小姐，我把您当成了戏子。"① 亨莉埃特反驳道："呸！您把我当成了什么人？我是一个诚实的少女，您应该知道。"马祖尔人突然想起："但是，一个人可以同时既是诚实的少女，又是戏子。"亨莉埃特说："不，我认为，一个人不能同时兼备这样两种身份。我是一个戏子！"人们还记得高特舍特夫人用来代替戏子的是个什么词汇：一个奇迹。有人说她这样翻译不是什么奇迹！她也觉得自己像个戏子，而不高兴开这样恶意的玩笑。但是她不应该不高兴，机智而有学识的亨莉埃特作为一个笨拙的处女所说的话，教授夫人必然也能不加修饰地复述出来。当然，也许她觉得戏子这个外来词汇听起来刺耳，奇迹这个词汇听起来则更具有德国味道，除此以外，在我们的美人当中，五十个奇迹才能抵得上一个戏子，这个女人想使自己的译文成为纯粹而易于理解的德文，她做得很对。

这天晚上是以史雷格尔的《寡言的漂亮姐》② 告终的。

史雷格尔的这出小戏是为新建的哥本哈根剧院③写的，是为了在

---

① 在法文原作里是 une virtuose，即一个机灵的女人。——编者注

② 史雷格尔为哥本哈根剧院所写的独幕喜剧，发表于 1747 年，以祝贺丹麦在弗雷德里克五世领导下，戏剧生活的重新开端，此前他的前任克里斯蒂安四世关闭了所有剧院。

③ 丹麦哥本哈根剧院曾于 1728 年遭火灾烧毁，1747 年重又修复。该剧院重新揭幕时，史雷格尔正在哥本哈根任萨克森公国驻丹麦公使封·史派纳的私人秘书。他在哥本哈根曾结识了当时丹麦著名喜剧作家霍尔别克，除为丹麦戏剧界写剧本之外，还写了著名的论文《关于繁荣丹麦戏剧的一些想法》。

这个剧院里用丹麦译文公演而创作的。作品里的风俗习惯也确实更具有丹麦风味。除了这一点之外，这出戏毫无疑问是我国用韵文创作①的优秀喜剧原作。在作品里到处都可以看出史雷格尔的流畅而优美的韵律，而他的大型喜剧不是用韵文创作的，这对于他的后继者来说，倒是一件幸事。否则他很容易使他们脱离观众，这样一来，他们不仅不会相信他的理论，②而且也不会仿效他的榜样。在此之前，他非常热情地赞扬过押韵的喜剧。假如他成功地克服了这种喜剧的困难，他的理由便会显得越发无可辩驳。可是当他亲手创作这部作品的时候，他才真正发现，仅仅为了克服这种困难的一部分，就得付出多么大的气力，而从克服这些困难当中产生的快乐，也弥补不了为此而牺牲的大量的细微的美。从前法国人是这样无聊，莫里哀死后，他那些用散文写的剧本，必须改成韵文。至今他们一听说是用散文写的喜剧，还认为是他们谁都会写的东西。英国人则相反，他们会把一出押韵的喜剧赶出剧院。难道只有德国人——叫我该怎么说好呢——对待这个问题更公允，或者更无动于衷吗？作家写什么，他们便接受什么。如果他们现在来选择一番，挑剔一番，又会怎么样呢？

寡言的漂亮姐这个角色是值得怀疑的。有人说，一个寡言的漂亮姐不一定非是个傻瓜，而女演员把她演成一个愚蠢下贱的妓女，这是不对的。诚然，史雷格尔的寡言的漂亮姐同时又是个傻瓜。她之所以什么也不说，是由于她什么也不想。妙就妙在这儿：凡是她为了做出文雅的样子需要思想的地方，却让她显得不文雅，同时却使她保留了一切机械的文雅，而这些又是她不必思想也可能有的。她的举动，比如说她的鞠躬根本不必是村俗的，可以像舞蹈教师教给她的那样好和

---

①　史雷格尔的喜剧是用亚历山大体韵文写的，这在当时是违反惯例的，因为在文学方面韵文是社会地位的标志，是与作为"高级文体"的悲剧联系在一起的。他的其余喜剧都是用散文写的。

②　在他那篇《关于用韵文写的喜剧的通信》里，史雷格尔在理论上也为韵文戏剧进行了辩护。

优美。为什么让她从自己的舞蹈教师那里什么都没学到呢？她不是学会了打牌吗？而她的牌必须打得不错，因为她决心要把爸爸的钱赢过来。她的服装既不能是古怪的，也不能是不整齐的，因为普拉特根太太分明说：

或许你穿戴得不合体？——让我看看！

来！——转过身去！——不错嘛，坐要庄重。

想入非非的人说什么？说你缺乏智力？

在普拉特根太太的这场品评当中，作家清楚地表明，他希望他的寡言的漂亮姐应该具有什么样的外表。漂亮但不惹人注目。

让我看看你穿戴得怎样？头不要后仰！

没有教养的傻瓜总是耷拉脑袋，而不是后仰。仰头，是舞蹈教师教的，应该让莎洛苔看上去像个舞蹈教师，越像越好，因为这丝毫无损于她的寡言少语，相反恰好是优美而生硬的舞蹈教师的举动，最适合寡言的漂亮姐的性格。这些举动，最能表现寡言少语的女人的美貌，只不过使她的美显得没有生气罢了。

谁若是怀疑她智力如何？请来看看她的眼神。

如果让一个有大而漂亮的眼睛的女演员来扮演这个角色，是非常合适的。只是这美丽的眼睛应该少动或者根本不动。她的眼神必须是迟缓的和呆板的，这眼神应该以其固定的焦点引起我们的热情，但它又什么都不表达出来。

转一圈。——好！过来！鞠个躬！

瞧，问题就在这里。不，瞧着，这样鞠躬。

若是让莎洛苔行一个村俗的鞠躬，行一个傻里傻气的屈膝礼，那就完全错误地理解了这两行对话。她的鞠躬必须非常熟练，像人们常说的那样，不至于给她的舞蹈教师丢脸。在普拉特根太太看来，这个动作还不够装腔作势。普拉特根太太希望莎洛苔在鞠躬的时候，能为自己增添姿色。这就是全部区别，罗文夫人把这个区别解释得非常好，尽管我并不相信她适合扮演普拉特根这个角色。她掩盖不住文雅女人的特点，她那果断的面孔也不适合表演那些卑劣的情节，例如交换女儿之类。

第十一个晚上（星期三，5月6日）演出了《萨拉·萨姆逊小姐》。①

人们对于艺术的要求，无过于亨塞尔夫人扮演萨拉所取得的成就。总的来说，这出戏的演出效果是很好的。剧本过于长了些，因此多数剧院都对它进行了删节。作家对所有这些删节是否满意，我是持怀疑态度的。人们都了解作家们的毛病，如果有人想在他们的手指上拔出一根倒刺，② 他马上会大喊大叫："你们要我的命了！"自然，通过删节一部作品过长的段落，只会补救作品的弊病，而我不明白，不改变整个对话的连续性，怎样压缩一场戏。但是，如果作家不同意别人的删节，由他自己来花费些功夫也许是值得的，而他不应该像泼水一样，只要泼出门去就永远不再染指。

亨塞尔夫人对于死的表演，是非常得体的。死的姿态也是富有画意的，尤其是临死时的一个痉挛令我大吃一惊。她用手指去抓自己的衣服或者抓床，这是临死者的一种征兆。她成功地利用了这种征兆，在灵魂脱离她的一瞬间，在僵直的胳膊上只有手指突然表现出一阵轻微的抽搐，③ 她捏着衣襟稍微提起来一些，立即便又垂下去：这是即将熄灭的灯火的最后跳动，这是回光返照。——如果有谁在我的描述中感觉不到这种细腻的效果，他会埋怨我描述的拙劣，还是亲眼去看看她的表演吧！

---

① 莱辛的剧作，写于1755年，德国第一出"市民悲剧"，在德国悲剧史上占有核心地位。

② 原指从指甲上分离开来的一小块角质物，这里指的是无关紧要的枝节。

③ 痉挛性的动作，莱辛曾经被这种现象所吸引。1767年5月22日，他要求哥哥卡尔从自己的图书馆里借阅一本医学论争文集，标题是"论死者的拉扯"。

第 14 篇　1767 年 6 月 16 日

　　市民悲剧在法国的艺术批评家当中找到了一个非常有力的捍卫者，① 他把《萨拉》介绍给了他的民族。② 一般地说来，在法国人当中找不到典范的东西，他们是不肯轻易表示赞同的。

　　王公和英雄人物的名字可以为戏剧带来华丽和威严，却不能令人感动。我们周围人的不幸自然会深深侵入我们的灵魂，倘若我们对国王们产生同情，那是因为我们把他们当作人，并非当作国王之故。他们的地位常常使他们的不幸显得重要，却也因而使他们的不幸显得无

――――――――

　　① 莱辛以他的《萨拉·萨姆逊小姐》的公演为契机，把他亲自在德国创立的戏剧类型，拿到欧洲的范围内进行讨论，并由此证明它与法国古典戏剧相比更具有合理性。起因是 1761 年 12 月号的 *Journal Etranger* 刊登了这部剧本。该杂志出版于 1754—1758 年和 1760—1762 年间，主要是为了向法国读者介绍外国文化信息。有一位法国"评论家"在这份杂志上发表文章，主要是从社会意义的角度为这个新的戏剧类型进行辩护，其论述比莱辛和"家庭悲剧"创始人乔治·李罗（George Lillo）还要激进，后来莱辛说此人就是戴尼斯·狄德罗（Denis Diderot，1713—1784），实际上是否是狄德罗还是个存疑。莱辛在下一节为这个论述举了一个例子："王公和英雄的名字……对于我们的感觉来说是过于抽象的概念。"引自 *Journal Etranger* 上这篇评论的开头，但未交待出处。他把这种尖锐的社会语调，解释为对"法国人"一种倾向的反应。他说法国人"特别醉心于爵位和其他表面的长处"，因此要"特别提醒"他们注意"这些观点"。对于莱辛来说，观众从美学的角度认同怜悯的可能性是第一重要的，由此出发他要求作家把"我们周围人的不幸"作为悲剧的描写对象。把"市民"这个定语作为文学类型的标志，对于他来说首先不是一个社会范畴，而是一个心理学—人类学范畴。

　　② *Journal Etranger*，1761 年 12 月。——莱辛注（〔编者注〕这个刊物是格里姆于 1751 年在巴黎创立的，是一个介绍外国文学的刊物。1761 年 12 月号刊登了《萨拉·萨姆逊小姐》的片断。莱辛这里所说的法国艺术批评家指的是狄德罗。）

聊。往往是全体人民都被牵连进去。我们的同情心要求有一个具体对象，而国家对于我们的感觉来说是过于抽象的概念。

马蒙泰尔①也说："如果有人相信爵位能够感动我们，那是对人类心灵的冤屈，对人的本性的误解。朋友、父亲、情人、妻子、儿子、母亲，总而言之，凡是人的神圣的名字，比一切都能令人感动，他们总是永远保持着自己的权利。当一个人不顾自己的幸福和荣誉，由于为一个不值得尊敬的朋友效劳，被坏人牵累，②而现在竟呻吟在牢房里，忍受着羞愧和懊悔的折磨的时候，有谁会关心这个不幸的人的官阶、姓氏和出身呢？假若有人问他是谁，答曰：他是一个正直的人，是一个正在忍受着痛苦的有妻子的丈夫，有孩子的父亲。他所疼爱并且也疼爱着他的女人，正处在难以想象的饥寒交迫之中，她的孩子们伸着手向她要面包，而她除了眼泪之外，却无以奉给。也许有人会向我指出，在描写英雄的故事中还有更感动人的、更有道德的，总之一句话，更具有悲剧性的情景！如果这个不幸的人终于服了毒药，而当他服毒之后，发现上苍还想拯救他，在这种痛苦的想象——他应该幸福地活下去——同死亡的恐怖交织在一起的时候，这痛苦和恐怖的瞬间还缺少什么呢？试问，作为一出道道地地的悲剧，它还缺少什么呢？有人回答说，还缺少令人惊异的东西。在突然从荣誉转向耻辱，从无辜转向犯罪，从甜蜜的静穆转向绝望的过程中，不是有足够的令人惊异的东西吗？简言之，只是由于软弱，而陷入异乎寻常的不幸之中。"

但是，尽管狄德罗和马蒙泰尔们谆谆教导法国人切记这些观点，市民悲剧仍然不会因此在他们那里特别流行起来。他们的民族

---

①　马蒙泰尔（Jean - François Marmontel，1723—1799），法国作家。法国学士院院士，曾为百科全书写过许多评论。后来编《文学基础》，对当时文学鉴赏趣味发生重要影响。还写过悲剧和哲理小说。引文出自马蒙泰尔，*Poetique Francaise*（1763），II 10（在谈到李罗的 *The London Merchant* 时说过的话）。

②　这里的"有人"指的是李罗的追随者，家庭悲剧代表人物 Edward Moore（1712—1757），他的剧本《赌徒》出版于 1753 年，这是一出赌徒悲剧。

特别爱虚荣，特别醉心于爵位和其他表面的长处，即使最普通的人也愿意同上流社会的人物交往，与自己的同类往来则被视为拙劣的社交。一个成功的天才，对他的人民会发生很大的影响，自然在任何地方都不曾放弃过它的权力，① 即使是在作家懂得如何表现它的一切真实和力量的地方，它或许也不放弃。一位不出名的作者在一部名为《贫困的图画》② 的剧作中所做的尝试，已经受到了热烈的赞扬。在法国人对它发生兴趣之前，我们应该把它翻译过来供我们剧院上演。

前面提到的艺术批评家对德国《萨拉》的指责，是有一部分道理的。但是我相信，作者宁可保持他的缺陷，也不愿意再徒费功夫进行全面的改写。③ 他提到伏尔泰在一个类似的情况下曾经说过：④ "朋友对于我们的忠告，常常是不可能全部得到兑现的。有的缺陷也是难免的。要想治好一个驼子，可能会要了他的命。我的孩子是个驼子，但是他生活得很好。"

第十二个晚上（星期四，5月7日）演出了雷雅尔⑤的《赌徒》。⑥

这出戏无疑是雷雅尔创作的最优秀作品，此后不久同样把一出

---

① 对 *Journal Etranger* 上的评论的有意识地答辩，评论的结语说，"天才在那里（德国）踏上了自然之路"。

② *L'humanité ou le tableau de L'indigence*, *triste drame*, *par un aveugle tartare*，家庭戏剧，被认为是狄德罗创作的，其实作者不详，德文译者是施特芬（J. H. Steffen），出版于 1764 年。

③ 这种批评适用于剧本的诸多核心因素，如对话、剧情之间的联系和场次构思等等。

④ 1736 年 10 月 24 日，伏尔泰在他的"朋友"贝尔热（Berger）面前为他的剧本 *L'enfant prodigue*（1736）所作的辩护。

⑤ 雷雅尔（Jean - François Regnard, 1655—1709），法国戏剧作家，善于写性格—风俗喜剧。

⑥ 《赌徒》（*Le Joueur*），雷雅尔的韵文喜剧，创作于 1696 年，为了在莱比锡剧院上演，由莱辛和魏塞于 1748 年翻译成德文，未保存下来。

《赌徒》搬上舞台的里维埃·杜佛莱尼，① 要求他尊重创作权利。他抱怨雷雅尔剽窃了他的布局和几场戏，雷雅尔驳斥了这种非难，而如今关于这场争论，我们只知道二人当中确实有一人是剽窃者。倘是雷雅尔，我们还得感谢他，居然敢于滥用朋友的信任。他仅仅为我们的利益而剽窃了这个题材，他预见到这个题材将被糟蹋掉。假如他当时凭良心做事，我们今天看到的将是一部糟糕的《赌徒》。照理说，他应该承认自己的行为，给可怜的杜佛莱尼保留一部分他由此而应得的荣誉。

第十三个晚上（星期五，5 月 8 日）重演了《已婚哲学家》，最后又加演了《作为作家和仆役的情人》。②

这部小巧玲珑的作品的作者是塞路（Cerou），当他于 1740 年把这出戏交给意大利人在巴黎演出的时候，他正在学习法律。演出效果非常好。

第十四个晚上（星期一，5 月 11 日）演出了奎诺③的《风流母亲》④ 和《巴特林律师》。⑤

前者被内行人誉为法国戏剧从上一世纪保留下来的优秀剧目之一。里面确实有许多良好的滑稽情节，连莫里哀也不必为他们而感到

----

① 里维埃·杜佛莱尼（Charles Riviere Dufresny，1648—1724），法国喜剧作家，善音乐、绘画，曾受宠于路易十四。他的喜剧取名为 Le Chevalier Joueur。

② 《作为作家和仆役的情人》（*L'amant auteur et valet*，1740），塞路的喜剧。德文译本出版于 1755 年。首场演出于"意大利剧场"，这是一个逗留在法国的颇有影响的意大利剧团的秘密演出地点。

③ 奎诺（Philippe Quinault，1635—1688），1670 年成为法国学士院院士，作品有喜剧、悲剧、悲喜剧等。

④ 《风流母亲》（*La mere coquette ou les Amants Brouilles*，1664），奎诺的韵文喜剧。剧中出现了一个配角是"侯爵"，这是一个有身份的人，从此以后，这个人物成了法国喜剧里一个可笑的典型人物。

⑤ 这是一部关于律师阶层的法国古老闹剧，匿名出版于 1460 年，从此流行开来。

脸红。但是第五场和全部"解"应该更好些。在前几场里提到的老奴仆始终没有出现，剧本是以冷冰冰的叙述结尾的，而我们期待的是戏剧性的行动。除此之外，这出戏在法国戏剧史上是一部值得重视的作品，因为剧中那个可笑的侯爵是头一个这种类型的人物。《风流母亲》也不是作品的最确切的标题，奎诺理当始终采用第二个标题，即《不和睦的情侣》。

《巴特林律师》① 原是一出古老的滑稽剧，它产生在 15 世纪，当时曾受到非常热烈的欢迎。这部作品之所以这样受欢迎，是因为它有非常有趣的内容和良好的滑稽情节，而这种滑稽情节又产生自行动本身，产生自人物的处境，并非基于单纯的偶然事件。布吕斯②把它改写成现代语言，并改编成目前演出的这种形式。艾克霍夫先生扮演的巴特林非常出色。

第十五个晚上（星期二，5 月 12 日）演出了莱辛的《不信神的人》。③

这出戏在此地是以《耻于不信神的人》的书名著称的，因为人们想把它同布拉威（Brawe）先生的同名悲剧区别开来。其实不应该说改邪归正的人感到羞耻。阿德拉斯特也不是仅有的一个不信神的人，而是许多人物都有这种性格。爱好虚荣的、轻浮的亨莉埃特，对真理与谬误满不在乎的李希多，一身无赖相的约翰，全都是这种不信神的人，他们合在一起凑成这部作品的名称。可是，作品的名称有什么关系呢？只要演出无愧于观众的掌声就行。所有的角色无一例外地都扮演得很得体，尤其是勃克先生以这种性格所要求的极其友好的风度扮演泰奥凡，这样，它就同由于阿德拉斯特的执拗而误解泰奥凡所产生的不可遏制的愤慨形成鲜明的对照，这种愤

① 《巴特林律师》（*Maistre Pierre Pathelin*），1460 年左右产生自法国，原是讽刺律师这个行业的作品。——编者注

② 布吕斯（David‑Augustin de Brueys，1640—1723），神学家和喜剧作家。1700 年把《巴特林律师》改编成散文剧本，首演于 1706 年。

③ 出版于 1749 年，为了与布拉威的同名剧本（曾在尼柯莱的征文中获得二等奖）区别开来，被改成《耻于不信神的人》，莱辛认为没有必要。

慨则是酿成全部灾难的基础。

这天晚上以普费佛尔①先生的羊人剧《珍宝》②而结束。

这位作家除这出小戏之外，还通过另外一出戏《隐士》③获得了相当不坏的名声。他试图使《珍宝》更引人入胜，而不像通常我们的羊人剧那样，全部内容都致力于描写轻佻的爱情。不过作品的语言有点过于雕琢和造作，这样就使得本来是非常精致、纯洁的感受，倒显得很不自然了，成了一种没有感情的滑稽玩具。他的《隐士》尤其如此。这部作品本来是一出小悲剧，人们往往会把它作为一出过于快乐的加演节目，继"感人剧"之后演出。意图是非常好的，但我们宁愿破涕为笑，而不愿因而打呵欠。

第 15 篇　1767 年 6 月 19 日

第十六个晚上（星期三，5 月 13 日）演出了伏尔泰先生的《扎伊尔》。④

"历史教科书的爱好者，"伏尔泰先生说，"不会不乐于知道这部剧作是怎样产生的。各种不同类型的女士们指责作者说，在他的悲剧

---

①　普费佛尔（Gottlieb Konrad Pfeffel，1736—1809），德国作家，善写社会批判性寓言，很受欢迎。他还创作有教育启蒙倾向的小说和戏剧，个别诗歌广泛流传，成了民歌，如《旱烟袋》。

②　普费佛尔创作的田园剧。

③　《隐士》（*Der Eremit*，亦称 *Der Einsiedler*），普费佛尔的独幕伤感韵文剧。

④　《扎伊尔》，伏尔泰的五幕悲剧，首演于 1732 年，高特舍特的译文刊于《德国戏剧舞台》（1741）第一卷。伏尔泰在前言中披露了这部作品产生的背景和时间（不是 18 日，而是 22 日），莱辛的引文就是出自这篇前言。——编者注

里没有足够的爱情。而他则回答她们说，按照他的见解，悲剧不是描写爱情的最适宜的场合，但是如果她们硬要看到恋爱的英雄，他愿意为她们写一些，决不会下于别的作家。这部剧作是在十八天之内完成的，受到热烈欢迎。在巴黎被称为基督教悲剧，并且经常演出，比《波利厄克特》① 演出得还多。"

因此，为了这出戏我们应该感谢女士们，它在今后长时间内仍将是女士们心爱的剧目。一个年轻热情的国王拜倒在爱情面前；一个高傲的胜利者，为女人的姿色所征服；一个苏丹王，专心一意地恋爱着一个女人；一所后宫，② 变成了一个享有无限权威的王后自由出入的去处；一个被遗弃的少女，由于她的美丽的眼睛居然达到幸福的顶峰；一颗被爱情和宗教争夺的心，在它的神和它的偶像中间进行着选择，只要它不必停止爱情，它是希望保持虔诚的；一个心怀嫉妒的人，发现了自己的谬误，并对自己进行报复：假如这些诗人喜欢的思想尚不能打动美丽女性的心，还有什么能打动她们呢？一个艺术批评家说得很风雅：爱情唆使伏尔泰创作了《扎伊尔》。如果他说得更正确些：是风流艳遇。③ 我只知道一种悲剧，其中只有爱情在帮助发挥作用，这就是莎士比亚的《罗密欧与朱丽叶》。确实，伏尔泰让他的处于热恋中的扎伊尔，非常细腻、非常恰如其分地表现自己的感情。但是，这种表现较之莎士比亚那种生动活泼的描绘，算得了什么呢？在莎士比亚的作品里，最微妙、最隐晦曲折的技巧，使爱情悄悄地潜

---

① 《波利厄克特》（*Polyeukt*），高乃依的作品，它是高乃依"基督教悲剧"这个戏剧类型的先驱（1640）。

② 苏丹王的宫殿，《扎伊尔》的故事就发生在这里。

③ 莱辛区分"爱情"与"风流艳遇"，这是他用莎士比亚（这里指《罗密欧与朱丽叶》和《奥赛罗》）反对伏尔泰的特殊方式，早在第 17 封《文学通信》里，他就区分过"内容"与"形式"（公文风格），并且产生了巨大影响，他说后者是法国人的特点，前者是英国人的特点，由此出发说明他们水平的差别。

入我们的心灵；在莎士比亚的作品里，爱情在不知不觉之中取得了优势地位；在莎士比亚的作品里，一切艺术手法都是为了控制其他的热情，直至爱情成为左右我们的全部好恶的唯一主宰。我觉得，伏尔泰是懂得爱情的公文用语的，即是说，当情人们以最谨慎、最庄重的方式表白爱情时，所采用的语言和说话的声调，无异于拘谨的女诡辩家和冷冰冰的艺术批评家为自己辩白时采用的那种语言和说话的声调。然而，最有本事的内阁录事也不会总是完全了解政府秘密。或许伏尔泰对于爱情本质的认识与莎士比亚持有同样深刻的见解，至少他没能在这里把这种深刻见解表现出来，因此作品远远低于作家的水平。

关于嫉妒大概也只能作同样解释。心怀嫉妒的奥洛斯曼，① 与莎士比亚的心怀嫉妒的奥赛罗相比，是一个十分干瘪的形象。显然，奥赛罗原是奥洛斯曼的范本。锡伯②说：伏尔泰窃取了点燃莎士比亚的悲剧性的火堆的火把。依我说：它是从这一堆熊熊燃烧的烈火中抽出来的一炬火把，还应该加上一句：这一炬火把除了冒烟之外，既不发光，也不生热。我们在奥洛斯曼身上听见一个心怀嫉妒的人说话，我们看见他干了一个心怀嫉妒的人所干的轻率行为，但是，关于嫉妒，除了前面我们知道的东西之外，并未学到什么新鲜玩意儿。与此相反，《奥赛罗》则是关于这种可悲的暴躁行为的全面的教科书，我们从中可以学到一切关于嫉妒、如何激起嫉妒和

① 《扎伊尔》中的一个人物形象，是模仿奥赛罗塑造的。
② 锡伯（Colley Gibber, 1671—1757），英国喜剧作家和演员。下述莱辛引来作为注释的诗行见于他的《扎伊尔悲剧》英文译本开场白："法国的《扎伊尔》作者，如他的缪斯所说，受英国戏剧的鼓舞比他自己的缪斯还多。受折磨的奥赛罗的愤怒提高了他的表现力，他抓住点燃这悲剧火堆的火炬。"——莱辛注

怎样避免嫉妒的学问。①

有些读者会问：总是说莎士比亚，难道莎士比亚什么都比法国人理解得更好？令我们烦恼的是，无法读到他的作品。我想借此机会提醒观众，人们似乎故意忘记我们有一个莎士比亚的译本。② 它还没有完成，几乎就无人问津了。对此，艺术批评家们讲了许多坏话。而我倒很想对此讲许多好话。不是为了驳斥这些学者，也不是为了袒护他们在其中发现的缺点，而是因为我觉得不应该对这些缺点如此小题大做。完成这项工作是困难的，除维兰先生之外，任何人在仓促之中都会出现更多的差错，由于无知或者偷懒，会产生更多的毛病，但是凡他做得成功之处，难得有人再胜他一等。他交付给我们的这部莎士比亚作品，仍然是国内值得推荐的。它在我们面前所表现出来的美，在很长一段时间内，在它的污点令我们感到不能容忍，要求看到更好的译本出现之前，还是值得我们学习的。

再回到《扎伊尔》上来。作者是在 1733 年把它搬上巴黎舞台的，三年之后被译成英文，在伦敦的德雷兰剧院上演。译者阿隆·希尔③本人也并不算一个最坏的剧作家。对此，伏尔泰颇为洋洋自得，关于

---

① 英文译本 Tragedy of Zara 的开场白就是锡伯撰写的，他是个用感人的戏剧风格写作的剧作家，这篇开场白的朗诵者，据推测可能是他的儿子泰奥菲鲁斯·锡伯（Theophilus Cibber, 1703—1758），他是个演员。——以下引自这篇序幕："扎拉的法国作者，如他的艺术女神自供，/主要是受英国戏剧，而非受她的启发。/他的语言被痛苦的奥赛罗的愤怒点燃，/他拿起火把，点燃了这一堆干柴。"（莱辛玩了一个文字游戏，在 beleuchten 和 anzuenden 之间选择了 in Glut gesetzt。）

② 8 卷本的莎士比亚译本（1762—1766），出自维兰手笔，一共 22 出戏，德国读者第一次了解了莎士比亚作品的概貌，莱辛认为这是这个译本的主要功绩。——编者注

③ 希尔（Aaron Hill, 1685—1749）剧作家、翻译家和剧院领导人，翻译过伏尔泰的《扎伊尔》和《墨洛珀》。

这个译本，他在剧本的献辞中以其特有的骄傲的谦逊，对英国人法肯诺①所说的话，是值得一读的。只是不可相信什么都是完全真实的，如他自己所吹嘘的那样。对于伏尔泰的文字，如果根本不以怀疑的精神去阅读，是会上当的，因为其中有一部分，他就是以这种怀疑的精神写出来的！

比如他对自己的英国朋友说："你们的作家有一个习惯，甚至连艾迪生②都屈服于这种习惯，因为习惯像理性和法律一样有威力。这种毫无理性的习惯就是，每一幕都必须用韵文来结尾，而这种韵文与剧中其余台词相比具有完全不同的趣味，这种韵文必须包含着一个比喻。菲德拉③在退场时，很有诗意地把自己比作一只麋鹿，卡脱把自己比作一块岩石，克莱奥帕特拉把自己比作啼哭着直到入睡的孩子。《扎伊尔》的译者是第一个敢于为自然规律进行辩护，反对那种距自然规律相去十万八千里的鉴赏趣味的人。他革除了这种习惯，他觉得，热情必须有自己的真实语言，诗人必须处处都把自己隐藏起来，

---

① 法肯诺（Sir Everad Falkener，1684—1758），英国政治家，伏尔泰的剧本《扎伊尔》就是献给他的，附在剧本前面的献辞里还提到了他。莱辛的引文就出自这篇《献辞》。

② 艾迪生（Joseph Addison，1672—1719），在德国以《旁观者》杂志主编而闻名，他还是古典主义悲剧《卡脱》（1713）的作者。伏尔泰加上这样一句话：Le plus sage de vos ecrivains。怎样正确翻译这句话呢？sage 是智慧的意思，即英国作家当中最有智慧的人，但有谁会认为艾迪生是这样的人呢？我记得法国人也称一个不曾失身或者不曾过分失身的少女为 sage。这个意思大概适用于这里。按照这个意思或许可以译成：艾迪生在你们的作家中，是最接近我们老实而谨慎的法国人的。——莱辛注

③ 伏尔泰所说的话似乎并不确切。菲德拉和克莱奥帕特拉都是德莱顿（John Dryden，1631—1700）剧本 *Amphitruo or the Two Secial* 和 *All for Love，or the World Well Lost* 中的人物（只有后者的结尾才是韵文），《卡脱》显然与艾迪生的剧本有关。莱辛对伏尔泰的批评，尽管显得过分拘泥于细节，但显然是一方面出于他对语言准确性的要求，另一方面也是由于伏尔泰恰好要在剧本里宣扬"天赋人权"思想（对此，莱辛在第14篇中进行了辩护）。

以便让我们去识别英雄人物。"

在这一段文字里只有三点不真实的地方，而这对于封·伏尔泰先生来说并不算多。确实，英国人从莎士比亚起，或许更早些，就有一种习惯，把他们用不押韵的诗行写的每一幕剧用几行押韵的诗结尾。但是说这些押韵的诗行包含着比喻，而且必须包含比喻，这是根本错误的。我很不理解，既然伏尔泰先生相信这位英国人阅读过本民族悲剧作家的作品，居然能够对他说出这种话。第二，希尔在他的《扎伊尔》译文中并未摆脱这种习惯。令人几乎难以置信的是，伏尔泰先生并未仔细看过他的作品的译本，还不如我或者另外一个什么人看得仔细。的确是这样。因为译文的确用的是自由韵诗体，而且每一幕也的确是用两行或者四行韵诗结尾。自然，译文并未包含着比喻，但是如上所述，在所有这类韵诗中——莎士比亚、琼生、① 德莱顿、李、奥特维、罗维等人都是用这种韵诗来结束他们的每一幕剧——从一百行里肯定连五行包含着比喻的也找不到。这样看来，希尔有什么特殊的地方呢？即使他真的有伏尔泰赋予他的那种特殊性，那么，第三，如伏尔泰指出的，说他的先辈曾经受过这种影响，也是不真实的。直至目前在英国出现的悲剧，同样还是用押韵的诗行结束他们的每一幕剧。尽管希尔写过各种不同类型的剧本，却没有一出完全摆脱了这种老套子，就是在他翻译了《扎伊尔》以后，也还是如此。那么我们在结尾处是否听到韵脚，又有什么关系呢？如果有，或许对于乐队是有用的，② 可以充当拿起乐器的信号，从剧本本身发出的这种信号，比起笛子或者音部记号给的信号要巧妙得多。

---

① 指的是本杰明·琼生（Benjamin Johnson，1574—1637），就写作方法来说，可能指的是塞缪尔·琼生（Samuel Johnson 1709—1784），上述两位作者，都是17世纪英国剧作家。

② 按照惯例，两幕戏之间的休息要加演音乐，乐队得到舞台上给的信号，便开始演奏。

第16篇　1767年6月23日

　　希尔时代的英国演员还非常不自然，特别是他们演出的悲剧，尤为村野和夸张。凡是表现感情激动的地方，他们的喊叫和表情总是像发疯一样。表演其他戏剧的时候，他们的声调也是生硬的、过分隆重的，每一个音节都能暴露其喜剧演员的特征。当他要上演自己的《扎伊尔》译本时，他把扎伊尔的角色委托给一个从未表演过悲剧的年轻女人。他是这样判断的：这个年轻女人有感情、有声音、有身材、有风度；她尚未接受演戏的错误风格，她不需要改正缺点；只消在几个钟头之内说服她，把自己想象的东西真实地表达出来，她就能够朗诵得如数珠玑，非常流畅。居然成功了。那些认为只有训练有素、经验丰富的人才能担当这样一个角色的自命不凡的戏剧专家，起初反对希尔这样做，现在却感到惭愧了。这位年轻女演员是喜剧演员柯雷·锡伯①的妻子，她十八岁初次登场时，就做了一次卓越的演出。值得注意的是，初次饰演扎伊尔的法国女演员，也是一名新手。年轻美貌的古森小姐②通过这次演出突然成了名角，甚至连伏尔泰都对她着了迷，他对自己的年龄感到非常遗憾。

　　扮演奥洛斯曼这个角色的是希尔的一个亲属，此人并非职业演员，而是一个有地位的人。他演戏只是出于爱好，并且丝毫没想到借公开登场的机会来显示自己的无与伦比的才能。在英国，有声望的人

---

　　①　指的是苏珊娜·玛丽娅·锡伯（Susanna Maria Cibber 1716—1766），她并非柯雷·锡伯（Colley Cibber）的妻子。这是莱辛的误会，柯雷·锡伯是开场白的作者，这位年轻女演员是柯雷·锡伯之子赛奥菲鲁斯（Theophilus）之妻。——编者注

　　②　正确的说法应该是让娜·卡特琳·古森（Jeanne Catherine Gaussin，1711—1767），法国女演员。伏尔泰在《扎伊尔》正文之前《给古森小姐的信》（*Epitre a Mademoiselle Gaussin*）里谈到过她。

们纯粹出于娱乐偶尔参加一次演出的例子，并不稀罕。伏尔泰先生说："在这里唯一令我们感到意外的就是这件事，就是它使我们感到意外。我们应该想想，世界上一切事物都是与习惯和舆论分不开的。从前，法国宫廷里的人们，在戏院里跟歌剧演员一块跳舞，人们并不觉得有什么特殊的地方，只觉得这是一种时髦的娱乐。在两种艺术之间，除一种艺术远比另一种高尚，需要卓越的精神才能，胜过单纯的身体技巧之外，还有什么区别呢？"

格拉夫·戈齐①把《扎伊尔》译成了意大利文，译得很准确，很优美，译文收在他的作品的第三卷里。那些温情的哀怨，在什么语言里能比在这种语言里更令人感动呢？只有在作品结尾处，戈齐采用了自由译法，这一点是很难令人满意的。奥洛斯曼自遇刺以后，伏尔泰只让他用几句话讲述了奈莱斯坦②的遭遇，来安慰我们。可是戈齐是怎样做的呢？这个意大利人觉得让一个土耳其人这样死去未免太冷酷无情。他让奥洛斯曼发表了一大通充满呼喊、充满呜咽和绝望的冗长演说。我想为稀罕之故将它们附在正文下面。③

在这里，德国人的趣味与意大利人的趣味相比，距离是多么远哪，这简直是不可思议的！伏尔泰的作品对意大利人来说太短，对德国人来说则太长。没待奥洛斯曼说"尊敬和报应"，没待他完成

---

① 戈齐（Gasparo Graf Gozzi，1713—1786），意大利剧作家、翻译家，翻译过伏尔泰的剧本《扎伊尔》。创作《图兰朵》的著名剧作家卡洛·戈齐（Carlo Gozzi，1720—1806）是他的弟弟。

② 《扎伊尔》当中的一个人物。

③ 死亡的恐怖在我的血管里奔驰，它如今再也不是疼痛，高尚的灵魂，这可满足了你的愿望。你这粗野、凶恶、不幸的心灵，偿还那残暴的犯罪的债务吧。上帝啊！这双残酷的手，沾满了尊贵女人的鲜血，匕首在哪里，让它再一次插入我的胸膛！我该死！匕首在哪里？锋利的刀尖——黑夜降临在我的心里，内心是一片黑暗！为什么我不能——把我的血液流光——能啊，能啊，我能——亲爱的灵魂，你在哪里？我不能再——上帝啊，倘能见到你！我的思想消失了，上帝！——莱辛注

致命的一击，我们便把幕关闭了。然而，按照德国人的趣味真的要求这样表演吗？我们对许多作品都进行了这样的压缩，为什么要这样做呢？难道我们诚心诚意要使一部悲剧像一首警句诗那样结尾吗？总是用匕首的刀锋，或者用主人公的最后一声呻吟？我们这些冷静的、严肃的德国人怎么这样不耐烦？尽管距离戏的完满结尾还有少许几句必不可少的台词，① 为什么一俟惩罚过后便什么都不想再听了呢？而我徒费心力地研究一件事物的原因，却是百思不得其解。如果演员愿意信赖我们，我们本来是有足够的耐心要听听作家最后说些什么的。按理说，我们非常愿意听取高贵的苏丹王的最后命令，分担奈莱斯坦的惊异与怜悯，但是我们不应该。为什么我们不应该呢？对于这个"为什么"，我却回答不出"因为"。应该归咎于扮演奥洛斯曼的演员吗？为什么他们喜欢最后一句台词，这本来是很容易理解的。刺死和掌声！人们必须谅解艺术家们那点小小的虚荣心。

《扎伊尔》在任何一个民族当中都没有像在荷兰那样遇到一个尖锐的艺术批评家。弗里德里希·杜伊姆②——或许是阿姆斯特丹剧院同姓著名演员的亲戚——对这部作品提出许多指责，认为它是一部低劣的作品，他想写一部更好些的作品。他确实又另写了一部，③ 扎伊尔的皈依是这部作品的主题，结尾的时候，苏丹王战胜了自己的爱

---

① 汉堡的演出是以"尊敬和报应"这句话结束的，可在《扎伊尔》里，接下去还有奥洛斯曼的"最后的命令"（"尊敬这位英雄吧，陪伴他走一程吧"）和"奈莱斯坦的钦佩与怜悯"（"我不知道自己在哪里，上帝为我引路吧！/你的盛怒一定要令我对你表示钦佩？/在我痛苦的时候，心里还要产生悲伤？"）。

② 杜伊姆（Frederik Duim，1674—?），一位颇为自信的荷兰剧作家，他曾经用一篇关于《扎伊尔》的评论，一部对剧本的"失败的改编"与伏尔泰竞争。

③ 《扎伊尔，皈依的土耳其女人》，悲剧，阿姆斯特丹，1745。——莱辛注

情，把基督教徒扎伊尔按照她的提高了的身份打扮得花枝招展，遣送回她的祖国，鲁西南①老人高兴地死去。谁会有兴趣企图知道得更多些呢？悲剧作家唯一不可原谅的缺点，就是他使我们对于剧情漠不关心。他想按照自己的愿望，采用一些小的机械的规则来引起我们的兴趣。杜伊姆们尽管指责，但是他们不能指望亲自去拉开奥德赛的弓。② 我之所以说这些话，是因为我不希望从失败的改编回到无根据的批评。杜伊姆的指责在许多地方都是有充分根据的，尤其是他对伏尔泰在处理地点方面的不恰当之处和人物上场与退场没有足够根据的缺点，观察得很仔细。甚至连第三幕第六场中不合理的地方都未被他放过。他说："奥洛斯曼来唤扎伊尔去教堂，扎伊尔拒绝去，都丝毫未讲拒绝的理由。她走了，而奥洛斯曼却像个傻瓜一样（als eenen lafhartigen）停在那里。这符合他的尊严吗？符合他的性格吗？为什么他不闯到扎伊尔那里讲明自己的意思？为什么他不追随她到后宫去呢？难道不允许他跟随她到那里去吗？"狠心的杜伊姆！如果扎伊尔讲明自己的心情，其余几幕戏还从哪里来呢？如果那样，全部悲剧不就吹台了吗？完全正确！第三幕第二场也是同样无聊：奥洛斯曼又来到扎伊尔这里，扎伊尔未作进一步的说明便又退场了，而这个善于忍气吞声的（dien goeden hals）奥洛斯曼这时以一段独白来安慰自己。但是，如上所说，矛盾，或者不稳定的情景必须延续到第五幕。如果全部灾难系于一发，那么没有一根粗壮的头发能够经得住世界上更多的重要事物。

最后提到的这场戏，除了它的缺陷之外，饰演奥洛斯曼的演员倒是可以充分发挥其严谨的光彩来表现他的细腻的艺术，只有同样细腻的内行才能够体会这种艺术。他必须从一个表情动作过渡为另一个表情动作，他还必须懂得，通过无声的表演使这种过渡如此自然，以至

---

①　《扎伊尔》中的一个人物。

②　典出荷马，《奥德赛》，第 XXI 歌，第 75—410 行，珀涅罗珀的求婚者们未能拉开奥德修斯的弓，所以他们都未能娶她。——编者注

于不必通过跳跃，而是通过一种迅速的，但同时又是明显的层次吸引住观众。当扎伊尔在迷恋着奥洛斯曼，真诚坦率地早已不再向他隐瞒爱情的秘密的时候，奥洛斯曼表现得非常宽宏大量，诚心实意地想宽恕扎伊尔。当他重新焕发出热情的时候，则要求他的情敌做出牺牲。在这样的条件下，他仍有足够的温情向她担保自己的全部爱情。可是，因为扎伊尔是无辜的，而他显然又自以为掌握了她的罪证，于是这股无名愤怒越发地控制了他。就这样，他从骄傲转变为温情，又从温情转变为痛楚。圣阿尔本①在他的《演员》②一书中所谈的一切，都被艾克霍夫先生完成得很圆满，以至于人们相信，他自己就是艺术批评家的典范。

第 17 篇　1767 年 6 月 26 日

第十七个晚上（星期四，5 月 14 日）演出了格莱塞③的《希德尼》④。

这出戏是在 1745 年首次登上舞台的。一出反对自杀的喜剧在巴黎是不会获得多大成功的。法国人说，这出戏是为伦敦创作的。我也不晓得，英国人或许会觉得《希德尼》有点不够英国味儿。他动作迟缓，在做一件事情之前，哲理讲得太多，而在自以为做完一件事情之后，哲理又讲得太少。他的懊悔可能会显得懦弱得丢脸。是的，让人看着被一个法国仆役所欺骗，会被某些人视为丢脸的事情，单凭这

---

① 圣阿尔本（Remond de Saint - Albine, 1699—1778），法国剧作家和评论家。在 Le Comedien 一书中，详细探讨了伏尔泰的《扎伊尔》。莱辛在《戏剧丛书》（1754）中介绍过这本书的片断。

② Le Comédien，第 2 部，第 10 章，第 209 页。——莱辛注

③ 格莱塞（Jean - Baptiste - Louis Gresset, 1709—1777），法国抒情诗人和戏剧家，善写性格喜剧。

④ 格莱塞的三幕诗剧，首演于 1745 年。

一点就值得吊死。

就是这样一部作品，似乎倒很符合我们德国人的趣味。我们喜欢用点哲理把一件残暴行为遮盖起来，倘若有人制止我们去做一件蠢事，并让我们承认讲了错误哲理，我们并不觉得有损于自己的荣誉。因此，我们衷心喜欢杜蒙，① 尽管他是个法国"牛皮匠"，尽管作家让他遵行的那套礼节令我们感到不快。当希德尼听说杜蒙预料他还不到死的时候，他还是一个最健康的人，格莱塞让他喊道："我几乎无法相信——罗萨里亚！——哈密尔顿！② ——还有你，你的幸福的热情。"为什么要排列这样一个名单？允许牺牲礼节性的感谢吗？仆人拯救了他。头一句话，头一句高兴的表示，是属于仆人的，尽管他在自己的主人当中，在自己主人的朋友当中不过是个仆人。假如我是演员，在这个地方我会大胆地做作家应该做的事情。纵然我不越出他的规范，第一句话说给我的救命恩人听，至少也要向他投过去第一个感激的眼神，向他跑过去做第一次感谢的拥抱。然后才转向罗萨里亚，转向哈密尔顿，然后再回到他这里。表现人性比表现生活方式更令我们关切！

艾克霍夫先生的希德尼扮演得很出色，这无疑是他所扮演的最成功的角色之一。可以这样说，构成希德尼全部感情的兴奋的忧郁，冷淡的感情，很难表现得更工巧，更真实。表演充满了诗情画意的表情，通过这些表情使具有普遍意义的思想产生了形体感，他的内心感受变成了眼目可见的对象。这是多么令人信服的风格呀！

这天晚上最后加演了一出独幕戏，这出戏是根据拉非沙德的法文

---

① 剧中的仆人，他未递给希德尼盛毒药的杯子，而是递给他一杯无害的饮料。
② 都是剧中的人物。

原作改编的，剧名是"他是自家人吗？"。① 人们一眼便可猜出，戏里必然要出现一个傻男人或者一个傻女人，故事主要发生在一个年老的贵族周围。一个有教养的年轻人，他有着令人怀疑的出身，想娶一个侯爵的前妻遗女为妻。母亲是否答应取决于关于这一点的说明。年轻人只说自己是一个叫作李桑德尔的平民的养子，但人们发现，李桑德尔是他的生身父亲。倘不是李桑德尔只是由于失事才被降为平民阶级，这场姻缘也就没指望了。实际上他和侯爵一样出身好，他是侯爵的儿子，由于年轻时生活放荡，被逐出家门。现在他想利用自己的儿子同家父和好。和好实现了，作品的结尾是很感动人的。作品的基调是令人感动而不是滑稽，剧名不是使我们更多地想到前者而不是后者吗？剧名确实是小事一桩，但是这一次我无法证明它有唯一可笑的性质。它既不必表现内容，也不必把内容泄漏无遗，但它也不应该引起人们的误解。这个剧名就有点这个弊病。还有什么比剧名更容易改变的吗？凡是德国作者偏离原作的其他地方，都成了作品的长处，使它呈现一副土生土长的样子，这点是几乎所有根据法国戏剧改编的作品所没有的。

第十八个晚上（星期五，5月15日）演出了《击鼓幽灵》。②

这部作品原来是根据艾迪生的英文原作改编的。艾迪生只创作了一部悲剧和一部喜剧。总的来说，戏剧诗歌并非他的擅长。聪明人懂得处处避开不愉快的事情，这样他的两出戏即使不是这类作品中最成功的作品，至少也是很值得称赞的作品。他在创作这两部作品的时候，试图更多地接近法国的规则，但纵有二十个艾迪生，也无法使这

---

① 《他是自家人吗？》（*La Famille*），托马斯·拉非沙德（Thomas L'Affichard, 1698—1753）的独幕散文体喜剧（1746）。莱辛的批评针对的是译文标题的改变，汉堡剧院用的就是这个译本。1749年的第一个德文译本，剧名为《家》，这个标题更准确。

② 戴斯托舍根据艾迪生的 *The Drummer or the Haunted House*（1715）"改编"成 *Le tambour nocturne ou le mari devin*，路易丝·高特舍特译成德文，发表在《德意志舞台》（1741）第2卷上。

种规则适合英国人的趣味。不了解更高的美的人，可以以此为满足了！

戴斯托舍在英国时，曾与艾迪生有过私人交往，他把艾迪生的喜剧塞进更为法国式的模子里。我们演出的就是他的改编本。这个改编本的确是文雅得多，自然得多，但有些地方也冷淡得多，无力得多。倘不是我们误会的话，高特舍特夫人——这个译本出自她的手笔——参照英文原作复原了某些好的情节。

第十九个晚上（星期一，5 月 18 日）重演了戴斯托舍的《已婚哲学家》。

在第二十个晚上（星期二，5 月 19 日）上演的是雷雅尔的《德谟克力特》。①

这部喜剧有许多缺点和不合理的东西，可是它很受欢迎。在看戏的时候，内行也像最无知的平民那样笑得畅快。这是什么原因呢？这出戏所具有的美必然是真实的具有普遍意义的美，而其缺点也许只是无关紧要的，对于这些缺点，观众是很容易忽略的，而不像艺术批评家那样乐于指责。他没有遵守地点整一律。他抛弃了一切流行的惯例。他的德谟克力特跟任何一出戏里的真实的德谟克力特都没有雷同之处。他的雅典与我们所知道的雅典完全是两码事，好了，去掉德谟克力特和雅典，代之以想象的名字。雷雅尔当然也像别人一样知道，在雅典周围没有荒野，没有虎，没有熊，在德谟克力特时代也没有国王等等。但是在目前他不理会这一切，他的目的在于借陌生的名字来描绘本国的风尚。这种描写是喜剧作家的主要任务，而不是历史的真实。其余缺点是难以令人谅解的，兴趣的缺乏，空泛的纠葛，一大堆多余的人物，德谟克力特的无聊的机智，我们从德谟克力特嘴里听到的机智不仅是由于它违背主题思想，令人感到无聊，而是由于作家可

---

① 雷雅尔的喜剧，创作于 1700 年，经常因为不忠实于历史而受到攻击，莱辛恰恰从这个角度，当然也只是从这个角度捍卫了这出戏，他认为喜剧作家没有义务再现"历史的真实"。

以随意将这些无稽之谈塞到任何一个人物的嘴里。但是，当史特拉保和塔勒①使我们心情愉快的时候，还有什么不能忽略的呢？史特拉保的性格同样是模棱两可的，谁都无法确定他是个什么样的人物；他的谈话风格变幻莫测，因人而异；他忽而是个文雅而机智的冷嘲热讽的人，忽而是个粗鄙的滑稽诙谐的人，忽而是个文弱的愚夫子，忽而又是个轻佻的招摇撞骗的人。他同克兰蒂丝的结合非常滑稽，但却不自然。布瓦尔小姐和拉·托利里埃②最初表演这些场面时的那种风格，从一个男演员到另一个男演员，从一个女演员到另一个女演员相传下来。这些都是最下流的丑相，但是由于它们通过流传受到法国人和德国人的推崇，因而谁都不想对它做丝毫改变，而我愿意不揣冒昧地说，本来在最下流的滑稽表演中都不应该容纳它们。最好、最滑稽和最成功的性格，是塔勒的性格。他是一个真实的农民，乖巧而正直，有着说不完的邪恶的奇谈怪论。从艺术方面来考察，他又仅是个插曲式的人物，而且对于解决纠葛同样是不可缺少的人物。③

---

①　雷雅尔剧本中的人物。

②　法国女演员，是她们最初在法国上演了这出戏。莱辛这里的话引自《法国戏剧史》，这是一部 15 卷本的工具书，记载了所有 1721 年以前上演的剧本。

③　《法国戏剧史》（1735 年在阿姆斯特丹匿名出版的著作，作者是 Claude 和 Francois Parfaict。——编者注），第 14 章，第 164 页。——莱辛注

三　关于历史的真空

第18篇　1767年6月30日

第二十一个晚上（星期三，5月20日）演出了马里沃①的喜剧《虚伪的信赖》。②

马里沃为巴黎的剧院工作了几乎整整半个世纪之久。他的第一出戏写于1712年，死于1763年，享72岁③高龄。他的喜剧数目达三十余部，其中有丑角④的超过三分之二，因为他是为意大利舞台创作的。《虚伪的信赖》也属于这一类作品，它在1736年初次上演时未获特殊成功，两年之后再度搬上舞台，才受到较为热烈的欢迎。

他的剧本尽管也塑造了各式各样的人物性格，描写了各式各样的矛盾，然而它们互相之间显得还是那样相似。它们那同样闪烁着光彩，然而往往显得过于搜索枯肠的机智，它们那同样形而上学的

---

① 马里沃（Pierre de Marivoux，1688—1763），法国作家，著有三十多部喜剧，还著有小说。在舞台上革除了莫里哀倡导的脸谱。他是一位在法国最受欢迎，但也因为他那不自然的洛可可风格（Marivaudage）而遭到批评的剧作家和小说家。莱辛在后文中多次评论他的剧本。

② 《虚伪的信赖》（Les fausses confidences，1737），散文体三幕喜剧，作者是马里沃。

③ 正确说法应为75岁。

④ 丑角（Arleccino），意大利即兴喜剧中的类型化的滑稽角色，相当于德国戏剧中的Hanswurst，这类角色在"意大利剧院"里是必不可少的，马里沃的许多剧本都是为意大利剧院写的。

感情的剖析，它们那同样绚丽新颖的语言，① 都十分相似。他的创作天地十分狭窄，但是作为他这门艺术的一个真正的卡里比得斯，② 他懂得以许多微小的然而却有着明显起落的步伐，遍游这门艺术的狭隘领域，最终我们甚至相信跟随着他走过了一段漫长的路程。

自从瑙伊伯琳③在高特舍特教授先生指导下，④ 从她的剧团里公开取缔丑角以后，所有期望着被称为合乎规则⑤的德国剧院，似乎都赞成这种取缔。利用似乎两字，这是因为实际上他们只取消了那花坎肩和名字，却保存了滑稽角色。瑙伊伯琳自己就上演过许多以小丑为主角的戏。小丑在她的戏剧中被称为小汉斯，代之以斑驳花哨的衣着的是一身白衣服。这对于良好的鉴赏力确实是一个伟大的

---

① 具有许多创新词汇的语言。

② 卡里比得斯（Kallippiodes），希腊演员，因表演"原地跑步"所产生的滑稽效果而闻名。

③ 瑙伊伯琳（Karoline Neuberin，1697—1760），德国著名女演员和剧团班主，曾以自己的剧团协助高特舍特进行戏剧改革。她在德国舞台上首次取缔了丑角。采用固定角色制，代替从前的即兴表演。她本来姓瑙伊伯尔，俗称瑙伊伯琳（Neuberin），字尾 in 表示女性，含有贬义。

④ 典出取缔舞台上的丑角的著名事件，策划者是瑙伊伯琳，她是一个以自己的名字命名的戏班子的领导人，莱辛曾经与这个戏班子有过密切来往，取缔丑角的行动是在高特舍特的"保护之下"，亦即按照这位当年的文学教皇的理论准则进行的。高特舍特的用意是建立"合乎规则"（见第 270 页，第 26 行）的德国对话戏剧，在他看来，这类流行的喜剧人物那种迎合观众的即兴式的哑剧表演，是令人讨厌的，这是因为它既有损于戏剧的道德名声，也令人难以承认它是社会性的教育场所。莱辛早在 1759 年，就在第 17 封《文学通信》中攻击过高特舍特取缔丑角的活动（这是"从未上演过的"一出"最大的滑稽戏"），问题不仅仅是由于他赞成在自己经营的剧院里采用丑角，而是因为他在受规则限制的戏剧和发展不受限制的喜剧之间，宁愿选择后者。

⑤ 按照高特舍特舞台改革的意见，即符合法国古典主义的规则。——编者注

胜利！

《虚伪的信赖》中也有一个小丑，在德译本里变成了彼得。瑙伊伯琳已经死了，高特舍特也死了，我想，我们应该再给他穿上坎肩。这不是说笑话。既然允许他叫外国名字，为什么不允许他叫自己的名字呢？有人说："他是外乡佬。"这有什么关系呢？也许我愿意看到我们当中的一切滑稽角色都是外国人呢！"我们当中没有人像他那样穿戴。"这样他就不必费许多话通报姓名了。"每天在一出新戏当中出现这么一个同样的人物，令人看着觉得讨厌。"不能把他当作一个人物，而应视为一种类型。这不是小丑，他今天出现在《泰门》里，明天出现在《隼》①里，后天又出现在《虚伪的信赖》里，像一个真实的汉斯出现在各条胡同里。这是些小丑，这个类型具有千百个变种。出现在《泰门》里的不同于出现在《隼》里的，前者生活于希腊，后者生活于法国，只是由于他们的性格具有相同的特征，才给他们一个相同的名字。为什么我们这样讨厌他们呢？为什么我们对于娱乐这样挑剔呢？为什么我们对这种乏味的牵强附会这样不能容忍呢？甚至于比起——倘不说法国人和意大利人——罗马人和希腊人自己有过之而无不及。他们的食客②与小丑相比有什么两样呢？他不也有自己的特殊服饰吗？他不也是从一出戏到另一出戏反复出现吗？希腊人不是有一种时常穿插进山林鬼怪③的戏剧吗？它们是否也符合戏剧的历史呢？

几年之前，丑角曾经在真正批评的审判台前，以同样的兴趣和彻底性，为自己的事业进行过申辩。我推荐摩塞尔先生一篇关于怪诞的滑稽的论文给那些不了解这篇论文的读者，了解这篇论文的读者的意

---

① 典出德里斯勒（Louis Francois Delisle）的两出喜剧《泰门》（*Timon le Misanthrope*，1712）和《隼》（*Le faucon et les oies de Boccace*，，1725），在这两出戏里，丑角是以个性化形式出现的。

② "食客"是古希腊和古罗马戏剧中的类型化人物形象。

③ 典出希腊"山林鬼怪戏剧"，其主角是具有动物标志的，以夸张的方式表现性感的山林鬼怪（酒神的随从），习惯上用它来结束悲剧的演出。

见我已经听到过了。在那篇论文里顺便提到某一位作家，说他自以为
有朝一日会成为丑角的赞美者。① 有人会想：他现在已经成了这样一
个人。但是，不，他从来就是这样一个人。摩塞尔先生让他说的那些
对于丑角的指责，他记得从来没说过，甚至一次都没想过。

除了小丑之外，在《虚伪的信赖》里，还出现了另外一个仆人，
由他执行全部诡计。两个角色都饰演得很好；亨塞尔先生和梅尔士先
生，大概是我们剧院里仅有的两位演员，他们饰演仆人的角色再好
不过。

第二十二个晚上（星期四，5 月 21 日）演出了杜·贝雷②先生
的《采勒米尔》。

杜·贝雷的名字是无人不知，无人不晓的。他在近代法国文学史
里不完全是个陌生人。他是《围困加莱》③ 的作者！如果说这部作品
不值得让法国人如此大肆吹嘘的话，那么这种吹嘘本身却给法国人带
来了荣誉。这表明法国人是一个追求荣誉的民族，他们的祖先的伟大
业绩也没失掉这种痕迹，他们相信一个诗人的价值，也相信戏剧对于
道德和风尚的影响。他们并不把诗人视为他们的无用的成员，也不把
戏剧视为只有在事业上懒散的人才关心的对象。在这出戏里，我们德

---

① 指摩塞尔（Justus Moeser，1720—1794）的论文《丑角》（或者《为
怪诞的滑稽一辩》，1761），这篇文章是 18 世纪围绕滑稽所进行的辩论的核
心文字。关于"指责"过丑角的"某一位作家"，莱辛在第 17 封《文学通
信》中做了更正，文章说："莱辛先生是一个这样的人，他自以为有朝一日
会成为我的赞美者，他也许会在这里对我提出相反的意见，认为取缔这些形
象是消除它的影响的可靠手段，观众会以为自己受骗上当了，他们觉得自己
比那些十分可笑的愚蠢行为高尚得多。"——编者注

② 杜·贝雷（Joachim Du Belloy，1522—1560），法国"七星诗社"作
家之一，著名十四行诗作家。年轻时曾随法国剧团在德国布伦施威格演出，
回国后立即以悲剧作家出名。《采勒米尔》是他创作的第二部悲剧。

③ 《围困加莱》（*Le siege de Galais*，1765），首次公演之后不久，便由
于它传递了英雄主义的"信息"（1346/1347 年加莱被围困的时候，牺牲了
六位市民）成了一出传奇式的剧本。

国人落后于法国人是何等远啊！直截了当地说，在他们面前我们还是真正的野蛮人呢！比我们的最野蛮的祖先还要野蛮。在我们的祖先看来，一个歌手是一个非常值得尊敬的人，而那些对艺术和科学漠不关心的人，如果有人问：行吟诗人①是更有用的市民，还是贩卖熊皮和琥珀的商人是更有用的市民？他们肯定会把这看成是傻瓜提出的问题！在德国，不管我走到哪里，都会看到，城市还应该进行建设，也许可以期望德国的城市即使不能像加莱对待杜·贝雷那样，②也将对一个德国诗人表示千分之一的尊敬和感谢。③人们总认为这是法国人的虚荣心，什么时候我们才能有这样一种虚荣心呢！这也是奇迹吗？在加强我们的民族蔑视那些不直接充实钱口袋的事业方面，我们的学者是无能为力的。人们谈论任何一位天才作家的一部作品。人们议论对于艺术家的鼓励。人们表示希望建设一个富裕的、繁荣的城市。在这里只需借助耳目的听视，就可以让那些在日常营业中付出辛苦和努力的人得到文明的休息，使另外一些根本不想从事营业的人能够有益地消磨他们的时光（剧院至少可以做到这些吧？）。"感谢老天爷，"不光是高利贷者阿尔比努斯④这样喊，"我们的市民有更要紧的事情要做！"

————————

① 自盖斯滕伯格（Gerstenberg）的《一位吟唱歌手的诗》（*Gedicht eines Skalden*，1766）以来，被误解为具有传教士光环的日耳曼"歌手"；行吟诗人引发了广泛的崇尚自然的行吟诗歌创作。

② 加莱曾授予杜·贝雷以荣誉市民称号，并在市政厅里把他的像跟为该城市作出过贡献的人的像并列在一起。《围困加莱》描写的是1346年法国人抵抗英国人的解放战争中的一段故事。——编者注

③ 为了（《围困加莱》）这出戏，加莱授予他荣誉市民称号。在称赞法国人的"虚荣心"背后，隐藏着莱辛日益增长的不满，因为汉堡这座城市至今尚未重视国家剧院和他本人，至今尚未允许他的《明娜·封·巴伦海姆》公开上演。

④ 阿尔比努斯（Albinus）是贺拉斯在《诗艺》中提到的一个人物，下边的两句诗均出自该书，莱辛在此处用的是拉丁文，这里的译文引自杨周翰译，《诗艺》，第155页，人民文学出版社，1962。

……好!

你将来会管理你的产业了!……

更要紧的? 我承认是更有利的! 凡与自由的艺术丝毫无关的,自然对我们都不会有利。但是,

……当这种铜锈和贪得的欲望

腐蚀了人的心灵……

我克制不住自己。这些话与《采勒米尔》有什么关系呢?

杜·贝雷年轻时曾想或者说应该学法律。"应该"二字才是符合实际的词汇。由于对戏剧的热爱压倒了一切,他便放弃巴托鲁斯,①成了喜剧演员。有一段时间,他曾随同法国剧团在布伦施威格演过剧,还写了几出戏,后来又回到他的祖国,通过几出悲剧很快获得成功和名声。假如他成为一个包芒,② 法律这门学问也可能使他获得同样的成功和名声。想走这条道路的德国年轻的天才则可怜得很! 藐视与乞讨是他们确定无疑的命运!

杜·贝雷的第一部悲剧称作"铁塔斯",③《采勒米尔》是他的第二部悲剧。《铁塔斯》未受到欢迎,仅仅上演了一次。但是《采勒米尔》却成功得多,接连上演了十四场,巴黎人还没有看够。戏的内容是作家自己虚构的。

一位法国艺术批评家④曾经借此机会表示完全反对这种类型的悲剧,他说:"倘是历史题材,或许我们会更喜欢。世界年鉴里充满了

---

① 巴托鲁斯(Bartolus, 1314—1357),著名意大利法学家,他的名字成了"研究法学"的口头语。

② 包芒(Elie de Beaumont, 1710—1786),法国著名律师。

③ 五幕悲剧,创作于 1760 年。

④ 见《百科报》(*Journal Encyclopédique*),1762 年 7 月号。——莱辛注

声名狼藉的犯罪，而悲剧应该着重表现真正英雄的伟大行动，令人景仰和模仿。当这种悲剧把足以令后世钦佩的尸体奉现在观众面前的时候，同时也用高尚的热情点燃了现在仍活着的人们的心灵，向死者学习。人们不赞同的不仅因为《扎伊尔》《阿勒其尔》《穆罕默德》①等是虚构的产物。前两个名字是虚构的，但事件的基础却是历史的。历史上确实发生过基督徒与土耳其人为了敬神，他们共同的天父，而互相仇恨和残杀的十字军。在墨西哥的征服中，应该表现出欧洲的风俗习惯和美洲的风俗习惯、狂热和真实的宗教之间的巧妙而庄严的对比。至于说穆罕默德，他是这个骗子手全部生活当中的精华，或者说是荟萃。在行动中表现宗教的狂热，还有那出自这位危险的巨人之手的最美丽、最具有哲学意味的画面。"

第 19 篇　1767 年 7 月 3 日

　　每人都有权拥有自己的鉴赏趣味，而设法说明自己的鉴赏趣味的理由是值得称赞的。但是，赋予为这种鉴赏趣味进行辩护的理由一种普遍性，使它成为唯一真实的鉴赏趣味，如果这样做是可信的，便意味着走出探讨的爱好者的圈子，俨然以一位固执的权威自居。上文提到的那位法国作家，以一句有节制的"或许我们会更喜欢"开始，进而归结为具有普遍约束性的意见，使人觉得这个"我们"是从批评本身的嘴里说出来的。真正的艺术批评家，不从自己的鉴赏趣味中引出规律，而是按照事物的自然本性②所要求的规则来形成自己的鉴

---

　　①　都是伏尔泰的悲剧作品。

　　②　18 世纪鉴赏趣味的转折，是由审美判断的主观化（始于约翰·乌尔利西·科尼西的《试论诗歌艺术和演讲艺术的良好趣味》，1727）向提倡"真正的艺术批评家"的转变，用他的判断"规则"来衡量对象的结构，对

赏趣味。

亚里士多德②早就规定了悲剧作家能够在多大范围内照顾历史的真实性。这种真实性不能超出精心构思的情节，作家就是用情节来表现他的创作意图的。他之所以需要一段历史，并非因为它曾经发生过，而是因为对于他的当前的目的来说，他无法更好地虚构一段曾经这样发生过的史实。如果他偶然发现一桩真实的不幸事件是合适的，他会满意这桩真实的不幸事件，但是，为此而花费许多时间去翻看历史书本，是不值得的。有多少人知道发生过什么事情？如果我们愿意相信可能发生过的某些事情是真实的，那么有什么会阻碍我们把从未听说过的、完全虚构的情节当成真实的历史呢？是什么首先使我们认为一段历史是可信的呢？难道不是它的内在可能性吗？至于说这种可能性还根本没有证据和传说加以证实，或者即使有，而我们的认识能力尚不能发现，岂不是无关紧要吗？把纪念大人物当作戏剧的一项使命，是不能令人接受的。这是历史的任务，而不是戏剧的任务。我们不应该在剧院里学习这个人或者那个人做了些什么，而是应该学习具有某种性格的人，在某种特定的环境中做些什么。悲剧的目的远比历史的目的更具有哲理性。如果把悲剧仅仅搞成知名人士的颂辞，或者滥用悲剧来培养民族的骄傲，便是贬低它的真正尊严。

那位法国批评家指责杜·贝雷的《采勒米尔》的第二点更重要。他指责作者在这部作品里编织了大量不可思议的偶然事件，他们被压缩在短短的二十四小时之内，简直是令人无法想象的。一个吸引人的

于莱辛来说，这就意味着用"自然"（符合他的体裁的本质）来衡量悲剧和喜剧。下文关于亚里士多德对悲剧和历史的区分，出自《诗学》第19章，莱辛在第89篇中，把相关的段落翻译出来，它的功能就是为"事物的自然本性"，援引一位普遍承认的权威。

②　见亚里士多德，《诗学》，第9章。——编者注

情节接着另一个吸引人的情节，一个令人吃惊的戏剧场面①接着另一个令人吃惊的戏剧场面。这样多接踵而来的事件，令人应接不暇！如此众多的事件蜂拥而至，很难把来龙去脉表现清楚。这样多令我们吃惊的事件，某些事件很容易令我们感到意外，而不是吃惊。"比如说为什么暴君要把自己的身份暴露给拉姆涅斯？是什么迫使安泰诺向他披露自己的罪行？伊鲁斯不是仿佛从天上掉下来的吗？拉姆涅斯的情绪转变不是太快了吗？直到他刺死安泰诺的一瞬间，他还在决心参与主人的犯罪活动，而当他突然感到懊悔的时候，立刻便将这种懊悔压制下去。此外，作家有时给予最重要的事情以微不足道的理由！比如说波吕多从战场上回来的时候，藏到墓碑后边，他背对采勒米尔，而作家必须仔细地向我们讲述这件多余的小事。倘若波吕多不是背对公主，而是面对公主，他将被公主认出来，而接下去这温柔的女儿出于误会将他的父亲交给他的刽子手的一场戏，这如此突然的、给所有观众以深刻印象的一场戏，就会吹台。若是波吕多逃到墓碑后边时发现了采勒米尔，喊她一声，或者向她招手，不是更自然一些吗？这当然比最后一整场戏采用让波吕多背对这里，或者背对那里的形式要自然得多。阿佐尔的信笺也具有同样的弊病。如果士兵在第二场里把它带走，如他应该带走的那样，暴君立即被揭露，戏也就结束了。"

《采勒米尔》译本②虽然只是散文，但是有谁不喜欢听饱满的铿锵悦耳的散文而偏喜欢那种苍白乏味的断行韵文呢？在我们那些押韵的译文中，几乎连半打中等水平的都没有。我这样指责他们，或许不至于遭到反唇相讥吧！我宁可知道自己终于哪里，也不想知道始于何

---

① 戏剧场面（coup de theatre），意思是令人惊讶的、料想不到的、心理上感觉不真实的跳跃性情节，莱辛从剧中引证了几个例子。

② 散文体译本的译者不详（也许是 Johann Joseph Eberle，他曾经于1765 年把《围困加莱》翻译成德文），从 1766 年起出现了一个《采勒米尔》的韵文体译本（五步抑扬格）。

方。最好的译文在许多地方都是隐晦和暧昧的，法国人绝对不是伟大
的韵律学家，只是七拼八凑而已；德国人则更差一筹，当他努力忠实
地翻译原作那些成功的和失败的韵文时，自然常常是把原文中那些只
是为了填塞空隙或者牵强附会的东西弄成纯粹无聊的玩意儿。词汇多
半是鄙俗的，结构是混乱的。演员必须运用他的全部才能来提高前
者，运用他的全部智慧，使后者不被忽略。根本就没有考虑到如何使
演员的道白易于上口。但是，值得在法文韵文上花费这样多功夫，非
得用我们的语言译成乏味准确，在文法上干瘪的韵文吗？相反，即使
我们把法国人的全部诗意盎然的辞藻译成我们的散文，我们的散文仍
然不会很有诗意。由此绝对不会产生像英国作家的散文译文产生的那
种杂调，在那种译文中，大胆的譬喻和华丽的辞藻的运用，除了一连
串有节奏的字句之外，使我们想起了无伴奏跳舞的醉汉。词汇最多也
只能高于日常的语言，就像戏剧道白应该高于社交谈话的惯常声调一
样。因此，我希望我们的散文译者会有许多追随者，尽管我不同意摩
特①的意见，似乎韵律只是束缚孩子的，戏剧作家没有任何理由屈服
于它。因为这里的问题在于要择取二恶之小者，要么牺牲智慧和语
势，要么牺牲韵律。摩特的意见是可以谅解的，他认为，如果诗的韵
律只能引起耳朵的快感，那么这种语言对于加强表现力则毫无用处；
相反，我们的语言则非常接近希腊语言，希腊语言只是通过它的诗句
种类的节奏，就能够把它所表现的热情表达出来。法国韵文的价值就
在于克服困难，自然，这是非常不幸的价值。

安泰诺的角色，鲍歇尔先生②表演得非常好。他以一切深思熟虑

---

① 摩特（Antoine Houdar de la Motte，1672—1731），法国诗人和文学理
论家，他在关于自己的悲剧的前言（如在 Discours a L'occasion de la Tragedie
d'Oedipe）中反对在悲剧里运用诗行，这其实是反对法国古典主义的一条重
要风格规则。

② 鲍歇尔（David Borchers，1744—1807），汉堡剧团少数几个有激情
的青年演员之一。突出他可以理解为是对剧院"许多其他青年演员"的批
评，这标志着演员剧团和他们的评论家之间的关系日益紧张。

和兴高采烈，使一个具有巨大智力的坏蛋，显得无比自然。任何一次失策都不会使他气馁，他有着无穷无尽的诡计，他几乎不费思索，而乘其不备突然袭来的打击，只能使他把假面具戴得更牢。演好这种性格，从演员方面来说，最准确的记忆，最流利的声音，最自由、最轻松的行动，是绝对不可缺少的。鲍歇尔先生具有多方面的才能，只是这一点就能引起观众对他的偏爱，他不但善于表演老年角色，也善于表演青年角色。这一点产生自他对艺术的热爱，内行人一眼便可以把他和许多其他年轻演员区别开来。那些年轻演员总想在舞台上露一手，他们那渺小的虚荣心，使他们垂涎那些非常有礼貌的、逗人喜欢的角色，并想以此赢得喝彩，他的擅长往往是他们在舞台上的唯一职业。

第 20 篇　1767 年 7 月 7 日

第二十三个晚上（星期五，5 月 22 日）演出了《塞尼》。①

格拉菲尼这部优秀作品可能是经高特舍特夫人之手翻译的。她曾经说过这样后悔的话："通过翻译或者创作剧本所赢得的声望，无论在什么时候只能是非常平庸的。"由此不难推测，她为了猎取这种平庸的声望，也只是付出了非常平庸的努力。我应该对她说句公道话，有几出戴斯托舍的喜剧，她翻译得还是不错的。但是，翻译一段笑话比翻译一种感情要容易得多！可笑的事物能够再现机智

①　法国女作家格拉菲尼（Francoise de Graffigni，1694—1758）的五幕剧（1751），路易丝·高特舍特于 1753 年译成德文（《塞尼》［或者《不幸中的慷慨》］，格拉菲尼夫人的一出道德剧）。莱辛的翻译评论针对的是他的语言观的核心成分：问题的关键是如何表达"心灵的语言"，即不能让"充满感情的语句"，"消融在他的词义的死板成分当中"，不要把"温暖的感情"变成"冷冰冰的逻辑性的证明"。从语言比较的角度来说，莱辛认识了戏剧对话的许多风格细节，从而在这方面发展了他自己的艺术实践。

和不机智的事物，但是，心灵的语言只能打动心灵。它有自己的一套规则，一旦错误地理解这些规则，使语言服从语法的规则，使语言具有我们要求于一个逻辑性的句子和一切冷淡的完美性和单调的明确性，那么这语言就全部失败了。例如多里蒙为梅里库①操办了一桩美满姻缘，并把自己的第四份财产赠送给他。但是，给梅里库的这份财产最少，他拒绝接受这份慷慨的赠品，并且想向他表明自己是出于无私而拒绝的。他说："何必呢？您为什么要放弃自己的财产？您自己来享用这份财富吧，您为它们历尽危险和劳动。"格拉菲尼让可爱的善良心肠的老人回答道："J'en jouirai, ie vous rendrai tous heureux."［"我愿意享用它们，我想让你们大家都幸福。"］好极了！这里没有一句话是多余的！这是真正不加思考的简明！一个人在谈论注定属于他的财产的时候，就是运用这样简明的语言。他自己享福，也让别人幸福：对于他来说，二者是一码事。一人的幸福不仅是别人的幸福的结果，别人的幸福的一部分，在他看来，一人的幸福完全等于别人的幸福。就像他的心不了解这二者的区别一样，他的嘴也说不出它们的区别。他所说的，似乎是重复同样的语言，似乎这两个句子是真正无用的重复句，似乎是完全相同的句子，毫无联系的词汇。没有连接词便看不到联系的人，是多么可怜啊！高特舍特夫人是怎样翻译这八个词汇的呢？"只有我借此使你获得幸福，然后我才能甘心享用我的财产。"真蹩脚！只能达意，却不能传神，这神被臃肿的词汇给淹没了。又是"然后"，又是它的尾巴"只有"，又是"才能"，又是"甘心"，又是"借此"。一大堆限定词，给心灵的爆发加添了许多思虑，把温暖的感情变成一种冰冷的逻辑性的证明。

当着了解我的人的面，我敢说，全部作品大体上就是以这样一种方式翻译出来的。每一个细腻的思想都被意译成健全的理智，每一个充满感情的语句都消融在他的词意的死板成分当中。此外，在许多段

① 剧中人物。

落都出现那种讨厌的客套语调，人所共知的荣誉称呼与内心感动的呼声形成了令人讨厌的对照。塞尼认出她的母亲之后喊道："母夫人！多么甘甜的称呼呀！"母亲的称呼是甘甜的，然而，母夫人却是纯蜜拌柠檬汁！这酸溜溜的称呼使那为感情而敞开的全部心灵的大门重又关闭起来。当她发现她的父亲的一瞬间，她甚至喊着"仁慈的父亲先生！我配享受您的慈爱"！投入他的怀抱。Mon père! 译成德文就是："仁慈的父亲先生！"这是一个多么懂得尊敬人的孩子呀！假如我是多桑维勒，① 用这样的称呼，我宁可根本不被重新发现。

罗文夫人饰演奥尔菲瑟。不能用更多的尊严和感情来表演这个角色。每个表情都表现出她那被误解的价值的镇静的意识。只有她的眼神，只有她的声调才能表现出温柔的感伤。

饰演塞尼的是亨塞尔夫人。没有一个字不是清晰入耳的。她说的每句话都不是背出来的，而是从她的头脑中，从她的心灵中涌流出来的。不管有没有她的台词，她的表演总是不停顿的。我只发现唯一的缺点，② 一个非常少见的缺点，一个非常令人嫉妒的缺点。女演员对于这个角色来说太高大了。我似乎看见一个手持军械的巨人在操练。倘在我，就不会做那些可以做得很出色的动作。③

艾克霍夫先生扮演的多里蒙，是个道道地地的多里蒙。间有温情和庄重、心软和严厉，恰好表现在这样一个人身上是真实的，或者不可能表现在别人身上。剧终的时候，关于梅里库，他讲了这样一段话："我想送给他很多很多，让他能够在他那辽阔的祖国生活下去，

---

① 剧中人物。

② 莱辛在第四篇里称这位女演员是"历来德国剧院中最优秀的女演员之一"，同时也批评她不可继续"改良自己的角色"（第五篇）。他在这里重新提出来的批评，主要不是针对她的外在表现，而是针对角色的"过分戏剧化"，这次批评（再加对艾克霍夫毫无节制的赞扬）导致了与这位女演员矛盾激化，从而败坏了莱辛评论表演艺术的兴趣。

③ 女演员亨塞尔对莱辛这个谨慎的指责，反应非常敏感，致使莱辛（在第25篇以后）很快便停止了对于表演的得失的批评。——编者注

但是，我却不愿意再跟他见面！"谁教给他伸出巴掌到处指点，一转脸突然指给我们，梅里库的祖国是一个什么样的国家？一个危险的、凶恶的国家！"此人浑身都是舌头！——"①

第二十四个晚上（星期一，5 月 25 日）演出了魏塞②先生的《阿玛利娅》。③

《阿玛利娅》被内行们视为这位作家的最好的喜剧。作品的相当完美的性格和生动活泼、思想丰富的对话，比起他的其余滑稽剧来，确实能引起观众更大的兴趣。角色分派得都很适当，尤其是勃克夫人饰演的孟利，或者伪装的阿玛利娅，非常风雅，丝毫不给人以勉强之感。没有这些我们会觉得，一个年轻女人在这样长时间里未被识破，简直是不可想象的。诚然，这种伪装总是给一出戏剧作品带来虚构的外观，④ 为此不可缺少的是：这种伪装不能太滑稽，也不应该太引人入胜。最后一幕第五场就有这种毛病，我建议我的朋友减弱某些过分大胆的笔势，把其余部分润色⑤成一种温婉状态。我对世态不甚了解，人们是否真的会以这种咄咄逼人的口气同女人说话。我不想探讨即使是在伪装的情况下，女人的谦卑感在多大程度上能够容忍别人的

———————————

① 原文 Tot linguae, quot membra viro! ——这句引文来自一部匿名的拉丁文诗选中的一首标题为 De Pantomimo 的诗，该诗见莱辛为《戏剧丛刊》翻译的杜勃斯的《古代人的戏剧表演》一文的第 16 段。莱辛引过来称赞演员在表情和道白之间不断变换的成功表演。——编者注

② 魏塞（Chr. Felix Weisse, 1726—1804），莱辛在莱比锡学习时的朋友，写过许多轻松愉快的诗歌和小说。

③ 《阿玛利娅》，魏塞的五幕喜剧，写于 1766 年。从莱比锡学习时代起，莱辛便与魏塞成了好朋友，这是为什么他的批评如此克制，富有启发性的原因，当然骨子里是具有毁灭性的。文中并未提起该剧的故事情节和人物构思，这些均与《萨拉·萨姆逊小姐》有关系，这出戏本来是要写成悲剧的。

④ 典出当时对小说的贬低，小说被视为消遣文学类型，其想象自由已经脱离了真实性规则。

⑤ 源自绘画技术表达方式，意思是通过颜色的互相适应而达到平衡；魏塞接受了莱辛这种委婉的批评，1783 年他又出版了这出戏的修改本。

当面申斥。我不想发表猜测性的见解，把弗雷曼夫人逼得走投无路，这似乎不是正当态度。一个真实的孟利也许会把事情处理得更恰当些。不能设想会径直地游过一股疾流。如前面说过的那样，我不想发表猜测性的见解，因为在这样一种行动中能够做到的绝对不只是正当态度。这要视对象而定，在一方面失礼的女人，在其他方面是否能保持礼节，还是根本无法断定的。我毫不隐晦自己无心创作这类场面。面对这样一块礁石，像面对别的礁石一样，我既缺乏经验，又有更多的畏难情绪。假如我自信比克雷比翁①的本事②高一筹，能够在两块礁石之间潜行而过，我仍然不知道自己是否宁愿选择另外一条道路。尤其是当这条道路展现在面前的时候。孟利，或者阿玛利娅早就知道，弗雷曼和他的所谓的妻子并非是合法地结合在一起的。为什么他不以此为理由，把她完全引诱过来，不是充当她的暂时取得欢爱的情夫，而是做一个诚实的爱人与她同甘苦共命运呢？这样，他的求婚或许会，我不想说是无可责难的，但毕竟是更加无可责难的事情。他会获得允诺，而她也不会感到自己有失体面，试探也许更有诱惑力，而试探的成功或许使她对弗雷曼的爱情更加坚定。与此同时，人们或许猜想到阿玛利娅有一套圆满的计划，只是现在还无法猜测，下一步她将怎样行动，倘若她在自己的诱惑中以不幸的方式获得幸福。

《阿玛利娅》之后又加演了一出圣伏瓦的短小喜剧《税务员》。③这出戏是由大约一打非常生动活泼的场面构成的。在这样一个狭隘的天地里描写许多健康的道德、人物和兴趣，诚然是困难的。这位讨人喜欢的作家的风格是大家熟悉的。没有哪一个作家像他那样，懂得创作一部短小精悍的完整的作品。

---

① 克雷比翁（Claude‐Prosper‐Jolyot de Crebillon，1707—1777），法国戏剧家克雷比翁的儿子，创作有艳情小说。

② 暗指克雷比翁的文学作品的声望是可疑的，他在自己的小说里试图巧妙地绕过社会道德准则和色情暴露之间的"礁石"。

③ 《税务员》（Le Financier，1761），圣伏瓦（Germain Francois de Saint‐Foix，1698—1776）的独幕喜剧。

第二十五个晚上（星期二，5 月 26 日）重演了杜·贝雷的《采勒米尔》。

第 21 篇 1767 年 7 月 10 日

第二十六个晚上（星期五，5 月 29 日）演出了舒塞的《母亲学堂》。①

这是一个关于母亲的故事，她由于溺爱一个下流谄媚的儿子而经受应得的折磨。马里沃也有一出同名戏剧。② 而在他的作品里，那位母亲为了让自己的女儿规矩听话，对她进行非常纯朴的教育，不让她接触人情世故，结局如何，可想而知。这个可爱的姑娘有一颗多愁善感的心，她不懂得回避危险，因为她没见过什么叫危险，她随便爱上了一个人，也不征询妈妈的意见，而这位妈妈却因为事情进行得如此顺利而谢天谢地。在那个学堂里有许多严肃思想值得思考，在这里则只能引人发笑。它们可以互相补充，我相信，倘在一个晚上先后看这两出戏，对于内行来说会是一次很大的娱乐。此外，两者都不乏表面的技巧，头一出戏有五幕，另一出则是独幕剧。

第二十七个晚上（星期一，6 月 1 日）演出了伏尔泰先生的《纳尼娜》。③

《纳尼娜》？当这出喜剧于 1749 年最初问世的时候，所谓的艺术批评家们问道，这算什么标题？人们会怎么想呢？——既不多，也不

---

① 《母亲学堂》（*L'Ecole des meres*，1744），舒塞（参见第 221 页，第 32 行注释）的五幕诗体喜剧。

② 这是一出散文体独幕喜剧，创作于 1732 年。

③ 《纳尼娜》（*Nanine ou le prejuge vaincu*，1749），伏尔泰所著的三幕诗体喜剧。

少，恰像看到一个标题应该想到的那样。标题不是菜单，它透露的内容越少越好。作家和观众都能从中得到好处，古人除了赋予它们的喜剧毫无意义的标题之外，很少起别的名字。我几乎没见过几个指出主要人物或者透露出某些诡计的标题，其中如普劳图斯的《吹牛军人》（*Miles gloriosus*）。① 为什么人们还没有发现，这标题只有一半是出自普劳图斯之手呢？普劳图斯只是称他的剧本为"牛皮匠"（Gloriosus），就像他称另一出戏为"犟汉子"（*Truculentus*）一样。"军人"肯定是某一位学者添上去的。的确，普劳图斯描写的这个牛皮匠是个当兵的，但是，他不仅夸耀自己的地位，还夸耀自己的战功。在爱情方面，他也同样爱吹牛，他不仅吹嘘自己是最勇敢的男人，而且也是最漂亮、最讨人喜欢的男人。"牛皮匠"这个词可以包含这两层意思，一经加上"军人"，"牛皮匠"就被单单局限在第一层意思上了。加添这个词汇的文法学家，也许是被西塞罗的一段话②引入了歧途。但是在这个地方，与其说是西塞罗，毋宁说是普劳图斯自己。普劳图斯自己有一段话：

"这出喜剧的标题在希腊文里是 ALAZON，在拉丁文里我们称它为 GLORIOSUS"。③

而西塞罗那一段话还根本不能确定，是否指的就是普劳图斯这出戏。爱吹牛皮的士兵的性格曾经在许多出戏剧中出现过。西塞罗所指

---

① 自我吹嘘的士兵，所谓"文法学家"指的是古典时期的主编（der antike Hg）。

② *De Officiis*，Lib. 1，Cap. 38（《论义务》第 1 卷，第 38 章。该段译文是："自我吹嘘是令人讨厌的，摹仿吹牛军人以取笑观众，也是不合理的。"——编者注）。——莱辛注

③ 这两行诗的原文是拉丁文：ALAZON Graece huic nomen est Comoediae Id nos latine GLORIOSUM dicimus。

的可能是泰伦茨①的忒拉索。② 关于这个问题暂且谈到这里。我记得
对于喜剧的标题问题，我曾经发表过意见。③ 这个话题也并非没有什
么意义。某些笨伯在美丽的标题下写出坏的喜剧，仅仅为了美丽的标
题。我则宁可采用坏的标题写出好的喜剧。如果有人问及都有哪些人
物被改写过，几乎想不出一个人物，尤其是不曾被法国人用来为剧本
命名。早就见过这个人物！有人喊道。这个人物也见过！这个人物是
从莫里哀那里借用来的，那个人物是从戴斯托舍那里借用来的！借用
来的？这未免与美丽的标题太不相称了。一个作家用某一个人物做他
的作品的标题，他就获得了对这个人物的私有权吗？既然他不声不响
地利用这个人物，我也可以不声不响地再利用他，谁都不会因此把我
视为摹仿者。但是，假如有人鼓起勇气比如说创作一部新的《恨世
者》，即使他从莫里哀剧作中没有吸收一点东西，他的《恨世者》还
是要被称为摹仿作品的。莫里哀第一个利用这个名字就够了。生活在
五十年以后的人就不该再用了。语言对于人类情感的无穷的变化不是
也有无穷的称谓吗？

　　如果说《纳尼娜》这个标题什么也表达不出来，那么另外的标
题表达得就多了。《纳尼娜》（或者《被战胜的偏见》）。为什么一出
戏不应该有两个标题呢？我们人不是也有两三个名字吗？名称只是为
了区别，两个名字比起一个来更不易混淆。关于两个标题，似乎伏尔

───────────────

　　①　泰伦茨（Publius Terentius Afet，前190？—前159），罗马喜剧作家，
主要是根据米南德的作品进行改编。他的名声曾与前辈普劳图斯并驾齐驱，
甚得当时罗马文化和政治首领赏识。自公元前166年—前160年，罗马共演
出过他的六出戏，这些作品都流传下来，《阉人》和后文提到的《两兄弟》
都是他的名作。

　　②　泰伦茨喜剧《阉人》中的人物，他是一个喜欢自吹自擂，卷入爱情
争吵中的士兵。

　　③　参见第9篇和第17篇。莱辛在这里所谈的命名标题问题，通常都会
涉及类型喜剧问题，这类喜剧在性格构成方面是有局限的。莱辛提出的再现
"人类情感变化"的办法，是采用说明性的副标题。

泰先生也有不同的想法。在他的作品的同一个版本里，在一页上他称之为《被战胜的偏见》，而在另一页上则称之为《没有偏见的人》。当然二者差别不大。说的是一桩理性的婚姻需要有相同的出身和地位的偏见。简单说来，纳尼娜的故事即帕米拉的故事。① 无疑，伏尔泰先生不愿意利用帕米拉的名字，因为几年前曾经出版过几部同名剧作，而且都不算成功。布瓦希和舒塞的《帕米拉》都是相当枯燥的作品，倘不写得更好些，伏尔泰也就不成其为伏尔泰了。

《纳尼娜》属于感人的喜剧之列。但是它有许多引人发笑的场面，按照伏尔泰的意见，只有在引人发笑的场面和令人感动的场面互相交替的情况下，在喜剧里才允许有引人发笑的场面存在。一出完全严肃的喜剧，观众在看的时候从不发笑，甚至也不微笑，却是一味想哭，对于伏尔泰来说，这是不可思议的。相反，他认为由感动过渡到可笑以及由可笑过渡到感动，是非常自然的。人类生活无非是这种过渡的一根不断的链条，而喜剧应该是人类生活的一面镜子。他说："还有什么比在同一间屋子里父亲拍着桌子大动肝火，正在恋爱的女儿哭哭啼啼，儿子责怪他们父女二人，每个亲人都在同一场戏里有不同的感受更为平常的呢？人们时常在一间屋子里嘲笑发生在隔壁房间里的非常感动人的事情。同一个人在同一刻钟内对于同一件事情发出笑声和哭声，也是常有的事理。一位德高望重的贵妇人，坐在她那病重垂危的女儿的床头，全家人都站在她周围。她要把自己熔化成泪珠，她扭紧双手喊道：上帝啊！给我，给我留下这孩子，只要这个，其他的你全要去我都不管！一个跟她的一个女儿结了婚的男人走上前来，拉着她的衣袖问道：太太，连女婿也去吗？他讲话时那种冷静的

---

① 莱辛在这里说的只是核心题材的相似性，顺便提到了布瓦希和舒塞的改编。《帕米拉》是理查生的书信体小说，描写一个漂亮的农家少女同一青年绅士恋爱的故事。理查生（Samuel Richardson, 1689—1761），英国资产阶级小说家，他的作品具有反对封建贵族、同情下层人民的倾向，多采用书信体，表现了伤感的风格，《帕米拉》（1740）是他的代表作。

态度，滑稽的声调，逗得这位伤心的妇人止不住哈哈大笑，大家都跟着她笑了起来，甚至连病人听见这话，也几乎笑断了气。"①

在第一处他说："当众神在决定世界命运的时候，荷马甚至让众神对于火神的诙谐举止发出笑声。② 赫克托笑他小儿子的恐怖的时候，安德洛玛刻却是热泪满腮。③ 刚好在一场厮杀的恐怖中，在一场可怕的火灾中，或者在任何一场悲哀的遭遇中，忽然产生一个突如其来的思想，发生了一件偶然的趣事，不管多么惊恐，不管多么令人怜悯，仍然会引起无法抑制的笑声。在施佩耶尔战役④中，上司命令部队不准手下留情。一个德国军官请求一个法国人手下留情，法国人答道：先生，您请求什么都行，只是不要请求饶命，对此我是无能为力的！这几句天真的话，立刻人口相传，人们一边笑着一边进行屠杀。在喜剧里，笑声不是很容易随着感人的情感而产生吗？阿尔克墨涅不感动我们吗？索西亚不令我们发笑吗⑤？企图驳斥经验的做法，是多么徒劳无益啊！"

非常正确！然而当伏尔泰先生宣布完全严肃的喜剧为既有缺陷又

---

① 此话出自他的喜剧《浪子》（*L'enfant prodigue*，1738）的前言。——编者注

② 这段话出自《纳尼娜》的前言，内容涉及火神的笑声（伊利亚特 I，559）和赫克托的告别（IV，466）。见荷马史诗《伊利亚特》。据描写，希腊人和特洛亚人的战争打到第十个年头上，奥林帕斯山上众神聚会，决定毁灭特洛亚城，火神赫斐斯塔斯在会上跛着脚为大家斟酒，他的行动引起众神哄堂大笑。

③ 赫克托是荷马史诗《伊利亚特》里特洛亚人的大英雄，出征之前，他妻子安德洛玛刻抱着小儿子泪流满面地劝他不要去前线。幼儿见赫克托一身盔甲，惊叫着躺在母亲怀里，赫克托微笑着把战盔放在地下，孩子才让他抚抱，亲吻。

④ 发生在 1703 年 11 月 15 日，在这场西班牙王位继承权的战争中，法国人战胜了德国人。

⑤ 阿尔克墨涅和索西亚均为普劳图斯的喜剧 *Amphitruo* 和莫里哀的喜剧 *Amphitryon* 里的人物。前者是安菲特里翁的妻子，后者是他的仆人。

无聊的体裁的时候，不是在驳斥经验吗？也许他在写这些话的时候还没有这样做。那时候还没有《塞尼》，还没有《一家之主》。① 如果我们承认这是可能的，这位天才还必须使许多东西变成现实。

第22篇 1767年7月14日

第二十八个晚上（星期二，6月2日）重演了《巴特林律师》，并以盖勒特②先生的《病女人》③ 收场。

毫无疑问，在我们的喜剧作家中，盖勒特先生的作品具有道地的德国特色。它们是真正的家庭画廊，置身在这个画廊里立即会感到像在家里一样。每个观众都觉得可以从中认出自己亲属中的表兄、内弟和姨妈等人。这些作品同时也证明，我们根本不缺少道地的丑角，只是就见闻来说，表现得真实的少些。我们的愚行比觉察到的要引人注目得多。在日常生活中有许多愚行，由于善良愿望而被我们忽略了，而在摹仿中，我们的艺术家习惯于过分平淡无奇的风格。④ 他们把丑角写得雷同而不突出。他们自己满意，但是，由于他们不懂得充分有利地表现自己的对象，因而形象显得不丰满，没有立体感，我们所看到的仅仅是一个侧面，我们很快就会对它感到腻烦，如果我们想到其他的侧面，立刻会对他们那过于突出的外表感到失望。世界上的丑角

---

① 《一家之主》（*Le pere de famille*，1753），作者是狄德罗，译者是莱辛，1760年发表在《狄德罗先生的戏剧》上。

② 盖勒特（Christian Fürchtgott Gellert，1715—1769），德国启蒙运动时期的作家，在莱比锡大学任诗歌和道德教授。他的作品有寓言、家庭喜剧和书信体小说。

③ 《病女人》（1748）是一出独幕尾声戏，作者盖勒特，说的是女人（特别是在穿衣问题上）的虚荣心。

④ 批评的是他那个时代类型戏剧人物的单维性，说他们"不够丰满，没有立体感"。

都是平淡的、迟钝的和令人讨厌的。如果想让他们给观众带来娱乐，作家必须给予他们某些应有的特点。不能让他们穿着日常的服装，肮脏懒散地出现在舞台上，不能让他们在自己的四堵墙之内想入非非。他们不能从任何人都想摆脱的那种悲伤处境的狭隘天地中泄漏任何东西。作家必须把他们打扮一番，赋予他们机智和智慧，以便掩盖他们的愚行的卑贱。作家必须赋予他们荣誉感，以便使之发出光辉。

我的一位女友说："我简直不懂，① 这算什么夫妇，这位史泰凡先生和这位史泰凡太太！史泰凡先生是一位有钱人，也是一位善良人。他那心爱的史泰凡太太却不得不为了一件破旧的长裙②大伤脑筋！自然，我们也常常无故自寻烦恼，可是，为了这样屁大点儿的事情，却从来没有过。一件新长裙！她不能打发人去买、去做吗？她丈夫总是要付钱的，他必须付钱。"

另一位女友说："一点不假！但是我还要补充几句。作家描写的是我们母亲的时代。一件长裙！哪一个女裁缝还穿长裙？她不能要长袍、风衣、礼服（其他的名字我都忘记了，我也不想把它们都写下来）吗？我只要一想到长裙就头痛。假若史泰凡太太渴望得到的是最新的布料，也应该做最新式样的服装。我们怎么能相信她会因此而气出一场病来呢？"

第三位女友（这是最有学问的一个）说："我觉得史泰凡太太穿着一件不合身的衣服，是很不雅观的。但是，看得出来，是什么迫使作家——该怎么说呢——误解我们的趣味？时间整一性！衣服必须准备好，史泰凡太太还得穿它；二十四小时之内不可能准备好一件衣服。他不能冒昧地在二十四小时之内上演一出小小的加演节

① 三个（虚拟的）朋友分别以风趣的口吻谈论了对盖勒特剧本的看法，她们运用实际的理性解决了"穿衣问题"，谈话是以诙谐的口吻援引亚里士多德作为权威而结束的。

② 原文是 Andrienne，这是一种传奇式的拖地长裙，一位扮演主角的女演员在演出 Michel Boyron 的 *L'Andrienne*（1703）穿过这种服装。

目。因为亚里士多德说……"在这里，我的女艺术批评家戛然而止。

第二十九个晚上（星期二，6月3日）演出了由舒塞的《美拉尼德》改编的《照钟点办事的人》（或者《有条理的人》）。①

本剧的作者是但泽的席佩尔先生。② 这一出戏充满了引人发笑的偶然事件。遗憾的是，不论谁，一听标题，便会知道这些偶然事件。这出戏有着浓厚的民族色彩，或者毋宁说是地方色彩。这一点容易引向另一个极端，如果我们的喜剧作家想要描写真正的德意志风俗习惯，可能会误入这种极端。我担心任何人都会把他自己出生的那个角落里的鄙风陋俗，当作全民族的特殊风尚。但是有谁要急于知道，一年四季在这里或者在那里吃几次新鲜的卷心菜呢？

一出喜剧可以有两个标题，不消说，每个标题都必须表达一些不同的内容。在这里却不然，《照钟点办事的人》表达的基本上是相同的内容，只不过第一个标题大体上是另一个标题的漫画而已。

第三十个晚上（星期四，6月4日）演出了托马·高乃依③的《艾塞克思伯爵》。

这出悲剧是青年高乃依大量戏剧作品中唯一能够在剧院里保留下来的节目。我相信，这出戏在德国舞台上将会比在法国舞台上得到更经常

---

① 席佩尔的独幕喜剧（1765）。

② 席佩尔（Theodor Gottlieb von Hippel, 1741—1796），东普鲁士人，曾任柯尼斯堡市长。善于创作讽刺幽默小说，还写有喜剧和宗教歌曲。作为幽默作家和政治家，他的名声超越了他家乡的界限。

③ 托马·高乃依（Thomas Corneille, 1625—1709），比埃·高乃依的小弟弟，法国戏剧作家，著有十八出悲剧、十九出喜剧，受其兄和拉辛的影响。比埃·高乃依死后，弟弟成为他那个剧团的主要编剧作家。

的演出。这出戏产生自 1678 年，即在卡尔卜雷尼德①（Calprenède）改编
这一个故事之后四十年。

高乃依写道：②"确实，艾塞克思伯爵③在伊丽莎白女王面前受
到了特殊的青睐。他本性非常骄傲。他在英国干的一番事业，使他
名声大噪。他的敌人诬陷他跟一个被爱尔兰反叛者选为首领的泰隆
伯爵有来往。④ 因这件事引起的嫌疑，促成他受命去执行军令。他
气愤了，他来到伦敦煽动民众闹事，遭到逮捕，被判刑。由于他根
本不想请求赦罪，便于 1601 年 2 月 25 日被砍头。历史所告诉我的
就是这样多。倘若有人因为我没有描写女王为了防备一旦伯爵触犯
国法而被治罪时，能得到她的及时特赦，曾赠给他一枚戒指作为典
质的偶然事件，⑤ 而指责我在一部重要作品里歪曲了史实，我将感
到非常意外。我敢担保，这枚戒指是卡尔卜雷尼德的虚构，至少我
在任何一个历史学家的著作里都没有读到过一点关于这枚戒指的
记载。"

当然，是否利用关于这枚戒指的情节，高乃依有自己的自由。但
他在前言里扯得太远了，他竟把这枚戒指说成是一个艺术虚构。关于
这枚戒指的历史真实性，⑥ 最近已几乎被证明是无疑的，而最谨慎、

---

① 卡尔卜雷尼德（Gauthier de Costes, Seigneur de la Calprenede, 约1600—1684），法国小说家、戏剧家、擅长写冗长的历史小说。最著名的剧作有《艾塞克思伯爵》（Le Comte d'Essex, 1638）。

② 见作品的前言。——编者注

③ 艾塞克思（Robert Devereux, 1567—1601），曾被册封为艾塞克思伯爵，它是伊丽莎白女王一世时代一个自信而又野心勃勃的军事统帅和宠臣，曾与女王和宫廷发生过某些冲突，1601 年一次煽动闹事的活动失败后被绞死。

④ 这里的意思是通敌，事实是艾塞克思伯爵被迫与爱尔兰起义领袖泰隆伯爵签订了一纸停战协议，对于英国来说，这等于是吃了一次败仗。

⑤ 见后文莱辛对这部作品的评论。

⑥ 历史学家认为这个说法是未经证实的，是虚构的情节。

疑心最大的历史学家休谟①和罗伯特逊，② 都把它载入自己的著作。③

罗伯特逊在他的《苏格兰史》里谈到伊丽莎白死前的忧郁时说："当时最普遍的看法或许也是最真实的看法，认为这种痛苦是因为后悔处死艾塞克思伯爵而产生的。她非常重视怀念这位不幸的先生，尽管她常常指责他的顽固，却是每当提到他的名字的时候无不落泪。不久前发生的一个偶然事件，又唤起了她的脉脉温情，更加重了她的忧郁。诺丁汉伯爵夫人在临死之前希望见女王一面，并告诉她一件秘密，隐藏这件秘密她会死不瞑目。女王来到她的卧室，伯爵夫人告诉女王说，艾塞克思被判处死刑之后，曾希望请求女王宽恕，并以陛下从前为他规定的那种方式。他想把戒指呈送给她，这枚戒指便是当年他在受宠的时候女王馈赠给他的，并曾对他保证说，当他遇到偶然的不幸时，只要把戒指作为一个信号寄给她，可望得到她的宽恕。他曾让斯克柔普小姐转递这枚戒指，由于一时疏忽，这枚戒指未到达斯克柔普小姐手里，而落到了她的手里。她将此事告诉了她的丈夫（他是艾塞克思的一个死敌），他既不准她把戒指转交女王，也不准送还给伯爵。伯爵夫人向女王揭发了这件秘密之后，请求她宽恕。伊丽莎白此时不仅看清了伯爵的敌人的凶恶，也认清了自己的过失，她曾经蛮横而固执地怀疑过他。她只回答了一声：愿上帝原谅您，我支持不住了！她像丢了魂一样，离开卧室，从此一蹶不振。她既不吃，也不喝，完全拒绝服药；她不上床睡觉，在一张靠椅上坐了十天十夜，一言不发，陷入沉思；一根手指放在嘴里，睁着眼睛，望着地面，直至

---

① 休谟（David Hume，1711—1776），英国伦理学家和历史学家，其著作除了著名的论文 Inquiry Concerning Human Understanding（1748）之外，还有六卷本的《英国历史》（关于艾塞克思见第五卷）。

② 罗伯特逊（William Robertsen，1721—1793），苏格兰历史学家，他的主要著作《苏格兰史》出版于 1759 年。莱辛的引文见德译本（1762）第 2 卷，第 8 章。

③ 关于这枚戒指的情节，源于一部英国民间故事书，并非史实。后来戏剧家处理这个题材的根据便是这部民间故事书（参见第 54 篇）。——编者注

为灵魂深处的痛苦和长时间的绝食将体力消耗殆尽，失去知觉。"

第 23 篇　1767 年 7 月 17 日

伏尔泰先生以特殊的方式批评①了《艾塞克思》。我并不想反对他的见解，而认为《艾塞克思》是一部非常好的作品，但也不难证明，他所指责的许多缺点，一部分是剧本所没有的，一部分是些不足为道的小疵，而这些小疵又是由于他对于悲剧的不十分确切和不十分恰当的理解设想出来的。

伏尔泰先生想做一个深湛的历史学家，这恰好是他的弱点。在《艾塞克思》这块场地上，他摇摇摆摆地骑着自己这匹战马，猛烈地反复周旋。遗憾的是，他的这些活动只是毫无意义地扬起一片尘埃。

托马·高乃依对英国历史了解得不多，当时观众的无知，对于作家来说是一件幸事。他说："现在我们对伊丽莎白女王和艾塞克思伯爵了解得清楚多了。现在一个作家，若是粗暴地违背历史的真实，将遭到严厉的指责。"

究竟在什么地方违背过呢？伏尔泰曾经计算过，女王让人审讯伯爵的时候，已经六十八岁了。他说："倘有人认为，爱情在这一事件当中曾经起过最微小的作用，那简直是可笑的。"为什么这样呢？世界上没有可笑的事情吗？把某种可笑的事情想象成事实，是这样可笑吗？休谟说：②"当艾塞克思的判决被宣布以后，女王感到坐卧不安，心神不定。报复与宠爱，骄傲与怜悯，对自己的安全的忧虑和对她心

① 伏尔泰在他选编的比埃·高乃依文集中，收入了两部高乃依弟弟托马的剧本，其中就有《艾塞克思》，并在前言中进行了评论，莱辛下面的引文就出自这篇前言。莱辛主要是运用伏尔泰的历史论证（首先对它进行了一番检验）当作契机，再一次提起历史真实与艺术真实之间的关系，这是悲剧讨论中的一个核心问题。

② 见《英国历史》，第 5 卷，第 44 章。

爱者的生命的关心，在她的内心里展开了不停的斗争。她在这种痛苦的情况下，或许比艾塞克思有着更多的苦衷。她一次又一次地签署和召回处死他的命令。忽而几乎决定把他处死，顷刻之间她的温情重又复苏，而他应该活着。伯爵的敌人一刻不离女王面前，他们告诉她，说伯爵愿意死，说他宣称，否则她在他面前将不得安宁。这种懊悔和对于女王的安全——伯爵宁可以自己的死来保证她的安全——的表白所产生的效果，可能完全出乎他的敌人的预料。它重新点燃了她对不幸的囚徒长期所怀旧情的火焰。她之所以对他这样狠心，是因为据说他固执地不肯请求宽恕。她时刻期待他采取这种步骤，只是由于他不愿意这样做，她才终于出于不耐烦而执行法律。"

为什么伊丽莎白在其六十八岁高龄的时候不该恋爱呢？她是多么愿意让人爱呀？如果有人夸耀她的美貌，她会觉得那样开心。如果有人赠她项链，她是那样愿意欣然接受。世人在这部作品里应该看到一个少见的爱虚荣的女人。她的宫廷侍臣都装作爱上了她，当着女王陛下的面，装出一副真诚的假象，表现出十分可笑的殷勤派头。

雷利①失宠以后，给他的朋友塞希尔（Cecil）写了一封信，无疑他要告诉他，女王曾经是他的维纳斯，是他的岱雅娜，天晓得还是什么。而这位女神当时已经六十多岁了。五年之后，她的驻法特使，海因利希·安顿（Heinrich Unton）跟她讲了同样的话。总之，高乃依完全有理由赋予她恋人们所有的一切弱点，从而使一个温情脉脉的女人同一个骄傲的女王处于这样一种有趣的矛盾之中。

同样他也并未歪曲或者篡改艾塞克思的性格。伏尔泰说："艾塞克思根本不像高乃依描写的那样是个英雄，他从未做过什么引人注目

---

① 雷利（Sir Walter Raleigh，1552—1618），英国航海家，作为廷臣他是艾塞克思的对手，但他也受宠于伊丽莎白女王，他是一个具有世界眼光的人，第一个在美国建立了英国殖民地（维吉尼亚）。艾塞克思死后失宠，1603 年被斯图亚特家族囚禁，后被处以绞刑。在牢狱中写了一部《世界历史》（1614）。莱辛这里的说法依据的是休谟。

的事情。"但是，即使他不是一个英雄，可他以为自己是个英雄。击沉西班牙舰队，① 占领卡地斯，② 他都视为自己的功勋，而伏尔泰却很少或者根本不让他沾边，他则绝不容许任何人僭取其中哪怕是最微小的荣誉。他甘愿手持宝剑，面对他的上司诺丁汉伯爵，③ 面对他的儿子，面对他的每一个亲属，来证明这荣誉是属于他自己的。

高乃依让他的伯爵讲了许多关于他的敌人，特别是雷利、塞希尔、考布汉等人的坏话。伏尔泰认为这也不对。他说："不能允许粗暴地篡改这样一段记忆犹新的历史，对出身如此高贵、具有伟大功勋的人们，如此不尊重。"可是这里的问题并不在于他们是些什么样的人，而是在于他们把艾塞克思当成了什么人，而艾塞克思对他自己的功勋感到非常骄傲，绝不允许任何人掠美。

高乃依让艾塞克思说，他只是缺乏攀登王位的愿望，他让他说出了某些远非事实的东西。伏尔泰大可不必因此而大声疾呼："怎么？艾塞克思攀登王位？他有什么权利？他有什么理由？这怎么可能呢？"伏尔泰应该记得，艾塞克思的母亲出身王族，而在他的党羽之中确实有一批相当鲁莽的人，把他算在能够攀登王位的人里。因此当他同苏格兰的雅可布王④密谈时，头一个向他保证，他自己从来不曾有过类似的野心。他在这里所拒绝的，恰是高乃依让他讲清的事情。

伏尔泰在整个作品里发现了许多历史性错误，可他自己也犯了不

---

① 指的是菲利普二世大型舰队（1588）。

② 此行是英国舰队在艾塞克思、雷利、霍华德领导下，于1596年实现的。

③ 俗名霍华德（Charles Howard，1536—1624），率领英国舰队打败大型舰队，为此于1597年被册封爵位。

④ 苏格兰雅可布四世，曾经作为英国雅可布一世（1566—1625），继承伊丽莎白王位（在位时间：1603—1625）。

小的错误。沃尔普①就因为犯了这样一个错误②而使自己丢了脸。伏尔泰在说到伊丽莎白女王的第一批宠幸的时候，提到了罗伯特·达得利和雷希斯特伯爵。③ 他却不知道二者其实是同一个人，而人们同样有权利把诗人阿鲁埃④和侍卫官伏尔泰当成两个不同的人物。同样令人不能谅解的是，他把女王给了艾塞克思一记耳光的时间顺序搞颠倒了。认为是他在被不幸地遣往爱尔兰进行远征之后挨了一记耳光，这是错误的，在此之前很久他就挨了这记耳光。同样不真实的是，说他当时想表示一点卑躬屈膝来缓和女王的愤怒，说他甚至以一种非常生动而高尚的形式，口头上或者文字上表达了他的痛苦心情。为了他的特赦，他却不肯首先开口，首先开口的必须是女王。

但是，伏尔泰先生在这方面对于历史的无知与我有何相干？⑤ 同样，高乃依对于历史的无知与他也应该无甚相干之处。其实我想驳他的也就是这一点。

高乃依的整出戏好像一部长篇小说，如果它是令人感动的，难道会因为作家采用了真名实姓就不令人感动了吗？

悲剧作家为什么要选择真名实姓呢？作家是从这种姓名当中选取他的性格呢，还是他选取这种姓名，是由于历史赋予他们的性格与他

---

① 沃尔普（Horace Walpole，1717—1797）在他的小说 The Castle of O-tranto（1765）里就莱辛引用的这段法文译文，与伏尔泰及其历史错误进行了批评和嘲笑。

② Le Chateau D'otrante，Pref. p. XIV（见他的小说《奥特兰多堡》[1765] 前言。——编者注）——莱辛注

③ 雷希斯特伯爵（Robert Dudley，1531—1588），1564 年被伊丽莎白册封爵位，艾塞克思的继父。

④ 伏尔泰原姓阿鲁埃（Francois‐Marie Arouet），自 1728 年开始姓伏尔泰（Voltaire）。

⑤ 典型莱辛式的论证：把历史批评融入推理，悲剧作家在选择历史人物（真实姓名）的时候，的确不必拘泥于历史事件的准确性，首先关注的是所选择的主要人物的真实性，这一点是绝对不能忽略的，否则由历史形象所决定的观众期望立场会遭到干扰，从而破坏了戏剧幻觉。

想在行动中表现的性格多少有些相同之处呢？我所谈的不是从前悲剧是怎样产生的，而是它们到底应该怎样产生。或者按照作家通常的实践来表达我的意思：究竟是事实、时间和地点的环境，还是使事实付诸实现的人物性格，促使作家宁愿选择这种事件而不是选择另一事件呢？假若是性格，那么在多大范围内作家可以不顾历史真实的问题，① 马上可以得到确定的回答。一切与性格无关的东西，作家都可以置之不顾。对于作家来说，只有性格是神圣的，加强性格，鲜明地表现性格，是作家在表现人物特征的过程中最当着力用笔之处；最微小的本质的改变，都会失掉为什么他们用这个姓名而不用别的姓名的动机；而再也没有比使我们脱离事物的动机更不近情理的了。

第 24 篇　1767 年 7 月 21 日

如果高乃依作品中伊丽莎白的性格，是历史上这位女王的真实性格的诗歌般的理想，如果我们看到在伊丽莎白身上运用真实的色彩描绘了优柔寡断、矛盾重重、担惊受怕、懊悔、绝望，伊丽莎白那颗骄傲的、温柔的心，我不想说一定会在这种或那种情况下，被这些情绪所袭扰，而是说我们设想它可能被这些情绪所袭扰：作家就完成了他作为一个作家应该做的一切。手持编年记事来研究他的作品，把他置于历史的审判台前，来证明他所引用的每个日期，每个偶然提及的事件，甚至在历史上存在与否值得怀疑的人物的真伪，这是对他和他的职业的误解，如果不说是误解，坦率地说，就是对他的刁难。

显而易见，对伏尔泰先生来说，既不是误解也不是刁难，因为伏尔泰自己也是悲剧作家，而且毫无疑问，是比年轻的高乃依远为伟大的悲剧作家。纵然是一门艺术的大师，也难免对艺术持错误见解。至于说到刁难，如世人所知，是无损于他的作品的。你们在他的文章中

---

① 关于这个问题，参见第 32 篇的结尾。——编者注

间或看到的那些类似的东西，无非是情绪。出于单纯的情绪，他忽而在诗学当中扮演历史学家的角色，忽而在历史学里扮演哲学家的角色，忽而在哲学里扮演机智人物的角色。

伊丽莎白处死伯爵的时候，她的年龄是六十八岁，难道他知道这一点没有用处吗？一个六十八岁高龄的人还搞恋爱，还嫉妒！再加上伊丽莎白的大鼻子，① 会给人以多么可笑的印象！自然，注释里这些可笑的印象与悲剧无关，它们不属于这里。按理说，作家有权质问他的注释者："我的注释家先生，这些笑话属于您的通史，不在我的原文之内。说我的伊丽莎白有六十八岁高龄，这是不对的。请指出我在什么地方说过这话。在我的作品中有什么妨碍您不能把她设想为大约与艾塞克思的年龄相仿佛？您说：她的年龄与他不相仿佛，这个她是谁？您那位杜瓦拉②笔下的伊丽莎白可能是这样。但是，您为什么要读杜瓦拉呢？您为什么要受这样的教育呢？您为什么要把这个伊丽莎白跟我的混为一谈呢？您真的相信，这个或者那个曾经读过杜瓦拉的观众的记忆，比一位恰在当年的有教养的女演员给予他的感性印象还生动吗？他看见的是我的伊丽莎白，而他的眼睛使他相信，这不是您那位六十八岁③的伊丽莎白。难道他更相信杜瓦拉，而不相信自己的眼睛吗？"

依此类推，作家也可以说明艾塞克思的角色。他可以说："拉潘·德·杜瓦拉笔下的您那位艾塞克思，只是我的艾塞克思的胚胎。他认为可能的，在我的艾塞克思这里则是现实的。他在幸福的情况下或许会为女王效力的，我的艾塞克思已经做过了。您不是听到女王向他承认这一点了吗？您不愿意像相信杜瓦拉那样相信我的女王吗？我

---

① 在莱辛看来，这就是典型的伏尔泰，他在上述前言中提到了这一点。

② 杜瓦拉（Paul Rapin de Thoyras，1661—1725），法国人，写过一部内容丰富、影响广泛的《英国历史》（*Histoire generale d' Angleterre*，1724），显然，伏尔泰利用过这部著作。

③ 第一个印本为：八十岁。

的艾塞克思是一位有功劳的、伟大的，然而也是骄傲的、刚强的人。您的艾塞克思实际上既不如此伟大，也不如此刚强：这样更有损于他的形象。对于我来说，为了使我的艾塞克思永远不失其伟大和刚强，只是从他那抽象的概念中取其姓名也就足够了。"

直截了当地说：悲剧不是编成对话的历史。① 对于悲剧来说，历史无非是姓名汇编，而我们则习惯于把某些性格同它们联系起来。如果作家在历史当中发现许多情节对于他的题材的润饰和个性化是有益的，他尽管利用就是。人们既不该认为这是他的一件功劳，也不必认为这是一桩犯罪！

关于历史的真实这一点到此打住，我将继续探讨伏尔泰先生的其他评论。不管从诡计来看还是从风格来看，《艾塞克思》都是一部中等水平的作品。把伯爵描写成一个爱尔顿②的痛苦的情人，把他描写成主要是由于不能成为女王的情人而绝望，而不是由于他的贵族的骄傲，不肯低三下四地去请求宽恕才上断头台，这是托马手下可能产生的败笔，也是他作为一个法国人必然会出现的败笔。原文的语言是苍白的，在译文中则往往更显得无力。但总的来说，这出戏并非没有兴趣，在这里或那里也有些成功的诗句，这些诗句在法文里比在德文里还要成功。"演员们，"伏尔泰先生补充说，"尤其是乡下演员，非常喜欢扮演艾塞克思这个角色，因为他们可以膝下打着刺绣的裹腿，肩上披着长长的蓝色绶带出现在戏里。伯爵是令人望而生嫉的头等英雄，这是个吸引人的角色。此外，在世界各民族当中，优秀悲剧的数目是不多的，倘不是最坏的作品，又能得到优秀演员的修饰，总能吸引住观众。"

他通过各种单独说明，肯定了这种具有普遍意义的评论，这些说明同样是正确和透辟的，倘能看到重演这出戏，人们或许会高兴地记

---

① 莱辛关于戏剧家对待历史的态度的论述，还可参见第11、19、89篇。——编者注

② 爱尔顿（Irton），一个非历史的《艾塞克思》剧中人物（宫女）。

起这些说明。我把其中最出色的部分抄录在这里。我坚信，批评无损于娱乐，而一个学会最透辟地评论一出戏的人，总是那些最勤于看戏的人。

"塞希尔这个角色，是个配角，并且是一个感觉很迟钝的配角。描绘这样一个下流的阿谀逢迎的人，在运用色彩方面，必须有拉辛描绘纳齐苏斯①那样的本事。

"前面提到的那位爱尔顿公爵夫人，是一个贤明而有德行的女人，她既不想通过自己对伯爵的爱情失宠于伊丽莎白，也不想同她的情人结婚。如果这个人物更生动活泼，并为纠葛增色，这个人物将是很美的，但在这里她仅仅是处于一个朋友的地位。这对于一出戏来说是不够的。

"我觉得这出悲剧里的人物所说和所做的一切，都是非常偏激、混乱和捉摸不定的。行动必须清楚，纠葛必须明白，每一个思想都必须明白而自然，这是首要的规则。然而艾塞克思要做什么？伊丽莎白要做什么？伯爵犯了什么罪？是他有过错，还是被人诬陷？如果女王认为他无罪，则必须为他主持正义。如果他有罪，那么让他的朋友们埋怨他不愿请求宽恕，过于骄傲，则是很不合理的。这种骄傲加在一个有道德的、无辜的英雄人物身上是合适的，但却不适于加在一个犯了叛国罪的人身上。女王说：他应该服从。这是一个爱他的女人的真实思想吗？假如他服从帖帖，接受了她的宽恕，伊丽莎白会比从前更讨他喜欢吗？女王说：我爱他比爱自己胜过百倍。噢，贵妇人，倘若您有这份心意，倘若您的感情是这样热烈，您亲自来审讯对您的情人的指控，不让他的敌人以您的名义来迫害他，像戏里自始至终毫无根据地说的那样。

"从他的朋友索利斯伯里嘴里，人们也无法弄清他究竟认为他有罪还是无罪。他告诉女王说，表面现象往往会造成误会，人们担心他的审判官对一切都是有偏见的，不公正的。尽管如此，他还是得到女

---

① 拉辛的悲剧《不列颠人》里的人物（宫廷大臣）。

王的庇护。如果他认为自己的朋友是不该受制裁的，他有什么必要这
样做呢？但是观众应该相信什么呢？观众既不知道他怎么会了解伯爵
的叛乱，又不知道他怎么会了解女王对伯爵的柔情。

"索利斯伯里告诉女王说，可能有人摹仿了伯爵的签字。但女王
却丝毫不想去弄清这样一个重要情况。然而她作为一个女王，作为一
个情人，仍关心这件事情。对于这种揭发，她始终未予理睬，按理
说，她应该迫不及待地抓住这种揭发。她只用别的话搪塞说，伯爵太
骄傲，她非常希望他请求宽恕。

"但是，要是有人摹仿了他的签字，为什么该他请求宽恕呢？"

第25篇　1767年7月26日

"艾塞克思断言他是无辜的，但他为什么宁死也不去说服女王
呢？他的敌人诽谤了他，他一句话便可置他们于死地，而他却没有这
样做。这符合一个骄傲的人的性格吗？如果他是出于对爱尔顿的爱，
才做出这种荒谬行动，那么作家在整个作品中，就必须用更多的匠心
来表现他的热情。热烈的感情能够谅解一切，但是我们却没有看见他
陷在这种激情之中。

"女王的骄傲和艾塞克思的骄傲在不停地斗争，这样一种斗争容
易引起观众的兴趣。但如果只是这种骄傲左右他们的行动，那么它不
仅在伊丽莎白身上，而且在伯爵身上也只能表现为一种单纯的固执。
他应该请求我宽恕，我不愿意请求她宽恕：这就形成了无休止的扯
皮。当她要求伯爵请求宽恕他的未曾犯过或者女王未曾查明的罪行
时，观众必须忘记伊丽莎白不是非常无聊，就是非常不公平。为了专
心一意地思考这个使人类心灵如此垂涎的骄傲思想问题，观众必须忘
记这些，观众也确实忘记了这些。

"总之一句话：这出悲剧没有一个角色是像样的，都有缺陷。虽
然如此，作品却受到了欢迎。这种欢迎是从哪里来的呢？这显然是从

那些感动人的人物的处境中产生出来的。一个被推上断头台的大人物，总是会引人入胜的，表现他的命运，纵然不采用诗歌的形式，也会给人以印象，大致与现实本身给人留下的印象相仿佛。"

题材的选择对于悲剧作家来说就是这样重要。通过这种选择，纵然是最薄弱、最混乱的作品，也可以得到某种成功。我不明白，为什么好演员总是在这样的作品中最能发挥他们的长处。很少见到一部杰出作品表演得像写作那样成功，而中等作品却总是表演得好些。也许是因为演员在中等作品中能够较多地发挥其所长；也许是因为我们在中等作品中有较多的时间平心静气地注意他们的表演；也许是因为在中等作品中把一切精力都灌注到一个或两个突出的人物身上，而不是像一部完美的作品中那样，常常是每一个人物都要配备一位主要演员。倘不如此，一旦有一个角色演得不成功，便会使其余角色归于失败。

在《艾塞克思》里，可能是汇集了所有这些原因和其他更多的原因。作家既未着力描写伯爵，也未着力描写女王，因而无法通过行动把他们表现得更丰满些。艾塞克思的语言并不怎样骄傲，因而演员也无法在每一个姿态、每一个手势、每一个表情当中，把他表演得更为骄傲些。甚至表现他的骄傲，主要的还不是通过语言，而是通过其他的举动。他的语言常常是谨慎的，而一种骄傲的谨慎，只能目睹而无法耳闻。这样的角色，必然只能在表演中取得成功。配角的表演不能对他发生坏的影响：塞希尔和索利斯伯里表演得越低三下四，伯爵则越突出。至于说艾克霍夫把这个角色表演得如何成功，无需我借此机会来啰唆，即使是一个平常的演员，也不会完全糟蹋了这个角色。

关于伊丽莎白的角色不完全如此，但也不至于把她表演得彻底失败。伊丽莎白是温柔多于骄傲的，我很愿意相信一颗女人的心灵同时兼有二者。但是，一个女演员怎样能够把二者都表现得好，这是我无法理解的。从天性来说，我们不相信一个骄傲的女人会有许多柔情，一个温柔的女人，会有许多骄傲。我之所以说我们不相信，这是因为这两种特征是互相矛盾的。如果她同时兼备两种特征，那简直是一个奇迹。假若她只是具备一种主要特征，她是可以感受通过其他特征所表现出来的热情的，但是我们很难相信她会如此生动地感受这种热情，像她所说的那样。一个演员怎么能超出她的天性呢？倘若她的姿态是威严的，她的声音是饱满和雄壮的，她的目光是大胆的，她的动作是敏捷和坚毅的，她会把骄傲的段落表演得很成功。但是，温柔的段落又会怎样呢？相反，假若她的形象不那么威严，假如她的面容是温和的，她的眼神充满着谦逊的热情，她的声音充满着和谐的音调，而不是咄咄逼人的语势；假若在她的动作中，更多的是端庄和尊严，而不是力量和思想，她将会把温柔的段落表演得淋漓尽致。但是，也能把骄傲的段落表演得淋漓尽致吗？她不会糟蹋了这个角色，这是肯定的，她将把她表演得十分鲜明。从她身上，我们将看到一个被挫伤了感情的愤怒的情人，绝不会是一个充满大丈夫气概，给她的将军和情人一记耳光，并把他推出门去的伊丽莎白。我认为，假若女演员妄图同时惟妙惟肖地向我们表演伊丽莎白的双重特征，那就很难演成一个道道地地的伊丽莎白。倘有一半被表演得恰到好处，而又不完全忽视另一半，我们就能够而且也必须对此感到心满意足。

罗文夫人饰演的伊丽莎白这个角色是很受人欢迎的，但是如果将那种具有普遍意义的说明运用到她身上，那么我们耳闻目睹的将是一个温柔女人，而不是一个骄傲君主。她的修养，她的声音，她的谦逊的行动，都被表演得恰到好处。我相信，我们的娱乐是得到了满足的。因为如果一种特征掩盖另外一种特征是必要的，如果只能是要么情人掩盖女王，要么女王掩盖情人，那么我相信，宁可失于骄傲和女王，而不失于情人和柔情要有益得多。

我这样评论，绝不仅是由于顽固的欣赏趣味，① 我的目的也不

---

① 莱辛这个结束性的表态，针对的是那些对他的表演艺术评论所作的指责。从中可以看出，莱辛对演员们的不理解是痛心的，他们不愿意让人进行专业性的评论，他们自卫的方式就是抱怨别人具有片面的欣赏趣味，或者说别人按照"性别"褒贬演员。从此，莱辛停止了他对演员的评论，放弃了他的《剧评》的一个重要目的。

在于恭维一个妇女，即使她把这个角色演得一点都不成功，也仍然不愧为她是这门艺术的一位大师。我了解一位艺术家，他允许我或者别人关于他只能说一次捧场的话，我认为这原因在于：他与一切虚荣感是无缘的，在他看来，艺术高于一切，他喜欢听人自由地、公开地评论自己；他觉得即使这些评论是错误的，也比无人评论为好。谁不理解这种捧场，就算是我认错了人，而我们研究他也是不值得的。真正的艺术家，在他尚未发现我们看到和感受到他的弱点之前，尽管我们关于他的完美性喋喋不休地说了许多话，他仍然不相信我们洞察和感受到了他的完美性。他心底里嘲笑每一个不着边际的赞赏，他只是暗自欣喜一种人的赞扬，他知道此人有心挑剔他的毛病。①

我想要说的是，要援引证据说明，为什么女演员表现温柔的伊丽莎白比表现骄傲的伊丽莎白要好。她必须是骄傲的，这是已经确定的了，我们也听到她是这样的。问题只在于，她应该是温柔超过骄傲呢，还是骄傲超过温柔？如果有两个女演员等待选择，是选择以咄咄逼人的严肃、以可怕的报复性威严来表现一位被挫伤了感情的女王的人饰演伊丽莎白呢，还是选择以因爱情遭到拒绝而伤感，以宽恕尊贵的罪犯的欣然愿望，以对他的固执感到忧虑，对他的不幸感到同情来表现一个嫉妒的情人的人更合适呢？我认为后者更为合适。

首先，因为只有这样才能避免同样性格的重复。艾塞克思是骄傲的。如果伊丽莎白也是骄傲的，至少她必须表现为另一种方式。如果说伯爵的温情只能从属于骄傲，那么在女王身上则必须使温情胜过骄傲。如果伯爵摆出一副高贵的姿态，则女王必须表现得比自己的身份低下一些。假如两个人都昂首阔步、耀武扬威地走来走去，都对身旁的一切表示蔑视，必然令人感到单调得讨厌。不能认为伊丽莎白若是

----

① 这里显然是针对亨塞尔夫人提供了一个相反的样板（参见第 20 篇相关注释）。从此以后莱辛停止了对演员的评论。——编者注

处在艾塞克思的地位，也会像艾塞克思一样行动。结尾表明，女王比伯爵软弱，因此从开头起，她就不能表现得像他那样高大。一个企图靠表面的权力来抬高自己的人，不像靠自身内在的力量来达到同一目的的人那样奋发。纵然艾塞克思摆出一副国王的姿态，我们也知道伊丽莎白是女王。

其次，人物在其精神境界中提高，而不是降低，这是符合悲剧的要求的。一个温柔的人物具有骄傲的眼神，比起一个骄傲的人物而没有温情要合适得多。前者表现为上升，后者表现为下降。一个庄严的女王，紧锁眉头，眼神令人畏惧和发抖，说一句话就能使人百依百顺，倘让这样一个人诉说爱情的痛苦，为了满足她的热情的微不足道的欲望而唉声叹气，这几乎是可笑的。一个情人则相反，她的嫉妒使她记起自己是个女王，当她气势凌人时，她的弱点将是可怕的。

第 26 篇　1767 年 7 月 28 日

第三十一个晚上（星期三，6 月 10 日）演出了高特舍特夫人的《法国女教师》（或《侍女》）。①

这部作品是 1744 年借助高特舍特式的助产术，在第五卷《德国舞台》中献给德国的六部作品之一。有人说，当时由于它的演出新颖，到处受到欢迎。人们想试试看能获得什么样的掌声，它获得了应得的报酬，根本没受到欢迎。出自同一位女作家手笔的《遗嘱》，②

---

① 路易丝·高特舍特的五幕喜剧，1744 年发表在她丈夫高特舍特的《德意志舞台》第五卷上，除了他们自己的《众神庙》之外，还有史雷格尔的《狄多》、克吕格尔的《莫哈迈德四世》、奎斯托普的《诉讼中的犟种》和亚当·高特弗里德·乌利希的羊人剧《艾丽丝》。
② 发表在《德意志舞台》（1745）第 6 卷上。

还像点样子，但是《法国女教师》则干脆一文不值。比一文不值更甚：因为它不仅庸俗、平淡、无聊，另外还加上肮脏、讨厌，而且令人感到是莫大的侮辱。① 我简直不理解，一位女士怎么能写这种玩意儿。但愿有人向我提出关于这一切的证据。

第三十二个晚上（星期四，6 月 11 日）重演了伏尔泰先生的《塞密拉米斯》。

因为乐队在我们的戏剧表演中似乎代替了古老歌队②的地位，③所以内行人④早已提出希望，要求在开演前、幕间和剧终演奏的音乐，能够符合戏剧的内容。沙伊柏（Scheibe）先生⑤是音乐家当中头一个在这方面为艺术发现了一个崭新天地的人。他发现，若使观众的感动不以一种不愉快的方式被削弱或者被中断，每一场演出都需要有它自己的音乐伴奏。他不仅早在 1738 年在《波利厄克特》（Polyeukt）和《米斯里达特》（Mithridat）⑥里进行过尝试，尤其是为瑙伊伯琳剧团在汉堡、在莱比锡和别处演出的剧目谱写过相应的乐曲，而且还在他出版的《音乐评论》⑦上对这个问题发表过详细看法。他认为这是乐于用这种新的体裁从事创作的作曲家们值得充

---

① 莱辛的厌恶表明，色情题材或者色情暗示，即使是披着揭露法国社会风气的批判外衣，像高特舍特夫人在仿效霍尔贝格《法国的让》（Jean de France）所做的那样，也会引起人们的反感，尤其当一个女人是它的始作俑者的时候。

② 指古希腊戏剧里的歌队。——编者注

③ 演出后的休息音乐，从技巧的角度来看，与古典歌队具有类似的功能：作为过渡，如莱辛所言，作为伴奏性的诠释。

④ 其中也包括高特舍特，他在《批判的诗艺》里，对待这个问题的态度是正确的。

⑤ 沙伊柏（Johann Adolf Scheibe，1708—1776），著名作曲家和音乐理论家，尤其对丹麦产生过重要影响，他在 1744 年成了那里的宫廷乐队指挥。

⑥ 高乃依的作品；《米斯里达特》是拉辛的作品。

⑦ 沙伊柏的音乐周刊 Musicus Criticus，出版于 1736—1740 年（1745 年出版增订版），莱辛在第 67 篇中的引文即出自此。

分注意的问题。

他说："为一出戏谱写的所有乐曲，都必须符合这部作品的内容和性质。为悲剧写的乐曲不同于为喜剧写的乐曲。每一出悲剧和喜剧都是不同的，因此为它们所谱写的乐曲也必须各异。尤其是作曲家必须注意使音乐的不同段落，符合它们所属的不同段落的戏剧的性质。这样，开始的乐曲必须符合戏剧的第一幕，而幕间出现的乐曲，则必须部分同上一幕的结尾、部分同下一幕的开端相符合，最后的乐曲则必须符合最后一幕的结尾。

"为悲剧谱写的所有乐曲，必须是豪华的、热情的和思想丰富的。尤其要注意主要人物的性格和作品的主题思想，并按照它们进行虚构。这不是一件小事。我们看到有时把一个男（或女）英雄的这种道德，有时把一个男（或女）英雄的那种道德作为悲剧的题材。试拿《波利厄克特》① 和《布鲁图斯》，或者拿《阿勒齐尔》和《米斯里达特》作一比较，立即便可看出同样的音乐对它们是绝对不适用的。在一出悲剧里，如果男英雄或者女英雄在一切事件当中都离不开宗教和敬神，那么这种乐曲就必须具有某种教堂音乐的豪华和严肃的色彩。但是，如果在悲剧的一切不幸事件当中充满了高尚思想、勇敢或坚定性，音乐就必须非常热情、活泼。《卡托》《布鲁图斯》《米斯里达特》都是后一种风格的悲剧。《阿勒齐尔》和《扎伊尔》则相反，它们需要一种有点变化的音乐，因为这些作品里的事件和人物性格具有另外一种性质，并且主要是表现了情绪的变化。

---

① 这一段里提到的悲剧有：《波利厄克特》（比埃·高乃依）、《布鲁图斯》（伏尔泰）、《阿勒齐尔》（伏尔泰）、《米斯里达特》（拉辛）、《卡托》（高特舍特根据艾迪生蓝本创作）。

"根据同样理由，喜剧①的乐曲必须非常自由、流畅，有时甚至是谐谑的，尤其是乐曲要根据每一出喜剧的特殊内容来谱写。喜剧有时是严肃的，有时是谈情说爱的，有时是谐谑的，乐曲也必须具有这些性质。比如《隼》和《双方的变心》这些喜剧，所需要的乐曲跟《浪子》所需要的乐曲完全不同。同样，非常适合《悭吝人》或者《妄想病人》的乐曲，也不适合《犹疑不决的人》或者《颠三倒四的人》。前者必须是欢乐的、谐谑的，后者必须是烦恼的、严肃的。

"序曲必须顾及全剧，但同时必须为戏剧的开端做好准备，并与第一场相符合。它可以由两个乐节或者三个乐节组成，作曲家认为怎样好便怎样做。幕间乐曲，因为它们须按照前一幕的结尾和后一幕的开端进行安排，具有两个乐节最自然。第一乐节主要顾及前一幕戏，第二乐节则主要顾及后一幕戏。当然只有在两幕戏的情绪截然相反的情况下，才需要这种结构。否则，如果它的长度恰好适合演出需要，并趁此机会完成擦灯、换装等等时，也可以把它谱成一个乐节。最后，剧终乐曲必须紧紧扣住戏剧的结尾，将剧情强调表现给观众。当英雄人物不幸牺牲的时候，还有什么比紧接着演奏一曲欢乐而活泼的乐曲更可笑的呢？而当喜剧欢乐的结束之后，还有什么比紧接着演奏一曲悲伤而动人的乐曲更乏味的呢？

"另外，因为戏剧的音乐是用乐器演奏的，所以乐器变换是非常必要的，这样可以使听众保持更可靠的注意力，如果他们只是听一种乐器，或许会失去这种注意力。确凿无疑的是，序曲是很强的、完整的，听众听起来印象也更深刻。乐器的变换主要是出现在幕间曲里。但是人们必须能够判断什么乐器更合适，用什么乐器能够更恰当地表

---

① 这里提到的剧本有：《隼》（德里斯勒，*Le faucon et les oies de Boc-cace*）、《双方的变心》（马里沃，*La double inconstance ou le fourbe puni*）、《浪子》（伏尔泰，*L'Enfant prodigue*）、《悭吝人》（莫里哀，*L' Avare*）、《妄想病人》（莫里哀，*Le malade imaginaire*）、《犹疑不决的人》（戴斯托舍，*L'Irresolu*）、《颠三倒四的人》（雷雅尔，*Le distrait*）。

现要表现的内容。如果人们想恰如其分地达到自己的目的，在这里必须进行一番合理的选择。如果在两个相继出现的幕间曲里，运用同一种乐器变换方法，是不会获得好的效果的。倘能避免这一缺点，那是再好不过，令人再愉快不过。"

这就是把音响艺术和诗歌①准确地结合在一起的最重要的规则。我宁可用一位音响艺术家的语言来阐述这些规则，而不用我自己的语言，这位音响艺术家是可以得到创造发明的荣誉的。因为作家和艺术批评家常常听到音乐家的指责，说他们从他们那里所期待和要求的远比艺术所能做到的多得多。大多数人必须从他们的艺友那里听说事情是可以实现的，才能对此给予微小的重视。

规则本身固然是容易制定的，它们只讲应该做什么，却不讲怎样才能实现。激情的表现——这是决定一切的——仍然是天才的事情。因为纵然有令人羡慕的成功的音响艺术家，但无可争辩的是仍然缺少一个熟悉他们的创作道路、从他们的例子当中总结出具有普遍意义的原理的哲学家。这种例子出现得越频繁，进行这种总结的材料积累得越多，我们才能越早地制定出这种原理。如果通过音响艺术家的努力不能使这类戏剧乐曲向前跨进一大步，那一定是我的严重误解。在歌唱音乐中，歌词对于表现力的润饰作用是很大的，表现得最弱和最不确切的地方将通过歌词变得确切，得到加强。相反，在器乐音乐里则没有这种润饰作用，如果它不能把自己想要表达的东西充分表达出

---

① 《汉堡剧评》的目的就是，从汉堡舞台的例子出发，对戏剧理论和实践进行检验。在当年的演出实践中，音乐作为序幕、过渡和结尾起着重要作用。关键在于，作为《拉奥孔》的延续，莱辛在思考戏剧中的音乐与诗歌的关系时，主张音乐作为表现"朦胧的"，但对于观众的直觉准备却十分重要的情绪的载体，必须为一种幻觉效果制造心理倾向，同时加强这种效果。在1757年2月2日致门德尔松的一封信里，莱辛为了说明他关于怜悯的美学主张，曾经引用过"两根弦"这个形象："如果赋予两根弦同样的张力，一根通过拨动发出声音，另一根则无须拨动也跟着发声"，"音响艺术与诗歌"的"结合"，亦可作类似的理解。

来，便什么也表达不出来。艺术家必须在这里发挥他的最大能力。他将在能够表达一种感情的一系列音响效果中，选择最明确地表达这种感情的音响效果。我们将更经常地听到这种音响，我们将经常对它们进行比较，通过对它们的共同性的特点的分析，发现表现力的秘密。

由此我们在剧院里的娱乐将获得多大的增长，是每个人都能理解的。自从我们的剧院的新管理机构建立以来，不仅在努力改善乐队的状况，而且也在寻找能够从事创作，并谱写出出乎人们意料的乐曲的音乐家。早在演出克洛奈格的《奥琳特与索弗洛尼亚》的时候，赫特尔先生①就创作了自己的乐曲，而第二次公演《塞密拉米斯》时，柏林的阿格里可拉先生②上演了类似的乐曲。

第 27 篇　1767 年 7 月 31 日

我试图对阿格里可拉先生的音乐作一番理解。不是探讨它的效果，因为感观的娱乐越生动、细腻，越不易用语言描述。人们只能发表些一般性的赞词，不着边际的喝彩和刺耳的惊叹，这些不但对爱好者没有教益，而且只能引起我们想对之表示敬意的音乐家的厌恶。我只探讨它的作者的意图，探讨他为了达到这种意图所采用的手段。

序曲由三个乐节组成，第一乐节是慢板，除小提琴之外，还用了双簧管和长笛，主调低音通过木管得到加强。这一乐节给人的印象是严肃的，有时甚至是粗犷的、激烈的，听众应该设想他将看到大致是这样内容的一出戏。当然不只是这个内容，还有温情、懊悔、内心不安

---

① 赫特尔（Johann Wilhelm Hertel，1727—1789），作曲家和音乐理论家，自 1757 年起担任麦克伦堡—什威林宫廷作曲家。

② 阿格里可拉（Johann Friedrich Agricola，1720—1774），从 1759 年起担任弗利德里希二世的宫廷乐队领导人，曾为伏尔泰的《塞密拉米斯》谱写音乐。

和屈服。第二乐节是用带着抑音器的小提琴与和声木管演奏的中速，它表现了阴暗和怜悯的哀怨。在第三乐节里，轻快的声调和骄傲的声调混合在一起。因为幕起之后，舞台上呈现一派较平常略为豪华的场面，塞密拉米斯正在接近她的荣华富贵的尾声，如同眼睛必须看到这种荣华富贵一样，耳朵也应该听见它。特点是稍快，乐器跟第一乐节一样，此外双簧管、长笛和木管相互穿插演奏出几个特殊的较小的乐节。

幕间音乐通常只有一个唯一的乐节，它只表现前一幕的内容。阿格里可拉先生似乎不赞成表现下一幕的第二乐节。在这里我很同意他的鉴赏力。因为音乐不应该有损于作家，悲剧作家比别人更喜欢意外和惊奇。他不愿意事先泄露自己的行动，如果音乐表现出下一幕的激情，就会泄露了他的秘密。序曲则不同，它的前面没有什么好衔接的，它只能表现作品的一般的情调，不能比标题表现得更强烈、更明确。人们可以把听众要达到的目标表现给他，但达到这目标的不同的道路，则必须完全隐藏起来。这种反对幕间第二乐节的理由，是根据作家的优点引申出来的，它将通过音乐领域里的另一个优点得到加强。比如说，相继两场戏中的热情是截然相反的，那么两个乐节也必须有截然相反的性质。这样我就容易理解，作家怎样使我们从一种热情转向与它截然相反的另一种热情，使它得到充分的反映，没有令人不愉快的斧痕。他做得按部就班，从容不迫，像攀登梯子一样，从这一阶到那一阶，或上或下，在任何地方都不给人以跳跃之感。但是，音乐家也能做到这一点吗？按理说，在一首具有必要的长度的乐段里，也能做到这一点。但是在两个特殊的、完全互相隔断的乐段里，比如从宁静到激烈，从柔情到残暴的跳跃，必然是非常显眼的。在自然界里，任何一个从一个极端到另一个极端，从黑暗到光明，从寒冷到炎热的突然的过渡，都会令人感到刺耳。当我们沉浸在悲哀之中的时候，突然又暴跳如雷。怎么暴跳？为什么暴跳？对着谁暴跳？对着我们的灵魂完全为了他而处于怜悯感情之中的那个人吗？还是对着另外一个人？所有这些都是音乐无法确定的，它使我们陷入模棱两可和混乱之中。我们在感

受，却无法觉察我们的感受的正确效果；我们在感受，如同在梦里一
样，而所有这些杂乱无章的感受，都只能令人疲倦，而不是一种享受。
诗歌则相反，它从不会让我们失掉感受的线索。在这里，我们不仅知
道应该感受什么，而且也知道为什么应该感受它，而这个为什么不仅
使那些最突然的过渡是可以忍受的，而且也是愉快的。事实上，这种
突然过渡的动机，是音乐和诗歌在结合过程中产生的最大优点之一，
或许是最大的优点。把对于音乐的一般的不确切的感受，比如对于欢
乐的感受，通过语言局限在一个固定的、个别的欢乐对象上，是远非
必要的，因为即使是那种模糊不定的感受，仍然令人感到十分愉快。
需要的倒是把明显不同的相互矛盾的感受，通过清楚的语言概念联结
在一起，通过这种联结把它们网织成一个整体，而人们在这样一个整
体中所看到的不仅是多样性，而且还有多样性的统一。关于一出戏里
的幕间双重乐节的这种联系，我们将在后面进行探讨。我们将会看到，
为什么我们必须从一种热情跃入另一种截然相反的热情，而这在音乐
里我们是根本感觉不出来的。跳跃曾经产生过恶劣效果，并且使我们
感到刺耳，因为我们现在认为，它本来不应该使我们感到刺耳。但是
人们并不会认为，按照这样的说法，所有的乐曲都必须被抛弃，因为
所有的乐曲都是由互相区别、各自表现某种不同内容的许多乐节构成
的。它们表现某种别的内容，而不是各种各样的内容，或者毋宁说它
们表现相同的内容，只不过采取的形式不同而已。一首乐曲在其各乐
节当中表现各种各样相互矛盾的激情，那是一个音乐怪物；在一部乐
曲当中只能表现一种激情，每一个特殊的乐节同样只能表现一种激情，
只不过以各种各样的变化，或者按照其强弱与活泼程度，或者按照它
与别的相近的激情的各种混合，来表现同一种激情，以及试图在我们
内心里引起同一种激情。序曲完全具有这种性质，第一节的暴躁融而
为第二节的哀诉，这种哀诉在第三节里又上升为一种庄重的威严。一
个音响艺术家，如果他在自己的乐曲里放任自己，在每一乐节里都中
断情绪，以衔接下一个乐节里的新的、完全不同的情绪，并且同样也
让这种情绪在第三乐节里转变为另外一种不同的情绪，那么他可能无

益地浪费许多艺术，他可能令人吃惊，可能令人陶醉，可能给人以刺激，只是无法感动我们。谁若是想同我们的心灵说话，并唤起我们的同情，必须像要娱乐和启迪我们的理智一样注意联系。没有联系，没有各个部分的内在的联结，最好的音乐也不过是一堆无用的沙粒，不可能给人以持久的印象。只有联系才能使它们成为一块坚实的大理石，在这样一块大理石上，艺术家的手才能雕出不朽的作品。

第一场以后的乐节试图表现塞密拉米斯的忧虑，在这一场里，作家全力以赴地表现这种忧虑，这种忧虑之中还掺杂一些希望，这一中速乐节只采用了带有抑音器的小提琴和中提琴。

在第二场里，阿苏尔①扮演着一个非常重要的角色，因此这一场的音乐表现力应该由他来决定。用法国号演奏的并通过长笛和双簧管，还有演奏主调低音的木管所加强的 G 大调活泼的快板，表现了这个不忠实而野心勃勃的大臣由于怀疑和恐怖被打断了的，但又总是反复出现的骄傲。

第三场里出现了鬼魂。关于伏尔泰借鬼魂的出现给在场的人的印象多么淡薄，我曾借头一场演出②的机会作过说明。③ 但是音响艺术家却合理地注意了这一点，他弥补了作家所造成的缺陷，用与上一场相同的乐器（只是 E 调法国号和 G 调法国号进行了交错的变换）演奏的 E 短调活泼的快板，描绘的不是沉默的无动于衷的惊异，而是真实的慌乱，这是鬼魂出现时在人群中必然引起的情绪。

第四场里塞密拉米斯的恐惧，引起了我们的怜悯，我们惋惜这个懊悔的女人，尽管我们知道她的罪行。惋惜和怜悯也可以用音乐来表现，可以在一个用带抑音器的小提琴和中提琴及一个参与合奏的双簧管演奏的 A 短调稍快的慢板里表现这些情绪。

最后，随着第五场的结束出现的唯一的乐节，是一个 E 大调徐缓

---

① 阿苏尔，伏尔泰剧本中塞密拉米斯的宠幸。

② 参见第 11 篇。

③ 参见第 12 篇。——编者注

慢板，除小提琴和中提琴外，还采用了法国号，采用了加强双簧管和长笛，采用了表现主调低音的木管。乐曲的情调是适合悲剧人物的，向崇高转化的忧郁，依我看来，还照顾到了最后四行诗句，在这四行诗句里，真理威严而有力地发出了警惕世界上的大人物的呼声。

判断一个音响艺术家的意图，就是承认他所达到的成就。他的作品不应该是谜，解谜既费力，又不着边际。一个健康人的耳朵迅速听到的，应该是他表达出来的内容，对他的赞扬是随着他作品明白易懂的程度而增长的，越易懂，越通俗，他便越值得人们赞扬。我听懂了，并不是我的荣誉，但是对于阿格里可拉先生来说，任何人在他的乐曲里都像我一样没有听到某些别的东西，倒是一个很大的荣誉。

第 28 篇　1767 年 8 月 4 日

第三十三个晚上（星期五，6 月 12 日）重演了《纳尼娜》，最后加演《有遗产的农民》，① 译自马里沃的法文本。

这出小戏在这里是一个"叫座"的剧目，任何时候都能给观众带来许多娱乐。尤尔盖从城里回来，他在城里安葬了一个富有的弟兄，并从他那里继承了十万马克的遗产。幸福改变地位和习惯，现在他想过阔人那样的日子，他把自己的丽瑟升格为太太，很快给他的汉斯和格蕾特找到了显贵的配偶，一切都很顺心，只有跛足听差令人不称意。储存这十万马克的经济人破了产，尤尔盖依然是从前的尤尔盖，汉斯和格蕾特的婚事，也都竹篮打水，一场空。倘若他们得到的幸福再多些，其结局势必更为悲哀；从前他们是健康和快乐的，现在他们仍然是健康和快乐的。

这样一个故事是任何人都能虚构出来的，但却不见得每个人都能像马里沃那样，懂得把它描写得如此风趣。那滑稽的情趣，诙谐的机

---

① 《有遗产的农民》（ *L'Heritier de Village*，1725），马里沃的独幕喜剧。

智，狡猾的讽刺，简直使我们笑得忘乎所以，而那些纯朴的农民语言，使一切都带有一种完全特殊的风味。译者是克吕格尔，[①] 他懂得熟练地将法国方言译成当地的土语。遗憾的是，许多段落印刷得错误百出，支离破碎。有些段落必须在表演当中加以纠正和补充，比如第一场里下面这一段。

尤尔盖　喂，喂，喂！给我五个先令零钱，我这里只有古尔顿和塔勒。

丽　瑟　喂，喂，喂！告诉我，你拿五个先令零钱去做什么好梦？派什么用场？

尤尔盖　喂，喂，喂！给我五个先令零钱，告诉你说。

丽　瑟　干吗用，傻瓜？

尤尔盖　给这个小伙子，他帮我把口袋从车上扛进村里来，我才舒舒服服地步行回来。

丽　瑟　你步行回来的吗？

尤尔盖　是啊，这样舒服得多。

丽　瑟　给你一个马克。

尤尔盖　这就对了嘛。要多少钱？要这么多。她给我一个马克，给，给你，拿去吧；这就对了。

丽　瑟　你给了那个帮你扛口袋的小伙子五个先令？

尤尔盖　是啊！我想给他一点小费。

瓦伦廷　这五个先令是给我的吗？尤尔盖先生？

尤尔盖　给你的，我的朋友！

瓦伦廷　五个先令？一笔丰富的遗产！五个先令？一个您这样地位的人！崇高的灵魂在哪里呀？

尤尔盖　噢！这不怪我，别生气。太太，再扔给他一个先令，对

---

① 克吕格尔（Johann Christian Krueger，1723—1750），演员、翻译家、诗人，他的作品集出版于 1763 年。

　　　　　　　我们来说，这跟下个雨点儿一样。

　　这是什么意思？尤尔盖步行回来的，因为他觉得这样舒服得多？他要五个先令，他妻子给了他一个马克，她不想给他五个先令？这女人还应该扔给那小伙子一个先令？为什么尤尔盖自己不给他呢？那一个马克还有剩余。如果没有法文，很难理清这堆乱麻。尤尔盖不是步行回来的，而是乘坐马车，所以他说："这样舒服得多。"但是，这马车或许是从他的村前经过，从他下车的地方，让那小伙子把口袋扛回他的家里。为此他给小伙子五个先令，那一个马克不是妻子给他的，而是他必须付的马车费，他只是告诉妻子，他是多么迅速地跟马车夫一块办完了这些事情。①

　　第三十四个晚上（星期一，6 月 29 日）演出了雷雅尔的《颠三

──────────────

　① 这段对话按照法文原文是这样的：

布　莱　斯　　喂，喂，喂！给我五个索斯，我只有整钱。

克劳迪娜　　（摹仿他）喂，喂，喂！告诉我，傻瓜，你要五个索斯派什么用场？

布　莱　斯　　喂，喂，喂！给我五个索斯，告诉你说。

克劳迪娜　　干吗用，傻家伙？

布　莱　斯　　给这个小伙子，他帮我把东西从车上扛回家来，我才能舒舒服服地走路。

克劳迪娜　　你坐车回来的？

布　莱　斯　　是啊，这样舒服得多。

克劳迪娜　　你付给他一个塔勒？

布　莱　斯　　啊，非常大方。"要多少钱，"我问他，"一个塔勒，"他告诉我。"等等，这里，您拿着。"干净利落。

克劳迪娜　　你给扛行李的五个索斯？

布　莱　斯　　是啊，开开心嘛。

小　　　丑　　这五个索斯是给我的，布莱斯先生？

布　莱　斯　　是我的朋友。（下略）──莱辛注

倒四的人》。①

我相信，我们的老祖父们很难理解这出戏的德文标题。史雷格尔当年把 Distrait 译成"幻梦者"。② 颠三倒四（Zerstreut），一个颠三倒四的人，这完全是按照法文的类推法造出来的。我们不想研究谁有权力来创造这样的词汇，而是它们既然被创造出来了，我们就利用。人们现在都理解它们的意思，这就够了。

雷雅尔于 1697 年把他的《颠三倒四的人》搬上舞台，丝毫未受到欢迎。但在三十四年之后，喜剧演员们把它重新搬上舞台，却获得了较为热烈的掌声。哪些观众是对的？也许二者都不错。那些严格的观众对这部作品提出指责，说作家无疑是拿来冒充合乎规格的喜剧。③ 这些倾心的观众却并不苛求于它，把它视为一出能够引人发笑的闹剧，滑稽戏；人们发出笑声，而且感到满意。那些观众心里想：

　　——仅仅让观众发出响亮的笑声
　　还是不够的……④

这些观众则想：

　　——而这也确乎是某种成功。⑤

————————

　　① 《颠三倒四的人》（*Le Distrait*，1697），五幕诗体喜剧，作者雷雅尔（参见第 253 页，第 2 行注释）。
　　② 此译法见史雷格尔的死者对话《德谟克力特》（*Demokritus*，1741）。
　　③ 一种按照古典主义结构规则写的喜剧。有趣的是，莱辛的论证把他认为是核心的体裁问题与观众期待结合在一起，奠定一个判断规范，而这规范是从"事物的本质"中引申出来的。这样，传统题材的规范的教条就被突破了，像这里这样，为重新评价纯粹引人发笑的喜剧开辟了道路。
　　④ 见贺拉斯，《论讽刺》，第 1 卷，10，7f。——编者注
　　⑤ 见贺拉斯，《论讽刺》，第 1 卷，10，7f。——编者注

　　除了非常有缺陷和漫不经心的诗句之外，雷雅尔对于这出戏并未花费多少功夫。他认为在拉·布吕埃①身上充分描写了他的主要人物的性格。他除了把他的高尚特征部分借行动表现出来，部分叙述出来之外，别的没做什么。至于他还施展了什么特长，不想多说。

　　关于这种评论，没有什么好说的，但是关于作家在劝善惩恶方面的批评②却有许多话要谈。一个颠三倒四的人不是喜剧的题材。为什么不是呢？颠三倒四，有人说不是病态，这是一种不幸，并非恶习。颠三倒四的人，如同一个犯头痛病的人一样，没有什么值得嘲笑的。喜剧必须致力于描写待改善的缺点。但是一个天生颠三倒四的人，是不能通过嘲笑来改善的，如同一个跛子那样。

　　但是，颠三倒四果真是用我们最好的努力也无法补救的心灵缺陷吗？它真的是一种天生的缺陷，而不是恶习吗？我不相信这一点。难道我们不能控制自己的注意力吗？难道我们没有能力按照自己的愿望，使它有张有弛吗？颠三倒四除了是一种对我们的注意力的不合理的运用之外，还能是别的吗？颠三倒四的人是有思想的，只是他不想应该想的事情，对他目前的感观印象做出判断。他的心灵不是处于沉睡、麻醉状态，并未停止活动，只是心不在焉，别有他用。它既可以在那里发挥作用，也可以在这里发挥作用。扶助它的肉体作感观的变化，这是它的职能，改变这种职能，须花费气力，难道使它重新熟悉这种本领是不可能的吗？

　　纵然颠三倒四的毛病是无法医治的，那么在什么地方写着，我们只能在喜剧里对于道德上的缺点和可以改善的恶习发出笑声呢？每一

---

　　①　拉·布吕埃（Jean de la Bruyere，1645—1696），他的著作 *Les caracteres de Theophraste，traduits du grec avec les caracteres ou les moers de ce siecle*（1688）对于他那个时代的喜剧作家来说是个宝藏（"颠三倒四的人"的性格见第十一章）。

　　②　指的是一位无名作者的作品，书名 Lettres d'un Francais（1731 年的"法国信使"有介绍），莱辛在这里介绍的是他的主要观点。

不合理的行为，每一缺陷与真实的每一对比，① 都是可笑的。但是笑与嘲笑却是相去甚远的。我们可能因某种机缘对一个人发笑，却丝毫不会嘲笑他。这种区别是无可争辩的，是众所周知的，② 因此不久之前卢梭反对喜剧的神益时所提出的一切刁难，③ 只是由于他没有恰如其分地考虑这种神益。例如他说："莫里哀让我们对恨世者发笑，而恨世者却是戏里的诚实人。当莫里哀把有德行的人表现得可鄙视的时候，证明他是德行的敌人。"否，恨世者不是可鄙视的，他依然如故，从作家为他安排的各种处境中所产生的笑声，丝毫未减少我们对他的尊敬。颠三倒四的人也是如此，我们笑他，然而我们因此鄙视他吗？我们赞扬他的其余值得赞扬的善良本性，没有这些，我们根本不会笑他的颠三倒四。试把这种颠三倒四的特征加在一个心怀不善的小人身上，看看是否可笑？非但不可笑，而且可憎、可恶、丑陋。

---

① 莱辛把可笑的定义简化理解为："不合理的行为"是由一个人的自我认识和他尚未认识的缺点之间不相称造成的。关于"真实"的概念，请参考莱辛 1757 年 2 月 2 日致门德尔松的信，其中谈到"我们最大限度的真实"的"意识"问题。

② 暗指自从梅尔（Georg Friedrich Meier）的《关于玩笑的想法》（1744）以来，围绕笑的概念所开展的广泛讨论。在梅尔看来，笑的功能就是引起情绪快乐："人们可以说，这种笑类似风一样，它能吹散乌云，使天空晴朗。这种笑是一种强烈的情绪活动，它能让灵魂振奋和净化，摆脱烦恼。"

③ 卢梭 1758 年在"致达朗贝尔的信"中，从道德角度和文化批评角度对戏剧尤其是喜剧进行了抨击。——编者注

四　关于历史剧

第29篇　1767年8月7日

喜剧要通过笑来改善，但却不是通过嘲笑，既不是通过喜剧用以引人发笑的那种恶习，更不是仅仅使这种可笑的恶习照见自己的那种恶习。它的真正的、具有普遍意义的裨益①在于笑的本身，在于训练我们发现可笑的事物的本领，在各种热情和时尚的掩盖之下，在五花八门的恶劣的或者善良的本性之中，甚至在庄严肃穆之中，轻易而敏捷地发现可笑的事物。应当承认，即使莫里哀的《悭吝人》也从未改善一个吝啬鬼。雷雅尔的《赌徒》从未改善一个赌徒。退一步说，即使笑根本不能改善这些愚汉，甚至更不利于他们，但却无损于喜剧。假如喜剧无法医好那些绝症，能使健康人保持健康状况，也就满足了。对于慷慨的人来说，《悭吝人》也是有教益的；对于从来不赌钱的人来说，《赌徒》也有教育意义；他们没有的愚行，跟他们共同生活的其他人却有；认识那些可能与自己发生冲突的人是有益的；防止发生那

①　莱辛奠定喜剧观的新起点，他认为类型喜剧是一种自我满足的，仅仅证明即存偏见的嘲笑喜剧。当他从人类学的角度论证感情学说的时候，喜剧便获得了一种堪与悲剧相比美的自我认识功能，从而也获得一种改善的功能，这种功能比"嘲笑"别人的"恶习"更具有"普遍意义"（这就是说，对发笑者本人也是如此）。如他在1756年11月致尼柯莱的信中关于"悲剧定义"所说的那样，"它应该扩大我们感受怜悯的能力"（借此创造"最好的人"），在我们的能力的训练中发现可笑的事物，这就是喜剧的"真正"（即改善人的）价值。

些列举的印象是有益的。预防也是一帖良药，而全部劝化也抵不
上笑声更有力量，更有效果。

这一天晚上，是以罗文先生的独幕喜剧《谜》（或者《女人最喜
欢什么》）而终场的。

假若马蒙泰尔和伏尔泰没有创作那些小说和童话，法国剧院
势必缺少一大批新颖的节目。大部分滑稽歌剧就是根据这些题材
创作的。有一部夹杂着歌曲的四幕喜剧，就是取材于伏尔泰的
《女人喜欢什么》，① 它的标题叫作《仙女郁哲蕾》，② 由巴黎的
意大利喜剧演员于 1765 年 12 月搬上舞台。罗文先生似乎不仅看
过这部作品，也看过伏尔泰这篇小说。在评论一座柱形雕像时，
同时想到它的原材料大理石块，看到由于这块石头的朴素形式，
使得这一段或那一段肢体过短，这一个或那一个姿势显得过于不
自然，就能够断然驳斥那些对于罗文先生剧本结构提出的批评。
谁有本事，请把一篇女巫童话改编成令人置信的作品！罗文先生
只是把自己的《谜》视为一部小小的诙谐作品，如果表演得好，
它是可以在舞台上受到欢迎的。杂耍、舞蹈、歌曲都为了这个目
的竞献绝技。对什么都不满意，只能说明固执。佩德里洛的情趣
表现得诚然不算高明，但却表演得合体。我只是觉得，一个搬运
武器的侍从或者马夫，识破误入歧途的骑士们的无聊与荒唐，似
乎与建立在妖术现实的基础上，并把骑士的冒险视为一个理智而
勇敢的男人的光荣行动的故事不甚贴切。但是，如上所述，这是
一种诙谐，对诙谐是不必细加考究的。

第三十五个晚上（星期三，7 月 1 日）演出了比埃·高乃依的

① 这是伏尔泰的童话体小说，写于 1769 年。
② 《仙女郁哲蕾》（*La Fée Urgèle*）被认为是法瓦尔写的滑稽歌剧，曾
匿名出版。

《罗多居娜》，① 丹麦国王陛下②莅临观看了演出。

高乃依供认，③ 他特别为这出悲剧感到骄傲，远胜过为《西拿》和《熙德》而感到的骄傲。他的其他剧作的长处，大都集中在这出戏里。一个有利的题材，全新的虚构，有力的诗句，彻底的理性，热烈的感情，逐幕增长的引人入胜。④

我们在这个伟大人物的作品上花些功夫是值得的。

关于构成这部作品的历史，阿庇亚努斯·亚历山大里努斯⑤在接近他的书的结尾时是这样叙述叙利亚战争的："得米特琉斯，别号尼卡诺尔，发动了一场征服巴息人的战争，有一段时间作为战俘生活在巴息国王福拉泰斯的宫廷里，娶了他的妹妹罗多居娜。这期间，曾经辅佐过先王的狄奥多图斯，篡夺了叙利亚王位，把一个孩子——亚历山大·诺图斯之子扶上台。开始时他以辅佐者的名义执政。但是不久他就废黜了年轻的国王，自行加冕，更名特吕丰。当被俘的国王的弟弟安梯奥库斯听到哥哥的遭遇和由此而产生的骚乱时，从他驻守的罗得岛返回叙利亚，费了许多周折才打败了特吕丰，并处死了他。接着他又回兵征讨福拉泰斯，要求释放他的哥哥。福拉泰斯担心形势险恶，果真释放了得米特琉斯。虽然如此，他和安梯奥库斯之间仍免不了冲突，安梯奥库斯在战争中吃了败仗，绝望而自杀。得米特琉斯回

---

① 《罗多居娜》（*Rodogune*，*Princcese den Parthes*，1646），比埃·高乃依的五幕悲剧。

② 即克里斯蒂安七世，1766 年成为著名艺术支持者弗雷德里克五世的继承人，因有精神病于 1772 年被停职执政，此后经常来汉堡，当时汉堡是紧邻丹麦的国界城市。

③ 见他的悲剧的作者后记《论罗多居娜》。

④ 这些话出自高乃依的《论罗多居娜》，这篇文章是 1660 年附在 1644年出版的作品中的。——编者注

⑤ 用希腊文写的《罗马史》的作者，写于 138—161 年间，其中关于叙利亚历史的章节，是高乃依最重要的创作依据。莱辛引用的是高乃依论文中的话。后面提到的历史人物和事件，构成了他这部罗多居娜命运悲剧的背景。

朝之后，他的妻子克莱奥帕特拉出于对罗多居娜的怀恨，把他杀死。在此之前，克莱奥帕特拉出于对这桩婚事的烦恼，改嫁给了他的弟弟安梯奥库斯。她和得米特琉斯生过两个儿子，长子取名塞略库斯，在他父亲死后登上王位，被她亲手用箭射死，这是因为她担心他会向她报杀父之仇，或者是因为她禀性残酷导致这一行动。次子叫安梯奥库斯，继其兄执政，并迫使他那可恨的母亲自己喝了她那为他准备的药酒。"

这个故事含有创作几部悲剧的题材。假如高乃依由此创作一部《特吕丰》，创作一部《安梯奥库斯》，创作一部《得米特琉斯》，创作一部《塞略库斯》，也不会比只创作一部《罗多居娜》花费更多的虚构。他在这里感兴趣的，首先是那个被挫伤感情的已婚女人，她认为对篡夺自己的地位和床铺的权利的人，无论实行怎样残酷的报复都不为过分。他选择了这个故事，而无可争辩的是：按照这个故事，他的作品不应该称为《罗多居娜》，而应该称为《克莱奥帕特拉》。他自己也承认这一点，因为他担心听众会把这个叙利亚王后跟埃及的最后一个著名的同名女王混为一谈，他才宁愿采用第二个人物的名字作为标题，而不采用第一个人物的名字。他说：① "我认为我完全可以利用这种自由，我曾经说明过，古人并不认为把一出戏按照它的英雄人物命名是必要的，也可以丝毫不假思索地按照歌队命名一出戏，尽管同罗多居娜相比，歌队与行动的关系不大，主要是具有插曲的性质。比如索福克勒斯把他的一出悲剧命名为《特刺客斯少女》，② 而现在人们只能称它为《临死的海格力斯》。"这个说明本来是十分正确的。古人认为标题是无关紧要的，他们根本不认为标题必须把内容表达出来，一出戏能因此而区别于另一出戏就行，在这方面稍微花费一点心思也就够了。不过我

---

① 见《罗多居娜》前言。

② 按照故事发生的地点特刺客斯（Trachis）命名，现代德文称该剧为 Trachinierinnen。

不相信，索福克勒斯会把一出描写《特刺客斯少女》的戏称为"戴娅尼拉"（Deianira）。[①] 他毫不迟疑地给它加上一个没有任何意义的标题，但是给它加上一个使人产生误解的标题，加上一个把我们的注意力引向歧途的标题，无疑对于这一点他会深思熟虑的。高乃依的担心太过分了，知道埃及的克莱奥帕特拉的人，也会知道叙利亚不是埃及，也知道世界上有许多国王和王后有着相同的名字：即使不知道前者，也不至于同后者混淆。至少高乃依在这出戏里不应该如此谨小慎微地回避克莱奥帕特拉这个名字。在第一幕里就看得清清楚楚，德文译者很懂得排除这点小小的疑虑。没有一个随便写点东西的人，更不会有哪一个作家，必须把他的读者或者听众视为无知。有时他甚至可以这样想：凡是不知道的东西，他们会请教的！

第30篇　1767年8月11日

在历史当中，克莱奥帕特拉杀了她的丈夫，射死一个儿子，她想用毒药宽恕另一个儿子。毫无疑问，一桩犯罪接着另一桩犯罪，而其动机却出于同一根源。单单嫉妒一节就使一个发疯的已婚女人变成一个同样发疯的母亲，这至少令人觉得是可能的。眼睁睁地看着第二房妻子与自己并立，来分享她丈夫的爱情和她的显贵地位，这很容易使一颗多情而骄傲的心灵下定决心把不能独自占有的东西毁于一旦。不能让得米特琉斯活下去，因为他不想只为克莱奥帕特拉而生活。负心的丈夫倒下了，但是他作为一个父亲，却留下了复仇的儿子。这位母亲在热情冲动的时候没有想到这一层，或许相信她的儿子会顺从于

---

① 据古希腊英雄传说，戴娅尼拉是海格力斯的妻子，她丈夫出征打仗，掳回一个美貌女子，出于嫉妒，她用浸了毒药的衣服毒死海格力斯，自己也自杀而死。

她，或许信赖他们那天真的热忱，会使他们在双亲之间进行选择时毫不含糊地赞助最先被挫伤感情的亲人。然而事实与她的愿望相违，儿子当了国王，而国王不把克莱奥帕特拉视为母亲，却视为杀害先王的凶手。她惧怕他的所作所为，从那一瞬起，他也惧怕她的所作所为。嫉妒的心情鼓荡在她的胸中，不忠实的丈夫仍然活在她儿子的心里。她开始憎恨令她不能忘怀的一切，憎恨自己曾经热爱过他，保存自己的愿望加强了这种憎恨。母亲比儿子果断，伤心的女人比那伤心的男子汉果断，于是她开始第二次行凶，免得头一次行凶遭到报复。她杀害了自己的儿子，还用这样一种设想来安慰自己，似乎她之所以杀他只是因为他已决定要杀她，而她本来不想行凶，只是为了先下手为强。长子的遭遇也成了次子的遭遇，但后者机灵一些，或者说幸运一些。他强迫母亲饮了为他准备的药酒，一桩野蛮的犯罪报复了另一桩野蛮的犯罪。现在的问题只是，我们究竟更憎恨哪一方，或者说更同情哪一方。

这三次谋杀只构成一个行动，它的开端、它的中间、它的结尾都包含在同一个人物的同一种热情之中。对于一出悲剧的题材来说，这个行动里还缺少什么呢？在天才①看来，不缺少什么；在笨伯看来，什么都缺少。里边没有爱情，没有"结"，没有发现，没有出乎意料

---

① 在莱辛看来，关于天才问题的论争，关键不在于创作发生学问题，在他看来，天才就是一个文学情节的构思者，这情节是根据心理的必然性规则结构的，这就是说根据"自然"。由此他一方面与广泛流行的天才崇拜划清了界限，这种天才崇拜把创造性行为视为独立完成的"自然过程"，另一方面也克服了统治了上半个世纪的"机智"原理，这种"机智"是一种把感性世界与理性世界在文学游戏中联结起来的能力，使观众能从联结方式的技巧中得到一种审美乐趣。把"相似的或者不相似的""联结在一起"，停留在自我游戏的"机智的"智力的非创造性行动中，是不会给精神带来知识的增长的。

的奇妙的穿插，一切都顺其自然。这种自然的程序①能够吸引天才，
却使笨伯目瞪口呆。天才的作家只描写互相联系的事件，联结各种
动机与效果的链条，使后者与前者相呼应，使前后得以平衡，处处
排除偶然性，使发生的事件只能是这样，而不能是别样，这就是天
才为了把记忆的废品转变为精神的营养而开垦历史的田野时所要做
的工作。机智的作家则相反，他所关心的不是互相联系的事物，而
只是相似的或不相似的事物。当他着手从事为天才的作家所不屑的
写作时，则纠缠于事件当中，而这些事件除了同时发生之外，毫无
共同之处。把这些事件联结在一起，把它们的线索错综复杂地交织
在一起，使我们不时丢掉这些线索，不时从一场惊异陷入另一场惊
异。机智的作家能够做到这一点，而且只有这一点。从这种有着各
种截然不同色彩的线索的不断交错当中，产生出一幅织锦，这种织
锦在艺术当中就是纺织场所说的晕色。对于这样一块布料，人们说
不清它是蓝的或者红的，是绿的或者黄的。两样都是，从这面看是
这样，从另一面看却又是另一样。这是一种时髦玩物，一种哄孩子
的戏法儿。

现在让我们看一看，伟大的高乃依究竟是作为一个天才，还是作
为一个机智的头脑来描写他的题材的吧。要做出这种判断不需要别
的，只需引用一句大家都赞成的话：天才爱简，机智爱"结"。

据历史书记载，克莱奥帕特拉出于嫉妒杀死丈夫。出于嫉妒？高
乃依心想：那大概是一个平平常常的女人，不，我的克莱奥帕特拉必

---

① 莱辛从作品分析角度出发，所总结出来的悲剧主张的核心表达方式
是：以一个人物的主导热情为起点，故事布局（在亚里士多德划定的"开
端"、"中间"和"结尾"的框架之内）的展开，要遵循心理学的规则。在
莱辛看来，这种"动机和效果的链条"的因果结构，与"自然程序"是一
致的，这种程序在一出历史题材的悲剧里，只能把历史的东西"转变成精神
的营养"。至于说这种因果的内容是什么，只有对作品进行效果分析才能解
释明白，莱辛在致门德尔松和尼柯莱的信中提出了这个问题，后面他还要进
行了深入分析。

须是一位女英雄，她宁可失去丈夫，也不愿丢掉王位。她丈夫爱罗多居娜，她不必过分痛苦，好像罗多居娜跟她自己一样做了王后似的，这会崇高得多。

非常正确，崇高得多，但也不自然得多。因为，首先比起嫉妒来，骄傲是一种更为不自然、更为矫揉造作的恶习。其次，一个女人的骄傲比一个男人的骄傲更不自然。女人的天性是爱情，而不是权势欲；她应该引起柔情，而不是恐怖；她的威力只在于她的美貌；她的优势只在于她的抚爱。除了享乐，她不必试图精于别的东西。一个仅仅喜欢为统治而统治的女人，在她身上，一切爱好都被野心所战胜，她不懂得别的幸福，只知道发号施令，专横跋扈，践踏她的人民；这样的女人可能有过，甚至不止一个，但不管怎么说，她是一个例外，而描写例外，毫无疑问会显得不自然。像高乃依笔下的克莱奥帕特拉这样一个女人，为了满足自己的野心，为了安抚自己被侮辱的骄傲，竟放纵自己，做出各种犯罪行为，崇拜马基雅维利①式的信条，简直是女性当中的一个怪物，与她相比，美狄亚②还是有道德的、可爱的哩，因为美狄亚所干的一切残酷的事情，全都出于嫉妒。对于一个温柔的、好嫉妒的女人，我会宽恕她所做的一切事情，她应该如此，只是过于激烈罢了。但是，对于一个出于冷酷的骄傲，出于深思熟虑的野心而行凶杀人的女人，会令人迸发出满腔的愤慨。无论作家运用什么样的艺术手法，都不能使我们对她产生好感。我们惊讶地注视着她，就像惊讶地注视一头怪物一样，一旦我们的好奇心得到满足，我

---

① 马基雅维利（Macchiavelli，1469—1527），意大利政治家，在著名的《君主论》里，详尽发挥了他的政治观点，被称为欧洲专制政体的第一个理论家。他的政治信条是不讲信义，为达到目的而不择手段，因而为后世的阴谋家、野心家所崇拜。

② 美狄亚（Medea），欧里庇得斯创造的一个可怕的女人形象，希腊神话中的大英雄伊阿宋的妻子。伊阿宋喜新厌旧，欲与新欢结婚，美狄亚送给伊阿宋的新欢一身用毒药浸过的衣服毒死了她，并亲手杀死了自己与伊阿宋生的三个孩子，独自出走。伊阿宋鸡飞蛋打，拔剑自刎。

们将感谢老天爷，幸亏世界上每一千年才发生这样一次误会，我们恼怒作家，居然把这样一个丑类作为人来向我们兜售，而人类的知识对我们却是有益的。翻遍全部历史，在五十个杀夫夺位的女人中，几乎没有一个不是爱情的挫折促使她们走到这一步的。单单出于对政权的觊觎，单单出于自己来执掌从前由多情的丈夫执掌的玉笏的骄傲，很难设想一个女人会因此而走向犯罪的道路。有许多女人，作为被挫伤了感情的妻子，夺取政权之后，以一切男性的骄傲进行执政，这是真实的。她们在自己冷淡的、好抱怨的、不忠实的丈夫身上，充分体验了一切有伤尊严的事情，因而觉得他们那经过艰难险阻所获得的自由并不怎样珍贵。但是，肯定不会有一个女人想到或者感觉到高乃依让他的克莱奥帕特拉关于自己所说的那番话，这是一个作恶者的最无聊的夸口。最大的坏蛋也知道宽慰自己，想方设法说服自己，相信自己犯的错误不是什么大错误，或者是由于不可避免的必然性迫使他犯了错误。以邪恶为荣，这是违反天性的。作家热衷于表现某种光彩夺目、强大坚实的东西，使我们错误地以为人类的心灵从根本上来说是倾向恶，而不是倾向善，因而作家是应该受到指责的。

这类描写得不恰当的性格，这类令人发指的无聊废话，只有高乃依才常常写得出来，别的作家是办不到的，这可能就是构成他的"伟大的"这个附加语的部分原因。的确，在他的作品里，所有的人物都端着英雄主义的粗气，甚至连不应该有英雄主义气质或者确实没有英雄主义气质的人物——作恶者——都是如此。应该称他为庞大的、巨大的，但不是伟大的。因为不真实的东西不会是伟大的。

第 31 篇　1767 年 8 月 14 日

历史上的克莱奥帕特拉只向她丈夫进行了报复，而未能或者不想向罗多居娜进行报复。在作家笔下，前一次报复早已成为过去的事情。杀害得米特琉斯只是叙述出来的，戏的所有情节都集中在罗多居娜身上。高乃依不愿意让他的克莱奥帕特拉半途而废,不向罗多居娜报复,她一定会觉得自己根本尚未进行报复。对自己的情敌之不能谅解,比起对其薄情的丈夫来有过之而无不及。这对一个心怀嫉妒的女人来说是十分自然的。但是,如前面所说的那样,高乃依笔下的克莱奥帕特拉少有或者根本没有嫉妒心肠,她只是爱荣誉。而一个贪图荣誉的女人的报复,同一个心怀嫉妒的女人的报复,绝对不应该是相似的。两种热情是截然不同的,尽管它们的效果可能相同。荣誉感从来离不开某种高尚意志,而报复与高尚意志则是格格不入的,贪图荣誉者的报复不应该没有限度和目标。只要他追求自己的目的,报复就不承认界限,但是不等他达到这一目的,满足自己的热情,他的报复也就开始更冷静、更慎重了。他不仅不按照业已发生过的灾难,甚至也不按照仍然令人忧虑的灾难来施展报复。不再继续危害于他的人,他也就忘记了他曾经危害过自己。不使他感到畏惧的人,被他轻视,而为他所轻视的人,却远不在他的报复之内。相反,嫉妒是一种欲望,而欲望是一种渺小的、卑贱的恶习,除了彻底毁灭它的对象之外,任何东西都不能平抚它。嫉妒像火一样越烧越旺,对什么都不留情面。因为它所引起的侮辱,决不会停留在同样侮辱的水平上。时间延续得越久,它越要增长。因此,渴望报复的念头是永远不会熄灭的,早晚要以同样残酷的手段完成这种报复。在高乃依的作品里,克莱奥帕特拉的报复恰恰就是这样的。因此,这种报复同性格的不协调显得非常刺眼。她那骄傲的思想,她那不可遏制的对荣誉和自由的追求,使我们看到了她那一颗伟大的、崇高的心灵,并赢得了我们的赞誉。但是,她那恶意的怨恨,她那对一个人的阴险的报复欲,这个人完全在她的掌握之中,而且丝毫不值得她惧怕,倘若她有一点高尚意志,都会宽恕她。她那不仅促使她走向犯罪,而且促使她如此笨拙、如此直言不讳地对别人提出最无聊的奢望的轻率态度,这些又使我们觉得她如此渺小,使我们对她非常轻蔑,最终这种轻蔑必然完全抵销那种赞誉,整个克莱奥帕特拉无非是一个丑恶的、讨厌的女人,她总是唾沫横飞、胡言乱语，只配占疯人院的第一把交椅。

　　但是，光让克莱奥帕特拉对罗多居娜进行报复还不够，作家想让她以一种非常新奇的方式进行报复。他是怎样安排的呢？假若让克莱奥帕特拉亲手除掉罗多居娜，事情就太自然了，因为还有什么比处死她的敌人更为自然的呢？可不可以让她处死一个情人的同时，自己也被情人处死呢？为什么不可以？让我们假设罗多居娜跟得米特琉斯尚未完婚；让我们假设他死后，两个儿子爱上了父亲的未婚妻；让我们假设两个儿子是孪生子，王位应归长子，而母亲却始终隐瞒了他们当中谁是长子的真相；让我们假设，母亲终于决定揭开这个秘密，或者不是揭开这个秘密，而是提出谁愿意满足她的某些条件，她便宣布谁是长子，并授予王位；让我们假设这个条件就是罗多居娜之死。这样，我们的愿望就达到了：两个王子都热恋着罗多居娜，二人当中有谁愿意杀死自己的爱人，就可以执政。

　　好，但是我们不能使事件更复杂些吗？我们不能使两个善良的王子陷于更加进退维谷的处境吗？我们来试试看。让我们进一步假设罗多居娜知道了克莱奥帕特拉的阴谋。让我们进一步假设她特别喜欢两个王子中的一个，但是这个王子并不知道，别人也不知道，甚至不想知道。她断然决定，在两个王子当中，她既不选择这个她特别喜欢的人，也不选择那个有权继承王位的人作为自己的丈夫，她只选择向她证明最值得她爱的人。罗多居娜要报仇，向王子的母亲进行报复，罗多居娜要向他们宣布：你们二人，谁想娶我，就去杀掉他的母亲！

　　好极了！依我看，这才叫计谋！这些王子可算碰到节骨眼儿上了！若想摆脱纠纷，他们就得花费力气！母亲对他们说：谁想执政，就得杀死他的爱人！而爱人却说：谁想娶我，就得杀死他的母亲！显然，两个王子必须具备非常高尚的道德品质，相互之间真诚友爱，对待妈妈的魔鬼非常尊敬，对待女王的频送秋波的复仇女神非常温柔。如果他们二人没有高尚的道德，纠纷就不会显得那样可恶，否则，这纠纷就会可恶到难解难分的程度。一个人为了获得王位，走去把公主杀死，这样纠纷就解开了。或者另一个人，为了娶公主，走去把母亲杀死。这样纠纷也解开了。或者他们二人都走去杀死爱人，二人都想获得王位。这样纠纷就没完没了。或者他们二人杀死母亲，都想把姑娘弄到手里。这样纠纷仍会没完没了。但是，如果二人都有高尚的道德品质，谁都不想要么杀死这个，要么杀死那个。二人呆若木鸡，束手无策，不知所措，这恰好是他们的美。自然，作品将因此获得一副非常特殊的面目，女人像暴怒的男人一样凶恶，男人们像不幸的女人一样懦弱。但是，这有什么害处呢？这反而倒是作品的一个优点，因为与此相反的已是司空见惯、陈年老套了！

不过，说实在的，我不晓得进行这类的虚构是否需要花费许多气力，我从未尝试过，也不想有朝一日作一次尝试。但是我晓得，叫人来消化这类虚构，将是一件非常苦涩的事情。

这不仅因为它是纯粹的虚构，而是因为在历史上找不到一点痕迹。高乃依大可不必为此担心。他说:[1] "或许有人会怀疑，诗歌的自由是否会伸展得如此广阔，以至于它可在众所周知的名字之下，虚构出一篇完整的历史，像我在这里所做的那样，从构成以后几场戏的基础的头一场戏的故事，到第五场戏的结局，丝毫没有出现具有某些历史根据的东西。诚然，"他接着说: "我认为，只要我们保留历史的结局，那么，所有在这以前的情节，所有导向这种结局的前奏，都应该由我们来掌握。至少我不记得有任何与此相反的规则，而古人的实践跟我们是完全一致的。试把索福克勒斯的《厄勒克特拉》同欧里庇得斯的《厄勒克特拉》作一番比较，[2] 看看它们除了结局之外是否有更多相似之处。每个作家都是在一条特殊的道路上，通过他自己特有的手段，达到了他们的女主人公不幸遭遇的最后结局。这样看

---

[1]　见悲剧前言。
[2]　原素材中的结局是厄勒克特拉和奥瑞斯特向他们的母亲克里特姆涅斯特拉报仇，因为她杀死了阿伽门农，这个结局在索福克勒斯和欧里庇得斯的改编中，具有很大的差别。

来，至少其中的一出戏的故事必然是它的作者的虚构。或者看看《伊菲革涅娅在陶洛人里》，[①] 亚里士多德把它视为一出完美悲剧的样板，这出戏就只不过是一个以伪托的故事为依据的虚构，岱雅娜[②]（Diana）把伊菲革涅娅从被杀来作为祭献的祭坛上摄入云端，并偷偷地用一只小鹿顶替她。尤其值得说明的是，欧里庇得斯的《海伦娜》，在这部作品里，不仅主要行动，而且还有插曲，不仅'结'，而且连'解'都是完全虚构的，只采取了历史上的名字。"

当然，高乃依可以随心所欲地处理历史情节。比如说吧，他可以按照自己的愿望把罗多居娜设想为多么年轻，而伏尔泰根据历史推算，说罗多居娜不可能这样年轻，则也是非常错误的，还说什么当那两个如今至少有二十岁的王子当初还在他们的童年的时候，罗多居娜就已经和得米特琉斯结婚了。这跟作家有什么关系呢？他的罗多居娜根本没跟得米特琉斯结婚。那位父亲想娶她的时候，她还很年轻，而当儿子们爱上她的时候，年纪也不很大。伏尔泰和他的历史考证是非常讨厌的。让他在自己的《世界通史》[③] 里核实年月日去吧！

第32篇 1767年8月18日

用古人的例子，高乃依还可以追溯得更远些。许多人认为希腊悲剧确实是为改进纪念伟大而罕见的事件而创作出来的。它的头一个使命便是准确地追踪历史的足迹，既不偏左也不偏右，但是他们误会

---

① 欧里庇得斯的悲剧，亚里士多德在他的《诗学》第17章里，作为"样板"讨论了这出戏（以下简称《伊菲革涅娅》），而不是作为"一出完美悲剧"的例子。

② 岱雅娜是罗马神话里的月神，又司生产和狩猎。

③ 暗指伏尔泰的 *Essai sur l'hstoire generale*……（1753）。

了。因为早在忒斯庇斯①时代就完全不顾历史的正确性了。的确，他
为此而遭到索伦的严厉斥责。固然不用说，索伦对国家法律比诗艺规
则理解得更好：这样一来，根据他的指责得出的结论，又导致另一种
偏见。艺术在忒斯庇斯时代已经享有一切特权，尽管它在当时从实用
方面尚未表现出具有享受这些特权的资格。忒斯庇斯想象，虚构，让
众所周知的人物按照他的想法说话和行动，但是，他大概既不懂得使
他的虚构显得真实，又不懂得使它们具有教育意义。索伦在这些虚构
当中只发现了不真实的东西，丝毫没想到实用的问题。他竭力反对一
种毒药，这种毒药倘没有解毒药品，便很容易造成恶劣的后果。

　　我非常担心，倘若索伦在世，也会把伟大高乃依的虚构称为可恶
的谎言。这些虚构的目的是什么呢？作家借助虚构堆砌的历史能够具
有最低限度的真实性吗？它们本身就是不真实的。高乃依夸耀自己具
有非常奇妙的虚构的本领，可是他应该懂得，不是单纯的虚构，而是
有目的的虚构才表明一种创造精神。

　　诗人在历史上发现一个杀死丈夫和儿子的女人，这样一种行动可
以激起恐怖②与怜悯，于是他把这行动编成一出悲剧。但是历史告诉
给他的只有这样一个简单事实，而这一事实既是残暴的，又是非同寻
常的。最多够编三场戏，因为它缺乏详尽的情节，也只能编三场不真
实的戏。诗人该怎么办呢？

　　如同他或多或少无愧这称号一样，要么让不真实性，要么让枯燥
的简短成为他的作品的大缺陷。

　　倘是前者，首先他就须考虑虚构一系列动机和效果，并且只能按

---

　　①　根据声望判断，他是索伦时代（约前 540）悲剧的创始人，莱辛这
里的引文出自第奥根尼·拉尔修（Diogenes Laërtius，公元 3 世纪）的《哲学
家的生平与观点》（卷一，第 59 节），书中说索伦禁止忒斯庇斯演出他的悲
剧，因为它们缺乏"历史的正确性"。

　　②　在第 74 篇之前，莱辛总是习惯地把亚里士多德的 φόβος 一词译成
"恐怖"（Schrecken），而他在 1757 年 4 月 2 日致尼柯莱的一封信里便断定
"恐惧"（Furcht）才是正确的译法。——编者注

照这一系列动机和效果让那些不真实的犯罪发生。把犯罪的可能性只是建筑在历史可信性的基础上是不够的，他将设法怎样来塑造他的人物的性格；他将设法让那些使性格活动起来的事件，合情合理地、一个接着一个地发生出来；他将设法按照每一种性格准确地来测度热情；他将设法使这种热情按部就班地表现出来。这样，我们到处都可以见到①最自然、最有秩序的进程；这样，他让人物所做的每一步，我们都必须承认，在同样程度的热情中，在同样处境的事态下，我们自己也会这样做；这样，只有不知不觉地接近一种目的，才会使我们感到惊讶，我们的想象将被这一目的吓得退避三舍，一旦最终达到这一目的，我们将对卷入这样一股不幸的洪流的人物表示最深切的同情，并为我们自己有可能被卷入同样的洪流而感到恐怖，以至于做出我们在冷静时会远远回避的事情。一旦作家踏上这条路，他的天才会告诫他，不要累死在这条路上。这样，他的情节的那种枯燥的简短，就会转瞬消逝。他现在不必再担心，如何以这样少许事件把五幕戏凑合起来。当他有朝一日发现这些题材的隐蔽的机关，并懂得怎样启开它时，他将担心五幕戏无法容纳在他编写过程中越来越扩大的题材。

　　而与自己的称号不符的作家则相反，他只是一个机智的头脑，一个好韵律学家，依我看，他并不觉得他的题材的不真实性有丝毫不合理的地方，他甚至想从中发现这一题材的奇妙之处，他无论如何不愿损害这种奇妙的东西，他不愿放弃激起恐怖与怜悯的最可靠的手段，因为他不懂得，这种恐怖和这种怜悯究竟是怎样产生的。为了造成那种恐怖的效果，不惜大量堆砌罕见的、令人难以置信的和异乎寻常的事物；为了激起这种怜悯的效果，总是错误地依靠那些非常特殊、非常残暴的不幸事件和犯罪行为。他在历史中并未发现克莱奥帕特拉这

---

　　①　这是莱辛在作品诗学主张中进行效果诗学论证的一个例子，在作品诗学里，问题的关键是满足心理上的感知规则：只有这样才能引起"怜悯"的兴趣并超越"恐怖"，"类似的洪流也能把我们席卷而去"，把"恐惧"调动起来，从而把主人公的遭遇等同于自己的遭遇。

个自己的丈夫和儿子的凶手，为了用它来编写一出悲剧，便一门心思地去填补两次犯罪之间的空白，而用来填补空白的情节，至少都得像这些犯罪一样是令人感到意外的。所有这一切，他的虚构和历史资料，都被他揉在一起，凑成一部颇为冗长、颇难领悟的故事。当他像把碎草和面粉捏作一团一样，巧妙地把它揉在一起之后，便把自己的面团串在幕和场的铁丝架上，再加上滔滔不绝的对白，风驰电掣的行动，合折押韵的诗行，个把月以后，当他感到这些韵脚或流畅或晦涩的时候，奇迹就完成了——这就是一出悲剧。然后拿去出版，拿去公演，有人阅读，有人观看；或赞声不绝，或满场嘘声；或成不朽，或被遗忘。一切都看可爱的幸运如何安排。因为 et habent sua fata Libelli［书籍也有自己的遭遇］。①

恕我不揣冒昧，把这些运用在伟大的高乃依身上吗？还是让我继续写下去呢？在文字跟人一样经历了神秘莫测的遭遇之后，他的《罗多居娜》在一百多年来，被全法国，有时甚至被全欧洲誉为最伟大悲剧作家的最伟大杰作。一百多年的赞扬是无缘无故的吗？在这样长时间里，人们的眼睛和感受都到哪里去了呢？从 1644 年到 1767 年，只有汉堡的戏剧评论家没在太阳里看到黑斑，没把星辰看成陨石？

不是的！上个世纪就曾经有一位诚实的雨隆人②坐在巴黎的巴士底狱里。尽管生活在巴黎，仍感度日如年，为了消磨无聊的时光，他研究了许多法国诗人。这个雨隆人一点都不喜欢《罗多居娜》。此

_____

①　此话出自语法学家忒伦茨亚努斯·毛卢斯（Terentianus Maurus，公元 3 世纪）的一首诗韵学教育诗《论字母、音节与诗律》中"英雄诗"。

②　指的是伏尔泰的长篇小说《天真汉》（1767）的主人公，他的父母是法国人，跟随印第安人（雨隆人）长大，后来返回巴黎，因抱怨南特圣旨被取消（从而取消了宗教自由），被关进臭名昭著的巴士底狱。在那里他熟读了法国古典作家的作品，其中就有高乃依的《罗多居娜》。伏尔泰让他大大针砭了一番这个剧本。

后，在本世纪初，在意大利某地有一位自命博学的人，① 头脑里装满
了希腊人和他的十六世纪的同胞的悲剧，他发现《罗多居娜》同样
有许多该受指责之处。数年前终于又出现了一位法国人，② 本来他是
非常尊重高乃依的鼎鼎大名的（因为他有钱而且心地非常善良，他
收养了这位伟大作家贫穷的无人照料的孙女，教她精于作诗，为她募
集义捐。为了给她筹办嫁妆，撰写了一部关于她祖父的作品的巨大而
赚钱的著作）。但是，他同样宣布，《罗多居娜》是一部非常乏味的
作品，并对死者感到惊讶，像高乃依这样一个伟大人物，怎么会写这
样荒谬的东西。毫无疑问，评者曾经跟从其中一人受过教育，很可能
是跟从最后这位吧，因为据说是一位法国人给外国人打开了关于一位
法国人的缺点的眼界。他肯定是盲从这个人的，即使不是他，至少也
是一个异乡人，③ 可绝不是雨隆人。反正他必须盲从一个人。因为一
个德国人想鼓起勇气，怀疑一位法国人的出类拔萃，谁敢奢望？

　　关于我的这位前辈，我将在下一次重演《罗多居娜》的时候多
谈一点意见。④ 我的读者希望我和他们一起换个话题。现在关于译文
再说几句，这出戏就是根据这个译本上演的。这不是沃尔芬比特图书
馆珍藏的布莱桑德⑤的旧译本，而是一个崭新的译本，是在这里翻译
出来的，尚未付印。译文用的是亚历山大诗韵。⑥ 译文同这种形式的

---

　　①　指《墨洛珀》的作者马菲（Francesco Scipione Maffei，1675—1755），
他是一位学者型的作家，他的批评见于论文 Osservazioni sopra la Rodoguna
（写于1700年，发表于1719年）。

　　②　指的是伏尔泰，他为了救助高乃依的孙女儿而撰写了一部关于高乃
依的专著，他在这部专著的附录中说过这样的话。

　　③　指意大利人，实际上指的是马菲。

　　④　1767年8月26日重演这出戏的时候，莱辛并未兑现自己的诺言。

　　⑤　指布莱桑德（Friedrich Carl Bressand，约1670—1699）的译文（Ro-
dogune，Princessin aus Parthien），出版于1691年。

　　⑥　这是一种法国古典悲剧诗韵，每行十二个音节，第六个音节之后有
一顿，取名自古代法国一部六步韵杨格的亚历山大小说。

优秀译文相比毫不逊色，其中有些有力的、成功的段落。我知道译者
具有很好的判断力和鉴赏力，他大概不会再想到从事这样一种艰巨而
不易为人感谢的工作。成功地翻译高乃依，必须能创作比高乃依的诗
句更好的诗句。

第 33 篇　1767 年 8 月 21 日

　　第三十六个晚上（星期五，7 月 3 日）演出了法瓦尔①先生的
《苏莱曼二世》，② 丹麦国王陛下再次光临观看演出。

　　我不想探讨历史是怎样证明苏莱曼钟爱一个欧洲女奴的，这个女
奴是怎样懂得迷惑他，让他按照自己的意志行事的，而他又是怎样违
背自己的朝纲，公然与她成婚，封她为王后的。我只想指出，马蒙泰
尔就是以这段历史作为他这部道德小说的基础。但是，那个女奴本来
是意大利人，他却把她写成了一个法国人。毫无疑问，因为他觉得，
任何一个美貌女子都能像一个法国女人一样，对一个土耳其皇帝出奇
制胜，简直是不可想象的。

　　我不晓得对马蒙泰尔的小说应该说些什么，小说里并非没有描写
许多机智，并非没有讲述关于伟大世界及其虚荣与可笑的详尽知识，
也并非描写得不文雅，不优美，而这些恰好都是这位作家的特点。从
这方面来说，这部小说是出色的，喜人的。但是它应该是一部道德小
说，而我却没有发现它的道德在哪里。当然它不像拉·封丹或者格雷

---

　　① 法瓦尔（Charles‑Simon Favart，1710—1792），法国作家。
　　② 《苏莱曼二世》（Les trios Sultanes ou Soliman second，1761），法瓦尔
的喜剧，根据马蒙泰尔的小说改编，该小说于 1760 年在 Contes moraux 出版。

库尔①的小说那样淫荡和伤风败俗。但是，由于它不全是不道德的，因而就是道德的吗？

　　一个在淫欲的怀抱中伸着懒腰，对日常的、伸手可得的享受感到厌腻和无聊的苏丹，总想找些新鲜、特别的东西来重新振作和刺激他那疏懒的神经。为了获得这样的享受，他枉费了最细腻的情欲，耗尽了最妩媚的柔情。这个病态的好色之徒，是小说中痛苦的英雄人物。我说他是痛苦的，就像一个馋鬼被许多甜食倒了胃口一样，吃什么都不再感到香甜，直到终于发现某种令健康人的胃口望而作呕的东西，例如臭鸡蛋、老鼠尾巴和毛虫馅饼，他觉得这些东西香甜可口。一个最高尚、最谦恭的美貌女子，她有一双最迷人的眼睛，又大又蓝，她有最纯洁、最敏锐的灵魂，她控制了苏丹，直到战胜了他。另外一个美貌女子，她的外表更威严，颜色更娇艳，嘴头说得天花乱坠，她的声音足以使人销魂荡魄，这是一个真正的缪斯，不过比缪斯还要逗人喜爱，他将享受她，并且将会忘记她。终于出现了一个女人，轻率、疏忽、村野、机智直至厚颜无耻，欢乐直至疯狂，徒有其表，稍逊美貌，俊俏而不健美，有腰姿但无身材。这女人一见苏丹，便以最放肆的谄媚扑了过去，犹如推门进屋一般。谢天谢地，终于来了一个像样儿的人！（不仅是这个苏丹，就是某些德国大公爵听到她那谄媚的奉承，虽然有时娓娓动听，有时甚至笨拙不堪，对此，十个中有九个会像苏丹那样，乐得心花怒放，而感觉不到这奉承之中确实包含着的辱骂。）其余的话，也都像见面礼一样：“您作为一个土耳其人过于善良——您甚至有点像法国人——这些土耳其人真好玩——我愿意教会这土耳其人懂得礼貌——我相信，我会使他成为一个法国人的。”这女人到底成功了！她嬉笑和斥

---

　　① 拉·封丹（Jean de la Fontaine，1621—1695），法国著名寓言诗人。格雷库尔（Jean Baptiste Joseph Villard de Grecour，1683—1743），法国诗人。出身于苏格兰贵族家庭。写有歌词、寓言和洛可可式的小说，风格轻佻。莱辛所说的“伤风败俗”主要是指前者，“淫荡”主要是指后者。

责，她恫吓和嘲弄，她飞眼和努嘴。这些还嫌不够。直到苏丹为了讨
她喜欢，而改变王法，封她为后宫娘娘。如果苏丹想同她一起过幸福
生活，像这个或者那个男人（这些都是她自己向苏丹供认的）在她
的故乡跟她相爱时那样，则必须甘冒引起教士和平民反对自己的危
险。花费这些气力是值得的！

　　马蒙泰尔的小说是以这样一个考虑开端的，即国家的巨变往往是
由非常微不足道的小事引起的。马蒙泰尔让苏丹在内心里对自己提出
一个问题而结尾：一个小小的翘鼻子女人，怎么竟能推翻国法呢？读
者几乎会相信，作者是想通过一个实例来说明这种看法，说明这种对
因果关系的误解。固然这种教训无疑太一般化，而他在前言里告诉我
们，他原来想表现的乃是截然相反的、非常特殊的教训。他说："我
本来想表现那些借声望和权力来讨好一个女人的人的愚蠢行为。作为
例子，我选择了一个苏丹和女奴隶，来充当统治与附庸的两个极
端。"马蒙泰尔肯定是在创作过程中忘记了他的这个意图，作品里几
乎没有一点是针对这个意图的。读者从苏丹那方面丝毫没有见他施展
某些暴力的尝试。当那殷勤的法国女人第一次对他讲了些胆大骄横的
话时，他就是一个最有节制、最能容忍、最和蔼、最柔顺、最服帖的
男人，这种"做丈夫的好脾气"在法国是难得寻觅的。毋庸讳言，
要么在马蒙泰尔的小说里根本没有道德，要么就是我上面在分析苏丹
性格时所证明的那种道德：甲虫，当它吮遍所有的花朵之后，最后仍
旧落到粪堆上。

　　不管有没有道德，能否从他的作品情节当中吸取具有普遍意义的
真理，对于戏剧作家来说是无关紧要的。事情在于马蒙泰尔的小说，
恰好适合于搬到舞台上演出。法瓦尔这样做了，并且很成功。我建议
所有想利用类似的小说来丰富戏剧的同行，把法瓦尔的改编同马蒙泰
尔原来的题材进行一番对照。如果他们想从中汲取经验教训，那么这
题材所遭到的最微小的改变——部分必须遭到这种改变——对他们都
是有教益的，他们的感受将使他们了解某些单凭推理无法了解的技
巧，这种技巧尚未被批评家概括成为规则。也许这个还不值得吧，但

与那些死板的规则相比，它却常常能使他们的作品产生更多的真实性
和更多的生活气息。有些无知的批评家，很爱挥舞那些死板规则的大
棒，并且宁愿把这些规则当成一出戏剧的完美性的唯一源泉，而置天
才于不顾。

我只想分析一下这些改变当中的一种改变。但是，首先我必须引
证法国人自己对作品所做的评论。① 开始他们对马蒙泰尔的蓝本表示
怀疑。他们说："苏莱曼二世是他那个世纪里最伟大的大公之一，土
耳其人没有一个皇帝像苏莱曼那样值得他们怀念。他的胜利，他的才
能，他的德行，令那些被他战胜的敌人也崇敬他，但马蒙泰尔却让他
扮演了一个多么渺小而可怜的角色呀！根据历史，② 罗塞兰是一个狡
猾的、野心勃勃的女人，她具有玩弄最大胆、最见不得人的阴谋诡计
的本事，她懂得通过自己的阴谋诡计和虚假的柔情使苏丹对自己的亲
生儿子大发雷霆。他竟然通过处死自己一个无辜的儿子来玷污自己的
荣誉，而这个罗塞兰在马蒙泰尔的作品里是一个愚蠢的、卖弄风情的
小女人，像任何一个在巴黎街头游来荡去的风骚女人一样，头脑空
空，心肠邪恶。像这样的乔装改扮，"他们问道，"是允许的吗？尽
管人们给予一个诗人或一个小说家以这么多的自由，难道也允许他运
用这种自由来描写最为众所周知的性格吗？如果说他可以随心所欲地
改变事件，那么，能允许他把鲁克莱齐娅③描写成淫荡女人，把苏格
拉底④描写成好色之徒吗？"

---

① 《百科报》，1762 年 1 月，*Journal Encyclopédique*，Janvier，1762。——莱
辛注

② 罗塞兰，在剧中是一个来自法国的"愚蠢的、卖弄风情的小女人"，
她迷惑了苏丹，事实上她是一个彻底改变了模样的俄罗斯女人。

③ 鲁克莱齐娅（Lukretia）是古罗马历史传说中的一位贞女，因被国王
的长子塞克斯图斯·塔克文威逼强奸而自杀，从而引起罗马人起义，推翻了塔
克文家族的帝政，建立共和政体。她丈夫可拉提努斯和布鲁图斯任第一任执政
官。据说故事发生在公元前 510 年左右，此后她的名字成了贞节的化身。

④ 依据流传的说法，他是谦虚和克制的榜样。

　　这是非常有礼貌的对人的攻击。我并不想替马蒙泰尔先生辩护，对此我表示过自己的看法。① 对一个作家来说，性格远比事件更为神圣。首先是因为，如果对性格进行了仔细的观察，那么事件，只要它们是性格的一种延续，便不可能有多少走样儿；因为相反，可以由完全不同的性格当中引出相同的事件。第二，因为丰富的教育意义并非寓于单纯的事件，而是寓于认识。这种性格在这种情况下通常会引起这样的事件，而且必须引起这样的事件。然而这一点在马蒙泰尔的作品里恰好相反。在宫廷里突然出现了一个欧洲女奴，她懂得使自己成为皇帝的合法妻子，这就是事件。这个女奴和这个皇帝的性格决定了这个事件变成现实的形式和方式。而由于不只通过一种性格的形式才能使事件成为现实，这就自然地给作为作者的作家提出一个问题，他想选择这些形式的哪一种。要么选择历史所允许的形式，要么选择另外一种更符合作家在小说里所要表现的道德的目的的形式。宁可选择另外的性格，而不选择历史的性格，或者选择与历史完全相反的性格，而保留历史的名字，也不赋予陌生的名字以众所周知的事件，不给众所周知的名字虚构不相符的性格。前者增加我们的知识，或者至少表面上增加我们的知识，因而使我感到愉快。后者则违背我们已有的知识，并且使我们感到不愉快。

　　我们把事件看作某种偶然的、许多人物可能共有的东西。性格则相反，被看作某种本质的和特有的东西。前者我们让作家任意处理，只要它们不与性格相矛盾；后者则相反，只许他清清楚楚地表现出来，但不能改变；最微小的改变都会使我们感到抵消了个性，压抑了其他人物，成为冒名顶替的虚假人物。

---

　　① 　见第 23 篇末尾。——莱辛注

第 34 篇 1767 年 8 月 25 日

　　无论如何，我总觉得作者不把历史人物的性格加在他的人物身上，比起根据内在可能性或者教育性自由选择的性格与实际不符来，是一个大可谅解的缺点。前一个缺点完全可能发生在天才身上，但绝不可能是后一个缺点。天才可以不了解连小学生都懂得的千百种事物。他的财富不是由经过勤勉获得的贮藏在他的记忆里的东西构成的，而是由出自本身、从他自己的感情中①产生出来的东西构成的。② 他听过或者读过的东西，要么复又忘记，要么无意深入了解，只配摆在他的杂货铺里，而他的作品经常而又严重地违背事实。这种现象的出现，有时由于胸有成竹，有时由于骄傲自满，有时则又由于毫无意识，简直令我们惊诧不已，令我们目瞪口呆。有时我们甚至拍案叫道："但是，这样一个伟大人物怎么会不了解！——他怎么会想不起来！——他没有考虑过吗？"还是让我们住口吧。我们相信，这是对他的侮辱，而在他看来，我们是可笑的。我们比他了解得透彻的东西，只能证明我们比他学习得勤勉。遗憾的是，这对我们来说是必要的，假若我们不想当个十足的笨蛋。

　　这样说来，马蒙泰尔的苏莱曼完全可以是另外一个苏莱曼，他的

---

　　①　莱辛似乎要使这个关于天才的定义，接近狂飙突进时期的创作发生学观点。值得注意的是，一方面这里涉及了品达《第二首奥林帕斯颂歌》的译文，它们是："写作只承认，谁的血管里流淌着丰富的智慧；那些学来的人，只会满嘴喋喋不休；他们愿意有气无力地呱呱乱叫，如同乌鸦面对宙斯的山雕"（艾杜阿特·施瓦茨的译文）。另一方面，莱辛所理解的"感情"并非固定不变，使体验方式私密化的力量，而是一种与特定规范不可分割的理解方法，这种方法需要通用的协议，能够提出适用于全社会的审美体验规则。

　　②　品达，《第二首奥林帕斯颂歌》，第 5 – 10 行。——莱辛注

罗塞兰也完全可以是另外一个罗塞兰，和历史教导我的迥然不同。如果我觉得他们不是来自这个真实的世界，那么他们肯定属于另外一个世界，① 那个世界的偶然性跟这个世界的偶然性相比，具有截然不同的表现形式。在那个世界里，动机和效果引出另外的结局，当然同样是以善良的普遍效果为目的。一句话，他们属于一个天才的世界，而这天才（恕我不提这创造者的名字，而以他的最珍贵的创造物来表示！），照我看来，为了从小处模仿至高无上的天才，把现实世界的各部分加以改变、替换、缩小、扩大，由此造成一个自己的整体，以表达他自己的意图。由于我在马蒙泰尔的作品中没有发现这种整体，所以我可以满意地说，人们也并未把他视为那样一个天才。不能或者不愿意保护我们的人，不必故意加害于我们。马蒙泰尔在这里确实做到了这一点，除非他不能或者不愿意。

按照我们对天才这一概念的解释，我们有理由要求，作家塑造和创作的一切性格，具有一致性和目的性，如果他要求我们把他当作一个天才看待的话。

性格不能是矛盾的，必须始终如一、始终相似。性格可以由于事态的影响，时而表现得强些，时而表现得弱些，但是这些事态却不可以强大到足以令其由黑变白的程度。一个土耳其人和专制君主，即使在恋爱的时候，仍然是土耳其人和专制君主。一个荒淫无耻的土耳其人，是不会想到普通欧洲人的想象力所具有的奥妙的。"这部温存体贴的机器，使我感到腻味。她的妩媚柔情一点也不吸引人，一点也不讨人喜欢。我愿意克服困难，克服了这些困难，又有新的困难使我透不过气来才好。"一个法兰西国王会这样想，但绝对不可能是苏丹。毫无疑问，把这种思想放在一个苏丹身上，他就不再成其为专制君主。为了享受一种自由的爱情，他放弃了专制主义，但是他能否因此

---

① 这个世界是根据理性与秩序的规则构成的，它是无法与"无名的造物主"相比的，而且也符合艺术的"意图"，这就是说，让人们明白他们精神机制的内在规则。

一下变成一只驯服的猴子，跟着一个大胆的女骗子的指挥棒跳舞呢？马蒙泰尔说："苏莱曼是一个非常伟大的人物，他理当在朝廷要事的基础上来处理他的后宫琐事。"非常正确。但是这样一来，他就不必在他后宫琐事的基础上来操办朝廷要事了。因为这两点都是属于一个伟大人物的特点：琐事当作琐事来处理，要事当作要事来操办。如同马蒙泰尔让他说的那样，他在寻找出于对他的人格的单纯爱慕而忍受奴役的自由心灵。他本来可以在埃勒米尔那里找到这样一颗心灵，但是他了解自己的愿望吗？温柔的埃勒米尔被放荡不羁的黛利雅所排挤，一个轻佻的女人缠住了他，他在享受到这种暧昧的恩爱——这至今总是意味着他的热情的死亡——之前，不得不变成她的奴隶。这里不是那种暧昧的恩爱吗？这好心的苏丹令我不得不发笑，可他也赢得了我的衷心的怜悯。一旦埃勒米尔和黛利雅被占有之后忽然失掉了一切令他神往的东西，在这危机的时刻之后，罗塞兰还有什么值得他喜欢呢？在她加冕八天之后，他是否还认为为她所付出的这种牺牲是值得的呢？我非常担心，当他头一个早上睁开眼睛的时候，他在自己的新婚苏丹王后身上只会发现她那充满信心的骄态和她那向上翘起的鼻子。我似乎觉得他在喊叫：主啊，是我瞎了眼！

我不否认，苏莱曼不可能真的具备所有这些使他显得可怜而又可鄙的矛盾。世界上有的是具有更严重矛盾的人。但是这样的人因而也不可能成为艺术模仿的对象。他们是低于艺术模仿对象的，因为他们缺乏教育性，除非把他们的矛盾连同可笑或者这些矛盾的不幸结局当成教育性。而马蒙泰尔在他的苏莱曼身上却远远没有做到这一点。但是一个缺乏教育性的性格是缺乏目的性的。——有目的的行动，使人类超过低级创物；有目的的写作，有目的的模仿，使天才区别于渺小的艺术家。后者只是为写作而写作，为模仿而模仿，他们采用低劣的手法来满足低级趣味，他们把这种手法当成全部目的，并且要我们也满足于这种低级趣味，而这种低级趣味恰恰产生自他们对于自己的手法的巧妙的，但毫无目的的运用。的确，天才是从这一类浅陋的模仿入手进行学习的，这是他的最初的训练，天才也需要这种最初的训练来创作较大型的作品，满足我们的热切关怀：他的主要人物的气质和素养，包含着远大的目的，即教导我们应该做什么或者允许做什么的目的；教导我们认识善与恶，文明与可笑的特殊标志的目的；向我们指出前者在其联系和结局中是美的，是厄运中之幸运；后者则相反，是丑的，是幸运中之厄运的目的；还有一个目的，即在那些没有直接竞争，没有对我们直接威吓的题材中，至少让我们的希望和憎恶的力量借适当的题材得到表现，并使这些题材随时显出其真实的面貌，免得我们弄得是非颠倒，该我们希望的却遭到憎恶，该我们憎恶的却又寄予希望。

在苏莱曼的性格和罗塞兰的性格中含有什么样的目的？像我曾经说过的那样：什么目的也没有。但是，其中恰好含有某些相反的目的，两个应该引起我们蔑视的人，其中一个只能引起我们厌恶，另一个则只能引起我们愤怒。一个精疲力竭的好色之徒，一个机灵狡猾的情妇，被描写得具有如此诱惑人的特征和如此可笑的色彩，倘若某些丈夫由此而认为有理由对他的正直而称心如意的美丽妻子表示厌恶，我是不会感到吃惊的，因为她是一个埃勒米尔，而不是罗塞兰。

如果我们接受的缺点是我们自己的缺点，那么上述法国艺术批评家便有权将马蒙泰尔题材里一切应受指责的东西都归咎于法瓦尔。在他们看来，法瓦尔的错误似乎比马蒙泰尔还严重。他们说："真实性在一篇小说里或许关系不大，而在一部戏剧作品里则是绝对必要的；在目前这部戏剧作品里，这种真实性却遭到了严重破坏。伟大的苏莱曼扮演了一个非常渺小的角色，只是从这样的立场来观察这样一位英雄，是令人不愉快的。苏丹的性格被描写得更不像样，在他身上丝毫没有令一切人都俯首听命的无限权力的影子。人们固然可以减少这种权力，只是不可把它全部铲除。罗塞兰的性格由于表演得成功而受到欢迎，但如果对它进行一番思考，这种性格会成什么样子呢？她的角色有丝毫的真实性吗？她跟苏丹谈话时的那副样子，像跟一个巴黎市民谈话一样；她指责苏丹的一切风俗习惯，她反对他的一切趣味，对他说了许多非常无礼，甚至是严重侮辱的话。也许她会讲出这些话来，即使如此，也得用有节制的语言。但是，谁能那样有耐心，听任一个年轻的流浪女人如此教训伟大的苏莱曼？他甚至应该向她学习执政的艺术。关于扔掉手帕的描写①是粗暴的；关于扔掉烟斗的描写，则完全是令人不能容忍的。"

---

① 这是罗塞兰不得体的举止的一个例子：苏丹赠给她一方手帕，表示对她的宠爱，她却转给了一个从前喜欢的女人；她夺过苏丹的烟斗，把它扔进一个角落。

五 关于戏剧情节的完整性

第 35 篇　1767 年 8 月 28 日

人们应该知道，最后的描写完全出自法瓦尔的手笔，马蒙泰尔是不允许自己作这种描写的。就是第一种描写，在他手下也比在法瓦尔手下文明得多。在法瓦尔的作品里，罗塞兰扔掉了苏丹赠给她的手帕，在她看来，这样一块手帕只配由黛利雅享用，而不是自己，她把这块手帕视为不屑一顾的东西。这是侮辱。在马蒙泰尔的作品里则相反，罗塞兰接受了苏丹赠送的手帕，并以苏丹的名义送给黛利雅，借此表示拒绝她所不愿意接受的恩典。她在这样做的时候，带着无私而善意的表情。苏丹自然要埋怨她把自己的用意推想得这样坏，或者不愿意推想得更好些。

毫无疑问，法瓦尔相信通过类似的渲染，使罗塞兰的表演更活跃一些。他认为那些不礼貌的表示都是故作姿态，多些少些是无关紧要的，尤其是他想在结尾时让这个人物转变。虽然他的罗塞兰还要做出许多放荡不羁的举动，还要弄出许多愚蠢的恶作剧，他却有意识地要赋予她一个更好的高尚的性格，同我们在马蒙泰尔的罗塞兰身上看到的不同。怎样才能做到这一点？为什么要这样做呢？

在上文中我曾经想谈一谈这种改变。据我看，这种改变是成功的和有益的，理当受到法国人的重视，并将其归入首创者之列。

马蒙泰尔的罗塞兰，外表确实像一个愚蠢而傲慢的小东西，她的幸运在于，苏丹对她一见钟情，而她也懂得怎样吊苏丹的胃口，在她达到自己的目的之前，绝不满足他的欲望。相反，在法瓦尔的罗塞兰身后隐藏着更多的东西，她似乎是在扮演而并非就是放肆的情敌。她通过自己的不顾廉耻的举动试探苏丹，并非滥用他的弱点。因为她还未控制住苏丹，还未看出苏丹的无止境的爱情，便立即摘掉假面，对他做了一番表白。诚然，这番表白出现得有点出人意料，但却说明了她前面的态度。通过这一说明我们完全谅解了她。"苏丹，现在我算了解你了，我看透了你的灵魂，直到你那灵魂深处的动机。这是一个高尚的、伟大的灵魂，它对荣誉感广开大门。这样多的美德，使我佩服得五体投地！但是，你也应该学会了解我。苏莱曼，我爱你，我必须爱你！收回你的一切权利，收回我的自由，假如你是我的苏丹，我的英雄，我的主宰！你或许会认为我非常爱虚荣，非常不公正。不，不要做违背你的职权的事情。有些偏见还是应当受到尊重的。我需要一个不因我而感到羞辱的情人，请你在这里把罗塞兰当成你的驯服的女奴吧。"经她这样一番表白，我们立刻觉得她完全变成了另外一个人，那些风流卖俏已荡然无存，站在我们面前的不再是一个滑稽可笑的人物，而是一个可爱的、理智的姑娘。我们不再觉得苏莱曼可鄙，因为这位好心的罗塞兰是值得他钟爱的。从这一瞬间开始，我们甚至担心苏莱曼对他从前非常钟爱的罗塞兰爱得不够呢，担心他会按照罗塞兰的话对待她，一俟罗塞兰安于女奴的地位，便重新以专制君主自居，对她在这样一个可疑的步骤上及时劝阻自己，冷冰冰地表示一点感激，而不是热情地向她表示爱慕的决心。担心这好心的女孩儿会因她的高尚思想而突然失掉她那通过放肆的行为好不容易才得到的东西。这种担心是不必要的，这出戏是以完全满足我们的愿望而结束的。

是什么促使法瓦尔做这种改变的呢？这种改变仅是随心所欲的呢，还是他觉得与他所采取的体裁的特殊规则有关系呢？为什么马蒙泰尔不也赋予他的小说这样一个令人欣慰的结局呢？难道在前者为优点的东西，在后者便成了缺点吗？

记得我在另外一个地方①阐明过《伊索寓言》的情节同戏剧情节

---

① 指第一篇关于寓言的论文（1759），他在这篇论文里批评 Charles Batteux（1713—1780），未能专门从题材角度区分情节概念。

的区别。① 凡适合前者的，也适合每一种以教人理解②一个具有普遍
意义的道德性的命题为目的的道德小说。只要达到了这个目的我们就
满意，至于说是否通过一个自身构成浑圆整体的完整情节，对我们来
说是无关紧要的。只要作家认为达到了目的，他就可以任意使情节中
断。他并不关心我们对他的人物的遭遇的同情，他对我们不感兴趣。
他要教育我们，他所关心的是我们的理智，不是我们的心灵，不论后
者是否得到满足，只要理智得到启示，就算达到了目的。戏剧则不
同，它不需要一个唯一的、特定的、由情节产生出来的教训；它所追
求的，要么是由戏剧情节的过程和命运的转变所激起的热情，并能令
人得到消遣，要么是由风俗习惯和性格的真实而生动的描写所产生的
娱乐；两者均要求情节的某种完整性，某种令人满意的结局，而我们
并不因道德小说没有这种令人满意的结局感到遗憾，因为我们所有的
注意力都集中在那个具有普遍意义的命题上，个别的事件便通过这样
一个具有普遍意义的命题，为我们的注意力树立了一个明确的典范。

　　如果马蒙泰尔确实是想通过他的小说教诲人们懂得，爱情是不能
强迫的，它必须是通过宽容厚道和殷勤恳切，而不是通过地位和权力
所能获得的，那么像他这样结尾就是正确的。放肆的罗塞兰，是只有
通过忍让才能得到手的。至于我们如何想象她的和苏丹的性格，在马
蒙泰尔看来则无关紧要，我们尽可以把罗塞兰看成是一个傻瓜，把苏
丹则看成是一个笨蛋。他丝毫不必使我们对结局感到安慰。尽管我们
总觉得苏丹可能会懊悔自己那种盲目的殷勤，这与马蒙泰尔有什么关
系呢？他要告诉我们的是，殷勤恳切会怎样讨得女人的欢心。他选择
了一个最为村野的女人，甚至不管她是否配享这样一种殷勤恳切。

---

　　①　指莱辛所著《论寓言》。
　　②　指内在的精神体验，参见莱辛关于寓言的第一篇论文中所下定义：
"如果我们对一个具有普遍意义的道德性的命题，追根溯源到一个个别事件，
使这个个别事件具有真实性，并由此虚构一个故事，人们在这个故事中能明
白地辨认出这个道德性命题。这样的虚构就是一则寓言。"

当法瓦尔想把这部小说搬上舞台的时候，他立即发现大部分道德性的命题将通过戏剧形式而失掉，即使它们能够全部保留下来，由此所产生的娱乐也不会如此之大、如此生动活泼，观众将享受不到另外一种娱乐，而这种娱乐对于戏剧来说却更为重要。我所指的既是纯粹想象的，又是正确刻画的性格所给予我们的那种娱乐。因此，最令人不快的是性格的矛盾，而我们还要按照作家的处理在矛盾当中去发现这些性格是否具有道德意义。当作家让这个小东西趾高气扬的时候，当作家赋予她那放肆的恶作剧以欢乐的智慧色彩，用尽一切时髦动人的美丽、娓娓动听的声音、温文尔雅的姿态和宽宏广大的胸怀来粉饰她的缺点和毛病的时候，我们会觉得，作家要么是借此在欺骗自己，要么至少想借此欺骗我们。乍一看越使我们眼花缭乱，我们从思想上则要求越严格；她那丑陋的面孔，在我们面前越是打扮得千娇百媚，便越显得比真实面孔丑陋，而作家自己则只能指望我们，要么把他视为一个投毒杀人的恶棍，要么把他视为一个精神失常的傻瓜。法瓦尔有可能得到这样的结果。苏莱曼和罗塞兰的性格也有可能得到这样的结果。法瓦尔早已预料到这一点。但是，为了不破坏完全按照观众的趣味确定的一系列戏剧效果，法瓦尔不可能一开始便改变这些性格，因此只能像他那样处理。值得我们庆幸的是，凡是我们所不尊敬的人物，我们无法从他们身上获得娱乐，而这种尊敬会同时满足我们对未来的好奇心和忧虑。由于戏剧的想象远比一部单纯的小说丰富，所以戏剧里的人物也远比小说里的人物更能引起我们的兴趣，我们并不满足于仅在目前看到他们的遭遇的结局，而是希望永远对此感到满意。

第 36 篇　1767 年 9 月 1 日

毫无疑问，如果法瓦尔在结尾时不给罗塞兰的性格一个成功的转变，我们一定会以嘲笑和轻蔑的眼光看待她的加冕，一定会把这种加冕视为一个《做了娘娘的丫环》①的可笑的胜利。没有这种转变，我们肯定会把这位国王看成一个可怜的品皮奈罗（Pimpinello），②而把这位新王后看成一个丑陋而滑稽的瑟比奈蒂（Serbinette），③我们甚至会预料她很快将给这可怜的苏丹，第二个品皮奈罗，带来无穷的祸患。这个转变令我们觉得是这样的顺利和自然，令我们吃惊的是，某些作家竟然没有想到这种转变，总以为把某些诙谐的、表面看来确实滑稽的小说改编成戏剧肯定会失败。

例如《爱非苏斯的贵妇人》。④大家都知道这则讽刺童话，毫无疑问，它是历来针对女人的轻佻所作的最辛辣的讽刺。人们把这则童话给彼得罗尼乌斯⑤讲述了千百遍，即使最不像样子的摹仿作品也能引人入胜。因此，人们便以为它对于戏剧来说同样是一个成功的题材。摩特⑥和其他人，都做过尝试。我想描写每一种细腻的感情，像这种尝试一样，也失败了。贵妇人的性格，在小说里对于婚后的爱情

① 指一出受到广泛欢迎的意大利歌唱剧，其题材与法瓦尔的话剧同出一源，佩戈莱西（Giovanni Battista Pergolesi，1710—1736）于1731年（[译注]又一说是1733年）为它配上音乐。在莱辛手头的译文中，这出戏的主人公称品皮奈罗和瑟比奈蒂。

② 用德文改编的这样一出戏剧中的一个人物。——编者注

③ 用德文改编的这样一出戏剧中的一个人物。——编者注

④ 这是莱辛未完成的一个剧本，一个古代流传下来的故事，作为"讽刺童话"经加尤斯·彼得罗尼乌斯（Gaius Petronius Arbiter，公元1世纪）《讽刺》（主要是"特里马尔齐奥的家宴"一节）一书的传播融入欧洲传统。这个故事讲述一个年轻寡妇，因其丈夫死亡而十分伤心，准备在墓穴里死在丈夫身旁。一些被钉在十字架上的强盗，派遣一个看守他们的士兵，前来寻找并搭救她，于是她在墓穴里爱上了这个士兵。正在这时，一个被处死的尸体被人偷走。为了搭救这个士兵，寡妇建议把她丈夫的尸体钉在十字架上，顶替那个消失的尸体。

⑤ 指罗尼乌斯（Gaius Petronius），古罗马诗人，死于公元66年。曾在一部讽刺小说里批评了罗马的奴隶社会。

⑥ 摩特把上述题材改编成剧本，命名为 La Matrone d'Ephese（1754），德文译本出版于1767年。

的放肆，引起一种并非不愉快的冷笑，而在戏剧里却是讨厌的、丑陋的。在这里我们觉得士兵针对她所说的那些劝说的话，远远不像我们在那里所想象的那样文雅、迫切和有效。在那里我们想象她是一个多愁善感的女人，她的痛苦是真心实意的，但她屈服于引诱和自己的热情，我们觉得她的弱点是女人们的共同弱点，因此我们并不特别恨她。凡她所做的事，我们相信大概所有女人都会这样做，甚至当她想到借死了的丈夫来拯救活着的情人时，我们也会因意味深长和沉着冷静而原谅她，或者这种意味深长的突如其来的想法，使我们猜想这也许是狡猾的讲故事的人故意添油加醋，他想以不怀好意的尖刺的话来结束他的童话。但是在戏里却不会产生这种猜测，我们在那里所听到的一切，都真实地发生在这里，在那里还是我们所怀疑的东西，在这里我们自己的感观却令我们置信无疑。在单纯的可能性方面，意味深长的行动给我们以快感，在她的真实性方面，我们仅仅看见她的阴险。突如其来的想法，使我们的机智获得欢娱，但实现这种突如其来的想法，却激怒我们的全部感情。我们会离开剧场，像彼得罗尼乌斯①作品中的吕卡斯①说的那样，尽管我们并未处于吕卡斯那样的特殊处境："如果国王是个公正的人，一定会把这一家之主的尸体搬回墓穴，把这女人钉到十字架上。"② 要想使我们相信这种惩罚是正当的，作家在描写这个女人被引诱的过程时，必须少运用一些艺术手腕。因为我们在她身上不是一般地诅咒软弱的女人，而首先是诅咒一个轻佻的淫妇。——简单地说，若想把彼得罗尼乌斯的故事成功地搬上舞台，则要么保留这个结局，要么不保留；贵妇人要么走到这一步，要么不走到这一步。——关于这一点，另做说明!③

---

① 在彼得罗尼乌斯的作品里，他也是特里马尔齐奥家宴的参加者。

② 当彼得罗尼乌斯讲述这个故事的时候，听众当中有一个商人叫吕卡斯，他正想着跟妻子离婚，所以说了这样一番话。——编者注

③ 关于这个问题，莱辛并未再发表意见，它的说明存在于按照这里的想法改编这个素材的尝试中：它的提纲和草稿保存在遗稿中。

第三十七个晚上（星期六，7 月 4 日）重演了《纳尼娜》和《巴特林律师》。

第三十八个晚上（星期二，7 月 7 日）演出了伏尔泰先生的《墨洛珀》。①

伏尔泰这部悲剧是得到马菲的《墨洛珀》的启发②而创作出来的。约在 1737 年，可能是在西莱，即他的乌拉尼娅－杜·夏特莱③侯爵夫人家里完成的。因为早在 1738 年 1 月，这出悲剧的手稿就已经到了巴黎的布鲁梅教士④手里。布鲁梅是一个耶稣教徒，是《希腊人的戏剧》的作者，他非常懂得为这部作品制造最好的偏见，并按照这种偏见来左右首都的期望。布鲁梅把这部手稿拿给作者的朋友们看，此外他还把手稿寄给图奈明老爹⑤征询意见，这老头儿很为自己有这样一个可爱的儿子感到高兴，但他对悲剧这一行当却非常外行。他给布鲁梅回了一封短笺，并对剧本极尽赞美之能事。此后这封短笺总是附印在剧本的前面，作为对一切爱管闲事的艺术批评家的训诫。

---

① 关于伏尔泰的悲剧，莱辛做了详细说明，他对这部作品的概括性分析（见第 36 篇至第 50 篇）成了一种"个案研究"，在这种研究中他放弃了剧评本来的想法，即按照时间顺序追踪汉堡剧院的演出活动，而是更有利于展开论述他的悲剧主张。在这个过程中，莱辛的方法得到了充分表现，一方面发动了一场针对伏尔泰的论争，另一方面又不放弃学术研究性的论证。

② 受到马菲《墨洛珀》的启发，以它为蓝本创作的。

③ 伏尔泰的女友，1733—1740 年间他生活在她的西莱宫避难。因为杜·夏特莱喜爱天文学，伏尔泰称呼她"乌拉尼娅"（古希腊司天文的女神，也是爱神阿弗洛狄蒂的别名）。——编者注

④ 布鲁梅教士（Pierre Brumoy，1688—1742），耶稣会教士，他的著作《希腊人的戏剧》出版于 1730 年，在德国曾被广泛应用。布鲁梅在这套丛书中以序言和注释的形式向法国读者介绍了希腊戏剧。

⑤ 图奈明老爹（Renatus Joseph Tourmemine，1661—1739），耶稣会教士，因写作神学论文而著名。伏尔泰利用他的《充满赞词的短笺》（莱辛在第 39 篇里再次回到这个话题），借评论一位著名神学家的机会，争取观众对他的作品发生好感。

在这封短笺中，这出戏被宣布为一出最完美的悲剧，被宣布为一出货真价实的样板。而现在足以令我们欣慰的是，欧里庇得斯那出内容相同的戏剧①业已失传，或者毋宁说，这部作品已不再失传，伏尔泰又为我们创作了一部。

伏尔泰越是因此感到宽慰，便越不急于将剧本付诸演出，直至1743年剧本才被搬上舞台。从他那具有政治远见的踌躇中，伏尔泰享受到了他所期望的一切果实。《墨洛珀》博得了极为热烈的掌声，观众给予作家的荣誉，在当时说来是空前的。在此之前观众对伟大的高乃依也给予与众不同的礼遇。哪怕剧院里观众再拥挤，也总是为他留有一个固定的座位，他一走进剧场，每个观众都站起来相迎，在法国，这是一种只有皇亲国戚才配享受的礼遇。高乃依出入剧场犹如出入家室一般，当主人出现的时候，客人们除了向他表示礼貌之外，还有什么比此更适合的举动呢？但是伏尔泰遇到的却是另外一种情形，观众怀着好奇心，定要看看这位使他们如此仰慕的作家的脸，一俟演出结束，观众便要求见他。伏尔泰先生在一片喊叫和喧哗声中，登上台来接受观众的瞻仰和欢呼。②此时此刻我真不知道是什么更令我感到惊讶，是观众那种孩子般的好奇心呢，还是作家那种虚荣的礼貌呢？人们是怎样想象一位作家的长相的呢？他长得和别人有什么两样吗？如果观众在这一瞬间除了这位大师的形象之外，对什么都不感到新奇，那说明作品给人的印象是何等淡薄啊！我认为真正杰出的作品，能够令我们心旷神怡，以至于忘记它的作者是谁。我们甚至不把

---

① 指《克瑞斯丰忒斯》，仅保存了残稿。

② 这是戏剧史流传下来的第一次对一位诗人的欢呼。莱辛的气话显然是伏尔泰的表现引起的，在莱辛看来，他在当年某些报道中所说的轰动演出中，表现得爱慕虚荣。不过这些气话还有实际的理由，他在谈到"真正杰出的作品"时流露了这样的观点：作品有它自身的含义，如要使它发挥自身的作用，作者必须完全处在这部"整个自然的作品"的后面。在他看来，伏尔泰的抛头露面，说明他并不理解戏剧艺术的真谛。

它看成是某一个人的创作，而是视为整个自然的作品。杨格①曾经说过，对太阳不施礼拜，是泛神论者的罪孽。如果说这种夸张有什么含意，那就是：太阳的灿烂光芒是这样的巨大和无限，假如野蛮人无法想象更为巨大的光芒的话，同这种光芒相比，个人的创作只不过是一种余晖。假如他拜倒在太阳面前，竟想不到太阳的创造者，他是应当得到谅解的，也是非常自然的。据我猜测，我们之所以对荷马其人及其生活环境②的确实可靠的材料了解得极少，其真实原因就在于他的诗歌是卓越的。我们满怀惊异站在那宽阔的、波涛翻滚的河旁，却想不到它那从山峻岭中的源流。我们不想知道什么确切材料，忘掉这些对我们是有益的，斯米尔纳的教书匠荷马，盲人乞丐荷马，跟那个令我们陶醉在其作品中的荷马是同一个人。他把我们引入神仙和英雄当中，为了弄清楚让我们走入他们当中来的把门人，我们一定会感到同他们结交是一件非常无聊的事情。如果人们对艺术家充满好奇心，说明作品的吸引力是很弱的，人们从中感觉不到自然，更多的则是矫揉造作。观众要求看看他的长相，对于一个天才人物来说，本来不是什么奉承之事（他跟一个普通人所看到的任何一只土拨鼠③相比，有什么优越之处，值得人们如此好奇?），而这却似乎满足了法国作家的虚荣心。观众看到，把伏尔泰诱入这样一个陷阱是多么容易，暧昧的奉承会使这样一个人变得多么驯服和温顺。所以观众常常借此取乐，而此后每上演一出新戏，其作者无不同样被唤上台来，他们也非常愿

① 杨格（Edward Young，1681—1765 ［译按］又作 1683—1765），英国作家，他的《夜思》（1742—1745）和《试论独创性作品》（1759）对德国"重情主义"和"狂飙突进"运动产生了重要影响，在他青年时代的诗歌《世界末日》中便形成了这种夸张风格。

② 这些流传说法也并不"可靠"。

③ 典出新年市场上颇受欢迎的驯土拨鼠表演。

意上台。从伏尔泰到马蒙泰尔，从马蒙泰尔以下到考地埃,① 几乎全
都受过这种洋罪。他们当时的面孔肯定像罪犯一样难堪！这种可笑的
把戏终于弄到使民族中的严肃的人们望而生厌的程度。聪明的波利希
奈尔②的意味深长的思想是众所周知的。只是在不久之前才有一位勇
敢的年轻作家，让观众徒然呼喊自己一番，他始终没有上台。他的作
品是平常的，但是他这种举动却是出众的，值得赞扬。我宁可通过
自己的榜样废除这样一种恶习，也不愿通过十出《墨洛珀》引起这
种弊端。

第 37 篇　1767 年 9 月 4 日

我曾经说过，伏尔泰的《墨洛珀》是在马菲的《墨洛珀》的启
发之下创作出来的。然而启发一词表达得并不确切，其实前者完全是
由后者产生出来的。情节、布局和风俗习惯都是马菲的，没有马菲，
伏尔泰便根本写不出《墨洛珀》，倘能写出来，也肯定是完全另外的
样子。

因此，为了正确估计法国人的仿制品，我们必须首先弄清意大利
人的原作。而为了恰如其分地评价后者的艺术成就，我们必须首先看
一看构成它的情节的历史事实。

---

① 　考地埃（Edmont Cordier de Saint Firmin，约 1730—1816），剧作家，
显然因为很有观众缘，才有机会公开露面，受这份"洋罪"，然而在艺术价
值方面被莱辛贬得很低。

② 　波利希奈尔（Pulchinella），原为一种那不勒斯性格面具，这里可能指
的是 1743 年上演的模仿《墨洛珀》的讽刺性作品，其中有一个波利希奈尔式
的人物形象。二者的共同点是，他们把自己的蔑视给观众表达得淋漓尽致。

　　在他的作品的献辞①中，马菲对这段历史事件做了如下的概括：
"在征服特洛亚之后不久，海格力斯的后裔又在伯罗奔尼撒定居下
来，命中注定克瑞斯丰忒斯应该得到美塞尼亚的土地。这位克瑞斯丰
忒斯的妻子名叫墨洛珀。克瑞斯丰忒斯对待人民特别宽厚，结果他和
他的儿子被这个国家的更有势力的人所杀害，只有最小的儿子得以幸
免，被送往母系亲属家中抚养。这个最小的儿子名叫埃皮托斯，当他
成人之后，在阿尔卡狄亚人和多利斯人的援助下，夺回父亲的基业，
报了杀父之仇。保撒尼亚斯②讲述了这段历史。克瑞斯丰忒斯及其两
个儿子被杀之后，同样是海格力斯后裔的波吕丰忒斯攫夺了政权，他
强迫墨洛珀做自己的妻子。被母亲保护起来的第三个儿子，后来杀死
了暴君，夺回了王位。这是阿波罗道鲁斯③的叙述。由于互不相识，
墨洛珀要杀死她那逃去复归的儿子，但是在她下手之际为一个老仆人
劝阻。老仆人告诉她，被她视为她的儿子的凶手的人，正是她的儿
子，被辨认出来的儿子则趁机把波吕丰忒斯推上了断头台。这是希吉
努斯④的记载，但是埃皮托斯被改名为泰勒丰忒斯。"

---

　　① 致莫德纳大公的献辞，注明日期为 1713 年 6 月 10 日。这是一篇自
我辩护的文章，莱辛曾多次提到它。马菲在讲述这段历史事件时，依据的是
保撒尼亚斯的《希腊游记》（Ⅳ，3）和阿波罗多若斯的古代神话集《丛书》
（Ⅱ 8，4f），二者均产生自公元前 2 世纪，依据的都是加尤斯·尤利乌斯·西
吉努斯的《寓言》（Nr. 137，184）。
　　② 保撒尼亚斯（Pausanias，约 110—180），希腊作家，著有《希腊游
记》十卷，其中保存了许多关于古希腊历史、人物、自然科学、艺术等方面
的资料。
　　③ 古代神话集《书藏》（Bibliotheka）里记载了这些事件，但当时却错
误地把它们归入阿波罗多若斯（希腊史诗作家，前 295—前 215）的名
下。——编者注
　　④ 希吉努斯（Hyginus，生于公元 2 世纪），罗马作家，他的著名的
《神话故事集》记载了许多古代悲剧的简明内容提要，成为后世欧洲作家创
作的源泉。但该书是否是他写的，尚属存疑。

假如这样一段具有如此特殊的突转和发现①的历史，不被古代悲剧作家所采用，是令人不可思议的。他们为什么不采用呢？亚里士多德在他的《诗学》里提到了《克瑞斯丰忒斯》，② 在这部作品里，正当墨洛珀把自己的儿子误认为是她儿子的凶手，要杀死他的时候，她认出了自己的儿子。而普鲁塔克③在他那关于吃肉的第二篇论文里，无疑所指的就是这出戏，④ 他提到当墨洛珀举起斧子要砍她的儿子时，在整个剧场里所引起的骚动，提到在老仆人进来之前，当这一举动即将发生的时候，每个观众所感到的恐怖。亚里士多德提到了这出《克瑞斯丰忒斯》，但未提作者的姓名。我们发现西塞罗⑤和许多古代学者都援引过欧里庇得斯的《克瑞斯丰忒斯》，因此他所指的只能是这位作家的作品。

图奈明教士在上述那封信里说道："亚里士多德，这位聪明的戏剧规则制定者，把《墨洛珀》的情节定为悲剧情节的第一种情况（a mis ce sujet au premier rang des sujets tragiques）。欧里庇得斯对它做了处理，亚里士多德对它做了阐述，只要欧里庇得斯的《克瑞斯丰忒斯》在机智的雅典的剧场里演出，这个习惯于悲剧杰作的民族，总是出乎意料地惊讶、感动，并且欣喜若狂。"漂亮的辞藻，但却没有

---

① 突转（Perepetie）和发现（Anagnorisis），按照亚里士多德（《诗学》，第 10 章）的说法，它们是悲剧情节的核心构成成分，这里应用于历史素材本身。

② 指同名悲剧，参见亚里士多德《诗学》，第 14 章。

③ 普鲁塔克（约 46—120），古希腊哲学家和历史学家，写过两篇关于吃肉的论文。

④ 假设如此（这种假设不是没有根据的，因为古代作家没有相互利用剧情的习惯，也不允许这样做），普鲁塔克援引的那个段落正是欧里庇得斯的残篇。尤素阿·巴尔涅斯（英国希腊语言教授，1647—1712），1694 年主编出版欧里庇得斯作品集。在他的欧里庇得斯版本里（坎布里奇，1694）未收入，一个新的出版者却采用了。——编者注

⑤ 引文见《图斯库兰对话》（*Tusculanische Gespraeche*，I 48，"论对死亡的蔑视"）。

多少真理！这位教士对这两点的理解都是错误的。在后面这一点上，他混淆了亚里士多德和普鲁塔克，而在前面那一点上，他对亚里士多德的理解是不正确的。前者是小事一桩，但关于后者却值得稍费唇舌，因为不少人对亚里士多德的理解都是错误的。

事情是这样的：在他的《诗学》第 14 章里，亚里士多德所探讨的是，通过什么样的事件才能引起恐惧与怜悯。他说，一切事件必须或者发生在亲友之间，或者发生在仇敌之间，或者发生在不相干的人们之间。如果一个仇敌杀死他的仇敌，这种谋划和行动都不能引起较为深切的怜悯，人们面对这种痛苦和死亡时，只是无动于衷。在不相干的人们之间也是如此。因此悲剧性的事件必须发生在亲友之间，必须是弟兄杀害弟兄，儿子杀害父亲，母亲杀害儿子，儿子杀害母亲，或者企图杀害，或者以残酷手段加以虐待，或者企图加以虐待。它们的发生，要么是有意的，要么是无意的。因为这种行动要么得以实现，要么不得实现，所以就由此产生了事件的四种情况，这些事件都或多或少符合悲剧的目的。第一种：行动是有意做的，人物完全了解他要杀害的人是谁，但事情没有做成。第二种：行动是有意做的，并且真的做成了。第三种：行动是无意的，不知道对方是谁，并且做成了，犯罪者事后认出了他所杀害的人物。第四种：无意之中采取的行动没有完成，有关的人物及时辨认出对方是谁。关于这四种情况，亚里士多德认为后一种为最好，而由于他引证了《克瑞斯丰忒斯》中墨洛珀的情节作为典范，所以图奈明等人认为，他由此把这出悲剧的情节干脆宣布为悲剧性情节的最完美的形式。

亚里士多德在稍前面一点①指出，好的悲剧性情节不能以幸福结尾，而必须以不幸结尾。这二者怎么能够并存呢？情节应以不幸结尾，而按照他的区分，比其他悲剧性事件优越的事件，却以幸福而告终。伟大的艺术批评家不是公然与自己发生了冲突吗？

---

① 　见《诗学》，第 13 章。——编者注

达希埃①说，维多利乌斯②是唯一发现了这种困难的人，但由于他不了解亚里士多德整个第 14 章的意图，因此他也从未敢于稍作尝试来排除这一困难。达希埃③认为，亚里士多德在那里所谈的，根本不是情节问题，他只想教人懂得，作家可以用各种方式来处理悲剧性事件，而不必改变重要的史实。在这几种情况之中，哪一种是最好的呢？假如俄瑞斯忒斯杀害克吕泰墨涅斯特拉是戏剧的内容，那么按照亚里士多德的意思，就有四种布局方法来处理这一题材，亦即要么作为第一种情况的事件，要么作为第二种情况的事件，要么作为第三种情况的事件，要么作为第四种情况的事件。在这里，作家必须考虑哪一种是最合适的和最好的布局。把这种杀害作为第一种情况的事件来处理之所以不行，是因为根据历史，这种杀害必须实现，并且必须通过俄瑞斯忒斯来实现。按照第二种之所以不行，因为它太残酷。按照第四种也不行，因为克吕泰墨涅斯特拉会因此而得救，而她根本是不该得救的。这样只剩下第三种情况供作家选择。

第三种！但是亚里士多德却认为第四种是最好的，并且不是在个别情况下视情况而定，而是普遍如此。诚实的达希埃常常把事情弄成这样：他认为亚里士多德正确，并非因为亚里士多德是正确的，而是因为他是亚里士多德。他一方面自以为给亚里士多德掩盖了一个缺点，另一方面又给他增添了一个同样严重的缺点。如果反对者是谨慎的，不指责前者，而指责后者，那么他那老前辈的话便失掉了可靠性，而他本来就认为可靠性比真实性更重要。假如历史的一致性如此重要，

---

① 达希埃（Anne Dacier, 1654—1720），法国女作家，曾翻译、出版和介绍古希腊文学作品。莱辛在行文中始终用"他"，而不用"她"，译文保持了原来的面目。

② 维多利乌斯（Petrus Victorius, 1499—1585），意大利重要古典语言学家，曾翻译和注释亚里士多德《诗学》（1560—1564）。

③ Andre Dacier（1651—1722），18 世纪具有广泛影响的亚里士多德作品翻译者和注释家（亚里士多德，《诗学》，1692）。莱辛在这里的评论，针对的是达希埃关于《诗学》第 15 章的解释。

假如作家可以从历史中减去众所周知的情节，但绝不改变其全貌，那么在这些众所周知的情节里，不也有必须按照第一种或者第二种布局进行处理的情节吗？照理说，克吕泰墨涅斯特拉必须按照第二种情况来表演，因为俄瑞斯忒斯是有意识地、有预谋地进行杀害的。作家可以选择第三种布局，因为它更具有悲剧性，而又不直接违背历史。好吧，假设是这样，但是比如说杀害自己孩子的美狄亚又该怎样处理呢？作家除了选择第二种布局之外，还能选择什么样的布局呢？因为美狄亚必须杀死自己的孩子，并且必须有意识地杀死他们，这两点是大家从历史里都熟悉的。在这些布局当中，哪一种是值得选择的呢？在一种情况下最好的布局，在另一种情况下则根本不适用。为了进一步驳倒达希埃，可以不采用历史事件，而采用纯粹虚构的事件。假设对克吕泰墨涅斯特拉的杀害是按照这后一种形式实现的，这一行动的完成或者不完成，有意识地完成或者无意识地完成，可以任作家自由选择。为了由此创作一部尽可能完美的悲剧，作家必须选择什么样的布局呢？达希埃说，选择第四种，因为假如作家硬要选择第三种的话，这只不过是出于对历史的尊重。一定选择第四种吗？一定要选择以幸福结尾的那一种吗？但是，认为第四种布局比其他一切布局都优越的亚里士多德不是说，最好的悲剧是以不幸结尾的悲剧吗？这恰好是达希埃所要排除的矛盾，他排除了这种矛盾吗？他反而肯定了它。

第 38 篇　1767 年 9 月 8 日

不只我一人对达希埃的分析感到不满意。我们的亚里士多德《诗学》的德文译者，① 也同样感到不满意。他所提出的理由，虽

① 指的是库提乌斯（Michael Conrad Curtius，1724—1802），他的《诗学》译文和注释出版于 1753 年。参见重印本第 881 - 906 页。莱辛这里引用的是库提乌斯第 193 条注释。

然驳不倒达希埃的借口，但却足以令他认识到，宁可完全抛弃他的作者，也不要做一次新的尝试去拯救那些不需要拯救的东西，最后他说："留待一位见解深刻的人去解决这些困难吧，我无法把它解释清楚。我似乎觉得，我们的哲学家可能未对这一章进行慎重思考。"

老实说，我倒觉得这是很不可能的。亚里士多德不会轻易搞出明显的矛盾。当我在这样一个人物的作品里发现这种矛盾的时候，我宁可怀疑自己的智力，也不会怀疑他的智力。如果我集中双倍的注意力，把这一段落读它十遍，在从他的完整的体系中发现他是怎样并通过什么导致这种矛盾之前，我是不肯相信他会自相矛盾的。如果我没有发现有什么会使他导致这种矛盾，有什么使他在某种程度上不可避免地造成这种矛盾的东西，我就相信这种矛盾只是表面的。否则反复思考他的材料的作者，肯定会第一个发现这种矛盾，而不会由像我这样拿它作为课本的不熟练的读者最先发现它。我停下来，回想着他的思想的线索，掂量着每一句话，我总是对自己说：亚里士多德可能误会，也常常发生误会，但是他在这里表示某种主张，在下一页又提出恰恰相反的主张，亚里士多德是不会这样做的。最后总会一致的。

不必拐弯抹角，这里就是库提乌斯先生所怀疑的说明。① 我不想为此捞取一个具有见解深刻的人的荣誉。我愿意满足于用较大的谦虚美德来对待像亚里士多德这样一位哲学家。

亚里士多德向悲剧作家所建议的只是良好的情节编排，他千方百计通过大量的、细致的解释，来减少作家编排情节的困难。因为情节是使作家之所以成为作家的首要条件，倘在风俗习惯、思想内容和语

---

① 莱辛对"说明"所做的分析，既不是一点一点进行的（比如对一个章节的阐释），也不是按照时间顺序进行的（按照章节的先后顺序），莱辛引用亚里士多德的不同段落，只是作为证据：比如第6章里关于"良好的情节编排"，第11章里关于"三种主要成分"，第10章里关于如何区分"复杂情结"和"简单情结"，第14章里关于"突转"、"发现"和"灾难的处理"。

言方面有十个人获得成功，而在情节方面则只能有一个人达到完美和卓越的程度。他把情节解释为行动（πράξεως）的摹仿，而行动在他看来则是许多事件的联结（σύνθεσις πραγμάτων）。行动是整体，事件是这个整体的各部分，犹如一份完整的财产建筑在它的单独部分的财产及其联结之上一样。当组成悲剧行动的事件，不管单独存在或者合并在一起，或多或少符合悲剧目的的时候，悲剧行动也才或多或少是完满的。因此，亚里士多德把悲剧性行动中所包含的一切事件，划分为三种主要成分：突转（περιπέτειας）、发现（άναγνωρισμού）和灾难（πάθους）。前两种成分的含义字面上表达得足够明白。第三种成分包括一切可能使行动的人物遭遇到的毁灭和痛苦，例如死亡、负伤、折磨和类似的事件。① 突转和发现使复杂情节（μΰθος πεπλεγμένος）区别于简单情节②（άπλῶ），它们不是情节的主要成分，它们只是使行动更加绚丽多彩，从而更美、更有趣。但是，一个行动没有它们可以是充分统一的、圆满的和重要的。相反，没有第三种成分，悲剧性行动是根本无法想象的。不论一出悲剧的情节是简单的还是复杂的，每一出悲剧则必须具有灾难形式（πάθη），因为它直接关系到悲剧的目的，关系到引起恐怖和怜悯。相反，不是每一个突转，不是每一个发现，而只是这些成分的某些形式帮助达到这个目的，帮助它们达到一个较高的程度，其余对于它们来说只能有害而无益。亚里士多德从这一观点出发，对悲剧性行动的三个不同的组成部分逐个进行了观察和探讨，说明什么是最好的突转，什么是最好的发现，什么是灾难的最好处理方法。③ 关于第一种，他认为最好的突转是最能引起和促使产生恐怖和怜悯的突转，它产生自由顺境转入逆境的过程。关于最后一种，他同样认为最好的处理灾难的方法，是面临着灾难的人物互不相识，但在这种灾难即将成为现实的一瞬间，他们互相认出对方是谁，

---

① 见《诗学》，第 11 章。——编者注
② 见《诗学》，第 10 章。——编者注
③ 见《诗学》，第 14 章。——编者注

因而避免了一场灾难。

这是自相矛盾的吗？如果有人从这里发现最微小的矛盾，我不理解他是从哪里来的这个想法。哲学家讲的是不同的成分，为什么他关于这种成分的主张，也必须适用于另一种成分呢？难道一种成分的尽可能的完美性，也必然是另一种成分的完美性吗？或者一种成分的完美性也是整体的完美性？假如突转和亚里士多德所理解的灾难一词是两个不同的事物，事实如此，为什么不应该对它们做完全不同的解释呢？或者一个完整的成分具有截然相反的性质，这是可能的吗？亚里士多德在什么地方说过，最好的悲剧无非是表现由幸福到不幸的转变？或者他在什么地方说过，最好的悲剧无非是归结为对一个理当遭遇一种残酷不自然的行动的人物的发现？他说既不是这一种成分，也不是那一种成分代表悲剧的全貌，而是说每一种成分都是悲剧的一种特殊成分，它们在结尾时或多或少互相接近，它们互相之间或多或少发生影响，甚至根本不发生影响。突转可以发生在戏剧的中间，即使它延续到结尾，也不会由它自己来结尾。例如《俄狄浦斯》① 里的突转，在第四幕结尾时业已出现，但结尾又添加了某些灾难（πάθη），这出戏便是以这些灾难结尾的。同样，灾难也可以在戏剧的中间完成，并在同一瞬间通过发现得以避免。因此通过这种发现，戏剧实际上已经结束。又例如在欧里庇得斯的第二部《伊菲革涅娅》② 里，当俄瑞斯忒斯也是在第四幕被他的企图杀害他的姐姐认出来的时候，也是如此。把那种最具有悲剧性的突转，用最具有悲剧性的灾难的处理安排在同一个情节里，是多么的完美，就《墨洛珀》本身也能得到说明。它有后一种灾难，但是什么妨碍它不同样可以有前一种灾难呢？比如说，墨洛珀在匕首下认出自己的儿子以后，想尽办法违背波吕丰忒斯的意志来保护他，于是酿成她自己的死亡，或者酿成这位爱子的死亡。为什么这出戏不可以既以母亲的毁灭，又以暴君的毁灭而

---

① 即索福克勒斯的《俄狄浦斯王》。——编者注

② 即欧里庇得斯的《伊菲革涅娅在陶里人里》。

结束呢？为什么作家不能随心所欲地把我们对一位如此温柔的母亲的怜悯之情激发到最高程度，让她通过自己的柔情而遭到不幸呢？或者为什么不能允许作家，让那位免遭自己的母亲的真诚报复的儿子，同时倒在暴君伏兵的手里呢？这样一出具有两种灾难的《墨洛珀》不是确实把最好的悲剧的两种特征结合在一起了吗？艺术批评家却发现它们是矛盾的。

我仿佛觉察到，误解会引起怎样的后果。从顺境向逆境的突转，没有灾难是不可想象的。同样，通过发现而阻止的灾难，没有突转也是不可想象的。因此，两者都不能离开对方单独存在。不屑说，两者也不能发生在同一个人物身上，倘若发生在同一个人物身上，两者也不可发生在同一个时间内，而是此先彼后，前因后果。不考虑这一点，只想到这些灾难和情节，在这些灾难和情节里，要么两种成分合并在一起，要么一种成分必然排除另一种成分。出现这类情况，是理所当然的。但是，能否因此就指责艺术批评家，只以最大的普遍性来概括他的规则，全不顾及使他那些具有普遍意义的规则发生抵触的灾难，使一种完美性必须以牺牲另一种完美性为代价呢？这样一种抵触使他陷入自相矛盾吗？他说：情节的这种成分，如果它应该有自己的完美性，则必须具有这种性质。那种成分必须有另一种性质，第三种成分又必须有另外一种性质。但是，他在什么地方说过，每一个情节都必须含有所有这些成分呢？在一些情节里可能含有所有的成分，就足以使他满意了。如果你们的情节不是由全部这些成分构成的；如果你们只能选取最好的突转，或者只能选取最好的处理灾难的方法，这样就得研究一下，你们认为在这两种之中，哪一种是最好的，并且选择之。仅此而已！

第39篇 1767年9月11日

到头来，不管亚里士多德是自相矛盾的，或者不是自相矛盾的；

不管图奈明对他的理解是正确的，或者是不正确的，反正《墨洛珀》的情节无论从哪方面来说，都绝对不能认为是一个完美的悲剧性情节。即使亚里士多德是自相矛盾的，他所主张的也恰恰是《墨洛珀》的反面，因此必须探讨他在什么地方是更正确的，在那里还是在这里。按照我的解释，倘若他是自相矛盾的，那么他所说的好的也并非适用于全部情节，也只适用于情节的一种成分。对图奈明教士来说，滥用自己的声望也许只不过是耶稣会教士那样一种赤裸裸的手腕，他以礼貌的方式强令我们相信，像这样一个完美的情节，出自像伏尔泰这样一位伟大作家的手笔，必然是一部杰作。

总是说图奈明，图奈明——我担心读者会问："图奈明是什么人？我们不认识图奈明。"因为许多人说不定真的不认识他，而有些人这样问，说不定正是因为他们太熟悉他，像熟悉孟德斯鸠①一样。②

他们喜欢用伏尔泰先生自己来代替图奈明教士。因为他也试图使我们对欧里庇得斯失传的作品产生同样错误的概念。他也说③亚里士多德在其不朽的《诗学》中，毫不犹豫地主张，墨洛珀和她的儿子的发现是全部希腊戏剧当中最有趣的情节。他也说亚里士多德认为这一令人吃惊的转变比一切其他的都高明。他甚至向我们保证说，普鲁

---

① 孟德斯鸠（Charles de Secondat, Baron de Montesquieu, 1689—1755），哲学家和国家理论家。图奈明因狂妄自大，惹恼了孟德斯鸠，而孟德斯鸠便借助莱辛引用的这句话嘲笑过他。莱辛这些话出自《家信》（*Lettres familieres*）中对 1750 年 12 月 5 日一封信的注释。

② 《家信》（孟德斯鸠在他的《家信》里提到，由于图奈明有野心，他被赶出奥利瓦长老的文学社。在关于这一段话的注释中，孟德斯鸠为了气那耶稣会教士，曾向提到图奈明的谈话对象提出过上述莱辛引用的问题。——编者注）。——莱辛注

③ 参见《致马菲先生的信》。

塔克认为欧里庇得斯这出戏，是一切戏剧中最感动人的一出戏。① 最后这一条完全是凭空捏造。因为普鲁塔克在谈到墨洛珀的处境时，连这出戏的名字都没有提。他既没有提到作品叫什么，也没有提到作品的作者是谁，更不要说他会宣布这部作品是欧里庇得斯一切戏剧当中最为感动人的戏剧。

亚里士多德应该毫不犹豫地主张，墨洛珀和她的儿子的发现是全部希腊戏剧中最有趣的情节！听听这措辞：毫不犹豫地主张！看看这夸张！全部希腊戏剧，最有趣的情节！我们不应该由此断定，似乎亚里士多德探讨了一出悲剧的一切有趣的情节，把这一情节同另一情节加以比较，考察了从每一个作家的作品中，特别是从所有作家，或者至少从最著名的作家的作品中找到的各种不同的例子，从而粗暴地做出了关于欧里庇得斯作品中的这一情节的判断。虽然他从这些引人入胜的情节当中，只是列举了一种形式；虽然它绝对不是这一形式当中的唯一例子。因为亚里士多德在姐姐认出了弟弟的《伊菲革涅娅》中，在儿子认出了母亲的《赫勒》② 中都找到了类似的例子。在这些作品中，前者都企图杀死后者。

《伊菲革涅娅》的第二个举例，确实是出自欧里庇得斯的手笔。如果像达希埃所猜测的那样，《赫勒》也是这位作家的作品，那么亚里士多德竟然从同一个作家的作品中找到了所有三个关于这样一种成功发现的例子，而这位作家采用不成功的突转却又最多，这简直是不可思议的事。为什么说是不可思议的呢？我们已经看到，一种形式并

---

① "亚里士多德毫不犹豫，在他的不朽的《诗学》中曾经认为，墨洛珀和她的儿子互相发现，是全部希腊戏剧中最有趣的情节。他认为这种戏剧效果比其余一切都高明。普鲁塔克说，希腊人这个感情细腻的民族，在恐怖面前发抖，拉住墨洛珀胳膊的老人，出现得或许太晚了。这出戏当初上演过，现在我们看到的只是少许残篇。在亚里士多德看来，它是欧里庇得斯一切剧作中最感动人的一出戏。——致马菲的信。"——莱辛注

② 亚里士多德在《诗学》第 14 章提到过这出戏，除此之外，完全不为人知，达希埃在他的注释中猜测说，可能是欧里庇得斯写的。

不排斥另一种形式，虽然在《伊菲革涅娅》里成功的发现是紧接着不成功的突转出现的，而作品的结尾却是成功的。有谁知道，在另外两出戏中，不成功的突转是否就不紧跟着成功的发现而出现，它们是否就不完全以使欧里庇得斯赢得了一切悲剧作家当中最具有悲剧性品格①的形式而结束呢？

如我所指出的那样，《墨洛珀》有两种形式。不管是否确实如此，我们根据《克瑞斯丰忒斯》所保留下来的少许残篇，是无法得出结论的。这些残篇只含有被后来作家加进去的伦理格言和道德主张，一点都看不出戏剧的结构。② 似乎只有波吕庇乌斯③的著作，即对和平女神的祈祷说得明白：在行动发生的时间内，美塞尼亚国尚未恢复安定。根据另外一些著作几乎可以断定：克瑞斯丰忒斯及其两个儿子的被杀害，要么是行动的一部分，要么只是发生在行动之前不久的事情，而这两者都不符合数年之后才来为父兄报仇的幼子的发现。我感到最大的难题是标题本身。如果这种发现，如果幼子的这种复仇是主要内容，作品怎能定名为《克瑞斯丰忒斯》呢？克瑞斯丰忒斯是父亲的名字，而根据某些作品儿子叫埃皮托斯，根据另一些作品则叫泰勒丰忒斯。也许前者是真名，后者是假名，后者是在异乡为了不被人发现和躲避波吕丰忒斯的密探所用的称呼。当儿子重新夺回父亲的基业时，父亲理当早已死去。有谁听说过，一出悲剧是以根本不出现在剧中的人物命名的吗？高乃依和达希埃懂得迅速避开这种困难，他们认为儿子同

---

① 亚里士多德在他的《诗学》第 13 章中称："欧里庇得斯实不愧为最能产生悲剧效果的诗人。"

② 达希埃引用的那些话（*Poetique d'Aristote*, chap. XV. Rem. 23）使人无法知道他是从哪里读来的，其实，这些话见于普鲁塔克的论文《怎样利用敌人》。——莱辛注

③ 波吕庇乌斯（Polybius，约前 210—前 122），古希腊历史学家，这里指的是他的《世界史》残稿第 12 卷，第 26 章。

样也叫克瑞斯丰忒斯,① 但这怎么可能呢? 有什么根据吗?

如果马菲津津乐道的②发现是正确的,我们对《克瑞斯丰忒斯》的结构便有了了解得相当精确。他自信在希吉努斯的第 184 篇故事中发现了这种结构。③ 他认为希吉努斯的故事,大部分都是古代悲剧的内容提要,在他之前莱内修斯也有同样意见,因此他建议后代作家也到这个报废的矿坑里去寻找古代悲剧性情节,而不必自行虚构新的情节。这个建议不错,值得采纳。在马菲尚未提出这一建议之前,或者在人们还不知道他提出这一建议之前,有些人就已经照此办理了。魏塞先生④的《提厄斯特斯》的题材就是从这个矿坑里发掘出来的。那里还有某些题材等待明眼人去发现。不过不会是多数人,也许只有很少的人为此目的而利用希吉努斯的著作。这部著作不一定非是一部古代悲剧内容提要的汇编不可,它可能直接或间接地出于一个使悲剧作家容身的源泉。是的,当希吉努斯或者别的做这种编纂工作的人,在

---

①　关于亚里士多德《诗学》第 15 章的注 22:"一个母亲要杀死她的儿子,像墨洛珀要杀死克瑞斯丰忒斯一样"云云。——莱辛注

②　见上文提到的马菲致莫德纳大公的献辞,莱辛的引文即出自这篇献辞。

③　"这个发现大概是在阅读希吉努斯的第 184 篇故事时完成的,这则故事照我的看法无非是那出完整地表现了行动的悲剧的内容提要。我记得,在我第一眼看到那位作家的作品时,产生过一种想法,认为那些故事大多是古代悲剧的内容提要。我把其中的一小部分故事,同保存下来的悲剧作了比较,并证实了这种看法。在得到希吉努斯作品最后的版本的那些日子里,我很高兴,我看见在一处提到,莱内修斯也有同样看法。因此,这些故事成了悲剧题材的一座宝藏。如果作家早就知道它,或许他们不会花费那么多气力,依靠他们的想象去虚构新的题材。我很愿意为他们发现这座宝藏,以便他们通过自己的天才,把被那个令人嫉妒的时代剥夺去的东西归还给我们的时代。我们看到的那本小书至少在这一点上,同学者们对它的评价相比,更值得我们重视。至于说跟别人叙述的故事相比偶然有矛盾,我们要考察其中的原因。即这位作者不是按照传统向我们讲述这些故事,而是像作家为了他们自己的目的进行改编一样复述这些故事。"——莱辛注

④　魏塞(Christian Felix Weisse),他的悲剧《提厄斯特斯》(1766)的素材取自希吉努斯第 88 篇寓言故事。

不同的地方把那些作为悲剧作家的可靠性的东西，同古代真正的传统严格区别的时候，似乎把悲剧看成了被疏通的一潭死水。例如，他在叙述伊诺的情节和安蒂俄帕①的情节的时候，首先是按照这一传统，随后在一个特殊段落，便按照欧里庇得斯的处理来叙述。

第 40 篇　1767 年 9 月 15 日

我并不想借此说明，第 184 篇故事未署欧里庇得斯的姓名就不是根据欧里庇得斯的《克瑞斯丰忒斯》编写出来的。我倒是认为它确实具有一出悲剧的行动和矛盾。如果说它还不是一出悲剧，也许很容易成为一出悲剧。它的结构比所有新创作的《墨洛珀》都更接近古代悲剧的质朴。由此可以判断，我在前面只是简短引证的希吉努斯的故事，其全部情节如下：

克瑞斯丰忒斯是美塞尼亚国王，他和他的妻子有三个儿子。波吕丰忒斯发动了反对他的起义，他和他的两个儿子丧生在动乱之中。波吕丰忒斯攫取了他的王位和他的妻子墨洛珀，后者趁动乱之机把她的第三子名叫泰勒丰忒斯的送往埃陀利亚的一位朋友家里保护起来。随着泰勒丰忒斯的成长，波吕丰忒斯也越发感到不安。他预料泰勒丰忒斯不会甘休，于是他宣布谁能除掉泰勒丰忒斯，便给他一笔巨大的报酬。泰勒丰忒斯闻讯之后，由于他感到自己有能力向他报仇，于是便偷偷离开埃陀利亚，到美塞尼亚去晋见这位暴君，他佯称杀死了泰勒丰忒斯，要求得到波吕丰忒斯那笔悬赏。波吕丰忒斯接待了他，并命令臣属安排他在宫中食宿，以便详细盘问其人。泰勒丰忒斯被引进客室，在那里他疲倦得睡着了。与此同时，一直在母子之间传递信息的

---

①　题材取自希吉努斯第 2 和第 7 篇寓言故事，"在一个特殊段落"（指的是第 4 和第 8 篇寓言故事）里，他再现了欧里庇得斯改编的悲剧。在古希腊神话里，伊诺是赫勒的继母，安蒂俄帕是宙斯的一个情妇。

老仆人，哭着来见墨洛珀，并对她奏明泰勒丰忒斯离开埃陀利亚不知
去向之事。墨洛珀立即提起一把板斧直奔客室，因为她已经得悉进宫
来的那个陌生人的身份。倘不是随她进入客室的老仆人及时认出那就
是她的儿子，并制止了母亲的行凶，她定会趁泰勒丰忒斯熟睡之机将
他杀死。于是两人共谋其事，墨洛珀在丈夫面前佯作从容，假装言归
于好。波吕丰忒斯自以为一切都如愿以偿，想用一份供品来祭奠神
明。但当大家围拢在祭坛旁边时，泰勒丰忒斯佯称宰割献祭，将国王
刺死。暴君死后，泰勒丰忒斯夺回了父亲的王位。①

————————

① 在希吉努斯的第 184 篇故事中（上面叙述的就是那篇故事）可以明
显看出，许多毫无内在联系的事件互相掺杂在一起。它是以彭托斯和阿伽威
的遭遇开端而以墨洛珀的故事结尾的。我根本无法理解，出版者怎么会没有
发现这种混乱的情况，难道只是在我手头的版本（约翰尼斯·舍非尔，汉
堡，1674 年）里才有这种情况吗？这个问题还是留待掌握材料的人去探讨
吧。在我看来，第 184 篇故事以"被里柯太尔塞斯收留"作结尾就足够了。
其余要么构成一个失掉了开端的特殊故事，要么很可能是属于第 137 篇故
事，这两篇故事是互相联系的，不论把墨洛珀的情节计入第 137 篇，还是计
入第 184 篇，我认为它的全部情节应该是像下面那样的。当然，在后一篇里
"波吕丰忒斯杀死克瑞斯丰忒斯之后掌管了政权"等语作为多余的重复应该
去掉，同样紧接下来的 ejus 一词也是多余的。
墨洛珀——美塞尼亚的波吕丰忒斯国王杀死阿里斯托马库斯的儿子克瑞
斯丰忒斯以后，占有了他的王位和妻子墨洛珀。墨洛珀则暗中将她跟克瑞斯
丰忒斯生的幼子送往埃陀利亚一位朋友家里。波吕丰忒斯决心找到他，并答
应给杀死他的人一笔黄金。儿子长大成人以后，设法为父兄之死报仇。他来
到波吕丰忒斯这里索取黄金，佯称他杀死了克瑞斯丰忒斯跟墨洛珀生的儿子
泰勒丰忒斯。国王命令他住下，以便验明他的身份。当他由于疲乏睡着以
后，在母子之间传递消息的老人哭着来见墨洛珀，向她禀告她的儿子不再在
朋友家里，而且不见了。墨洛珀把那个睡觉的人当成了杀死她儿子的凶手，
她提一把板斧走进前庭，她不知道她正要杀死自己的儿子。但老人认出了
他，制止了母亲的可怕的行动。墨洛珀觉得向敌人报仇的时机已到，假装与
波吕丰忒斯和解。国王由于高兴，便举行了一场祭献，儿子假装要宰割祭
品，杀死国王，从而夺回了父亲的王位。——莱辛注

早在 16 世纪就有两位意大利作家——J. B. 李维拉①和彭勃尼奥·托莱利②——以希吉努斯这篇故事作为题材，编写了他们的悲剧《克瑞斯丰忒斯》和《墨洛珀》。从那以后，如马菲所说，他们就不知不觉地步了欧里庇得斯的后尘。话虽然这样说，马菲却并不想让自己的作品只是应验关于欧里庇得斯的预言，让失传的《克瑞斯丰忒斯》在他的《墨洛珀》里复活，而是要努力摆脱所谓的欧里庇得斯式结构的各种特点，只是采用使他感动的唯一的剧情，并试图将它铺展开来。

这位母亲对她的儿子是这样的热爱，她甚至要亲手杀死杀害她儿子的凶手，这一点使作家想到要充分描写母性的温情。通过对这种唯一纯洁的和道德的激情的描写，排除一切其他形式的爱，使整个作品显得生动活泼。凡不完全符合这一目的的情节，都加以改变，尤其是那些涉及墨洛珀的第二次结婚和儿子在异乡所受教育的情节。墨洛珀不应成为波吕丰忒斯的妻子，因为在作家看来，让墨洛珀投入第二个丈夫的怀抱，是违背这样一位善良母亲的良心的。她知道第二个丈夫是杀害她的第一个丈夫的凶手，后者若想保全自己，则需要完全摆脱一切觊觎王位的人。儿子不应在父系一位尊贵的朋友家里，在万无一失的安全和舒服的环境中，在完全了解自己的出身和使命的情况下受到教养；因为倘若这位母亲不受儿子所遭遇的生活困苦和危险处境的刺激并为之操劳，她的母爱自然会逐渐淡漠。他不应持有向暴君复仇的明确目的；他不应被墨洛珀看成是杀害自己儿子的凶手，不应该因为他自称是凶手，而应该是由于某种偶然事件的联系，引起了对他的怀疑。假若他认识自己的母亲，第一次的口头说明就解除了她的疑虑，这样她那感动人的忧虑，她那温柔的绝望，就失去了足够的表现余地。

---

① 李维拉（Giambattista Liviera，生于 1565 年），他的悲剧 *Il Cresfonte* 出版于 1588 年。

② 彭勃尼奥·托莱利（Pomponi Torelli，Graf von Montechiarugolo，死于 1608 年），他改编的《墨洛珀》剧本出版于 1598 年。

　　根据这种改变，人们大致可以设想马菲作品的结构。波吕丰忒斯已经统治了十五年，可他总觉得自己的王位并不巩固。因为人民仍旧效忠于先王家室，寄希望于先王的最后一个得赦的分支。为了安抚那些不满的民众，他忽然想到要和墨洛珀结婚。他以真实的爱情为借口，向她求婚。墨洛珀严厉拒绝了他的这种借口。由于他的虚情假意未能奏效，于是他试图通过威胁和强迫的方式达到目的。恰在他威逼墨洛珀的紧急关头，一个青年人被带到他的面前，这青年是因为在路上杀人被捉获的。这青年自称叫埃吉斯特，他仅仅为了自卫杀死了一个强盗，他的外表非常高贵和纯洁，他的话充满了真理。墨洛珀发现他的嘴角有一条痕迹，这是她丈夫跟他共有的特征，于是墨洛珀向国王为他请赦。国王赦了他。随后墨洛珀发现她的幼子走失。她的丈夫死后，她立即把他委托给一个名叫波吕多的老仆人，命令他当作自己的孩子来教养。为了要周游世界，他偷偷地离开了被他当作自己的父亲的老人，从此不知去向。母亲的心总是觉得凶多吉少，大路上有人被杀害，若是她的儿子可怎么办呢？她这样想着，这种惶恐不安的猜测，通过各种各样的情况，通过国王那种赦免凶手的热心，尤其是通过一枚戒指，使她信以为真。有人发现埃吉斯特手上戴着一枚戒指，有人告诉她说，这枚戒指是埃吉斯特从被害者手上扒下来的。这枚戒指是她丈夫的镌印戒指，她曾把这枚戒指交给波吕多，让他转交到她的儿子手里，以备他长大成人和时间合适的时候，向他说明他的出身。于是她让人把她自己曾为之请赦的青年捆在一根柱子上，她要亲手刺穿他的心。这时青年想起了自己的父母，他脱口说出了美塞尼亚的名字，他想到他的父亲曾经禁止他到这个地方来。墨洛珀要求他对此做出说明。这时国王走进来，青年方才得释。墨洛珀刚刚接近她的误会的发现，复又坠入绝望的深渊。她看到国王是怎样以嘲笑的面孔、胜利的姿态对待她的绝望的。这样，埃吉斯特无疑就是杀害她儿子的凶手了，任何人都无法阻止她的复仇的愿望。入夜之后，她得悉他睡在前厅里，她手提板斧走进前厅，要砍掉他的脑袋；在此之前不久，波吕多也偷偷地潜入前厅，认出了埃吉斯特，当墨洛珀举起板斧的时候，波吕多拉住了她的胳膊。埃吉斯特醒来后逃走。波吕多告诉墨洛珀，所谓的杀害她的儿子的凶手，就是她自己的儿子。她要去追赶他，倘不是老仆人的阻拦，暴君很容易通过她那激烈的举动发现埃吉斯特是谁。早晨她应该跟国王举行结婚典礼，她必须登上祭坛，可是她在表示同意结婚之前，宁愿死去。这中间波吕多找到了埃吉斯特，说明了情况。埃吉斯特急忙奔向祭坛，穿过拥挤的人群。其余情节则都跟希吉努斯著作中的情节一样。

第 41 篇　1767 年 9 月 18 日

　　本世纪初，意大利戏剧越是每况愈下，欢迎马菲的《墨洛珀》的掌声和欢呼声就越大。

　　　　罗马诗人往后站，希腊人闪开，
　　　　这里正悄悄产生比《俄狄浦斯》伟大的作品。①

　　列奥纳多·阿达密在罗马仅仅看了这出戏的前两幕，便这样喊道。在 1714 年威尼斯的狂欢节上，除了《墨洛珀》之外，几乎没有演别的戏。全世界的观众都要一再观看这出新悲剧，歌剧院则不得不关门。这出戏的剧本在一年之内印刷了四次，在十六年内（1714—1730）在意大利内外。在维也纳、在巴黎、在伦敦出了三十多个版本。它被译成法文、英文、德文，有人甚至想同时出版所有这些译文。在伏尔泰先生打算重译并把它搬上法国舞台之前，已经有了两个法文译本。然而他马上发现，演出原作的译本是办不到的，后来他在

————————————

　　①　引文来自阿达密（Leonardo Adami，1690—1719）评论马菲《墨洛珀》的两行诗，他更换了普洛佩兹（Properz）《哀歌》（II 65）里的一个词，即把"伊利亚特"换成了"俄狄浦斯"。

写在自己的《墨洛珀》前面致侯爵的献辞①中详细说明了不能这样做的原因。

他说："意大利的《墨洛珀》的风格过于天真和平民化，而法国观众的欣赏趣味则过于文雅、纤细，他们不喜欢仅仅是朴素的自然。他们希望看到自然具有某种艺术的特征，这些特征在巴黎想必是远远不同于在维罗纳的。"整个作品必须写得非常有礼貌，马菲在任何地方都没有出差错，他的所有疏忽和缺陷都是根据他的民族的欣赏趣味写出来的，这些甚至都是长处，可惜的是，只是对于意大利来说是长处。的确，再也不会有比这更有礼貌的批评！然而是令人失望的礼貌！即使一个法国人，如果他的虚荣心稍受损害，也会立即把这种礼貌视为累赘。礼貌使我们觉得可爱，但并不伟大，而这位法国人则既想令人觉得自己可爱，又令人觉得自己伟大。

伏尔泰先生的殷勤的献辞带来了什么样的结果呢？有一位叫作林德勒②的人写了一篇文章，此人对善良的马菲讲了许多侮慢的话，跟伏尔泰对马菲讲的那些感激话大同小异。这位林德勒的风格同伏尔泰的风格非常相似。遗憾的是，像这样一位大手笔居然没有再写什么东西，并且是这样的不为天下人所知悉。林德勒是伏尔泰也罢，或者确实是林德勒也罢，有谁想着一幅法国的雅努斯头像③——前面是一副阿谀逢迎的笑脸，后面是一副阴险奸诈的鬼相——就请他一口气读完这两封信。我希望没有人写，至少这两个人都没有写过。出于礼貌，伏尔泰停留在真理的此岸，而出于轻蔑，林德勒则游荡在真理的彼岸。假如不是怀疑同一个作家在这里以假姓名来表达在那里用真姓名

---

① 他的悲剧里的一封附函："致意大利的《墨洛珀》及其余许多作品的作者"。

② 事实上，正如莱辛所猜想的那样，这是伏尔泰的假名。伏尔泰尽管用了假名字，但他对马菲的攻击仍然是赤裸裸的，这是一封自己写给自己的假信（1748），伏尔泰对马菲的攻击，缘起于1745年马菲借自己作品重新出版的机会，批评了伏尔泰的《墨洛珀》。莱辛并不了解这场争论的起因。

③ 罗马雅努斯神有两副面孔，这里暗指伏尔泰的两面派手法。

表达的东西，应当承认前者是坦白的，后者是公正的。

伏尔泰总是按照自己的愿望高度评价侯爵，似乎他是意大利人当中第一批有足够的勇气和力量在一部悲剧里不描写爱情的一个人。这部悲剧的全部诡计都是建筑在母爱基础上的。最温柔的兴趣是从最纯洁的道德里产生出来的。他常常抱怨说，他的民族的错误的欣赏趣味，不允许他采用把事情引入纠葛中去的最简便最自然的手法，不允许他采用事物本身固有的、不加任何修饰的、真实的语言。毫无疑问，巴黎的观众是非常不公正的，自从布瓦洛①在他的讽刺文章中嘲笑了国王的戒指以后，根本不再想在舞台上听人谈论戒指。② 这样就迫使作家们宁可随便采用一种，甚至采用最不合适的发现手法，也不采取戒指这样一种历来就举世公认的发现形式和使人物得到保护的形式。巴黎观众是非常不公正的，他们认为一个自称是普通人家子弟的年轻人，就不该孤身一人外出游历，在他杀人之后，也不该因为他将要成为戏里的主人公就不把他视为强盗。③ 人们居然不相信这样一个人会有一枚珍贵的戒指，这使他们感到愤愤不平，因为皇家军队的任何一个旗手都有这种玲珑剔透的小物件。我是说，巴黎观众对待这些和类似情节的态度是不公正的，可在那些他们并未采取不公正态度来对待的情节中，为什么伏尔泰却一定要指责他们是不公正的，而不指

---

① 布瓦洛（Nicolas Boileou - Despreaux，1636—1711），著名《诗艺》（1674）的作者，在他的《讽刺》（III 196）中嘲笑了奎诺的《阿斯塔尔特》（1663）把国王的戒指当成戏剧性纠葛核心的做法，这就是为什么从此以后戒指作为发现的标志，被赶出了戏剧的缘由。伏尔泰用甲胄代替戒指，莱辛的《明娜·封·巴伦海姆》里却有戒指戏，他的《智者纳坦》里也有戒指寓言，从而冲破了这条戒律。

② "我未能像马菲先生那样采用戒指的情节，因为自从布瓦洛在他的讽刺文章里嘲笑了王室的戒指以来，这个情节在我们的剧院里显得过于庸俗。"——莱辛注

③ "我不想冒昧地让人把一个英雄视为强盗，尽管他的处境解除了这种误解。"——莱辛注

责马菲是不公正的呢？假如说法国人对待外国人的礼貌就是对他们因
听到赞扬会感到脸红的那些作品进行赞扬，那么我简直不知道，还有
什么比这种法国式的礼貌更能侮辱人，还有什么比这种法国式的礼貌
使一个自由人更感到讨厌。马菲让他的波吕多老头喋喋不休地讲述他
亲眼看到的那些欢乐的婚礼和庄严的加冕仪式的时候，正是观众的兴
趣达到了高潮，观众在想象着完全另外的事物的时候，这种涅斯托尔
式①的废话，这种在不适当的场合插进来的涅斯托尔式的废话，是不
能因为不同文明的民族有不同的欣赏趣味而得到谅解的。在这里，欣
赏趣味到处都是相同的。如果这位意大利人不像那位法国人那样，在
观看时打呵欠，对这种演出感到愤慨，那就说明他不仅没有自己的欣
赏趣味，而且根本没有欣赏趣味。伏尔泰对侯爵说："您应该在自己
的悲剧里，翻译和引用维吉尔那句美丽的、感动人的比喻：

　　像夜莺在绿葱葱的白杨树丛里，
　　伤心地哀悼它那失掉的孩子……②

　　如果我要利用这样一种自由，有人会指责我说这是史诗。您不会
相信，我必须设法讨得喜欢的先生是多么严格，我指的是我们的观
众。他们要求在悲剧里到处都应该由英雄人物说话，任何地方都不应
该由诗人来说话。他们认为在紧急时刻，在会议上，在感情激动的时
刻，在严重的危险关头，连国王、大臣都不应该打些艺术性的比喻。"
这些观众的要求是非分的吗？他们的想法不是真理吗？每一个观众不
应该都有这样的要求，这样的想法吗？如果一个观众提出别的要求，

---

　　① 涅斯托尔在《伊利亚特》里被描写成一个善于出点子，能说不能做
的人，他的名字在民间谚语中成了夸夸其谈的代名词。
　　② 出自维吉尔，*Georgica* IV 511f。作家把歌手俄尔菲斯丧妻比作像夜
莺失去子雏一样痛苦。原文是：Qualis populea moerens philomela subumbra A
missos queritur foetus...

他就不配称为一个观众。难道伏尔泰非要使全体意大利观众成为这样的观众吗？因为他不能坦白地、直截了当地把心里话告诉作家，就在这里和更多的地方广发宏议，偷偷地灌输自己的主张?① 贴切的比喻在悲剧当中是难得找到一个适当位置的，即使没有经过深思熟虑，他也应该说明一声，维吉尔那段比喻，马菲运用得非常不适当。在维吉尔的作品中，它能增加怜悯，因而是运用得适当的，但在马菲的作品里运用这种比喻的人，正是为不幸局面的出现感到高兴的人，因此，按照波吕丰忒斯的想法，它不是唤起怜悯，而是应该引起嘲笑。伏尔泰宁可把更重要的、对于整个作品影响较大的缺点归咎于全体意大利人的鉴赏力，而不归咎于他们当中的一位作家。他自以为这样做，可以说明他懂得最文雅的礼貌，他安慰马菲说，他对整个民族的理解力还不如他高明。他的缺点是他的民族的缺点，而全体民族的缺点，其实是不能算作缺点的，因为问题不在于什么是好的，什么是坏的，而在于民族承认它。"我怎么敢大胆妄为，"他一面对侯爵鞠躬施礼，一面却又用手在衣袋里弹出响声,② 接着说道，"像您那样，光让配角常常在一起互相说话呢？您利用主要人物之间的有趣的场面进行准备，这是一些通向美丽宫殿的通道，但是我们性急的观众却想一下子就在这座宫殿里。我们必须按照民族的鉴赏力处理，而这个民族对许多杰出作品都看厌了，他们非常纵容自己。"言外之意是："亲爱的侯爵先生，您的戏里有很多很多冷冰冰的、无聊的、无用的场面。不过，我从来未想对您进行指责！愿上帝保佑！我是一个法国人，我知道怎样生活，我是不会当面揭人之短的。毫无疑问，这些冷冰冰的、无聊的、无用的场面，您是有意安排的，花费了许多心血。因为它们正好符合您的民族的需要。我也希望能够轻易地获得这种成功，遗憾

---

① 原文是一句成语，直译为："把脑袋藏在幕后"，形象地描绘用诗人直接出面说话的方式，破坏戏剧幻觉，这种手法在史诗里是允许的，但在悲剧里却是不允许的。

② 一种表示轻蔑、哄骗的动作。

的是我的民族已经走得很远很远，为了满足我的民族的愿望，我必须
走得更远。对此我不能像您那样抱更多的奢望。尽管这样，我的民族
还是非常了解您的民族的。"我不想再继续解释下去，因为否则将是：

上边是个美女的头，下面长着一条鱼尾巴，①

礼貌变成嘲笑（Persifage）（我之所以利用这个法文词，因为我
们德国人不懂得这是怎么回事），嘲笑变成愚蠢的骄傲。

第 42 篇　1767 年 9 月 22 日

不容否认的是，有相当一部分缺点似乎被伏尔泰视为意大利人的
特殊鉴赏力。他之所以对自己的先辈②表示谅解，是为了把这些缺点
完全归咎于意大利民族。其实何止这些缺点，马菲的《墨洛珀》里
还有更多更大的缺点。马菲在他的青年时代非常喜欢诗歌，他能按照
本国最著名的诗人的不同风格，敏捷地写作韵文。当然，这种爱好和
敏捷并不能证明他有创作悲剧所需要的那种天才。后来他致力于历
史、批评和古代文化的研究。我怀疑他是否在这种研究工作当中为他
的悲剧天才吸收了正确的营养。他整天价和教会长老们在一起，埋头
于公文，写文章反对普法夫和巴斯纳格。③ 他根据社会需要，④ 着手

---

① 参见杨周翰译贺拉斯《诗艺》的开端。莱辛在这里用的是拉丁文：
Desinit in piscem mulier formosa superne。

② 指马菲。

③ 普法夫（Christoph Matthaeus Pfaff，1686—1760），新教神学家；巴
斯纳格（Jacques Basnage de Beauval，1653—1723），被法国驱逐出境的改革
派神学家。马菲对早期基督教神学家和宗教历史文献的研究，就是针对新教
捍卫者的。

④ 马菲在他的献辞中说，这是悲剧的外在动机。

创作他的《墨洛珀》，花了不满两个月的时间便完稿了。一个人在如此繁忙的事务当中，在这样短的时间内，完成一部杰出作品，想必有过人的智慧，要么这出悲剧一定是非常微不足道的玩意儿。一个具有良好的古典鉴赏能力，把这种事情只是当作一种休息，而并不当作一件称职的工作的学者所能干的事情，他也做得出来。他的作品的布局是造作的、雕琢的，并不是成功的，他的作品的人物是按照道学家的分析或者按照书本上众所周知的样板，而不是按照生活塑造的。他的作品的语言表现了更多的幻想，而不是感情。人们到处都能发现文学专家和诗韵学家的形象，却很少发现天才和作家的形象。

作为诗韵学家，他过于追求描写和打比喻。他的各种各样的非常出色的、真实的描写，倘从他的嘴里说出来，足以令人赞不绝口，但从他的人物嘴里说出来，却令人无法忍受，变成了最可笑的连篇空话。比如说埃吉斯特详细描绘自己是怎样同那个被他杀死的强盗战斗的，因为这种详细的描绘可以证明他是出于自卫，这种描写是非常得体的。但是当他说到如何把尸首投到河里的时候，他描绘了一切细节，甚至是最微小的细节，一具沉重的尸体是怎样跌落到水里，怎样沉下去的，水发出了什么样的声音，水花又怎样溅到空中，水浪又怎样淹没了这具尸首。① 人们甚至不会谅解一个为他进行辩护的冷冰冰

---

① 第一幕，第三场：

……我立即想到，

若是把这可怕的景象摆在路上，

我将在四面八方遭到追捕，

我想到，不管他死活，把他沉入河里，

于是我用力（多么徒劳无益!）

把他搬起，地上遗下一摊血迹。

我急匆匆把他搬到桥中间，

四周的一切都染上殷红的血迹。

我把他头朝下扔下去。

他直挺挺扑通一声沉入河底。

水面溅起浪花，波涛将他吞噬。——莱辛注

的、废话连篇的律师，更不要说他自己了。一个人站在法官面前为自己的生命进行辩护的时候，心里想的是别的事情，他的叙述不可能准确得这样幼稚。

作为文学专家，他过于注重表现古代希腊风俗习惯的质朴和表现时代色彩。我们发现荷马和欧里庇得斯借助这种时代色彩在他们的作品里描绘了古代希腊风俗习惯的质朴，当然我不是说，这种时代色彩必须被美化，而是必须更接近我们的时代色彩，倘若它对悲剧里的感动不是有害，而是有益的话。他甚至孜孜不倦地摹仿古代作品中优美的段落，却又不区别这些优美段落是从什么样的作品中引用来的，把它们转用到什么样的作品中去。涅斯托尔在史诗里是一位健谈的、和善的老人，但是按照他塑造的波吕多，在悲剧里却成了一个废话连篇的无聊老头儿。假如马菲按照所谓的欧里庇得斯布局进行创作的话，这位文学专家一定会给我们带来某些笑料。他会注意到，把《克瑞斯丰忒斯》遗留下来的一切支离破碎的残篇忠实地编入他的作品里，恰好是他的错误。① 凡是他认为适合这些残篇的地方，都把它们作为支柱树在那里，围绕着这些支柱来铺设他的对话的道路。这是一种学究式的牵强附会！目的何在呢？即使不用这些伦理格言来填补空隙，也会用别的什么。

此外还有一些地方，我们本来期望这位文学专家不至于忘乎所以。比如在发现过后，墨洛珀认识到她经历了两次几乎杀死自己儿子的危险，于是作家让这位伊斯梅娜十分惊异地大呼："多么不可思议

---

① "因为我的目的不在于仿效欧里庇得斯的悲剧，所以我没有把那些到处可见的格言收在我的悲剧里；西塞罗翻译了五行，普鲁塔克引用了三段，盖琉斯（Aulus Gellius，约 130—170，罗马作家，他的作品以杂谈、随笔的形式保存了许多古代文化资料）引用了两行，还有一些，如果我的记忆不错的话，收在施托博伊斯（Stobäus，公元 5 世纪希腊作家，曾收集了 540 个希腊诗人和散文作家的作品，编成四卷本选集，为后世保存了许多资料）的集子里。"——莱辛注

的事情呀，比舞台上虚构的事情还要不可思议！"①

> 在舞台上也难得看到
> 如此异想天开的虚构！②

马菲不曾想到，在他这出戏的故事所发生的时代，人们还没有想到剧院，那是荷马之前的时代，荷马的诗第一次播下了戏剧的种子。这种疏忽不能怪别人，只能怪他自己。他在前言里还认为必须表示歉意，因为他用了美塞尼亚这个名字，而那时毫无疑问，还没有叫这个名字的城邦，荷马也没有提到它。一个作家可以按照自己的心愿重视这样的细节，不过人们希望他能够始终如一，不要对同一事物，此一时反复推敲，彼一时又粗心大意，否则人们会认为作家由于无知而没有看到这种错误，而并非不想看到。我根本不喜欢引证的那些段落，尽管它们不含有任何史实年代的差错。悲剧作家应该避免一切会引起观众幻觉③的东西，因为一俟他们产生幻觉，就会心不在焉。在这里，似乎马菲硬要以戏外有戏的方式加强幻觉，不过"舞台"和"虚构"这些明显的词汇不利于这种做法，它们将直接把我们引入本来应该引出来的境界。喜剧作家可以按照这种方式，用想象来与自己的表演对比，因为引起我们发笑并不需要有高度的吸引力，像我们的怜悯所要求的那样。

---

① 见马菲，IV 7；莱辛首先给出译文，然后是原文引文。
② 此处原文是：
> Con cosi strani awenimenti uom forse
> Non vide mai favoleggiar le scene。

引文见马菲的献辞。
③ 莱辛在 1756 年 12 月 18 日给门德尔松的信中还说："关于幻觉的全部理论，实际上与戏剧诗人毫无关系，他的作品的演出是另外一种作为诗艺的艺术的事情。"汉堡剧院辛勤劳动的重要成果在于，莱辛认识了戏剧理论与剧院实践的必然联系，把幻觉原理提升为悲剧的戏剧学规则。

　　我已经说过，林德勒给马菲带来了多么严重的损失。按照他的评论，马菲只满足于他的题材所提供的东西，未运用丝毫艺术于创作之中。他的作品的对话没有一点真实性，一点都不文雅、不庄重，那里有许多低贱的、鄙陋的东西，这是连滑稽戏和小丑的杂耍都不能容忍的。不合理的东西和小学生的错误比比皆是。最后他说："一句话，马菲的作品含有优美的题材，但却是一出非常糟的戏。巴黎的观众一致认为，不能再容忍这出戏继续演出，而在意大利，内行的人们却很少关心此事。作者徒劳地到外地去雇佣最贫穷的作家来翻译他的悲剧，他能够轻而易举地付给一位翻译家稿费，却不能把他的戏改好。"

　　恭维不无欺骗，侮慢不无真理。林德勒对马菲的指责在许多地方是正确的。如果他只是满足于挑剔他一番，那么他的指责是有礼貌的或是粗暴的都无关紧要。然而他想把他踏在脚下，把他毁灭，而且他的行动是这样的盲目而又不老实。为了能够引起一场颇为狡猾的哄堂大笑，他不惜公开撒谎，进行明显的歪曲而不脸红。他打过去的三拳，总有一拳是落空的，其他两拳或擦过他的敌手，或正中他的敌手，其中总有一拳同时正好击中那个替他准备拳斗①场地的人身上，即击中在伏尔泰自己身上。伏尔泰似乎部分地感觉到了这一点，因此他及时地在给林德勒的回信②中到处替马菲辩护，他以为这样也同时为自己做了辩护。在这全部自己跟自己的通信当中，我觉得缺少最有趣的一封信，即马菲的回信。③ 伏尔泰先生理当把这封回信也发表出来供我们看看。这封回信是否不像他所希望的那样，可以通过他的谄媚骗取到手

---

　　① 这里的"拳斗"指的是一个刚愎自用，好惹是生非的作家的行为。

　　② 伏尔泰在给林德勒的回信中，这次自然用的是他的真名字，对同样出自他的手笔的"林德勒"的批评进行了答辩，部分地收回了这种批评。

　　③ 马菲回答过伏尔泰，这一点被莱辛忽略了，自然不是指这封可疑的通信，而是在他1745年出版的那部作品中。

呢？马菲是否不愿意再次向他阐明法国鉴赏力的特征呢？马菲是否不愿意告诉他，为什么法国的《墨洛珀》在意大利同样不受欢迎，就像意大利的《墨洛珀》在法国不受欢迎一样呢？

第43篇　1767年9月25日

这样的事情是可以猜想的。不过我宁愿证明我自己说过的事情，也不去猜测别人可能说过什么。

首先，林德勒的指责几乎在每一点上都得打折扣。如果说马菲有错误的话，也不会错得那样拙笨，像林德勒让我们相信的那样。比如他说，当墨洛珀要刺杀埃吉斯特的时候，他喊道："我的老父亲呀！"王后被"老父亲"这句话所感动，她甚至放弃了自己的企图，并且猜想埃吉斯特可能就是她的儿子。他以嘲笑的口吻补充说："这难道不是一个很有根据的猜想吗？一个青年人有一个老父亲，这当然是一件非常稀奇的事情！"他接着说："马菲想要用这种缺点，用这种对艺术和天才的缺乏，来改善他的作品的第一版中的另一个缺点。在那里，埃吉斯特喊道：唉，波吕多，我的父亲！而这个波吕多恰是墨洛珀嘱托寄养着自己儿子的那个人。听到波吕多这个名字，王后丝毫不会再怀疑埃吉斯特是自己的儿子，而这出戏也就到此结束了。当然，这个缺点现在已经去掉了，但是在这个地方却又产生了一个更为拙劣的缺点。"的确是这样，在第一版里埃吉斯特称波吕多为他的父亲，但在此后的版本里，再也没有提到过父亲。王后只是在听到波吕多这个名字的时候吃了一惊，波吕多曾经警告埃吉斯特，不许他跨进美塞尼亚的土地。她也并未因此而放弃自己的打算，只是要求进一步说明情况。在她得到回答之前，国王走了进来。国王命令释放埃吉斯特，因为他同意并称赞埃吉斯特的行动。埃吉斯特就是因为这种行动才被带进宫里来的，国王还答应对此作为一件英雄行为给予酬劳。这样，墨洛珀便又重新陷入最初的怀疑之中。一个由于杀死了她的儿子得到波吕丰忒斯奖赏的人，还能是她的儿子吗？这个结论在她的心目中，必然比一个单纯的名字更顶用。她甚至非常后悔，为了一个许多人都会称呼的名字，竟拖延了报仇的时机：

> 为何怀疑？我这傻瓜，被一个人名
> 耽误了自己，似乎这样一个名字
> 不可能是别的什么人——①

而暴君的表现，只能更坚定她的想法，亦即关于她儿子的死，他一定获得了非常可靠、非常确实的消息。这有什么荒谬可言吗？我看不出来。坦白地说，我并不认为马菲的改善是十分必要的。尽管让埃吉斯特去说，他父亲叫波吕多！不论是他的父亲还是他的朋友叫这样的名字，并警告过他不许涉足美塞尼亚，都是无关紧要的。墨洛珀完全信以为真，她认为暴君从埃吉斯特那里听来并相信是真实的事情，比起只是根据一个相同的名字得出的结论要真实可靠得多。因为她知道，这暴君长期以来在狂热地追捕她的儿子。自然，假如她知道，暴君认为埃吉斯特是杀害她的儿子的凶手，只不过是她自己的猜测，那就是另外一回事了。但这一点她是不知道的。她有一切理由相信，暴君对事情真相的了解是确实的。很明显，别人认为有用的，我并不认为是好的。毫无疑问，作家有可能使他的布局更好些。我只是想说，按照他那样的布局，墨洛珀的行动总是令人觉得根据不足。如果墨洛珀坚

---

① 此处原文是：

Che dubitar? misera, ed io da Lui nome
Trattener mi lasciai, quasi un tal nome
Altri aver non potesstj——

持她的报仇的打算，在遇到第一次机会的时候，就敢于动手报仇，这也是可能的和真实的。我感到不满意的，不是她第二次走进来，要把她的儿子作为杀害她儿子的凶手杀掉，而是第二次通过一个幸福的偶然事件，制止了她的行动。我谅解作家没有让墨洛珀按照较大的真实性的理由决定自己的行动，因为她当时的热情也可能使较弱的真实性的理由占上风。但是，使我不能谅解他的是，他竟然如此放手地采用偶然事件，如此无限制地运用这种偶然事件的奇妙性，像运用最普通、最平常的事件一样。这种偶然事件头一次为母亲效了劳，这是可能的。只要我们喜欢这种意外的事情，我们就愿意相信它。但是它第二次在同样急促的情况下，以同样的方式被制止，这就不像一个偶然事件了。同样意外的事情重复一遍，就不成其为意外的事情了。它的单调令人讨厌，我们会对作家感到恼怒，他只懂得把偶然事件表现得令人不可思议，却不懂得把它表现得变化多端。

关于林德勒的明显的、故意的歪曲，我只想引证两点。他说："第四幕是以暴君和墨洛珀的侍女的一次冷淡而不必要的相遇开始的。接着不知这个侍女怎么又和年轻的埃吉斯特相遇，侍女劝他到前厅里去休息，以便趁他睡着之机，让王后一举把他杀死。他真的睡着了，如他所答应的那样。多好啊！王后第二次走来，手提一把板斧，要杀死这年轻人，而他也是为了故意被人杀死才睡着的。这种相同的情节重复两次，说明作家已经无计可施。年轻人这一觉睡得如此可笑，世界上简直再没有比这更可笑的事情了。"然而，真的是侍女劝他睡觉的吗？林德勒在撒谎。① 埃吉斯

---

① 伏尔泰先生也是同样。因为不只林德勒说过："然后这女仆遇见年轻人，我不晓得是怎样相遇的，她劝告他在前厅里躺下，好让王后在他睡觉的时候，不费吹灰之力把他杀掉。"伏尔泰先生自己也说过："墨洛珀的侍女，命令年轻的埃吉斯特在舞台上睡觉，好让王后得到机会杀死他。"从这种一致当中得出什么样的结论，用不着由我来说。没有一个撒谎的人不自相矛盾。假如两个撒谎的人互相一致，这里肯定有鬼。——莱辛注

特遇见了侍女，请求告诉他，为什么王后对他这样凶。侍女答应把一切都告诉他。但是，眼下有一件重要差事唤她到别处去，请他在这里稍停一会儿，她马上回来见他。诚然，侍女的目的在于把他交给王后。她劝他稍停一会儿，却没劝他睡一觉，而埃吉斯特遵照自己的诺言待在那里，他并未答应睡觉。他睡着了是因为他疲乏了，因为时值夜间，因为他看到不能去别处过夜，只能在这里①。林德勒的第二个谎言也是同样的。他说："在波吕多老人制止了墨洛珀杀害自己的儿子的行动之后，墨洛珀问他要什么报酬，这老弄臣则请求把他返老还童。"请求她把他返老还童？"我的效劳的报酬，"老人回答说，"就是这次效劳本身，就是我愉快地看到你。你要给我什么呢？我不需要什么，我不要求什么。我只希望一件事，但是，非但你，就是任何一个尘世之人也办不

---

① 第四幕，第二场：

  埃吉斯特 　她这样怒气冲冲，这样可怕，
  　　　　　出于什么原因？
  伊斯梅娜 　我高兴对你说明一切，不过
  　　　　　你必须在这里稍等。
  　　　　　我有急事要办。
  埃吉斯特 　你想多久都行！
  　　　　　我高兴等你。
  伊斯梅娜 　你可别走开，
  　　　　　免得让我白白跑回来。
  埃吉斯特 　我能到哪里去呢？一言为定！——莱辛注

到。但愿能减轻我的高龄的负担"云云。① 这能说成：请你减轻我的负担，请你还我力量和青春吗？我并不想说，这样一种关于老年人的叹息，在这里找到了最合适的场所，这种叹息是否完全符合波吕多的性格。然而，凡是不适当的事情都是荒唐的吗？难道波吕多和他的作家不可能做出货真价实的荒唐事情吗？假如真的像林德勒制造的谣言那样，作家确实让波吕多提出了那样的请求的话。造谣！撒谎！如此区区小事，值得用这样严重的字眼吗？区区小事？林德勒认为重要到足以令他撒谎的事情，难道第三者不能认为它已重要到应该告诉他是他撒了谎吗？

---

① 第四幕，第七场：

墨洛珀　我的忠实仆人，为答谢你的功劳
　　　　我该赐你什么样的报酬？

波吕多　效劳本身就是我的报酬，
　　　　此时重逢就是我的最高奖赏。
　　　　你想给我什么？我什么也不需要。
　　　　而我唯一珍惜的东西，谁都
　　　　不能给予！我的高龄的沉重负担，
　　　　压在我的头上，压弯了我的腰，
　　　　像一座大山，给我搬掉。——莱辛注

六 关于整一律

第44篇 1767年9月29日

　　再来谈谈林德勒的指责，这通指责既是针对马菲的，也是针对伏尔泰的，其实只是针对马菲的。

　　我略谈两点。伏尔泰觉得这梭镖回过头来击中了他自己。林德勒认为马菲作品里的墨洛珀把埃吉斯特视为杀害她儿子的凶手，这是她根据自己的非常软弱和不高贵的特点做出的结论。伏尔泰答道："我可以毫不隐讳地告诉您，我觉得马菲为了让墨洛珀相信她的儿子就是谋杀她儿子的凶手，在布局方面花的功夫比我花得多。他可以为此利用一枚戒指，而我却不能用。自从布瓦洛在他的讽刺文章中嘲笑了一番国王的戒指以来，它在我们的舞台上显得非常渺小。"但是，伏尔泰一定要选择一副甲胄来代替戒指？在纳尔巴斯①把孩子带走的时候，是什么促使他把被谋杀的父亲的甲胄带走的呢？是为了埃吉斯特长大以后不必购买新的甲胄，可以将就利用父亲的旧甲胄？这老人多么有远见！他没要几件母亲的旧衣物带走？要么是为了让人家有朝一日按照这副甲胄发现埃吉斯特？难道

---

　　① 伏尔泰《墨洛珀》中的人物。

这样一副甲胄在当时是独一无二的？这是武尔坎①专为太祖父锻制的一套传家甲胄？这是一套刀枪不入的甲胄？或者至少是一副镂饰着美丽的人物形象和标志的甲胄，根据这些标志，欧里克勒斯和墨洛珀在十五年之后立即认出这副甲胄？倘是如此，老人自然必须把它带走，而伏尔泰先生则有理由让他在血肉横飞的慌乱之中，念念不忘这样一套装饰品，可换了别人则只会想到孩子。埃吉斯特失掉了他父亲的王朝，却不必连他父亲的甲胄也失掉，穿着这副甲胄有朝一日或许他还能重新夺回父亲的王朝。——第二点，林德勒对马菲作品中强迫墨洛珀与之成婚的波吕丰忒斯提出了非难。似乎伏尔泰作品中的波吕丰忒斯不想这样做！因此伏尔泰回答他说："不管马菲还是我，都没有充分说明为什么波吕丰忒斯非要墨洛珀做他的妻子。这也许是题材的缺点。但是，我老实告诉您，我认为这样一个缺点是微不足道的，假如它所引起的兴趣是可观的。"不，缺点不在题材里。恰好在这方面，马菲改变了题材。假如伏尔泰认为不利，有什么必要接受这种改变呢？

类似的地方还很多，在这些地方都是值得伏尔泰反躬自问的：但是哪一个父亲能看到自己孩子的一切缺点呢？旁人看到这些缺点，根本不需要比父亲有更锐利的眼光，只要他不是这位父亲就行。比如说吧，我就是这个旁人！

林德勒责备马菲说，他的作品中的场次常常是互不衔接的，经常出现空场，他作品中的人物常常无缘无故地上场和退场。这一切都是重大的缺点，在当今出现这样的缺点，连最没本事的作家都不会得到谅解。这是重大的缺点？这是这位法国艺术批评家惯用的语言，如果我不想跟他从头开始辩论，就得允许他这样讲。但是，不论这些缺点重大与否，我们愿意相信像林德勒说的那样，这种缺点在他民族的作

---

① 这是一个讽刺性的说法，典出罗马神话，所谓"传家甲胄"，指的是罗马火神武尔坎所锻造的那副"传家甲胄"，武尔坎也是为众神锻造武器和甲胄的神。

家的作品中是少见的吗？事实上，正是他们推崇最大限度的合乎规则，同样还是他们，要么把这些规则扩展到几乎无法作为规则来运用的程度，要么以拙笨而不自然的方式重视它们，与其说是重视，毋宁说是糟蹋，还不如不重视的好。① 尤其是，伏尔泰是一位大师，他可以轻而易举地摆脱艺术的桎梏，随心所欲地自由行动。可他的行动常常是那样地拙笨和沉重，以至于弄出可怕的差错。人家会认为他的四肢分别捆在一根特殊的树桩子上。以这样的观点来观察一部天才作家的作品，需要有自我克制的能力。不过以这种观点、几乎不以任何别的观点来观察一部天才作家的作品，在普通艺术批评家当中是一件时髦的事情。正是因为推崇法国戏剧的人发出的声音最响，所以我在跟他们一块儿叫喊之前得仔细瞧一瞧。

---

① 这一点，部分是由我们的史雷格尔做出的判断。"人们必须承认这样一条真理，"他在《关于繁荣丹麦戏剧的一些想法》中说，"不甚推崇地点整一律的英国人，比对地点整一律懂得非常多，并且准确地按照亚里士多德的规则行事的法国人更为重视这一规则。问题恰好不在于不变换舞台上的布景。但是，倘若没有理由来说明，为什么上场的人物站在指定的地点，而不在原来的地点。倘若一个人物被表演成一间屋子的主人和住户，而不久之前有另外一个人，似乎同样是这间屋子的主人，他心平气和地同自己或者一个仆人在谈话，又未以一种可能的方式对这种情况做个交待。一句话，倘若人物只是为了到舞台上来，才走进指定的客厅或者花园，那么剧作者最好用'地点：在舞台上'，而不必用'地点：在克里梅农家的一间客厅'。或者说得严肃些，倘若作者按照英国的习惯，从一个人的家里，移向另一个人的家里，让他的人物牵着观众的鼻子走，远比费劲巴结地让他的人物来到与他毫不相干的地方以博得观众的欣赏要好得多。"——莱辛注

一、戏的场面是①在美塞尼亚，在墨洛珀的宫殿里。这从一开头就没有严格遵守地点整一律。海德伦②认为，按照古代人的原则和榜样，应该要求做到这一点。场面不必是整个宫殿，而只应该是这座宫殿的一部分，从一个地方看上去，只要一目了然即可。如果说这场面是一座整个宫殿，整个一座城市，或者整个一个省份，那根本就是不合理的。高乃依③曾经把这一条本来在古人那里④就找不到任何详细界说的规则扩展得很宽，他曾经想以一座唯一的城市来满足地点整一律。如果他想从这方面为自己最优秀的作品辩护，是必然要失败的。允许高乃依做的，伏尔泰也有权做。我并不反对场面忽而在王后的卧室，忽而在这间或者那间客厅里，忽而在前庭，设想出各种不同的景物。不过，他在这种变换中也需要小心，像高乃依所建议的那样：这种变换不能出现在同一幕戏里，尤其不能出现在同一场戏里。一幕戏开始时的地点，必须贯穿于整幕戏当中。在同一场戏当中完全改变地点，或者将地点扩大或缩小，都是世界上最不合理的。《墨洛珀》的第三幕可以发生在一个广场上，在一条柱廊下，或者在一个大厅里，

---

① 由此开始莱辛对"三一律"的规则进行分析，并得出了许多有益的结论。这里说的是一出悲剧的结构形式问题，它的目的在于按照心理学的"自然"规则，使观众与舞台上表演的剧情达到一致。一种按照严格的逻辑实现"整一"的结构，会忽略戏剧过程的"内在"规范，这对于所追求的一致来说，是一种障碍。莱辛后面的论证，目的在于创立一个整一概念（Einheitsbegriff），使原理的公式化运用具有一种内在的合理性，并从"自然秩序"的规则出发来界定戏剧形式。

② 海德伦（François Hédelin, Abbe d'Aubignac, 1604—1676），法国文学理论家和剧作家，他在自己的《戏剧实践》（1657）中引用了宫殿的例子，并把这视为对地点整一律的突破（见该书第二卷，第六章）。他著的四卷本的《戏剧实践》（1657）颇受布瓦洛称赞。

③ 见他的最后一篇《三篇关于悲剧的对话》（1660）。

④ 亚里士多德在他的《诗学》里并未讨论地点整一性问题，是布瓦洛在他的《诗艺》里最先提出整一律问题，并规定了一个"详细界说"，成了法国古典主义的重要理论。

深处可以看到克瑞斯丰忒斯的墓碑。就在这里，王后要亲手处死埃吉斯特。假如在第四场中间，带走埃吉斯特的欧里克勒斯顺手把这深处的景物遮住，会令人产生多么可怜巴巴的想象啊？他怎样把这景物遮起来呢？在他身后落下一道中幕？如果海德伦关于类似的幕所讲的那些情况适合采用一道幕①的话，那就是这样的一道幕。② 尤其是当人们同时想到为什么埃吉斯特一定要突然被拉走，为什么一定要通过这种机关转瞬之间使他消逝的时候。关于这个问题我想在后边谈。同样的一道幕，在第五幕里却被拉起来。前六场戏发生在宫殿的一间客厅里。在第七场戏里我们的视野突然宽敞了，在祭庙里，为了能够看到一具裹在血污的袍子里的尸首。通过什么样的奇迹？值得看到这种奇迹吗？有人说，祭庙的大门忽然敞开，墨洛珀和全体在场的人一拥而出，这样我们就看到了那具尸体。我明白了，这座祭庙是孀居的王后陛下的宫内礼拜堂，这礼拜堂恰好通向客厅，跟客厅相连，以便王后陛下随时脚不沾湿便可到这里来祈祷。只是我们不仅应该看到她从这条路上走出来，也应该看到她走进去。至少埃吉斯特转眼之间完成了自己的行动之后，在第四场末尾逃跑之际必须选择最短的途径。

---

① 指把大幕与背景隔离开来并利于更换布景的中幕。

② "人们挂上许多幕，忽而拉上去，忽而放下来，以便让演员根据戏剧的需要时隐时现。这些幕没有别的用途，只是为了欺骗发明这些幕的人和称赞这些幕的人。"海德伦，《戏剧实践》，第 2 卷，第 6 章。——莱辛注

第 45 篇　1767 年 10 月 2 日

　　二、伏尔泰先生在时间整一律①上也没少花气力。试想一想出现在他的《墨洛珀》里的一切，都是发生在一天之内。可想而知，其中必有许多不合理的东西。人们总是选取完整的、自然的一天，赋予它三十个小时，高乃依要把它扩展成这么长。确实，我看不出有什么天然的障碍，不准在这段时间内发生这一切事件，主要是人为的障碍。在十二小时之内向一个女人提出求婚并同她完成婚礼，这自然不是不可能的，尤其是可以采用暴力把她硬拖到牧师那里去。但是假如果真如此，人们不想知道这样一种暴力劫持是怎样用最确凿、最迫切的理由进行辩护的吗？相反，假如连这种理由的影子都没有，我们怎么会相信只以天然方式才能出现的事情是真实的呢？国家要选择一位国王，只有波吕丰忒斯和不在家的埃吉斯特才有资格。为了使得埃吉斯特的要求无法实现，波吕丰忒斯要娶他的母亲。选举的当天，他向她提出求婚，她拒绝了他的求婚，选举照常进行，结果是他当选，于是波吕丰忒斯当了国王。人们猜想埃吉斯特会立刻出现，如果他愿意的话。新任国王可能会暂时容忍他。事不宜迟，他执意要结婚，而且婚礼应该在当天完成。就在这一天，他第一次向墨洛珀提出求婚，就在这一天，人民任命他当国王。这样一个老战士，这样一个热情的

　　①　亚里士多德在《诗学》第 5 章里讨论过这个问题，他把时间进程设想为"太阳的一次循环"（或者稍微偏离一点）。比埃·高乃依在他的《对话》里认为，把时间延长为"三十个小时"是合理的。伏尔泰也同意他的意见。莱辛以伏尔泰的剧本为例，论证了"时间的自然整一"观念是荒谬的，并针对它提出了"时间的人为整一"假设：不只是履行"规则的语言"，而是要履行"它的精神"，即一个"有理智的人"在一个特定时间里会做什么。因此衡量时间的标准是一个做出"自然"反应的人的心理素质和经验方式，莱辛称这个人的精神能力是"人为的"。

求爱者！但他的求爱无非是政治手腕。他对待那些卷入他的利益中的人尤其歹毒！在他还未成为国王之前，墨洛珀拒绝了他的求婚，她觉得如果答应他的求婚，会首先帮助他登上王位。但是他到底当了国王，而且并未仰仗她丈夫的头衔取得了王位。他再次提出求婚，这一次也许她会顺利地答应。他给她时间来忘却过去存在于他们之间的隔阂，习惯于把他视为自己的丈夫，这也许只需要很短的时间。如果他不能把她弄到手，有什么能帮助他强迫她呢？她的党羽会不知道她受到了威逼吗？他们不会因此而对他怀恨在心吗？一俟埃吉斯特出现，他们不会因此而帮助埃吉斯特，在他的事业中同时把完成母亲的事业视为自己的义务吗？这是徒劳的，命运把埃吉斯特交给了暴君，而这暴君十五年来始终是谨慎从事，由此他获得了不提任何要求便可占据王位的手段，这比起同他母亲的结合要直接得多，可靠得多：应该而且必须结婚，就在今天而且就在今晚，新国王要和老王后就在这天夜里同床共枕，或者事情进展得并不顺利。试想，还有比这更滑稽的事情吗？我是说在想象当中，因为即使稍有判断力的人，也不会想到真的这样行动。有什么能够帮助作家，使每一幕戏的特殊行动的实际发生过程大体上不多于表演这幕戏所需的时间呢？而这段时间，还需加上幕间插剧，远远不需要太阳自转一周：他是为此才重视时间整一律的吗？他履行了这条规则的语言，却未履行它的精神。因为他让剧中人物在一天之内做的事情，当然可以在一天之内做完，但是没有一个有理智的人会在一天之内做完这些事情。光有时间的自然整一是不够的，还须有人为的整一。与前者的破坏相比，它的破坏是任何人都能感觉得到的，尽管这种破坏大部分含有一种不可能性，但总不至于引起普遍的反感，因为许多人都不了解这种不可能性。比如在一出戏当中，从一个地方旅行到另一个地方，这行程所需时间多于一整天，这样，只有那些知道从此处到彼处距离的人，才能发现这一错误。不是所有人都知道地理的距离。但是，所有人都能根据自身的经验觉察到，做什么样的行动应该付出一天的时间，做什么样的行动应该付出更多的天数。有哪一位作家若是只知道通过破坏时间的人为整一来重视时间的自然整一，不假思考地为后者牺牲前者，那他就非常不了解自己的长处，居然为了偶然性的东西而牺牲了更为本质性的东西。马菲至少还利用了一个夜间帮助自己，而波吕丰忒斯今天向墨洛珀所表示的结婚到次日清晨才举行。在他的作品里，波吕丰忒斯登基的日子也不是在这同一天。事件的顺序并未安排得如此紧凑，事件是紧迫的，但并不是匆忙的。伏尔泰的波吕丰忒斯是一个蜉蝣式的国王，他只是一朝之君，因为他头一天就把自己的事业弄得这样笨拙而愚蠢。

三、林德勒说，马菲常常未把场次联结起来，使舞台上出现空场。发生这样的缺点，在当前连最没有名气的作家也不能得到谅解。高乃依说：①"场次的联结是一部作品的伟大装饰品，无论什么都不能像表演的连续性那样使我们更好地保证行动的连续性。但它毕竟只是一件装饰品，而不是规则，因为古人并不总是受它的支配。"怎么？法国人的悲剧自从他们的伟大高乃依以来发展得更加完善了吗？在高乃依看来只是缺少装饰品的问题，现在居然成了一个不得谅解的缺点。还是法国人自他以来更多地学会了误解悲剧的本质，更重视那些本来不值得重视的东西了呢？在我们对这个问题得到确定的答案以前，但愿高乃依至少像林德勒一样值得我们信赖。按照高乃依的看法，在马菲的作品中并非什么明显的缺点的东西，跟伏尔泰的确定无疑的缺点相比，倒成了半斤八两。伏尔泰常常让舞台上挤满人，而不让它空场。比如在第一幕里，波吕丰忒斯来见王后，王后在第三场里走掉，波吕丰忒斯有什么权利停留在王后的卧室里呢？这间卧室是他跟自己的仆人随便谈心的地方吗？作家的需要在第四场里暴露得再清楚不过，在这一场戏里我们看到了必须知道的事情，只是我们看见这些事情的地点，是出乎意料的。

四、马菲常常让他的人物毫无缘由地上场和下场，而伏尔泰让他的人物上场和下场的理由则常常是错误的，这就更糟糕。一个人物光说出他为什么到来，这是不够的，人们必须从联系中看出他必须到来

---

① 见他的第三篇《对话》。

的理由。他光说出他为什么下场，也还不够，人们必须从随后发生的
事件中看出，他确实是因此而下场的。否则，作家当时让他说的话只
是一种借口，并不是理由。比如在第二幕第三场里欧里克勒斯的下
场，如他自己所说，是为了召集王后的朋友，随后人们必须听到一些
关于这些朋友和他们聚会的情况。因为我们没有听到这些情况，所以
他前边所说的那些话无非是一些中学生式的"请允许我出去一下"，①
这是少年人突然想到的谎话。他下场去并不是为了干他所说的事情，
而是为了让他能够转眼之间带着作家不知道该让什么人传达的一则消
息回来。整幕戏的结尾，伏尔泰处理得更拙笨。第三幕结尾的时候，
波吕丰忒斯对墨洛珀说，祭坛在等待着她，为她举行婚礼的一切都已
准备停当。他临下场时说了一句"您来吧，太太!"② 但是，太太没
有跟他去，而是叹了一口气，从另一侧走入后台。接下去波吕丰忒斯
又开始了第四幕戏，他不是对王后没有跟他进入祭庙表示不满（因
为他误以为尚不到举行婚礼的时间），而是跟他的亲信闲扯开了家
常，这本来是不应该在这里，而应该在他的卧室里说的闲话。于是第
四幕也结束了，而且结束得完全跟第三场一样。波吕丰忒斯再次传唤
王后去祭庙，墨洛珀喊道：

> "让我们大家快去祭庙，耻辱在那里等待着我。"③
> 她对传唤她去祭庙的司祭教士说：
> "你们来，把供品拖上祭坛。"④

　　第五幕开始的时候，他们确实都在祭庙里，而且再也没回去吗？
两人都不在那里。好事多磨嘛，波吕丰忒斯忘记了一点什么，又回去

---

① 原文为：Peto veniam exeundi。
② 原文为：Venez, Madame!
③ 原文为：Courons tous vers le temple où m'attend mon outrage。
④ 原文为：Vous venez à l'autel entraîner la victime。

一趟，还把王后送回去了一趟。太好了！如前所述，在第三幕和第四幕之间，第四幕和第五幕之间，不仅没有发生应该发生的事情，而且干脆什么都没有发生。而第三幕和第四幕的结束，只是为了让第四幕和第五幕能够开始。

第 46 篇　1767 年 10 月 6 日

有的人①听任规则摆布，有的人确实重视规则。前者是法国人干的，后者似乎只有古代人懂得。

行动整一律是古人的第一条规则，时间整一律和地点整一律仿佛只是它的延续，古人对待后者并不像对待前者那样严格。如果没有歌队的联结，② 前者则是必不可少的，因为他们的行动必须有一批群众做见证，而这批群众须一直停在原地不动，他们既不能距他们的住宅太远，也不能离开他们的住宅时间太长，就像平时出于单纯的好奇心所做的那样。所以古人几乎不得不把地点限制在一个固定的场所，把时间限制在固定的一天之内。他们诚心实意地承受这种限制，但以一种韧性，以一种理性来承受，九次当中，有七次以至更多的时候获得成功，而不是失败。他们承受这种限制是有原因的，是为了简化行动，慎重地从行动当中剔除一切多余的东西，使其保留最主要的成分，成为这种行动的一个典型（Ideal）。这种典型，恰恰是在无须附

---

①　这是莱辛论战技巧的一个例子：在他看来，用"法国人"和"古代人"形式上的对立，可以揭示精神的创造性和无批判的僵化之间的对立。他假定"法国人""不喜欢真正的行动整一律"，倒是"古代人"把它当成了"最主要的成分"，从而达到了一种"朴素性"，作为"这种行动的一个典型"，使地点和时间等因素显得并不重要。这种互相抵消的技巧的目的在于，形成自己的典型：为此他把亚里士多德与英国人的戏剧作品联系在一起，设法从性格整一的角度论证行动概念是驾驭行动的重要因素。

②　歌队作为联结行动过程的环节，保证了一种互相联系的整一性。

加许多时间和地点的繁文缛节的形式中最容易塑造成功的。

法国人则相反，他们不喜欢真正的行动整一律，他们在见到希腊的朴素性之前，就已习惯于西班牙戏剧的粗野的诡计。他们不把时间和地点的整一律视为行动整一律的延续，而是视为一个行动的表演本身不可缺少的必需品，它们必须像运用歌队时所要求的那样，与它们的丰富而复杂的行动紧密配合。当然，法国人是完全不用歌队的，因为他们发现这是困难的，常常是无法办到的，所以他们便与这些强制性的规则妥协，而没有足够的勇气拒绝完全服从这些规则。他们采用一个不确切的地点来代替一个唯一的地点，对于这个不确切的地点，人们可以忽而想象成这里，忽而想象成那里。所有这些地点可以不必相距太远，每一个地点也不需要特殊的布景，而是同样的布景大体上既适用于这个地点，也适用于另一个地点。他们用持续的整一性代替了一天的整一性。在某一段时间之内，听不到关于日出和日落的谈话，看不见任何人睡觉，最多也只能看到一次睡觉。在这一段时间之内，不管发生多少事情，他们也算为一天。

没有人会因此指责他们，因为毫无疑问，即使如此仍然可以写出优秀的剧本来。俗话说，挑最薄的地方钻孔。但是，我必须让我的邻居在那里钻下去。我不能光把板上棱角最厚和有节的地方指给他，并向他喊道：给我把这里钻透！我习惯于在这里钻透！所有法国艺术批评家都是这样喊的，尤其是当他们评论英国人的戏剧作品的时候。围绕着使他们感到无限自慰的规则，他们做了许多无谓的文章！不过，我不愿意再围绕着这些原理多浪费时间。

依我之见，但愿伏尔泰和马菲的《墨洛珀》持续八天，发生在七个希腊的地点！但愿它们的美使我完全忘却这些书本的教条！

最严格的规则也无法补偿性格上最小的缺点。马菲作品中的波吕丰忒斯常常说些无聊的话，做些无聊的动作，这些都没有逃脱林德勒的注意。他对马菲让他的暴君讲的那些邪恶的格言进行嘲笑，倒是对的。杀掉国家最尊贵和最优秀的人；把人引向一切淫荡的欲念之中，使之衰微疲惫，软弱无能；以怜悯和恩惠的假象，宽恕最大的犯罪等等。如果一个暴君在这样荒唐的道路上执政，他也会为此感到自豪吗？小学生的作文是这样描写暴君的。但是没有一个暴君曾经做过这样的自我表白。① 当然，伏尔泰并未让他的波吕丰忒斯做这样令人不寒而栗的、荒唐的夸夸其谈；但是，他有时也让他说一些肯定不是这样的男人应该说的话。比如：

> 有时神明会以极大的耐心，
> 让复仇以缓慢的步伐降临我们头上。②

---

① 第三幕，第一场：
　　他们安息了，他们的灵魂在打盹儿，
　　于是我施展起我的统治艺术。
　　让那最勇敢、最高尚的灵魂，
　　在寂静、荒僻的小路上走向冥河。
　　毁灭了生命力，丧失了勇气的作恶者，
　　让他们信马由缰，
　　让忍耐和动人的同情照耀犯罪的人！
　　对大逆不道，我施以仁政，
　　单让那善良远远地站着，
　　我愿让恶人逍遥法外。
　　一旦他们以后自相残杀，
　　但愿疯狂让他们在血腥斗争中毁灭。
　　你会常常听到颁布命令和刑法，
　　执法和违令都要讨统治者欢心。
　　你会常常听到同外邦征战的威胁，
　　我要在这个民族的废墟上，
　　让苛捐杂税不停地增长，
　　还要引进外邦的军队。
② 原文为：
Des Dieux quelquefois la longue patience
Fait sur nous à pas lents descendre la vengence. (伏尔泰，《墨洛珀》，第一幕，第四场)

波吕丰忒斯应该做这样的观察，但是他绝对不会做这样的观察，尤其是在他想到要进行新的犯罪的时候，更不会做这样的观察：

对，再来这次犯罪又有何妨！①

在光天化日之下，他对墨洛珀所采取的行动，是多么不可思议，我已经谈过。他对埃吉斯特采取的态度表明，他是一个坐失良机的人，而不是一个果断的人，跟作家开头对他的描写判若两人。埃吉斯特似乎不该恰好在献祭的时候出现。他这时应该怎么办呢？明誓归顺于他吗？在人民的众目睽睽之下？在他母亲绝望的呼叫声中？他从前所忧虑的事情，不是恰好在这时应验了吗？② 他的一切都决定于埃吉斯特。埃吉斯特则只要求重新得到自己的剑，以便一举决定他们之间的全部争执。他能让这样一个勇猛的埃吉斯特挨近祭坛吗？在这里他可以随手弄到一把剑。马菲的波吕丰忒斯便没有这些不合理的地方。因为他不认识埃吉斯特，而且把他视为自己的朋友。为什么埃吉斯特不能在祭坛旁边挨近他呢？没有任何人注意他的行动，行凶已经完成，在有人想到对第一次行凶进行报复之前，他又在准备第二次了。

林德勒说："当马菲的墨洛珀听说她儿子被杀以后，她要掏出凶

---

①　原文为：Eh bien, encor ce crime!
②　第一幕，第四场：
　　一俟那可怜的儿子重返美塞尼亚，
　　我那十五年的苦心经营将毁于一旦。
　　照我看，他们那出身和血统的偏见，
　　倘若在胸中复苏，对他最为有利：
　　倘若想起他的父亲，想起先王的祖迹，
　　想起那神明赐予的体面的荣誉，
　　还有母亲的喊叫和痛哭流涕的哀诉，
　　将毁掉我这尚未扎根的权力。——莱辛注

手的心来，用牙齿把它撕碎。① 这就是说，她的表现像一个野蛮人，而不像一个悲伤的母亲。文明必须到处受到重视。"非常正确，但是，当法国的墨洛珀用嘴去啃一颗不加油盐的生心的时候，她的表现是否更文雅一些？照我看，原来她也是一个野蛮人，像那个意大利野蛮人一样。

第 47 篇　1767 年 10 月 9 日

不是这样吗？判断一个人主要是根据他的行动，而不是根据他的言词，在情绪激动的时候脱口而出的语言，并不能证明它的道德性质。但是，一个经过深思熟虑的冷静的行动，却能证明一切。如果说这些都是无可争辩的，那么我就是正确的。墨洛珀是一个母亲的美丽典型，她不了解自己儿子的命运究竟如何，怀着恐惧的忧虑，总是担心发生最可怕的事情。她想象着自己不在身旁的儿子是多么不幸，她同情一切不幸的人。当她得知她所惦记的人遭到厄运而悲痛欲绝的时候，一听说凶手陷入她的手中，突然又跳了起来。她怒不可遏，迫不及待地要报仇雪恨，假若凶手恰好站在她的面前，她会真的完成这一报仇的行动。就是这个典型，只是处于暴力行动的状态时，才获得了表情和力量，失掉了美丽和感动。可是，墨洛珀在为这种报仇选择时间，准备场所，为此安排隆重的仪式，并且自己充当刽子手，不是杀死而是拷讯，不是惩罚而是要欣赏这

---

① 第二幕，第六场：
我希望把这坏蛋弄到手里，
审讯他参与这一谋杀的
有无暴君，然后我用板斧，
劈开他的胸膛，从那里
我要挖出他的心，
用我的牙齿把它撕碎。——莱辛注

种惩罚。在这种情况下，她仍然是一个母亲吗？当然还是。不过她是这样一个母亲，犹如我们想象中的野蛮女人；她是这样一个母亲，犹如任何一只母熊。墨洛珀的这种行动，谁若喜欢，就由他去，只是不要告诉我，说他喜欢这个行动，否则我对他不但非常蔑视，而且还会厌恶。

也许伏尔泰先生又要把这一点当成题材的一个缺点；也许他可以认为，墨洛珀必须亲手杀死埃吉斯特，否则，颇受亚里士多德赞扬、从前很能吸引敏感的雅典观众的全部戏剧效果就不见了。但是，伏尔泰先生又误会了，他居然又把马菲的严重偏差安到题材身上。题材要求墨洛珀想亲手杀死埃吉斯特，但它并不要求当她这样做的时候，必须考虑得非常周密。在欧里庇得斯的作品中，她似乎也没有这样做，如果我们把希吉努斯的故事看成是他的作品的提要。老人走进来，哭泣着告诉王后，她的儿子走失了。她刚才听说来了一个陌生人，自称杀死了她的儿子，而这陌生人却静静地睡在她的宫里。她顺手抓起一个家伙，满腔愤怒地急匆匆走进睡觉人的屋里，老人跟在她后面，而发现就发生在犯罪即将发生的瞬间。这是非常简朴而自然的，非常令人感动而有人情味！雅典观众为埃吉斯特而战栗，却并不厌恶墨洛珀。他们所以为墨洛珀战栗，是由于她那好心的仓促举动会造成危险，使她成为杀害自己儿子的凶手。马菲和伏尔泰却让我光为埃吉斯特战栗，因为他们的墨洛珀令我气愤，我几乎愿意看见她完成这场凶杀。但愿她如愿以偿！既然她可以选择时间复仇，也理当可以选择时间查明真相。为什么她这样残酷而无人性？他杀死了她的儿子：是啊，在第一次愤怒之中不管她怎样处置凶手，我都谅解她，她毕竟是人和母亲。如果她发现自己第一次的迅速的愤怒是多么值得诅咒，连我也愿意同她一起悲伤和失望。但是，太太，这样一个年轻人，不久前您对他还很感兴趣，在他身上发现了那样多正直与无辜的特征，因为在他身上发现了一件旧甲胄，而这甲胄只有您的儿子才有，您把他当作杀害您儿子的凶手，绑在他父亲的墓碑上，要亲手杀死他，还让卫兵和教士来帮忙——呸！太太！若不是我的天大误会，就是您在雅典被喝倒彩。

　　波吕丰忒斯十五年之后，娶衰老的墨洛珀做妻子，这同样不是题材的缺点，这种不合理的地方，我已经指出过。① 按照希吉努斯的故事，波吕丰忒斯在杀害克瑞斯丰忒斯之后，立即娶了墨洛珀。若说欧里庇得斯也采纳了这个情节，是很可信的。为什么他不该这样做呢？伏尔泰作品中的欧里克勒斯，十五年之后的现在劝说墨洛珀接受暴君的求婚，② 本来在十五年之前她也许会同意的。希腊女人为了让她们的先夫的孩子得到成长，从而克服对杀害她们的丈夫

---

① 见第44篇，第二段。
② 第二幕，第一场：

　　墨　洛　珀　别来这一套！
　　　　　　　　我的儿子早已陷入苦难的深渊，
　　　　　　　　在他看到自己的母亲受辱之前。
　　欧里克勒斯　也许因为沉醉于他的身世的骄傲。
　　　　　　　　像你一样唾弃这般姻缘。
　　　　　　　　若是他想到自己的不幸，
　　　　　　　　若是他看到自己的幸福，
　　　　　　　　听得进珍贵友谊的劝告，
　　　　　　　　若不忘大难临头不顾法——
　　　　　　　　他一定会感谢你做出这样的牺牲。
　　墨　洛　珀　你说什么？
　　欧里克勒斯　热心使我为你的幸福着想，
　　　　　　　　尽管这种话不甚中听。
　　墨　洛　珀　怎么？你让我出于私心，
　　　　　　　　克制我心中对波吕丰忒斯的不可名状的憎恨？你呀，
　　　　　　　　你曾描绘过他的恶毒形象！
　　欧里克勒斯　我描绘他的可怕和凶险，
　　　　　　　　由于气愤；可他是这里最有权势，
　　　　　　　　不可抗拒的人；他没有子嗣——
　　　　　　　　而你——你爱埃吉斯特。——莱辛注

的凶手的憎恶心情，并愿意接受他做自己的第二个丈夫，这是很符合她们的思想状况的。我记得在多维勒出版的希腊人夏里顿的小说①里读到过类似的情节，一个母亲还在怀孕的时候，就以非常感动人的方式把孩子送到法官那里。我认为这一段是值得引证的，但是我手头没有这本书。当他把墨洛珀作为波吕丰忒斯的妻子介绍出来的时候，伏尔泰让欧里克勒斯说的那些话，足以为他的墨洛珀的表演作辩护。一桩政治性爱情的冷淡的戏剧场面因此而未演成；我看到不只一条路，可以使兴趣通过这个情节本身变得更热烈，使剧情变得更扣人心弦。

可是伏尔泰宁可停留在马菲为他开辟的道路上，因为他根本没想到会有更好的道路。这条更好的道路恰好是古时就有人走过的，所以才满足于在那条道路上清除车辙里的几块石子。他认为，他的前辈几乎被这几块石子颠翻了车。否则他会保留马菲这个情节吗？让埃吉斯特自己不了解自己，偶然来到美塞尼亚，同样通过微小的模棱两可的标志引起人们怀疑他是杀害自己的凶手？在欧里庇得斯的作品里，②埃吉斯特完全了解自己，他来美塞尼亚的明确企图，就是复仇。他自称自己是杀死埃吉斯特的凶手。不过他没有发现自己的母亲，这要么是出于慎重，要么是出于不信任，要么是出于别的什么原因。作家确实不该让他毫无原因。关于马菲针对欧里庇得斯的布局所做的所有改变的几点理由，我已经谈了自己的看法。但是我并不认为这些理由是重要的，这些改变是十分成功的。毋宁说

---

①　指的是古希腊冒险爱情小说，作者夏里顿（约公元 5 世纪）希腊作家，他的《夏雷阿斯和伽莉霍艾》是保存下来的最早的希腊小说，共八卷，作品以平铺直叙的手法，描写了海默克拉忒斯的女儿伽莉霍艾对她丈夫夏雷阿斯的忠贞的爱情故事。除这部小说之外，并不出名。荷兰作家和学者多维勒（Jacques Philippe d'Orville，1696—1751）于 1750 年出版了他的小说，取名为 "Charitonis Aphrodisiensis de Chaerea et Callirrhoe amatoriam narrationum libri VIII"。

②　正确的说法是：在希吉努斯的故事里。——编者注

我认为，他试图离开希腊人的脚印迈出的每一步，都成了失足。埃吉斯特自己不了解自己，他偶然来到美塞尼亚，像马菲所表达的那样，通过偶然事件的线索，他被当成了杀害埃吉斯特的凶手，不仅使整个故事呈现一种非常混乱的、模棱两可的和虚构的面目，而且异乎寻常地削弱了兴趣。在欧里庇得斯的作品里，观众从埃吉斯特自己那里得知他就是埃吉斯特。观众对这一点知道得越确切，即墨洛珀是前来杀死她自己的儿子的，观众心中引起的恐惧就越强烈，而观众预感到的怜悯也就越痛苦——假如墨洛珀在动手时未被及时制止的话。相反，在马菲和伏尔泰的作品里，我们只能猜测，所谓的杀害儿子的凶手可能就是儿子本人。而在那恐怖不成其为恐怖的瞬间，我们也省却了最大的恐怖。最糟糕的还是，我们猜测年轻的陌生人是墨洛珀的儿子的根据，也正是墨洛珀自己猜测的根据；尤其是在伏尔泰的作品里，对于埃吉斯特的最细微的特征，我们不可能比墨洛珀本人了解得更贴切和更有把握。我们对这些根据的相信，要么跟墨洛珀对它们的相信一样，要么我们对它们更加相信。如果我们跟她一样相信，就会同她一起认为这年轻人是个骗子手，而墨洛珀为他所安排的命运，就不能很令我们感动。如果我们对它们更加相信，我们会责备墨洛珀没有仔细留神，而为非常肤浅的根据所左右。两者都是不合适的。

第 48 篇　　1767 年 10 月 13 日

的确，假如我们不是在墨洛珀之前就确实地知道了埃吉斯特就是埃吉斯特，我们就更会惊异不止。但这是对于惊异的无价值的娱乐！作家为什么要使我们惊异呢？他尽可以随心所欲地让他的人物感到惊异。如果我们事先看到了惊异完全出乎意料地所引起的东西，我们会懂得从中吸收我们那一部分。我们事先看到得越早、越可靠，我们的同情则越深沉、越强烈。

关于这一点，我想让最优秀的法国艺术批评家替我讲话。狄德罗说：① "在复杂的戏里，兴趣主要是布局的效果，而不是对话的效果；在简单的戏里则相反，兴趣主要是对话的效果，而不是布局的效果。但是，兴趣跟什么有关系呢？跟人物？还是跟观众？观众只不过是见证人，人们从他们那里什么都不会知道。那么说就是观众眼前的人物了。完全正确！让他们在不知不觉当中来编织故事情节，对于他们来说似乎一切都是猜测不透的，让他们在不知不觉之中逐步弄明白。在他们只是处于感情激动的时候，我们观众也将陷于同样的激动之中，也必须感受这些激动。——如果我跟大多数撰写过戏剧艺术的人一样认为，必须把结局在观众面前掩盖起来，那是很大的错误。我甚至想，假如我着手创作一部作品，在第一场里就立即把结局透露出来，并由这个情节本身产生最强烈的兴趣，这或许是我力所能及的。——对于观众来说，一切都必须是明白无误的。他是每一个人物的知心人，他知道正在发生的一切，已经发生的一切。在许多情况下，不管怎么做都不如事先把要发生的事情直截了当地告诉给观众。——唉，你们这些制订普遍规则的人，是多么不懂得艺术啊！你们是多么缺乏创作样板的那种天才啊！你们根据这些样板制定规则，而天才却可以随意超越它们。——我的想法本身也许是些奇谈怪论，但我确信，假如有一个适当的机会可以把一个重要事件在它发生之前对观众秘而不宣，还会有十个或者更多的机会，兴趣恰好要求采取相反的作法。——作家通过他的秘密制造一个短暂的惊异。如果他给我们制造出来的并非秘密，将会引起我们多么长时间的焦急呀！——有谁在一瞬间遭到打击而意志沮丧，我也只能在这一瞬间对他表示怜悯。可是当我等待着打击的时

---

① 见他的《论戏剧艺术》，这篇文章与他的剧本《一家之主》一起发表。莱辛引自自己的译文《狄德罗先生的戏剧》（1760），在莱辛看来，狄德罗是当代少数几个优秀作家之一，他很推崇狄德罗的评论，关于狄德罗严肃戏剧（drame serieux）理论的分析，请参见第 84 篇等。

候，当我看到密布的乌云聚集在我的或者另外一个人的头上，长时间停留不动的时候，我会怎么样呢？——依我看，所有的人物都可以互不相识，只要观众认识他们就行。——我几乎可以断定，需要保守秘密的题材，是不讨人喜欢的题材。一个把秘密当成隐身之所的布局，不如没有秘密的布局好。秘密永远不会成为引起某种强烈反应的动因。我们总是要为那些伏笔花费脑筋，而这些伏笔要么过于隐晦，要么过于明显。整个作品成了一串微不足道的骗术，人们只能通过这些小骗术制造短暂的惊异。相反，如果与人物有关的一切都是众所周知的，那么我就在这种设想中看到了最为强烈的激动的源泉。——为什么某些独白会有这样一种巨大效果呢？因为它们把一个人物的密谋告诉了我，而这种机密使我立刻充满了恐惧和希望。——如果人物的处境是大家都不知道的，观众对行动的兴趣不会比对人物的兴趣更大。但是，如果观众充分了解并感觉到，在人物互相认识的情况下，行动和对话将要完全不同，他的兴趣就会成倍地增长。如果我能把他们目前的状况同他们正在做或者想要做的事情进行比较，我就要急于知道，他们将会怎样。"

把这个看法应用到埃吉斯特身上，狄德罗赞成两个布局中的哪一个是明明白白的。在欧里庇得斯的古老布局里，观众一开始就认识了埃吉斯特，像他认识自己一样；在伏尔泰盲目地全盘接受下来的马菲的新布局里，埃吉斯特对自己、对观众都是一个谜，由此使整个作品成了只能引起短暂惊异的"一串微不足道的骗术"。

狄德罗认为给观众造成捉摸不定的悬念和突然的惊异，是多余的，是不值得的，他认为自己这些想法既新颖，又有根有据，在这一点上，狄德罗并非全无道理。从概括的角度看，它们是新颖的，但从概括出这些想法的样板看，它们又是古老的。说它们是新颖的，是因为他的先辈一直只是在相反的方面进行了探讨，但这些先辈之中，既不包括亚里士多德，也不包括贺拉斯。他们的解释者和追随者，在祖护这种相反的方面的同时而未加强调的东西，他们绝对没有任何遗漏。他们既未忽视存在于古代人的大多数作品中的，也未忽视存在于古代人的优秀作品中的这一方面的良好效果。

在这些古代人当中，尤其是欧里庇得斯对自己的事业是坚定不移的，他几乎总是把要引导观众达到的目的，事先指给他们。是的，我很想从这一立场出发，来捍卫他的开场白，这些开场白是现代批评家们很不喜欢的。海德伦说："在大多数情况下，他让一个主要人物把在戏的行动之前发生的一切都直接叙述给听众，以这样一种方式让他们明白紧接着发生的事情。这还不够。他还常常利用神。我们必须相信神知道一切，他不仅通过神把发生的一切告诉我们，而且还把尚待发生的一切也告诉我们。这样，我们从一开头就知道了结局和全部灾难，我们看见每一个偶然事件自远方而来。但这是一个非常显眼的缺点，它完全违背了应该始终控制舞台的捉摸不定和悬念。它破坏了几乎只能以新颖和惊异为基础的剧本的一切公认的准则。"① 不，一切悲剧作家中之佼佼者，绝不想如此轻视自己的艺术。他知道艺术能够达到更完美的境界，而迎合一种幼稚的好奇心理，是最低劣的手法。他让自己的听众不费思索，便可像神一样洞察面前的行动。他不是以表现什么的方式，而是以怎样表现的方式来感动观众。因此，在艺术批评家看来，作家若不以巧妙的骗术使我获得对于过去的和未来的事件的必要的认识，而是利用一个与行动无关的至高的神明，并让这个至高的神明直接面向观众说话，从而使戏剧体裁和叙述体裁混杂在一起，是非常不成体统的。艺术批评家的责难若是仅限于此，那么他们的责难又有什么意义呢？难道我们不欢迎作家把有益的和必要的东西悄悄塞给我们吗？尤其是在未来，难道没有任何人都不知道，只有神明才知道的事物吗？而如果产生兴趣的基础就是这样的场面，我们通过神的介入事先知道了这些事物，不是比根本不知道好吗？人们最终会怎样

---

① 《戏剧实践》，第 3 卷，第 1 章。——莱辛注

看待体裁的混杂①呢？在教科书里人们尽量准确地把它区分开来，但是，如果有一位天才为了达到更高的目的，把多种体裁集中于同一部作品里，人们便会把教科书抛诸脑后，而去探讨是否达到了这种更高的目的。一部欧里庇得斯的剧作，既不完全像小说，又不完全像戏剧，与我何干？不妨称它为杂种吧。只要这杂种比起你们那万无一失的拉辛等人的最合乎规则的作品来，能使我得到更多的快乐和启迪，也就够了。难道因为骡子既非马又非驴，就不成其为最有用的驮兽了吗？

第 49 篇　1767 年 10 月 16 日

一句话，凡是指责欧里庇得斯的人认为只是看到了作家由于无能，或者由于贪图便利，或者由于上述两种原因，尽可能轻而易举地完成他们的创作的地方；凡是他们认为发现了戏剧艺术不成熟的地方，我都认为看到了戏剧艺术的完美性，我惊叹他是一位大师，像指责他的人所要求的那样，他本来就是符合规则的，而他之所以似乎并非如此，那是因为他想更多地赋予他的剧作一种美，而这种美是那些指责他的人无法理解的。

显然，所有这些作品（它们的开场白使他们大为不满）即使没有这些开场白，也是非常完整，非常容易理解的。比如说去掉《伊

---

① 这里指的是在悲剧里运用各种预示性因素，从而打断戏剧性的联系。在莱辛看来，与这里所讨论的戏剧惊异效果相比，运用这种艺术手段更容易引起"同情"，因为这种同情是观众在事件的必然过程中才达到的。这样他不仅是为戏剧的混合形式进行了辩护，而且还为各种手段的运用进行了辩护，以便避免众多规则教条的束缚，这些手段都是表现悲剧的"更高目的"的。就这个意义来说，尽管拉辛的《出身》（*Geburten*）是符合规则的，但它却缺乏体裁本身应有的"精神"。

翁》前面的信使的开场白，去掉《赫卡柏》① 前面的波吕多的开场白。让前者立即以伊翁的晨祷开始，让后者以赫卡柏的哀诉开始：这两出戏会因此而遭到少许破坏吗？被你们删掉的东西既已不复存在，你们还何必烦恼呢？一切不是都保留了同样的过程，同样的联系吗？你们甚至认为，按照你们的想法，如果我们不从开场白里知道，克瑞萨要让人毒死的伊翁，正是这位克瑞萨的儿子，而伊翁要拉出圣坛使之惨死的克瑞萨，正是这位伊翁的母亲。如果我们不知道，在赫卡柏交出她的女儿充当祭品的那一天，这不幸的老妇也要经历她的最后的唯一的一个儿子的死亡，作品将会更美。因为这一切都将产生十分恰当的惊异，而这些惊异都埋下了充分的伏笔：不需要你们说，它们会突然像一道闪电冲出最密集的云层。它们不是结果，而是发端。人们不想突然给你们揭示某种东西，而是用某种东西欺骗你们。这样，你们还跟作家拌嘴吗？这样，你们还指责他的艺术有缺陷吗？你们一贯指责的他那个缺点，只消一笔即可改正。园丁悄悄地削掉了一根放肆的芽条，却并未责备那生长芽条的健康的树。假如你们承认一点——的确，这意味着承认很多——欧里庇得斯像你们一样，有许多见解和鉴赏力，使你们大为吃惊的是，他有如此伟大的见解和如此文雅的鉴赏力，何以犯这样重大错误。这时，你们来找我，站在我的立场上来观察你们所说的那些错误。欧里庇得斯像我们一样懂得，比如说他的《伊翁》没有开场白也能成立，《伊翁》没有开场白照样是一出戏，它照样能使观众的捉摸不定和悬念保持到最后。但是，他对这种捉摸不定和悬念丝毫不感兴趣。因为观众在第五幕才能知道伊翁是克瑞萨的儿子。所以，在他看来，克瑞萨在第三幕里想除掉的，不是她的儿子，而是一个陌生人，一个敌人。所以在他看来，伊翁在第四幕里想要进行报复的，不是伊翁的母亲，而只是一个女刺客。这怎么会唤起恐怖与怜悯呢？由相应的情节所引起的单纯猜想——伊翁和克瑞萨之间的关系可能比他们想象的更密切，是不足以引起恐怖与怜悯的。这

① 都是欧里庇得斯的悲剧。

种猜想必须成为确信。如果观众只能从外部获得这种确信，如果观众不能从一个行动的人物那里得到这种确信，那么作家以唯一可能的方式使观众得到这种确信，不是总比根本没有好得多吗？关于这种方式，随你们怎样说都行，反正它帮助作家达到了他的目的。通过这种方式，他的悲剧成了一出名副其实的悲剧。如果你们仍不满意于他让形式服从本质，那么你们那学究式的批评只能为你们带来一些为了形式而牺牲本质的作品。这样，你们就获得了应得的报酬！你们不妨喜欢惠特赫德的《克瑞萨》，① 在这里没有神向你们预言任何东西，在这里你们一切都是从一个喋喋不休的老仆人那里知道的，是一个狡猾的吉普赛人盘问了他。总之，比起欧里庇得斯的《伊翁》来，你们则更喜欢《克瑞萨》，而我是永远不会嫉妒你们的！

亚里士多德在称欧里庇得斯为最优秀的悲剧作家的时候，他不仅仅看到了他的大多数作品都有一个不幸的结局，我觉得许多人都是这样理解这个斯塔吉拉人②的。因为可以立即学会他的技巧，任何一个善于表现杀人害命，不让他的任何一个人物健康地、活蹦乱跳地离开舞台的笨伯，都会认为自己像欧里庇得斯一样是悲剧作家。无可争辩的是，亚里士多德想到了许多特征，他就是根据这些特征赋予欧里庇得斯这种声誉。毫无疑问，前面提到的那一点也属于这些特征之内。欧里庇得斯就是照那样把使他的人物惊异的一切不幸，早在发生之前就指给观众，即使这些人物以为自己不配得到怜悯，观众亦能对他们表示怜悯之情。苏格拉底是欧里庇得斯的老师和朋友，有些人认为，作家同哲学家交朋友所得到的报酬，只是一大堆美丽的道德格言，他又把这些格言毫无节制地写进他的作品里。照我看，他幸亏有这种友谊，没有这种友谊，他照例会有这样丰富的格言。但是，没有这种友谊，他也许不会成为这样一个悲剧作家。美丽的辞藻和道德，恰恰不

---

① 惠特赫德（William Whitehead, 1715—1785），他的悲剧《克瑞萨》（*Kreusa, Queen of Athens*）出版于 1754 年。

② 即亚里士多德，斯塔吉拉是他的出生地。

是我从苏格拉底这样的哲学家那里所能听到的东西。他的品行是他传布的唯一道德。但是，认识人，认识我们自己，关心我们的感情，探讨和热爱自然界里一切最平坦、最简便的道路，按照目的判断每一个事物，这就是我们在同他的交往中应该学习的东西。① 这就是欧里庇得斯向苏格拉底学到手的东西，这些使他成为他那门艺术的首屈一指的人物。一个作家有这样一位朋友是件幸事，可以天天、时时听取他的忠告！

伏尔泰似乎也感受到，如果让我们一开始就认识墨洛珀的儿子，如果立即让我们确信，墨洛珀最初要保护，然后又要当作杀死她的埃吉斯特的凶手加以处死的那个可爱的、不幸的青年，正是同一个埃吉斯特，或许更能令人满意。但青年不认识自己，此外没有任何一个比较了解他的人能帮助我们认识他。作家是怎样处理的呢？在纳尔巴斯老人招呼墨洛珀之前，作家是怎样让我们确实知道，她举刀要杀的正是她自己的儿子呢？咳，他处理得很巧妙！也只有伏尔泰想得出这样一种骗术！② 这陌生的青年一上场，伏尔泰让他头一句话就用大写的、美丽的、醒目的字母说出了埃吉斯特的全名。就这样，埃吉斯特的名字贯穿在他后来的对话之中。现在我们知道，墨洛珀在此之前多次提到过她儿子的名字。即使她不曾这样做过，我们只消翻开前面的人物表，那里写得明明白白！当人物——在他的对话中，我们已经有十次读到了埃吉斯特这个名字——针对这样的问话：

……你认识纳尔巴斯吗？
你至少听说过埃吉斯特的名字吧？

① 这种对苏格拉底学说的简单描述，如同莱辛自己的思想世界的缩写，它表明莱辛是高度评价苏格拉底对他的思想所产生的影响的。他在第二封"文学通信"里说："在我们的时代，苏格拉底的治学方法可以与当代方法的严格性巧妙地结合在一起，只要找到正确定义，便能得到最深刻的真理。"
② 莱辛这里的论证同样是不自然的，值得怀疑的，他把台词与自己的陈述混在一起，以此来判断剧本的演出，在这样的判断里"大写的、美丽的、醒目的字母"是不起任何作用的。

你的出身和地位怎样，你父亲是谁?①

回答说：

我父亲是一位老人，他蒙受不幸；
波吕克勒特是他的名字，你问我，
纳尔巴斯和埃吉斯特，我不认识他们!②

这当然很奇怪，我们从这个不叫埃吉斯特的埃吉斯特嘴里，也没听说他叫别的什么名字。他回答王后说，他父亲叫波吕克勒特，却没说自己叫什么。反正他得有一个名字。伏尔泰先生无论如何是能够给他虚构一个的，因为他虚构了这么多嘛! 一个不甚了解悲剧内情的读者，很容易误会。他们看到，一个小伙子被带到这里，他在郊外杀了一个人。他们看到，这小伙子叫埃吉斯特，但他说，他不叫埃吉斯特，却也不说他究竟叫什么。于是他们得出结论：噢，这小伙子不是好人，他是一个狡猾的强盗，尽管他这样年轻，装得这样无辜。我看，没有经验的读者很可能产生这种危险想法。而我真心实意地相信，对于有经验的读者来说，从一开始就知道这个陌生青年是谁，比根本不知道为好。不过，人们不要对我说，采取这种形式向观众交待至少比按照欧里庇得斯的鉴赏力写的那种开场白要巧妙一些，文雅一些!

---

①　原文是：⋯Narbas vous est connu?
　　　　　　Le nom d' Egiste au moins jusqu' à vous est venu?
　　　　　　Quel était votre état, votre rang, votre père?
②　原文是：Mon père est un vieillard accablé de misère;
　　　　　　Policlete est son nom; mais Egiste, Narbas,
　　　　　　Ceux dont vous me parlez, je ne les connais pas!

第50篇　1767年10月20日

在马菲的作品里，这青年有两个名字，这是恰当的。他作为波吕多的儿子，叫埃吉斯特，作为墨洛珀的儿子，叫克瑞斯丰忒斯。在人物表里，他是以埃吉斯特的名字被介绍出来的。贝塞黎①认为他所出版的这部作品的版本有一个不小的功劳，就是在人物表里没有预先泄露埃吉斯特的真实出身。② 这说明，意大利人比法国人更爱惊异。

又是《墨洛珀》！的确，我为我的读者感到惋惜，③ 他们本来希望这份刊物是一份戏剧报，五花八门、有声有色、谈笑风生、诙谐活泼，像一份名副其实的戏剧报。其实呢，既没有用短小有趣的或者令人感动的形式写成的在当地流行的剧本内容，也没有滑稽可笑、稀奇古怪、傻里傻气的人物，如致力于写喜剧的人的小传，更没有关于演员，尤其是女演员的引人入胜的，甚至于有点使人丢脸的轶事。他们翘首盼望的所有这类乖巧的小摆设都没有，他们所看到的是关于早已众所周知的剧本的冗长的、严肃的、干巴巴的批评。关于在一出悲剧

---

①　贝塞黎（Giulio Cesare Beceli, 1683—1750），意大利诗人和学者，1736年在维罗那（Verona）出版了马菲的《墨洛珀》，莱辛的话出自主编者的说明。

②　"关于人物的名字，删掉了戏剧作品印刷本中那种常见的错误：一开头就把名字介绍出来，从而揭开秘密，取消读者或者听众的兴趣．在我们这个版本里，凡从前写着'自称埃吉斯特的克瑞斯丰忒斯'的地方都代之以'埃吉斯特'。"——莱辛注

③　对比"预告"可以看出，《剧评》在这里发生了断裂。当然，即使莱辛不愿意迎合这种用嘲弄口吻所说的观众期盼，他的意图仍然是写一部包括剧院实践在内的戏剧批评。莱辛多次提到，演员们对这样的计划是反感的，汉堡剧院的活动越来越接近崩溃，翻印越来越阻挡了这份报纸的连续性出版，莱辛对古代文化的研究兴趣越来越大（参见《关于古代文物的通信》），所有这些都改变了作品的性质。

当中应该有什么和不应该有什么的沉闷的探讨，其中甚至包括了关于亚里士多德的说明。他们要读这种东西吗？如上所述，我为他们感到惋惜。他们上了一个大当！其实倒是出于信赖：他们比我强。如果我能按照他们的翘盼行事，我会更值得信赖。并非他们的期望很难满足，的确不是这样。只要他们愿意很好体谅我的用意，我会使他们感到很满意的。

我必须设法摆脱关于《墨洛珀》的议论。本来，我只想证明，伏尔泰的《墨洛珀》从根本上说跟马菲的《墨洛珀》没有什么不同，我认为我已经证明了这一点。亚里士多德说，① 不是相同的题材，而是相同的"结"和"解"，使两出或者许多出戏被看成是相同的戏。也就是说，不是因为伏尔泰跟马菲处理的是同一个故事，而是因为他跟马菲以同样的形式处理了这个故事。因此他在这里被宣布为只是马菲的翻译者和摹仿者。马菲不只是复原了欧里庇得斯的《墨洛珀》，他还创作了一部自己的《墨洛珀》：因为他完全摆脱了欧里庇得斯的布局。他故意创作一部没有艳遇的作品，在这部作品中，全部兴趣只是产生自母性的柔情，他彻底改造了整个故事，在这里，问题不在于好或者坏，问题在于他彻底改造了故事。但是，伏尔泰却借用了被马菲这样彻底改造过的全部故事。他从马菲那里借用了墨洛珀没有同波吕丰忒斯结婚；他从马菲那里借用了暴君在十五年之后感到必须结下这门亲事的政治动机；他从马菲那里借用了墨洛珀的儿子自己不认识自己；他从马菲那里借用了儿子怎样和为什么离开了他的所谓的父亲；他从马菲那里借用了把埃吉斯特作为凶手带到美塞尼亚来的偶然事件；他从马菲那里借用了他被当作杀害自己的凶手的误解；他从马菲那里借用了当墨洛珀第一次见到埃吉斯特的时候产生的那种母爱的模糊激情；他从马菲那里借用了为什么埃吉斯特应该死在墨洛珀面前，死在她的手里的借口，以及他的同谋犯的发现。一言以蔽之，伏尔泰从马菲那里借用了全部"结"。当他向马菲学会了把祭献——在

---

① 见亚里士多德，《诗学》，第18章。

祭献的过程中，波吕丰忒斯应该被杀死——同行动联结起来的时候，他不是把全部"解"也从马菲那里全部借用过来了吗？马菲把祭献处理成一场结婚典礼，他让暴君现在才想到要和墨洛珀结婚，也许只是为了把这场祭献安排得更自然些。马菲虚构什么，伏尔泰便摹仿什么。

的确如此，伏尔泰给予他从马菲那里借用来的各种不同的情节另外一种转变。比如在马菲的作品里，波吕丰忒斯整整统治了十五年，而伏尔泰却让美塞尼亚的骚乱整整延续了十五年，国家长期停留在一种不可思议的无政府状态之中。在马菲的作品里，埃吉斯特在公路上遭到一个强盗的袭击，伏尔泰却让他在一座海格力斯庙里遭到两个陌生人的袭击，这两个人不高兴他把海格力斯，即庙神当作海格力斯的后裔来祈祷。在马菲的作品里，埃吉斯特由于一枚戒指而引起怀疑，伏尔泰却让这种怀疑由甲胄而引起等等。但是，所有这些改变都是微不足道的细节，它们几乎都在戏文之外，① 对于戏的布局本身毫无影响。如果我发现伏尔泰知道自己认为必须改变的地方，是为了达到他所需要的一切效果，我仍然认为这种改变是他的创造天才的表现。我想借前面提到的最常用的一个例子来说明我的意思。马菲让他的埃吉斯特遭到一个强盗的袭击，这强盗恰好在距离巴米塞河上一座桥不远的地方，看见他独自一人在路上行走。埃吉斯特打死了强盗，因为他怕人家在路上发现尸首会来追踪凶手，怕被认出来他就是凶手，于是把尸首抛进河里。伏尔泰则认为，一个强盗想扒掉王子的衣服，抢走他的钱袋，对我的文雅而高贵的观众来说，是一个过于下流的形象。最好把强盗改成一个怪罪他的人，他把埃吉斯特当成了一个海格力斯后裔的党羽，想痛打他一顿。为什么只是一个人呢？两个人更好，这样埃吉斯特的英雄行为会显得更伟大。如果伏尔泰把两人当中跑掉的那个写成一个年纪大的人，以后还可以当成纳尔巴斯。非常好，我亲爱的约翰·巴尔

---

① 都是细枝末节，它们对剧本的结构没有多少影响。

荷恩，① 不过，再接着编下去。埃吉斯特打死一个怪罪他的人以后，还怎么办呢？他把尸体也扔进河里。那又怎么样？为什么也要这样做呢？从空空荡荡的大路上扔进附近河里，这是完全可以理解的，但是从庙里扔进河里，也是可以理解的吗？在这座庙里，除了他们再没有别人吗？即使如此，这也还不是最大的不合理。怎样做仍是值得考虑的，但是为什么这样做却根本不值得考虑？马菲的埃吉斯特之所以把尸体扔进河里，是因为他怕被追踪，怕被认出来。因为他认为销毁尸首以后就不会暴露他的行动，于是，他把尸首埋藏在激流里。但是，伏尔泰的埃吉斯特也会这样想吗？绝对不会的，或者第二个人不应该跑掉。后者会因保全性命而感到满足吗？尽管他是如此惶恐，他不会在远处观察埃吉斯特的行动吗？他不会喊叫着追踪他，直到让别人抓住他吗？他不会控告他，并出庭作证吗？销毁罪证能帮了凶手的忙吗？这里的证人可以证明他销毁了罪证。他不该白费这些气力，应该赶快逃跑，离开边界越早越好。自然，为了后边的情节起见，尸体必须被抛入河里。这对伏尔泰来说，像对马菲一样是必要的，这样墨洛珀就不能通过验尸而解除误会。所不同的只是，在马菲的作品里，埃吉斯特这样做是为了有利于自己，而在伏尔泰的作品里，则仅仅是为了讨作家的喜欢。因为伏尔泰改掉了动机，而没有考虑他需要这种动机的效果，这种动机是同他的需要分不开的。

伏尔泰对马菲作品的布局所作的改变，只有唯一的一点堪称改善，亦即他让墨洛珀几次尝试向杀害她儿子的所谓凶手进行报复，都受到阻止，从而让埃吉斯特当着波吕丰忒斯的面发现了他的母亲。在这里我真佩服作家，特别是第四幕第二场是十分出色的。我

---

① 吕贝克的印书匠巴尔荷恩（Johann Ballhorn，1531—1599）常在他出版的通俗读物上标明"扩充和修订"的字样，其实增补和删改的内容十分可笑。因此，他的名字成了杜撰、篡改的同义语。如巴尔荷恩式的杜撰，巴尔荷恩式的篡改。——编者注

只希望第三幕第四场里从两方面所造成的发现，在外表上能有更多的艺术性。埃吉斯特突然被欧里克勒斯带走，背景立即在他们身后被中幕遮住，这是一个非常粗暴的手法。这一点比起在马菲的作品里埃吉斯特以迅速逃跑而得救来，一点都不见佳。由于这场逃跑的戏，伏尔泰还大大地嘲笑了他的林德勒一番。其实，如果作家只是此后让儿子和母亲突然会面，并且没有完全控制双方感情的第一次动人心脾的爆发，这场逃跑的戏倒是很自然的哩。如果伏尔泰不必为了填满五幕戏而延长他的题材，他也许不会把发现分开。他曾不止一次埋怨"这种五幕长戏，没有穿插则很难把它填满"。① 关于《墨洛珀》这一回算说够了。

第51篇　1767年10月23日

第三十九个晚上（星期三，7月8日）重演了《已婚哲学家》和《新阿妮斯》。②

谢弗里埃③说，戴斯托舍的作品是根据堪皮斯特隆④的一出喜剧创作的。如果他不曾写过他的《改掉嫉妒心的人》，我们亦不会有《已婚哲学家》。堪皮斯特隆的喜剧在我们这里并不出名，我不知道哪一个德国剧院里演出过他的喜剧，甚至连译本也没有。人们或许想知道谢弗里埃发表过什么意见。

堪皮斯特隆作品的故事情节，简单说来是这样的：一个哥哥手里

---

① 见他致马菲的信。——编者注

② 见第10篇，第12篇。

③ 谢弗里埃（Francois Antoine de Chevrier, 1721—1762），法国剧作家和评论家，这里指的是他的《戏剧观察》（Observations sur le Theatre, 1755）。

④ 堪皮斯特隆（Jean - Galbert de Campistron, 1656—1723），法国古典主义悲剧作家，拉辛的朋友、崇拜者和摹仿者，他的喜剧《改掉忌妒心的人》（Le jaloux disabuse）出版于1709年。

控制着他妹妹的一份相当可观的财产。为了不把这份财产白白送给别人，他希望妹妹最好不要嫁人。但是这位哥哥的妻子主意高明，至少持另外的想法。为了让她的丈夫能够供养他的妹妹，她想尽一切办法使他嫉妒，于是她每天都非常殷勤地接待几个借口向她小姑求婚而到他家里来的青年人。丈夫中了计，心中产生了嫉妒。为了揭穿他妻子勾引情夫的所谓借口，他终于同意把自己的妹妹许给克利坦德，他妻子的一个亲戚，她曾经装作卖弄风情讨他的喜欢。丈夫发觉自己中了计，但他很满意，因为他同时证明了自己的嫉妒是没有道理的。

这个故事跟《已婚哲学家》的故事有什么相似之处呢？故事毫无共同之处。但是在堪皮斯特隆作品的第二幕里有一段，是多兰特（爱嫉妒的人是这样称呼的）和杜布瓦（他的秘书）之间的对话。这段对话将表明，谢弗里埃所说的究竟指什么。

杜布瓦　您不舒服吗？

多兰特　我烦闷，我苦恼；我的往日的一切快乐都消失了；我的一切欢乐都到头了。老天爷给我派来一个暴君，一个刽子手，他将不停地折磨我。

杜布瓦　这暴君，这刽子手是谁？

多兰特　我的妻子。

杜布瓦　什么，您的妻子？

多兰特　是的，我的妻子，我的妻子，——她使我绝望了。

杜布瓦　您恨她吗？

多兰特　天知道！那样也许我就心安理得了。——可是我爱她，我是这样爱她——这该死的苦恼！

杜布瓦　您大概不会嫉妒吧？

多兰特　到发疯的程度了。

杜布瓦　怎么？我的主人？您，您嫉妒？您，您从来就觉得嫉妒是——

多兰特　可笑的。糟糕的是，现在偏偏轮到我头上了！我这笨蛋，竟然卷入了这偌大世界的坏习惯里边！竟然附和那些傻瓜嘲弄我们忠实的祖先的秩序与风纪的喊叫！而且我还不仅是随声附和。要不了多久，我也会喊出同样的声音。为了表示机智，表示文雅，什么样的蠢话我没说过！忠实的婚姻，永恒的爱情，呸，活像小市民的甜言蜜语！一个男人，若不能满足他妻子的一切愿望，他就是一头熊！如果别人喜欢她，或者她设法讨人喜欢，他竟对她心怀不满，这样的人该进疯人院。我这样说过，应该把我送进疯人院。

杜布瓦　可您为什么要这样说呢？

多兰特　你没听见吗？因为我是个笨蛋，我相信事情还可以这样有礼貌，这样贤明。这当儿我的家庭要让我结婚。他们给我介绍了一个年轻而纯洁的姑娘，我跟她结了婚。我想，跟她一起可以百事顺心。在我看来，她没有多大改变。现在我不特别爱她，财产使我对她更加冷淡。但是，我太欺骗自己了！她越来越漂亮，越来越逗人爱。我看出来了，我的感情越来越激动。现在我是这样的爱上了她，这样爱上了她……

杜布瓦　我看，这是陷入了情网！

多兰特　因为我是这样的嫉妒！——只能向您说说知心话，我觉得惭愧。——我的所有的朋友，都使我感到讨厌，都使我怀疑。本来，我和他们常见面是没有够的，可现在我宁愿让他们离开，也不愿让他们来。他们来我家寻什么呢？这些游手好闲的家伙想干什么？他们为什么要对我妻子那样阿谀奉承？一个人称赞她的智慧，另一个人又把她那漂亮的容貌捧上了天。有人喜欢她那仙女般的眼睛，有人喜欢她那美丽的牙齿。都觉得她非常吸引人，非常值得钟爱，而他们那些喋喋不休的胡说八道，总是以该死的评头论足而告终。我是一个多么幸福，多么令人羡慕的丈夫。

杜布瓦　是啊，是啊，的确是这样，一点不假。

多兰特　噢，他们那无耻的大胆越来越露骨！没等她起床，他们就围上了她的梳妆台。① 这时，你就看吧，你就听吧，每个人都争先恐后地表现自己的殷勤和机智！无聊的废话没休没止，恶意的戏弄接踵而来，调情的小故事讲个没完。而这一切又都伴随着指手画脚、眉飞色舞、媚眼频传，对这一切，我妻子又是这样地欣然承受，这样地心领神会。这，这常常使我发疯！你能相信吗？杜布瓦？我还得眼巴巴地看着他们吻她的手呢。

杜布瓦　可恶！

多兰特　就这样，我连一句话都不能说。否则外人会怎么议论呀？若是我把自己的苦恼声张出去，该多么丢脸呀！街上的孩子会讥笑我的。每天都会出现一首关于我的讽刺诗，一首街头小调。

　　这个情节就是谢弗里埃认为跟《已婚哲学家》类似的东西，堪皮斯特隆笔下的嫉妒者，耻于向外声张他的嫉妒心理，因为他从前讥笑过这种弱点。同样，戴斯托舍的哲学家也认为让别人知道他的婚事，是件难为情的事，因为他从前讥笑过一切真挚的爱情。他曾经说过，不结婚对于一个自由的、聪明的男人来说，是唯一文雅的事情。这种相同的羞耻，应该使他们两人陷入相同的窘境，这是理所当然的。比如说，堪皮斯特隆的多兰特若是要求他的妻子赶走那些讨人厌的来访者，他妻子会告诉他说，这件事情应该由他自己来办。他会觉得很尴尬。在戴斯托舍的作品里，如果阿里斯特告诉侯爵说他与梅里顿毫无瓜葛，也会陷于同样尴尬的境地。在那里，当嫉妒者的朋友当

---

　　① 在法国，对于有地位的女人来说，梳妆台是社交场合，在结束梳妆之后才接待她们的早晨的客人。路易十四时代的社交场合是床，女人在这里接见爱慕她的客人。

着他的面讥笑心怀嫉妒的人，而他自己又必须表示赞同的时候，就像
当哲学家所说毫无疑问他是很聪明很谨慎的、不会被人引诱去做像结
婚这样一类蠢事的时候一样，两人似乎都有同样的苦衷。

　　无论如何我看不出，为什么戴斯托舍在创作他的作品的时候，眼
前必须有堪皮斯特隆的作品。我认为，即使没有后者，前者照样能够
产生，这是完全可以理解的。具有非常不同性格的人物，可能陷入相
同的境遇。因为在喜剧里，性格是主体，情节只是表现性格，使人物
活动起来的手段。所以，确定一出戏是原作还是仿作，不是考察情
节，而是考察性格。悲剧则相反，在那里性格不是主要的，恐惧与怜
悯主要自情节产生。相同的情节产生相同的悲剧，却不能产生相同的
喜剧。反之，相同的性格构成相同的喜剧，而在悲剧里则是根本不能
予以考虑的。

　　我们这位作家的儿子曾经出版了他父亲的作品，这个装潢美丽的
四卷本，是几年前由巴黎皇家印刷厂出版的。① 在这个版本的前言
里，作家的儿子给我们讲述了一则关于这出戏特殊的轶事。作家在英
国结婚后，出于某种原因，必须对他的婚事保守秘密。他妻子家的一
个人，在他所希望的时间之前泄露了秘密，这件事促使他创作了
《已婚哲学家》。如果这件事是真实的，——为什么我们不该相信他
的儿子呢？——那么所谓的摹仿堪皮斯特隆，就不能成立了。

第 52 篇　1767 年 10 月 27 日

　　第四十个晚上（星期四，7 月 9 日）演出了史雷格尔的《善女的
胜利》。②

---

　　①　戴斯托舍作品的豪华版本出版于 1757 年。
　　②　五幕喜剧，作者是史雷格尔（Johann Elias Schlegel），最初出版于
1748 年，剧名为《时髦丈夫》（*Der Ehemann nach der Mode*）。

这出喜剧无疑是最好的德国原作当中的一出。据我所知，这是作家最后一部喜剧作品。这部作品远远超过了其旧日的姊妹篇，也表明了作者的成熟。《忙忙碌碌的懒汉》① 是头一部青年习作。如同所有的青年习作一样，它是不成功的。从习作里发现了过多的机智的观众，是值得谅解的，他们是永远不会遭到机智的报复的！习作里包含着最冷淡、最无聊的日常闲话，这些只能发生在麦森②皮货商人的家庭里。我不晓得这部习作是否演出过，我怀疑它的演出能否持续下去。《神秘的人》③ 要好得多，尽管这个神秘的人跟莫里哀所描写的那个神秘的人完全不同。莫里哀作品中的那一段④是促使史雷格尔创

---

① 五幕喜剧，写于 1741 年，即作者（史雷格尔）在莱比锡读书时代，于 1743 年被高特舍特收入《德国戏剧舞台》。莱辛采用的是他弟弟约翰·弗里德里希·史雷格尔编辑的五卷本版本（1761—1770），这一点从他转引的注释可以看得出来，原文是："有些人似乎从剧本里发现了过多的机智。"

② 位于德国萨克森地区，18 世纪初以来，成为德国有名的瓷都，以"麦森白瓷"驰名欧洲。

③ 五幕喜剧（1746），史雷格尔在前言中称他的主要人物的蓝本是莫里哀的"恨世者"。莱辛引用了莫里哀作品中的话，为了区别于史雷格尔的作品，他利用莫里哀的"笨蛋"与史雷格尔的"善良而诚实的绵羊"作对比。

④ 见《恨世者》第二幕第四场：
　　　　　这个人从头到脚全是秘密。
　　　　　他若走过您的面前，可要注意，
　　　　　他那惶惑的眼睛茫然地看着您；
　　　　　本来无事却总又不停地忙碌，
　　　　　无论做什么他都是那样不可一世，
　　　　　板着一副要毁灭世界的面孔。
　　　　　当他跟您说话的时候，轻声细语，
　　　　　好像要告诉您一件什么秘密，
　　　　　这秘密却什么也不是。他把
　　　　　一片草叶给您做成一件可居的奇货，
　　　　　甚至连问候一声"早安"
　　　　　都得咬着耳朵。——莱辛注

作这出戏的动机。莫里哀的神秘的人是个笨蛋，他想给人以多么了不起的印象。史雷格尔的神秘的人，则是一只善良而诚实的绵羊，他想扮演狐狸的角色，免得被狼吃掉。这样看来，他跟克洛奈格在这出戏以后搬上舞台的那个《疑心者的性格》① 有许多相似之处。但是，两种性格，或者说得准确些，同一种性格的两种细微差别，只能表现为一种渺小的、卑鄙的，或者表现为一种与人为敌的、丑陋的心灵，才能令人理解。它们的表演必然是引起怜悯或者憎恶，而不是笑声。否则，《神秘的人》也会在这里演出的。但是，有人向我担保这是一部一般化的作品。根据前面的观察，我非常理解，为什么有人认为这出戏是粗俗的，而不是欢乐的。

《善女的胜利》则相反，凡是还在演出它的地方，不管演出得多么频繁，随时随地都会赢得非常热烈的掌声。这掌声是以真实的美为基础的，并非由令人惊异的、令人眼花缭乱的表演所引起的，这是不言而喻的。还没有任何一个人在读过作品之后，把它搁在一旁。读过这部作品的人在观看演出时，一定会更喜欢它。看过演出的人在阅读这部作品时，也一定会更喜欢它。甚至最严格的艺术批评家，也会同样严格地把他的其余喜剧同德国喜剧的普通废物加以区别。

一位批评家②说："我读了《忙忙碌碌的懒汉》，觉得那些人物的性格完全符合生活。这样的懒汉，这样溺爱自己孩子的母亲，这样滑稽无聊的访问和这样愚蠢的皮货商人，我们每天都看得见。德国人当中的中产阶级，就是这样思考、这样生活、这样行动的。作家尽到了

---

① 克洛奈格的五幕喜剧，出版于 1760 年，一出描写嫉妒上升为疑心病的剧本，这种病态"必然是引起怜悯或者憎恶，而不是笑声"。

② 见《关于当代文学的通信》，第 21 封，第 133 页。批评家指莫塞斯·门德尔松（1765），莱辛的好友，德国启蒙主义哲学家，犹太人。关于他，莱辛在 1756 年 11 月 13 日的一封信中说，他"很高兴"看见"我的玄学家朋友成为一个风趣的人……但愿他那个风趣的朋友能够或者愿意稍微关注一下玄学家"。莱辛对史雷格尔剧本的积极评价，是为了对门德尔松这位"最公正的德国评论家"表示尊敬而发表的。

自己的义务，他给我们描绘了我们的本相。连我都无聊得直打呵欠。——因此我读了《善女的胜利》。多么不同啊！我在这些人物的性格当中发现了生活，在他们的行动当中发现了热情，在他们的谈话当中发现了货真价实的机智，在他们的全部交往当中发现了一种文雅的生活方式。"

这位艺术批评家在作品中发现的最重要的缺点，是这些人物性格本身没有德国特点。遗憾的是必须承认这一点是事实。我们过分习惯于在自己的喜剧里看到异国的，特别是法国的风俗习惯，它似乎对我们发生了特别坏的影响。

他说："尼堪德尔是一个法国冒险家，他外出猎艳，勾引一切女人，却对谁都没有真心实意。他破坏一切安定的婚姻，他诱惑一切女人，他设法使一切男人感到恐怖，而在干这一切的时候，却又并不心怀恶意。道德和公理严重堕落的浪潮，似乎把他也卷了进去。感谢上帝！一个愿意这样过日子的德国人，得有一颗世界上最堕落的心。——希拉莉娅，尼堪德尔的妻子，他在结婚后四个星期就离开了她，至今十多年不曾见面。希拉莉娅忽然想到去寻找他。她扮成一个男人，自称叫费林特。凡是他寻找冒险的地方，她都挨门挨户地追踪他。费林特比尼堪德尔还要机智、轻佻和不顾羞耻。女人们更倾心于费林特，只要她以其放肆然而大方的模样儿出现，尼堪德尔就像哑巴一样站在那里。这就构成了非常生动的情节。虚构是合理的，双重性格也刻画得好。表演是成功的。但是，这个摹仿的笨蛋的原型，肯定不是个德国人。"

他接着说："这出喜剧令我不喜欢的是阿格诺的性格。为了使善女的胜利表现得完美无缺，这个阿格诺表现了作为丈夫的非常丑恶的一面。他以最下流的手段虐待他的无辜的于莲娜，使她苦恼，成了他的正当乐趣。只要他一露面，就暴跳如雷，他那伤心的妻子流泪的时候，他总是讥讽嘲笑；他妻子向他表示体贴抚爱的时候，他总是疑神疑鬼；他不怀好意，总是歪曲他妻子的纯洁的语言和行动；他嫉妒、顽固、冷淡，您可以轻易想象得到，他爱上了他妻子的侍女。——这样一个男人，堕落得太不像话了，我们不相信他会迅速改好。作家让他扮演一个配角，使他那卑劣心灵的折痕未能得到充分的舒展。当他发脾气的时候，不管是于莲娜还是读者，都不知道他想干什么。同样，作家也没有留出足够的空间，为他进一步的修改埋下充分的伏笔和得到充分的表现。他只能顺便完成这些，因为主要行动都集中在表现尼堪德尔和费林特。曾经被阿格诺追求过的于莲娜的心地善良的侍女卡特琳娜，在喜剧结束时说的话，完全正确：'最快的改变，常常是最不诚实的！'至少，只要这个姑娘还留在家里，我就不相信这是诚实的。"

　　使我高兴的是，最优秀的德国喜剧，落到了最公正的德国批评家手里，而这也许是此公评论的头一出喜剧。

　　（第一卷终①）

第 53 篇　1767 年 11 月 3 日

　　第四十一个晚上（星期五，7 月 10 日）重演了《塞尼》和《照钟点办事的人》。②

　　谢弗里埃③直言不讳地说："《塞尼》署的是格拉菲尼夫人的名字，其实是瓦塞农修道院院长④的作品。当初，这部作品是用韵文写的。因为格拉菲尼夫人在她五十四岁高龄的时候，突然想到要当作家，可平生又不曾作过韵文，于是，就把《塞尼》改成了散文。"他接着说："但是，作家却保留了八十一行原来的韵文。"这无疑是指

---

①　德文版初版分二卷。

②　参见第 20 篇、第 22 篇。

③　见《戏剧观察家》，第 1 卷，第 211 页。——莱辛注

④　瓦塞农修道院院长（Claude - Henri de Fusee, Abbe de Voisenon, 1708—1775），法国喜剧作家和小说家，伏尔泰的朋友，写有喜剧 *La coquette fixee*（1746）。莱辛对谢弗里埃的猜测所作的指责，至今无人能够驳斥。

那些失掉了韵脚，但却保留着音节数目的零散诗行。谢弗里埃若没有别的证据来证明这部作品当初是用韵文写的，这说法就是很值得怀疑的。法国韵文很接近散文，只以某种精心选择的文体写作，又得摆脱根本没有韵脚的韵文的束缚，是要花费气力的。恰恰是没有作过韵文的人，最易摆脱这种韵文的束缚。这是因为他们根本不懂得音律，他们既不懂得回避音律，也不懂得重视音律。

除此之外，《塞尼》还有什么特征表明它不是出自一位女人的手笔呢？卢梭说：① "女人根本不爱任何一种艺术，不懂得任何一种艺术，她没有一点天才。在那些要求轻松的机智、趣味和文雅，乃至要求透彻的哲理的短小作品方面，她可能获得成功。她能获得科学知识、渊博的学问和一切可以通过辛勤劳动而得到的才能。但是，不论什么时候，女人的文字总是缺乏那种激发和点燃灵魂的崇高热情，缺乏那种令人信服的、深刻的天才，缺乏那种雄辩的口才，缺乏把她那令人喜悦的东西传给我们心灵深处的那种高亢激昂的情绪。"

这样说来，《塞尼》也缺乏这些因素了？或者倘若它不缺乏这种因素，它就必然是一位男人的作品了？卢梭自己不会得出这样的结论。他的意思主要是说，他一般地否认女人能够做到的事情，并不想因此而特殊地否认女人可以做到这些。"我并不否认某个特定的女人具有男人的才能，我是说，一般说来女人没有男人的才能。"他讲这些话正是由《塞尼》引起的，同时恰好是在他提到格拉菲尼是《塞尼》的作者的时候。在那里可以发现格拉菲尼并非他的女友，格拉菲尼说过他的坏话，而他在同一个地方对她抱怨。尽管这样，他仍然宣布她是他那个论点的一个特殊例子，他只不过是暗暗地讥讽谢弗里埃的借口，假如他不持有与这种借口相反的信念，无疑他会说得更坦率些。

谢弗里埃有许多这种诽谤性的秘闻。据谢弗里埃所知，同一个修

---

① 见《给达朗贝的信》。——莱辛注

道院院长，曾经为法瓦尔①做过事情。是他写了滑稽歌剧《安尼特和鲁宾》，而不是她，不是这位女演员，他说她几乎不识字。他的证据是一首在巴黎街头广为流传的小调。诚然，在法国历史上，小调总是属于最可靠的文献之列。

为什么一位神职人员把一出非常讨人喜欢的歌剧署上别人的名字公之于世，终究还是可以理解的。但是他为什么不愿意承认《塞尼》是自己的作品，却是令人难以想象的。我不想指出其中有许多说教。经过这位修道院院长之手，上演和印刷过不止一部剧本，每个人都认为他是这些剧本的作者，这些剧本都远远不如《塞尼》。假如他想讨一位五十四岁的女人②的喜欢，又恰好是用自己的优秀作品来达到这一目的，难道这是真实的吗？

第四十二个晚上（星期一，7 月 13 日）演出了莫里哀的《太太学堂》。③

莫里哀于 1662 年创作这部《太太学堂》的时候，他的《丈夫学堂》④ 业已问世。若不了解这两出戏，而又以为在这里说的是女人的义务，如同在那里说的是男人的义务一样，那是很大的误会。这两出戏都是机智的滑稽戏，剧中描写了一对年轻少女，其中的一个受到非常严格的管教，另一个则在非常纯朴的环境中成长起来。一对愚蠢的老头儿进行哄骗。倘若莫里哀在戏里除说明即使最愚蠢的少女也懂得骗人，说明强迫与监视无济于事，只能给她们以宽容和自由，再不想说明更多的东西，那么这两出戏都应该称为《丈夫学堂》。的确，女性在《太太学堂》里没有许多好学习的东西。莫里哀除借这个标题

---

①　指的是法瓦尔（Marie Justine Benedikte Favart, 1727—1772），演员和喜剧作家法瓦尔（Charles Simon Favart）的妻子，著名女歌手，也以写轻歌剧而著称，这里提到的《安尼特和鲁宾》是她丈夫的作品，她可能参与了创作。

②　暗指格拉菲尼夫人的年龄。

③　*L'Ecole des Femmes*（1662），五幕喜剧。

④　*L'Ecole des maris*（1661），三幕诗剧，莫里哀亲手发表的第一部剧本。

在第三幕第二场里注意到婚姻法①之外，更重要的是借此使女人的义务显得更为可笑。

特鲁布莱②说："编写悲剧和喜剧的两个最成功的题材，是《熙德》③ 和《太太学堂》。但是这两个题材却被高乃依和莫里哀在他们尚未完全成熟的时候写成了作品。"他接着说："这个说明我是从封泰耐尔④先生那里听到的。"

特鲁布莱应该问问封泰耐尔先生，他这句话是什么意思。或许当他向读者说这句话的时候，他已经理解了它的意思。至少我得承认，我根本看不出封泰耐尔要用这句谜语说明什么。我相信是他说错了，要么是特鲁布莱听错了。

假如按照他们的见解，《太太学堂》的题材是非常成功的，只是莫里哀在完成这部作品的过程中没有达到目的，那么他就不值得为这出戏而津津乐道。因为题材不是他的，而是部分取材自一篇西班牙短篇小说。在斯卡隆那里这篇短篇小说的标题是《多余小心》;⑤ 部分

---

① 指的是一种"礼节手册"，是讲"已婚女人的义务和日常举止行为"的书，剧中主角阿诺尔夫把这本书送给他选中的阿妮斯作为婚姻入门。

② 特鲁布莱（Nicolas Charles Joseph Trublet, 1697—1770），文学理论家，伏尔泰的文学牺牲品之一。

③ *Le Cid*（1636），比埃·高乃依根据西班牙题材改编的剧本。

④ 封泰耐尔（Bernard le Bovier de Fontenelle, 1657—1757），高乃依的外甥，法国启蒙运动时期影响广泛的作家和哲学家，特鲁布莱在其一部作品中写到过他。

⑤ 《多余小心》（*La precaution inutile*），一篇滑稽诙谐的短篇小说，故事发生在西班牙，作者是保罗·斯卡隆（Paul Scarron, 1610—1660），法国诗人，他擅长写作长篇小说和志异小说，当时法国滑稽小说创作的代表人物，在喜剧创作方面颇受西班牙喜剧影响。

取材自斯特拉帕罗拉①的《嬉戏之夜》。② 这部作品描写一个情人平时对他的一个朋友十分信赖，却未察觉他跟自己心爱的人勾搭，原来这个朋友是他的情敌。

伏尔泰先生说:③ "《太太学堂》是一出新型体裁的喜剧，戏里的一切都只是叙述，但却是这样艺术性的叙述，似乎一切都是行动。"

假如新颖表现在这里，最好还是放弃这种新型体裁。不论有多少艺术性，叙述毕竟是叙述，而我们要在舞台上看真实的行动。但是，说戏里的一切都是叙述的，这是真实的吗？难道一切似乎只是行动吗？伏尔泰不该重提这种过时的异议。要么即使不把这种过时的异议转变为明显的赞扬，至少他也该对莫里哀为此而作的非常恰如其分的回答④加以补充说明。依据作品的内在结构，这出戏里的叙述是真正的行动，它们具有喜剧行动不可缺少的一切，赋予它们这样一个值得争论的名词，只不过是文字游戏而已。⑤ 问题远远不在于那些事件是被叙述出来的，而在于那个受骗的老头儿知道这些事件以后产生什么反应。莫里哀主要想描写这老头儿的可笑，我们主要是看他在威胁他的不幸事件面前做出怎样的表情；如果作家让应该叙述的事件在我们面前表演出来，把应该在我们面前表演出来的事件叙述出来，我们就会看不见这种表情。阿诺尔夫感到的烦恼，为了掩盖这种烦恼，他故

---

① 斯特拉帕罗拉（Gianfrancesco Straparola，1480—1557?），意大利短篇小说作家，他的主要作品是摹仿《十日谈》创作的两卷本的75篇短篇小说和童话。

② 《嬉戏之夜》（Le piacevoli notti，约1550），斯特拉帕罗拉的志异小说集。

③ 见莫里哀研究，该文是他的《文学杂记》（Melanges litteraires）中的一篇。

④ 莱辛的引文出自莫里哀的《太太学堂的批评》，在此莫里哀对他的批评家进行了回答，而且使用对话的形式，在对话中多兰特这个人物表达了他的意见。

⑤ 在《太太学堂的批评》里，多兰特这个人物说："戏里的叙述本身就是行动，适合题材的布局。"——莱辛注

意做出来的克制；当他自以为阻挠了奥拉斯的进展,① 听到的讥笑声;② 当他得悉奥拉斯居然成功地达到了自己的目的的时候，我们看见他表现了惊讶和沉默的愤怒：这些都是行动，而且是远比一切剧外行动更为滑稽的行动。阿妮斯关于她怎样跟奥拉斯相好的叙述本身，比我们亲眼看见这种相好出现在舞台上有着更多的行动。

由此可见，与其说在《太太学堂》里，尽管一切只是叙述，却都像是行动，毋宁说尽管一切只像是叙述，戏里的一切却都是行动。

---

① 指的是剧中所描写的奥拉斯追求阿妮斯逐渐取得成功。

② 阿诺尔夫想娶纯朴的阿妮斯为妻，而他发现年轻的奥拉斯是一个危险的情敌，他离间这一对情人的努力终归失败。——编者注

七　关于性格刻画

第54篇　1767年11月6日

第四十三个晚上（星期二，7月14日）重演了拉·舒塞的《母亲学堂》，第四十四个晚上（15日）重演了《艾塞克思伯爵》。①

英国人从来就喜欢将"本国的事迹"②搬上舞台，所以不难猜想，他们是不会缺乏描写这个题材的悲剧的。最早的悲剧有琼·本克斯的《倒楣的宠幸》③（又名《艾塞克思伯爵》）。这出戏于1682年登上舞台，并且受到普遍欢迎。但在当时法国人已经有了三出描写艾塞克思的戏：卡尔卜雷尼德于1638年写的；布瓦埃④（Boyer）于1678年写的；还有年轻的高乃依⑤于同年写的一部。在当时，英国人若是不愿意看着法国人在这方面胜过自己，他们或许会借鉴于

---

① 参见第21篇、第22篇。

② domestica facta，即本国题材（典出贺拉斯的《诗艺》V 287）。

③ 琼·本克斯（John Banks，1652—1706），英国剧作家，他的剧本多取材于英国历史，16世纪末期曾风行于英国舞台。《倒楣的宠幸》（*The Earl of Essex, or the Unhappy Favourite*，1682）。

④ 布瓦埃（Abbe Claude Boyer，1618—1698），作为悲剧作家曾经是比埃·高乃依的竞争对手。

⑤ 即托马·高乃依。

达尼尔的《菲洛塔斯》（*Philotas*）。① 这是一出悲剧，写于 1611 年，有人认为在这出戏里可以看到顶着陌生姓名的伯爵的历史和性格。②

本克斯似乎对他的法国先行者一个都不了解，他依据的是一部名为《伊丽莎白女王和艾塞克思伯爵的秘史》③ 的中篇小说。④ 他发现这部小说的整个题材是十分得心应手的，只消把它改编成对话，赋予它外在的戏剧形式。这里是下述引文的作者所概括的布局。把它跟高乃依的作品作一番比较，或许不会引起我的读者的不快。

"为了使我们对不幸的伯爵的怜悯更为深沉，并为女王对他表示的热烈爱慕进行辩护，而赋予他一个英雄人物所有的一切崇高品质，除了不善于控制自己的热情之外，他的性格是非常完美的。女王的第一大臣勃利很想得到女王的青睐，女王过分宠爱伯爵，他也嫉妒伯爵，因而千方百计地诬陷他。在这方面沃尔特·雷利爵士成了他的忠实助手，雷利也是仇视伯爵的人。两人又受到诺丁汉伯爵夫人的恶意煽动，诺丁汉夫人本来也爱过伯爵，因为得不到他的相应的爱情，于是她也设法毁掉自己无法得到手的东西。伯爵的性情暴躁为他们提供了十分便利的条件，他们采取下述手段达到了自己的目的。

---

① 《菲洛塔斯》出版于 1602 年，莱辛引用的是 1611 年的第 2 版，这是一出悲剧，作者是达尼尔（Samuel Daniel，1562—1619，英国诗人、剧作家和批评家，因创作《菲洛塔斯》被怀疑有同情艾塞克思伯爵之嫌）。莱辛猜测菲洛塔斯即是伪装的艾塞克思，素材来源于泰奥菲鲁斯·锡伯。达尼尔在第二版附录中为自己做了相反的辩护，莱辛并未察觉到这一点。

② 见锡伯，《英国作家传》，第 1 卷，第 147 页。——莱辛注

③ 指的是 *History of the Most Renowned Queen Elizabeth and her Great Favourite, the Earl of Essex*，约产生于 1650 年的民间话本，启发了后来的诸多《艾塞克思》剧本。

④ 见《戏剧指南》，第 2 卷，第 99 页。——莱辛注

"女王派遣伯爵作为她的最高指挥，统率一支人数非常可观的部队去讨伐在爱尔兰掀起一场危险暴动的泰隆（Tymnc）。在发生几场无关紧要的小战斗之后，伯爵发现有必要同敌人谈判。他的部队由于劳累和疾病大为削弱，而泰隆的人马却居于十分有利的地位。谈判只是在将领之间口头进行的，不准旁人出席，于是便有人将这次谈判禀奏女王，说这次谈判大有损女王的荣誉，并认为这是艾塞克思同叛匪达成秘密谅解的确凿证据。勃利和雷利伙同另外几个议员，要求女王准许把他作为叛国犯起诉。女王非但不准，反而对这种行为表示非常愤慨。她重申了伯爵先前对国家建树的功勋，并宣称她厌恶他的指控者的忘恩负义和恶意嫉妒。与此同时，艾塞克思的一位正直的朋友索桑波顿伯爵竭力为他辩护。他要求女王主持正义，不要让人压制这样一位人物。他的敌人面对这种情况只好沉默。（第一幕）

"这中间，女王对伯爵的行动感到不满意，命令他改正自己的错误，在他驱逐全部叛匪和完全恢复秩序之前，不准离开爱尔兰。可是艾塞克思早已得悉他的敌人在女王面前对他进行诬陷，他过分急于为自己辩护，在命令泰隆放下武器之后，便违背女王禁令来到伦敦。这一轻率步骤使他的敌人非常开心，使他的朋友感到不安，尤其使同他秘密订婚的鲁特兰伯爵夫人为面临的后果感到担惊受怕。感到最为苦恼的还是女王，因为她发现这一冒昧行动使她失掉了为他辩护的一切借口，她不想泄露自己要在旁人面前掩盖起来的温情。她对自己的尊严的顾虑——这里也包括她天生的骄傲和她对伯爵的秘密钟爱——在她的内心里引起了非常剧烈的斗争。她长久不能决定，是把这鲁莽的男人关进监牢，还是允许这个心爱的罪人在自己面前辩解。她终于决定按后者行事，但不是毫无限制。她想见他，但她想采取一种接见的方式，他应该放弃立即获得宽恕他的罪过的希望。勃利、雷利和诺丁汉都参加了会见。女王决定按后者行事，她似乎在进行认真的交谈，全不理会伯爵。她让伯爵在自己面前跪了一阵，突然走出屋去，并请求凡是忠实于她的人都一起走，让叛徒单独留下。谁都不敢违抗她的命令。甚至连索桑波顿也跟随她出去，但他立即又同绝望的鲁特兰返回，对他们的朋友的不幸遭遇表示遗憾。紧接着女王便派勃利和雷利来见伯爵，剥夺他的令杖，他拒绝把令杖交给别人，只能交给女王手里，两个大臣不仅遭到他的轻蔑，而且遭到索桑波顿的轻蔑。（第二幕）

"女王听到他的这些行为之后，格外恼怒，但她内心里始终犹豫不决。她既不能容忍诺丁汉对伯爵的诽谤，也无法容忍轻率的鲁特兰对伯爵出自肺腑的赞扬。而后者比前者更引起她的反感，因为她从中发现，鲁特兰是爱他的。尽管如此，她还是命令把他带到自己面前。他走进来，试图为自己的行为进行辩护。可是他所申诉的理由却不足以使她确信他是无罪的。她为了满足自己对伯爵的秘密倾爱而原谅了他，但她同时却剥夺了他的一切职权，因为她觉得自己作为女王是有过失的。伯爵不愿意长此克制自己，他大发雷霆，他把令杖掷在女王脚下，说了许多过分严厉指责的话。这只能使女王的愤怒无法遏制。她也同样回答了他，这对于愤怒的人来说是理所当然的。她不顾礼貌和尊严，不计后果，代之以回答的是给了他一个耳光。伯爵拔出剑来，只是由于他想到是他的女王打了他，而不是皇上，一句话，他挨了一个女人一记耳光，才克制住自己，没有对她进行报复。索桑波顿请求他忍耐，但他又一次重述了自己对她和对国家建树的功勋，斥责了勃利和雷利的无耻嫉妒和女王的不公平。她怒气冲冲地离开了他，只有情意深厚的索桑波顿留在他这里，而没有同他分手。（第三幕）

伯爵因遭不幸而陷于绝望，他疯疯癫癫地跑上街头，呼冤喊屈，大骂政府。这一切都被人添油加醋地转告女王，她命令逮捕两个伯爵。军队被派出去跟踪他们，他们被逮捕下狱，等待发落。这中间女王平息了愤怒，又产生了宽恕艾塞克思的想法。她想在他受审之前，不顾一切阻挠再见他一面，因为她担心他的犯罪遭到惩罚。为了至少保住他的生命，她送给他一枚戒指，并答应只要把这枚戒指送到她的手里，凡是他所要求的一切都可以得到准许。但是当她得悉艾塞克思同鲁特兰订婚的消息时，又懊悔自己不该对他那样宽厚。这个消息是她从为艾塞克思请求宽赦的鲁特兰那里知道的。"（第四幕）

第 55 篇　1767 年 11 月 10 日

　　"女王担心的事情终于发生了。按照法律,艾塞克思被判处斩首罪,他的朋友索桑波顿被判处同样的罪行。虽然伊丽莎白知道,她作为女王可以宽赦罪犯,但是她感到,这样一种主动的宽赦只能暴露她这方面的弱点,这对于女王来说是不适宜的,于是她想等待他送回戒指请求饶命时再采取行动。这期间她非常不安,她希望自己盼望的事情出现得越早越好。她委派诺丁汉伯爵夫人去见他,提醒他设法搭救自己。诺丁汉伪装对他表示最温柔的同情。他把自己生命的宝贵典质交给了诺丁汉,恳请女王救命。于是诺丁汉所希望的一切都握在手里,她趁机为自己被轻慢的爱情向伯爵进行报仇。她非但未向女王转达他的委托,反而对他进行了一番恶意的诽谤,把他描绘得如何骄傲,如何顽固,下决心不请求开恩,坚持把事情做到不可挽回的地步。女王几乎不能相信这个汇报,但是几经诺丁汉担保,她充满了愤怒和绝望,下令按期行刑,决不延迟。这时阴险的诺丁汉伯爵夫人劝她宽赦索桑波顿伯爵,并非由于她真的同情他的不幸遭遇,而是想以此让艾塞克思更多地感受自己的处罚的痛苦,因为他看到自己的请求遭到拒绝,同他一起犯罪的朋友却得到了宽赦。出于同样意图,她建议女王允许他的妻子鲁特兰伯爵夫人在他临刑之前见他一面。女王采纳了这两条建议,但是却给这位残酷的建议者带来了不幸,因为伯爵交给他妻子一封致女王的信,当时女王恰好也在牢中,伯爵被带走不久,她便收到了这封信。她从信里得悉伯爵把戒指交给了诺丁汉伯爵夫人,通过这个背信弃义的女人请求她搭救他的生命。她立即派人去通知停止行刑。可是被她委任去行刑的勃利和雷利却急于完成行刑的任务,圣旨来迟了,伯爵已经死了。女王痛不欲生,将可恶的诺丁汉伯爵夫人永远驱逐出宫廷,并对伯爵所有的敌人深恶痛绝。"

　　根据这个布局足以断定,本克斯的《艾塞克思》远比高乃依的

《艾塞克思》更符合事物的本来面貌和真实性。本克斯相当严格地遵守了历史事实，他只是把不同的事件加以集中，使之直接影响他的英雄人物的最终命运。关于耳光和戒指的事件，也不是虚构的，我已经交待过，① 二者都是史实，只是前者发生得更早，而且完全是在另外一种情况下发生的，对于后者也可以作这样的推测。女王在她对伯爵感到称心如意的时候赠给他一枚戒指，比他已大大丧失了她的宠爱的现在以及需要这枚戒指的不幸事件真的出现时才赠给这枚恩惠的典质，更容易为人所理解。它应该使她想起，伯爵从她手里接受这枚戒指的时候，曾经对她何等忠诚，这记忆应该使他想起他所建树的一切功勋。不幸的是，他可能失掉女王对这些功勋的重视。但是怎么突然一个早上就用上了这标志，这记忆呢？她会认为自己的美意不消几个钟头便失去作用，而必须采用这种方法来控制自己？如果她真心实意要宽恕他，如果她真的关心他的生命，何必卖弄这样一些关子呢？为什么她不相信口头保证呢？假如她送给伯爵戒指只是为了安慰他，他会要求她实践自己的诺言，他也许会重新听她的支配，也许不会。但是，假如她送给伯爵戒指，是为了通过再得到它来证明伯爵的永远悔悟和屈服，她怎么会在这样重要一桩事情上相信一个最仇视他的女人呢？在此之前不久，诺丁汉伯爵夫人不是当着她的面证明她是这样一个人了吗？

像本克斯这样运用关于戒指的情节，并未收到最好的效果。依我看，若是女王忘记了这回事，而他却突然——尽管太迟——把戒指送到她的手里，与此同时，她又根据别的理由确信伯爵是无罪的，或者至少罪过不大，效果会更好些。馈赠戒指的情节应该发生在戏剧行动之前，而且必须是伯爵寄希望于这枚戒指，然而，由于高傲，在他看到自己的申辩得不到重视，女王又对他特别反感，在他希望说服女王，在他觉得必须设法感动她之前，他是不愿意利用这枚戒指的。而在她受到感动以后，还必须对此保持坚定的信念，承认他无罪，想起自己的诺言——即使他有罪也以无罪论处，必须突然使她感到惊讶，

_____

① 见本书第 22 篇。

但是这种惊讶不可出现于她已无力主持正义和承认伯爵无罪之前。

　　本克斯的耳光在他的戏里是穿插得十分成功的。——但是在一出悲剧里打耳光！多么英国式，多么不文明呀！——在我的文雅的读者对此表示过分的讥笑之前，我请他们想想《熙德》里面的耳光。① 伏尔泰先生关于这个问题的解释，② 许多论点都是古怪的。他说：“在今天，人们不能允许给英雄人物一个耳光。演员自己不知道，在这种情况下该怎样表演，他们只是佯装打耳光的样子。在喜剧里已经不允许出现这种情节，而这却是人们在悲剧舞台上看到的唯一的例子。有人称《熙德》是一出悲喜剧，这是可信的，当时斯库德里③和布瓦斯罗伯特④的所有剧作，几乎都是悲喜剧。法国人早就认为持续不断的悲剧性，倘不加入通俗的描写，是根本令人无法忍受的。悲喜剧这个词汇是一个很古老的词汇，普劳图斯就是这样称呼他的《安菲特里翁》的，因为索西亚斯的冒险是滑稽的，而安菲特里翁又苦恼得十分认真。”——在封·伏尔泰先生笔下还有什么不能写呢！他总想卖弄一点自己的学问，却又大部分弄得错误百出！

　　不对，《熙德》里的耳光并非悲剧舞台上独一无二的例子。伏尔泰要么不了解本克斯的《艾塞克思》，要么是假定只有他自己的民族的悲剧舞台才配称为悲剧舞台。无知把两方面都暴露无遗，而后者则

----

　　①　在高乃依《熙德》第一幕第六场里，自命不凡的高迈斯打了年老、尊严的狄哀格一记耳光。从结构的角度来说，高乃依《熙德》里的耳光，与本克斯的相比具有另外的功能：一旦把它放在剧本前面（I.4），会立即引发出悲剧性的行动，被打了耳光的人的儿子，一定会按照西班牙的荣誉习惯杀死那个无理的人，为父亲所遭到的侮辱报仇，从而拿他个人的幸福，即拿他对其敌人的女儿的爱去冒险。

　　②　见伏尔泰选编的高乃依文集说明。

　　③　斯库德里（Georges de Scuderi, 1601—1667），法国诗人、剧作家、小说家。在戏剧方面是高乃依的竞争对手。和他妹妹（Madeleine）合写过风行一时的连载小说。写过许多自称为悲喜剧的作品。

　　④　布瓦斯罗伯特（Francois le Métel de Boismbert, 1592—1662），法国作家，善写西班牙式的喜剧。

暴露了虚荣甚于无知。他关于悲喜剧这个称谓①的补充解释，同样是
错误的。悲喜剧表演的是高贵人物的重要行动，这个行动具有一个快
乐的结局。《熙德》就是这样，而在这里，耳光根本是无足轻重的，
所以抛开耳光不说，高乃依称他的作品为悲剧，他放弃了悲剧必须有
不幸结局的偏见。普劳图斯运用 tragico - comoedia 这个词汇，但他只
是采用它的诙谐的意思，并不是为了表示一种特殊体裁。直至 16 世
纪西班牙和意大利作家想到用这样的名称来称呼他们某些失败的戏剧
作品之前，也无人按照他的这种理解借用过这个词汇。② 即使普劳图
斯真诚地这样称呼过他的《安菲特里翁》，也不是出于伏尔泰为他虚
构的那种原因。并非因为索西亚斯参与的行动是滑稽的，也并非因为
安菲特里翁参与的行动是悲惨的。并非因此普劳图斯才称自己的作品

---

① 莱辛关于悲喜剧这个概念的分析并未完结，在第 70 篇里重又回到这
个话题。把体裁概念与影响美学的论证结合在一起，其结果是在他看来这些
混合形式搞乱了驾驭观众的效果（在悲剧里是怜悯，在喜剧里是笑声），在
他看来这都是不成功的作品。他在复述这个概念运用的历史时，既提到阶级
地位的取消，又提到悲剧的定义，认为悲喜剧是"表演高贵人物"具有"快
乐结局"的"重要行动"。莱辛并未看到一出悲喜剧是一种受到干扰的生活
状态的表现形式。

② 诚然，我不知道是谁首先采用这个称谓的，但我确实知道不是加尼
埃（［Robert Garnier, 1534—1590］，法学家和剧作家，他赋予他的剧本《布
拉达曼蒂》［*Bradamante*, 1582］以悲喜剧的称谓）。海德伦说："我不知道
是不是加尼埃第一个采用了这个称谓，但他是这样称呼他的《布拉达曼蒂》
的，此后许多人都跟着他采用这个称谓。"（《戏剧实践》，第 2 卷，第 10 章）
法国戏剧史的作者（Parfaict 兄弟）尽管采用这个称谓也就算了。但是，他
们却肯定了海德伦这个轻率的推测，并对他们的同胞这样一个美丽的发现表
示祝贺。"这是第一部悲喜剧，或者说得更正确些，是第一部采用这个称谓
的剧作。——加尼埃并不完全了解他所从事的这门艺术的优美。但是我们应
该感谢他，是他第一个没有古人或者同代人的帮助预见到一种思想，而这一
种思想本身对于上一世纪的许多作家并非是无用的。"加尼埃的《布拉达曼
蒂》创作于 1582 年，而我却知道远在这以前产生的西班牙和意大利剧作采
用了这样的标题。——莱辛注

为悲喜剧，而是因为他的作品是滑稽的，安菲特里翁和索西亚斯的尴
尬处境，都给我们带来许多乐趣。而是因为这些滑稽行动大部分发生
在高贵人物中间，这与人们在喜剧中习见的不同。对此普劳图斯说明
得十分清楚：

> 我想创作一部悲喜剧混合的作品，
> 因为通篇写成喜剧，里面出现英雄和神仙，
> 我认为是不合适的。为什么呢？
> 因为在这里也有奴隶参加演出，
> 我想把它——如我所说——写成悲喜剧。①

第 56 篇　1767 年 11 月 13 日

再来谈谈耳光。当初有这样一种风气，一个体面人挨了他的同级
或者上司一个耳光，被认为是极大的侮辱，为此法律能够满足他的一
切都是无济于事的。耳光是不能由第三者来惩罚的，只能由被侮辱者
来报仇，而且只能以耳光所表达的专断方式进行报仇。至于说引起这
种报复的荣誉感是正确的还是错误的，却不是这里要讨论的问题。我
前面已经说过，当初有这样一种风气。

既然当初人间风气如此，为何不该出现在舞台上呢？既然世上有

---

① 原文是：
> Faciarn ut commixta sit Tragico – comoedia：
> Nam me perpetuo facere ut sit Comoedia
> Roges quo veniant et di，non par arbitror.
> Quid igitur？quoniam nic servlls quoque panes habet，
> Faciam hanc，proinde ut dixi，Tragico – comocdiam.
> （《安菲特里翁》，开场白，诗行 59 – 63。——编者注）

打耳光的事，为何舞台上就不该有呢？

伏尔泰先生说：①"在这种情况下，演员不知道该怎样表演。"他们当然知道，不过谁都不愿意挨陌生人的耳光。挨打会使他们发怒，剧中人物挨打，演员只是感受这种打击。感受是会剥掉伪装，使他们失去常态的，羞耻与慌乱会不自觉地在脸上表现出来。他们本当表现愤怒，看来却是愚蠢，而每一个演员，如果他的亲身感受同他扮演的角色发生抵触，会惹我们发笑。

不仅仅是在这样一种情况下，人们才为废除面具感到遗憾。演员戴着面具，毫无疑问可以掩盖更多的姿势，他所扮演的人物也不容易出格，倘有出格，我们也不易觉察。

至于说演员怎样处理打耳光的问题，可以随他心愿。诚然，戏剧作家是为演员而创作的，但他不必为此而放弃使演员感到为难和不舒服的一切。任何演员，只要他愿意，是不会脸红的。不过尽管如此，作家仍可以规定演员这样做，他也可以允许演员要求对此做出改变。演员不愿意让人家打自己的脸，他认为这会使他难堪、慌乱、疼痛，好吧！如果他对自己这门艺术尚未熟练到这样一点小事不至于使他慌乱的地步，如果他不是这样热爱自己的艺术，肯于为它而忍受一点小小的侮辱：他可以尽量设法克服这种困难，避开这一巴掌，用手挡住它。不过，他不可要求作家为他花费更多心思，而不是为他所表演的人物。若是真正的狄哀格，真正的艾塞克思必须挨一个耳光，他们的扮演者为什么要反对呢？

但是，要是观众不愿意看到打耳光呢？或者顶多只是对一个仆人，对他来说一个耳光不算什么侮辱，只不过是符合他的身份的一种惩戒？一位英雄则相反，给一位英雄一个耳光！多么下贱，多么不文雅！——要是非打一个耳光不可呢？要是这种不文雅的行为应该而且将要成为采取断然的暴力行动和血腥报复的源泉呢？要是任何微小的

---

① 见上述高乃依文集说明。自然，伏尔泰在这里想到的是打耳光和为挨耳光而报仇。

侮辱都不会引起这种可怕效果呢？难道凡是能引起这种悲剧效果的东西，在某些人物身上必然产生这种悲剧效果的东西，由于它适合于喜剧和滑稽剧，因而非要排除在悲剧之外不可吗？难道曾经引起我们笑声的东西，就不能再引起我们的恐惧吗？

假如非要从一种戏剧体裁里排除耳光不可，那就得从喜剧里。耳光在喜剧里能引起什么样的效果？悲剧效果？这超过了它的范围。可笑的效果？在它的范围之内，却属于滑稽剧。不引起任何效果？不值得为它花费气力。打耳光的人暴露自己鄙俗暴躁，挨耳光的人暴露自己卑躬屈膝。由此可见，它停留在两个极端，即停留在悲剧和滑稽剧里。事不过三，多了不是惹我们嘲笑，便是引起我们发抖。

试问看过《熙德》演出的人，或者稍稍留心阅读过剧本的人，当自命不凡的高迈斯胆敢打年迈可敬的狄哀格的时候，他是否感到毛发悚然？他是否深深同情后者，极端厌恶前者？他是否一下子想到了这种侮辱性的遭遇必然要招致一切血腥和悲哀的后果？他是否充满了悬念和恐惧？一个对他产生这种效果的事件，不是悲剧式的吗？

倘有人在打耳光的时候发出笑声，那一定是坐在楼上①的某一个人，对他来说，打耳光是司空见惯的事情，而这时他活该得到邻座观众的一个耳光。但是，假如有谁因为演员表演不当，被逗得不由自主地发出微笑，他应该迅速咬住嘴唇，马上转入困惑，几乎任何一个粗暴行动，都能或多或少地使观众脱离迷惑。

试问，有什么别的侮辱能够代替打耳光呢？对于任何别的侮辱，国王都有权为被侮辱者赔罪；对于任何别的侮辱，儿子都可以拒绝为自己的父亲而牺牲爱人的父亲。唯独对于这种侮辱，荣誉观念既不准赔礼，也不准道歉，君主企图采取的一切和好措施都是无效的。按照这种思想，当国王指示高迈斯满足狄哀格的时候，高乃依让高迈斯回答得很对：

---

①　指剧院里下等座位上的观众。古时欧洲剧院里分楼上下等座位、楼下正厅雅座和包厢等类，以区分观众的阶级和身份。

这种赔罪满足不了任何灵魂。

接受者一无所得，赔罪者侮辱了自己。

所有这种和解的惯常结局，

不是毁掉一人，而是毁掉两人的荣誉。①

　　当时在法国禁止决斗的法律②刚刚颁发不久，这种格言则是直接违背禁令的。因此，高乃依得到命令，删掉这一段戏文，它们被从演员的嘴里删掉了。但是每一个观众又从自己的记忆中，从自己的感受中把它补充上了。

　　在《艾塞克思》里，这一耳光更令人为难，因为打耳光的人物是不受荣誉法律制约的。她是女人又是女王。被侮辱者能对她怎样呢？他将讥笑这个能攻善守的女人，因为对一个女人既不能骂也不能打。但是这女人同时又是君主，对她的侮辱是不能报复的。她的尊严使这种侮辱带有一种法律的性质。因此，还有什么比艾塞克思挺身反对这种尊严，对着剥夺了他向侮辱者报仇的可能性的高位发怒更自然呢？至少我不知道，他的最后的罪过会招致怎样的后果。单是不开恩，单是革除他的职位，不可能而且也不允许他做得这样过分。由于遭到这样一种不光彩的待遇使他失却常态，我们看到他虽然不是以容忍的态度，却是以原谅的态度对待使他绝望的一切。从原谅她这个角度来看，连女王都不得不承认他是高贵的，而我们对他抱有更多的同情。历史上的艾塞克思似乎不可能赢得我们这样多的同情。在这里，当他的荣誉遭到侮辱时，他在最初的愤怒中做出来的事情，在历史上则是出于自私自利和其他庸俗目的而做的。

---

①　原文是：Ces satisfactions n'apaisent point une âme：
　　　　　　　　Qui les reçoit n'a rien, qui les fait se diffame.
　　　　　　　　Et de tous ces accords l'effet le plus Commun,
　　　　　　　　C'est de déshonorer deux hommes au lieu d'un。

②　禁止决斗的法律是由路易十三颁布的，时间是 1626 年。——编者注

根据历史记载,① 促成艾塞克思挨了一个耳光的是关于选举爱尔兰国王的争论。当他发现女王固执己见的时候,他以非常轻蔑的表情背对着女王。在这一瞬间,他感到女王的手打到他的脸上,而他的手则拿起了剑。他发誓既不能也不愿忍受这种侮辱,他甚至连她父亲亨利的侮辱都不会忍受,于是他离开了宫廷。关于这件事,他在致伊格顿首相的信件中表现了骄傲的尊严,他似乎下定决心不再接近女王。但是我们很快发现他又得到了女王的充分宠爱,又在充分发挥着一个贪图虚荣的宠幸的作用。这种和解如果是认真的,会使我们对他产生一个非常坏的想法;如果是伪装的,我们也不会产生更好的想法。在这种情况下,他的确成了一个为了等待时机而容忍一切的叛徒。女王剥夺了他一项收入微薄的售酒专利,② 这终于使他比挨一个耳光更为恼火。因收入遭到损失所引起的恼怒,居然使他发昏到了不顾一切的程度。我们发现他在历史上是这样一个人,我们轻视他。但在本克斯的作品里却不是如此。他的暴动是挨耳光的直接结果,他并没有反对他的女王的任何不忠实的意图。他的错误是一种高尚的愤怒的错误,他为此感到懊悔,也将得到谅解,只是由于他的敌人从中作祟,才未能逃脱本来已经赦免的惩罚。

第 57 篇　1767 年 11 月 17 日

本克斯保留了艾塞克思关于耳光脱口而出的那些话,只是他让艾

---

① 根据的是历史学家大卫·休谟的描述(五卷本《英国史》),莱辛在这里就是根据这部著作复述的。

② 按照休谟的说法,是进口和销售甜酒的专利权,女王不再延长这种权利,作为失宠的标志。

塞克思针对亨利还填上了世界上所有的亨利，所有的亚历山大。① 他的艾塞克思是个"牛皮匠"。他不愧为一个伟大的加斯克尼人，② 像加斯克尼人卡尔卜雷尼德的艾塞克思一样。他非常怯懦地忍受自己的不幸，对待女王又是这样地卑躬屈膝，而当初对待女王却是那样的胆大包天。本克斯对他的描写过分拘泥于生活。容易被人忘记的性格不是性格，因而对于戏剧摹仿是毫无意义的。在历史上可以把这种自相矛盾的现象视为伪装，因为我们在历史上难得看到人物的内心深处，但是在戏剧里，我们却非常熟悉英雄人物，我们同时知道他的思想跟他那令我们无法信赖的行动是否一致。它们可能一致，或者可能不一致，在两种情况下，悲剧作家都不能恰如其分地描写他。没有伪装不成性格，性格的意义在于伪装。

在伊丽莎白身上，他不会发生这种错误。这个女人在历史上完全像少数男人那样，始终不渝。甚至连她的温情，她对艾塞克思隐秘的爱情，作家都处理得非常庄重。对于艾塞克思来说，她在某种程度上却是一个秘密。他的伊丽莎白不像高乃依的伊丽莎白那样，抱怨、冷淡和轻蔑，热情和命运。他从来不说要服毒的事情。在伊丽莎白明明白白告诉艾塞克思，他应该为她一人叹息之后，这忘恩负义的人居然不选择她而选择了一个萨福克，她并不为此而抱怨。她从不吐露这些

---

① 第三幕：

……纵然你

千般温柔，万般妩媚，

我发誓，假如你是个男人不准你这样做，

不，你的勇敢的父亲也不准这样做。

我说什么，他？所有的亨利，所有的亚历山大，

倘若他活着，也不应该自我炫耀，

对艾塞克思犯下这样一件罪行，

居然不受惩罚……——莱辛注

② 欧洲人认为法国南部加斯克尼地方的人喜欢自夸，故有"加斯克尼人"的典故，喻惯于吹牛皮、说大话的人。

不幸遭遇，她在言谈之中从来不像一个热恋着的情人，然而她是这样行动的。人们从未听说，但却看得见艾塞克思从前和现在是多么珍贵。几点嫉妒的火星暴露了她，否则人们只能把她视为艾塞克思的女友。

但是，本克斯运用了什么样的艺术手法，表现她对伯爵的心意的，从第三幕的下述几场戏里可见一斑。——女王深知是自己的不幸的地位限制了她，使她无法按照自己的真实心愿行动。当她发现诺丁汉应邀而来之后——

女　王　是你在这里，诺丁汉？我以为就我一个人呢。

诺丁汉　原谅我这样大胆，女王。可我的义务命令我，更大胆些。——你有心事。请问——然而首先让我跪下请求你允许我提出问题——你有什么心事？是什么使这崇高的灵魂这样萎靡不振？——或许你不舒服吗？

女　王　请起。——我身体很好。——谢谢你的好意。——只是心里有点不安，——为了我的百姓。我执政久了，恐怕他们嫌太久了。他们会厌恶我的。——新王冠像新花环一样，越新鲜越招人喜欢。我的太阳渐趋没落，它在中午时照得太暖和，甚至令人感到太热，人们希望它没入西山。——跟我说说，关于艾塞克思渡海归来，① 人们都说些什么？

诺丁汉　关于他的归来，——人们说得——不大好听。但是关于他——谁都晓得他是这样一个勇敢的人——

女　王　怎么？勇敢？由于他对我这样尽职？——这叛徒！

诺丁汉　确实，这事情办得不好——

女　王　不好！不好？——光是不好吗？

诺丁汉　这是一个大胆的、不法的行为。

女　王　不是吗，诺丁汉？——这样蔑视我的命令！理当判他死刑。——再小的罪行，即使一百个讨人喜欢的人，也得

---

① 指的是艾塞克思从爱尔兰跨海归来。

掉脑袋。——

诺丁汉　当然啦。——可是艾塞克思犯了这样大罪，受点小小惩罚就完事了？不该处他死刑吗？

女　王　应该！——应该处死，而且应该严刑拷打而死！——他的痛苦是天下最大的，像他的背叛一样！——我要把他的脑袋，他的四肢，不是挂在漆黑的城门下，不是悬在小桥上，而是吊在最高的塔尖上，让每个过路行人看见他，并且大喊：看哪，看那骄傲的背信弃义的艾塞克思！就是这个艾塞克思，胆敢拒绝女王的命令！——做得好！这是他罪有应得！——你看怎么样，诺丁汉？你不是也这样想吗？——你沉默？为什么不说话？你还想为他辩护吗？

诺丁汉　因为你命令我说话，女王，那么我就说说世人都对这个骄傲的、背信弃义的男人说些什么。——

女　王　说吧！——让我听听，世人关于他和我都说些什么。

诺丁汉　关于你，女王！——说起你来，哪一个不迷恋和景仰？一个过世圣贤的身后荣誉也抵不上对您的赞美，这是有口皆碑的。人们只希望一点，而且眼里饱含着出于对您的纯洁爱戴的热泪，——这一点希望您能嘉纳，不要再为艾塞克思劳神，不再长此保护这样一个叛徒，不再长此使他逃避正义和耻辱的惩罚，终于对他实行制裁——

女　王　谁给我规定的？

诺丁汉　给你规定！——当人们匍匐在地祈求上天的时候，还给它规定吗？而所有的人都这样祈求你制裁这个男人，他的品性是这样坏，这样奸险，他不惜花费一切力量扮演伪君子的角色。——多么骄傲！多么趾高气扬！多么无礼，鄙俗的骄傲，活像一个身穿镶着五颜六色花边衣服的穷酸侍从！——说他勇敢，这是人家奉承他，而他却像一只狼或者一头熊那样，这样盲目，无计划，无预见。一个高尚的灵魂置生死于度外的真正勇敢，跟他毫不沾边。受了一丁点儿委屈便火冒三丈；毫无道理地狂呼乱叫；所有人都得在他面前低声下气；他到处炫耀自己，突出自己。甚至连从天上撒下第一批罪孽种子的路齐佛尔，① 也不像他那样沽名钓誉，野心勃勃。但是，简直像魔鬼下界……

女　王　慢点，诺丁汉，慢点！——看你急得喘不过气来了。——我不想再听下去——（旁白）让她嘴里长毒，舌头生疮！——诺丁汉，你重复这种话多么害羞，重复这种恶意贱民的下流话，说这是贱民们说的，这是不真实的。他们不会想到这些。但是你们，你们希望他们说这种话。

诺丁汉　我惊讶，女王——

女　王　为什么？

诺丁汉　是你自己命令我说的——

女　王　是的，我发觉你是多么渴望这个命令啊！你做了多么充分的准备啊！突然之间你的脸发胀，眼冒火，满腔的高兴，满腹的话，而每一句话，每一个表情都有它早已对准靶子的箭头，每一支箭都同时射中了我。

诺丁汉　要是我出言不逊，那么请原谅吧，女王。我按照你的标准衡量他。

女　王　按照我的？——我是他的女王，我可以按照自己的心愿毁掉自己所创造的东西，谁都管不着。——是他对我个人犯了滔天大罪。是他侮辱了我，但不是你。——这可怜的男人凭什么侮辱你呢？你没有让他可违犯的法律，没有让他可欺负的臣仆，没有为他可追求的王冠。你为什么要寻找这种残酷的乐趣，对于一个将要淹死的不幸的人，非但不伸手拉他一把，反倒给他当头一棒呢？

诺丁汉　我有罪——

女　王　住口！——他的女王，世人，甚至命运都反对他，而他

---

① 路齐佛尔（Luzifer），希腊神话里的魔鬼。

却似乎得不到你的同情，得不到你的宽恕？

诺丁汉　我承认是这样，女王——

女　王　去吧，恕你无罪！——立即给我唤鲁特兰来！——

第 58 篇　1767 年 11 月 20 日

诺丁汉走后，鲁特兰出现。人们记得，女王并不知道鲁特兰跟艾塞克思结婚的事情。

女　王　你来了，亲爱的鲁特兰？是我派人唤你。——怎么样？
　　　　我发现你近几天这样忧愁。笼罩着你那娇媚眼睛的阴云
　　　　是从哪里来的？打起精神来，亲爱的鲁特兰，我想给你
　　　　找一个精明能干的男人。

鲁特兰　尊贵的夫人！——我可不配得到我的女王如此宽厚垂青。

女　王　你怎么这样说？——我爱你；是的，我喜欢你。——你
　　　　等着瞧吧！——方才我同诺丁汉，这个讨厌的女
　　　　人！——发生一场口角，而且是关于艾塞克思阁下。

鲁特兰　噢！

女　王　她很惹我生气，我不愿意看见她再出现在我的眼前。

鲁特兰（旁白）　我是多么害怕听见这个尊贵的名字！我的脸
　　　　色将泄露我的心事。我觉得我的脸色变白了，——又变
　　　　红了。——

女　王　我跟你说的话，使你脸红了？——

鲁特兰　你这样出乎意料的、善意的信赖，女王——

女　王　我知道，你是值得我信赖的。——来，鲁特兰，我把一
　　　　切都告诉你。你应该帮我出个主意。——毫无疑问，鲁
　　　　特兰，你大概听说了，百姓们是怎样大声疾呼地反对这
　　　　可怜的、不幸的男人，责备他犯了多大的罪过。但是，

更严重的或许你还不知道吧？他今天从爱尔兰回来了，违背了我所强调的命令，并且把那里的事情搞得乱糟糟。

鲁特兰　我可以把自己的想法告诉你吗，女王？百姓的喊叫并不总是真理的呼声。他们的仇恨常常是这样没有根据——

女　王　你说的正是我的内心的真实想法。——但是，亲爱的鲁特兰，尽管如此，他是有过错的。——过来，亲爱的，让我偎在你的胸脯上。——唉，一点不假，人们逼得我太厉害了！不，我不能听任他们摆布。他们忘记了我是他们的女王。——啊，亲爱的，我难得有这样一位朋友，为了他我愿意把心肝操碎！

鲁特兰　瞧我的眼泪，女王——看到我所景仰的女王这样烦恼！——啊，但愿我的好天使给我的灵魂以思想，给我的舌头以语言，平息你胸中的风暴，给你的创伤敷上香膏！

女　王　啊，你这才像我的好天使！慈悲的、最好的鲁特兰！告诉我，这样一个好人儿成了叛徒，难道不可惜吗？这样一位英雄，曾经被人当作上帝一般崇拜，居然这样不自重，竟想骗取我的区区王位？

鲁特兰　他这样想过吗？他会想到这个？不会的，女王，绝对不会，绝对不会！我常常听他说到你，说到你的时候，他是多么忠诚，多么敬佩，多么迷恋啊！

女　王　你真的听他说到过我吗？

鲁特兰　而且总是那样赞不绝口，由于兴奋，他所说的话，都不是冷静的考虑，而是一种无法控制的内心感情。他说：她是女人当中的女神，远比一切女人都崇高，在女人身上最令我们惊叹的那些东西，诸如美貌、魅力，在她身上只不过是一只巨大的光亮照见她而产生的影子。任何女性的完美都在她身上被淹没，犹如星辰的微光被太阳的无际光辉所淹没。她的品质无比高尚，甚至连她的恩惠都遍及这座幸福的岛屿；她的法律是根据苍天的永恒法典制订，

　　　　　　并且在那里由天使复制而成。啊——他突然中断，发出
　　　　　　一声叹息，这声音表达了他的全部忠诚心意——啊，可
　　　　　　是她却不能永在人间！我不愿看到那可怕的瞬间，神灵
　　　　　　收回自己的余晖，转眼间黑夜和混乱要笼罩不列颠。

女　王　这是他说的，鲁特兰？

鲁特兰　是的，远不止这些。对于你的赞美至今言犹在耳，它那
　　　　　　不竭的源泉涌流着关于你的最真实的思想——

女　王　啊，鲁特兰，我是多么愿意相信你为他提供的证据呀！

鲁特兰　你还能把他当成叛徒？

女　王　不，——但是，他毕竟触犯了法律。——我为自己长期
　　　　　　保护他感到害羞。——我不敢再与他相见。

鲁特兰　不再见他，女王？不再见他？——怜悯提高了他在你灵
　　　　　　魂中的地位，我恳求你，你必须见他！害羞？为什么？
　　　　　　因为你可怜一个不幸的人？——不，女王，即使不当着
　　　　　　任何人的面，也不必害羞。是的，你会这样做的。你将
　　　　　　要见他，至少见一面——

女　王　见他，见一个把我所强调的命令不放在眼里的人？让他任意
　　　　　　在我面前大摇大摆？他为什么不留在我命令他驻扎的地方？

鲁特兰　不要把这看成是他的罪过！是因为他看到自己处于危险
　　　　　　之中。这里出现的事情他都听说了，有人非常蔑视他，
　　　　　　设法让你怀疑他。他虽然是不得允许而来，却抱有最善
　　　　　　良的意图。为了替自己进行申辩，使你不为流言所惑。

女　王　好，我要见他，并且要立即见他，——啊，我的鲁特兰，
　　　　　　我是多么希望看到他依旧那样正直，像我知道他勇敢那样！

鲁特兰　啊，你这个善良想法定会得到证实！你那尊贵的灵魂定
　　　　　　会保护更为正直的灵魂。——正直，你一定会发现他是
　　　　　　这样的。我愿为他发誓，在陛下面前替他发誓，他从来
　　　　　　就是这样一个正直的人。他的灵魂比有着黑斑、吸收人
　　　　　　间的恶气、孵化蛆虫的太阳还要纯洁。——你说他勇

敢，有谁不这样说呢？但是，一个勇敢的人是不能干卑鄙的勾当的。你想想，他是怎样惩罚了叛匪；他是怎样让那违背你的意志枉然挥霍其印度财宝的西班牙人，对你望而生畏。他的名字在你的舰队和百姓面前传扬，而在它们到达之前，常常是他的名字已经获得了胜利。

女　王　（旁白）　他是多么能言善辩！——噢！这热情，这诚挚，——单纯的同情不会到这种程度。——我要立刻听她还说些什么！——（对她）此外，鲁特兰，他的仪表——

鲁特兰　对，女王，他的仪表！——从来没见过一个人的仪表更切合内在的完美！——你想想，因为你自己就是这样美丽，人们从未见过比他更漂亮的男人！他的容貌那样尊严，那样高贵，那样勇敢和有魄力！他的四肢互相搭配得多么和谐！浑身上下构成一幅那样温柔可爱的轮廓！他简直是自然的真实模特儿，完美的男人！罕见的艺术典型！艺术在这里发现的是百里挑一的对象！

女　王　（旁白）　果然不出所料！——不能容她再说下去。——（对她）你怎么了，鲁特兰？你激动了。如此滔滔不息，赞不绝口。是什么附着在你的身上？是你的女王，还是这个艾塞克思，使你产生这种真实的，或者说这种虚假的热情？——（旁白）她不说话；——一点不错，她爱他。——我这是做的什么事情？我在自己的胸中又掀起了什么样新的风暴？

勃利和诺丁汉又出现在这里，他们告诉女王，艾塞克思等待她的命令。他应该进来。女王说："鲁特兰，我们以后再谈；去吧。——诺丁汉，走近来。"这种关于嫉妒的描写是出色的。艾塞克思走进来，接着便是打耳光的场面。我不知道，这场戏还能怎样准备得更明白，更成功。开头艾塞克思似乎完全屈服了；但是，当女王命令他为自己申辩时，他越来越慷慨激昂。他夸夸其谈，他捶桌捣椅，他矜持自

负。尽管如此，假如女王的心不是已经为嫉妒激怒，这一切都不至于
引起她发火。这其实是那个嫉妒的钟情女人①进行的报复，她只不过
借用了女王的手而已。

总而言之，嫉妒是喜欢报复的。

照我看来，这几场戏更符合我的设想，而不是像高乃依全部
《艾塞克思》所描写的那样。它们是这样富有特色，这样充满生活与
真实。相反，法国人的优秀剧目却塑造了一个可怜巴巴的形象。

第 59 篇　1767 年 11 月 24 日

读者切不可根据我的译文判断本克斯作品的风格。我不得不完全改
变了他的语言的风格。他的语言既是通俗的又是高贵的，既是卑微的又
是骄矜的，并且不是一个人物这样，另一个人物那样，而是全都如此。
他的语言风格可以充当这种不协调的典范。我力图尽可能顺利地悄悄地
爬过这两座悬崖峭壁，既不失于这一方面，也无损于那一方面。

我着重避免了雍容造作的语言，而不是明白浅显的语言。大多数人
的做法或许会恰好相反。因为许多人都认为雍容造作和悲剧是一码事。
不仅许多读者持这样的看法，甚至许多作家也是这样。悲剧的英雄人物
应该像其他人一样说话？这算什么英雄人物？"'半尺'、浮夸的词句"，②

---

① 指诺丁汉伯爵夫人。

② 原文是 Ampullae et sesquipedalia verba，引文出自贺拉斯《诗艺》
（V.97）（［译按］白杨、周翰译，贺拉斯，《诗艺》，人民文学出版社，
1962），莱辛译作"格言，大话，过甚之词"。如下述引文所表明的那样，莱
辛在其语言批评方面与狄德罗持有相同看法。诚然，他扩大了狄德罗的语言论
证，指出古典戏剧是受环境束缚的，它的表达方式不同于倡导私密性的封闭的
拉洋片式剧院。这个有限的空间同时也取消了舞台上的社会局限，现在表演的
不再是社会性的代表人物，而是展示人的"内心世界"："如果说富贵荣华和
宫廷礼仪把人变成机器，那么作家的任务，就在于把这种机器再变成人。"

格言，大话，过甚之词。在他们看来，这就是悲剧的真正风格。

狄德罗说（读者可以发现，他主要是指他的同胞而言）："我们不缺少任何彻底败坏戏剧的东西。我们从古人手里接过了典雅的诗韵学，而这种诗韵，只适合于那种具有审慎的分寸和非常明显重音的语言，只适合宽敞的舞台，只适合谱成乐曲和用乐器伴奏的对话。他们在矛盾和对话方面的纯朴，他们的布景的真实，却被我们扔掉了。"①

狄德罗还应该补充一条理由，为什么我们不可以把古代悲剧的语言作为通用的典范。在那里，所有的人物都在一个宽敞的露天广场上，当着一群好奇的人说话和谈天。因此他们在说话时几乎总要保持和考虑自己的尊严；他们不可能把自己的思想和感情表之于随便什么词汇；他们必须权衡和选择词汇。但是废除了合唱，让我们的人物大部分都活动在他们的四堵墙之内的我们这些现代人，有什么理由让他们依旧操着那样一种严守分寸的、那样一种精心选择的、那样一种修饰的语言呢？这样一种语言，是没有人要听的。任何处于行动之中并为情绪所控制的人，都不会采用这种语言说话，而且他们既没有兴趣，也没有余暇来检验自己的措辞。只有合唱才承担这种任务，尽管它被严密地穿插在剧里，却从不参与行动，它不断地评论行动的人物，而并不真正参与他们的遭遇。因此，坚持主张人物要有较高的地位是不必要的。达官贵人们比普通老百姓懂得如何更好地表达自己的思想，但他们无法不断地装腔作势，以便比普通老百姓更好地表达自己。尤其是在激情方面，更是无法如此，每个人都有自己的表达激情的口才，② 天性就是借助这种口才流露出来的。而天性不是从任何学校里学得的，最没有教养的人也能像最善于推敲词句的人一样理解天性。

感情绝对不能与一种精心选择的、高贵的、雍容造作的语言

同时产生。这种语言既不能表现感情，也不能产生感情。然而感情却是同最朴素、最通俗、最浅显明白的词汇和语言风格相一致的。

像我让本克斯的伊丽莎白那样说话，据我所知，还没有一个女王在法国舞台上那样做过。伊丽莎白跟她那些女人谈话时，那种轻悄悄的、亲密无间的声调，人们在巴黎会发现它差不多都不适用于一个好心的农村贵族女人。"你不舒服吗？——我身体很好。请起。——只是有点心情不安。——跟我说说。——不是吗，诺丁汉？说吧！让我听听！——慢点，慢点！——看你急得喘不过气来了。——嘴里长毒，舌头生疮！——我可以按照自己的心愿毁掉自己所创造的东西，谁都管不着。当头一棒。——怎么样？打起精神来，亲爱的鲁特兰，我想给你找一个精明能干的男人。——你怎么这样说？——你等着瞧吧。——她很惹我生气。我不愿见她再出现在我的眼前。过来，亲爱的，让我偎在你的胸脯上。——果然不出所料！——不能容她再说下去。"确实不能容忍！文雅的艺术批评家将会这样说。

或许我的某些读者也会这样说。因为可惜有这样的德国人，他们比法国人还法国化。为了讨他们欢心，我敛了一大堆这样的片言只语。我熟悉他们的批评方式。一切刺激他们那娇嫩的耳朵的、连作家都难于发现的、被他花费了许多脑筋撒播在这里和那里以便使对话圆润，而且赋予谈话一种随机应变的真实外表的微小疏忽，都被他们十分机智地串在一条线上，并想对此笑个死去活来。最后同情地耸耸肩膀说："一听就知道，这好心人不了解这偌大的世界，他没听见过许多女王说话，拉辛懂得更好些，然而拉辛是生活在宫廷里的。"

尽管如此，这些话不会使我迷失方向，若是女王们真的不这样说话，不准这样说话，那才更糟哩。我早就认为宫廷不是作家研究天性的地方。但是，如果说富贵荣华和宫廷礼仪把人变成机器，那么作家的任务，就在于把这种机器再变成人。真正的女王们可以这样精心推敲和装腔作势地说话，随她们的便。作家的女王却必须自自然然地说话。只要他注意听听欧里庇得斯的赫卡柏①怎样说话，即使没听见过别的女王说话，也会满足的。

没有什么比朴素的自然更正派和大方。粗鄙和混乱是跟它格格不入的，如同造作和浮夸②跟崇高格格不入一样。同样的感情在那里有界限，在这里也有界限。因此，最雍容造作的作家和最鄙俗的作家都是不可或缺的。两种错误是形影不离的。任何一种体裁都不像悲剧那样，有陷入这两种错误的更多机会。

尽管如此，英国人似乎主要只是对他们本克斯作品里的一种错误听着不顺耳。他们不指责他的雍容造作，而是指责他居然让如此高贵的、在他们国家历史上如此光辉的人物操着那种鄙俗的语言；他们早就希望能有一个对悲剧语言掌握得更好的人重新改写他的剧本。③ 这一点终于实现了。琼斯和布鲁克④几乎同时完成了这件事情。亨利·琼斯⑤，他是个爱尔兰人，他的职业是泥瓦匠，他也像本·琼生⑥老人一样，把他的泥板换成了鹅毛笔。他根据订购出版了一本诗歌集，

---

① 欧里庇得斯悲剧《特洛亚妇女》中的老王后。对于莱辛来说，这出戏是自然的戏剧语言的样板。

② 这是启蒙时期对巴洛克悲剧语言的批评用语，特别针对"第二西里西亚学派"及其代表人物达尼埃尔·卡斯帕·封·罗恩施坦（Daniel Caspar von Lohenstein）。

③ 《戏剧指南》，第 2 卷，第 105 页："语言处处都是很糟糕的，有几处甚至俗气得不自然。——我认为，这足以证明在这个时代所得到的鼓励是微小的，居然没有一个具有真正创作才能的人，认为值得花费心思用尊严的语言来描写那段著名的历史。而这种尊严的语言普遍适用于悲剧，尤其是适用于表现世界上出现过的或许是最伟大的人物的戏剧。"——莱辛注

④ 布鲁布（Henry Brook，1706—1783），他的《艾塞克思伯爵》最初于 1749 年在都柏林上演，1761 年登上伦敦舞台。

⑤ 琼斯（Henry Jones，1721—1770），他的《艾塞克思伯爵》出版于 1753 年。

⑥ 正确的称呼是琼生（Benjamin Jonson，1573—1637），英国戏剧家，莎士比亚的同代人和朋友。少年时代家境贫寒，曾跟随继父做过泥瓦匠。

这些诗歌使他成了一位有名的大才子。此后于 1753 年他又把自己的《艾塞克思》搬上舞台。这出戏在伦敦上演的时候，人们已经在杜布林演出过了亨利、布鲁克的。但是，布鲁克在几年之后才把他的剧本送去出版。这可能就是人们指责他既利用了琼斯的《艾塞克思》，也利用了本克斯的作品的依据。可能还有一部一个叫作杰姆斯·拉尔夫①的人写的《艾塞克思》。我承认这三部作品我都没有读过，只是从学术日记②里了解到的。关于布鲁克的《艾塞克思》，一位法国批评家说，他懂得把本克斯的热情和感伤同琼斯的美丽诗歌结合在一起。他谈到鲁特兰这个角色，谈到她丈夫临刑时她所产生的绝望情绪。他关于这个人物所说的那些话③是值得注意的。人们从中可以看到使巴黎观众有失体面的一个方面。

但是，我读过一部西班牙的《艾塞克思》，非常稀罕。我不应该顺便对它发表见解。

---

① 拉尔夫（1705—1762），剧作家和历史学家，他的悲剧 *The Fall of the Earl of Essex* 于 1731 年首演于伦敦。

② *Ephemerides*（日记），18 世纪欧洲许多用拉丁文出版的科学杂志都命名为 Ephemerrides，莱辛在这里指的是 *Monthly Review*，第 20 卷。——编者注

③ 《百科杂志》1761 年 3 月号："同样他（布鲁克）让鲁特兰伯爵夫人发疯，当她的著名的丈夫被押上断头台的那一瞬间。伯爵夫人令人特别同情的这一瞬间，给人的印象十分深刻，在伦敦被认为是令人叹为观止的。在法国这一出戏或许会显得可笑，或许会引起嘘声，人们或许把伯爵夫人及其作者送进疯人院。"——莱辛注

八 《艾塞克思》的剧情

第 60 篇 1767 年 11 月 27 日

这部作品出自一个未具名的作者①之手，标题是"殉情"。② 我在塞维利亚的霍塞夫·帕得里诺（Joseph Padrino）印刷的一部喜剧集里发现了它。这出戏是这个集子里的第七十四部作品。我不晓得这部作品是什么时候完成的，我也看不出它是仿照什么创作的。它的作者没有利用改编过这段历史的法国和英国作家的作品。他自己的作品也没有被他们所利用，这是清楚的。这是一部完全独出心裁的原作。不过我不想剥夺我的读者自行判断的权力。

艾塞克思远征西班牙人归来，想在伦敦向女王汇报战果。抵达之后，他听说女王在她的一个宫廷女官布兰卡的庄园里。这个布兰卡是伯爵的情人，她父亲在世时，伯爵就同她常常在这个庄园里幽会。他立刻决定到那里去，他利用自己保存的一把钥匙，从前他就是通过花园的门到情人这里来的。他先去看望自己的情人，而不是先见女王，这是自然的事情。当他通过花园门悄悄走向她的卧室的时候，在泰晤士河支流的树荫掩蔽的河畔，看到一个女人（当时正值一个闷热的夏天傍晚），这女人正赤着双脚站在水里纳凉。他站在那里对她的美貌感到非常惊讶，尽管这女人为了避免被人认出，用半个面具遮住面孔。

---

① 西班牙《艾塞克思》的作者长期不为人知，实际上是奎洛（Antonio de Coello，1611—1682），剧本全名是《殉情（或者"艾塞克思伯爵"），关于当朝一位有才干的人》。莱辛顺序介绍了剧本的内容，引文未必全都准确（保存了正字法方面的特点，改正了容易引起误解的地方）。

② 《殉情，塞克思（艾塞克思）伯爵；关于当朝一位有才干的人》。——莱辛注

关于女人的美貌，作者不惜笔墨做了详尽的描写，尤其是关于那一双浸在清澈的水里十分讨人喜爱的白嫩脚儿，作了许多撩拨情窦的描述。如醉如痴的伯爵不仅看到了两根水晶柱立在一股流淌的水晶里，而且由于惊讶，他甚至无法判断到底水是她那双脚的晶体流入河里，还是她那双脚由水的晶体凝结而成。① 更使他心烦意乱的，是她那白净的脸上半块黑色面具。他不能理解自然出于什么目的创造了这样一个滑稽可笑的怪物，并且在它的面庞上把这样漆黑的玄武岩同光彩夺目的象牙塔配在一起；是为了引人惊叹，还是为了引人讥笑。没等这女人重新穿上衣裳，随着"让女暴君见鬼"的喊声，有人对她开了一枪，紧接着跳出两个戴面具的男人，拿着明晃晃的利剑向她刺去，因为那一枪似乎没有击中她。艾塞克思不假思索地赶去救她。他攻击凶手，他们逃跑了。他想追赶他们，但是这位太太唤他回来，请他不要拿自己的生命去冒险。她见他受了伤，便解下饰带交给他包扎伤口。她说："这条饰带作为我们来日相认的证据，在枪声引起更大骚动之前，现在

---

① 　她把两根美丽的廊柱沉入水中，
　　我似乎看见晶体溶化在河里，
　　像晶体获得了这样的形状，
　　我暗想，我看见的河水，
　　莫不是那溶化的双脚在流淌？
　　那一对廊柱莫不是
　　这几乎不冻结的流水塑成？

　作者又把这种相似性作了进一步的描写，这位太太怎样用手把水捧到嘴边尝了尝。他说这双手和明澈的水是这样相像，甚至连河流都吃了一惊，因为它唯恐她喝掉自己的一块手。
　　她要用晶体的双手，
　　把水捧到唇边，
　　小溪发出了悲哀的叫喊，
　　当它看见她饮水；
　　我站着发抖，这双手的一部分，
　　（其实不是的）化成水滴消逝。——莱辛注

我要离开这里，我不希望女王知道这一偶然事件，因此我恳求你不要声张。"她走了，艾塞克思对这不可思议的事件感到非常惊讶，对此他跟自己的名叫考斯密①的仆人做了种种推测。这个考斯密是剧中一个有趣的人物，当他的主人走进花园的时候，他停在花园门口，他虽然听见了枪声，却不能过来搭救。哨兵在门口密切注视着这一恐怖行动，不让他进去。考斯密吓得四肢发抖。② 西班牙的小丑通常都是这样。艾塞克思承认，若不是布兰卡完全占有了他的心灵，使它完全没有容纳别的热情的地方，他一定会爱上这美丽的不相识的女人。他说："可是她究竟是谁呢？你怎么想，考斯密？"——考斯密答道："除了园丁的女人洗腿，还能是谁呢？"根据这段描写，不难想象其余的故事情节。他们二人终于又走了，天色已很晚了，枪声在庄园里引起了骚动，因此，艾塞克思不愿意悄悄地去见布兰卡，他推迟了自己的会面。

阿朗宗大公爵③和布兰卡的女仆上场（这一场戏仍然发生在庄园里，在布兰卡的一间卧室里；上一场戏发生在花园里。这场戏发生在上场戏的次日）。法国国王建议伊丽莎白跟他的弟弟成婚。这就是阿朗宗大公爵。他借口出使英国，以促成这桩婚事。他颇讨得议会和女王的欢心。但是，当他看到布兰卡，便一见钟情。现在他来请求弗洛拉帮忙成全他的爱情。弗洛拉并未向他隐瞒，他的指望是多么渺茫。

---

① 仆人，西班牙舞台上戏剧人物典型（相当于德国舞台上的小丑）。
② 花园里响起枪声。
　我犹豫什么？伯爵就在里边。
　我为什么站在这里不动？
　为什么不去救他？谢天谢地！
　因为恐惧命令我站着不动，
　直到听到命令：前进！
　考斯密站在这里魂不附体，
　恐惧使我四肢发抖。——莱辛注
③ 阿朗宗（Francois, Duc d'Alencon, 1553—1584），与法国查理九世（Karl IX）是弟兄，曾是伊丽莎白的求婚者。

可是她丝毫没有向他泄露布兰卡跟伯爵之间的秘密。她只是说，布兰卡正想要结婚，由于她不准备选择一个地位远比她高的男人，因此她可能不会答应他的爱情。——（人们期待这位大公爵会针对这种异议来证明自己的真实意图，但他对此未置一词！在这一点上，西班牙人远不像法国人那样严格和知趣。）他给布兰卡写了一封信，托弗洛拉转递。他希望弗洛拉代为观察，这封信将引起她什么样的反应。他赠给弗洛拉一条金项链。当布兰卡和考斯密走进来时，弗洛拉随手把它塞到一幅画后面。考斯密是来向布兰卡报告他主人到来的消息的。

艾塞克思走进来。在布兰卡表示最温情的欢迎之后，在伯爵十分诚恳地担保，他是多么希望表明无愧于她的爱情之后，弗洛拉和考斯密必须走开，让布兰卡和伯爵单独留在这里。她提醒他曾经多么热烈而坚决地向她求爱。她拒绝了三年之后，终于答应了他。他保证同她结婚，她使他成了她的荣誉的所有者。(Te hice dueño de mi honor. 这个措词在西班牙文里表达的意思有点过分。) 只是支配着双方家庭的世仇，不允许他们结合。艾塞克思并不否认这些，他补充说，在他父亲和他哥哥死后，由于他承担了远征西班牙的任务，才误了他们的婚事。可是现在，他成功地结束了这场远征，现在他要毫不犹豫地请求女王允许他跟她结婚。布兰卡说："这样我就可以把你当作我的爱人，当作我的未婚夫，当作我的朋友，把我的所有心事都全盘告诉你了。"

第61篇　1767年12月1日

接着她开始讲述关于玛莉娅·封·苏格兰的遭遇的长长的故事。我们知道（因为艾塞克思无疑早已知道这一切），她的父亲和哥哥曾经待这不幸的女王非常殷勤。她拒绝参与镇压无辜，因此伊丽莎白把他们监禁起来，命人在监牢里秘密杀害。布兰卡仇恨伊丽莎白，这是不奇怪的，她下决心要向伊丽莎白复仇。尽管后来伊丽莎白把她收留为自己的宫廷女官，完全信赖她，布兰卡却并未和解。女王选择布兰卡的庄园，想在这里安安静静地短住几日，消磨时光。布兰卡要破坏她的选择。她给自己的伯父写了一封信，她的伯父本当和他的兄弟，即她的父亲遭受同样命运，但他因为害怕而逃往苏格兰躲藏起来。这位伯父来了，他就是想在公园里暗杀女王的人。于是艾塞克思恍然大悟，我们也知道了他搭救的那个人物是谁。但是布兰卡却不知道，正是艾塞克思破坏了她的计划。她十分信赖艾塞克思对她的无限爱情，她不仅想使他成为自己的同谋者，而且把成功地完成她的报仇的任务全部嘱托给他。他应该立即给重又逃回苏格兰的布兰卡的伯父写封信，并同他一起完成共同的事业。必须杀死女暴君，她的名字受到了普遍憎恨，她的死对于国家是一件好事。而任何人都不如艾塞克思更有资格，为国家完成这件好事。

艾塞克思对这项任务感到非常吃惊。布兰卡，他的忠诚的布兰卡能想到他这种背信弃义的行为吗？在这一瞬间，他是多么为自己的爱情而惭愧！但是他该怎么办呢？他应该坦白承认自己不乐意干吗？她会因此稍微放弃自己的可耻想法吗？他应该向女王密告此事吗？这是不可能的，布兰卡，他的尊贵的布兰卡在冒险。他应该设法通过请求和说明，使她改变主意吗？他大概不懂得一个被凌辱的女人是一个多么报仇心切的造物，是多么不易为恳求所软化，是多么不怕危险。他的劝阻，他的愤怒，很容易引起她的绝望。她把自己的秘密泄露给一个声言为了爱情愿意为她赴汤蹈火，其实并不如此忠贞的男人。① 他迅速地考虑了这一切，他决定伪装自己，以便把罗伯托——布兰卡的伯父——和他的全部党羽引入陷阱。

布兰卡对她的艾塞克思没有立即回答，感到不耐烦。她说："伯爵，如果你不能当机立断，说明你不爱我。即使犹豫也是犯罪。忘恩

---

① 唉，多么背信弃义！苍天明鉴！
　我要对自己的忠诚发怒！
　布兰卡，我的宝贝儿，
　我的心灵里的珍贵明星，
　用叛徒的声音跟我说话！

负义的人！"——"别着急，布兰卡！"艾塞克思答道，"我已经下定决心。"——"决心做什么？"——"我马上写好交给你。"

艾塞克思坐下来给她伯父写信，这时大公爵从画室里走出来。他怀着好奇心想看看，到底是谁跟布兰卡谈得这样久。他看见是艾塞克思伯爵，吃了一惊。但是尤其令他吃惊的，是他方才听到的事情。艾塞克思给罗伯托写了一封信，将信的内容告诉布兰卡，他想立即交给考斯密送走。罗伯托应该跟他的所有朋友单个地到伦敦来；艾塞克思愿意支持他和他的同伙；艾塞克思得到人民的爱戴；逮捕女王，易如反掌；她已经等于被杀死了。——"先杀死我！"大公爵突然喊了一声，朝他们走来。对于这种突如其来的出现，布兰卡和伯爵都很惊讶，而伯爵的惊讶又并非不怀有嫉妒之心。他以为布兰卡把大公爵藏

　　我怎么办？——如果我对她，
　　按照义务的要求，严词拒绝，
　　而且诅咒叛逆行径，
　　我将不去阻挡
　　她那陷入毁灭的步伐。——
　　我绝不能将此事向女王
　　泄露，因为我的命运
　　注定要为了爱人
　　卷入这场叛逆行动。
　　恳求她改变主意，
　　必然是愚蠢做法；
　　因为一个立意要报仇的女人，
　　通过请求只能增强她的决心，
　　当她心肠柔软的时候，
　　已经备好屠刀。
　　由于我的愤怒和拒绝，
　　她将陷入绝望，
　　她的暗杀就只能
　　落在另一个不忠诚的人头上，
　　或听任被我击败那人来完成。——莱辛注

到自己家里。大公爵为布兰卡进行了申辩，并且担保她并不知道自己在这里，他发现画室的门敞开着，自己便走进来看画。

大公爵　用我哥哥的生命担保，用对我来说更珍贵的女王的生命担保，用——够了，听我说，布兰卡是无辜的。而关于这个说明，阁下，您只应该感谢她。若是为了您，丝毫不值得作这些说明。因为跟您这样的人，像我这样的人——

伯　爵　亲王，您大概不甚了解我吧？——

大公爵　当然我从前不甚了解您。但是现在我了解您。从前我把您看成完全另外一个人；可是我发现，您是一个叛徒。

伯　爵　谁敢这样说？

大公爵　我！——不必多说！我一句话都不想再听，伯爵！

伯　爵　我也是这样想——

大公爵　一句话：我坚信，叛徒是没有良心的。我说您是叛徒，我必须把您看成没有良心的男人。但是，我绝不歧视您。我的荣誉谅解您，因为您糟蹋了自己的荣誉。假如您像我过去想的那样清白，那么我会听见您遭到惩罚的。

伯　爵　我是艾塞克思伯爵。还不曾有过任何人敢于如此对待我，像法国国王的弟弟这样。

大公爵　假如我不是我，假如您不是您，一个有声望的人，那么您应该懂得，您在跟谁打交道。——您，艾塞克思伯爵？如果您就是这位举世闻名的军人，您怎么会想到通过这样一件微不足道的行动，毁掉那样多伟大的行动呢？——

第62篇　1767年12月4日

接着大公爵以稍为缓和的口气，指责了他的不法行为。他劝诫他改弦更张，他愿意忘掉他刚才听到的话。他担保布兰卡并不同意伯爵的意见，如果不是他，大公爵，有言在先，她会跟他说明这层意思。

最后他说:"再说一遍,伯爵,您仔细想想! 放弃这种可耻的预谋! 您将保全自己! 若是不听我的劝告,那么您知道,您有一颗脑袋,伦敦有一个刽子手!"说到这里大公爵退场。艾塞克思的心情纷乱如麻,有人把他视为叛徒,他感到很痛心,但是目前他又不能跟大公爵辩解;他必须忍耐,直到最后证明他最忠于自己的女王,而丝毫不像他表面上表现的那样。[①] 他对自己是这样说的,但对布兰卡却说,他要立即把信送给她的伯父,说完便退场。布兰卡诅咒了自己的不测之事,但尚能使她宽慰的是,除了大公爵知道了伯爵的阴谋之外,并未发生更严重的事情。然后她也退场。

女王同她的首相出场,她把自己在花园里的遭遇告诉了他。她已经命令自己的卫队警戒一切人口,她要明天返回伦敦。首相主张派人搜捕凶手,颁布一项公开敕令,答应给告发凶手的人一笔可观的报酬,即使告发者也是同谋者。他说:"因为参与谋杀的是二人,其中一人既然是一个不忠诚的臣仆,也同样能成为一个不忠诚的朋友。"但是女王没有采纳这项建议;她认为把全部事件按捺下去,根本不要让人知道有人胆敢做这种行为更好些。她说:"必须让世人相信,国王有森严的戒备,想对国王举叛是办不到的。对特殊的犯罪保持沉默,比进行惩罚更有利。因为惩罚的榜样同罪恶的榜样是不可分割

---

① 是的,不是我,事实将驳斥

　大公爵! 他应该看到,

　他是怎样为表面现象迷惑;

　我是忠诚和纯洁的,

　并不像他表面看到的那样不忠! ——莱辛注

　在结果自身证明之前,

　我不会回答大公爵,

　我的背叛迹象是何等错误啊,

　表面上我越是像一个叛徒,

　我的忠诚便越是巨大。——编者注

　[中译按] 这几句话似乎应与莱辛的原注相衔接。

的，而后者常常受到煽动，如同前者受到威吓一样。"

这时禀报艾塞克思到，并受到接见。艾塞克思简短地汇报了远征的成功结果。女王非常深情地对他说："重又见到您，我对战争结局的了解也就足够了。"在奖励他的功勋之前，她不想听到更加详细的情况，她命令首相立即给伯爵颁发英国海军总司令委任状。首相走后，只剩女王和艾塞克思，谈话更加亲密无间，艾塞克思围着饰带，女王觉察到了它，艾塞克思也想从这种单纯觉察当中，证实他是从女王手里得到这条饰带的，虽然他根据布兰卡的谈话已经确定了这一点。女王早已暗自爱上了伯爵，而现在她又深感他的救命之恩。① 她费尽心机来掩饰自己的爱慕。她提出各式各样的诘问，引诱他说话，并想听听他是否已倾心于谁，他是否已经猜想到，他在花园里搭救的是谁。他的回答使她隐隐约约地明白后面一点，同时他却又说，他只能心里明白此人是谁，不敢贸然对她披露自己。女王刚想对他披露自己，她的骄傲却又战胜了她的爱情。同样，伯爵也在同自己的骄傲搏斗，他无法避开女王爱慕自己的思想，尽管他知道这种思想是越轨的（这场戏大部分由旁白②构成，容易引人注意）。她命令他走，却又命令他等待首相给他拿委任状来。首相拿来委任状，她把委任状授予他，他表示感谢，然后又以新的热情开始了旁白。

----

① 爱情的痛苦，
　　难道你还不够强大？
　　你一定还要汲取力量，
　　从挽救生命的答谢里？——莱辛注
　　爱情的痛苦还不够剧烈？
　　暴虐的爱神啊，
　　你一定要安排得如此过分，
　　让我感谢他的救命之恩？——编者注
　　[中译按] 这段译文显然比莱辛的译文更清楚。
② 旁白是对观众说的话，把人物的思想介绍给观众，不是说给他的谈话对象。

女　　王　愚蠢的爱情！——

艾塞克思　虚荣的痴心！——

女　　王　多么盲目！——

艾塞克思　多么鲁莽！——

女　　王　你要让我把自己贬得这样低？——

艾塞克思　你要让我把自己抬得这样高？——

女　　王　你想想，我可是个女王！

艾塞克思　你想想，我可是个下臣！

女　　王　你会把我推入深渊里，——

艾塞克思　你会把我举到太阳上，——

女　　王　不重视我的血统高贵。

艾塞克思　不想想我的出身低贱。

女　　王　但是，因为你支配了我的心，——

艾塞克思　但是，因为你占有了我的魂，——

女　　王　死了这份心思，绝不再涌上舌尖！

艾塞克思　死了这份心思，绝不再涌上唇边！

（这不是一场罕见的谈话吗？他们在互相对话，却又不是互相对话。一个人听到的，另一个人却没有说，而回答的却又不是他所听到的。他们互相听到的话，不是出自口里，而是出自灵魂，然而谁都不说。为了鉴赏这种不自然的、矫揉造作的作品，必须当个西班牙人。早在三十几年之前，我们德国人就对这种作品颇感兴趣。在表现我们的国家活动和英雄行为①方面，充满了在各个方面都是按照西班牙典范炮制的作品。）

---

①　多称"君主和国家行动"，流动戏班子多喜欢做这样的演出，描写历史和现实中"大人物"的遭遇，大都采用浮夸的剧名和布景。其典型作品：一方面有 17 和 18 世纪英国流动戏班子，另一方面则有西班牙描写宫廷荣誉和爱情的戏剧。

在伊丽莎白批准艾塞克思休假，命令他不久再听候差遣以后，二人从不同侧面退场，到此第一幕告终。——众所周知，西班牙人的戏剧只有三幕，他们称这为 jornadas，日常劳动。他们最古老的戏剧分四幕。洛贝·台·维加①说："好比婴儿四肢着地爬行，因为那时候的喜剧正也在婴儿时代。"毕茹威斯②是第一个把四幕改为三幕的人。洛贝因袭了他的做法，尽管他的青年时代的，或者毋宁说他的少年时代的最初作品，同样是写成四幕。关于这一点我们是在后者《编写喜剧的新艺术》③一文里学到的。我发现塞万提斯④有一段话，是同这段话相矛盾的。⑤塞万提斯在那一段话里，把历来分作五幕的西班牙喜剧改为三幕的荣誉安到自己头上。让西班牙文学家来判断这个矛盾吧，我不想为此耗费笔墨。

第 63 篇　1767 年 12 月 8 日

女王从庄园返回伦敦，艾塞克思也返回伦敦。他一到伦敦便急忙

---

①　西班牙巴洛克时代伟大剧作家（1562—1635），他在其 1609 年写的《编写喜剧的新艺术》（Arte nueva de hacer comedias）一文中，描写了从四幕戏剧向三幕戏剧的过渡，并把它视为一种特殊的西班牙类型，莱辛所指的就是这篇文章，他的引文也出自这篇文章。

②　毕茹威斯（Christobalde Virues，1550—1610），西班牙诗人和士兵，特别以几出悲剧著称。

③　《编写喜剧的新艺术》，洛贝（Rimas）的附录："好比婴儿四肢着地爬行，因为那时候的喜剧正也在婴儿时代。有名的才子毕茹威斯上尉开始把喜剧分作三幕。我十一二岁的时候就是分四幕写，写在四张纸上，一幕一张纸。"（［中译按］这段话采用的是杨绛先生的译文，见《古典文艺理论译丛》，第 11 册，人民文学出版社，1966。）——莱辛注

④　塞万提斯（Miguel de Cervantes Saavedra，1547—1616），以长篇小说《堂吉诃德》著称于欧洲，他的喜剧集鲜为人知，莱辛的引文即出自它的前言。

⑤　在他的喜剧前言中说："是我把喜剧由从前的五幕减少为三幕。"——莱辛注

进宫，免得犹豫不决。他跟考斯密揭开了第二幕，这一幕发生在王宫里。考斯密按照伯爵的命令置备了手枪，伯爵有暗敌，他得防备深夜出宫时为人暗算。他命令考斯密立即将手枪携入布兰卡的卧室，请弗洛拉妥为密藏。他解下饰带要去见布兰卡。布兰卡是个心怀嫉妒的人，饰带会引起她的怀疑，她可能要这条饰带，而他一定得拒绝她的要求。当他把饰带交给考斯密保存起来的时候，布兰卡进来了。考斯密想迅速把它藏起来，但已无法快到不被布兰卡发现。布兰卡携伯爵去见女王。艾塞克思临走时警告考斯密，关于饰带的事要守口如瓶，不可向任何人出示。

考斯密除了他的其余善良性格之外，还是个极爱饶舌的人。任何秘密他都不能保守一个钟头。他怕由此引起身上长脓疮。倘不是伯爵的禁令及时提醒他，早在三十六小时之前他就会摆脱这种危险①。他交给弗洛拉手枪的时候，就开口讲起了关于戴面具的太太和饰带的故事。但是他马上想起，第一个听他讲述自己秘密的人，应该是一个更

---

① 从前我不曾有过忧虑，
　一切都藏在我的心里，
　但是现在我宁可死去，
　因为他不让我声张！
　可是要不了半个钟点，
　每句话都像熟透的脓疮，
　使我疼痛难忍！——莱辛注
　我不打算说出来，
　而是守口如瓶。
　自从有人把这秘密告诉我，
　我就禁不住要把它抖搂出来，
　因为我的天性如此，
　心中的故事要不了一个或者半个钟头，
　就能让我身上长出脓疮。——编者注
　[中译按] 莱辛的译文和德文版编者的译文不完全相同。

尊贵的人物。尽管弗洛拉夸耀自己使他上了当，他还是没讲出来。①
（我必须设法引用一小段五花八门的西班牙机智的标本。）

考斯密不能长久地等待这样一个更尊贵的人物。布兰卡被自己的
好奇心纠缠得很苦恼，她不得不尽快摆脱伯爵，弄清楚方才考斯密当
着她慌慌张张掩藏的是什么东西。她立即返回。开头她问考斯密，为
什么没按照伯爵的差遣去苏格兰，他回答说次日天明动身。然后她想
知道他在那里藏了什么东西。她追问考斯密，然而考斯密是经不住追
问的。他把饰带的事全部告诉了她。布兰卡从他手里拿过饰带。考斯
密那种吐露自己胸中秘密的方式，是异常令人作呕的。他的胃不愿意
再长久保留这些隐秘，它们使他打嗝、腹痛，他用手指捅嗓子眼，把
它们全都呕吐出来，为了爽爽口，开开胃，他急忙跑去嚼一颗榅桲果
或者一只橄榄。② 布兰卡无法明白这些颠三倒四的饶舌，但她从中
明白了这条饰带是一个女人的赠品，艾塞克思即使没有完全爱上这女
人，也对她有情意。她说："因为他毕竟是个男人，一个女人将自己

---

① 弗洛拉，好吧！——不！
　　应该是一个更高贵的人物！
　　不能让弗洛拉得意忘形，
　　饶舌会使我上当。——莱辛注
　　弗洛拉来了；
　　不，应该是一个更高贵的人物，
　　不能让弗洛拉得意忘形，
　　从我嘴里捞到一个秘密。
　　（"弗洛拉"有双关语意，在西班牙语里有"破身"的意思。）——编者注
　　[中译按] 与莱辛译文略有出入。

② 呜呼，已经到了我的嘴边
　　这泻药！……
　　慢着，现在我要呕吐！
　　是的，我想吐！我的胃
　　再也忍受不住。
　　噢，肚子怪痛！一点不假！

的终身委托给男人，多么痛苦！最优秀的男人尚且如此邪恶！"为了预防他的不忠，她想尽快与他结婚。

女王走进来，她异常地心灰意懒。布兰卡问她是否要唤其余女官进来，但是女王宁愿自己待在这里，只要唤伊琳娜来，在屋前唱歌。布兰卡从一侧出去唤伊琳娜，伯爵从另一侧进来。

艾塞克思热爱布兰卡，但他虚荣心很强，他想同时做女王的情夫。他责备自己有这种虚荣心，他为此而惩罚自己。他的心是属于布兰卡的。出于自私的目的，他又不愿意把心收回来。虚伪的习惯无法战胜真正的热情。② 因此他想离开这里，不愿意让女王发现自己，而

　正因为泻药生了效，
　从嗓子眼通到肛门，
　肚子胀得我好难熬，
　给我增添了新的痛苦。
　现在我怎样，
　才能摆脱这呃逆？
　快，嚼一口榅桲果，
　我得赶快去厕所！——莱辛注
　现在我要呕吐。
　……这令人恶心的打嗝！
　这可怕的反胃！
　——我的胃忍受不住了。
　不错，这是多么巨大的痛苦啊，
　我把手指伸进去。
　……我把满肚子东西都吐了出来，
　连同我的秘密排泄得干干净净，
　一点儿未剩，是这故事引起我这样一顿呃逆，
　我不得不吃一颗榅桲果，嚼一颗橄榄。
② 啊，我这鲁莽的思想，
　敛起你那骄傲的翅膀，
　它们向着奢望，
　不自量力地翱翔！

当女王看见他以后，也同样想避开他，但是他们却都停在那里未动。
这时伊琳娜在窗前唱起歌来。她唱的是一首小调（Rodondilla），① 一
首四句的短歌。这四句歌词的意思是："愿我这倾慕的哀诉使你知
悉：啊，让这哀诉引起的怜悯，克服你心中的犹豫，而我就是这个哀
诉的人。"女王喜欢这首歌，艾塞克思也觉得正好可以借这首歌，以
一种隐晦的方式，向她表达自己的爱情。他说他对这首歌做了注
释，② 请求女王允许他说出自己的注释。在注释当中他把自己描绘成
温情脉脉的情人，但是敬畏使他不敢向爱恋的对象披露心曲。女王称

　给你那有限的旅程，
　寻找一个切实的目标！
　布兰卡爱我，我爱布兰卡，
　她是我的，因为虚荣的引诱，
　我能使她忧愁？
　不！不能叫有害的收获
　毁掉这种结合！——莱辛注
　收敛吧，收敛起翅膀，
　不要飞得这样高，
　我们要寻找一个合适的领域，
　为了这一次有限的飞行。
　布兰卡是爱我的，
　我要恳求布兰卡，
　她已经是我的情人。
　为何我要出于虚荣抛弃如此珍贵的爱？
　不能让错误的社会理由，
　战胜真实的感情。——编者注

① 一种四行扬抑格短诗，韵律格式为 abba，在这里表示题词（Mote，
Motto），接下去是说明性或者描绘性的"题解"（Glossa）。

② 西班牙人有一种诗的形式，称为"题解"（Glossa）。他们把一行或
者数行诗组成一种仿佛歌词的东西，再对这种歌词加以说明或者注释，然后
再把那数行诗编入说明或者注释里去。他们称歌词为 Mote 或者 Letra［题
词］，而解释，尤其是"题解"则是诗的名称。在这里作家让艾塞克思把伊

赞他的诗歌，但不赞成他的恋爱方式。她说："密藏的爱情，不可能
是巨大的爱情。爱情只能通过对方的爱情得以增长，而缄默只能轻率
地丧失掉对方的爱情。"

琳娜的歌改为四行的"题词"（Mote），然后又把其中的每一行改写成一种特
殊的绝句（相当于一节诗），每一首绝句都以被注释的那一行诗结尾。其全
貌如下：

题　词

你可听见我的惶惑的叹息，
有朝一日向着你飞飘，
但愿你懂得这苦恼，
让它把怜悯传递。

题　解

不论苦恼怎样将我纠缠，
不论它怎样挣扎着冲出心间，
无花果已经死在嘴边，
它从未达到你的心里，
我胸中的痛苦声音。——
于是我只好忍受悲伤，
因为羞怯和敬畏将它捆绑；
唉，嘴边上的话语，
却未能被你理解，
你可听见我的惶惑的叹息？
这叹息表现得曲折而婉转，
但愿你加倍用心把它分辨，
长久缄默后的痛苦，
他不能解释清楚。
通过痛苦本身的标志，
隐蔽的标志辨认它的真谛，
假如他将来对你明讲，
忠实心灵的恳求，
有朝一日到达你那高高的门槛，

第64篇 1767年12月11日

伯爵回答说，最完美的爱情是不计报酬的，对方的爱情就是报酬。他的缄默能使他幸福，只要他对自己的爱情保持缄默，

有朝一日向着你飞飘。
可是，唉，因为我的叹息，
无情人，对你这样明白坦率，
不许我斗胆奢望，
像对许多人那样？
所有向你表示忠诚的人，
都向你承认他们的痛苦，
你却对此视若无睹，
任何恳求都不能使你动心？——
当然！它不会使你心软，
但愿你懂得这苦恼！
紧紧纠缠着我的悲伤，
摆脱了你那可爱的威严：
你和我，我们是同伴！
你，因为它离开了你，
我，因为它倾注到我的心上。
想想我叹息的原因吧，
可爱的劳拉，
愿它告诉你的威严，
用自己的礼品，
让它把怜悯传递！

但是，不是所有题解，都像这些题解对仗得这样工整。人们可以尽量自由地把用"题词"的诗行结尾的绝句，按照自己的心愿写得很不相同。也不必把所有诗行都穿插进去，可以只限于采用一行诗，让它不止一次地重复出现。此外，这种题解是西班牙诗歌中最古老的体裁之一，这些体裁在勃斯坎和加西拉索（勃斯坎 [Juan Boscan Almogaver, 1490—1542] 和加西拉索 [Garcilaso de la Vega, 1503—1536]，根据古典和意大利诗歌形式奠定了西班牙古典文学）以后已不甚时兴。——莱辛注

即使爱情尚未遭到拒绝，他还可以陶醉在甜蜜的想象里，认为爱情或许可以被接受。在他尚未知道自己是多么不幸之前，这不幸的人仍然是幸福的。① 女王在反驳这种诡辩的时候，热切盼望艾塞克思立即采取行动；这种反驳使艾塞克思变得大胆起来，他刚想冒险说出实话，因为女王主张一个情人无论如何也得冒

----

① 默默地自我陶醉，
　　而不要求任何报酬，
　　才是最纯洁的爱情。
　　答复也是报酬，
　　若是追求报酬，
　　即是热爱赢利，
　　这样的爱情不完美，
　　因为它是自私的流露，
　　为了获得代价。
　　在畏惧和缄默中，
　　隐藏着我的爱情的追求，
　　我的幸福
　　在这种结合中才可靠；
　　我梦想着——甜蜜的幻想！——
　　被她所理解，
　　我的胆怯的缄默，
　　我的心的颤动！
　　生命的活力，
　　忠实地保存在我的心里，
　　因为我的信念的
　　幻梦不会消逝；
　　傻瓜的梦幻！
　　只要他发现幸福，

险，这时布兰卡进来禀报大公爵到。布兰卡的出现产生了特殊的戏剧效果。因为布兰卡围着从考斯密手里拿来的饰带。女王觉察到这条饰带，艾塞克思却没有觉察。

艾塞克思　冒险试试看！——说干就干！她自己在鼓励我。既然吃药也能死去，为什么非要病死不可呢？我还怕什么？——女王，如果——

布 兰 卡　大公爵到，陛下，——

　便冒险在舌尖上
　赋予错误的权力！
　不猎取代价的人，
　才是幸福的人，
　他从来都不会
　为损失而抱怨！——莱辛注
　最地道的爱情是自我满足，
　不期望别的报酬或者达到别的目的：
　回答就是报酬，
　如果追求报酬，
　就是为了贪欲而爱……
　我的爱控制在沉默和敬畏界限之内，
　所以我的幸福是可靠的，
　如果我认为它将被一个高尚的人接受，
　那是多么甜蜜的幻想！
　当我被这幻想迷惑，
　才能保持我的幸福，
　因为我的迷惑持续未断。
　舌头是愚蠢的，
　要是它拿幸福冒险，
　幸福只有秘藏才是可靠的……
　只有从未遇到不幸的人才是幸福的。——编者注
　[中译按] 莱辛的译文似乎不如这位编者的译文明了。

艾塞克思　布兰卡来得真不是时候，——

布　兰　卡　在前厅等候，——

女　　王　啊！天哪！

布　兰　卡　等候——

女　　王　我看见了什么？

布　兰　卡　答应晋见。

女　　王　告诉他——我看见了什么！告诉他等一等。——我心
慌意乱！——去吧，说给他听听。

布　兰　卡　遵命。

女　　王　慢着！过来！走近些！——

布　兰　卡　有什么吩咐，陛下？——

女　　王　嗷，一点不假！——告诉他——毫无疑问！——去
吧，陪他说会儿话，——我真该死！——等我亲自出
去见他。去吧，别打扰我！

布　兰　卡　这是怎么了？——我去。

艾塞克思　布兰卡出去了。我再接着，——

女　　王　啊，嫉妒！

艾塞克思　说明我的意思。——我冒险做的事情，是按照她自己
的劝诱。

女　　王　我的馈赠落到别人手里！上帝见证！——我感到羞
耻，我居然被感情捉弄得这样厉害！

艾塞克思　如果，——诚如陛下所说，——而我也相信——经过
畏惧而得到的幸福——是非常珍贵的；——如果能够
死得更高尚一些，——那么我也愿意这样，——

女　　王　您为什么说这些，伯爵？

艾塞克思　因为我希望，如果我——我为什么还害怕呢？——如
果我向陛下承认自己的热情，我有些爱——

女　　王　您在说什么，伯爵？跟我说这话？怎么？您这傻瓜！
不知好歹！您还认识我吗？您知道我是谁？您是谁？

我看您丧失了理智。——①

接着，女王陛下彬彬有礼地把可怜的伯爵责骂了一顿！她问他知不知道，苍天同一切人间的大胆行为相比，孰高孰低？他知不知道，想吹倒奥林帕斯山的风暴，不得不半途卷回？他知不知道，想升上太阳的云雾，将被太阳的光辉驱散？有谁尝到过从天上掉到地下的滋味，那就是艾塞克思。女王命令他不许再同她见面，永远不许再登她的宫殿，他应该为她给他留下那颗产生如此轻率念头的脑袋而感到幸运。他退出去，女王也出去，但她仍然使我们觉察到，她的心跟她的话是多么不一致。

布兰卡和大公爵进来，免得空场。布兰卡公开向大公爵承认了自己跟伯爵的关系，伯爵必须做她的丈夫，否则她会丧失自己的荣誉。大公爵也下定决心，这是他必须做的。他愿意忘却自己的爱情，为了报答她的信赖。他甚至答应替她在女王面前说情，如果她愿意把伯爵对她的情谊透露给女王。

女王立刻沉思着返回来，她无法断定伯爵是否有过错，像他表面表现出来的那样。或许世界上还另有一条饰带跟她那一条一模一样。——大公爵走上前去。他说他是为了请求她开恩而来的，布兰卡也是来请求开恩的，布兰卡将会详细说明。他愿意让她们单独谈谈，于是他避开她们而去。

女王感到好奇，布兰卡则心慌意乱。布兰卡终于决定开口。她不愿意再听凭男人那种反复无常的个性任意摆弄，可以凭借权力获得的东西，她不愿意再听凭他正直的本性来判决。她恳求伊丽莎白的同情，她把伊丽莎白作为一个女人，而不是作为一位女王。因为她也得

---

① 这是布兰卡拿着饰带进来之前，艾塞克思说的话（莱辛译）。

承认女人的感情脆弱，因而她不是把她视为女王，而只是视为女人。①

---

① 我下定决心，绝不屈服于
一个男人的轻浮！
可我又不知道，
他是否践踏了誓言，
如果我听凭他的恩爱摆布，
尽管我可以向他要求这种恩爱，
那肯定是愚蠢的念头。——
听我说，伊丽莎白，
请求女王陛下
赐给我的话语
以荣誉、恩典和关怀！
您听，我的嘴里
称呼您伊丽莎白，
而不是女王，如果我
向您承认这是错误，
这是我作为女人犯下的过错，
但愿您不把它视为错误，
因为我只是把您看成女人，
而不是女王。——莱辛注
现在我下定决心，
绝不屈服于男人的反复无常，
尽管我不知道他是否会忘掉我，
凡是能够凭权力做的事情，
我必须听任他的骑士精神。
伟大的伊丽莎白呀，
您听我说，
赐给我更多的同情吧，
而不是单纯的关怀。

第65篇　1767年12月15日

你说我感情脆弱？女王问道。

布兰卡　谄媚，叹息，温存，尤其是眼泪，很容易掩藏最纯洁的德
　　　　行。对于我来说，固守这些经验该是多么宝贵呀！伯爵——
女　王　伯爵？哪个伯爵？——
布兰卡　艾塞克思。
女　王　你说什么？
布兰卡　他那迷人的温情——

――――――――

　在当前的情况下我称您为伊丽莎白，
　而不是称您为女王；
　假如我向您承认我是脆弱的，
　那是因为我是个女人，
　但愿您用宽容的心怀看待它，
　我不是把您看作女王，
　而是看成女人，
　仅仅是女人。
　布兰卡对我说她爱上了伯爵，
　也许她在撒谎吧？
　不，布兰卡不会凭空捏造。
　即使不爱她，
　难道他不会拥抱她吗？
　他不能忘记她吗？
　尽管他温柔而热烈地爱过她？
　我们会面时我不是紧闭双唇，
　一言未发，
　却用多情的眼睛看着他？
　当他向我讲述他的烦恼时，
　我不是劝他不要悲伤？

女　王　艾塞克思伯爵？

布兰卡　是他，女王。——

女　王　（旁白）　我该死！——还有？接着说！

布兰卡　我发抖。——不，我不敢冒昧。——

　　女王使她产生勇气，逐步引诱布兰卡说了许多不该说的话，比女王希望听到的多得多。她听说伯爵在什么地方并且怎样交了艳运，①当她最后听说他已经答应跟她结婚，而布兰卡急于实践这种诺言的时候，于是她抑制了这样长时间的风暴突然大作。她非常尖刻地讥笑了这轻信的少女一番，并且绝对禁止她再打伯爵的主意。布兰卡一听就猜出来，女王的激动是出于嫉妒。布兰卡让她明白自己的意思。

女　王　嫉妒？——不；是你的举动叫我生气。——即使说，——
　　　　是的，即使说我爱伯爵。如果我，——我爱他，而另外一
　　　　个女人也这样不自量力，这样愚蠢，跟我一块爱他，——
　　　　我说什么来着，爱？——只是瞧他，——我说什么，瞧？

---

①　布兰卡　我在黑夜里呼唤他。

　　女　王　他来了吗？

　　布兰卡　但愿我的不幸和他的爱都没有这样巨大。他来了，比往日
　　　　　　更可爱，而我呢，我却双倍盲目地走向不幸，通过爱情和
　　　　　　通过黑夜……

　　布兰卡　我终于下定决心，
　　　　　　在一个漆黑的夜间，
　　　　　　邀他到那里去——

　　女　王　他呢？

　　布兰卡　为什么我的不幸，他的忠诚
　　　　　　这样巨大？他从来不曾
　　　　　　这样可爱，这样善良！而我
　　　　　　双倍盲目地走向我的毁灭。
　　　　　　通过黑夜，通过爱情。——莱辛注

> 只是心里在打他的主意，这个女人不该死吗？——你
> 看，一个只是设想的、虚构的嫉妒，使我多么生气；你
> 想想看，如果真是嫉妒我会怎么办。现在我只是假装嫉
> 妒，你要小心，别真的让我产生嫉妒！

女王威胁一番之后走出去，布兰卡感到非常绝望。这里且不提布
兰卡早已发出抱怨的侮辱。女王剥夺了她的父兄的生命和财产，现在
又要剥夺她的伯爵。她决心要报仇。但是，为什么布兰卡还要等待别
人替她报仇呢？她想亲手报仇，就在今天晚上。作为女王的宫女，她
得帮助她换装，那是她和女王单独接触的机会，她是不会缺少时机
的。——她看到女王和首相返回来，便走出去准备自己的行动计划。

首相拿着许多公文，女王令他把公文放在桌上，她想在睡觉之前
浏览一下。首相称赞女王处理国政十分认真，女王认为这是自己的义
务，让首相去休息。现在只剩她一人坐下来翻阅那一堆公文。她想忘
掉自己的爱情的苦恼，去思考一些重大的事情，但是她拿在手里的第
一封信件，偏偏是一个叫费利克思的伯爵的请愿书。一位伯爵！她
说："摆在我眼前的头一封信件，非得出自一个伯爵之手！"这段描
写非常出色。① 她的全部灵魂霎时间又回到了她现在不愿意想到的那
位伯爵身上。他对布兰卡的爱情是她心里的一枚刺，这成了她生活里
的一个累赘。在死亡把她从这种痛苦折磨之中解放出来之前，她想在
"死亡的弟弟"② 身上寻找慰藉。于是她睡着了。

这时布兰卡走进来，手里拿着她从自己卧室里发现的伯爵的手
枪。（在这一幕开始时，作家不是没有目的地把它放在那里的。）她
发现女王一人在睡觉，她还能希望什么样更有利的机会呢？但是，恰

----

① 请愿书让女王想到了自己的秘密爱情，这个题材引自莱辛的《爱米
丽娅·迦洛蒂》，这证明西班牙的《艾塞克思》对于他来说是多么重要。

② 把睡觉比喻成"死亡的弟弟"，莱辛在《古人是如何想象死亡的》
一文中，把这一思想做了进一步发挥。

好伯爵在寻找布兰卡，在她的卧室里没有遇见她。无疑，下面的情节就可想而知了。伯爵来这里寻找布兰卡，他来得正巧，适逢布兰卡要行凶杀人，他扑过去夺下布兰卡已经对准女王的手枪。当他与布兰卡争夺的时候，子弹出膛了。女王醒来，所有人都闻声从宫中跑出来。

女　王　（苏醒）　啊！这是怎么回事？

首　相　到这里来，到这里来！谁在女王室内打枪？这里发生了什么事？

艾塞克思　（手里拿着手枪）　凶杀！

女　王　这是怎么回事，伯爵？

艾塞克思　我该怎么办？

女　王　布兰卡，这是怎么回事？

布兰卡　我的死是无疑的！

艾塞克思　我的心情多么纷乱！

首　相　怎么？伯爵是叛徒？

艾塞克思　（旁白）　我该怎么办？如果我沉默，人们会说是我犯了罪。如果我照实说，我就成了我爱人的，我的布兰卡，我的最忠实的布兰卡的告发者。

女　王　您是叛徒吗，伯爵？是你，布兰卡？你们两个人当中谁救了我的命？谁是我的凶手？我似乎觉得，在睡梦中听见你们二人都喊：叛徒！可你们二人当中只有一个才配这个称号。如果你们当中一人想害我，就是另一个人救了我。是谁救了我，伯爵？是谁想害我，布兰卡？你们沉默？——那就沉默好了！我不想知道了，我不想知道谁个无辜，谁个有罪，也许知道谁是我的救命恩人，会像知道谁是我的敌人一样，更使我痛苦。我愿意宽恕布兰卡的反叛行为，我愿意感谢她的这种行为，假如伯爵在这方面是无罪的。

但是首相说，即使女王愿意谅解这件事，他也不能容忍。这罪过太重了，他的责任要求他澄清事实，尤其是一切迹象都表明是伯爵的罪过。

女　　王　首相说得对，要进行审讯。——伯爵，——

艾塞克思　女王！——

女　　王　您照实说吧。——（旁白）但是我的爱情多么怕听到这实话呀！——是布兰卡？

艾塞克思　我是不幸的人！

女　　王　是布兰卡想杀害我？

艾塞克思　不，女王，不是布兰卡。

女　　王　那么是您喽？

艾塞克思　可怕的命运！——我不知道。

女　　王　您不知道？——那么这凶器是怎样到您手里的？

伯爵沉默，女王命令把他关进监牢。在事件弄清之前，布兰卡应该被禁在她的卧室里。他们被带走，第二幕结束。

第66篇　1767年12月18日

第三幕以女王的长长的独白开始，女王运用爱情的慧眼在发现伯爵的无辜。为了既不把他设想为自己的凶手，也不设想为布兰卡的情夫，免不了要想象一番。尤其是关于布兰卡的设想，简直近乎想入非非。关于这一点她想得很久很久，但并不像我们所希望的那样，也不像在我们的舞台上所表演的那样温情和庄重。①

————————

① 布兰卡不会撒谎，
　　说她已经缔结姻缘？
　　不！这不是她的凭空想象！

大公爵和首相上场。前者为她的无恙表示高兴，后者又为她提供了一个关于艾塞克思的新证据。人们从他的手枪上发现有他的名字，手枪是他的。手枪属于谁，无疑谁就想用它。

然而，对于艾塞克思来说，最无法挽回的灾难，还是下述情节。次日天明，考斯密携带前面提到的那封书信去苏格兰时被扣留。他的出差很像是潜逃，对于这样一次潜逃，人们会猜想他也参与了主人的犯罪活动。他被带到首相面前，女王命令当着自己的面，对他进行一番审讯。根据考斯密对自己申辩的腔调，很容易推断，他什么也不知道，而当他说起往哪里去的时候，不用威逼便都一五一十地招了出来。他把伯爵命令他送给苏格兰另一位伯爵的信件交了出来，读者是知道这封信件的内容的。信件被当众读了一遍，当考斯密听到这封信针对什么的时候，吃了一惊。但是，更令他吃惊的是，信件结尾处称递信者为一心腹之人，罗伯托可以把自己的复信交给他。考斯密喊道："说什么？我是一个心腹之人？既是这个的心腹，也是那个的心腹！我不是心腹人，我从来都不是，我一辈子也不想当个心腹人。瞧我这模样儿像个心腹人吗？我真想知道，我主人在我身上发现了什么值得称为心腹人的东西。就像我这样一个一丁点秘密都装不住的人，是个心腹人？比如说，我就知道布兰卡和我主人相爱，他们秘密地订婚了，这件事情早就顶着我的嗓子眼儿，现在我把它说出来，让你们

　他怎么能爱她呢，
　　他不是向她谄媚吧？——
　　是的，他以温柔甜蜜的热情，
　　曾经将布兰卡拥抱！——
　　他的希望没有消逝？
　　当我使他的惶恐镇定，
　　我的爱情不是小心翼翼地
　　看着他幸运在握，
　　紧闭着他的双唇，
　　两眼含着晶莹的泪水？——莱辛注

好好看看，各位大人，我是一个什么样的心腹人。遗憾的是没有多少重要事情，要有，我都得说出来。"这个消息使女王痛苦的程度，丝毫不亚于那封不幸的信件所证明的伯爵的叛逆行为给她带来的痛苦。大公爵认为自己不能再沉默，不能再向女王隐瞒他在布兰卡的卧室里偶然听到的那些话。首相要求惩办叛徒。待女王独自一人的时候，她那被侮辱的尊严和被欺骗的爱情，促使她决定处死伯爵。

然后作家又把我们引到伯爵的牢房里。首相进来，对伯爵宣布，议会判他有罪，处以死刑，并在次日清晨执行。伯爵断言自己无罪。

首　　相　阁下，我愿意相信您是无罪的，但却有那样多证据驳斥您！——给罗伯托的那封信不是您写的吗？那不是您的亲笔署名吗？

艾塞克思　不错，信是我写的。

首　　相　阿朗宗大公爵没有在布兰卡的卧室里亲耳听到您关于杀害女王的密谋吗？

艾塞克思　凡是他听到的，自然他都听到了。

首　　相　当女王醒来的时候，她不是看到手枪在您手里？刻有您的名字的手枪不是您的？

艾塞克思　这我无法否认。

首　　相　这样看来，您是有罪的。

艾塞克思　我否认这一点。

首　　相　那么，您是怎么想到给罗伯托写信的呢？

艾塞克思　我不知道。

首　　相　大公爵从您自己的嘴里听到了叛逆的预谋，这是怎么回事？

艾塞克思　因为老天爷希望这样。

首　　相　凶器在您的手里，这是怎么回事？

艾塞克思　因为我非常倒楣。

首　　相　如果这一切都是因为倒楣，而不是罪过，一点不假，朋友，那是您的命运在捉弄您。您必须为此付出自己的头颅。

艾塞克思　真是大难临头。

在场的考斯密问道："阁下知道吗，他们要不要把我一块吊死？"首相回答不要，因为他的主人已经为他做了充分的辩护。伯爵请求首相允许他临死之前见布兰卡一面。首相表示遗憾，他作为法官，不得不拒绝他的这种要求，因为已经决定尽量秘密地处死他，唯恐引起同谋者的骚动，这种同谋者不仅在大人物当中存在，甚至在平民中间或许也有一大批。他劝他准备赴刑，然后退场。伯爵要求见布兰卡的目的，只是为了劝她放弃自己的预谋。由于口头上办不到，他想写成文字。荣誉和爱情使他为她付出自己的生命，在这种所有的情人都放在口头上，只有在他身上才成为现实的牺牲中，他想恳求她不把这种牺牲付诸东流。时值夜间，他坐下来写信，并命令考斯密把他待一会儿交给他的信件，在他死后立即转给布兰卡。考斯密走出去，想趁机美美地睡一觉。

第 67 篇　1767 年 12 月 22 日

下面的一场戏非常出人意料。一个女人突然走进伯爵的牢房，这就是被艾塞克思在第一幕里救过性命的那个女人，身着当时穿的衣装，脸戴半块面具，手执一盏灯。这就是女王。上场时她自言自语地说："伯爵救了我的命，我感激他。伯爵想杀害我，这是为了报复。通过判决使正义又得到了伸张，现在也得使感激和爱情得到满足。"她走近前来，发现伯爵在写信。她说："无疑，这是写给他的布兰卡的！这有什么不好！我是出于爱情，出于火热的、无私的爱情而来的，现在让嫉妒沉默吧！——伯爵！"伯爵听见有人呼唤自己，回头一看，惊讶跳起来。"我看见了什么！"——"不是做梦，"女王接着说，"而是真实。请你迅速相信，不要让迟疑剥夺去我们的宝贵时间。——您还记得我吗？我是您救过性命的人。我听说您明天要死，我是来报答您的救命之恩的。我这里有牢房的钥匙，您不要问怎样弄来的，给，您拿着，用它打开通向公园的门，您逃跑吧，伯爵，保住您那对于我来说如此珍贵的生命。"

艾塞克思　珍贵？对您来说，太太？

女　　王　不然我会这样冒险？

艾塞克思　我的遭遇是多么意味深长啊！眼前摆着一条路，它能通过我的幸福使我不幸。表面看来，我是幸福的，因为想杀死我的人，竟搭救我来了。但是，这使我反而更为不幸，因为把我的自由捧给我的人，正是想杀死我的人。——

由此，女王完全明白了，艾塞克思认出了她。他断然拒绝接受她的恩典，而请求换成另外一种恩典。

女　　王　换成什么样的？

艾塞克思　这个恩典，太太，我知道您是能够做到的，——请让我看看我的女王的面庞。这是我唯一并不认为过分渺小的恩典，它可以使您记住我为您做过的事情。看在我搭救过您的性命的面上，我恳求您，太太，赐我这个恩典。

女　　王　（自言自语）　我怎么办？或许，他看见我，便会为自己辩护！这是我唯一的希望。

艾塞克思　您不要延迟我的幸福，太太。

女　　王　如果您真的希望这样，伯爵，好吧，但是您先接过钥匙，您的性命系在这把钥匙上。我现在能为您做的，此后也许办不到了。您拿着，愿您安然无恙。

艾塞克思　（接过钥匙）　谢谢这预言。——现在，太太，——我渴望从女王的面庞上，或许从您的面庞上，看出我的命运。

女　　王　伯爵，不论这两张面庞是不是同一张面庞，反正您将看到的这张面庞，完全是属于我一个人的；因为您现在看见的这张面庞（她摘掉面具），是女王的面庞。我开头跟您说话的那张面庞已经不存在了。

艾塞克思　这样我死了也甘心！既然对每一个见过国王面庞的人开恩，是龙颜的特权，像我这样的人也理当享受这种法律的实惠，不过我并不想在这方面寻找庇护，而宁愿在我自己身上。我想让我的女王记起我对她和国家建树的功勋——

女　　王　这个我并没有忘记。但是，您的罪过，伯爵，大于您的功劳。

艾塞克思　我不能指望得到女王的开恩？

女　　王　不能。

艾塞克思　如果女王这样严厉，那么我呼吁我曾经救过她的命的太太。她或许会对我高抬贵手？

女　　王　她所做的远远超过了她应该做的：她已经为您打开了逃避正义的大门。

艾塞克思　我从感谢我的救命之恩的女人手里能够得到的只有这些？

女　　王　您听到了，我不是这个女人。纵然是的，那么我给予您的，难道不是像我从您手里得到的一样多吗？

艾塞克思　在哪里？您大概不是指给我一把钥匙吧？

女　　王　当然是指这个。

艾塞克思　这把钥匙给我敞开的门，不是通向生命的大门，而是通向耻辱的大门。我的自由所带来的一切，不应当为我的懦弱服务。女王居然以为可以用这把钥匙偿清我在南征北战中为她取得的那些财富，为她而流的鲜血，挽救过她的性命？用这把可怜的钥匙偿清我的这

你，甘愿为了你而承担叛逆者的死罪的人，是不多的。"

天哪！女王惊呼道，你给我拿来的是什么呀？——考斯密说，怎么？我还是一个心腹人吗？——"快去，飞跑，去搭救你的主人！告诉首相，住手！——喂，卫兵！把他带到我这里来——把伯爵，——快！"——他立刻被带进来，却是他的尸首。当女王知道自己的伯爵无罪的时候，一时之间，不胜欢喜。当看到伯爵已被处死的时候，她越发痛苦和愤怒。她咒骂人们执行她的命令如此急不可待。布兰卡也许会颤抖的！

这出戏就是这样结束了。关于这出戏，我耽误读者的时间或许太多了。也许不多。

我们对西班牙戏剧作品了解得很少，我没见过一个译本或者是片断的译文。虽然蒙蒂亚诺①的《维尔吉尼亚》是用西班牙文写的，但它不是道地的西班牙作品，只不过是严格按照法国人风格写的一部试作，完全合乎规格，但是丝毫没有生气。毋庸讳言，远不像我从前所想象的那样成功。② 如果同一位作者的第二出戏③也不见佳，如果想走这条路的民族的新作家并不见得幸运，那么请他们不要埋怨我宁愿选择他们的洛贝老人和卡尔德隆④老人，而不选择他们。

道地的西班牙戏剧都是按照这部《艾塞克思》的方式创作的。它们都有同样的缺点和同样的优点，有的多些，有的少些，这是可以理解的。缺点可以眼见，读者可以向我询问优点。——它们有独特的剧情，意味深长的矛盾；它们有很多特殊的、新颖的舞台动作，丰富

---

① 蒙蒂亚诺（Agostino Montiano y Luyando，1697—1764），西班牙古典主义诗人、剧作家和评论家，法国古典主义的辩护者，西班牙戏剧的榜样，他的悲剧《维尔吉尼亚》（1750）从题材方面启发了莱辛的《爱米丽娅·迦洛蒂》，莱辛在《戏剧丛刊》里发表过这出戏的节选。

② 《戏剧丛刊》，第 1 部，第 117 页。——莱辛注

③ 这是一出悲剧，剧名为 Ataulfo（约 1753）。

④ 卡尔德隆（Pedro Calderon de la Barca，1600—1681），创作过许多世俗和宗教题材的剧本，维加以后影响最大的西班牙巴洛克戏剧代表人物。

的情节，以及大部分塑造得很好的、有始有终的人物性格。它们也不乏语言的尊严和力量。——

这些当然都是美，我不说它们是最高的美；我不否认它们中的一部分很容易被夸张成传奇、怪诞和不自然；它们在西班牙人那里很少能摆脱这种夸张。但是请问，大部分法国戏剧，除了它们那些机械的规则之外，是否有这样类似的美呢？除了矛盾、舞台动作和情节之外，它们还有什么更多的优点呢？

人们会说：文雅①——当然喽，文雅。它们的所有矛盾都是文雅的，但也是单调的；它们的所有舞台动作都是文雅的，但也都是陈套子；它们的所有情节都是文雅的，但也都是牵强附会的。这都是由于文雅！

但是怎样看待考斯密这个西班牙式的小丑呢？怎样看待最俗气的滑稽和最庄重的严肃的巨大结合呢？怎样看待使西班牙戏剧如此引人注目的喜剧性与悲剧性的这种混杂呢？我绝不是为它们进行辩解。如果它们只是跟文雅发生抵触（人们知道，我指的是什么样的文雅），如果它们没有别的缺点，只不过冒犯了大人物所要求的敬畏，违背了他们的生活方式、待人接物的礼节、晋见祭祀的仪式以及各种各样的把戏，人们用这些来教训大部分人，似乎世界上有一小部分人比他们高尚得多，那么，从卑微到高贵，从恶作剧到严肃，从黑到白的最荒谬的更迭，比冷冰冰的单调更能讨我喜欢。而那娓娓动听的声音，那优美华丽的环境，那朝仪宫礼以及天晓得还有什么类似的蠢事，通过这种单调，只能使我打瞌睡。还是让我们在这里谈谈别的东西吧。

---

① 相当于法国"文雅"（bien - séance）的戏剧规则，被莱辛称之为"娓娓动听的声音，优美华丽的环境，朝仪宫礼"，又被他贬之为"单调"。作为突破这种习惯的手段，莱辛更推崇"西班牙式的小丑"。当然，这不单单是出于美学的原因，同样是社会政治性的讽刺，仿佛这是一种共识，"人们用这些来教训大部分人，似乎世界上有一小部分人比他们高尚得多"。

1768 年元月至 4 月

九　悲剧的净化问题

第 69 篇　1767 年 12 月 29 日

洛贝·台·维加，不论他是否被视为西班牙戏剧的鼻祖，反正那种"杂种"风格并非始于他。人民群众早已习惯了这种风格，他也不得不违背自己的意志而随声附和。在我前面提到过的《编写喜剧的新艺术》那首教育诗里，他关于这个问题发泄了许多怨气。他感到按照古人的规则和样板为他的同代人写作，是无法受到欢迎的。因此他试图给杂乱无章状况至少规定一些界限，这就是这首诗的目的。他想，纵然民族的趣味是鄙陋和粗野的，也得有自己的规则；按照这些规则用一种固定不变的格式来编写，总比无所遵循好得多。不遵循古典规则的戏剧作品，总是要遵循某些规则的，如果它们想受人欢迎，就一定要遵循这些规则。他想把这些规则从纯粹民族的趣味中提炼出来，并加以固定。这样，严肃与可笑的结合，就成了第一条规则。

他说："你们也可以让国王出现在你们的喜剧里。我听说，咱们的明智的国君（菲利普二世）不赞成这一点。也许他认为这是违背艺术规则的，或许他认为把帝王杂在平民中间，有失国王的尊严。是的，这意味着又恢复了引进神明的古代喜剧的做法，如同在普劳图斯的《安菲特里翁》里看到的那样。显然，普鲁塔克①在论及米南德的时候，他并不很称赞古代喜剧。自然，我并不很赞成咱

---

①　在《阿里斯托芬和米南德的简短比较》这篇残稿中，普鲁塔克批评阿里斯托芬是"旧喜剧"的代表人物，因为它把喜剧因素和悲剧因素掺在一起。

们那些时兴的作品。可是因为我们西班牙人和艺术已经相去甚远，因此只好请学者们对此免费唇舌了。确实如此，把喜剧和悲剧掺在一起，把塞内加①和泰伦茨熔在一块，② 无论如何也不会产生类似帕西法埃③的米诺陶鲁斯那样的怪物。诚然，这种变化曾经是很讨人喜欢的。观众宁愿看这种一半严肃、一半滑稽的作品，不想看别的作品。大自然本身教给我们这种丰富多彩，并由此构成了它的一部分美。"

最后这些话，正是我引证这一段文字的目的。在平凡和崇高，滑稽和严肃，欢乐和悲哀的掺和中，自然本身真的是我们的楷模吗？似乎如此。如果真是如此，洛贝完成的事业会比他预期的多得多。他不仅美化了他的舞台的缺点，其实他证明了至少这个缺点并不是缺点，因为对于自然的摹仿并不是缺点。

我们的一位当代作家④说："有人指责莎士比亚——自荷马以来在所有作家中，只有他对人，上自国王下至乞丐，上自尤利乌斯·凯撒下至杰克·福斯塔夫，了解得最全面，以神秘的直观方式观察得最透彻，——说他的戏没有布局，即使有，也是漏洞百出，没有规则，构思得不像样子；说在他的戏里，喜剧和悲剧掺和得极为杂乱，往往是同一个人物以其自然的语言感动得我们眼中流泪，

---

① 塞内加（Seneca，前5—65），古罗马哲学家、悲剧作家。

② 把他们当作截然相反的代表人物，一个是斯多葛派哲学家和悲剧诗人（约前4—65），"高级"悲剧的化身，另一个是前者的对立面，即"轻松"喜剧诗人泰伦茨（约前190—前159）。

③ 帕西法埃是希腊神话里克里特岛上米诺斯王的妻子，她和一头公牛恋爱所生米诺陶鲁斯，是一个半人半牛怪物。——编者注

④ 指的是维兰（Christoph Martin Wieland，1733—1813），这段引言见他的长篇小说《阿伽通的故事》（1766—1767），第12卷，第1章。——编者注

转眼之间便又以某种出乎意料的突然事件，或者以某种怪异的方式①表达他的感情，在不引人发笑的地方，使我们变得十分镇静，以致此后他很难再把我们置于他所希望的那种情绪之中。——人们在指责这一点的时候，却没有想到他的戏恰好在这些地方自然地反映了人生。"

"多数人的生活，甚至达官显贵的生活经历（如果我们可以这么说），只要我们作为道德本质来考察他们，在许多地方都是跟按照古代的粗俗趣味②所描写的那些大人物的举动相吻合的，因此令人觉得，当初描写这些大人物的举动的人，比人们所想象的要聪明得多，虽然他们并未抱着嘲笑人生的隐秘念头，至少是想同样忠实地摹仿自然，像希腊人蓄意美化自然一样。现在且不谈这些偶然的相似之处，在这些戏里，像在生活里一样，最重要的角色，往往是由最坏的演员扮演的，——所谓相似，即是让大人物的两种举动交替出现在布局里，出现在场次的划分和安排里，出现在关键性的情节和结局里。它们的首创者很少问一问，为什么他们偏偏如此描写这个或那个，而不是采取别的方法描写？他们常常借令人出乎意料的事件，使我们吃惊。我们常常看到人物上场和退场，却不明白他们为什么出现，或者为什么重又消逝。在两种情况下，有多少事情须听凭偶然性摆布啊！我们常常看到微不足道的原因引起最大的效果。严肃而重大的事情，常常采用轻率的方式来处理，鸡毛蒜皮的

---

① 指花哨的、过分雕琢的表达方式，这个评语是随着启蒙运动对 17 世纪语言风格的贬低而产生的，自那以后本来是表达一个时期的概念，成了标志整个时代的通用语。（［中译按］所谓"怪异的方式"，亦可直译为"巴洛克式表达方式"，"巴洛克"原为欧洲启蒙时期批判 17 世纪语言风格的用语，后来成了标志 17 世纪文风的通用语。）

② 这个贬义词指的是无规则的、野蛮的：16 世纪以来对哥特风格的贬低，导致在 18 世纪的德国对巴洛克风格的贬低。从维兰开始重新评价，然后是歌德。（［中译按］所谓"粗俗趣味"，可直译为"哥特式趣味"，这里是"意译"。）

事情，却又以可笑的严肃方式来对待。如果在这两种情况下，一切都纷乱如麻、纠缠不清，人们甚至对于能否有个结局都发生怀疑。一旦我们看到某一位神明①在雷鸣电闪之中从纸制的云端降临，或者通过猛劈一剑，虽然一时无法弄清这团乱麻，但却把它斩断，使事情得到一个结果，以这样或那样的方式使戏剧得到一个结局，该是多么快活呀，然后观众可以喝彩或者喝倒彩，随他们的心愿，或者尽他们的可能。此外，我们知道，尊贵的小丑在我们所说的喜悲剧里扮演着多么重要的角色，它似乎很想作为我们的老祖父的欣赏趣味的永恒纪念物，保存在德意志帝国首府②的剧院里。③ 神明也许愿意让人在舞台上表演他！在各时代的世界舞台上，不是都出现过许多有小丑的——或者，更令人不快的是通过小丑才成为——伟大作品吗？许多大人物，他们生来就是保卫王位的天才，为整个民族和时代造福的人，他们的智慧和勇敢不是常常遭到小丑或者类似人物的滑稽小玩笑的破坏吗？尽管他们不穿坎肩，不穿黄裤子，却有着小丑的全部性格。在两种悲喜剧当中，矛盾本身不都是由于小丑采取了某种愚弄骗人的诡计，出其不意地使聪明人的把戏遭到破坏而产生的吗？"——

如果在这种伟大的与渺小的，自然的和摹仿的，英雄主义的滑稽戏的比较中——（这一段比较，我抄自一部无疑是本世纪最杰出的作品，但是对于德国观众来说，这部作品似乎写得过早了一些。若是在法国和英国，它会十分轰动的，作者的名字也会家喻户晓。可是在我们这里呢？看到这样一部作品，就心满意足了。我们的大

---

① 典出古希腊戏剧借助"舞台机关"制造效果。

② 这里的"首府"指的是维也纳，它当时是"德意志民族的神圣罗马帝国"的首府。

③ 在18世纪的维也纳，小丑这个角色居然在悲剧里经历了它的黄金时代，连《萨拉·萨姆逊小姐》里也增添了小丑的戏。在松能费尔斯的改革取得成功之后，维兰把这段话改为："为了把上德意志乡巴佬们心爱的这个角色赶下舞台，花费了多少心血呀！"——编者注

人物首先学着津津有味地去咀嚼＊＊＊,① 自然从法国小说里吮出来的汁液，要可口得多，容易消化得多。一俟他们的牙变坚，胃变硬，一俟他们学会德文，便来攻击《阿伽通》。② 我谈论这部作品没有选择最合适的地方，在这里谈总比根本不理它要好，我之所以对它大加赞赏，是因为我十分惊讶地看到，我们的批评家对它深表沉默，要么以十分冷淡和无动于衷的语气，对它加以评论。对于思考的头脑来说，这是第一部和唯一的一部具有古典趣味的小说。小说？我们只是想赋予它这个名称，有些读者或许可以由此得到更多东西。少数不肯花费心思的人，他们对什么都不会感兴趣。）

第 70 篇　1768 年 1 月 1 日

我是说，如果在这种比较中，讽刺的情趣不过分突出，可以认为它是喜悲剧或者悲喜剧（我曾经在某一篇文章里发现过"杂凑剧"这个称呼）最好的辩护书，是洛贝思想的最热心的实践，但同时也是对它的驳斥。因为这种批驳将会指出，为庄重的严肃跟滑稽的快乐相结合进行辩护的自然的例子，同样可以为任何一个既没有布局，又没有联结，又没有人的理智的戏剧怪物进行辩

---

① 在许多轻薄的法国小说封面上，常常用三颗星代替作者的姓名。典出当时以消遣为目的的小说文学，其通俗性和作者的匿名都让读者好奇，好奇的读者可以津津有味地去"咀嚼"它们的解密过程。与这类小说相比，莱辛认为维兰的《阿伽通》是为有思想的人写的第一部，也是唯一的一部具有古典趣味的小说，这个著名评论产生了重要影响。

② 第 2 部，第 192 页。——莱辛注

护。因此，摹仿自然①根本不成其为艺术的规则，假如果真是这样，艺术也就因此而不再成其为艺术，至少不成其为高明的艺术，如同用石膏摹仿大理石花纹的艺术一样。不管它的纹理和脉络怎样出奇制胜，再奇异也不能奇异到不自然的地步。只是它们不能表现得过分对称、过分均匀，不能带有过分整齐的比例，不能带有在任何艺术里构成艺术品的那种因素。就这个意义来说，人工雕琢得最细致的在这里反倒是最坏的，而最粗犷的反倒是最好的。

作为批评家，我们的作者有权发表截然不同的意见。他在这里意味深长地似乎要称赞的东西，无疑是作为一种粗野趣味的败笔来贬低的，至少是把它们看成了在不开化的民族中重又复活的艺术的头一批尝试，这种艺术在形式方面没有任何表面动机的融合，大多是偶然事件，很少理性和思想。他很难说"杂凑剧"（这个词早已有人用过，为什么我不能用呢？）的开创"是想同样忠实地摹仿自然，像希腊人

---

①　莱辛利用讨论"杂凑剧"的机会，开始（在 1768 月 1 日这一天）提出当代美学的基本问题进行讨论。在德国从 17 世纪中叶开始，为了表示把悲剧和喜剧混杂在一起的戏剧类型，而引进了"杂凑剧"这个概念。最晚从查理·巴铎（Charles Batteux）的 Traite des beaux arts reduits a un meme principe（1746）开始，摹仿作为美学问题重又提出来进行讨论。迄今为止莱辛在《汉堡剧评》里的阐述，其主要目的在于论证"自然的"要求与各种传统形式相比作为戏剧学的主张是合理的，关于艺术摹仿中这个"自然"问题，必须进行透辟的阐述，因为人们在"杂凑剧"中所看到的，并非是清晰而有秩序的自然。莱辛在论证中再一次采用了形式上的对比，说"有些人不承认……自然"，还有一些人"把美化自然视为异想天开的事情"，其目的是在这种互相排斥的极端中，找到一种互通的理解可能性。他提出来的几点想法，包括了他的艺术理论："艺术的使命"就是用审美的方式描写"自然的各种现象"，使其中蕴含的人的内在规律性（即感情和精神力量）能够为人所理解和体验。所以"摹仿自然"，就是描写自然的内在结构规律，这种描写为了吸引人的感官的"一半"，必须是"自然的"，为了让人能够理解，则必须是能够从自然中"鉴别"出来的。把自然与精神成功地联结在一起，是"美"的使命的必不可少的基础。

蓄意美化自然一样"。

"忠实地"和"美化"这些词汇，涉及摹仿与自然，作为跟摹仿对象有关的词汇，曾经招来许多误解。有些人不承认有什么可以太忠实摹仿的自然，在自然中使我们感到厌恶的事物，在忠实的摹仿中却能讨我们喜欢，这是由于摹仿引起的。还有一些人，把美化自然视为异想天开的事情。一个比自然还美的自然，因而也就不是自然。双方都宣称自己是同一个自然的崇拜者，前者认为在自然中没有什么需要回避的东西，后者认为不能给自然添加任何东西。因此，前者必然是喜欢粗犷的杂凑剧，后者则一定要在古代人的杰作里发现乐趣。

但是，假若这一点办不到呢？假如尽管前者是最普通、最常见的自然的热烈崇拜者，却依然声称反对滑稽的事物与有趣的事物的混合呢？假如尽管后者认为一切比自然更好和更美的事物都是不可思议的，却依然欣赏全部希腊戏剧，而对这一方面丝毫不加反对呢？我们怎样来解释这种矛盾呢？

我们必然要改变看法，放弃我们在前面关于两种体裁的论断。但是我们怎样放弃，才不致面临新的难题呢？这样一种大人物和国家的举动（我们围绕着它的好意进行争辩）与人生、与世界的日常进程作比较，是完全合理的！

我想提出几点想法，倘不成熟，权作抛砖引玉。我的主要想法是：认为采用粗犷的方式虚构的喜悲剧是自然的忠实摹仿，既对，也不对；它仅仅忠实地摹仿自然的一半，而完全疏忽了另一半；它摹仿各种现象的自然，而丝毫不注重摹仿我们的感情和精神力量的自然。

在自然里，一切都是互相联系的，一切都是互相交错的，一切都是互相变换的，一切都是互相转化的。但是就这种无限的多样性来说，它只是为具有无穷智慧的人演出的戏剧。为了让智慧有穷尽的人同样欣赏这部作品，他们必须获得赋予自然本身所没有的局限性的能力，必须有进行鉴别的能力，并能随心所欲地驾驭自己的注意力。

在生命的每一瞬间，我们都在运用这种能力。没有这种能力我们便根本不可能有生命；在各种各样的感情面前，我们将无所感受，我们将成为表面印象的永久的俘虏；我们在做梦的时候，也不知道自己梦见些什么。

艺术的使命，就是使我们在这种鉴别美的领域里得到提高，减轻我们对于自己的注意力的控制。我们在自然中从一个事物或一系列不同的事物，按照时间或空间，运用自己的思想加以鉴别或者试图鉴别出来的一切，它都如实地鉴别出来，并使我们对这个事物或一系列不同的事物得到真实而确切的理解，如同它所引起的感情历来做到的那样。

如果我们是一桩重要而感人的事件的见证人，而另外一桩无关紧要的事件却横插进来，那么我们就得尽量设法避开由后者给我们造成的混乱。我们将它置之不顾，当我们在艺术当中重又发现我们渴望排除出自然的东西时，必然会感到厌恶。

即使这一事件在其进行过程中吸收了各种形式的引人入胜的事物，而这些引人入胜的事物又不是一个接着另一个，而必然是一个产生自另一个。即使严肃直接产生笑，悲哀直接产生欢乐，或者反过来，以致我们不可能将这个或者那个置于不顾：即使如此，我们也不期望它出现在艺术当中，而艺术懂得从这种不可能的事件当中吸取益处。

关于这个想法已经谈得够多了：读者已经看到我的话说完了。

第四十五个晚上（星期五，7 月 17 日）演出了罗曼努斯先生的《两弟兄》① 和圣优瓦的《圣谕》。②

第一出戏可以看成是德国的原作，尽管其中绝大部分取材自泰伦

---

① 《两兄弟》（又名《教育的硕果》，未署名，1761），五幕喜剧，作者是卡尔·弗拉茨·罗曼努斯（1731—1787）。

② 《圣谕》（L'Oracle），作者是圣-伏瓦，首次公演于 1740 年。

茨的《两兄弟》。① 有人说莫里哀也汲取这个源泉创作了他的《丈夫学堂》，伏尔泰先生曾就这个蓝本发表过评论，② 而我是很喜欢引证伏尔泰先生的评论的！在他那些无足轻重的评论里，总有些值得学习的东西，倘不是所有的话都值得学习，至少他应该说的那些话是值得学习的。"智慧的第一阶段是察谬"③（这句格言的出处，我一时想不起来），而我也不知道在世界上哪一位作家身上，能像在伏尔泰先生身上那样，便于我们体会是否处于智慧的第一阶段，因此也不会有人能够稍微帮助我们登上第二阶段，"第二阶段是辨真"。④ 我认为，一个眼光敏锐的作家，最好按照这句格言来建立他的方法。只有首先寻找一位能够与之辩论的人，⑤ 才能逐步达到问题的实质，其余问题就迎刃而解了。为此目的，我在这部作品中，——我还是直言不讳地说吧——主要是选择了法国作家，尤其是选择了其中的伏尔泰先生。即使现在，在经过一番小小的波折之后，又找到了他头上！如果有谁觉得这个方法与其说是深邃的，还不如说是轻率的，那么他应该知道，甚至思想深邃的亚里士多德几乎一直是采用这个方法的。我手头一本

---

① 源于泰伦茨的 *Adelphoi*。罗曼努斯运用的题材是接受截然不同（严格—温和）教育的两兄弟，而其结局并非出自泰伦茨，而是源自米南德的喜剧。——参见第 96 和 97 篇。

② 见伏尔泰发表在《文学杂记》上的关于《莫里哀研究》。

③ 此处原文为：Primus sapientiae gradus est，falsa intelligere。

④ Secundus，vera cognoscere "智慧的第一阶段是察谬，第二阶段是辨真"（见拉克坦提乌斯 [Lactantius Firmianus，约死于 330 年] 教长的《神规》[*Institutiones*，I. 23]）。

⑤ 这是莱辛对自己的批评方法的描述和辩护，同时也是暗指他与克洛茨（Klotz）的辩论，这场辩论是与撰写《汉堡剧评》同时进行的，与克洛茨辩论的结果见他的《关于古代文物的通信》，参见文章《古人怎样想象死亡》。在后面这篇文章里他把这种有争议的方法说成是一种对话式的诉讼思维：也许真理不是通过辩论发现的，可真理毕竟会在每一场辩论中取得胜利。辩论滋养了鉴别精神，在持续的动荡中获得优势和声望。总之一句话，它阻挡住了披着伪装的谬误，牢固地占据了真理的位置。

书的作者在分析他的时候说："亚里士多德惯于在他的书中挑起争论。①　而他这样做绝不是轻率的、无目标的，而是有意识的、有计划的，因为当别人的见解被动摇之后"云云，伏尔泰先生或许要大呼一声：噢，这是自命博学者的话！——我只是不敢相信自己。

伏尔泰先生说："泰伦茨的《两兄弟》顶多提供了创作《丈夫学堂》的想法。在《两兄弟》里有两个气质截然不同的老头儿，他们想把自己的儿子教育成截然不同的人。同样在《丈夫学堂》里也有两个监护人，一个很严厉，一个很宽厚：这就是全部相似之处。在《两兄弟》里几乎完全没有诡计，而相反，《丈夫学堂》里的诡计是文雅的、有趣的、滑稽的。泰伦茨作品里的一个女人，本来应该是一个有趣的角色，却只是为了死才出现在舞台上。莫里哀作品里的伊萨贝尔几乎总是在场上，总是表现得那样机智、可爱，她甚至在对自己的监护人玩弄手腕的时候，也显得仪态大方。《两兄弟》的性格发展是完全不真实的。一个老头儿，六十年来一贯脾气暴躁、严厉和吝啬，突然之间变得那样心情快乐、彬彬有礼和慷慨大方起来，这是违背自然的。但是《丈夫学堂》的性格发展，在莫里哀全部作品中却是最好的。它真实、自然，它是从诡计本身产生出来的，而无疑并不算最坏的是，非常滑稽。"

第71篇　1768年1月5日

伏尔泰先生自从走出教会中学②以来，似乎并未读过多少泰伦茨的作品。他说起话来简直像故梦重温，他的记忆里只是游动着这些梦

---

①　"亚里士多德惯于在他的著作中挑起争论。他这样做不是盲目的、不假思索的，而是具有明确的目的和方法，因为当别人的见解被动摇之后云云。"（〔中译按〕莱辛的译文与这里略有出入。）

②　暗指伏尔泰曾经在一所耶稣教会学校读过书（1704—1710），那里不准教授泰伦茨的读物，故莱辛论战的矛头直指伏尔泰对泰伦茨的无知。

中的景象，他不假思索地把这些东西写了下来，全不留心是塑的抑或是雕的。我不想指责他关于戏中潘菲拉说的那些话，"她只是为了死才出现在舞台上"。她根本没有出现在舞台上，她也没有死在舞台上，人们只是听到她从屋里发出的声音，至于说她应该是一个有趣的角色，更是无稽之谈。在法国人看来是有趣的东西，对于希腊人和罗马人来说未必如此。——一个深深陷入情网，面临着被自己的情人遗弃危险的善良少女，充当主要角色是非常不恰当的。

伏尔泰先生的真正的严重错误，是对于戴麦阿性格发展的评论。戴麦阿是个爱唠叨的严父，就是这个人物应该一下子完全改变他的性格。这一点虽然为伏尔泰先生所允许，但却是不真实的。戴麦阿自始至终保持了自己的性格。多纳图斯①说："米齐欧温柔，戴麦阿粗野，媒婆儿贪婪。这些都贯穿着全剧。"② 云云。伏尔泰先生可以说，多纳图斯于我何干？只要允许我们德国人相信多纳图斯比伏尔泰对泰伦茨的作品读得仔细，理解得深刻，随便怎样说都行。不过，这里谈的不是佚作，作品尚在，读者亲自读读便知底细。

米齐欧通过据理解劝使戴麦阿平心静气以后，米齐欧请求他至少在今天不要发脾气，至少今天过得快乐。他终于说服了戴麦阿，戴麦阿同意让今天诸事顺利，但是明天一大早，儿子还得跟他回乡下去，在那里他是不会饶恕他的，凡是他今天容忍了的，在那里他得跟他算账。堂兄③给儿子买的歌女，他当然要带走，因为他又添了一个女奴，没花他的一文钱。不过让她唱歌的机会不多，她应该烧水做饭。接下去在第五幕第四场里，当戴麦阿独自一人的时候，如果只听他表

---

① 多纳图斯（Aelius Donatus），公元4世纪时罗马语法学家，泰伦茨作品的著名诠释者，他在一篇内容提要中说："贯穿整部作品的是：米齐欧是温柔的，戴麦阿是粗野的，媒婆儿是贪婪的。"

② 此处原文为：Servatur autem per totam fabulam mitis Micio, saevus Demea, Leno avarus。

③ 所谓"堂兄"即戴麦阿过继给他哥哥米齐欧的长子，他跟留在戴麦阿身边的次子本是胞兄弟。

面上说的话，似乎完全改变了他的旧思想，要开始按照米齐欧的准则行事。① 结果表明，这一切都应该理解为他今天所作的克制。他甚至懂得利用这种克制，对他那和蔼可亲的哥哥进行最冷淡、最恶意的嘲笑。他故作快乐，以便让别人真的放浪形骸，丑态毕露；他以体贴入微的声调表达着最严厉的指责；他不是变得大方，而是扮演一个挥金如土的角色；可以看出，这既不是出于私利，也不是为了别的目的，而是为了嘲笑他称之为挥霍的一切。从他给米齐欧的回答清楚地说明了这一点，而米齐欧迷惑于表面现象，则相信他真的改变了。② 多纳图斯说："泰伦茨在这里指出，戴麦阿假装改变了他的思想，其实并

---

① "我要放弃有生以来的严厉生活，尽管我的车快开到了终点。"——莱辛注

② 米齐欧　怎么？是什么使你性格突然改变？哪里来的好情绪，这突如其来的大方？

　　戴麦阿　我要告诉你：
　　　　　大家视你为可爱与和蔼可亲，
　　　　　不是因为你诚恳、公正和善良，
　　　　　而是因为你对一切人都无所不说，无所不容，无所不赠，米齐欧。
　　　　　你讨厌我的性格，埃施努斯，
　　　　　因为我不赞成一切，正确的和错误的，
　　　　　那么我只好听其自然：挥霍吧，买吧；
　　　　　您爱做什么就做什么吧！
　　　　　（第五幕，第九场，第 27－34 行）——莱辛注

　　米齐欧　怎么？你的思想突然发生了变化？别人怎么看待这种好心情，这突如其来的大方？

　　戴麦阿　我要告诉你：大家是否认为你可爱与和蔼可亲，与你的真实生活方式无关，也不在于你是否正直与善良，而是由于你对谁都说是，对谁都宽容，对谁都馈赠，米齐欧。假如你讨厌我的个性，因为我什么都不赞成，无论正确还是错误，那么我只好听其自然：挥霍吧，买吧，想做什么就做什么吧。——编者注

未真的改变。"①

我并不希望伏尔泰先生会认为这种伪装是直接违背戴麦阿性格的，从前他只会吹胡子瞪眼睛，而这样一种伪装要求更多的沉着和冷静，这是戴麦阿不具备的。在这方面，泰伦茨也是无可挑剔的。他把一切都安排得很出色，每一步他都仔细地注意自然与真实，在最小的转变中，他都注意各种细微差别，因而人们总是对他赞不绝口。

为了表现泰伦茨作品里的一切微妙之处，重视演员的表演才能，常常是很必要的，因为古代作家并未把这些都写在剧本里。戏文要仰仗它自己的艺术家，在其他方面无疑全靠对自己的事业进行过非常认真研究的演员们的判断力。这其中自然也包括作家本身。他们所说的话，都是按照自己的愿望说的。由于他们的作品在演出之前，在观众看到或者听到之前，是根本不公开的，所以他们可以更多地避免出现因插话而打断书面对话的情况，而在这种插话里，描写的作家似乎同行动的人物混在一起了。如果有人幻想古代作家为了节省这种插话，设法在对话里对每个动作、每个手势、每个面部表情，表演时须注意的声音的每个特殊变化，都做出了说明，他会大失所望。在泰伦茨的作品里有无数段落，其中丝毫找不到这种说明的痕迹，只有通过对真实行动的推测才能真正理解它们。甚至在许多段落里，书面语言所表达的跟演员借此表达的恰恰相反。

甚至在所谓戴麦阿思想转变的那一场戏里也有类似的段落，我想把它们抄在下面，因为在那里就有我所驳斥的那种误解。——戴麦阿恍然大悟，他亲眼看见被拐骗来的那个歌女原来是送给他那正直诚实的儿子的，于是他怒不可遏，大发雷霆。他抱怨天，抱怨地，抱怨大海，忽然他看见了米齐欧。

戴麦阿　啊！他在这儿，是他在糟蹋我的一对儿子，毁灭我的一

---

① 此处原文为：Hic ostendit Terentius, magis Demeam simulasse mutatos mores, quam mutavisse。

　　　　　　对儿子！

米齐欧　　　嗷，镇静点，清醒点！

戴麦阿　　　好，我镇静，我清醒，我不会出言不逊。咱们只说正经
　　　　　　事。咱们不是约好，不是你头一个提出，自己管教自己
　　　　　　的儿子吗？你说。

　　在这里，谁若是光注意字面，而不像作家那样是一个准确无误的
观察者，他就会轻易相信戴麦阿过于迅速地变得心平气和，过于迅速
地换成了这种比较冷静的语调。稍加思考也许他会发现，每一种情绪
达到极端程度的时候，都必然要重新缓和下来。戴麦阿受到哥哥的斥
责之后，也只能为暴怒而感到惭愧：这一切固然都不错，但这仍然还
不是恰当的。关于这一点可以请教多纳图斯，他在这里做了两点出色
的解释。他说："他的愤怒平静得比尚不确定的形势所期待的快了一
些。但这也合乎人之常情，因为一个出于正当理由发脾气的人，常常
能够迅速克制自己的愤怒，进行理智的思考。"① 如果发脾气的人显
然认为自己是有理由的，如果他以为无论什么都不能抵偿他的痛
苦，他就不会仅仅停留于指责，他会急于提出证明，以明白无误的
信念，让他的对手心悦诚服。可是由于他无法直接控制自己的沸腾
的热血，由于试图停息的愤怒依然未曾停息，于是多纳图斯又做了
第二个解释："不要注意说的是什么，而是要注意用什么样的表情
说这些话：你将会发现戴麦阿尚未克制住他的愤怒，亦未清醒。"②
尽管戴麦阿嘴里说："我镇静，我清醒"，但是面孔、表情和声音都
充分表明，他既没有镇静，也没有清醒。他对米齐欧发出一连串的

──────────

　　①　此处原文为：Videtur paulo citius destomachatus, quam res ctiam incer-
tae poscebant, sed et hoc morale：nam juste irati, omissa saevitia ad ratiocina-
tiones saepe festinant。

　　②　此处原文为：non quid dicatur, sed quo gestu dicatur, specta：et
videbisneque adhuc repressisse iracundiam, neque ad se rediisse Demeam。

诘问，而米齐欧为了说话，则需要冷静和有良好的心情。

第72篇　1768年1月8日

当他终于开口说话的时候，尽管戴麦阿被逼得哑口无言，却是丝毫没有心悦诚服。他讨厌自己孩子的品行的一切借口均遭驳斥，可是他又开始抱怨起来。米齐欧只得打断他的抱怨，而满足于让他那无法改变的抱怨情绪，至少在今天安静下来。泰伦茨对他的转变描写得非常出色。

戴麦阿　你要当心，米齐欧，这些漂亮的信条，你这好心的宽容，会给我们带来怎样的结局。

米齐欧　别说了！比你想象的要好。——就谈到这里！今天你得听我的。来，高兴起来。

戴麦阿　只能今天如此！该我做的，我都做。——可是明天，只要天一亮，我就得回乡下去，小伙子得跟去。——

米齐欧　照我想，天亮之前走也行。可今天要过得快乐！

戴麦阿　那个唱歌的女人也得跟去。

米齐欧　好极了！这样一来，儿子就一定不想离家了。不过你要好生待她！

戴麦阿　这用不着你操心！在磨坊里，在炉灶旁，她会尝到足够的面粉、柴灰和烟味。此外，她还得在大热天去给我拾庄稼，直到把她晒得干巴巴，黑漆漆，像根烧火棍一样。

米齐欧　我喜欢这样！这你就想到正道上来了！——假如我处在你的地位，一定让儿子跟她一块睡觉，不管他愿意还是不愿意。

戴麦阿　你拿我开玩笑？——有这样好的情绪，自然你会觉得有福气。我感觉到了这一点，遗憾的是——

米齐欧　你又发作了不是？

戴麦阿　好，好；我已经不发作了。

在戴麦阿的"你拿我开玩笑？"处，多纳图斯解释说："戴麦阿在说这句话时，他的面部表情似乎发出了违心的微笑。但是他说：'我感觉到了这一点'时，又呈现一副厌恶的和阴沉的面部表情。"① 无与伦比！戴麦阿一定会嘲笑米齐欧的想法，他是十分认真地不把歌女视为歌女，也不当作歌女来用，而是把她视为一个普通女奴，并且当作一个普通女奴来用。米齐欧自己不需要笑，他装得越严肃越好。这样戴麦阿一定会说："你拿我开玩笑？"并且一定要强迫自己忍住笑。他确实立刻忍住了笑，因为当他说"我感觉到了这一点，遗憾的是"的时候，声调是厌恶的、埋怨的。尽管这一笑是违心的，短暂的，却立即产生了巨大的效果。因为像戴麦阿这样一个人，只要能让他笑，就算真的制服了他。这种善意的感动在他身上流露得越少，内心深处则持续得越长。当他把这种感动的一切痕迹早已从自己的面部收敛起来以后，感动却依然存在，连他自己也觉察不出来，并且在某种程度上影响到他下边的举动。

但是，有谁曾经在一位语法学家身上找寻过这样精确的学识？古时的语法学家，并不像我们现在所想象的语法学家那样。那是一些见识广泛的人，批评的全部广阔天地都是他们的领域。他们对古典文献的分析，对于我们来说，不仅只有从语言方面进行研究的意义。不过，我们应该懂得区别较新的解释。多纳图斯（埃留斯）居然作了这样多出色的、能够形成我们的趣味的解释，他比任何人都更懂得揭示他的作家的作品中隐蔽的美，这大概不是由于他具备巨大的才能，而是由于他的作家本身的功劳。在多纳图斯时代，罗马戏剧尚未完全

---

①　此处原文为：Hoc verbum vultu Demeae sic profertur, ut subrisisse videatur invitus. Sed rursus ego sentio, amare severeque dicit。

衰败。泰伦茨的作品尚在演出，毫无疑问还有许多流传的剧目尚在演出，这些剧目都是在罗马欣赏趣味较好的时代创作的。他所解释的只能是他亲自看过或者听过的作品。为了完成这项工作，他只需要关心和忠实。后世很感激他煞费苦心揣摩出这些奥妙。我不知道还有哪一部书，像多纳图斯关于泰伦茨做的解释那样，能使一位初出茅庐的演员学到更多东西。当我们的演员不再采用拉丁文的时候，我非常希望能够把这部作品的良好译本送到他们手里。自然要连作家一块儿，并从解释中剔除一切单纯关于词汇的说明。达希埃①翻译的多纳图斯的作品并不好，译文是乏味的、生硬的。我们手头上的一部较新的德文译本，② 只是译得正确，而作品的诙谐语言却完全不见了。③ 这个多纳图斯译本，比起达希埃那个译本来没有什么进步。

---

① 达希埃（Anna Dacier, 1654—1720），亚里士多德译者 Andre Dacier（1651—1722）的妻子，她的法国散文翻译出版于 1688 年，附有一篇关于泰伦茨的论文。

② 译者为帕茨凯（Johann Samuel Patzke, 1727—1787），出版于 1753 年，在哈勒。

③ 哈雷，1753 年。为了引起注意起见，允许我把从中刚刚翻译出来的这一段抄在下面。我笔下的这些译文已经同本来的面貌相去甚远了，但是大致还可以从中看得出来，被我否定的这部译文的成绩究竟在什么地方。

戴麦阿　但是，我亲爱的兄长，但愿你那美丽的信条，和你那无动于衷的情感，不至彻底毁掉了他们。

米齐欧　唉，别说了，不会这样的。放心好了。今天你听我的，别犯愁。

戴麦阿　好吧，好吧，时到如今，我一定照办。但是天一放亮我还得带着我儿子回乡下去。

米齐欧　你想夜里走，我也不会挽留，可是，今天你得高兴一次。

戴麦阿　歌女我也得一块儿带走。

米齐欧　随你便，这样你可以让你儿子没有她就不能生活。不过你要当心，你得好生待她。

戴麦阿　这我不会含糊。她应该给我做饭，她也应该认识认识什么是烟、灰和面粉。除此之外，她还得在大热天里给我去拾麦穗，然后我再把她交给他，让她像炭一样，焦焦的，黑黑的。

我所推荐的都不是完善的译文，但是，这个完善的译文应该由谁来做呢？没有本事的人做不来，有点本事的人又要谢绝。

最后让我们抛开泰伦茨，回过头来谈谈我们的摹仿者。奇怪的是，罗曼努斯先生似乎也持有伏尔泰那样的错误想法。他也认为戴麦阿的性格在结尾处发生了彻底转变，至少他让这种转变发生在他的里西蒙的性格里。"喂，孩子们，"他让里西蒙喊道，"住口！你们对我的恭维太过分了。儿子，兄弟，堂兄弟，仆人，大家都来恭维我，仅仅因为我流露了一点友好的意思。我还是我自己吗？我要变得更年轻了，兄长！一个人被人家爱上，倒也是件美事。我也一定愿意始终是这样。天晓得，假如从前我有过这样高兴的时刻。"女仆接着说："我们这老头儿一定快死了。① 转变得太突然了。"对，关于意外的转变是死亡的预兆的谚语和迷信，在这里不应该认真地说明点问题吗？

第73篇　1768年1月12日

在泰伦茨作品里，戴麦阿最后说话的声调就截然不同了。"只要你们喜欢，愿意怎么办，就怎么办吧，我是什么都不想再管了！"这绝对不意味着，他将顺从别人的做法，而是别人答应今后要顺从他的做法。——但是人们不禁要问，在我们德国的《两兄弟》里，里西

米齐欧　我喜欢这样，我看你这样做才算聪明，但是，你也可以强迫你儿子跟她一个床上睡觉。

戴麦阿　你在开我的玩笑吧？你有这样的情绪，算你走运，但是我不觉得这样。

米齐欧　瞧！你还在生气？

戴麦阿　我不说话了。——莱辛注

① 这句话无疑应该是这样，而不是：死得惊人得快。注明这种印刷错误，对于我们的许多演员来说是必要的。——莱辛注

蒙那几场戏在演出时，怎么总是那样受人欢迎呢？里西蒙不断恢复自己的旧性格，使这几场戏显得滑稽可笑。按理说他应该保持这种旧性格。——我想省却进一步的分析，① 待作品第二次公演时再谈。

圣–伏瓦的《神谕》是今晚演出的最后一出戏，这出戏是大家都熟悉的，也是大家都喜爱的。

第四十六个晚上（星期一，7 月 20 日）重演了《萨拉小姐》，② 次日，第四十七个晚上重演了《纳尼娜》。③ 在《纳尼娜》之后，演出了马里沃的独幕剧《出乎意料的结局》。④

称作"出乎意料的发展"就字面来说或许更贴切一些。因为那个标题，与其说是表明内容的，还不如说是防备某种反对意见的，作家事前就预料到会有人对他的题材和处理题材的方法提出异议。一个父亲要把自己的女儿嫁给一个她从未见过的青年。她跟另外一个人早有半真半假的婚约，但这是很久以前的事情，几乎完全置之脑后了。这时她宁愿依旧嫁给他，而不嫁给一个完全陌生的人，于是她按照他的指点假扮成一个疯疯癫癫的女人，来吓走这个新的求婚者。这个人来了，碰巧是个俊秀可爱的小伙子，她完全忘记了自己的伪装，很快就跟他亲热起来。倘若给这出戏另取一个标题，所有读者和观众都会惊呼：这也太出乎意料了！在十场戏里花了许多气力才集结起来的一个"结"，在单独一场戏里是解不开的，只能采取快刀斩乱麻的方法！不过这个缺点在标题里预示出来，并通过这种预示得到某种补救。既然真的发生过这样的事情，为什么不可以把它表演出来呢？在现实生活里它是那么像一出喜剧，难道正因为这样它就更不适合于喜剧吗？——严格说来，当然是这样：因为一切在日常生活里堪称喜剧的事件，在喜剧里并不完全像真实的事件，其实这也许才是问题的症结。

---

① 参见第 96 篇。
② 参见第 13 篇。
③ 参见第 21 篇。
④ 《出乎意料的结局》（*Le Demouement imprevu*, 1727），马里沃的独幕喜剧。

但是，结局和发展二词，终究不是一样吗？不完全一样。结局是阿尔甘泰这个少女嫁给了艾拉斯特，而未嫁给多兰泰，这个结局是有充分准备的。因为她对多兰泰的爱情是那样不冷不热，那样变幻无常。她爱他，因为四年以来除他而外，她不曾见过别的男人；有时她对他爱得深些，有时对他爱得浅些，有时她根本不爱他，完全是情随境迁。她若是长久不见他，她就觉得他很可爱，若是天天见他，又觉得他无聊。尤其是有时她看到别人的面孔，都不像多兰泰的面孔那样呆板，那样乏味，那样讨厌！若要她跟多兰泰彻底决裂，除了她父亲给她订下的艾拉斯特有这样一副容貌之外，还需要什么呢？她嫁给艾拉斯特，一点都不出乎意料，若是她依旧嫁给多兰泰，那才是非常出乎意料呢。相反，发展是一个更模棱两可的词汇。一个出乎意料的发展包含着无结果的矛盾，作家突然抛开这种矛盾，置他的部分人物陷入进退维谷而不顾。在这里就是如此：彼得将会为多兰泰做出妥善安排，作家把自己的责任推给他了。

第四十八个晚上（星期三，7 月 22 日）演出了魏塞先生的悲剧《理查三世》，① 最后演出的是《米歇尔公爵》。②

这出戏无疑是我国最重要的原作中的一出，它有许多优点，这些优点充分表明，要避免跟它们交织在一起的那些缺点，决非作家力所能及，只要他信赖自己的力量。

莎士比亚早就把理查三世的生活与死亡搬上了舞台。③ 但是魏塞先生在完成他的作品之前，却未想到这部作品。他说："虽然相比之下我自愧不如，人们至少可以看出我并没有剽窃；——不过，剽窃莎

---

① 魏塞（Christian Felix Weisse）的五幕悲剧，1759 年第一版，1765 年修订版。有人说他剽窃莎士比亚，他在前言中为自己进行了辩护，莱辛的引语即出自这篇前言。以魏塞的剧本为例，面对莎士比亚式的背景，莱辛在后面的篇幅里通过对亚里士多德的分析，阐述了他的悲剧理论。

② 克吕格尔的喜剧，参见第 83 篇。

③ 指莎士比亚的 *Life and Death of King Richard III*（1593）。1756 年曾在德文杂志《扩大新知识和娱乐》上发表摘要。

士比亚，或许还算一项功劳呢。"

假定可以剽窃他的作品。但是，关于荷马的一句话①——你能剥夺海格力斯的棍棒，却不能剥夺荷马的一行诗——也完全适用于莎士比亚。他的作品的最小的优点也都打着印记，这印记会立即向全世界呼喊：我是莎士比亚的！陌生的优点胆敢与它争雄，一定要一败涂地！

莎士比亚的作品只能研究，不能劫掠。② 如果我们有才能，莎士比亚作品之于我们，当犹如暗箱③之于风景画家：多往里瞧瞧，可以学习自然在各种情况下是怎样投射到一个平面上的，但他从里面什么也拿不出来。

我也的确不知道在莎士比亚的整出戏里，有哪一场戏，甚至有哪一行长诗可以原封不动地为魏塞先生所利用。莎士比亚作品的各部分，甚至连最细微的地方，都是按照历史剧的宏大篇幅剪裁的，

---

① 据说这句话出自维吉尔之口，是为了回答别人指责他剽窃荷马而说的。

② 莱辛在他的"第17封文学通信"里，曾经描绘过莎士比亚的特点，现在他又在对这位英国诗人的热烈赞扬中，回到这个话题上来。尽管这种赞扬并未开创莎士比亚接受的先河，却用他那有力的措辞大大推动了这种接受。那封信说："一位天才只能受到另一位天才的激励，最容易受到一位（莎士比亚）的激励，所有这一切似乎都只能归功于自然，不会为完成十全十美的艺术而付出的辛劳所吓倒。"不久以后，他把莎士比亚作品的"自然"解释成"驾驭我们激情的力量"，并把莎士比亚作品说成是研究激情的教材，这种教材把丰富多彩的生活"投射在一个平面上"，使之一览无余。莱辛这些话背后的意思是，悲剧要在一个人物的一种激情中为由此而产生的故事情节的发展寻找透视点。与《汉堡剧评》联系起来可以看出，他在以亚里士多德为"样板"分析这种激情的影响之前，首先把亚里士多德的作品视为激情的教材，这不是偶然的。

③ 类似当今的照相机，由 Giovanni Battista della Porta（1543—1615）发明的一种仪器，能帮助风景画家用透视的方法选取一个画面。联系《拉奥孔》，莱辛在这里把绘画的透视法运用于诗歌艺术，它的时间进程需要同样的透视聚焦。

这跟具有法国趣味的悲剧相比，犹如一幅广阔的壁画和一幅绘在戒指上的小品画。除了例如裁取一张面孔，裁取一个人物，顶多裁取一小组人物，作为独立的整体处理外，还能从那幅广阔的壁画里裁取什么用在这幅小品上呢？同样，根据莎士比亚一些零星想法，也一定能编成整场整场的戏，根据一些零星场次，也一定能编成整幕整幕的戏。要想把一个巨人的衣裳上的一只袖子，恰如其分地用在一个矮子身上，那就不是再给他缝一只袖子，而是要用它缝一件外套。

这样做，就得面对剽窃的非难毫不介意。大多数人在棉线里认不出棉花，而棉线却是用棉花纺出来的。少数懂得艺术的人，是不会泄露大师的底细的，他们知道，一粒黄金可以雕琢得十分精致，使它的形式的价值远远超过它的材料的价值。

我们的作家这样晚才想起莎士比亚的《理查》，这确实令我感到遗憾。纵然他早就见过这部作品，他仍然会保持自己的独创性，像目前这样。纵然他用过这部作品，也不会表现出丝毫从中转借来的思想。

要是我碰上这类事，至少我会在事后拿莎士比亚的作品当作一面镜子，擦掉我的作品里一切凭我的眼力无法辨别出来的斑污。——但是，我怎么会知道魏塞先生没有这样做呢？为什么不应该这样做呢？

在我看来是缺点的，他却不认为是缺点，难道不会有这种情况吗？他的看法比我的更正确，这不是很可能的吗？我深信，艺术家的眼力大都比他的锐利的观察者的眼力还要锐利得多。在后者对他提出的二十条指责当中，他将发现有十九条是他自己在创作中提出过，并且自己已经回答了的。

虽然如此，听到别人提出这些指责，他仍然不会生气，因为他高兴有人评论他的作品，不论是肤浅的还是深刻的，不论是左的还是右的，不论是善良的还是恶意的，他全不在乎。他宁愿听最肤浅、最不着边际、最恶毒的评论，也不愿意听冷冰冰的赞扬。他可以把前者转变成某种有用的东西，但拿后者做什么用呢？他并不想轻蔑那些把他视为某种非凡人物的好心人，他只好对他们表示无可奈何。他并不爱虚荣，但却常常是骄傲的。由于骄傲，他宁可容忍对自己的不正当非难，也不愿意容忍不正当的称赞。

有人也许猜到了，我要以此施展什么样的批评。至少不是针对作者，顶多是针对一位或者是另一位同行。我不记得不久前在哪本书上读到过，说我在赞扬我的朋友的《阿玛利娅》① 时，牺牲了他的其余喜剧。② 牺牲？至少不曾牺牲早期作品吧？我向您道喜，先生，今后永远不会有人非难您的早期作品了。愿老天爷保佑您不至于遭到恶意的赞扬：您的最后一部作品总是最佳作品！

第 74 篇　1768 年 1 月 15 日

言归正题。——首先我希望知道作家关于理查性格的说明。

亚里士多德会完全否定它的，不过，只要我能弄懂他的道理，我愿置亚里士多德的权威于不顾。

他认为悲剧应该激起怜悯与恐怖，并由此得出结论说，悲剧的英雄人物，既不应该是完全有德行的人，也不应该是彻头彻尾的歹徒。因为不论是前者还是后者，他们的厄运都不能达到上述目的。

如果我同意这种看法，《理查三世》就是一出未达到其目的的悲剧；如果我不同意这种看法，我就根本不知道怎样才算一出悲

---

① 莱辛的开场白在"言归正题"之前，说得明明白白，让他的朋友魏塞理解他对自己作品进行的如此彻底的评论。

② 我仍然记得是在史密特先生《文学理论》的附注（史密特［1746—1800］的《文学理论》出版于 1767 年，他的附注写于 1767—1769 年）里，见该书第 45 页。——莱辛注

剧了。

魏塞先生所描写的理查三世，无疑是舞台上曾经出现过的最大、最可憎的怪物。我说是舞台上，因为我怀疑世界上是否真的出现过这样的怪物。

这种怪物的灭亡能引起什么样的怜悯呢？固然，它也不应该引起怜悯，作家也没打算让他引起怜悯，在他的作品里，完全是另外一些人物成了我们怜悯的对象。

但是恐怖呢？——一个人用对他来说是世界上最亲爱的人的尸首来填满他和王位之间的鸿沟，这样的坏蛋还不应该引起无限恐怖吗？一个人以嗜血为荣，以杀人为快，这样的嗜血魔鬼还不应该引起无限恐怖吗？

他当然会引起恐怖，若是把恐怖理解为对不可理解的犯罪行为的惊异，对我们想象不到的恶行的惊骇，若是把恐怖理解为我们看见精心预谋的凶杀而引起的颤栗。理查三世让我的慈善的心感受到这种恐怖。

但是，这种恐怖并不符合悲剧的目的，古代作家在他们的人物一定要犯这种严重罪行的时候，都尽量减轻这种恐怖。他们往往宁愿把过错推给命运，宁愿把犯罪归之于一种复仇神明的旨意，宁愿把自由的人变成一部机器，也不愿意让我们产生这种可怕的想法：人天生就有干这种坏事的本领。

克雷比翁①在法国人中间享有"恐怖者"的绰号。我担心这很可能是不应该出现在悲剧里的那种恐怖，而并非被哲学家视为悲剧本质的那种真正的恐怖。

这种恐怖，是根本不应该称作"恐怖"的，亚里士多德用的是

---

① 原名 Prosper Jolyot de Crebillon（1674—1762），法国剧作家，他的悲剧非常讲究描写令人恐怖的情节，所以人们送他一个"恐怖者"（Le terrible）的绰号。

"恐惧"这个词。① 他说：悲剧应该引起怜悯与恐惧，而不是怜悯与恐怖。不错，恐怖是恐惧的一种，它是一种突然的、意外的恐惧。然而，恰好是恐惧这个概念所包含的这种突然性，这种意外性，清楚地表明，那些用"恐怖"一词代替"恐惧"一词的人，并未看出亚里士多德所指的是什么样的恐惧。——我不想立刻回到正题上来，请允许我扯得稍微远一点。

亚里士多德说："怜悯要求一个不应遭受厄运的人，恐惧则要求一个与我们相似的人。极恶的人既不是后者，也不是前者，因此他的厄运既不能引起第一种感情，也不能引起后一种感情。"②

我说的是恐惧，新的注释者和翻译者则称之为恐怖，而且他们还居然采用这种调换词汇的方法，跟哲学家进行了世界上最罕见的争论。

他们当中的一个人③说："人们关于恐怖的解释无法取得一致意见，而实际上，这种解释从各方面看都包含一个多余的环节，正是这个环节妨碍了解释本身的普遍性，并且过分地限制了这种解释。如果亚里士多德把'与我们相似的人'这个附加语，仅仅理解为人性的相似，因为观众和行动的人物，二者都是人，即使他们的

---

① 早在 1757 年 4 月 2 日给尼柯莱的信中，莱辛就把亚里士多德的 phobos 这个词翻译成了"恐惧"（"无论什么地方都应该称恐惧，而不应该称恐怖"），还与法国译者安德雷·达希埃（忽而译成 terreur，忽而译成 crainte）和德国译者米夏埃尔·康拉德·库尔蒂乌斯（常常译成恐怖）进行了辩论。令人惊讶的是，到目前为止莱辛在《汉堡剧评》里，在这样一个重要问题上一直保存了"恐怖"的译法。大概可以理解为，一方面"怜悯与恐怖"这两个联结用词，被视为固定概念，另一方面有保留对亚里士多德的理论进行深入分析，对 phobos 这个概念进行重新评价的想法。

② 见《诗学》，第 13 章。——莱辛注

③ 指的是德国剧作家申克（Christian Ernst Schenk，1733—1807），他于 1759 年匿名出版了《滑稽剧》，其中包括他的三出喜剧，还有三篇论戏剧艺术的论文。《美科学与自由艺术丛书》上的一篇书评对其做了贬低性的评论，如同莱辛这个评论一样。

性格、他们的品德、他们的地位都有着无穷的差别：那么这个附加语就是多余了，因为它是不言自明的。但是，如果亚里士多德认为，只有善良的人物，或者有着可以宽恕的缺点的人物，才能引起恐怖：这样他就错了，因为理智和经验都是跟他的说法相违背的。无疑恐怖产生自一种人类的感情：依据这种感情，任何人在看到别人遭遇逆境时，都会为这种感情所左右，都会受到震动。可能有人要故意否定这一点，但这往往是对自己的自然感情的否定，因而也是根据歪曲的规则所做的不加掩饰的吹牛，并非什么异议。——假如刚好引起我们注意的一个有恶习的人，出乎意料地陷入逆境，我们便会忘记他的恶习，我们看见的只是人。一般说来，看到人的灾难会使我们产生悲伤之感，而这种随之而来的、悲伤的感受，便是恐怖。"

完全正确，只不过话没说到点子上！这番话有哪一句是驳斥亚里士多德的呢？一句也没有。当亚里士多德说到只有与我们相似的人的不幸才引起我们的恐惧的时候，他所想到的并不是这种恐怖。我们突然看到别人面临的痛苦所产生的恐怖，是一种怜悯的恐怖，这种恐怖是可以理解为怜悯的。如果亚里士多德把恐惧只是理解为一种单纯的变相的怜悯，他就不会说"怜悯与恐惧"了。

《论感情的书信》的作者①说："怜悯是一种复杂的感情，它是由对一个对象的爱和这个对象的不幸所引起的不快构成的。借以辨别怜悯的各种动作，是同爱和不快的简单征兆有区别的，因

---

① 门德尔松（1729—1786）于1755年首次出版了他的《关于感情的书信》。与尼柯莱1756年出版的《论悲剧》，形成论悲剧通信（1756/1757）的背景，莱辛在这些通信里论述了他关于悲剧效果问题的设想。在这些通信的启发下，门德尔松以另外的方式于1761年把这些信件收入了他的《哲学论文集》，同样他在《关于感情的书信的插话或附言》（*Rhapsodie oder Zusaetze zu den Briefen ueber die Empfindung*）里，也对莱辛关于怜悯的主张发表了批评性的意见。莱辛这些话引自《插话》。

为怜悯是一种现象。然而这种现象是多么变化多端呀！只要把令人惋惜的不幸的时间规定改变一下，就得通过截然不同的标志来辨别怜悯。看见厄勒克特拉对着他兄弟的骨灰罐哭泣，我们便感觉到一种怜悯的悲伤，他误以为发生了不幸，并且哀叹自己的丧事。菲罗克泰式的痛苦，使我们感到的同样是怜悯，不过这种怜悯具有另外一种性质。因为这个善良的人所忍受的痛苦，是摆在我们面前的，是当着我们的面落在他身上的。① 当巨大的秘密突然暴露出来的时候，俄狄浦斯感到惊骇;② 当莫尼梅③看见嫉妒的米特里达特勃然变色的时候，她感到恐怖；当贤惠的苔丝德蒙娜听见她一向温存的奥赛罗④用威逼的口气跟她说话的时候，她感到畏惧：这时候我们感觉到的是什么呢？仍然是怜悯！不过是怜悯的惊骇，怜悯的畏惧，怜悯的恐怖罢了。动作是各种各样的，但感情的本质在所有这些情况下，却都是相同的。每一种爱都是跟热心分不开的，如果我们把自己置于被爱的人的地位，我们就得同被爱的人物分担各种形式的痛苦，这种痛苦我们特别强调地称之为怜悯。为什么诸如恐惧、恐怖、愤怒、猜忌、复仇欲对形形色色不愉快的感情，甚至包括嫉妒，不能从怜悯中产生出来呢？——由此可见，大多数批评家把悲剧性的激情分成恐怖与怜悯，是很不恰当的。恐怖与怜悯！舞台上的恐怖就不是怜悯吗？当墨洛珀⑤抽出匕首刺向她自己的儿子的时候，⑥ 观众为谁而恐怖呢？显然不是为自己，而是为观众热切希望能够得救的埃吉斯特，为把埃吉斯特误认为是杀死自己儿子的凶手的王后。如

---

① 借索福克勒斯的悲剧主人公说明怜悯的含义。
② 厄勒克特拉、菲罗克泰式、俄狄浦斯都是索福克勒斯剧本的主角。——编者注
③ 拉辛悲剧《米特里达特》中的女主人公。
④ 莎士比亚剧本《奥赛罗》中的人物。
⑤ 参见莱辛在第36篇至第50篇关于《墨洛珀》的讨论。
⑥ 参见第37篇。

果我们只想把另外一个人因眼前的厄运所引起的不快称之为怜悯，那么我们就得不仅把恐怖，而且还得把另外一个人感染给我们的一切其他激情，跟本来的怜悯区别开来。"①

第 75 篇 1768 年 1 月 19 日

这些见解是如此正确，如此清楚，如此明了，我们甚至觉得每个人都可能而且必须具有这些想法。尽管如此，我仍不愿意把这位当代哲学家②的透彻的论述硬推给那位古代哲学家，我深知前者关于复杂的感情的学说所作出的贡献，只有他才阐明了关于这种学说的真正理论。但是他所做的那些出色分析，亚里士多德大致也都感觉到了，至少有一点是无可否认的，要么亚里士多德认为悲剧只能而且只应该引起真正的怜悯，引起关于另外一个人的目前的厄运的不快——很难相信他会有这种想法；要么他把另外一个人所感染给我们的一切激情，统统概括入怜悯这个词里。

把悲剧的激情分成怜悯与恐怖的，显然不是亚里士多德，而这种区分遭到指责是理所当然的。人们错误地理解了他的论点，错误地翻译了他的论点。他说的是怜悯与恐惧，并非怜悯与恐怖；他所说的恐惧，绝非另外一个人面临的厄运在我们心里引起的为他感到的恐惧，而是由于我们跟受难的人物相似为我们自己产生的恐惧；这是我们看见不幸事件落在这个人物身上时，唯恐自己也遭到这种不幸事件的恐惧；这是我们唯恐自己变成怜悯对象的恐惧。总而言之，这种恐惧是我们对自己的怜悯。

---

① 见亚里士多德《诗学》第 13 章里，莱辛在下文中就是要分析这个问题。为此他追溯到了 1756/1757 年与门德尔松和尼柯莱通信中谈到的那些想法。

② 指的是门德尔松，作者在这里把他与亚里士多德相提并论，承认他在发展"复杂的感情的学说"方面所作的贡献，这也是他自己对激情的理解的基础。

我们应该处处用亚里士多德来说明亚里士多德。① 有谁想关于他的《诗学》给我们提供一个新的、远远超过达希埃② 的解释，我劝他首先从头至尾读一读这位哲学家的著作。他会从中为《诗学》找到线索，而这些线索他是无法根据《诗学》本身推测出来的，尤其是他必须研究《修辞学》和《伦理学》这两部著作。或许有人会以为，对亚里士多德的著作了如指掌的那些经院学者们，早已发现了这些线索。其实在亚里士多德的著作中，《诗学》恰恰是他们最不关心的一部著作。在这方面他们缺乏另外的知识，没有这些知识，那些线索至少不可能结出丰硕的果实。他们不了解戏剧和那些杰出的戏剧作品。

关于（亚里士多德用以补充悲剧性怜悯的）这种恐惧的完整定义，在他的《修辞学》第二卷第五章和第八章里可以找到。指出这些章节一点也不困难，尽管如此，在他的注释者当中或许还不曾有人指出过这些章节，至少不曾有人引证过这些应该引证的章节。即使有人还没有看出这种恐惧并非怜悯的恐怖，他仍能从这些章节里学到一点重要东西，亦即为什么这个斯塔吉拉人③在这里用恐惧补充怜悯，为什么只用恐惧，为什么不用别的激情，为什么不用更多的激情。关于这个原因他们一无所知，如果有人

---

① 莱辛把自己的分析方法与（高乃依的）自我辩护方法，或者与"经院学者"们由神学兴趣所决定的分析方法进行了对比。莱辛的功绩在于，他在分析《诗学》的时候，参考了"《修辞学》和《伦理学》这两部著作"，即亚里士多德的三卷本《修辞学》和十卷本《尼各马克伦理学》。诚然，莱辛并未借助他的方法推断出阐释学的框架，亚里士多德那些概念就是在这个框架里发挥它们的合乎时代潮流的功能的。莱辛在多大程度上正确理解了亚里士多德，这正是引起学者们争论的问题之一。

② 达希埃（Dacier，1651—1722），系把《诗学》译成法文的法国学者，译文极为时人所称颂。

③ 亚里士多德的别名，因亚里士多德出生在马其顿首府斯塔吉拉而得名。

问他们，比如说，为什么悲剧不能亦不应该引起怜悯与惊叹，而只能并且只应该引起怜悯与恐惧？我倒想听听他们的头脑里会想出什么样的答案。

然而一切都取决于亚里士多德对于怜悯的理解。他认为作为我们的怜悯对象的厄运，必须具有这样一种性质：我们唯恐自己或者唯恐亲属中某一个人也遭逢这样的厄运。不存在这种恐惧的地方，也不可能产生怜悯。因为一个深遭不幸的人，看不到还有什么更值得恐惧，而一个以为自己十分幸福的人，却根本不理解怎么可能遇到不幸的事情，因此绝望的人和得意的人都不会对别人产生怜悯。正因为这样，他才用恐惧的对象来说明怜悯的对象，用怜悯的对象来说明恐惧的对象。他说：凡是另外一个人遭遇的或者应该遭遇的，并能引起我们怜悯的一切，都能引起我们的恐惧；① 凡是我们自己遭遇的，并引起我们恐惧的一切，都能引起我们的怜悯。引起我们怜悯的遭受不幸的人，只是不应该遭受不幸，还是不够的，纵然他由于某种弱点才招来了这种不幸：如果我们看不到自己也有遭遇他的痛苦的可能性，那么他的令人痛心的无辜，或者毋宁说他所犯的极其严重的错误，就会使我们无动于衷，就无法引起我们的怜悯。但是，如果作家让他并不比我们一般人更坏，如果作家完全让他这样思想和行动，好像我们处在他的情况时也会这样思想和行动，至少我们认为应该这样思想和行动，一句话：当作家把他描写得跟我们一模一样时，才能产生这种可能性，并且可能发展成为一种巨大的现实性。恐惧就是从这种相似性里产生的：我们唯恐自己的命运很容易跟他的命运相似，好像我们觉得自己就是他一样。仿

---

① ὡς δ' ἁπλῶς εἰπεῖν, φοβερά ἐστιν ὅσα ἐφ' ἑτέρων γιγνόμενα ἢ μέλλοντα ἐλεεινά ἐστιν 我不知道埃米留斯·波尔图斯（在他的《修辞学》译文里，Spirae，1598）怎么会想到把这段话译成："一旦它落到别人头上或者威胁到别人，一言以蔽之，凡是引起怜悯的，最终都是可怕的。"应该直截了当地译成："凡是另外一个人遭遇的或者应该遭遇的。"——莱辛注

佛正是这种恐惧才产生怜悯。

亚里士多德正是这样思考怜悯的，只有从这里才能理解，为什么他在悲剧的定义里除怜悯之外，只提到了恐惧的真正原因。这种恐惧并非一种特殊的、与怜悯无关的激情，并非似乎有时借助怜悯、有时不借助怜悯就能引起这种激情，犹如有时借助恐惧、有时不借助恐惧就能引起怜悯一样。这是高乃依的误解。而是因为——按照他的关于怜悯的定义——怜悯必然包括恐惧。因为不能引起我们的怜悯的东西，同时也就不能引起我们的恐惧。

高乃依在坐下来写关于亚里士多德的《诗学》的评论①之前，已经写出了他的全部剧作。② 他为剧院创作了五十年，依据这些经验，无疑他是能够给我们讲述一些关于这部古代戏剧法典的出色见解的，只要他在自己的创作期间，曾经努力请教过这部法典。至多只是在关于艺术的机械法则方面，他似乎用过这样一番功夫。而在重要的法则方面，他却置这部法典于不顾，当他终于发现，尽管自己不想违背这部法典，却还是违背了它的时候，便设法借助解释进行补救，并让他的所谓的导师说些显然从未想到过的东西。

高乃依把殉难者搬上了舞台，③ 并把他们描写成完美无疵的人

---

① 在曾经提到的《三篇报告》里。

② "在为剧院进行了五十年创作活动的基础上，我斗胆谈点关于戏剧的看法"，他在自己的《论戏剧》一文中这样说道。他的第一出戏 *Mélite* 写于 1625（1629）年，他的最后一出戏 *Sur6na* 写于 1675（1674）年，前后恰好五十年，他在分析亚里士多德的时候，肯定会回顾一下他的全部作品。——莱辛注

③ 莱辛指的是殉难者戏剧《波利厄克特》（1640），他在第二篇里曾经评论过这出戏。

物；他把普鲁西亚斯、①佛卡斯②和克莱奥帕特拉③描写成了最可憎的怪物。然而亚里士多德却主张这两个类型的人物都不适于悲剧，因为他们既不能引起怜悯，又不能引起恐惧。高乃依对这个问题是怎样回答的呢？在这种矛盾的情况下，他怎样才能既不至于损坏自己的威望，又不至于损坏亚里士多德的威望呢？他说：④"在这方面我们是很容易同亚里士多德取得一致意见的呀。⑤ 只要我们假定他并不主张，为了对激情起净化作用——他把这一点视为悲剧的最终目的——必须同时具备恐惧与怜悯这两种手段，而是按照他的意见，有一种手段就足够了。"他接着说："如果我们恰如其分地权衡他排除那些不赞成写入悲剧里去的事件的理由，我们便能够根据他自己的见解来证实这个定义。他从未说过这件事情或者那件事情不适于悲剧，因为它只引起怜悯而不引起恐惧，或者这件事情是令人无法忍受的，因为它只引起恐惧，而不引起怜悯。不，而是如他自己所说，他之所以抛弃这些事件，是因为它们既不引起怜悯，也不引起恐惧，由此我们便可以看出，他之所以不喜欢这些事件，正是因为它们不仅缺少这种手段，而且也缺少那种手段，只要这些事件有两种手段中之一种，便能受到他的欢迎。"

第76篇　1768年1月22日

然而这是根本错误的！——使我惊异的是，一向对曲解相当警觉的达希埃，怎么会忽略高乃依为了达到自己的目的对亚里士多德原文所做的最大曲解呢？说实话，他怎么会不忽略这种曲解呢？因

---

① *Nicomede*（1652）里的人物。
② *Heraclius*（1647）里的人物。
③ 《罗多居娜》里的人物。参见本书第29篇。
④ 此话见他的第一篇《报告》，第一句话是"在这方面我们是很容易同亚里士多德取得一致意见的呀"。
⑤ Il est aisé de nous accommoder avec Aristote etc.——莱辛注

为他从未想到要请教哲学家关于怜悯的定义。——如上所述，高乃依的想象，是根本错误的。亚里士多德说的不可能是那个意思，人们要么不是认为他忘记了自己所下的定义，就是认为他的观点是明显的自相矛盾的。如果按照他的学说，另外一个人的灾难并不引起我们的怜悯，我们也不为自己会遭受这些灾难而感到恐惧，这样，他对任何只引起怜悯而不引起恐惧的行动，都是不会满意的。因为他认为这种情况本身就是不可能的，在他看来，这类行动是不存在的。相反，他认为只要这些行动能引起我们的怜悯，也必然能引起我们为自己而感到的恐惧；或者毋宁说，它们只有通过这种恐惧才能唤起怜悯。他无法设想一出悲剧的行动能够引起我们为自己的恐惧，却不能同时引起我们的怜悯。他相信，一旦我们看到它们威胁到别人或者落到别人头上，也必然引起我们的怜悯。悲剧的情形正是如此。在悲剧里，我们看到我们所恐惧的一切灾难，不是落在我们头上，而是落在别人头上。

不错，亚里士多德每谈到那些不适于悲剧的行动时，一再采用这样的表达方式：它们既不引起怜悯，又不引起恐惧，然而糟糕的是，高乃依居然听任这种"既不——又不"的迷惑。这些分句连接词并不总是包含他赋予它们的含义。因为当我们用它们来否定一个事物的两个或者更多的部分的时候，取决于这些部分实际上能否互相分离，像我们在概念里通过象征性的表达方式分离的那样，假如事物依然应该存在下去，这就要看它是否缺少这一部分或者那一部分。比如，我们说一个女人既不美丽又不机智，我们当然是想说，只要她具有两者之一，我们就满意了，因为机智和美丽不仅能够在想象中分开，而且它们在实际上也能分开。但是，如果我们说，这个人既不相信天堂，又不相信地狱，难道我们也是想借此说明，只要他相信两者之一，只要他相信天堂而不相信地狱，或者只要他相信地狱而不相信天堂，我们就满意吗？当然不是。因为谁相信这一点，也必然相信另一点。天堂与地狱，赏与罚是相对的。有其一，亦必有其二。或者让我从类似的艺术里举出一个例子，如果我们说这幅画一无是处，那是因为它既没有线条，又没有颜色，难道我们不是想借此说明，一幅好画具有两者之一就够了吗？——这是十分明白的！

假如亚里士多德关于怜悯的定义是错误的，又怎么样呢？如果我们对自己毫不担心会遭受的灾难和不幸也能感到怜悯，又怎么样呢？

不错，为了感受我们所热爱的一个对象对于肉体灾难所感到的不快，是不需要借助我们的恐惧的。这种不快只是由于想象的对象不完善而产生的，犹如我们的爱是由于想象中的对象是完善的而产生的一样。从这种快感与不快的融合中产生一种混合的感情，我们称这种感情为怜悯。

即使根据这种说法，我也不认为有必要放弃亚里士多德的论点。

即使在不为自己感到恐惧的情况下，我们也能为别人感到怜悯，那么我们的怜悯在有那种恐惧的情况下，会比没有它时更生动，更强烈，更吸引人，这是无可争辩的。我们有什么理由不能承认，对一个心爱对象的肉体灾难所感到的混合感情，通过为我们自己所感到的恐惧，会达到一种可以称之为情感（Affekt）的程度呢？

亚里士多德确实是承认这一点的。他是根据怜悯的朴素的感情活动来考察怜悯，他只是把怜悯作为情感来考察的。他并不否认那种朴素的感情活动，只是拒绝赋予火星儿以火焰的名称。怜悯的感情活动而没有对我们自己的恐惧，他称之为慈悲感。① 只有这种形式的比较强烈的感情活动，即跟为我们自己而感到的恐惧联结在一起的感情活动，他才冠以怜悯之名。因此他主张，一个坏人的不幸，既不能引起我们的怜悯，又不能引起我们的恐惧。不过他并不

---

① 见《诗学》，第13章，莱辛下面的引文便出自这一章，紧接着就是对这个概念所作的说明。

因此而否认他有引起任何感动的能力。坏人依旧是人，依旧是一种
造物，他在道德上有着种种不完善之处，同时也有着足够的完善之
处，令人希望他不要遭到伤害和毁灭。在他遭到毁灭的时候，令人
感受到某种类似怜悯的东西，仿佛怜悯的因素。但是如上所说，对
这种类似怜悯的感情，他并不称之为怜悯，而是称之为慈悲感。他
说："作家不应该让坏人由逆境转入顺境，因为这在所有布局当中，
是最违背悲剧精神的。应该有的东西，这里连一点都没有。它既不
能引起慈悲感，又不能引起怜悯与恐惧。也不应该让最坏的人由顺
境陷入逆境，因为这样一种事件虽然能够引起慈悲感，但却既不能
引起怜悯，又不能引起恐惧。"① 我不知道还有什么比慈悲感这个
词的通常译文更为空洞，更为乏味。这个词的附加语，拉丁文通常
译作 hominibus gratum② ［使人愉快的］；法文译作 ce que peut faire
quelque plaisir③ ［能产生某种欢乐的］；德文译作 Was Vergniigen
machen kann ［能使人高兴的］。据我所知，似乎只有古尔斯顿④没
有误解哲学家的意思，他把 φιλάνϑϱωπον 译作 quod humanitatis Sensu
tangat ［借仁慈的感情打动我们的］。⑤ 诚然，对于因坏人遭遇不幸
所引起的这种慈悲感，不能理解为对他应该遭受的惩罚而高兴，而
是应该理解为仁慈的怜悯感情，尽管我们认为他的痛苦纯系报应，
在他遭受痛苦的瞬间，我们对他仍然怀有这种感情。库尔蒂乌斯先
生想把这种对于一个遭受厄运的坏人的怜悯的感情活动，只局限于

---

① 见《诗学》，第 13 章（［中译按］参见罗念生译本）。——莱辛注
② 荷兰哲学家达尼埃尔·海因修斯在他的亚里士多德注释 De tragoedia
constitutione（1611）里，把它译成"使人愉快的"。
③ "能产生某种欢乐"（达希埃建议这样翻译）。
④ 古尔斯顿（Theodor Goulston，死于 1632 年），英国 17 世纪一医生，
曾经把亚里士多德的《诗学》与《修辞学》译成拉丁文，于 1623 年出版。
⑤ 莱辛称之为"人类的同情的（怜悯的）感情"。

他所遭受的某种特定的灾难方面。他说：① "作恶者这种既不引起我们的恐怖，又不引起我们的怜悯的偶然遭遇，必须是他作恶的结果。如果他是偶然地，或者完全无辜地尝到这种恶果，他会在观众心目中保持仁慈的优先权，如同观众并不拒绝怜悯一个无辜遭受痛苦的坏人一样。"但是，他对这个问题似乎考虑得不够成熟。因为纵然落在坏人头上的不幸，是他的犯罪活动的直接恶果，在看到这种不幸的时候，我们也难免不跟他一块感到痛苦。

《关于感情的书信》的作者说：② "试看那群围着一个被判处死刑的罪犯的拥挤的人。他们听说了作恶的人所犯的一切罪行。他们曾经对他的品行，或许对他本人深恶痛绝过。现在他被拖上可怕的断头台，已是丑态毕露，失魂落魄。有人挤进杂沓的人群，有人踮起脚尖巴望，有人爬上屋顶，为了看看他那临死之前痉挛的面孔。宣读了他的判决书，刽子手走近他的身边，一转眼就要决定他的死活。现在所有人的心里都盼望他得到赦免！赦免他？赦免他们憎恶的对象？赦免一个连他们自己在瞬息之前都会判处死刑的人？现在是什么又在他们心里引起了一道仁爱的光辉呢？难道不是惩罚的临近，看到最可怕的肉体灾难，才使我们跟一个万恶不赦的人和解，使他得到我们的仁爱的吗？没有爱，我们是不会怜悯他的遭遇的。"

依我看，正是我们这种在任何情况下都不会消逝的对于同类的爱，尽管它被掩埋在其他强烈的感情之下，却像余烬未熄，一旦遇到不幸、痛苦、毁灭的触动，便会迸发出怜悯的火焰；正是这种爱才是亚里士多德所理解的慈悲感。我们有权利在怜悯的名称之下来理解它。但是，亚里士多德给它取一个特殊名称，也没有什么不对，如上所述，这样便于把它跟最高程度的怜悯感情区别开来，而这种最高程度的怜悯感情，加上我们可能为自己产生的恐惧，便成了情感（Affekt）。

---

① 下面这些话见他（库尔蒂乌斯）1753 年的译文（亚里士多德《诗学》）第 13 章的注释。

② 下面这些话见门德尔松《哲学论文集》第二部分。

第 77 篇 1768 年 1 月 26 日

在这里还要解答一个问题。既然亚里士多德认为怜悯的情感这个概念必须跟为我们自己所产生的恐惧联结在一起，为什么还要单独论及恐惧呢? 怜悯这个词已经包括了恐惧，他只消说: 悲剧应该通过引起怜悯，净化我们的激情，也就够了。加上恐惧这个词并不能多表达一层意思，反而使它要表达的意思更加暧昧而含糊不清了。

我的回答是: 如果亚里士多德只想教导我们，悲剧能够而且应该引起什么样的激情，他完全可以省却恐惧这个词，而且毫无疑问，他一定会省却这个词。因为没有哪一个哲学家在用词方面比他更精炼。但是他想同时教导我们，什么样的激情应该通过悲剧引起的激情，在我们心中得到净化，而为了这个目的，他必须单独提及恐惧。虽然按照他的意见，不管在剧院里还是在剧院外，怜悯的情感都不能脱离为我们自己所产生的恐惧而单独存在。虽然恐惧是怜悯的一个必要的组成成分。毕竟不能认为反过来也是对的，而对别人的怜悯却不是为我们自己所产生的恐惧的组成成分。一俟悲剧结束，我们的怜悯便也停止了，并非任何被感受到的感情活动都会保留在我们心中，而保留下来的，只有唯恐我们自己也会遭遇的值得怜悯的厄运所引起的真实恐惧。我们感受了这种恐惧，正如它作为怜悯的组成成分，净化怜悯一样，现在它也作为一种持续存在的激情，来净化自己。所以，为了表明它能够做到这一点，并且确实做到了这一点，亚里士多德才认为有必要单独讨论它。

无疑，亚里士多德根本未想给悲剧下一个严格的、准确的定义。[①]若不是限于只讨论悲剧的重要性质，他会涉及各种各样偶然的性质，因为这些都是当时的习惯必不可少的。假如我们抛开这些性质不管，而总结一下其余特征，便会得出一个十分准确的定义，简单说来，这就是: 悲剧是一首引起怜悯的诗。按其性质来说，它是对一个行动的

---

① 亚里士多德自己的论述是违背这个假定的。——编者注

摹仿，像史诗和喜剧一样，然而按其体裁来说，它是对一个引起怜悯的行动的摹仿。根据这两种理解，完全可以引申出一切悲剧法则，甚至可以据此确定它的戏剧形式。

　　也许有人会怀疑后面这一点。至少我说不出有哪一个艺术批评家，哪怕只是想到过对这个问题进行一番研究。他们都把悲剧的戏剧形式作为某种传统的东西接受下来，它现在如此，因为它从前就是如此，人们对它所以不加更改，是因为觉得它是好的。只有亚里士多德才阐明了它的原因，但是这个原因在他的解释当中，与其说是明白的，还不如说是假设的。他说：“悲剧是对于一个行动的摹仿——不是借助叙述，而是借助怜悯与恐惧，使这种和类似的激情得到净化。”① 他就是这样字斟句酌地表达自己的意思的。在这里，有谁不为这种奇怪的对立——“不是借助叙述，而是借助怜悯与恐惧”——而感到诧异呢？怜悯与恐惧是悲剧用来达到其目的的手段，而叙述则只涉及采用或者不采用这种手段的方式方法。在这里，亚里士多德不是要作一次跳跃吗？在这里，不是明显的缺少叙述的真正对立面，即戏剧形式吗？但是翻译家面对这个裂缝是怎样做的呢？有的人小心翼翼地绕过它去，有的人则只是用些空话来弥合这个裂缝。大家都认为这句话的毛病在于造句的粗枝大叶，无需认真对待，只要传达出哲学家的意思就行了。达希埃译作：“一个行动——无需叙述的支持，而借助怜悯与恐怖”；②

---

　　① 莱辛这段引文是《诗学》第 6 章的核心段落，但引文不全。库尔蒂乌斯所依据的是众所周知的版本（参见“原始资料”，第六章），这个版本与莱辛逐字逐句复述出来的这个段落之间的矛盾，是可以借助最新研究成果来说明的：莱辛依据的是一个亚里士多德《诗学》的残缺版本（出版于 1619 年，参见 Michael Anderson A Note on Lessing's Misinterpretation of Aristotle, *Greece and Rome* 15 ［1868］，第 59—62 页），他那些关于“奇怪的对立——不是借助叙述，而是借助怜悯与恐惧”的推论，从今天的角度来看是不必要的，就他所依据的文本来看，则是可以理解的。

　　② 原文为：d'une action – qui，sans le secours de la narration，par le moyen de la compassion et de la terreur。

库尔蒂乌斯则译作："一个行动，不是通过诗人的叙述，而是（通过表演行动本身）借助恐惧与怜悯，把我们从表演出来的激情的缺点中净化出来。"啊，很对！两人都说出了亚里士多德想要说的话，不过，跟他的说法不一样。也许有人会注意这"不一样"三个字，因为这的确不只是个造句的粗枝大叶问题。简单说来，事情是这样的：亚里士多德解释说，怜悯必然要求一种现实存在的灾难；我们对于早已过去的灾难，要么根本不能产生怜悯，要么这种怜悯远远不如对于眼前的灾难那样强烈。所以引起我们怜悯的行动，不能当作过去的行动，即不是用叙述的形式进行摹仿，而是当作现实的行动，即用戏剧的形式进行摹仿。只有这一点，即叙述很少能或者根本不能引起我们的怜悯，而是几乎只有现实的直觉才能引起我们的怜悯，只有这一点才使他有理由在定义里用事物本身来代替事物的形式，因为这个事物只适于采用这种唯一的形式。假如他认为叙述也能引起我们的怜悯，当他说"不是通过叙述，而是通过怜悯与恐惧"的时候，那肯定是一个非常错误的跳跃。但是，由于他坚信只有通过唯一的戏剧形式，才能在摹仿中引起怜悯与恐惧，所以为了说得简便起见，他才可以作这样的跳跃。——关于这一点，请看他的《修辞学》第二卷第九章。[①]

最后，关于亚里士多德赋予悲剧的最终的道德目的，他认为这个目的必须包括在悲剧的定义里，大家知道，特别是近些年来，这个问题争论得多么热烈。但是我敢说，所有持异议的人都并未理解亚里士多德的意思。他们在确切地弄清他的思想之前，都把自己的想法硬塞给他。他们与自己头脑里的幻想争辩，还自以为无可辩驳地驳倒了这位哲学家，其实他们打倒的只是自己头脑里的幻影。我不想在这里深入探讨这个问题。为了避免给人以凭空瞎说的印象，我想做两点

---

① "因为只有出现在身旁的灾难才能引起怜悯，而发生在一千年之后，或者发生在一千年之前的灾难，要么根本不能，要么只能引起些微怜悯，因此表演者只能通过他们的表情、声音、服装，总之通过他们的表演直接引起怜悯。"

说明。①

（一）他们让亚里士多德说：②"悲剧应该借助恐怖与怜悯，把我们从表演出来的激情的缺点中净化出来。"表演出来的？这么说，如果英雄人物通过好奇心，或者虚荣心，或者爱情，或者因愤怒而遭逢不幸，悲剧就该净化我们的好奇心，我们的虚荣心，我们的爱情，我们的愤怒啰？③ 亚里士多德从来不曾想到这一点。这些先生就是这样争论得津津有味，他们把风车想象成巨人，④ 抱定必胜信念，对着风

---

① 与尼柯莱（论悲剧，1756）感觉主义的悲剧理论相反，莱辛在1756年11月给尼柯莱的信中，强调的是悲剧的最终目的，并把他的理论与亚里士多德的净化论联系起来，尼柯莱则援引杜勃斯（Jean Baptiste Dubos）的Reflexions critiques sur la poesie et sur la peinture（1719）驳斥了高特舍特的道德说教（Moralismus）。在思考这个问题时，像他着手分析亚里士多德一样，是从这个方向考虑的，一方面是再一次设法在两个极端之间进行调停，即一方面是流于感觉论的单纯热情，一方面是证明现有道德规范的悲剧理论，另一方面是完全从效果美学的角度进行论证，毫不顾及他的作品美学中所包含的认识论因素。于是，问题就成了在"激情"的"净化"中，来论证一种"最终的道德目的"。——最新的医学解释，或者古老的虚拟的卡塔西斯解释，在这个过程中并未引起莱辛的关注。如果悲剧的目的就是引起怜悯与恐惧（即对我们自身的怜悯），那么卡塔西斯也只能在这些感情的"净化"中存在：诚如他在自己的论述结尾时说的那样，使两个极端达到平衡。使在怜悯中忘我的观众受到约束，使无动于衷的观察者增加情感反应，这一点也适用于恐惧。"最富于怜悯之心的人"就是"最好的人"，他能够平衡地控制自己的各种力量，这样才能借助认识能力从自然规律的角度理解作品所描写的观点。这种通过感情和理智的加强而取得的认识，作为"最终目的"对于莱辛来说，与道德使命具有同样的意义，因为思维与行动对于他来说是不可分割地联系在一起的。

② 这又是库尔蒂乌斯的话。参见本书附录"亚里士多德《诗学》阅读札记"。

③ 早在1756年11月致尼柯莱的信中，莱辛就说过类似的话，在那封信里他说，"悲剧在观众中并未引起丝毫激情"，可以被他视为"怜悯"。

④ 典出塞万提斯长篇小说《堂吉诃德》，作者描写的是堂吉诃德的想象，还有他那肥胖但却谨慎的陪伴者桑丘·潘萨。

车大举进攻，却不注意有着健康人的理智的桑丘，而桑丘却坐在他那从容不迫的马背上，在后边召唤他们，他自己毫不造次，只是把眼睛睁得圆圆的。亚里士多德说：τῶν τοιούτων παϑημάτων，意思不是"表演出来的激情"。他们应该把这段话译成："这种和类似的"，或者译成："被唤起的激情"。① τοιούτων 只是指前文里的"怜悯与恐惧"。悲剧应该引起我们的怜悯和我们的恐惧，仅仅是为了净化这种和类似的激情，而不是无区别地净化一切激情。他说的是τοιούτων而不是τούτων；他说的是"这种和类似的"，而不是"这种"。这说明他所理解的怜悯，不仅是狭义的怜悯，还包括一切慈悲感，犹如他所理解的恐惧，不仅是对我们眼前的灾难所产生的不快，也包括对现实的灾难产生的不快，也包括对过去的灾难、悲哀和苦闷产生的不快。悲剧所唤起的怜悯与恐惧，应该在这种广义的意义上，来净化我们的怜悯和我们的恐惧，但也只能净化这些激情，而不是什么别的激情。固然在悲剧里也能找到对于净化其他激情有益的说教和例证，但这不是它的目的。这些都是它同史诗、喜剧所共有的东西，只要它是一首诗，是对于一个行动的摹仿，而不只是悲剧，不只是单单摹仿一种引

---

① 在围绕着亚里士多德如何运用第二格的著名讨论中，莱辛在这里选择了一种第二格主语（genitivus subjektivus）的联结（"借助激情净化"）和第二格宾语（genitivus objektivus）（"激情的净化"）。当然，在他所理解的卡塔西斯的总体联系中，也不能排除第二格分离格（genitivus separativus）（被激情净化）：同时通过他所说的"怜悯"，莱辛也在舞台上人物的"激情"与观众的感情活动之间，进行了本质性的区分，在 1757 年 2 月 2 日致门德尔松的信中他断定说，"但是，在观察别人的这种感情时，在我身上产生的这类第二种感情……几乎不配得到感情这个称呼"；怜悯产生自"对象在我们身上最初发挥作用的时候"。从这一点出发，"怜悯的净化"似乎应该理解为怜悯就是"被激情净化"，这样，莱辛与亚里士多德"慈悲感"的关系，像他的平衡理论一样就是可以理解的了，他那种关于"净化"是"激情向道德完善的转化"的观点，以及他所说的最有怜悯心的人是最好的人的说法，都是可以理解的：在怜悯中被"净化"的人，就是通过感情的震荡理解了自己的人。

起怜悯的行动的悲剧。各种体裁的文学作品都是为了改善我们，如果连这一点还须证明，那是令人痛心的，如果有些作家自己还怀疑这一点，那就更令人痛心了。但是任何体裁都不能改善一切，至少不能把每个人都改善得像别人一样完善。一种体裁最擅长的，正是另一种体裁所不及的，这就构成了它们的特殊作用。

第 78 篇　1768 年 1 月 29 日

（二）由于亚里士多德的对手们并不关心他想通过怜悯与恐惧在我们心中净化什么样的激情，所以他们在净化这个问题上误入歧途，也就是自然的了。亚里士多德在他的《政治学》结尾处①谈到用音乐净化激情的时候，答应在《诗学》里更详尽地讨论这个净化问题。高乃依说：②"因为人们在这部著作中丝毫未发现有关的论述，所以他的大部分注释者都认为，这部著作没有全部流传下来。"丝毫未发现？依我看来，就是在我们看到的残存的《诗学》里，不论残存多少，仍能发现关于这个问题的一切论述，而这些都是他认为对一个并非完全不熟悉他的哲学的人应该说的。高乃依自己就发现一个段落，据他说，这个段落足以能够使我们揭示清楚在悲剧里出现的净化激情的方式和方法，亦即亚里士多德所说的：③"怜悯要求一个不应遭受灾难的人，恐惧则要求一个与我们相似的人。"这段文字的确也很重要，不过高乃依把它用错了，因为他脑袋里终于想到了激情的净化问

---

①　亚里士多德在他的《政治学》第 8 卷第 7 章，以音乐为例对他的卡塔西斯学说进行了区分，把它区分成净化效果、享乐效果和道德教育效果。按照他对类型的理解，莱辛认为在讨论悲剧的过程中，可以预见到这些区别。

②　见他的第 2 篇报告。

③　见《诗学》第 13 章，参见本书附录"亚里士多德《诗学》阅读札记"，（［中译按］罗念生先生把这一段话译为"怜悯是由一个人遭受不应遭受的厄运而引起的，恐惧是由这个这样遭受厄运的人与我们相似而引起的）。

题，所以不能不错。他说："我们看到与我们相似的人遭逢厄运时产生的怜悯，引起我们唯恐自己遭逢同样厄运的恐惧。这种恐惧引起规避厄运的欲望，而这种欲望则是净化、节制、改善，甚至根除使我们怜悯的人物在我们面前招致厄运的激情的一切努力。理性告诉每一个人，要想避免后果，则必须消除起因。"但是，把恐惧仅仅当成促使怜悯去净化激情的工具，① 这个论断是错误的，这不可能是亚里士多德的意思。按照这个论断，悲剧可以净化一切激情，唯独不能净化亚里士多德着重指出的那两种激情。它可以净化我们的愤怒，我们的好奇心，我们的嫉妒，我们的虚荣心，我们的恨和我们的爱，而这一种或者那一种激情，都是我们所怜悯的人物招致厄运的原因。它只是不让我们的怜悯和我们的恐惧得到净化。因为怜悯与恐惧是我们在悲剧里感受到的激情，而不是行动的人物在悲剧里感受到的激情。它们是行动的人物借以打动我们的激情，而不是他们使自己遭逢不幸的激情。固然，我知道世界上有两者兼备的剧本。不过我还不知道在哪一部剧本里，我们所怜悯的人物是通过误解的怜悯，或者通过误解的恐惧陷入厄运的。尽管这部剧作会成为举世无双的剧作，像高乃依所理解的那样，它会像一切悲剧作品那样符合亚里士多德的主张，然而就是这样一部举世无双的剧作，也不会以亚里士多德要求的方式出现。这部举世无双的剧作，仿佛两条直线的交点，是为了让他们在无限的空间里不再汇合。——就连达希埃也未能如此严重地误解亚里士多德的意思。达希埃十分注意作者的原话，而这些话又表达得十分肯定，即我们的怜悯与我们的恐惧，应该通过悲剧的怜悯和恐惧得到净化。然而他坚信，如果悲剧的功用仅限于此，就微不足道了。所以他错误地按照高乃依的解释，把均匀地净化一切其余激情的作用也加到悲剧身上。从高乃依这方面来说，他否定了这种作用，并列举事实证明，这只是一种美好的想法，并非按照通常方法可以实现的事实；达希埃

---

① 早在他 1757 年 4 月 2 日给尼柯莱的信中他就指出，这是误解亚里士多德"关于怜悯的错误概念"的原因。

也只得跟着高乃依深入探讨这些实例，结果走入了死胡同。达希埃为了让他的亚里士多德跟他一起摆脱这种窘境，不得不说了许多兜圈子的话。我说"他的亚里士多德"因为真正的亚里士多德丝毫不需要这样兜圈子。我再重复一遍，当亚里士多德谈到悲剧的怜悯与恐惧应该净化的激情时，他没有想到别的激情，他想到的只是我们的怜悯与恐惧。至于悲剧净化其余的激情或多或少，在他看来是无关紧要的。照理说达希埃应该坚持那种净化作用的主张，自然，这样做他得讲出一套关于这种主张的更为完整的道理。他说：①"悲剧怎样为了净化怜悯与恐惧而引起怜悯与恐惧，是不难解释的。悲剧之所以能引起怜悯与恐惧，是因为它把与我们相似的人由于料想不到的过错而遭逢的厄运置于我们面前。悲剧之所以能净化怜悯与恐惧，是因为它让我们看到上述厄运，并借此教导我们，一旦我们真的遭逢厄运，既不至于过分恐惧，又不至于过分感动。——它让人们勇敢地承担最不幸的遭遇，让最不幸的人们把自己的灾难同悲剧表演给他们的更严重的灾难相比较，仍然感到自己是幸福的。因为在什么样的情况下，当一个人看见俄狄浦斯、菲罗克泰忒、奥莱斯特的遭遇时，不得不承认自己忍受的一切灾难与这些人忍受的灾难是根本无法比拟的呢？"的确，这种解释用不着达希埃花费多少心血。他从一个斯多葛派②的著作里发现了这种解释，用词几乎都是一样的，而此人总是念念不忘冷漠无情。我们对于自己的灾难的忍受是与怜悯无关的，所以在一个不能引

---

① 见达希埃关于亚里士多德的解释，第6章，注释8。——莱辛注

② "斯多葛派"指罗马皇帝马可·奥勒留（Marcus Aurelius Antoninus，121—180），在他的《沉思录》（XI6）里有这样一段话："最初创作悲剧，是为了让人们不忘生活中出现的灾难，是为了告诉他们，这些灾难的出现是必然的，是为了教导他们，他们在舞台上看到这些事件对他们来说，在巨大的世界舞台上不应该是无法忍受的。"在这里，悲剧被定义为战胜生活中不可避免出现的"灾难"的手段。按照斯多葛派的意思，卡塔西斯可以理解为面对悲剧所表演的事件"麻木不仁"，内心平静和沉着。达希埃自己说的话，就是从这本书里来的。

起怜悯的受难者身上，是无法通过怜悯来净化或者减轻他的悲哀来实现的。这是无需驳斥他的，我愿意承认他所说的一切都是对的。不过我必须问问他：他的这些话表达了多少东西呢？除了怜悯净化我们的恐惧之外，还有些许新鲜东西吗？当然没有，尚不足亚里士多德的要求的四分之一。当亚里士多德提出悲剧引起怜悯与恐惧是为了净化怜悯与恐惧的主张时，有谁看不出，这番话的含意远比达希埃自鸣得意的解释丰富得多呢？按照在这里出现的概念的不同组合，如果有人想要彻底了解亚里士多德的意思，他必须逐一指出：1. 悲剧性的怜悯可能并且事实上是怎样净化我们的怜悯的；2. 悲剧性的恐惧可能并且事实上是怎样净化我们的恐惧的；3. 悲剧性的怜悯可能并且事实上是怎样净化我们的恐惧的；4. 悲剧性的恐惧可能并且事实上是怎样净化我们的怜悯的。但是达希埃只注意到第三点，关于这一点也解释得很不像样子，而且也只解释了一半。谁在亚里士多德的净化激情的问题上，为获得一个正确而完整的观念花过一番功夫，便会发现四点中的每一点都包含着两种情形。简单说来，亦即这种净化只存在于激情向道德的完善的转化中，然而每一种道德，按照我们的哲学家的意思，都有两个极端，道德就在这两个极端之间。所以，如果悲剧要把我们的怜悯转化为道德，就得从怜悯的两个极端来净化我们。关于恐惧，也应该这样理解。就怜悯而言，悲剧性的怜悯不只是净化过多地感觉到怜悯的人的心灵，也要净化极少感觉到怜悯的人的心灵。就恐惧而言，悲剧性的恐惧不只是净化根本不惧怕任何厄运的人的心灵，而且也要净化对任何厄运，即使是遥远的厄运，甚至连最不可能发生的厄运都感到恐惧的人的心灵。同样，就恐惧而言，悲剧性的怜悯必须对过多感觉到恐惧的人和过少感觉到恐惧的人进行控制，而就怜悯而言，悲剧性的恐惧也当如此。但是，如上所述，达希埃只是指出了悲剧性的怜悯怎样节制我们的过于巨大的恐惧，却并未指出怜悯怎样补救根本不存在的恐惧，或者在一个感觉恐惧极少的人身上，怎样把它提高到一个有益的程度，且不说他也应该指出其余各点。自他以后的人们，对于他的疏忽也丝毫未加补充，相反却按照他们的意见，把悲剧的功用完全置于争论之外，讨论一些关于诗的一般性问题，而毫不涉及悲剧之所以为悲剧的特殊问题。例如，悲剧应该培养和加强人性的本能；悲剧应该引起对道德的热爱，对罪恶的憎恨等等。① 亲爱的！哪一首诗不应该如此呢？既然每一首诗都应该如此，它就不成其为悲剧特有的标志了，因而也不是我们所寻求的东西。

---

① 　见库尔蒂乌斯先生所译亚里士多德《诗学》的附录：《论悲剧的目的》一文。——莱辛注

十 亚里士多德的悲剧理论与现代戏剧

第79篇 1768年2月2日

现在再来谈谈我们的理查。——理查既不引起恐怖，也不引起怜悯；他既不引起那种被误解的恐怖，即作为怜悯的突然惊异，又不引起那种符合亚里士多德原意的恐怖，即作为有益的恐惧，唯恐我们遭受同样厄运的恐惧。因为如果他能引起这种恐惧，也一定能引起怜悯；如果我们觉得他值得我们对他产生哪怕是少许的怜悯，他也一定会引起恐惧。但是，他是一个可恶的家伙，他是一个披着人皮的魔鬼，在他身上找不到一丁点儿跟我们自己类似的特征，我甚至认为，我们可以眼巴巴地望着他被打入十八层地狱，而丝毫不同情他，如果说，这种惩罚只是针对这种罪恶的，我们也毫不惧怕它有朝一日降临到我们头上。到底什么是他所遭逢的厄运和惩罚呢？在我们亲眼看着他犯了这样多罪行之后，我们听说他手里握着剑死去了。当王后听人叙述了理查之死以后，作家让她说：①

这太出乎意料了！

我总是情不自禁地暗自补充一句道：不，丝毫不出乎意料！某些有本领的国王，在抗拒强大的叛逆，保卫自己的王冠时，不都是落得这样的结局吗？理查是作为一个男子汉战死疆场的。这样一种死亡不会破坏我在全剧里由于看到他的恶行的胜利而感到的愤怒吗？（我认为，只有希腊语言才有独特的词汇，来表达对于一个恶人的幸运而感

---

① 出自《理查三世》（V3）。

到的这种愤怒：*νέμεσις*［正义的愤怒］，*νεμεσᾶν*［感到正义的愤怒］）。① 他的死亡至少满足了我的正义感，平息了我的"正义的愤怒"。你侥幸溜掉了！我想：也好，除了诗歌的正义之外，还有另外一个正义等待着你哩！

或许有人会说：好吧！我们愿意放弃理查，虽然这出戏是以他命名的，但他却不是戏里的英雄人物，他不是悲剧借以达到其目的的人物，他只是引起我们对于别人的怜悯的手段。王后、伊丽莎白、王子，他们不引起怜悯吗？

为了避免文字之争起见，可以回答：是。但是这种掺杂在我对于这些人物的怜悯里的感受，是何等陌生和酸涩呀？我甚至希望自己能够省却这种怜悯。而在悲剧性的怜悯方面，我却并不希望如此，我喜欢这种悲剧性的怜悯，并且为了这种甜蜜的痛苦而感谢作家。

关于这一点，亚里士多德谈得很好，而且十分确切！他谈到② 一种 *μιαρόν*，一种令人厌恶的情况，这种情况见于十分善良、完全无辜的人物的厄运中。王后、伊丽莎白、王子不正是这样的人物吗？他们做了什么事情呢？他们是怎样招致厄运，陷入这个惨无人道的人手里的呢？比起理查来，他们有更为正当的权利获得王位，这就是他们的过错吗？特别是那些身份低下、啼哭哀号的牺牲者，他们连是非曲直都未来得及辨别清楚！谁能否认，他们值得我们十分惋惜呢？但是，这种惋惜使我怀着恐怖的心情想到人们的命运，它与抗拒天意的愤愤不平形影不离，它从远处悄悄地追随着绝望，这种惋惜——我不想问——就是怜悯？——随便它叫什么吧——然而，它是摹仿的艺术应该引起的那种激情吗？

人们不说这种惋惜是历史引起的，而说它是以真实事件为基础的。——真实事件？倘若是的，那么它的真正基础就是一切事物的永

---

① 见亚里士多德《修辞学》第 2 卷第 9 章。——莱辛注

② 见亚里士多德《诗学》，第 13 章（参见本书附录"亚里士多德《诗学》阅读札记"）。

恒的、无限的联系。在这部作品里就是智慧和善良，而在作家选择的少许情节中，我们看到的是盲目的命运和暴行。作家利用这少许情节，编成一个浑圆的整体，在这个整体里，一个情节完全可以得到另一个情节的说明，在这个整体里，我们不会因遇到某种困难而无法在它的布局里得到快感，而是必须在它之外，到事物通常的布局里去寻快感。这个尘世的创造者的整体应该是永恒的创造者的整体的一幅投影。①若要使我们相信在永恒的创造者的整体里，一切问题都能得到妥善解决，那么在尘世的创造者的整体里是否也能做到呢？作家完全忘记了他的这个高尚的使命，而把天意的神秘过程编入他那狭小的天地里，故意引起我们的恐怖。——请宽恕我吧，你们这些支配我们心灵的人！这悲哀的感情有什么用处呢？教导我们听天由命吗？这种感情只能交给我们冷淡的理性；假如我们能牢记这理性的学说，假如我们在听天由命之际，还能保持信任和愉快的性情，那么我们就大可不必看到这种不应该遭受的可怕厄运的令人迷惑的样板了。让它们从舞台上滚下去吧！如果可能的话，让它们从一切书籍里都滚出去吧！

如果《理查三世》里的人物没有一个具有应该具备的那些必要的特性，假如这出戏真的像它的剧名那样，请问，它怎么会成为这样一出深受我们观众欢迎的有趣的戏剧呢？如果它不是引起怜悯与恐惧，它的效果是什么呢？它总是要产生效果的，而且确实产生了效果。如果它产生效果，岂不是无论产生什么样的效果都行吗？如果它

---

① 莱辛用这个表达方式，一方面符合了关于自然是上帝智慧的缩影的陈旧观念，这种观念既造就了莱布尼茨的单子论，也造就了在早期启蒙运动中发展起来的心理神学，另一方面也通过把这种解释模式运用于理解象征的艺术，而接近了古典文学。这当然不是从创作美学的角度（天才，有机体思想）出发，而是从作品文艺学的角度：如果说作品是一个"整体"，即按照心理因果关系形成的一个结构性秩序，它可能成为"永恒造物主"的一个缩影。这种假设的根据肯定是关于一个既定秩序的观点，一种"天意"，关键在于莱辛不会毫不怀疑地接受这种秩序，而是在对自然及其内在规律进行过观察以后，才会展示这种秩序。

使观众思考，如果它娱乐观众，此外，人们还希望些什么呢？难道只能让他们按照亚里士多德的规则进行思考和娱乐吗？

这些问题并非没有道理，这是一些值得回答的问题。总而言之，如果说《理查三世》不是悲剧，它终究还是一部戏剧作品。如果说它缺乏悲剧美，它毕竟还有别的美。语言的诗意，人物形象，大段的道白，大胆的思想，热情而引人入胜的对话，成功地促使演员充分发挥他的音量，做出丰富多彩的变化，让他在表演中充分显示他的全部才能等等。

《理查三世》具有许多这类美，而且还有别的美，它们都近似悲剧的特殊美。

理查是个可恶的坏蛋，但是，他引起我们的憎恶，也并非未给我们带来娱乐，特别是在摹仿里。

甚至犯罪当中的不可思议的事情，也掺杂着在我们心里引起伟大与勇敢的感情。

理查所做的一切都是惨无人道的，而所有这些惨无人道的事情都是为了某种目的而做的；理查是有计划的，而凡是我们看见这种计划的地方，我们便产生好奇心；我们很想看一看他的计划能否实现，怎样实现；我们非常热爱有目的的活动，即使它跟惩恶扬善的目的无关，也能为我们带来娱乐。

我们曾经希望理查达到自己的目的，也曾经希望他达不到自己的目的。达到了目的，免得我们为徒然施展了那么多手段而感到可惜；如果他达不到自己的目的，就白白地流了那么许多鲜血；既然血已经流了，我们就希望不要白流。于是这种达到目的，就成了恶行的胜利，这是我们最不喜欢听的。目的跟等待实现的目的一样，曾经引起我们的兴趣。目的一旦实现，我们便会看到这目的是令人憎恶的，我们便会希望不要达到这个目的。我们预料到这种希望，并且为达到目的而感到恐怖。

我们热爱剧中那些善良人物，一位如此温柔而热情的母亲，相依为命的姊妹，这些人物总是令人喜欢的，也总是能引起最甜蜜的同情，我们愿意在希望看见她们的地方发现她们。看到她们无辜遭受痛苦，固然是令人心酸的，对于我们的平和的心情，对于我们的改善，固然不是什么非常有益的感情，但毕竟是一种感情。

因此，这出戏完全能够促使我们进行思考，并通过这种思考来娱乐我们的心灵。这是事实。不过人们想由此得出的结论是错误的，亦即，我们可能会对这出戏感到满意。

一个作家可能做许多事情，却并不等于把一切事情都做到顶点了。他的作品光对我们产生效果还是不够的，它还必须具有就其体裁来说①应该具备的那种效果。它首先必须具有一切其他效果都不能以任何方式顶替的效果，尤其是如果它是一种重要的、困难的、有优越性的体裁，如果它只能引起通过轻便的、不需要设施的体裁同样能够得到的效果，那么花费这些气力和开支都是不必要的。举起一捆稻草，用不着开动机器；能用脚踢倒的东西，就不必用炸药来炸；为了烧死一只蚊子，用不着点燃一堆篝火。

第 80 篇　1768 年 2 月 5 日

如果我只想以自己的作品及其演出，引起任何一个人坐在他自己家中的一个角落里阅读一篇好的故事也能引起的那样一些感情活动，何必还要辛辛苦苦地研究戏剧形式呢？何必还要建造剧院，把男男女女都化了装，折磨他们的记忆力，把全城人都邀请到一处来呢？

戏剧形式是唯一能引起怜悯与恐惧的形式，至少这种激情在任何

---

① 参见莱辛 1756 年 12 月 18 日致门德尔松的信。在这封信里，莱辛驳斥悲剧的赞赏功能，规定了悲剧作为一个特殊题材产生影响的方式："悲剧（见亚里士多德，《诗学》第 14 章）不应该毫无区别地为我们提供任何方式的快感，而是只提供与其特点相符的快感。"

别的形式里都不可能激发到这样一种高度，虽然有人宁愿以这种形式激起一切其他的感情，也不愿意激起这种感情；虽然有人宁愿拿它另作别用，也不愿意让它发挥它所擅长的作用。

观众是容易满足的。——这一点是好的，也是不好的。因为人们不很向往那种一定要令人感到满足的筵席。

大家都知道希腊人和罗马人是多么渴望看戏的，尤其是希腊人是多么渴望看悲剧。相反，我们的人民对于戏剧是多么漠不关心，多么冷淡呀！这种差别是怎么产生的呢？无非是因为希腊人觉得在他们的舞台面前受到了强烈的、不寻常的感情的鼓舞，他们急不可耐地要求一而再再而三的演出。相反，我们在自己的舞台面前所得到的印象是那样淡薄，以致我们觉得搭上时间和金钱去看戏是不值得的。我们进剧院，几乎全都是，几乎总是为了满足好奇心，为了赶时髦，为了消遣，为了社交，为了想去看人，也被人家看，只有少数人是出于别的动机进剧院看戏的，而且他们也看得很少。

我说我们，我们的人民，我们的舞台，但我想到的却不仅是我们德国人。我们德国人坦率地承认，我们没有戏剧。我们的许多批评家也承认这一点，他们都是法国戏剧的伟大崇拜者，至于他们在承认这一点的同时，心里是怎样想的，这是我无法知道的。我在承认这一点的时候，心里想些什么，我当然知道得很清楚。我所想的是：不仅我们德国人，就是自夸一百年来就有戏剧的、吹嘘有着全欧最好的戏剧的法国人也还没有戏剧。

当然不是没有悲剧！因为即使法国悲剧给人的印象也是那样浅薄，那样冷淡！请听一位法国人自己是怎样说的吧。

伏尔泰先生说：① "在我国戏剧的突出的美里，有一个潜伏的缺点，专引起人们的注意，这是因为在观众的心目里，除了大师们通过自己的样板教给他们的那些看法之外，自己没有更高明的见解。只有

---

① 见伏尔泰的论文《悲剧艺术的各种演变》。——编者注

圣－埃弗雷蒙①指责过这个缺点。他说我们的戏剧作品给人的印象不深，应该引起怜悯的地方，顶多只能引起柔情，它们以感动代替震动，以惊异代替恐怖。一句话，我们的感情不够深沉。毋庸讳言，圣－埃弗雷蒙的手指触动了法国戏剧的隐痛。人们不妨说，圣－埃弗雷蒙是《冒牌政治家》②这出不成功的喜剧的作者，他还写过一出同样不成功的喜剧《歌剧》。③他的社会短诗是我们在这种体裁里所见到的最乏味、最粗俗的作品。他只不过是一个打油诗人。一个人可能没有一星儿天才，却可能有丰富的机智和鉴赏力。无疑，他的鉴赏力是很高明的，因为他准确地击中了为什么我们的大多数戏剧作品如此干瘪和冷淡的原因。我们总是缺少一定程度的热情，其余我们都有。"

这就是说，我们什么都有，就是没有应该有的东西；我们的悲剧是出色的，不过它们都不是悲剧。为什么它们不是悲剧呢？

他继续说："产生这种冷淡，这种单调的干瘪的部分原因，是充斥在我国宫廷里的男男女女之间的风流艳遇的庸俗倾向，正是这种倾向使悲剧按照《西律斯》和《克雷里》④的趣味，变成了一系列谈情说爱的对话。除此之外，就是由冗长的政治性议论构成的剧本，这些政治性议论使得《塞陶流斯》如此迂腐，使得《奥托》如此冷淡，

----

① 圣－埃弗雷蒙（Charles Marguetel de Saint－Denis，Seigneur de Saint－Evremont，1610—1703），法国作家，在文学上鼓吹启蒙思想，反对古典主义。著有《论古典和现代悲剧》（1679）、《冒牌政治家》（1662）、《歌剧》（1678）。他曾长期研究英国戏剧，在《关于悲剧的一些想法》（Rrflexions sur les tragedies，1677）一文中，他批评了法国喜剧。

② 《冒牌政治家》（1662）是一个颇受欢迎的题材，自从霍尔别克以来作为一种政治清谈进入德国文学。

③ 《歌剧》（1678），五幕喜剧，讽刺当时的歌剧癖。由高特舍特和他的妻子翻译成德文，收入《德国戏剧舞台》第二部分，1740年出版。

④ 指的是法国女作家玛德兰·德·斯库德里（1607—1701）的多卷本宫廷风流艳遇小说《阿尔塔默或居鲁士》（Artamene，ou le Cyrus，1649—1653）、《克雷里》（Clelie，histoire romaine，1654—1660）。

使得《苏莱拿》和《阿蒂拉》① 如此乏味。但是也还有另外一个原因，它压抑了我们的戏剧产生高亢的激情，阻碍了行动成为真正悲剧性的行动，这个原因就是窄小的剧场及其简陋的布景——在那用几块木板搭成的、还要坐满观众的舞台上，能演出什么好戏呢？穿什么样的服装，用什么样的道具，才能刺激、吸引、迷惑观众的眼睛呢？在这样的舞台上能表演什么伟大的悲剧性行动呢？在这样的舞台上剧作家的想象力能有什么样的自由呢？剧本必须是由冗长的叙述构成的，这样它们的对话就多于表演。每个演员都想在一段冗长的独白里一显身手，一部剧本若是没有类似的冗长独白，就会被人打入冷宫。——在这种形式里，一切戏剧性行动都不见了，激情的一切重要的表达方式都不见了，人的厄运的一切生动画面都不见了，一直侵入到灵魂深处的恐怖特征都不见了。观众的心几乎没有受到感动，更谈不上令人心碎。"

第一个原因是对的。风流艳遇和政治总是令人冷淡，世界上还不曾有一个作家，成功地以此引起怜悯与恐惧。前者让我们听到的只是纨绔子弟或迂腐之辈，后者要求我们听到的则是人。

第二个原因怎么样呢？缺乏宽敞的剧院和漂亮的布景，真的会对作家的天才产生这样大的影响吗？每一个悲剧性行动，真的都要求有豪华的服装和道具吗？还是作家应该尽量这样来编写自己的剧本，即使没有这些东西，照样产生其全部效果呢？

按照亚里士多德的主张，当然应该如此。这位哲学家说："恐惧与怜悯固然可以通过面孔来引起；但是，它们也可以从事件本身的联结中产生，以后一办法为佳，这是高明的诗人的手法。情节的安排，务求使观众不看情节，只听它的事件的发展过程，也能产生对于事件的怜悯与恐惧；比如说，人们只须听《俄狄浦斯》的情节，便能产生怜悯与恐惧。但是，若想通过面孔达到这个目的，只需少许艺术手

---

① 《塞陶流斯》（1662）、《奥托》（1665）、《苏莱拿》（1674）和《阿蒂拉》（1667）都是高乃依晚年的悲剧剧作。——编者注

腕，而这是剧本表演者的任务。"①

关于舞台上的布景是多么多余，人们可以根据莎士比亚的剧作获得一种特殊的经验。什么样的剧本还能像莎士比亚的剧本那样，由于地点的不断变换，而更需要布景的扶助和设计师的全部手艺呢？演出莎士比亚戏剧的那个时代，舞台上只有一块用粗布制作的幕，把幕拉起来，便露出光秃秃的墙壁，至多挂些草席和毯子。在当时能够帮助观众理解、帮助演员表演的，只有想象力。尽管如此，人们却说，那时莎士比亚的戏剧不用布景，②，比后来用布景更容易为人所理解。③

既然作家根本不必考虑布景问题，既然布景在看来似乎必要的地方，仍然不能消除他的剧本的特殊缺陷，为什么偏偏要把法国作家没有给我们创作出感人的剧作的原因，归咎于狭窄、简陋的剧院呢？不是的，原因在于他们自己。

经验证明了这一点。如今法国人有了漂亮得多、宽敞得多的舞台，不再允许观众在台上看戏，戏台两侧也空出来了。布景设计师有了充分的"用武之地"，他按照诗人的要求绘制、搭造一切。但是自那以来，他们所得到的更为热情的剧本又在哪里呢？伏尔泰先生自诩他的《塞密拉米斯》是这样一部剧作？这部作品有着足够豪华的服装和布景，戏里还有鬼魂出现，然而就我所知，再也没有比他的《塞

---

① 参见《诗学》第14章（参见本书附录"亚里士多德《诗学》阅读札记"）。——编者注

② 舞台上没有布幕设备的说法，只是部分地适用于莎士比亚戏剧舞台，即只适用于前台。

③ "有人认为，漂亮的布景是戏剧艺术衰落的证明。——在查理一世执政时期，舞台上除一块粗布缝制的幕之外，什么都没有。幕启之后，舞台上出现的要么是光秃秃的用草席制成的墙壁，要么挂着毯子；帮助观众理解，或者扶助演员表演的，只有单纯的想象，最初建立空间观念以及给作家以很大自由的后来的一切变化，都是不存在的。——演员的智慧和判断力将弥补一切缺欠，并且如某些人所说的那样，使剧本没有布景比后来有布景更容易为人所理解。"（锡伯，《大不列颠和爱尔兰诗人的生乎》）——莱辛注

密拉米斯》更引不起人们兴趣的戏了。

第81篇 1768年2月9日

我是否想以此说明，没有哪一个法国人能够创作一部真正感动人的悲剧作品？这个民族的轻浮思想不适宜这种工作？果真这样想，我会感到害羞的。德国并不曾因为出了一个布胡尔①令人贻笑大方。我自认为没有这样的天赋。我坚信，世界上任何一个民族，都不会获得任何一种比别的民族优越的精神才能。虽然有人说，英国人深沉，法国人机智。这是谁划分的？肯定不是自然。自然把一切都平均分配给所有人。世界上有许多机智的英国人，他们像机智的法国人一样。同样，世界上也有许多深沉的法国人，他们像深沉的英国人一样，但是，一个民族里的大多数人，跟两者都不沾边。

我想说明什么问题呢？我不过想说明，法国人还没有他们可能有的东西——真正的悲剧。为什么还没有呢？关于这个问题，伏尔泰先生知道得更清楚，如果他想说明的话。

我的意思是说：他们之所以还没有，是因为他们自以为早已有了。由于如此自信，自然就越发觉得自己比别的民族优越，但是，这并非自然的才能，而是由他们的虚荣心引起的。

一个民族是这样，一个人也是这样。高特舍特（读者会明白，我为什么在这里提到他）在他的青年时代，曾被誉为诗人，因为那时人们还不懂得区分凑韵的人（Versmacher）和诗人。哲学与批评逐渐辨清了这种区别。假如高特舍特愿意跟上时代，假如他的见解和鉴赏力能

---

① 布胡尔（Dominique Bouhours，1628—1702），在德国以颇有影响的耶稣会士、作家和评论家而著称，他在自己那本 *Entretiens d' Artiste et d'Eugene*（1671）里，怀疑德国人是否有审美能力，因为他们的语言粗糙。他的看法的尖锐性构成了世纪上半叶法德之间文化竞争的背景，后来，莱辛在《明娜·封·巴伦海姆》（1767）里，塑造了利库（Riccaut）这样一个人物形象，作为这场文化竞争的一个迟来的明证。

够同他的时代的见解和鉴赏力同时得到扩展和提高，他也许真的有可能由一个凑韵的人变成一位诗人。但是，由于他常常听信别人恭维他是伟大诗人，他的虚荣心又使他自信无疑，因而他依旧停留在凑韵的人的水平上。他自信业已取得的成就，其实并未达到，随着年龄的增长，他越来越僵化，越来越不知耻，他陶醉于这种幻想的境地里。

我觉得法国人的处境正是如此。高乃依尚未使他们的戏剧稍微摆脱未开化状态，他们便自诩已经十分接近完美的境界了。在他们看来，拉辛使他们的戏剧最后臻于完美无缺。从此，悲剧作家的作品，是否应该比高乃依、拉辛的作品更激昂些，更感人些，根本不再成其为问题（而且也没有人再提这个问题）。相反，这样提问题是人们不能接受的，而后辈作家的全部努力，都必须局限于要么仿效高乃依，要么仿效拉辛。一百年来，他们自己及其部分邻国的人都受了欺骗，而今若是有人站出来告诉他们说：他们受骗了，请听他们怎样回答吧！

在这两人当中，高乃依是造成危害最多的人，也是对他们的悲剧作家产生影响最坏的人。拉辛的影响仅仅通过他的作品，而高乃依则同时通过他的作品和理论。

尤其是他的理论，被整个民族（直至一两个自命博学的人，如海德伦、达希埃，这些人连自己都常常无所适从）奉为至理名言，被一切后辈作家奉为金科玉律。按照这些理论进行创作，——恕我一点一点加以证明——只能产生最空洞、最乏味、最不具有悲剧精神的东西。

亚里士多德的规则，全都立足于产生最高的悲剧效果。但是，高乃依是怎样看待这些规则的呢？他对这些规则的解释，是错误的和歪曲的。因为他觉得这些规则太严格，于是便设法逐条地"在某种程度上加以削弱，做某种有利的解释"。① 削弱和割裂，曲解和破坏每一条规则，为什么呢？"为了不抛弃那许许多多在我们的舞台上赢得

---

① "在某种程度上加以削弱，做某种有利的解释"（quelque moderation, quelque favorable interpretation）。——引文来自高乃依《第二篇报告》，下文与高乃依辩论的引言，也出自这个报告。

了喝彩的作品。"① 这是一个多么娓娓动听的理由呀!

我想立刻谈谈重要问题。其中有几个问题我已经谈过了。不过,在牵涉到它们的地方,我还得附带谈一谈。

1. 亚里士多德说:悲剧应该引起怜悯与恐惧。高乃依则说:当然啰,但是怎样引起呢?同时引起两种感情,并非总是必要的,引起一种我们也会满意的。有时只引起怜悯,而不引起恐惧;有时只引起恐惧,而不引起怜悯。否则把我伟大的高乃依以及我的罗德里克、我的施曼娜②置于何地?这些善良的孩子都引起怜悯,而且是非常深沉的怜悯,但很难引起恐惧。再说,否则把我的克莱奥帕特拉,把我的普鲁西亚斯(Prusias),把我的佛卡斯(Phokas)置于何地?谁会去怜悯这些卑鄙的人呢?但他们是能够引起恐惧的。——这就是高乃依的主张,法国人则跟着他人云亦云。

2. 亚里士多德说:悲剧应该引起怜悯与恐惧,这两种感情自然是由同一个人物引起的。——高乃依则说:这样巧合,固然很好。但这不是绝对必要的,作家甚至也可以利用不同的人物,来引起这两种感情,像我在《罗多居娜》里所做的那样。——高乃依是这样做的,法国人则跟着他这样做。

3. 亚里士多德说:借悲剧引起的怜悯与恐惧,来净化我们的怜悯和我们的恐惧,以及同它们有关的感情。——高乃依对此一无所知,却自作聪明,认为亚里士多德的意思是:悲剧引起我们的怜悯,是为了引起我们的恐惧,为了借这种恐惧来净化我们心中的激情,而被怜悯的人物便是由于这些激情才遭逢厄运的。我不想谈论这种目的的意义,只消指出这不是亚里士多德主张的目的,也就行了。由于高乃依赋予他的悲剧完全另外一种目的,他的悲剧必然成了完全另外一类作品,跟亚里士多德借以总结出他的悲剧目的的作

---

① 原文为:pour n'etre pas obligés de condamner beaucoup de poemes que nous avoils vû réussir sur nos theatres。

② 施曼娜,高乃依剧本《熙德》中的人物。

品完全不一样，这些悲剧不是真正的悲剧。不仅他的悲剧如此，所有法国悲剧都是如此。因为他们的作者全都不是遵循亚里士多德的目的，而是遵循高乃依的目的。我曾经说过，达希埃想把这两种目的结合在一起，然而通过这种单纯的结合，削弱了前者，因而悲剧也不可能达到它的最高效果。像我们指出的那样，达希埃对前一种目的的理解，是非常不完备的，因此，他自鸣得意地吹嘘他的时代的法国悲剧，更能达到第一种目的，而不是第二种目的，就不足为怪了。他说："我们的悲剧能够非常成功地达到第一种目的，即引起和净化怜悯与恐惧。但是，它很少能够达到后一种目的，虽然这个目的更为重要，它很少能够净化其余激情，或者，由于这种悲剧通常只描写爱情诡计，即使它净化其中的一种诡计，也只能是爱情，由此可见，它的用处是很小的。"① 恰好相反！法国悲剧达到第二种目的比达到第一种目的要容易得多。我见过许多法国剧本，它们很能表现某种激情所招致的不幸结局，人们从这些作品里可以得到许多有关这种激情的教益，然而我却没见过有哪一部剧本，能使我的怜悯达到悲剧应该引起的怜悯的程度，但是，我见过许多希腊和英国剧本，它们所引起的怜悯，却能够达到这种程度。许多法国悲剧都是很好、很有教益的作品，它们都值得我称赞，不过，它们都不是悲剧。这些作品的作者都是很聪明的人，他们当中的部分人，在作家当中享有相当高的声誉，不过，他们不是悲剧作家；他们的高乃依和拉辛，他们的克莱比翁和伏尔泰，很少或者根本不具备使索福克勒斯之所以成为索福克勒斯，使欧里庇得斯之所以成为欧里庇得斯，使莎士比亚之所以成为莎士比亚的东西。后者很少违背亚里士多德那些重要主张，前者却是常常如此。因为接下去——

---

① 见达希埃译，亚里士多德，《诗学》，第 4 章，注 8。——莱辛注

第82篇　1768年2月12日

4. 亚里士多德说：不要让十分善良的人，完全没有过错的人，在悲剧里遭逢厄运，因为这只能使人厌恶。——高乃依则说："完全正确，这样一种结局只能引起对于造成痛苦的人的愤慨与憎恨，而不能引起对于遭受痛苦的人的怜悯。前面那种感情不是悲剧应有的效果，如果处理得不好，反倒窒息了悲剧应该引起的后面这种感情。过多的愤怒同怜悯混杂在一起，会使观众带着不愉快的心情离开剧院。观众离开剧院时，心里只怀着怜悯的感情，他是会高兴的。但是"——但字后面必须另有文章，所以高乃依接着说，"但是，如果没有这个原因，如果作家这样安排：使遭受痛苦的有德行的人，只引起对于自己的怜悯，而不引起对于给他造成痛苦的人的愤慨，于是呢？——噢！于是，"高乃依说，"我认为，根本不应该考虑在舞台上表现最有德行的人遭逢厄运。"我无法理解，人们怎么能够这样在光天化日之下歪曲一位哲学家的意见，人们怎么能够自诩了解他，却又让他说些他从未想到过的东西。亚里士多德说："一个正直人的完全无辜的厄运，不是写悲剧的题材，因为这是使人厌恶的。"高乃依把这个"因为"，把这个原因，当成了"如果"，当成了悲剧不成其为悲剧的一个单纯条件。亚里士多德说："这只能使人厌恶，因而是违背悲剧精神的。"高乃依却说："它是违背悲剧精神的，如果它使人厌恶。"亚里士多德认为这种厄运的方式使人厌恶，而高乃依却把厌恶说成是对造成厄运的人的愤慨。他没有看到，或者不愿看到，那种厌恶是完全不同于这种愤慨的；即使没有这种愤慨，那种厌恶依然能够独立存在，他首先想到的是用这种变换概念的手法，替自己的某些作品辩护，证明他所创作的那些作品并不违背亚里士多德的规则，他甚至大胆设想，亚里士多德手头缺乏类似的作品，作为进一步界定他的学说的依据，并据此总结出各种不同的方式，如何使完全正直的人的厄运成为悲剧性的对象。他说："这里有两种或者三种方式，这些都是亚里士多德不能预料得到的，因为他那个时代的舞台上，还不曾有过这样的例子。"① 这样的例子是由谁创造出来的呢？除了他自己，还能有谁？那两种或者三种方式，都是些什么样的方式呢？我们想立即看一看。他说："第一种方式是，一个极为善良的人，遭到一个作恶多端的人的迫害，但是他脱险了，作恶者自己却面临不测，例如在《罗多居娜》和《海格力斯》里即是如此，如果第一出戏里安蒂俄库斯和罗多居娜，在第二出戏里海格力斯、普尔赫莉娅和马尔蒂安牺牲，而克莱奥帕特拉和佛卡斯却获得胜利，将是完全无法令人忍受的。前者的厄运引起怜悯，这种怜悯是不会被我们对迫害者的憎恶所窒息的，因为人们总是希望出现一个幸运事件，使他们免遭不测。"高乃依大概是想告诉某人，亚里士多德是不了解这种方式的！他非常了解这种方式，凡是在并未完全抛弃它的地方，他至少用明确的语言指出，这种方式比较适合于喜剧，而不适合于悲剧。高乃依怎么居然忘记了这一点呢？诚然，所有想把自己的事业视为真理的事业的人都是如此。其实这种方式也根本不属于后面所说的那种情况。因为按照这种方式，有德行的人不会遭逢厄运，而是在通向厄运的途中。这种厄运甚至能够引起对于他的怜悯的忧虑，而并不使人厌恶。——现在来谈谈第二种方式！他说："可能有这样的事情，一个非常有德行的人，遭到迫害，根据另一个人的命令而死亡，后者则并不十分邪恶，不值得我们十分愤慨，他在迫害那个有德行的人时，主要表现为懦弱，而不是恶行。费利克思让他的女婿波利厄克特②去死，并非出于反对基督徒的狂热，这种狂热是会使我们厌恶他的，而只是出于懦怯，他不敢当着塞韦鲁斯的面搭救他，他唯恐遭到他的憎恨与报复。人们会对他产生一些愤慨，不赞成他的处理事情的方法。但是，这种愤慨并未超过我们对于波利厄克特的怜悯，也并未使他在剧终时，因出乎意料的改教而完全取得观众的谅解。"我想，拙笨的悲剧作家，

---

① 此处原文是：En voici deux ou trois manières, que peut – être Aristote n'a sû prevoir, parce qu'on n'en voyoit pas d'exemple sur les théatres de son tems。

② 高乃依剧本《波利厄克特》里的人物。

任何时代都会有的，即使在雅典也不乏其人。亚里士多德怎么没见到一部具有类似布局的剧作，并据此做出高乃依那样的阐述呢？可笑！懦弱、动摇、犹豫不决的人物，如费利克思，在这类剧作当中不仅是一个缺点，而且还使人觉得这类剧作是冷淡的，令人不愉快的，另一方面又丝毫没有减少它们的令人厌恶的效果。因为，如上所述，厌恶不是由愤慨或者由它们所引起的憎恶产生的，而是由他们无辜遭受的厄运本身产生的；他们的迫害者邪恶也好，软弱也好，他们都可能无辜地遭遇这样的厄运或者那样的厄运；有预谋也好，没有预谋也好，他们都可能遭受这种沉重的打击。居然会有人平白无故地身遭不测，这个想法本身就是令人厌恶的。连不信基督的人都尽力设法避开这种令人厌恶的思想，我们反而愿意培育它吗？我们愿意借鼓吹这种思想的戏剧取得娱乐吗？我们？宗教与理性不是向我们证明，它不仅是错误的，而且是渎神的吗？——这一点肯定也会违背第三种方式，假如高乃依不忘记对它做详细阐述的话。

5. 针对亚里士多德关于十分邪恶的人不宜充当悲剧性英雄，因为他的厄运既不能引起怜悯，又不能引起恐惧的论述，高乃依也提出了他自己的解释。他承认这样的人不能引起怜悯，但认为他一定能引起恐惧。尽管没有哪一个观众相信自己会做出他那样的恶行，因而也不惧怕他的全部厄运会降临到自己头上，但毕竟每一个人身上都可能隐藏着某种与那些恶行相类似的缺点，而借助于这种恶行所引起的那种尽管是相称的、但依然是不幸的结局的恐惧，可以学会如何警惕这种缺点。不过，这一点是以高乃依关于恐惧和净化在悲剧里应该引起的激情的错误理解为依据的，而且这种理解是自相矛盾的。我曾经指出，怜悯的引起和恐惧的引起是分不开的，如果恶人能够引起我们的恐惧，也必然能够引起我们的怜悯。正是因为他像高乃依承认的那样，不能引起这种感情，所以也不能引起那种感情，因而也完全无助于达到悲剧的目的。是的，亚里士多德认为他与十分有德行的人相比，更不宜于这种目的；他着重指出，假如找不到介乎两种人之间的英雄，宁可选择更好些的，不要选择更坏些的。原因很明白，即使一个很好的人，也会有不止一种弱点，也会犯不止一个错误，并因此而陷入预料不到的厄运，他的厄运使我们充满怜悯和悲哀，而且丝毫不使人感到厌恶，因为这厄运是他的错误的自然结果。——杜勃斯①关于在悲剧里采用趋于邪恶的人物所说的话，跟高乃依的主张并不一样。杜勃斯只允许这样的人物充当配角，只允许他们充当减轻主角罪过的工具，只起对照的作用。高乃依则想让最主要的兴趣建立在这样的人物身上，像在《罗多居娜》里那样，而这其实才是与悲剧的目的相抵触的，不是前者。杜勃斯关于这个问题说明得十分正确，他认为这种次等坏人的厄运是不会给我们留下任何印象的。他说："《布里塔尼库斯》里的纳齐斯②之死，几乎没有引起人们注意。"但是，作家是否因此而尽可能放弃采用这种人物的权利呢？如果他们的厄运并不直接促进悲剧的目的，如果它们仅是辅助手段，借助这种辅助手段，作家设法更好地在别的人物身上达到悲剧的目的，那么无疑地，这出戏没有他们而取得同样效果则会更好。一部机器越简单，弹簧、齿轮越少，重量越轻，就越是完善。

第 83 篇　1768 年 2 月 16 日

6. 最后谈一谈关于第一个也是最重要的特性的误解，亚里士多德要求③悲剧人物的品质（Sitte）有这样的特性！他们的品质应该是善良的。高乃依说："善良的？如果这里所说的善良意味着有德行，

---

①　杜勃斯（Jean – Baptiste Dubos，1670—1742），通过他的 "Reflexions critiques sur la poesie et sur la peinture"（1719）成了感觉主义美学有影响的代表人物，通过他对尼柯莱的影响，间接参与了关于悲剧问题的通信。1757 年 4 月 2 日，莱辛写信给尼柯莱说："您竟然完全接受杜勃斯的思想，对这一点我是不够满意的。"

②　拉辛悲剧《布里塔尼库斯》里的人物。

③　下面这段话见亚里士多德《诗学》，第 15 章开头。参见本书附录"亚里士多德《诗学》阅读札记"。

那么大多数古代和现代的悲剧，便都是有毛病的，在这些悲剧里有着许多坏的和邪恶的人物，他们身上至少有一种与德行不相容的弱点。"高乃依特别担心他的《罗多居娜》里的克莱奥帕特拉。他根本不愿意把亚里士多德要求的善良，当成道德的善良。它必须是另外一种形式的善良，它既与道德的恶相容，也与道德的善相容。虽然亚里士多德说的完全是一种道德的善良，只不过在他看来，有德行的人物与在某种情况下表现出有德行的品质的人物，是不一样的。简言之，高乃依对品质这个词，持有一种完全错误的观念，他根本没有理解什么是 Proäresis〔志向〕，根据我们伟大哲学家的意见，自由行动就是通过这种志向成为善良的或者邪恶的品质。现在我不想详细证明这一点，这样的证明只有通过联系，通过希腊批评家的一切观念的逻辑结论，才能解释清楚。我想另找机会①来证明这一点。现在只消指出，高乃依在离开正道时，选择了一条什么样的不幸出路。这条出路②通向：亚里士多德把品质的善良"理解为某种有德行的或者有罪的倾向的光辉而崇高的性格，这种倾向要么是上述人物独有的东西，要么便是巧妙地加在他身上"。③ 他说："《罗多居娜》里的克莱奥帕特拉是非常邪恶的。只要能把人间高于一切的王位弄到手里，她甚至不惜采取暗杀手段。她就是这样一个野心勃勃的人。但是，她的犯罪行为都是跟灵魂的某种伟大联结在一起的，正是由于她的灵魂里有着某种崇高的东西，所以人们在诅咒她的行动时，才又赞叹产生这些行动的源泉。我敢说，《撒谎者》④ 就是如此。撒谎无疑是一种邪恶的习惯。多兰特的谎言撒得那样精明，那样生动，这种缺点反倒成了他的长处，观众不得不承认，撒谎的才能固然是一种邪癖，却并不是任何

---

①　1768 年 11 月 5 日，莱辛在给门德尔松的信中写道："我正在认真酝酿写一本关于亚里士多德《诗学》的新的注释，至少是与悲剧有关的这一部分。"

②　莱辛这里指的是高乃依第一篇报告。

③　下面删掉了一段同样意思的法文引文。

④　《撒谎者》（Le Menteur，1642），高乃依的五幕诗体喜剧（主人公是多兰特）。

一个傻瓜都能干得出来的。"——确实，高乃依不会有更危险的想法了！请看他的论述谈到了一切真理、谈到了一切错觉、谈到了悲剧的一切道德功用！因为德行总是谦逊的、质朴的，通过那种光辉的性格，使它显得具有浮夸和浪漫色彩；然而邪癖却涂着一层处处令我们眼花缭乱的釉彩，使我们从一个随心所欲的角度来接受它。把邪癖的内在丑恶隐藏起来，只想通过邪癖的不幸结局来恐吓人，这是愚蠢的！结局是偶然的。经验证明，结局有时是幸运的，有时是不幸的。这要视高乃依怎样设想激情的净化而定。照我想，按照亚里士多德的教导，激情的净化与那种骗人的光辉完全无关。涂在邪癖下面的那层冒牌锡箔，让我到没有完美性的地方去发现完美性，让我在不该产生怜悯的地方产生怜悯。——甚至连达希埃都驳斥过这种解释，不过他的论据并不充分，其中有些论点是他和勒伯绪神父①的共同主张，这些论点却并不如此有害，至少不会如此有害于剧作的艺术完美性。他所说的"品质应该是善良的"，无非是指"品质应该被表现成善良的"，"qu'elles soient bien marquées"。这诚然是一条规则，如果正确理解它的本意，这条规则是值得剧作家重视的。不过法国典范不曾证明这一点，反而把"表现成善良"当成了"表现成有力的"。人们给表现加上了过重的负荷，层层加码，直到把性格化的人物弄成人物化的性格，把邪恶的或者有德行的人，弄成一副邪恶和德行的骨架。

在这里，我想把这个话题暂时收住。如果有谁理解了它，可以自行运用于我们的《理查》。

关于在《理查》之后上演的《米歇尔公爵》，② 我就不必谈了。

---

① 勒伯绪神父（Rene Le Bossu, 1631—1680），达希埃在他的亚里士多德版本里，曾经参考过他的理论文章 Traite du poeme epique（1675）。

② 参见克吕格尔的诗体喜剧，首次公演于 1750 年，1763 年发表于《诗意与戏剧文学》（主编：罗文）。题材来源于史雷格尔（1721—1793）的小说《飞来之福》，发表于布莱梅的《娱乐理性和机智的新杂志》第 4 卷（1747）（"布莱梅杂志"）。

哪一个剧院不曾演过这出戏？有谁不曾看过这出戏或者读过剧本？克吕格尔的功绩是微不足道的，因为这出戏完全取材于"布莱梅杂志"① 上的一篇短篇小说。剧中许多好的讽刺性描写，像全部的故事情节一样，都是属于原作者的。属于克吕格尔的，只有戏剧形式。不过，我们的舞台也确实因克吕格尔的去世而遭到许多损失。② 他具有创作小型喜剧的才能，这一点已为他的《备取生》③ 所证实。凡是他想表现得感动人和高尚的地方，都是冷淡的、造作的。罗文先生搜集了他的作品，其中《乡村牧师》④ 仍然是令人失望的。这出戏是克吕格尔在柏林灰衣僧修道院⑤念书时写的，是克吕格尔的处女作。

　　第四十九个晚上（星期四，7 月 23 日）演出了伏尔泰先生的喜剧《有理的女人》，⑥ 最后重复加演拉菲沙德的《他是自家人吗？》。⑦《有理的女人》是伏尔泰先生为自己的家庭剧场写的戏中的一出。对于这样一个目的来说，这出戏还是不错的。据我所知，这出戏曾于1758 年在卡洛舍上演过，但还没有在巴黎上演过。并不是他们从那

----

　　① "布莱梅杂志"指 18 世纪 40 年代在德国布莱梅出版的《娱乐理性和机智的新杂志》，那篇短篇小说原名叫"飞来之福"，作者是 J. A. 史雷格尔（1721—1793），即 J. E. 史雷格尔（1719—1793）之弟。

　　② 克吕格尔死于 1750 年，享年 27 岁。

　　③ 全名《备取生，做官的手段》，五幕喜剧，首演于 1748 年。

　　④ 三幕喜剧（1743）。

　　⑤ 灰衣僧修道院系德国柏林一所最古老的男生中学，创办于 16 世纪中叶，校址设在中世纪的灰衣僧修道院。

　　⑥ 《有理的女人》（*La femme qui a raison*），三幕诗体喜剧，最初于1749 年作为独幕剧在吕内维尔（Lueneville）上演，由此可见，肯定不是为卡洛舍（Carouge，距日内瓦不远的小城，在伏尔泰 Delices 和 Ferney 的住宅附近）的伏尔泰"家庭剧场"而写的。

　　⑦ 参见第 17 篇。

时以来没有上演过更坏的戏，马林们和勒布雷们①为此想得很周到。
而是因为——我自己也不知道因为什么。因为至少是我宁愿看见一位
穿着睡衣、戴着睡帽的伟大人物，也不愿意看见一个身穿大礼服的
傻瓜。

这出戏既没有性格，也不引人入胜，但有许多十分滑稽的情节。
当然，这种滑稽也是最普通的滑稽，因为它无非是靠着假名、误会和
误解。爱笑的人是不会嫌弃的，至少我们德国的爱笑的人不会如此，
只要那陌生的风俗习惯和晦涩的译文不致使他们无法理解大部分的滑
稽效果。

第五十个晚上（星期五，7 月 24 日）重演了格莱塞的《希德
尼》。② 最后加演了《睁眼瞎》。③

这出小戏既是勒格朗创作的，又不是他创作的。因为他这出戏的
标题和诡计及一切，都是从德·布罗塞④的一出旧戏里借来的。一个
上了年纪的军官，要娶一个他心爱的年轻寡妇，他忽然得到军令，让
他到军队里去服役。他在离开那个与他订了婚的女人之前，相互之间
温情脉脉，海誓山盟。但是，没等他离开，这小寡妇便接受了军官儿
子的约会。军官的女儿也利用父亲外出的机会，把她心爱的一个年轻
人招到家里来。有人将这两桩诡计报告了父亲，为了亲自弄清事情的
真相，他让人写信告诉他们，说他双目失明了。这个计策成功了，他
又回到巴黎，在一个了解这一骗局的仆人帮助下，弄清了在他家里发
生的一切。事情的结局是可以预料的，军官不再怀疑小寡妇是个水性
杨花之人，便答应他儿子跟她结婚，并且同样答应女儿跟自己的情人

---

① 马林（Francois - Louis - Claude Marin，1721—1809）和勒布雷（An-
toine Le Bret，1717—1792），法国小有名气的剧作家，一般娱乐水平的喜剧
的代表人物。

② 参见第 17 篇。

③ 《睁眼瞎》（*L'Aveugle clairvoyant*，1716），勒格朗的独幕喜剧。

④ 布罗塞（Augustin - David de Brosse，17 世纪上半叶），他的喜剧出
版于 1650 年。

结婚。当着军官的面，发生在小寡妇和军官儿子之间的那些戏，是非常滑稽的。小寡妇担保说，自己非常关心军官的疾病，她并未因为他有病而不疼爱他，同时她向他的儿子，她的情人飞眼，或者向他做些调情的姿态。这便是德·布罗塞那出旧戏的内容，① 也是勒格朗这出新戏的内容。只是在这出新戏里去掉了女儿的那些诡计，以便能够较为容易地把前者五场戏压缩为一场。把父亲换成了叔叔，此外还有一些类似的微小的改动。也许世界上会有这样的事情，管他呢，只要观众欢迎就行。译文②采用的是韵文形式，这或许是我们见过的最好的译文，至少译得十分流畅，有许多令人捧腹大笑的段落。

第 84 篇　1768 年 2 月 19 日

第五十一个晚上（星期一，7 月 27 日）演出了狄德罗先生的《一家之主》。③

这出优秀剧目，只受到法国人一般性的欢迎，费了九牛二虎之力，才得以在巴黎剧院里演出了一两场。④ 从各种迹象来看，这出戏

---

① 见《法国戏剧史》，第 7 卷，第 226 页。——莱辛注

② 译者是 Karl August Suabe（1752 年出版）。

③ 《一家之主》（*Le Pere de famille*，1758），狄德罗（Denis Diderot）的五幕喜剧，1761 年首演于巴黎，效果平平，莱辛把它翻译成德文，与《私生子》及关于这些剧本的戏剧理论论文《关于"私生子"的谈话》（*Entretiens sur le Fils naturel*，1757）和《论戏剧诗》（*Discours sur la poesie dramatique*，1758）一起收入《狄德罗先生的戏剧》（1760）。莱辛在下文所说"有关作家的全部戏剧主张"，均依据这些论文。莱辛早期对狄德罗的成功接受表明，不管在细节方面有多少差别，它们都在努力创立一种戏剧，以便提高市民意识水平，在自己的经验中加进了普遍使用的、取消社会等级制度的价值标准。

④ 《一家之主》于 1761 年首次在巴黎公演时，只重演了少许几场，直到 1769 年，这出戏才受到普遍欢迎。莱辛的译本在汉堡剧院公演了 12 场。——编者注

可能在我们的舞台上长期演下去，演得很久，为什么不可以永远演下去呢？由于这出戏将要经常在这里演出，所以我希望能有足够的版面和机会，详细谈谈随时遇到的有关这出戏本身的问题，以及有关作家的全部戏剧主张的问题。

让我来追溯一点往事。狄德罗不是借《私生子》，① 在其附录的对话中②（这篇对话同该书于 1757 年一块出版）才表达了对他们民族戏剧的不满，而是早在数年之前，他就表示了这样一种看法：他丝毫没有看到使他的同胞陶醉、使欧洲陶醉的法国戏剧的重大意义。他把这个看法写进一本书里，自然人们在这本书里是不会寻找这类东西的。这本书充满了嘲弄的笔调，在大多数读者看来，书中好的、健康的智慧，无非是些戏弄和嘲笑。为什么狄德罗偏偏在这样一部书里表达他的真意呢？无疑，狄德罗自有一番道理。聪明人常常把后来用严肃的方式表达出来的意思，首先用引人发笑的方式讲出来。

这本书叫作《饶舌的宝贝儿》，③ 若是现在的话，狄德罗绝对不会写这样一部书。虽然狄德罗在这方面做得很好，但他仍然写了这部作品，如果他不想当剽窃者，④ 他一定得写这本书。同样确定无疑的是，只有这样一个年轻人才能写这部作品，有朝一日他会因为写了这

---

① 《私生子》（*Le Fils naturel, ou les epreuves de la vertu*, 1750），五幕喜剧，是继哥尔多尼的 *Il vero amico* 之后而创作的。

② 采用的是作者与他的主人公多瓦尔谈话的形式，在谈到剧本的时候，这些谈话论述了戏剧的理论背景。

③ 《饶舌的宝贝儿》（1748）是一部伪托东方色彩、影射法国现实的讽刺性小说。莱辛的上述议论指的是这部小说里伤风败俗的主题。德文 Die verraeterische Kleinode（1748），这是按照当时的时尚写的一部异国情调小说，其中既揭露了许多粗心大意的事情，也掩盖了许多他对那个时代的批评。这是一部青年时代的作品，后来狄德罗与它保持了一定的距离。

④ 意思是说，如果他不想被人视为剽窃者，因为他后来的作品像他的小说一样，描写了许多类似的思想。

样一本书而感到脸红。

如果我的读者当中很少有人了解这部书，倒也是件好事。我也愿意尽量避免向读者详细介绍这本书的内容，而只以有助于我这个杂货摊为限。

一个皇帝，天晓得在什么地方，① 一个什么样的皇帝，他借助一枚魔法戒指，让几个宝贝儿喋喋不休地讲述许多丑事，致使他的宠姬根本不想再听下去。她甚至想不再接触女流之辈，至少她预计在最近十四天之内，只限于跟苏丹陛下和几位机智的人物来往。这些人中有塞里姆和李卡利克。塞里姆是宫廷侍臣，李卡利克是皇家学士院院士，他研究过古代文化，也是一位古代文化的热心推崇者，但不是学究式的人物。有一天宠姬跟他们在一起聊天，像做学术报告一样令人烦闷的谈话气氛，使苏丹特别恼火，他不愿意总是以他父亲和他祖先的金钱为代价，来换取一些赞扬的话听。他预感到有朝一日学士院同样也会以牺牲他的荣誉为代价，来换取他的继承人的荣誉。塞里姆作为一个宫廷侍臣，完全赞成苏丹的想法。于是引出了一席关于戏剧的谈话，② 我想在这里把这一席话全部介绍给我的读者。

"我认为，您误会了，我的先生，"李卡利克回答塞里姆说，"学士院至今仍是良好鉴赏力的圣地，它的最美好的时光，既有哲学家为凭，又有诗人作证，我们不可能拿我们时代的任何别人同他们相媲美。我们的剧院被公认为全非洲第一所剧院，今后仍然如此。图克西格拉夫的《塔墨兰》是一部多么不平凡的作品呀！他把欧里索普的

---

① 莱辛在这里指的是狄德罗的捉迷藏游戏，在这出戏里，读者能够把"苏丹"看成是路易十四，把"宠姬"看成是路易十四的情妇 Madame de Pompadour，把"宫廷侍臣"看成是红衣主教黎歇留（Kardinal Richelieu）。

② 莱辛复述的是（Entretiens sur les Lettres）第38章，其中包含（采用具有异国情调的想象的人名）对当前文坛状况的暗示，不过从细节方面是无法说清楚的。

激情和阿佐夫的崇高结合在一起。这是纯粹的古代文化!"①

宠姬说:"我观看过《塔墨兰》的第一场演出,我也同样觉得戏的故事安排得很好,对话很优美,礼节也遵守得很好。"

李卡利克打断她的话说:"太太,像图克西格拉夫这样一位从阅读古人作品当中吸取营养的作者,与我们的大多数新作者是多么不同啊!"

"但是,这些新作者,"塞里姆说,"您在这里竭力贬低的这些新作者,远不像您所想象的那样一文不值。难道不是这样吗?您在他们的作品里,没有发现天才?没有发现虚构?没有发现热情?没有发现性格?没有发现描写?没有发现大段大段的道白?如果人们能给我带来娱乐,我何必去过问那些规则呢?的确,既不是聪明的阿尔姆狄和有学问的阿布达尔道克的诠释,又不是机敏的法卡丁的诗学,——这些著作我都没有读过——使我赞美阿包尔卡采姆、穆哈达尔、阿尔巴包克雷和许多别的萨拉森人的剧作!除了摹仿自然之外,还有别的规则吗?我们没有他们那样的研究自然的眼睛吗?"

李卡利克答道:"自然反映在我们的眼睛里,一刻一个形象。它们都是真实的,但并不都是同样美的。若想在其中进行正确的选择,就必须向您方才认为不屑一提的那些作品学习。那里集中了它们的作者及其前人们实践的经验。不论一个人有多么卓越的头脑,他的见识也只能逐个地获得。单独一个人若想在其短短一生当中,独自发现在他之前许多世纪当中所发现的一切,是做不到的。否则可以认为,一门科学的起源、发展和完善,可由一位天才来完成了,但毕竟是违背一切经验的。"

"我的先生,"塞里姆回答他说,"由此只能得出这样的结论:能够利用迄至他们那个时代为止所积累的财富的那些新作者,必然比古

---

① 这可能是对伏尔泰的悲剧《穆罕默德》(1739)的讽刺。欧里索普(Eurisope):欧里庇得斯(Euripides)、阿佐夫(Azophe)、索福克勒斯(Sophokles)。——编者注

人更富有。或者，也许您不喜欢这个比喻，他们蹲在这些巨人的肩上，必然比这些巨人自己看得更远些。说实在的，他们的自然科学，他们的天文学，他们的造船术，他们的机械学，他们的数学，跟我们的相比又能算得了什么呢？为什么我们在演说术和诗歌方面，不应该同样超过他们呢？"

"塞里姆，"苏丹王后接着说，"区别是大的，李卡利克可以另找机会给您说明这种区别的原因。他想告诉您的是，为什么我们的悲剧不如古人。但是，它们之所以如此，我本人可以轻而易举地给您证明。我不想怪罪您，"她接着说，"没读过古人的作品。您有许多许多美好的知识，不过对古人的戏剧不甚了了。现在您提出一些关于古人的风俗，关于古人的道德，关于古人的宗教的见解，您对这些之所以反感，是因为环境变了，这且不提。请您告诉我，他们的题材是否高尚，选择是否合适和有趣？行动不是仿佛从自身引申出来的吗？纯朴的对话不是很接近自然的对话吗？结局是否做到了最大限度的紧凑？兴趣是否分配得适当？情节是否因穿插过多而显得累赘？您设想自己处在阿林达拉岛上，① 您研究那里发生过的一切，您听听年轻的伊卜拉辛和被打败的福尔凡蒂在登陆的时候说的那些话；您走近不幸的波里普希莱的洞穴，逐字逐句地记住他那些哀怨，请您告诉我，是否有丝毫能够妨碍您产生错觉的东西？② 请您告诉我，有哪一部现代作品能经得起同样的考验，有哪一部现代作品能够达到同样高的完美性，您就算得胜了。"

"天爷呀！"苏丹一边打呵欠，一边喊道，"太太给我们做了一堂出色的科学报告哩！"

"我不懂得那些规则，"宠姬接着说，"更不懂得表达这些规则的

---

① 暗指（爱琴海的）雷姆诺斯岛，也暗指古人的一个"样板"，即索福克勒斯的《菲罗克泰忒》。

② 这段话包含着索福克勒斯的悲剧《菲罗克泰忒》的故事梗概。——编者注

术语。但是我知道，只有真实的事物才能受人欢迎和感动人。我也知道，一出戏的完美性就在于准确地摹仿一个行动，不断受骗的观众自以为亲身经历了这个行动。在您向我们如此推崇的那些悲剧里，有丝毫与此相似的东西吗？"

第 85 篇　1768 年 2 月 23 日

"您想赞扬悲剧的过程吗？这个过程大多是层次繁多、错综复杂的，假若在这样短时间内真的发生这么多的事情，那就成了奇迹了。一个王朝的毁灭或者维持，一位公主的婚事，一位太子的不幸遭遇，所有这一切都发生得犹如人们拨动指头那样，极其迅速。这跟一场反叛有关系吗？在第一场里策划反叛；在第二场里反叛者聚会；在第三场里制订对策，排除障碍，反叛者准备就绪；在下一场里便举行暴动，发生冲突，甚至造成一场表面的厮杀。而对这一切您都称之为安排得好、引人入胜、热情、真实？关于这一点，我是丝毫不能原谅您的，为了实现最不像样的诡计，往往需要花费多少精力，准备、磋商、讨论最小的政治事件，得花费多少时间，您是知道的。"

塞里姆答道："的确如此，太太，我们的戏剧是有点累赘，但是，这是一个必不可少的瑕疵，没有穿插的帮助，我们就不知道怎样对付冷淡。"

"这就是说：为了使行动的摹仿表现出热情和思想，人们既不能把行动想象成它是怎样，又不能想象成它应该怎样。某种可笑的东西是想出来的吗？当然不是，这等于正当听众担心王子将要失掉他的情人、他的王位和他的生命的时刻，让小提琴演奏一首活泼的乐曲，演奏一首欢快的奏鸣曲。"

"太太，"蒙高古尔说，"您说得完全对，这时候应该演奏抒发哀思的乐曲，我马上去叫人给您准备几首。"他一边说，一边站起来走出去，塞里姆、李卡利克和宠姬继续他们的谈话。

塞里姆回答说："太太，至少您不会否认，穿插把我们从错觉里引出来，对话又把我们引进去。我不晓得，有谁比我们的悲剧诗人更懂得这一点。"

"绝对没有人这样理解，"米尔佐扎回答道，"悲剧里表现的那些矫揉造作的东西、机智的东西、嬉戏的东西，跟自然相距十万八千里哩。作者设法掩盖自己，这是徒劳的。他逃不脱我的双眼，我不断地在他的人物背后看见他。西拿、塞尔托留斯、马克西姆斯、爱米莉娅①等，随时随地都是高乃依的传声筒。我们的古代萨拉森人，相互之间可不是这样谈话的。如果您愿意的话，李卡利克先生可以给您从中翻译几段看看，您将听到通过自然的口表达出来的纯粹的自然。我真想告诉我们的现代作者：'我的先生们，与其利用一切机会赋予你们的人物以机智，倒不如设法把他们置于当时当地的环境里。'"

"照这样说，太太关于我们的剧作的过程和对话所发表的那些意见，似乎并不意味着，"塞里姆说，"让人推崇结局。"

"不是，当然不是的，"宠姬接着说："一百个结局当中有一个好的。一个是没有准备的；另一个则是借奇迹发生的。当作者不知道拿一个被他从一场戏拉入另一场戏，一直拖遍整个五场戏的人物怎么办的时候，便索性捅他一刀了事。于是全世界的人都放声大哭，而我呢，我却笑得像发疯一样。有谁曾像我们这样滔滔不绝地说过话吗？王子们和国王们平时走路的样子，跟一个会走路的平常人相比，有什么不同吗？他们什么时候像疯疯癫癫的人一样做过姿态呢？公主们说话的时候，是用这种吼叫的声调吗？人们普遍地都认为，我们把悲剧发展到了一个高度完善的阶段，而据我看来，在非洲人上个世纪所致力的一切文学体裁当中，恰好是这种体裁仍然停留在最不完善的阶段，这一点是无需证明的。"

就是在这个地方，宠姬攻击了我们的戏剧作品，然后蒙高古尔走了进来。他说："太太，如果您接着谈下去，我将非常高兴。您瞧，我懂得怎样压缩一部诗学，如果我觉得它太长的话。"

---

① 高乃依悲剧《西拿》（1639）和《塞尔托留斯》（1662）中的人物。

宠姬接着说："让我们打个比方：假定有一个人刚从安高特来，他生来还没听说过什么叫戏剧，但是，他既不缺乏智慧，也不缺乏对人情世故的了解，他大体上也知道一些宫廷里的事情，对于宫廷侍臣们的阴谋暗害、大臣们的嫉妒、女人们的搬弄是非，也并不完全陌生，我诚恳地对这样一个人说：'我的朋友，后宫里正在发生可怕的骚动。公爵跟他儿子闹翻了，他怀疑他儿子爱上了玛尼蒙班黛，公爵是个有血气的人，我看他一定会对双方进行最残忍的报复。从各种迹象来看，这件事一定会闹得个非常悲哀的结局。如果您愿意的话，我想让您亲眼看看这一切。'他接受了我的提议，我把他带进一个围着栅栏的包厢里，从这里他可以看见舞台，并把舞台视为苏丹的宫殿。您以为尽管我竭力装作一本正经，这个陌生人的错觉就能持续一瞬间吗？您还不如干脆承认，他在看到演员那滞板的步态，看到他们那五颜六色的服装，看到他们那放肆的表情，听见他们那严格押韵的语言的少见的抑扬顿挫，总之，当他发觉许多其他不合理的事情时，在头一场里他就会对我大笑，并且直截了当地告诉我，要么是我想捉弄他，要么一定是公爵跟他的宫廷里的人们都打心眼里不痛快。"

"我承认，"塞里姆说，"这个比方弄得我无言以对。您能肯定地说，我们进剧院的时候，就是带着去观看行动的摹仿，而不是带着去观看行动本身的信念吗？"

米尔佐扎回答道："是不是应该禁止这种观念，用最自然的方式来表演行动呢？"

从这里开始，谈话逐渐转入与我们无关的其他话题。让我们回过头来看看我们读过的这一段文字，看看这位透明纯洁的狄德罗吧！然而，所有这些真理，在当时都等于对牛弹琴。直到这些真理采用一切严肃的说教方式重复出来，并伴随以试演——在这些试演当中，作者努力排除了几处引起指责的缺点，从而更妥善地踏上自然与错觉的道路——之前，它们在法国观众当中，没有引起任何反响。原来是嫉妒引起批评。现在明白了，为什么狄德罗看不见他们民族的戏剧达到了我们完全应该相信的完善性的顶峰，为什么他发现他们民族的戏剧中那些被赞颂的杰作有这么多缺点。很明显，就是因为他要为自己的戏剧开辟地盘。他必须大声疾呼地攻击他的先辈的手法，因为他觉得，遵循同样的手法，他将永远处于他们的地位之下。他简直是个蹩脚的江湖医生，为了让人家光买他的药品，而蔑视一切外来的包医百病的灵丹妙药。帕里索们①就是这样攻击他的剧作的。

当然，他在《私生子》里也给他们留下了某些漏洞。这部处女作远远不如《一家之主》写得好。过分单调的性格，人物本身的传奇性，呆板得出奇的对话，充满着时髦的哲理警句的学究式的炫耀，所有这一切都轻易地给指责者造成了口实。尤其是那个严肃的泰莱西娅（在原作里叫康斯坦蒂娅），把爱笑的人都吸引到她这方面来，她那样具有哲理意味地主动求婚，和一个不爱她的男人那样贤惠地谈论他们生的孩子应该如何道德高尚。不可否认的是，狄德罗附在作品后面的对话的表达方式及其所采取的语气，都有点虚荣和炫耀的味道。把许多解释完全当成了新发现，其实根本不是新的，也不是作者自己的意见。其余的解释都不够深刻，而在那令人眼花缭乱的行文中又似乎是深刻的。

---

① 帕里索（Charles Palissot de Montenoy，1730—1814），他在自己的作品 *Petites Lettres sur les grands philosophes*（1757）和其他几出戏里，攻击过百科全书派的作家，特别是攻击过狄德罗的《私生子》。他在这里代表狄德罗的所有论敌。参看歌德关于《拉摩的侄子》的评论中的《帕里索》和《哲学家》两篇文章。——编者注

十一　关于喜剧和悲剧中的人物性格

第86篇　1768年2月26日

例如狄德罗宣称，① 在人类的天性当中，值得着重刻画的真正滑稽性格，至多不过一打。人类性格当中那些微小差别，不像纯粹性格那样易于塑造。因此他建议不再把性格而是把身份搬上舞台，他要把塑造身份当成严肃喜剧的特殊任务。他说："迄今为止，性格是喜剧的主要任务，而身份只是某种偶然的东西，如今则必须把身份当成主要任务，把性格当成偶然的东西。从性格中汲取全部计谋，通常是选择最容易表现性格的情节，把这些情节互相联结起来。将来必须把身份，把这种身份的义务、利益和烦恼作为作品的基础。在我看来，这个源泉比性格的源泉要丰富得多，范围要广阔得多，用处要大得多。性格只要稍微夸张一点，观众就会自言自语地说：这不是我。然而，演员表演的身份，即是他的身份，却是无法否认的，他的义务是无法推托的。他不可避免地要把亲耳听到的东西运用于自身。"

帕里索对上述论点提出异议不是没有道理的。他不同意那种认为天性中缺乏原始性格，认为原始性格已经被喜剧作家书写罄尽的见解。莫里哀曾经发现自己面前有的是新性格可供描写，而他认为自己描写过的只不过沧海之一滴而已。帕里索顺便设想了各种新性格的那段文字，是值得注意的，但却并不富于教益，因为它使人觉

---

① 见狄德罗《关于"私生子"的谈话》，莱辛的引文出自他翻译的《狄德罗先生的戏剧》。

得，假如莫里哀活得再久一些，《恨世者》① 就不会在高水平的喜剧当中享有至高无上的地位。帕里索以自己的评论增添了几个新性格，例如那个愚蠢的文艺保护者和他那些怯懦的被保护人，那个侵夺别人地位的男人，那个诡计多端的人，他那些挖空心思的暗算，在一个光明磊落的诚实人的纯朴面前，总是一败涂地。那个冒牌哲学家，那个被戴斯托舍误解了的怪癖的人，② 那个讲究社会德行的伪君子，宗教伪君子③在当时是相当不流行的。——这些设想的确不错，它们能够无限开阔人们的眼界。那里还有足够的庄稼，可供少数不畏艰险的收

---

① 莫里哀的《恨世者》（1666）被认为是他的并非最佳的（Non plus ultra）杰出作品。（《在凡尔赛宫的即席演说》，第二场）指的是莫里哀的三场短喜剧，又译《凡尔赛宫即兴》，写于 1663 年，作为对他的批评者的回答，在第二场戏里他让演员说出了他的意见。下面的引文即出于这出戏的第二场。

"噢！我的可怜的侯爵，我们会永远向他（莫里哀）提供足够的题材，而他所做的一切、说的一切，却无法叫我们变得更聪明一些。你以为他在自己的喜剧里，把人类的一切可笑特点都表现光了吗？单就宫廷来说吧，那里不是远不止一打的性格典型，他还不曾动用过？比如说，他描写过自称对世人最为和善，一转身便又诽谤别人，以寻开心的人吗？他描写过那种言过其实的溜须拍马之辈，浅薄无聊的阿谀奉承之徒吗？这些人连用一颗盐粒调拌一下自己嘴里的那些颂词都不懂，他们的奉承话散发着一股令闻者呕吐的味道。他描写过那种胆小如鼠的宫廷佞臣，那种卑鄙无耻的沽名钓誉的人吗？这些人对走运的人烧香膜拜，对失宠的人则下井投石。他描写过那种永远不满足于宫廷的人、多余的仆役、忙忙碌碌的庸人吗？我指的是全体侍从，他们干不了实事，只能带来麻烦，他们为了获得一份报酬服侍公爵达十年之久。他描写过那种对世界上一切人都表示谄媚，左右逢源，对凡是见到的人都施以同样拥抱，表达同样友情的人吗？——到此打住吧，侯爵，莫里哀有的是题材，他是用不完的，到目前为止他所采用过的，同尚存的相比，只不过是一点小意思而已。"——莱辛注

② 典出戴斯托舍喜剧 *L'Homme singulier*（1757）。

③ 出自莫里哀的《达尔杜夫》（1667），说它是"不流行的"，这话是莱辛加上的。

割者去收获!

　　帕里索说,即使喜剧性格确实不多,而它们又确实被书写罄尽,那么身份果真能弥补这种窘迫状况吗?比如说,选择一个法官身份,难道我不能赋予法官一种性格吗?他不应该悲哀或者欢乐,严肃或者轻佻,和蔼或者粗暴吗?不就是这个性格才把他从形而上学的抽象阶级当中突出出来,使他成为一个真实人物的吗?照这样说来,诡计的基础和剧本的说教,不是又以性格为依据了吗?照这样说来,身份不是又成了偶然的东西了吗?

　　狄德罗可能这样来回答这个问题:自然,披着身份服装的人物,也必须有独特的道德性格,但是,我希望它是这样一种性格,它同身份的义务和地位不仅不抵触,而且达到完美的和谐。所以,如果这个人物是一个法官,我就不能任意把他写成严肃的或者轻佻的,和蔼的或者粗暴的,他必须是严肃的与和蔼的,而这种性格任何时候都必须符合当前行动的要求。

　　照我看来,狄德罗可能会这样回答这个问题;但是同时他可能接近另外一个礁石,亦即完美性格的礁石。① 某种身份的人物,除了按照义务和良心行动之外,绝对不会做出别的事情来;他们将不折不扣地遵照书本行事。我们指望在喜剧里看到这种情况吗?这种表演能够产生引人入胜的魅力吗?我们期望于这种表演所产生的裨益,能够大到值得我们花费气力,为此确立一种新体裁,并为这种新体裁编写一部独立的诗学的程度吗?

　　我觉得,完美性格的礁石,根本没有引起狄德罗的足够重视。在他的剧本里,他径直奔这块礁石驶去,而在他那批评的航海图②

---

　　① 这是莱辛针对狄德罗喜剧要表现人物的身份的理论,所提出的第一条不同意见。在狄德罗看来,用社会地位来变革讽刺性类型喜剧,这是一条可行的道路,莱辛从效果美学的角度认为这是不可行的,"复杂性格"是他的效果心理学的基础。

　　② 即戏剧作品中作为理解背景的理论性标志。

上，根本未见关于这块礁石的标志。上面却有建议径直驶向这块礁石的东西。只要回忆一下他在对比各种人物性格时，关于泰伦茨的《两兄弟》所说的那一番话，就会一目了然。"剧中那两个性格相反的父亲，都是以同样的笔力刻画出来的，以致最高明的批评家也无法指出主要人物是米齐欧还是戴麦阿。假如他在最后一场戏之前做出判断，他会出乎意料地发现，他在整个五幕戏当中从头到尾认为是聪明的那个人，居然是个傻瓜，而他认为是傻瓜的那个人，竟可能是个聪明人。人们在这出戏第五幕开始的时候，几乎认为作者由于繁重的对比，被迫放弃了自己的目的，颠倒了剧本的兴趣。结果怎样呢？结果是人们根本不再知道，应该对谁发生兴趣。从开头人们便同情米齐欧，反对戴麦阿，而到最后竟对两人都不同情了。人们几乎希望出现第三个父亲，在这两个人物之间进行调解，指出他们两人的过错。"①

我可没有这样的希望！我非常不希望出现这第三个父亲，无论在这个剧本里，或是单独出现。哪个父亲不自以为深知为父之道呢？我们大家都以为走的是正道，我们只期望在偶尔面临着通向两侧的歧途时得到警告。

狄德罗说得对，性格不同要比性格对比好得多。对比性格很少是自然的，而且会增加戏剧情节本来就不易避免的那种传奇色彩。就一个家庭来说，在日常生活当中，性格对比可能表现得像喜剧作家所要求的那样突出，终究还有成千上万的性格是不同的。说得很对！但是，一个性格总是严格地停留在理智和德行为它铺设的那条笔直的轨道上，不是极为罕见的现象吗？在日常生活的二十个家庭当中，不只十个家庭里的父亲在教育自己的子女方面遵循截然不同的道路，只有一个家庭能够提供一位真正的父亲。而这位真正的父亲，对此总是一如既往，他之所以是唯一的，就是由于他总是背离

---

①　[中译按]参看《论戏剧艺术》，译文载《文艺理论译丛》（1958年第1-2期），这篇论文系《一家之主》一剧的附录。

自己的主张。因此，与表现信奉不同信条的父亲的剧作相比，那些表现真正的父亲的剧作，不仅每一部本身都是不自然的，而且互相之间也是大同小异的。无疑，只是在平静的家庭里显得不同的那些性格，一旦受到有争执的利益的触动，便会形成对比。自然喽，这样一来他们会发生竞争，他们之间的差别与其真实性格相比，会显得更大。活跃的人将会像火焰一样，反对在他看来态度过于温和的人，而温和的人将会像冰一样冷漠，让前者犯许多冒失错误，以利于他自己。

第 87 和第 88 篇　　1768 年 3 月 4 日

帕里索的其他评论亦莫不如此，倘不是全对，亦不会全错。他在用自己的长矛投刺一个靶子时，瞄得十分准确，然而长矛在疾飞时偏了方向，居然没有刺中。

关于《私生子》，他说过这样一段话："《私生子》！这是多么罕见的标题！这出戏为什么要取这样的名字？陶尔伐的出生有什么影响？引起了什么样的事件？为什么样的剧情提供机会？它又弥补什么样的空隙？作者选这个标题的意图是什么？重温反对私生子的偏见吗？哪一个明白人不知道，这种偏见是不公正的呢？"

对此，狄德罗可能这样回答：这个情节对于我的布局的结构当然是必不可少的。没有它，陶尔伐不认识他的妹妹，他的妹妹不知道自己的哥哥，就会显得很不真实。因此，我有据此选定标题的自由，我甚至可以根据一个更加微不足道的情节选定标题。——如果狄德罗这样回答，照我看来，帕里索不就给驳倒了吗？

虽然如此，私生子的性格还是招来了完全另外的异议，帕里索可能对作家提出更加尖锐的指斥。这就是：私生子的情节，以及由此引起的陶尔伐多年来所感到的那种被人们遗弃和孤立的处境，是一个非常特殊而少见的情节，虽然这个情节对他的性格形成产生很大影响，但这性格毕竟没有普遍性，而按照狄德罗自己的理论，这种普遍性是喜剧性格必须具备的。——借此机会我来斗胆谈谈这个理论问题：① 在这样一份刊物上我要反对的是哪种类型的魅力？

狄德罗说：② "喜剧体裁表现类型，悲剧体裁表现个性。我想阐明一下自己的见解。一出悲剧的英雄人物是这个或者那个人：莱古鲁斯，或者布鲁图斯，或者卡图，而不是别的什么人。相反，一出喜剧的最主要的人物则必须表现一大群人。假如你赋予他一副独特的相貌，只有一种个性与他相似，那么喜剧便又返回到了它的襁褓时代。——在我看来，泰伦茨就犯过一次这样的毛病。他的《自责者》③ 表现一位父亲由于做出过分苛待自己儿子的粗暴决定而感到伤心，并因此对自己采取了一系列惩罚措施：节衣缩食，断绝一切社交来往，解雇用人，亲手经营土地。人们甚至可以说，像这样的父亲是不存在的。在最大的城市里，在整整一个世纪当中也未必出现一个悲伤到如此罕见程度的例子。"

首先谈谈关于《自责者》的责难。如果说这种性格确实值得指责，那么该指责的不仅是泰伦茨，还有米南德。米南德是这个性格的首创者，这个性格不管从哪方面看，在米南德的戏里，比在泰伦茨的仿作里所扮演的角色都要丰满得多，在泰伦茨的仿作里，它的活动天

---

① 莱辛对古典文化的研究，表现在《关于古代文物的通信》和《古人怎样想象死亡》里，接下去便是《汉堡剧评》。

② 见狄德罗《关于〈私生子〉的谈话》。——莱辛注

③ 泰伦茨的喜剧，根据米南德同名喜剧改编，米南德作品流传到我们时代的只是残稿。——编者注

地由于双重诡计的缘故，受到了很大限制。① 因为它是由米南德传下

---

① 开场白的第六行说："由单纯布局构成的双重喜剧。"

如果作家真是这样写的，而且不能作另外的理解，只能按照达希埃及其以后的现代英国泰伦茨译者柯尔曼的说明来理解。"泰伦茨只是想说明，他把人物增加了一倍；在米南德作品里有一个老人、一个奢华的人、一个情妇，而在他的作品里却是两个老人。由此他非常正确地补充说：我曾经指出，这一出喜剧是新的——假若人物在希腊作家的作品里就是如此，他肯定不会这样说。"连亚德里安·巴兰督斯（Adrian Barlandus, 1488—约1542，著有泰伦茨注释 "Commentarii in Terentii comoedias" ［1530］），甚至阿桑修斯（Jodocus Badius Ascensius, 1462—1535，他的泰伦茨版本 ［1504］ 在行距之间配有说明 ［glossa interlinearis］）的古老的"行间批注"对于"双重"一词亦未另作解释。批注是"由于老人和青年"，前者写的是"因为在这部拉丁剧作中，有两个老人和两个青年"。尽管如此，我仍然不同意这种分析，因为我根本看不出剧中哪个人物是多余的，有什么必要偏要去掉被泰伦茨增加了一倍的那些人物，如老人、爱人和情妇。我不理解米南德离开克雷梅斯，离开克利蒂弗，怎样处理这个题材。这两个人物都是那样紧密地交织在戏里，没有他们我既无法想象"结"，也无法想象"解"。我根本不愿意想到还有另外一种解释，尤利乌斯·斯卡利格尔（Giulio Cesare Scaligero, 1484—1558，他的诗学著作 Poetices libri VII ［1561］ 对于巴洛克诗学具有重要意义）已经由于这种解释闹了大笑话。欧格拉菲尤斯（Johannes Eugraphius），6世纪的泰伦茨注释者。所作的解释，虽然已被费尔奈（Gabriele Faerno, 死于1561年，他的泰伦茨评注出版于1565年）接受，也完全是不合理的。在这种尴尬情况下，批评家们忽而设法改变这句话里的"双重"一词，忽而设法改变"单纯"一词，企图借此在某种程度上纠正手稿的谬误。有人把这句话读成：

由双重布局构成的双重喜剧。（语出 Bembo 红衣主教 ［1535］）

也有人读成：

由双重布局构成的单纯喜剧（语出 Richard Bentley ［1726］）

毫无疑问，另一个人一定读成：

由单纯布局构成的单纯喜剧（莱辛自己的可疑说法）

说老实话，我最喜欢这种读法。请大家联系起来看看那段文字，再想想我的理由。

来的，单就这一点而论，至少我就不敢为此去责骂泰伦茨。"米南德

───────────────

"今天我要上演根据一出完整的希腊喜剧改编的一出完整的喜剧，《自责者》是一出由单纯的布局构成的单纯喜剧。"大家都还记得，剧院里那些嫉妒泰伦茨的同行，是怎样指责他的："糟蹋大量希腊剧作，以便由此创作出一些拉丁剧作。"

　　他常常把两出戏揉成一出，把两出希腊喜剧编成一出拉丁喜剧。例如他把米南德的《安德利亚》和《佩林蒂亚》合在一起，编成他的《安德利亚》；把同一位作家的《阉人》和《谄媚者》合在一起，编成他的《阉人》；他的《两兄弟》是根据米南德的《两兄弟》和狄菲鲁斯（Diphilos aus Sinope，公元前 4 世纪，阿提卡重要的多产喜剧作家）的一出戏改编的。鉴于这种指责，他才在《自责者》开场白里替自己辩护。他承认这个事实；但是他借此所做的，无非都是他的前辈优秀诗人做过的事情。"他不否认自己做过这样的事情，他声称并不为此感到羞耻，而且今后还要这样做。有优秀诗人充当他的榜样：据此，他认为自己有权利做同样的事情。"他说，我做过这样的事情，我想今后还要经常这样做。这句话指的是从前的剧作，而不是指目前这部《自责者》。因为这部剧作不是根据两出希腊剧改编的，而是根据一出同名剧作。依我看，这就是他在那一行值得争论的文字里所要说的意思，我建议这样读这行文字："由单纯布局构成的单纯喜剧。"泰伦茨想说，像米南德那出戏那样单纯一样，我这出戏也那样单纯，我绝对没有把别的剧作里的东西插进这里；它的长度是从希腊剧作里吸收来的，那出希腊剧作完全被容纳在我的拉丁剧作里；因此我说是：Ex integra Graeca integram Comoediam。费尔奈在那条古老的批注中发现的 integra 这个词的意思，似乎应该是 a nullo tacta［无人触动过］，这显然是错误的，因为这个意思只能解释第一个 integra，却完全不能解释第二个 integram。——因此我认为，我的推测和分析令人听起来是顺理成章的！只是紧接着的下边一行文字尚未得到解释："我曾经指出，它（喜剧）是新的，不管它采用什么样的形式。"有人会问：既然泰伦茨承认整个剧作是根据米南德一出戏改编的，他怎能认为承认这一点便证明他的剧作是新的了呢？对于这个难题，我可以很容易地给予解答，而且是用关于这一行文字的说明来回答这个问题。我敢说，这肯定是唯一正确的说明，尽管这个说明是属于我个人的。就我所知，还没有任何一个注释者想到过这个说明，哪怕只是沾点边也好。照我看，"我曾经指出，它（喜剧）是新的，不管它采用什么样的形式"这一段话指的绝对不是泰伦茨让

与生活啊，你们俩谁摹仿谁？"① 这句话与其说讲得机智，毋宁说讲得冷淡。不过，我们不是听一位诗人说过，他能够描写在最大的城市里，在整整一个世纪当中，也未必出现一例的那种性格吗？即使在一百出戏或者更多的戏里，他也不会描写这样一个性格。最多产的作家把自己头脑里的东西写光以后，假如想象力不再能提供摹仿的真正对象，就得编造一些大多数必然是漫画式的人物。关于这个问题，狄德罗说，② 具有特别敏锐鉴赏力的贺拉斯，早就发现了上述缺点，并且顺便之中指责了这个缺点，但几乎未引起注意。

这一段话见于《讽刺诗集》第一卷第二首，贺拉斯想在那里指出，"傻瓜惯于从一种夸张陷入另一种相反的夸张"。他说："福非丢

朗诵者当着观众所说的那些话，而是必须理解为"当着市政官"，即监督和负责公开演出的罗马官员。"新"在这里并不是指从泰伦茨个人的头脑里流出来的东西，仅仅是指在拉丁文里尚不曾有过的东西。他想说，我的戏是一出新戏，这就是说，这样一出戏在拉丁文里还不曾见过，这出戏是我自己从希腊文翻译过来的，这一点我向买我的戏的市政官做了证明。为了排除对这一看法的怀疑，不妨想想他由于《阉人》当着市政官所进行的那场争论。他把这出戏作为一出从希腊文翻译过来的新戏卖给了他们，但是他的对手拉威纽斯（Luscius Lanuvinus，喜剧作家，泰伦茨的竞争对手〔与公元 2 世纪的罗马文法学家混淆了〕）想说服市政官，说他这出戏不是根据希腊文，而是根据奈维尤斯（Gnaeus Naevius，死于公元前 201 年，罗马诗人，主要是根据"希腊素材"进行创作）和普劳图斯的两出古老剧作改编的。自然，《阉人》跟这些作品有许多共同之处，但是，拉威纽斯的指控毕竟是错误的，因为泰伦茨的确只是取材于希腊源泉，他不知道奈维尤斯和普劳图斯在他之前也曾经取材于同一源泉。所以，为了预防对于他的《自责者》的类似诋毁，向市政官出示希腊原作，并把内容告诉他们，是再自然不过了。是的，市政官可以轻而易举地要求他这样做。"我曾经指出，它（喜剧）是新的，不管它采用什么样的形式"这一段话，就是针对这个要求说的。——莱辛注

① 这句话出自拜占庭的阿里斯托芬。——编者注

② 在关于私生子的谈话中，狄德罗提到了贺拉斯的《讽刺诗》（I 2，12－22），莱辛根据狄德罗的译文翻译了有关段落。

斯怕人家说自己是个奢侈浪费的人。你们晓得他是怎么做的吗？他每月按五厘利息放印子钱，让人家事先付利息。对方越是等着钱花，他讨的利息越高。他知道所有良家子弟的姓名，这些年轻人现在正踏入社会，这时都在抱怨冷酷无情的父亲。你们或许以为，此人又要按照自己的收入挥霍浪费了吧？大错特错！他是挥霍的大敌，在喜剧里由于儿子出走而对自己实行制裁的父亲，对自己的责备达到了无法更坏的地步。"——按照狄德罗的想法，"更坏"这个词，在此应该有双重意思，一方面指福非丢斯，另一方面指泰伦茨。他认为，这种顺便的攻击，也是完全符合贺拉斯的性格的。

最后这一点，如果不考虑下文，可能是正确的。因为在这里，我觉得顺便的暗示，是不利于着重理解的。福非丢斯并不是大傻瓜，尽管世界上有许多这样的傻瓜。当泰伦茨作品里的父亲那样无聊地折磨自己的时候，当他也像福非丢斯一样，毫无道理地折磨自己的时候，他便分担了福非丢斯的可笑，而福非丢斯却并不显得罕见和无聊了。只有当福非丢斯没有任何理由同样严酷和残忍地对待自己的时候，像泰伦茨作品里的父亲有理由做的那样，当前者出于卑鄙的吝啬，后者出于懊悔和悲哀的时候，只有这时，我们才会感到前者无限可笑和可鄙，而后者是值得我们同情的。

诚然，凡是这种类型的巨大悲哀，都像这位父亲的悲哀那样举哀不已，实行自我折磨。说一百年都找不到一个如此悲哀的例子，是违背一切经验的。其实任何人的悲哀行为大体上都是如此，只是或多或少，带有这样或那样的变化而已。西塞罗对于悲哀①的本质作过比较精确的解释，因此他在自责者的行为中看到的正是所有悲哀的人所做的事情，他认为这些人不单单是为情绪所左右，即使是比较冷静的人也会如此。② "人们认为这一切都是正确的、真实的、合理的，所以

---

① 西塞罗在"第三篇图斯库路姆的谈话"里，谈到过"悲哀的本质"，说它自身含有加强的倾向。
② 见《图斯库路姆文集》，第 3 卷，第 27 节。——莱辛注

在痛苦时才有这样的行为；为了证明这样做仿佛是出于责任心，这种情节能够在他们应该悲哀的场合却要寻欢作乐的时候，立即提醒他们不要忘记悲哀，他们把打断自己的痛苦视为罪过。母亲或者教师们不仅用语言，而且也用鞭子教训孩子，如果他们在全家举哀的时候，做某些高兴的事情，或者说某些高兴的话，他们逼着孩子们哭。——那么泰伦茨的自责者怎样呢？"云云。

泰伦茨作品里那个折磨自己的人叫梅奈德姆斯，他不单单是由于悲伤才那样苛待自己，他拒绝任何微小的挥霍浪费的理由和意图，主要是替离家的儿子多节省点钱，保证他日后生活得更舒服些，他现在被迫过着窘困的日子。这一点不是任何一个做父亲的都能做得到的吗？可狄德罗偏认为梅奈德姆斯自己锄田、自己刨地、自己耕作，这是奇怪的、罕见的。由此可见，他在仓促之中想到的是我们现代的习惯，而不是古代的习惯。现代殷实人家的父亲，自然不会轻易去干这些活，只有极少数人才会干活。但是，最富裕、最高贵的罗马人和希腊人，是熟悉所有农活的，他们也不为亲自动手感到羞耻。

就算一切全都像狄德罗说的那样吧！那么折磨自己的人的性格，由于过分特殊，由于几乎唯有他自己才具备的这种心灵创伤，不配当作喜剧性格。狄德罗不是也犯过同样错误吗？还有比他的陶尔伐的性格更特殊的吗？什么样的性格能像私生子的性格那样，具备这种独特的心灵创伤？狄德罗让他叙述自己的身世说："我生下来立即被藏到一个去处，这去处可以称作荒漠与人间的界地。当我睁开双眼，找寻联结我和世人之间的纽带时，几乎连根线头也没有发现。三十年之久我寂寞地、陌生地、孤独地徘徊在人世间，没有感受过任何人的温情，也没有遇到任何一个在我身上寻找温情的人。"一个私生子枉然地找寻自己的父母，枉然地找寻跟他有着较亲近的血缘纽带的人，这是容易理解的，十个这样的人当中有九个会这样做的。但是，在人间漂泊流浪整整三十年之久，却不曾感到任何人的温情，也不曾遇见一个人在他身上找寻温情，我几乎要说，这是绝对不可能的。或者，假如可能的话，得从双方，即从社会方面和这个长期遭到孤立的造物方面发生多少特殊情节，才能使这种悲哀的可能性成为现实啊？在这种可能性有朝一日成为现实之前，得花费几百年的时间。难道老天爷不希望我对世人做另外的设想吗？否则，我宁可希望生下来的是一头熊，而不是一个人。不，任何人都不可能在人间孤独地生活这样久。随便人们把他藏到哪里，只要他还身在人间，在他判明自己的处境之前，人们就从四面八方与他接通了关系。倘不是高贵的人，也会是卑贱的人！倘不是幸福的人，也会是不幸的人！总归是人。犹如一滴水，只要接触到水面，就会被水容纳，全部消融在水里。这水，怎样称呼它都行，或潭或泉，或河或湖，或海或洋。

虽然这三十年之久的人间寂寞，塑造了陶尔伐的性格。什么样的性格跟它相似呢？谁能在他身上认出自己，哪怕只是一小部分也好？

我觉得狄德罗在尽量制造借口。在上面的引文之后，他接着说："在严肃的体裁里，性格往往像在喜剧里那样，是普遍性的，但是这些性格任何时候都不会像在悲剧里那样，是个性的。"他将据此回答说：陶尔伐的性格不是喜剧性格，他的性格是严肃剧要求的那种性格。像严肃剧应该充填喜剧和悲剧之间的空间那样，严肃剧性格也必须居于喜剧性格和悲剧性格中间。它们既不必像喜剧性格那样，是普遍性的，也不必像悲剧性格那样，是个性的，陶尔伐的性格便属于这种类型。

现在我们又幸运地回到了我们的出发点。我们曾经想探讨是否确实：悲剧表现个性，喜剧表现类型，亦即是否确实：喜剧人物必须概括，同时也必须表现一大群人。相反，悲剧英雄人物只应该是这个人或者那个人，只应该是莱古鲁斯，或者布鲁图斯，或者卡图。如果真的如此，狄德罗关于中间体裁（他称之为严肃的喜剧）的人物的说法，也就是对的了，而他的陶尔伐的性格，也是无可指责的了。如果不是真的如此，这条理由就自行消灭了，而私生子的性格，也就无法根据这一毫无道理的区分证明是合理的了。

第 89 篇　1768 年 3 月 8 日

　　首先我必须说明，狄德罗对他的主张未加任何证明。[①] 他一定是把这种主张看成了无人怀疑，也不会引起怀疑的真理。只要想到这种主张，便同时想到它的根据。他应该到悲剧人物的真实姓名里去发现这种根据吗？因为他们叫阿基里斯，叫亚历山大，叫卡图，叫奥古斯丁，而阿基里斯、亚历山大、卡图、奥古斯丁确系个别人物，于是他就应该得出结论说，作家让他们在悲剧里的一切言行，必须符合上述个别人物，而不能符合世界上任何别的人吗？大概是这样的。

　　然而亚里士多德早在两千年前便驳斥了这种误解，用与之相反的真理，证明了历史与诗歌的本质差别，证明了后者比前者具有更大的裨益。他以明白易懂的方式证明了这些，我只需引证他的原话，以免引起丝毫诧异：在这样一个显而易见的问题上，狄德罗居然跟亚里士多德持不同意见。

　　亚里士多德在确定了诗歌布局的重要特性以后说：[②] "根据前面所述，显而易见，诗人的职责不在于描述已发生的事，而在于描述已

----

　　① 所谓证明，对于莱辛来说，如下面六篇所证明的那样，就是对权威性的原始资料进行严格的语言学分析，如同对迄今为止所做的阐释进行批判性检验一样；只有遵照这种对客观对象进行分析的逻辑，在他看来"个人的经验"才能成为寻找真理的条件。他必须采用这种方法，驳斥狄德罗的"悲剧表现个性，喜剧表现类型"的主张。这种极其缜密因而也是宽泛的论证，仿佛掩盖的东西比说明的东西还多，从本质上来说，莱辛的用意是引起读者对诗歌的普遍兴趣，而这种诗歌是十分接近古典象征概念的。莱辛对这个结论并未加以说明，在论证的结尾处，他又遇上了一个语言学的"难题"，并且提醒他的读者，"这份刊物丝毫不应该涉及戏剧体系问题"。

　　② 下文是莱辛自己的译文，出自《诗学》，第 9 章，陆续选出几个段落，拿希腊原文与达希埃、库尔蒂乌斯的译文进行了对比。（参见本书附录"亚里士多德《诗学》阅读札记"。）

发生的事具有怎样的性质，什么是按照可然律或必然律可能发生的事。历史家与诗人不是用韵文或散文区分的，希罗多德的著作可以改为韵文，但仍旧是用韵文写的一种历史，跟用散文写一样。它们的差别，在于前者叙述已发生的事，后者描述已发生的事具有怎样的性质。因此，诗歌比历史更富于哲学意味，更富于裨益。因为诗歌着重具有普遍性的事，历史着重具有个别性的事。所谓具有普遍性的事，指这样或者那样一个人，按照可然律或必然律说话、行事。诗歌在分派名字的时候，要注意这一点。具有个别性的事则相反，指亚尔西巴德所做的事或者所遭遇的事。在喜剧里这一点已经表现得十分清楚，情节按照可然律定下来以后，给人物取些任意的名字，而不像写讽刺剧的诗人那样拘泥于个别人。但在悲剧里，人们采用已有的人名，理由是，可能的事是可信的，未曾发生的事，我们不可能相信，相反，发生过的事，显然是可能的，如果是不可能的，就不会发生。但也有些悲剧只有一两个熟悉的名字，其余都是虚构的。有些悲剧甚至没有一个熟悉的名字，在阿伽同①的《花》里就是如此。在这出戏里，情节与名字都是虚构的，可是并不因此而不受欢迎。"②

　　我按照自己的翻译引证了这一段文字，我是尽量忠实于原文的，在这一段文字里，有几处我理当向之请教的注释家们要么根本没弄懂，要么理解错了。这些问题都属于我要在这里加以探讨的范围。

　　毫无疑问，鉴于悲剧和喜剧的共同性，亚里士多德根本没讲它们的人物之间的差别。喜剧人物也好，悲剧人物也好，甚至史诗人物亦不例外，诗歌摹仿的一切人物无例外地都应该说话、行事，不仅说他们自己应该说的话，行他们自己应该行的事，而且每一个人

---

　　①　阿伽同（Agathong，前458—前401），古希腊戏剧家，苏格拉底和欧里庇得斯的同代人，由于他的作品流传下来的是残稿，人们无法确认"花"是作品的标题，还是剧中的主人公（或者是二者）。

　　②　见《图斯库路姆文集》，第3卷，第27节。——莱辛注

还将并且必须按照各自的性格，在同样情况下说话或者行事。为什么说诗歌比历史更富于哲学意味，因而更富于教益，其根据就在于这个普遍性。如果说喜剧作家赋予他的人物以独特相貌，使世界上只有一种个性跟他们相似，从而像狄德罗说的那样，会使喜剧重又返回到它的襁褓时代，返回到讽刺。那么悲剧作家只表现这个或者那个人，只按照我们知道的他们那些特性表现凯撒，表现卡图，而不表现所有这些特性怎样跟凯撒和卡图的性格发生关系，这个性格可能是他们跟许多人共有的性格，照我看来，他同样也会削弱悲剧，从而把它贬为历史。

但是亚里士多德也说过："诗歌追求起了名字的人物的具有普遍性的事"，这一点在喜剧里表现得尤为明显。恰恰在这一点上，注释家们只满足于跟着亚里士多德鹦鹉学舌，却未加丝毫说明。当然有些人对此发表过意见，人们一眼便可以看出来，他们要么没有想出答案，要么想出了一些错误的答案。问题在于，诗歌在给它的人物分派名字时，怎样注意这些人物的具有普遍性的事？而这种对人物的具有普遍性的事的注视，怎么会尤其是在喜剧里早已出现了呢？

下面这段话："所谓具有普遍性的事，指这样或者那样一个人，按照可然律或必然律说话、行事。诗歌在分派名字的时候，要注意这一点。"[1] 达希埃译作"所谓具有普遍性的事，是指具有这样或者那样性格的任何人，或然地或者必然地不得不这样说、不得不这样做的事。这种具有普遍性的事正是诗歌的最终目的，即使它给自己的那些人物加上不同的名字。"[2] 库尔蒂乌斯先生[3]也照样把这一

---

[1] 此处原文为希腊文。

[2] 此处原文为法文：

une chose générale c'est ce que tout homme d'un te ou d'un tel caractère, a dû dire, ou faire vraisemblablement ou necessairement, ce qui estle but de la poésie lors lors même, qu'elle impose les noms à ses personnages。

[3] 关于他的译文参见本书附录"亚里士多德《诗学》阅读札记"。库尔蒂乌斯在这里没有添加"或者必然律"的说法。

段话译作："所谓具有普遍性的事，指一个具有某种性格的人，按照可然律或者必然律说话或者行事。这种具有普遍性的事，就是诗歌的最终目的，即使它给人物加上特殊的名字。"两人关于这段话的解释，也像一个人做的。一个人说的话，跟另一个人说的话完全相同。他们两人在说明什么是具有普遍性的事时，都说这种具有普遍性的事是诗歌的目的；然而诗歌在分派名字时，怎样注意这种具有普遍性的事，谁都没有说出一个字来。法国人用 lors même 表示，德国人则用"即使"，显然，他们不知道该怎样表达，甚至根本没弄懂亚里士多德的意思。他们这个 lors même，这个"即使"，无非是"尽管"的意思。他们让亚里士多德仅仅按照这个意思说，"尽管"诗歌给它的人物加上个别人物的名字，诗歌跟这些人物的具有个别性的事依然无关，而是跟它们的具有普遍性的事有关。达希埃这些话，我想在脚注里加以引证,① 这些话清楚地表明了这一点。不错，这段说明确实并未造成意义的谬误，但也没有表达出亚里士

---

①　"亚里士多德在这里是防备有人会因他给具有普遍性的事所下的定义对他进行指责。有些不学无术的人肯定对他说过，荷马就根本不想表现一个具有普遍性的行动，而是表现一个特殊性的行动，因为他叙述的是像阿基琉斯、阿伽门农、奥德赛等特定的人所做过的事，因此在荷马和一个描写阿基琉斯的行动的历史学家之间，是没有差别的。这位哲学家反对这种指责，他指出，诗人，亦即悲剧或者史诗作者，即使给自己的人物加上（特定的）名字，也绝对不会想到让他们像在现实里那样讲话，当他们描写一个特定的人，例如阿基琉斯或者俄狄浦斯的特殊的和真实的行动时，必须如此。相反，他们要让人物按照必然律或者可然律行动，亦即让他们行具有这种性格的人在这种情况下所行的事，说具有这种性格的人在这种情况下所说的话，他们这样说和行，要么是必然的，要么至少是符合可然性规则的。这一点充分证明，这是一些普遍的行动。"库尔蒂乌斯先生在他的注释里所说的，也没有什么两样。只不过他还想到用例子来说明具有普遍性的事和具有个别性的事，不过这些例子并不能充分证明，他接触到了问题的实质。依据这些例子，作家令其说话和行动的只能是些拟人化的性格，而他们应该是性格化的人物。——莱辛注

多德这段话的全部含意。光说诗歌尽管接受了个别人物的名字，仍能与具有普遍性的事有关，是不够的。亚里士多德说的是，具有这些名字的诗歌，追求具有普遍性的事。依我看，两者不是一码事。倘不是一码事，必然产生这样一个问题：诗歌怎样追求具有普遍性的事？注释家没有回答这个问题。

第90篇　1768年3月11日

诗歌怎样追求具有普遍性的事，亚里士多德说，这一点早在喜剧里得到了清楚的表现："在喜剧里这一点已经表现得十分清楚。情节按照可然律定下来以后，给人物取些任意的名字，而不像写讽刺剧的诗人那样拘泥于个别人。"[①] 我必须把达希埃和库尔蒂乌斯关于这一段话的译文也引证在这里。达希埃译作："这一点在喜剧里已经是明显的了，因为喜剧诗人在把自己的主题置于可能性之后，接着就将他们所喜爱的那些名字加到其人物身上。"[②] 而库尔蒂乌斯译作："这一点在喜剧里早已经是明显的了。喜剧作家按照可然律设计好情节的布局以后，便给人物取些任意的名字，而并不像讽刺诗人那样，追求一种特殊的主题。"在这段译文里，能找到亚里士多德要着重表达的意思吗？两人只让他说，喜剧作家和讽刺作家一样，没有注意具有个别性的事，而是借他们那些取了任意的名字的人物，着意于具有普遍性的事。假定 $\tau\grave{\alpha}$ $\tau\nu\chi\acute{o}\nu\tau\alpha$ $\grave{o}\nu\acute{o}\mu\alpha\tau\alpha$ 的意思是"类似的名字"，那么两位译者把 $o\acute{v}\tau\omega$ 一词置于何地？在他们看来，是否 $o\acute{v}\tau\omega$ 这个词不表达任何意思呢？它在这里表达许多意

---

① 此处原文为希腊文。

② 此处原文为法文：C'est ce qui est déjà rendu sensible dans la comédie, carles poètes comiques, après avoir dressé leur sujet sur la vraisemblance imposent après cela à leurs personnages tels noms qu'il ur planît, et n'imitent pas les poètes satyriques, qui ne s'attachent qu'aux choses particulières。

思。依照 οὕτω 这个词，喜剧作家不仅给他的人物取些任意的名字，而且还"这样"（οὕτω）给他们取些任意的名字。怎样"这样"呢？这样：他们借这些名字本身追求具有普遍性的事。怎样实现这一点呢？请告诉我在达希埃和库尔蒂乌斯的注释里，有哪一个词解释过这个问题！

　　直截了当地说，就是像我现在要说的这样实现。喜剧给予它的人物的名字，可以按照其文法的词源和组成，或者别的什么意思，来表达这些人物的性格，一句话，给他们以说话的名字。只消听到这些名字，立刻就会知道，叫这种名字的人是什么样的类型。关于这个问题，我想引证多纳图斯一段话。他在谈到《两兄弟》第一幕的前几行时说："人物的名字至少在喜剧里必须有其根据和词源。自由地虚构题材的作家，给他的人物取一个不相符的名字，或者扮演一个与他的名字相矛盾的角色，都是不合理的。① 因此，忠实的奴隶叫帕尔梅诺（Parmeno，忠实的伙计）；不忠实的人叫叙鲁斯（Syrus，叙利亚人），或者叫盖塔（Geta，基提人）；士兵叫特拉索（Thraso，勇士），或者叫波莱蒙（Polemon，战士）；青年叫潘菲鲁斯（Pamphilus，情爱者）；已婚妇女叫米尔希娜（Myrrhina，桃金娘）；男孩子按其味道叫斯托拉克斯（Storax，美味胶），或者按其参与竞技和演戏叫契尔库斯（Circus，马戏）等等。如果作家给他

---

　　① 这一段很容易引起误解。人们很容易理解成，似乎多纳图斯把"喜剧作家自由地虚构他的题材"也视为不合理的。这根本不是多纳图斯的意见。他想说的是：由于喜剧作家显然是虚构他的题材，如果他给人物取些不相符的名字，或者让他们做与名字相抵触的事，是不合理的。由于题材完全出自作家的虚构，作家给他的人物取什么样的名字，或者用这名字表达一种什么样的地位，或者表明一种什么样的职业，自然要完全听作家的便。照这样看来，多纳图斯的意思表达得或许并不怎么模棱两可。改变一个音节，便可避免一场冲突。这一段话要么读作："自由地虚构他的题材的喜剧作家，要么给他的人物……"或者也可以读作："自由地虚构他的题材并让人物的名字……"——莱辛注

的人物取个与其性格恰成相反的名字，这就是作家最大的错误了。当然，嘲笑性的谐音词除外，如普劳图斯作品里的经济人叫米萨吉里德斯（Misargyrides，恨钱者）。"谁若想用更多的例子来证明这个问题，只需探讨普劳图斯和泰伦茨作品里的名字。由于他们的作品全都是根据希腊作品编的，所以他们的人物名字也都源出于希腊文名字，按其词源来说，这些名字总是跟地位、跟思想，或者跟这些人物与其余的人物共有的东西有关，尽管我们不总是能够清楚而准确地说明这些词源。

　　我不想在这样一个大家都熟悉的问题上浪费笔墨。不过令我惊讶的是，亚里士多德的注释者们，在亚里士多德无可辩驳地指出这个问题的地方，居然未发现这个问题。还有什么比这位哲学家所说的诗歌在分派名字时要注意具有普遍性的事的话，更真实、更明白呢？还有什么比"这种注意特别是在喜剧里表现得十分清楚"更无可争辩呢？自它的最早的渊源起，亦即自讽刺作家把它从特殊提高到普遍之时起，自教诲性的喜剧从凌辱性的讽刺里诞生之时起，人们便设法用名字本身来暗示那种具有普遍性的事。爱吹牛皮、胆小如鼠的士兵的名字，不同于这个或者那个连队里的这个或者那个长官，他叫皮格波里尼采斯（Pyrgopolinices，攻城炮大尉）。形容憔悴、向人献媚的食客的名字，不同于城里某一个挣扎在饥饿线上的人，他叫阿尔脱特罗古斯①（Artotrogus，削面包手）。由于挥霍浪费，特别是由于好骑马，弄得父亲倾家荡产的青年人的名字，不同于这个或者那个高尚市民的儿子，他叫菲狄皮德斯②（Phidippides，省马地主）。

　　或许有人会说，这类具有含义的名字，只是希腊"新喜剧"的一种虚构，因为它们的作家严禁采用真实名字。亚里士多德并

---

① 普劳图斯 *Miles gloriosus* 中的人物。
② 阿里斯多芬《云》中的人物。

未见过这类"新喜剧",① 因而未能在他的规则里讨论它。哈德②
就持这后一种看法。③ 但这同样是错误的,犹如说希腊"旧喜

---

① 古希腊喜剧按传统区分法,分为"旧喜剧"、"中期喜剧"和"新
喜剧",其重要转折是公元前387年(旧喜剧)、公元前338年(中期喜剧),
自那以后则是新喜剧时期。第一个时期的标志是阿里斯托芬,他的作品是具
有政治动机的,针对具体人物的时代批评;第二个时期,这类暗示遭到禁止
和厌恶;第三个时期,即这里所要谈的时期,主要是限于描写家庭生活的类
型喜剧,代表人物是米南德。后面这类作品的样板,亚里士多德(死于321
年)一定是熟悉的,也许他并不熟悉米南德的作品,因为他的第一部作品,
据猜测首次上演于321年。

② 哈德(Richard Hurd,1720—1808),英国主教和学者,他以其道德
性和文学批评性作品,在德国为人所熟知。他的 *Commentary on Horaz's Ars
Poetica*(1749),除了第二卷里关于贺拉斯的注释之外,还包括四篇他自己
写作的论文,莱辛的引文就出自第二篇《论戏剧的不同领域》。

③ 哈德在他那篇论戏剧的不同领域的论文中说:"从这种关于喜剧的
解释中可以看出,关于这一表演形式的看法,与亚里士多德时代的看法相
比,已经扩大了许多,亚里士多德称它为'一种对轻松的、不重要行动的摹
仿,借此引起笑声'。这个看法,他是根据雅典戏剧的状况和习惯得出来的,
也就是说,是根据符合这个解释的'旧喜剧'或者'中期喜剧'得出来的。
通过'新喜剧'的引入而在这种戏剧身上发生的巨大变化,是后来的事情。"
(埃申堡译)哈德接受这种看法,只是为了使自己关于喜剧的解释,不至于
与亚里士多德的解释过分抵触。亚里士多德诚然是见过"新喜剧"的,他在
论述文雅的诙谐和不文雅的诙谐的《尼各马可伦理学》一书中,谈到过这种
喜剧(见亚里士多德,《尼各马可伦理学》,第4卷,第14章)。"在旧喜剧
和新喜剧里可以看到这一点。诽谤性的台词,在旧喜剧里是可笑的,在新喜
剧里则是模棱两可的。"所谓"新喜剧",可以理解为"中期喜剧",在"新
喜剧"还不存在的时候,称"中期喜剧"为"新喜剧"是必然的。还可以
补充一点:亚里士多德死的时候,正是米南德上演他的头一出戏的那一届奥
林匹克年,并且还在此之前一年(见欧赛比乌斯,《奥林匹克编年史》,第
114届奥林匹克的第四年,相当于公元前321年)。把米南德算作"新喜剧"
的开端是不公正的。说米南德是这一时期的第一个诗人,是就其艺术水平而
言,而不是就时间而言的。属于这个时期的费来蒙,在此之前很早就从事写
作了,而从"中期喜剧"到"新喜剧"的过渡并不那么明显。因此亚里士多

剧"只是采用真实名字一样。即使以令人嘲笑和憎恶某一个大家都熟悉的人物为唯一高尚目的的那些剧作，除了这个人物的真实名字之外，其余名字也几乎都是虚构的，并且是根据他们的地位和性格虚构的。

第91篇 1768年3月15日

人们可以说，真实的名字追求具有普遍性的事，并不亚于追求具有个别性的事。阿里斯托芬用苏格拉底这个名字，② 不单单让人嘲笑和怀疑苏格拉底一个人，而是让人嘲笑和怀疑一切以教育为名笼络了一群青年人的诡辩派哲学家。危险的诡辩派哲学家都是他的对象，他称这个对象为苏格拉底，这是因为苏格拉底以这样一个诡辩派哲学家名噪一时。因此，有许多特征是与苏格拉底根本不相符的。这样，苏格拉底便可以在剧院里有恃无恐地站起来，让人进行比较！③ 但是，假如把这些不相符的特征说成是恶意中伤，而根本不愿意承认它们是

德不可能没见过这种喜剧的样板，甚至连阿里斯托芬也提供过这样的样板。他的《科卡罗斯》经费来蒙稍加改头换面，便当成了自己的作品。在《阿里斯托芬生平》一书里有这样一段话：“他引进了讥讽和再发现的《科卡罗斯》（阿里斯托芬喜剧，未保存下来，莱辛的知识来源于一位古希腊语法学家的《阿里斯托芬生平》）及所有其他作品，米南德竭力根据这些作品摹仿他。”既然阿里斯托芬创作了对喜剧进行各种各样改革的样板，亚里士多德也完全可以根据这些作品，建立他的关于喜剧的解释。他这样做了，而此后的喜剧却未能得到扩展，这种解释过分约束了喜剧的扩展。哈德只要正确理解这种解释也就行了，他完全没有必要拿自己关于喜剧的正确见解，去附会亚里士多德的见解，借亚里士多德的所谓无经验来掩护自己。——莱辛注

② 在阿里斯托芬的《云》里，苏格拉底被描写成一个想象的诡辩家代表人物，连同他的学说一起遭到嘲笑。

③ 此说出自罗马历史学家 Claudius Aelianus（公元3世纪中叶）的一则报告，见他的《杂文集》（*Vermischte Erzaehlungen*，II 13）。

对个别性格的扩展，是把个性提高为普遍性，那就大大误解了喜剧的实质！

在这里，关于希腊喜剧采用真实名字的问题，可以列举许多例子，对此，学者们尚未进行过与实际情况相称的精确分析。应该说明的是，这种采用真实名字的情况，在比较古老的希腊喜剧里并非普遍现象，①只有个别作家敢于偶尔这样做②，因此不能把采用真实名字视为这个

---

①　如果按照亚里士多德的意见（在《诗学》，第4章，提到《马耳癸忒斯》这首荷马写的讽刺诗时，亚里士多德谈到了荷马，说他第一个指出喜剧应该是什么样子："不描写凌辱性的事，而是戏剧性地描写可笑的事"。参见参本书附录"亚里士多德《诗学》阅读札记"），认为喜剧形式是从荷马的《马耳癸忒斯》（《马耳癸忒斯》——精神错乱的人——是一首失传的讽刺诗，误为荷马所作［中译按］据罗念生译《诗学》第4章注6和注7云：《马耳癸忒斯》是一首滑稽诗，不是讽刺诗，它描写一个名叫马耳癸忒斯的傻子，不知道自己究竟是母亲的儿子还是父亲的儿子。亚里士多德认为它开了喜剧的先河）因袭来的，那么按照表面的推测，人们从开始便采用了虚构的名字。因为马耳癸忒斯不是某一个人物的真实名字，与其说 $Mαργίτης$ 是由 $μάργος$（"精神错乱的"或"疯狂的"）构成的，毋宁说 $μάργος$ 是由 $Mαργίτης$ 产生的。我们发现许多旧喜剧作家也都明确表示，他们放弃一切讥讽，这是采用真实名字办不到的。例如菲莱克拉忒斯（Pherekrates，公元前5世纪后半叶的喜剧诗人，据说他在自己的戏剧里就禁止任何对个人的讽刺）就这样说过。——莱辛注

②　与其说对于个人的，指名道姓的讽刺，不是旧喜剧的重要特点，毋宁说人们充分认识了喜剧作家当中那些敢于首先运用这种讽刺的人。克拉提努斯（旧喜剧［约前500—前430］的代表人物）第一个"给喜剧的文雅增添了有益的因素，他瞄准那些行为不轨的人，像用一种公开的鞭笞一样，通过喜剧来惩罚他们"。克拉提努斯最初也只是敢于讽刺那些普通的下流人，反正他不怕他们报复。阿里斯托芬不甘心让别人抢走这份荣誉，他是第一个敢于讽刺国家要人的喜剧作家。"他不挑剔小人物和女人，像挑剔其他的人一样，却以海格力斯的勇敢，有恃无恐地攻击权贵。"（阿里斯托芬《和平》）他甚至把这种勇敢视为自己的特权。当他看到那样多被他瞧不起的作家，在这方面效仿他的时候，他非常嫉妒。——莱辛注

时期喜剧的明显特征。① 事实证明，采用真实名字被以明确的法律形式禁止②以后，总有某些人物被指名道姓地宣布为要么不受这种法律的保护，要么被默认为不受保护。在米南德的剧作里，就有许多人被点了真实名字，受到了嘲笑。③ 不过，我不必离题太远，再去列举许

---

①　这种情况几乎常常发生。更有甚者，有人主张真实名字要有真实事件，作家的虚构是不能介入这种真实事件的。达希埃就说过："亚里士多德不可能认为，埃庇卡尔姆斯和弗尔米斯虚构了他们的剧作的情节，因为他们二人都是旧喜剧时期的作家，那时还没有自由虚构的题材，这种虚构的冒险故事，在亚历山大大帝时期才出现，即在新喜剧里才出现在舞台上。"人们应该相信，说这种话的人，大概从未翻过阿里斯托芬的作品。旧希腊喜剧的题材和情节，同样都是虚构的，如同新喜剧的题材和情节只能是虚构的一样。阿里斯托芬的遗作，没有一部是描写发生过的真实事件的，人们怎么能说，它们之所以不是由作家虚构的，是因为它们部分地影射了真实事件呢？亚里士多德确认"对于诗人来说，情节的虚构，是一项比作诗更重要的任务"。假如他认为，他们的剧作的题材不是虚构的，岂不把旧喜剧作家完全排除出作家行列了吗？按照他的意见，艺术虚构在悲剧里是允许的，虽然名字和情节是从历史当中借来的，同样按照他的意见，这一点在喜剧里也一定是允许的。认为喜剧由于采用真名实姓，影射真实事件，便是又回到了讽刺性的凌辱（最初的讽刺作家，主要是写讽刺诗），这是不符合他的理解的；他肯定认为"虚构具有普遍性格的台词和情节"是可以跟这一点相一致的。他认为最早的喜剧诗人埃庇卡尔姆斯、弗尔米斯和克拉忒斯（旧喜剧时期〔公元前5世纪〕的诗人，他们开始放弃用抑扬格写讽刺诗）这样做是对的，而且他确实未曾剥夺阿里斯托芬这样做的权利，不管他是否知道阿里斯托芬不仅尖锐地攻击过克莱翁和希帕勃鲁斯，而且还指名道姓攻击过伯力克勒斯（阿提卡国务活动家，他们都是喜剧批评的靶子）和苏格拉底。——莱辛注
②　根据公元前404年的拉马克（Lamacho）规定，诗人不允许在剧本里批评时政和个人。
③　柏拉图想在他的共和国里规定一条禁令，严禁在喜剧里嘲笑任何人（见柏拉图《论法律》卷11），"既不许用语言，也不许用绘画，既不许怀着憎恶之情，也不许不怀憎恶之情，嘲笑市民中的任何一个人"。在现实的共和国里从未实行过这一条。我不想引证，在米南德的剧作里还点过某一个犬儒派哲学家的名，还点过某些妓女的名，人们可以回答说，这些人类的渣滓

多别的例子。

　　我只想谈谈悲剧运用真实名字的问题。阿里斯托芬作品里的苏格拉底，不是也不应该是表现叫这个名字的单个人。这种空虚而危险的书本知识人格化的典型之所以被命名为苏格拉底，部分原因是大家都知道苏格拉底是怎样一个误人子弟的骗子，部分原因也是为了让更多的人识破这种骗子的面貌，只有对于与苏格拉底的名字相联系并将进一步联系在一起的地位和性格的理解，才决定作家对于名字的选择。同样，对于我们所熟知的莱古鲁斯、卡图、布鲁图斯这些名字的性格的理解，也是悲剧作家之所以给他们的人物取这些名字的原因。他在舞台上表现一个莱古鲁斯，一个布鲁图斯，不是为了让我们熟悉这些人的真实遭遇，不是为了唤醒我们对这些人的记忆，而是为了用这样的遭遇来娱乐我们，这样的遭遇是具有他们那种性格的人，完全可能遇到，并且一定会遇到的。不错，我们从他们的真实遭遇当中，总结出了他们这种性格，但不能得出这样的结论，似乎他们的性格会使我们重蹈他们遭遇的覆辙。它完全可以更直截了当地、更自然地把我们引向跟那种真实遭遇没有任何共同之处的截然不同的遭遇，好像它们同出于一眼清泉，却是经过看不见的迂回曲折的道路，穿过不同的地带淌出来的，是这路途污染了它们的纯洁。在这种情况下，诗人宁可选择虚构的遭遇，而不选择真实遭遇，但仍然让人物保持真实名字。这是出于双重理由：第一，因为我们已经习惯于按照这个名字想象一种在其普遍性中所表现出来的性格；第二，因为真实名字似乎跟真实事件是分不开的，而曾经发生过的一切事，比不曾发生过的事，更令人置信无疑。头一条理由是从亚里士多德的见解的含义中产生出来的，

不属于市民之列。但是，克台西普斯（雅典一市民，因贩卖父亲墓地上的石头而声名狼藉。米南德在他的喜剧 *Orge* 里描写了他），即卡布里亚斯的儿子却是一个雅典市民，跟任何一个雅典市民一样，请看米南德关于他是怎么说的吧（Johannes Clericus 主编，米南德，《残篇》，第137页，1709）。——莱辛注

是以这种见解为基础的，亚里士多德没有必要更详尽地阐述这个见解；关于第二条理由，将在别处另行论述。这条理由现在与我无碍，所有的注释家对于这条理由，也不像对于头一条那样，产生那么多误解。

现在回过头来谈谈狄德罗的主张。如果我可以认为自己正确地解释了亚里士多德的论点，那么我也可以认为，通过我的解释证明，事情不可能与亚里士多德的教导背道而驰。悲剧的性格必须像喜剧的性格一样，是具有普遍性的。狄德罗所主张的那种区别，是错误的。要么就是狄德罗所理解的性格的普遍性，完全不同于亚里士多德的理解。

第 92 篇　1768 年 3 月 18 日

为什么不可能是后者呢？我发现还有另外一个并非不出色的批评家，他的说法几乎跟狄德罗的一模一样，他的见解从表面看，几乎同样是违背亚里士多德的见解的，而从根本上说又同样是一致的，我认为他是所有批评家当中，对这个问题阐述得最为清楚的一个。

这个人就是贺拉斯《诗艺》的英国注释者哈德，他是通过翻译最迟为我们熟悉的那批作家中的一个。我不想在这里赞扬他，以引起人们对他的注意。有能力注意他的德国人，尚且不了解他，在我们的读者当中，大概也不会有很多人对他感兴趣。这位心地善良的勤勉的人，① 不是一个于事疏漏、徒猎虚名的人，他不会把我在这里关于一部尚未译成德文的优秀著作发表的意见，视为对他的总是那样流畅的文笔的献媚。

哈德在他的注释中增添了一篇论文——《论戏剧的各种领域》。他认为迄今为止，人们只讨论过这种艺术形式的普遍规则，并未确定其各种体裁的界限。这些界限必须确定下来，以便对每一种体裁的独

---

① 指的是艾申堡（Johann Joachim Eschenburg, 1743—1820），他在莱辛的启发下完成了这件勤勉的工作（1772），并非未对莱辛的翻译建议表示感谢。

特功用作出正确判断。他在概括地确定了戏剧的目的，并确定了他所发现的三种戏剧体裁，即悲剧、喜剧、滑稽剧之后，又根据前者的普遍性目的和后者的特殊性目的，总结出了它们共有的特性和使它们相互区别的特性。

就悲剧和喜剧来说，被他列入后一种特性的还有：悲剧较适合于表现真实的事件，喜剧则相反，较适合于表现虚构的事件。紧接着这一点，他继续说："戏剧的两种体裁也以同样精神描写它们的人物性格。喜剧使其所有人物性格均具有普遍性；悲剧则使其所有人物性格均具有个别性。莫里哀的悭吝人，不是一个吝啬鬼的画像，而是吝啬本身的画像。拉辛的涅罗①则相反，他不是残暴的画像，而是一个残暴的人的画像。"

哈德似乎想要得出这样的结论：既然悲剧要求真实事件，它的人物性格也必须是真实的，这就是说，它们必须像真的存在于个人身上那样；相反，既然喜剧满足于虚构的事件，既然它更喜欢可能的事件，而不是真实的事件，因为在可能的事件里，人物性格可以从各方面得到表现，而真实的事件不可能为人物性格提供这样广阔的表现空间，因此它的人物性格可以也一定比自然的性格更具有普遍性；由此可见，具有普遍性的事物在我们的想象中是一种存在方式，它与具有个别性的事的真实存在的关系，犹如具有可能性的事与具有真实性的事的关系一样。

现在我不想探讨给这种形式所下的结论是不是一个单纯的假说，我只想接受这个结论，原封不动地接受这个似乎直接违背亚里士多德的论点的结论。诚然，如上所述，只是似乎而已，这一点根据哈德的详细解释可以得到说明。

他接着说："但是，这一点有利于防止上述原则可能造成的双重违背。

"第一重涉及悲剧，我说过，悲剧表现个别的性格。我的意思是

---

①　拉辛剧本《布里塔尼库斯》的主人公。

说，悲剧的人物性格比喜剧的人物性格，更具有个别性。这就是说：悲剧的目的不要求，也不允许作家集中那样多描写风俗习惯的独特情节，像喜剧那样。在喜剧里，对于性格的表现，不能超过行动过程必不可少的需要。在悲剧里则相反，要竭力搜集和安排一切使性格得以区别的特征。

"几乎跟绘肖像画一样。一位伟大画师在绘一副面孔时，绘出他在这副面孔上所发现的一切轮廓，并使它与同样类型的面孔，只能相似到无损于极细微的、独有的特征的程度。相反，假如同一位艺术家，绘一幅普通头像，他将设法集中他在总体裁里见过的一切常见的容貌和特征，它们能够最有力地表达在他头脑里形成的，并且想表现在自己的画里的那个思想。

"两种戏剧体裁的描写，也是同样互相区别的。由此可见，当我称悲剧性格为具有个别性的性格时，我只是想说，它不像喜剧性格那样，把它所属的类型表现得那样鲜明。而不是说，当中那些应该得到表现的东西（它们或许不像人们所想象的那样），不应该是按照具有普遍性的事设计的。关于这个问题，我在别处提出过相反的主张，并且做过详细说明。①

"第二重涉及喜剧，我说过，喜剧应该表现普遍性格，我举出了莫里哀的《悭吝人》为例。《悭吝人》主要是表现吝啬思想，而不是表现一个吝啬鬼的思想。不过，对于我这些话，且不可看得过死。我认为，莫里哀这个例子是有缺陷的。若是加以必要的说明，让人们弄明白我的意见，大概不完全是不适当的吧。

"由于喜剧舞台的目的是描写性格，因此我认为，尽量使这些性

---

① 贺拉斯在《诗艺》里说："到生活中到风俗习惯中去寻找模型，从那里汲取活生生的语言吧。"——莱辛注

[中译按] 见杨周翰译《诗艺》。关于这一句话，哈德指出，贺拉斯在这里所要求的真实，指的是符合事物的普遍性本质；虚假则意味着，尽管符合眼前的特殊情况，但跟那种普遍性本质却不一致。

格具有普遍性，才能最完满地达到这个目的。戏里的人物，若能按这种方式成为这种类型的一切性格的代表，我们对于表演的真实性的兴趣，便可从中得到足够的滋养。但是，这种普遍性绝不应该是我们对于性格的可能效果的抽象理解，而只能是性格的力量的真实表现，这种力量就像为经验所证明，并在日常生活里可能发生的那样。这一点，莫里哀以及他以前的普劳图斯，① 都没有做到。代替一个吝啬鬼的塑造，他们给我们的却是关于吝啬这种激情的古怪而讨厌的描写。我称这是古怪的描写，因为在自然里没有这样的范本。我称这是讨厌的描写，因为这是对于一种简单而纯粹的激情的描写，这种描写缺乏任何明与暗，而明与暗的正确结合，可以给这种描写以力量和生命。这种明与暗是各种激情的混合，这些激情跟最高贵的或者主要的激情一起，构成人类的性格。这种混合必须见于每一幅戏剧性的风俗画，因为戏剧主要应该描写真实生活，这是公认的。但是，对于主要激情的描写，必须设计得具有普遍性，让它同自然里其他激情发生斗争，使被表演的性格表现得更有力。"

第 93 篇　1768 年 3 月 22 日

"所有这一切还可以根据绘画得到很好说明。在性格肖像画里——我们这样称呼描绘风俗习惯的绘画，如果造型艺术家是个有本事的人，是不会按照一种抽象观念的可能性去作画的。他将这样处理自己想要表现的一切：把某一种特性作为主要特性，并通过在主要激情的效果里表现得最明显的标志，有力地表现这种特性。当他这样做了以后，用粗俗的方式说，或者，若想对他的艺术表示恭维，我们就可以说，这幅画不仅给我们表现了人，而且也表现了激情。只有这

---

① 普劳图斯的《一罐金子》是莫里哀《悭吝人》（1668）的蓝本，两部作品里的吝啬人做了大量的蠢事，被描写成漫画式的人物。

样，才能像古人①关于希拉尼翁的著名阿波罗多鲁斯画柱所说的那样，它不仅表现了愤怒的阿波罗多鲁斯，而且也表现了愤怒激情。不过，对于这一点只能理解为，他妥善地表现了想要表现的激情的主要特征。犹如处理任何一个题材一样，他在处理自己的题材时，同样表现了别的特征，这就是说，他没有忘记有关的特性，他注意了一幅人物肖像画必不可少的那些通常的对称和比例。这就是所谓描写自然，而我们在自然里不曾见过一个人完全变成一种激情的例子。没有什么比形变更罕见，更令人难以置信。按照这种错误趣味绘制的肖像画，也是如此。庸俗的观众在一册画辑里，比如说看见一个吝啬鬼的画像（因为在这种体裁里，没有更常见的画像），并且按照这种观念，发现每一条肌肉、每一个特征，都是紧张的、抽搐的、造作的，他们一定会对此表示赞许和惊叹。——假如这样来理解优秀，勒布朗②描绘激情的画册里，或许会包含一系列最优秀、最正确的道德肖像画；而泰奥弗拉斯特的《性格》，③ 从戏剧的角度说，也一定远比泰伦茨所描绘的性格为佳。

"关于第一个判断，无疑每一个造型艺术家都会发笑。然而，第二个判断，大概不会所有人都认为是罕见的，至少根据我们最优秀的喜剧作家的实践来判断，根据类似的剧作通常所受到的欢迎来判断是

---

① 莱辛在这里指的是普利尼（Caius Plinius Secundus，23—79）和他的作品《自然史》（Historia naturalis）。那里谈到了希拉尼翁画柱，还谈到了雕塑家阿波罗多鲁斯（约前 400 年）始终对自己的作品不满意："他不是用金属塑造人，而是塑造愤怒本身。"

② 勒布朗（Charles Le Brun，1619—1690），路易十四领导下的宫廷画家和学士院院长，曾参与凡尔赛宫的装饰工作。法国专制主义宫廷画派的代表人物。他在自己的论文 Discours sur les expressions des passions de l'ame 里详细描述了如何在绘画里表现激情。

③ 泰奥弗拉特斯（Theophrast，前 372—前 287），古希腊哲学家，亚里士多德死后，成为该派主要代表人物，他的《性格》一书是保存下来的少数作品之一，直到 18 世纪，对性格类型学发挥了重要影响。

如此。几乎从所有性格喜剧里都能找到这样的例子。谁要想仔细观察按照抽象观念表演风俗剧的不合理性，请读本·琼生的《每个人出自他的幽默》；① 这出戏理当是一出性格戏，但实际上只是一出不自然的戏，用画家的话说，是一组互不相干的激情的硬邦邦的描绘，在

---

① 本·琼生（Benjamin Jonson），英国莎士比亚时代的喜剧作家。有两出以幽默命名的喜剧，一出叫《每个人在他的幽默里》（1598），一出叫《每个人出自他的幽默》（1599）。幽默这个词出现在他那个时代，而且被误用得很可笑。他在下面一段文字里，指出了这种错误用法，并说明了这个词的本义：

如果一个人的非常出奇的特性

在他身上表现得那样强烈，

他的一切欲望、感情和才能

都听从这种特性调遣，

它们全都沿着一个方向努力，

这的确可以称为幽默。

如果一个蠢夫头上插一根花翎，

戴一根华丽帽带或者三重绉领，

鞋上扎着一尺长的蝴蝶结，

把瑞士领带当成法国袜带——

这才称得上幽默！

啊，这的确甚于可笑。

在幽默史上，琼生的两出戏都是重要文献，后一出比前一出更重要。首先由英国人创造的幽默这个词，当时被大部分英国人理解为矫揉造作，琼生描写这种幽默，主要是使人们嘲笑这种矫揉造作。准确地说，喜剧的对象只是矫揉造作的幽默，而绝对不是真正的幽默。因为只有招惹别人注目和通过某种特殊的东西引人注意的欲望，才是一种普遍的人性弱点，这种弱点就其所选择的手段的性质来说，是非常可笑的，或者是很值得惩罚的。本性，或者一种成了本性的习惯，使一个人引起别人注目，这是很个别的，这不是戏剧的具有普遍性的哲学目的所需要的。由此可见，许多英国剧作里的过分的幽默，是这些作品特有的东西，但不是较好的东西。诚然，在古人的戏剧里，见不到任何幽默的痕迹。古代剧作家懂得，不用幽默也可以使作品、使他们的人物个性化。是的，所有古代作家都是如此。古代历史学家和演说家，有时也表现出幽默，那是在历史的真实，或者对某一事件的解释，要求

现实生活里，是根本找不到这种范本的。尽管如此，这种喜剧仍然有它的爱好者；尤其是兰多尔夫①简直对它的结构着了迷，他在自己的《缪斯的镜子》里，明显地摹仿过这种结构。

"我们还必须说明，莎士比亚在这方面，像在一切其他重要的戏剧美方面一样，也是一个完美的范例。谁若想从这个角度去仔细观察他的喜剧，将会发现，他那些纵然刻画得十分有力的人物，其大部分角色，也都表现得跟其余的人物一模一样，而他们那些重要的和主要的特性，只是偶尔明显地表现出来，宛如情节引起一段自动的表白。他的喜剧之所

———————

借个性作这种准确描绘的时候。我曾经努力搜集过这种例子，希望从中找出规律，待有机会时来纠正一种相当普遍的错误。我们现在，几乎普遍如此，把幽默译成情趣（莱辛［1759］在《戏剧丛书》［约翰·德莱顿及其戏剧作品］里就是这样翻译的）。我意识到，我是头一个这样翻译的人。在这方面我犯了一个大错误，希望人们不再仿效我。我认为可以无可辩驳地证明，幽默和情趣是完全不同的，就某种理解来说，甚至是完全相反的事物。情趣可以成为幽默，但是除了这种情况之外，幽默绝对不能成为情趣。我本当更好地探讨和更准确地考虑我们这个德文词的词源和它的通常的用法。我的结论作得过于仓促，因为情趣可以表达法文的 humeur，也可以表达英文的 humour，但是法国人却不能借 humeur 来翻译 humour。——在上述两出琼生的剧作里，第一出，《每个人在他的幽默里》，就很少有哈德在这里犯的错误。这出戏里的人物所表现的幽默，既不如此特殊，也不如此过分，致使它与惯常的本性互不相容，所有人物对于一个共同的行动来说，都联系得相当紧密。在第二出里则相反，《每个人出自他的幽默》，几乎与情节丝毫无关。剧中先后出现了一群怪里怪气的傻瓜，人们不知道他们是怎样出来的，为什么要出来。他们的对话总是被几个作者的朋友打断，这些人以"群众"的名字出现在剧里，并且关于人物性格，关于描写他们的作家的艺术，发表一些见解。《每个人出自他的幽默》表明，所有这些人物都陷入这样一些情节里，在这些情节里，非但未表现出他们的幽默，反而使人觉得他们是令人嫌恶的。——莱辛注

① 兰多尔夫（Thomas Randolph，1605—1634），剧作家和抒情诗人，被本·琼生称为"缪斯之子"，他那出在琼生鼓励下创作的剧本 The Muse's Looking Glass 最初出版于 1638 年。

以有这种特殊优美，是因为他忠实地模拟自然，他那活泼而热情的天才，使他注意观察在一幕幕的进行过程中所遇到的一切有用的东西；相反，摹仿和菲薄的才能，会诱使渺小的作家去热衷于技巧，使他们时刻注意一个目标，小心翼翼地让他们那些心爱的人物处于持续的表演和不停顿的活动中。对于他们这种笨拙地浪费自己的机智的做法，人们可以说，他们不会采用别的方法处理自己戏里的人物，好像某些爱开玩笑的人对待他们的朋友一样，他们对朋友要以礼相待，因此无法参与大家的娱乐，而只能施些诡计，做些鬼脸，逗大伙儿开心。"

第 94 篇　1768 年 3 月 25 日

哈德关于喜剧性格的普遍性，以及关于这种普遍性的界限的看法，就引证这么多吧！——在做出哈德与狄德罗的看法以及他们两人与亚里士多德的看法是否一致，并且怎样一致的结论之前，有必要对第二段做些说明，在这一段里，他说明了普遍性在多大程度上也适合于只有个别性的悲剧性格的问题。

他说："真实性在诗里是一个符合事物普遍性的概念；相反，虚假性是一个符合待发生的特殊情况的概念，但它跟那种普遍性是不一致的。为了达到在戏剧里表现真实性的目的，贺拉斯建议做两件事：① 第一件，努力学习苏格拉底哲学；第二件，汲取准确的人生知识。为什么要做第一件事呢？因为这个学派特有的长处就在于，'接近生活的真实'；② 做第二件事，是为了使我们的摹仿能有普遍的相似性。相信这一点，只要深思熟虑，在摹仿的作品里就能严格注意真实性，做到这一点可以采取两种方法。艺术家在摹仿自然的时候，要么过分拘泥于他描绘的对象的一切和每一特殊性，这样就表现不出类型的普遍观念。

---

① 见贺拉斯《诗艺》第 310、317、318 行。——莱辛注
[中译按] 见《诗学·诗艺》合订本，第 154 页，第 1 段。
② 见西塞罗，《论演说》，I. 51。——莱辛注

要么当他努力表现这种普遍观念的时候，依据真实生活的过多的事件，按照生活的广阔范围凑成这种普遍观念；因为他主要是从只在心灵的想象中存在的众所周知的概念里取得这种普遍观念。后边这一点，是对荷兰画派的普遍指责，因为他们的蓝本取自于真实生活，而不是像意大利画家那样，取自于美的精神理想。① 前边一点则是针对荷兰绘画大师们的另一缺点的，这就是他们喜欢选择特殊的、罕见的和怪诞的自然，而不喜欢选择普遍性的和引人入胜的自然，作为自己的蓝本。

"我们看到，当作家离开自己的和特殊的真实以后，反倒能够更忠实地摹仿普遍的真实。由此便得出了对于柏拉图的尖刻指责的回答，柏拉图想出这种对于诗的指责时，曾经绞尽了脑汁，在讲述这种指责时，又是那样的洋洋得意。他说诗的摹仿只能从遥远处给我们表现真实。这位哲学家说，因为诗的表现是诗人自己的观念的影像，诗人的观念是事物的影像，而事物是存在于神的智慧里的蓝本的影像。因此，诗人的表现，只是一幅图画的图画的图画，它给予我们的最初真实，只是第三手的真实。② 只要人们恰当地理解作家构想出来的规则，并努力付诸实施，所有这些诡辩都会烟消雾散。当作家将一切只与个性有关，或者区别于个性的东西，从事物里分离出去以后，他的观念便会超过一切中间物体，尽量地升华为神的蓝本，成为真实的直接造像。由此可以看出，伟大批评家给予诗的艺术那种异乎寻常的赞扬，说明什么，说明多少问题。诗与历史不同，它是更严肃、更具有哲学意味的学习。下面的理由，同样是显而易见的：因为诗着重表现具有普遍性的事，历史表现具有特殊性的事。③ 由此，如人们所说，

---

① 按照古典标准："菲狄亚斯（［中译按］古希腊著名雕塑家）在塑造丘比特或者米纳瓦像时，不是观察任何一个人，使之与他相似，而是在他的头脑里有一幅完美的像，他目不转睛地注视着这幅完美的像，他的虚构，他的手都听从这幅像引导。"（西塞罗，《论演说》，2）——莱辛注

② 见柏拉图，《理想国》，卷10（［中译按］译文见朱光潜译《柏拉图文艺对话录》）。——莱辛注

③ 见亚里士多德，《诗学》，第9章。——莱辛注

希腊舞台上两个伟大对手之间的差别，就明显地表现出来了。当人们指责索福克勒斯，说他的性格缺乏真实性的时候，他总是回答说，他按照人应有的样子描写人，欧里庇得斯则按照人本来的样子描写人。① 这句话的意思是：索福克勒斯由于对人有着广泛接触，把根据对个别人的观察而产生的有限的、狭隘的想象，扩展为一种关于人的完整观念；哲学家欧里庇得斯则相反，他的大部分时光是在学院里度过的，他只是从这个角度观察生活，他的目光过分拘泥于个别事物和真实存在的人物，把人降低为个人，因此，他只是模拟眼前事物，虽然他的人物是自然的、真实的，但是偶尔也缺乏较高的普遍的相似性，而这种相似性是使诗的真实臻于完美所必不可少的。②

"在这里我们遇到了一个不能不加以说明的异议。或许有人会说：'比起把一个人的观念局限于个人身上，哲学推论则更能使这个观念显得抽象和具有普遍性。前者可能是一个缺欠，这个缺欠是因为可供观察的对象——人的数目少而产生的；补救这个缺欠，不仅可以通过熟悉更多的人，从中得到关于人世间的知识，而且还可以通过思考人的普遍本性，犹如良好的道德著作教导的那样。这种著作的作

---

① 见《诗学》，第25章。——莱辛注

② 这个解释比达希埃对亚里士多德这段文字的解释远为高明。照译文字面来看，达希埃说的，似乎跟哈德说的一样："索福克勒斯按照应有的样子创造他的英雄人物，欧里庇得斯则按照本来的样子。"但是，从根本上说，他对这句话作了完全另外的理解。哈德把"按照应有的样子"理解为人的普遍的抽象的观念，作家主要是按照这个观念描写他的人物的，而不是按照他们的个性的千差万别。达希埃在这里想的是一种高尚的道德的完美性，人是有能力达到这一点的，虽然只是在极个别情况下。他说，索福克勒斯通常总是赋予他的人物以这种完美性："索福克勒斯为了设法使他的造像臻于完美，眼睛总是注视着一个天性良好的人能够做到的事情，而不是他确实已经做过的事情。"这种高尚的道德完美性，不是属于那种普遍的观念的。它属于作为个体的人，但不属于作为类别的人。把这种完美性赋予他的人物的作家，在描写方面恰好相反，他主要是照欧里庇得斯的方式，而不是照索福克勒斯的方式。关于这个问题的详细阐述，不是一个脚注能办得到的。——莱辛注

者，只能从广泛的（直接或者间接）经验中，得到他们关于人的本性的普遍观念，没有这种经验，他们的著作是没有价值的。'我想，关于这个问题的回答是这样的。哲学家通过关于人的普遍本性的思考，来认识从某种欲望和特性的优势里产生的行动怎样才算是恰当的，亦即，学会被描写的性格所要求的举止。但是，要想清楚而确实地知道，这个或者那个性格在特殊情况下，在什么样的范围和什么样的程度之内，才能表现得真实，这只能是我们关于人世间的知识所结下的果实。认为缺乏这种知识的例子，在像欧里庇得斯这样一个诗人的作品里是常见的事情，这是难以令人接受的，假如说在他那些流传下来的作品里有这种情况，也不会明显到一个普通读者都能发现的程度。真正的批评家所能鉴别的，只能是那些优美之处。即使这样的批评家，也会由于时间相隔久远，对希腊的风俗习惯不了解，而把从根本上说是优点的东西误认为缺点。要想说明欧里庇得斯作品里那些亚里士多德自认为已经批倒的段落，是一项非常危险的工作。尽管如此，我还是想斗胆列举一段，纵然我的批评不完全公正，至少可以用这一段来说明我的见解。"

第 95 篇　1768 年 3 月 29 日

"他的厄勒克特拉的故事，① 是大家都熟悉的。作家在这位公主的性格里，要把她描写成一个有德行的，但充满骄傲和怨恨的女人，由于人们待她残忍，激起她满腔愤怒，更加有力的动机促使她要为父亲之死复仇。哲学家可能会坐在他那小屋子里作出判断：这样一种激动的情绪，随时都会流露出来。他可能看出，只要有一点机会，厄勒克特拉就要把她的怨恨暴露在光天化日之下，希望尽快实现她的预谋。但是，这怨恨应该升到什么样的高度？亦即厄勒克特拉应该把她的复仇

---

① 参见第 31 篇，在那里莱辛把欧里庇得斯和索福克勒斯的作品进行了对比。

欲表达到什么程度，才不至于使非常熟悉人和激情的效果的观众大声疾呼：这是不真实的？要确定这一点，抽象的理论用处就不大了。甚至于一般的熟悉真实生活，在这方面也不足以指导我们。只有观察过一群个别的人，似乎才能使诗人充分表现这种怨恨。故事本身或许能够提供例证，在这个故事里，一种正当的愤怒可能比作家想象的还要激烈得多。这种愤怒的界限是什么呢？怎样确定这个界限呢？只能通过观察尽可能多的个别事件，只能借助关于这样一种愤怒表现在类似的人物身上，在现实生活里的类似情况下，通常所需要的最广泛的知识。这种知识就其范围来说是多种多样的，表现形式也是多种多样的。现在让我们看看，欧里庇得斯在实际当中是怎样处理上述性格的吧。

"在厄勒克特拉和俄瑞斯忒斯之间那一场优美的戏里，厄勒克特拉还不知道俄瑞斯忒斯就是她的弟弟，他们很自然地谈到了厄勒克特拉的不幸遭遇，谈到了造成这种不幸遭遇的克吕泰墨涅斯特拉，并且也谈到厄勒克特拉希望俄瑞斯忒斯能设法把她救出困境。接着有这样一段对话：

俄瑞斯忒斯	俄瑞斯忒斯？假定他回到阿尔戈斯——
厄勒克特拉	为什么这样问，难道有充分迹象表明他永远不回来了吗？
俄瑞斯忒斯	但是，假定他回来！为报杀父之仇，他应该做什么呢？
厄勒克特拉	仇人对他父亲做了什么，他就应该做什么。
俄瑞斯忒斯	你想跟他一块杀死你的母亲？
厄勒克特拉	用她暗杀我父亲的同一把刀杀死她！
俄瑞斯忒斯	要我把你的果断决定，告诉你的弟弟吗？
厄勒克特拉	我要杀死我的母亲，要么我就不活！

希腊文表达得更有力：
"一旦我杀死我的母亲，我宁愿死！"

"不能认为这最后的话，是完全不自然的。毫无疑问，在相似情况下表现得如此激烈的复仇的例证，是不胜枚举的。尽管如此，照我想，这种生硬的措辞，令我们觉得有点刺耳。至少索福克勒斯并不认为表达得如此过分是好的。在他的作品里，厄勒克特拉在相同情况下，只是这样说的：现在任你去执行吧！假如只剩我自己，请相信我，我一定不会在两方面都遭失败：要么光荣地自我解放，要么光荣地死去！

"索福克勒斯这种表达方式，是否比欧里庇得斯的表达方式更符合真实——只要这种真实是从广泛的经验中，亦即从人类本性的知识中搜集来的，我想留给能够判断这个问题的人去评价。假如是这样，其理由不外乎像我说过的那样：索福克勒斯之所以这样描写他的人物，是因为按照他所观察的同样类型的无数例子，他认为他们应该如此。欧里庇得斯这样描写，因为他在自己观察的狭隘范围内觉察到他们本来如此。"——

好极了！且不说我引证哈德这段长长的文字的目的，单就这段文字而论，无疑包含着许多精辟的论点，因此，读者一定会原谅我插入这样一大段引文。我担心的只是，唯恐读者忘记我引证这段文字的目的。我的目的在于说明，哈德也像狄德罗一样，主张悲剧表现特殊性格，只有喜剧才表现普遍性格，尽管如此却并不违背亚里士多德的主张，亚里士多德要求一切诗的性格，从而也要求悲剧性格具有普遍性的东西。哈德是这样说明自己的意见的：悲剧性格必须具有个别性，或者不像喜剧性格那样具有那么多普遍性，亦即它应该对它所属的类型较少地加以说明，但是性格当中这少许应该表现的特征，必须按照亚里士多德所要求的那种具有普遍性的事进行处理。①

现在的问题是，狄德罗是否也这样理解呢？——如果他希望自己

---

① "当我称悲剧性格具有个别性的时候，我的意思是，它不像喜剧性格那样能够代表类型，而不是说，性格当中应该得到表现的那些特征，不应该具有普遍性。"——莱辛注

〔中译按〕莱辛的这段译文同第92篇里的译文相比略有出入。

的主张在任何地方都不跟亚里士多德发生抵触，为什么不愿意作这样的理解呢？至少像我这样一个希望两个思想家对同一个事物，不要一个说可、一个说否的人，愿意把这种分析推在他的头上，以弥补他这个漏洞。

让我们来谈谈这个漏洞本身吧！——照我看，这是一个漏洞，也不算漏洞。因为"普遍的"这个词，显然可以有两种完全不同的意思。哈德和狄德罗在谈到悲剧性格时，对这个词持否定态度的意思，跟哈德谈到悲剧性格时，对这个词持肯定态度的意思是不相同的。自然，漏洞就产生在这里。但是，既然一种意思与另一种意思截然不同，怎么会产生漏洞呢？

就第一层意思来说，普遍的性格是这样一种性格，在他身上集中了人们从许多个别人，或者从一切个别人身上观察来的东西。简言之，这是一个"超载性格"。这与其说是性格化的人物，毋宁说是拟人化的性格观念。但就另一层意思来说，普遍的性格则是这样一种性格，在他身上有着从许多个别人，或者从一切个别人身上观察来的东西，体现了某种平均值，体现了一种中间比例。简言之，这是一个"常见性格"，不仅性格是常见的，而且性格的程度和限度也是常见的。

哈德在解释亚里士多德的"普遍性"一词时，用第二层意思里的普遍性来说明，这是完全正确的。但是，假如亚里士多德不仅要求喜剧性格，而且要求悲剧性格也具有这种普遍性，那么同一个性格怎样才能同时也具有那种普遍性呢？它怎样才能同时既是"超载的"，又是"常见的"呢？假定它并不像在琼生那些受到指责的作品里的性格那样"超载"；假定人们能够在个别人身上想到它，而且也见过它确实同样有力，同样持续不断地表现在许多人身上的例子，尽管如此，它不是比亚里士多德那种普遍性更不常见得多吗？

这就是难题！——让我在此提醒读者，这份刊物丝毫不应该涉及戏剧体系问题。我没有义务把我提出的全部难题加以澄清。我的思想可能没有多少联系，甚至可能是互相矛盾的：只供读者在这些思想里，发现自己进行思考的材料。我只想在这里散播一些"知识的酵母"。

十二　关于表现异国风俗

第 96 篇　1768 年 4 月 1 日

　　第五十二个晚上（星期四，7 月 28 日）重演了罗曼努斯先生的戏——《两兄弟》。①

　　或者应该说是"《两兄弟》——罗曼努斯先生的戏"？关于泰伦茨的《两兄弟》，多纳图斯作过这样一段说明："这出戏是作为泰伦茨的第二出戏公演的，当时诗人的名字尚不为人所知，因此人们说：'《两兄弟》——泰伦茨的戏'，而不说：'泰伦茨的戏——《两兄弟》'，因为当时诗人因戏的名字而著世者多，戏因诗人的名字而著世者少。"②虽然罗曼努斯先生在出版他的喜剧时，未署自己的名字，他的名字却因这些喜剧而为世人熟知。时至今日，他那些在我国舞台上保存下来的剧作，仍然起着使他的名字为德国的外乡人所称道的作用。没有这些剧作，在那些地方是永远不会听到有人提及他的名字的。然而究竟是什么样的不幸遭遇，妨碍了他继续为戏院工作，直至不再由戏来传播他的名字，而是由他的名字来传播戏呢？

---

　　①　参见第 70 篇。
　　②　见作品前言，此处原文为：Hanc dicunt fabulam secundo loco actam, etiam tum rudi nomine poetae; itaque sic pronunciatam, Adelphoi Terenti, non Terenti Adelphoi, quod adhuc magis de fabulae nomine poeta, quam de poetae nomine fabula commendabatur。

我们德国的大多数①美文学作品，都还是青年人的尝试。在我们这里有一种相当普遍的偏见，似乎只有青年人才适合干这一行。有人说，大丈夫应当从事教堂或者国家所要求的严肃的研究，或者重大的事业。诗歌和喜剧都被称为玩物。当然，在二十五岁之前做这些事情，并非无用的训练。一旦我们接近成人年龄，就应该勤勤恳恳地把我们的全副精力贡献给有益的公职。倘这公职给我们一些写点东西的时间，也不应该写别的，而只应该写些与他的庄严和市民地位有关的东西——例如一部高等学府用的有分量的教科书，一部亲爱的故乡的

_____

① 下面这些有分寸的个人论战性的段落，是与上下文有关系的，尤其是关于天才的解释，是离不开这个上下文的。1768 年 9 月 28 日，莱辛对尼柯莱说，他"还有许多事情要做"，必须"完成"他的剧评，同时他还指出，"在结尾的地方要说明"，"我在写这东西的时候，满脑袋都是陈旧的怪念头"。对待克洛茨及其"德国美科学丛书"的敌对态度，对待这些"聪明的先生"的敌对态度，使这个段落产生了特别的影响，那就是在克洛茨的杂志上，发表了一篇贬低剧评第一卷的评论（卷3，第9篇，1769），莱辛的引文就是出自这篇评论，为了回答这篇评论，莱辛写了他关于"评论"和"虚构"的说明。莱辛的攻击性同时也具有顺从性，其原因在致尼柯莱的同一封信中有所说明：汉堡的戏剧事业同样也失败了（"最优秀的演员都走了，因为阿克曼重又接管了剧院。于是汉堡的戏剧事业也成了往事"），像它那些兴办印刷厂的计划一样（"我与波德的联系也中断了"），这样一来，去罗马定居仿佛是最吸引他的想法（"……至少在罗马我有许多值得寻找和期待的事情，像在德国的某个地方一样"）。与他作为戏剧顾问的任务联系在一起的是，对一种社会意识的批判，即把诗歌继续视为"业余"活动，慷慨地允许"青年人"创作艺术"玩物"，在他们把"全副精力贡献给有益的公职"之前。这是一种自乃父以来他就熟悉的行为方式。在这种符合"市民地位"的"威严"中，近些年来形成了这么"一伙批评家"，"他们的最优秀的批评的任务，在于使一切批评遭到怀疑"。关于这种主张，莱辛首先想到的是杨格的《试论独创性作品》，他针对这种主张发表了十分尖锐的看法，却并未放弃此前所表达的对于"天才"的承认，即"天才自身就有一切规则的标准"。他对盖斯腾伯格的《乌格利诺》原则上赞成的评价（参见1768 年 2 月25 日致盖斯腾伯格的信）表明，他也是能够积极评价一个"原创性天才"的代表人物的，尽管带有各种保留意见。

良好的编年史，一篇有教益的讲道词之类。

因此，我国的美文学，且不说只是跟古人的美文学相比，就是跟当今一切文明民族的美文学相比，也显得那样年轻幼稚，甚至孩子气。这副孩子气还将长期保持下去。我们的美文学并不缺乏血肉和生命，色彩和热情，但却十分缺乏力量与神经，脊髓与骨架。我们的美文学还没有几部像样的作品，可以使一个在思维方面受过训练的人愿意拿来解除疲劳，恢复精神，摆脱日常工作的单调而讨厌的圈子！一个人，比方说在我们那高度陈腐的喜剧里，能汲取到什么样的营养呢？谐语、谚语、戏言等人们平时在大街小巷里听到的那些东西，这些东西虽然可以逗得那些寻开心的观众哈哈大笑。但是，谁若是不愿意光被它逗得笑破肚皮，而愿意同时在笑声中发挥他的智慧，进过一次戏院，就不想再进第二次了。

胸无点墨，作不出文章。一个初出茅庐的青年人，既不可能了解世界，也不可能描写世界。最伟大的喜剧天才的青年时代的作品，也会显得空洞，甚至连米南德的早期作品，普鲁塔克也认为①无法跟他的晚期和最后的作品相比。他接着说，根据晚期的作品仍可得出这样的结论：假如他活得长些，会做出更好的成绩。② 那么，谁晓得米南德死时多大年纪？谁晓得他一共创作了多少出喜剧？不会少于105出，也不会年轻于③52岁。

在我国所有已故的喜剧作家当中，没有一个尚值得称道的作家活到这样大年纪；在当前仍然活着的喜剧作家当中，没有一个人达到了这样的年纪；在这两辈人当中，没有一个人创作了米南德全部剧作的四分之一。批评家们关于米南德说的那些话，不是同样也应该针对这

---

① 此话见他关于阿里斯托芬与米南德的比较。

② 见《阿里斯托芬和米南德比较摘要》，p. 1588. Ed. Henr. Stephani。——莱辛注

③ 典出莱辛早期喜剧《青年学者》，讽刺达米斯虚假的创造性，剧中作为主题思想一再出现这样一句套话："我刚刚二十岁。"莱辛借此对自己年轻时的喜剧创作进行了自我批评。

些人说说吗?——只要他们想说,那就说出来嘛!

不喜欢听这些批评家说话的,不仅仅是作家们。感谢上帝,现在我们有这么一伙批评家,他们的最优秀的批评的任务,在于使一切批评遭到怀疑。"天才呀! 天才呀!"他们鼓噪道。"天才轻视一切规则! 天才的所作所为,就是规则!"他们这样奉承天才。照我看,我们也应该称他们为天才。不过,当他们连一口气还未喘过来,就补充说"规则窒息天才!"时,就充分暴露出他们在自己身上没有发现一星儿天才的火花。——似乎天才可以被世界上的某种东西窒息! 而且像他们说的那样,被天才自己创造出来的某种东西窒息! 并非每个批评家都是天才,然而每个天才却都是天生的批评家。他自身就有一切规则的标准。天才所理解、所牢记、所遵循的,只是那些用语言表达他的感受的规则。而他这些用语言表达出来的感受,却应该限制他的活动吗? 关于这个问题,你们跟他去诡辩吧,爱辩多久就辩多久。一旦他瞬息之间在一个个别的事件里认清了①你们的普遍性的命题,他就会理解你们。他在头脑里保留下来的,只有关于这个个别事件的记忆,这种记忆在创作中对他的力量所产生的影响,跟对一个成功的样板的记忆,对一个自己的成功经验的记忆对他的力量所产生的影响是一样的。如果认为规则和批评能够窒息天才,换一个说法,就是样板和练习同样也能窒息天才,这就是说,天才不仅限于自身,甚至可以说,完全限于他的最初的尝试。

当这些聪明的先生②对批评给欣赏的观众所带来的恶劣印象哭得那样开心的时候,他们不晓得自己希望的是什么! 他们想哄骗我们,说自从可恶的显微镜发现蝴蝶的花斑只不过是粉末以后,再也没有人

---

① "清楚的认识"(anschauende Erkenntnis)这个概念,自沃尔夫以来,特别是自保姆加顿的《美学》(1750)以来就流行开来,在莱辛论寓言的论文(1759)中占有核心地位。在古典美学里,意思是特殊性与普遍性是相互依存的,这是象征艺术的基础。

② 指克洛茨的《美科学丛书》第9期(1769)上,曾发表过一篇关于《汉堡剧评》的评论。

认为蝴蝶是彩色的和美丽的了。

他们说:①"我们的戏剧尚处在过分纤弱的年龄,还经不起专制君主式的批评玉笏。——指出怎样达到理想境界的手段,比指出我们距离理想境界还有多远,更是当务之急。——舞台必须通过样板进行改革,而不是通过规则。——发议论比自己去虚构要容易得多。"

这是用词汇掩盖思想,还是寻找词汇表现思想而未找到呢?——那些滔滔不绝地讲述样板,讲述自己去虚构的都是些什么人?他们拿出了什么样的样板?他们自己虚构了什么?——这些狡猾的家伙!他们在评价样板时,希望有规则;他们在评价规则时,又要求看到样板。让他们证明一种批评的错误时,他们却证明这种批评是过分严格的,并自以为这就算完成了任务!让他们驳斥一种议论时,他们就说明虚构比发议论困难得多,并自以为这就算进行了反驳!

会正确发议论的人,也会虚构;愿意进行虚构的人,也一定能发议论。只有那些认为两者不能并存的人,才对两者都不感兴趣。

我何必要跟这些空话连篇的人一块浪费时光呢?我走我的路,不必去顾及路旁蟋蟀的鼓噪。离开路一步去踩死它们,也是不值得的。反正它们的夏天已经屈指可数了!

引言部分到此打住吧,现在转向关于这出戏的说明。在罗曼努斯先生的《两兄弟》演出头一场的时候,我曾答应对这出戏再作些说明。②——最精彩的说明将涉及本戏的一些改动,罗曼努斯认为必须改变泰伦茨的情节,使之接近我们的风俗习惯。

关于这种改动的必要性,应该说些什么呢?既然我们在悲剧里看见描写罗马的或希腊的风俗习惯并不感到讨厌,为什么不可以在喜剧里也作这样的描写呢?把悲剧事件放在一个遥远的国家,使之发生在一个陌生的民族中间;把喜剧事件却又放在我们自己的家乡来。一条

---

① 指的是"德国丛书"的那些"聪明的先生"。
② 见第 73 篇。

规则居然如此不同，这究竟是从哪里来的规则呢?① 在悲剧当中，发生悲剧性行动的那个民族的风俗习惯，被尽可能描写得那样准确，而在喜剧当中，我们却又要求他只是描写我们自己的风俗习惯。我们给予作家的这个义务是从哪里来的呢? 蒲伯在一个地方说:② "这一点乍看起来，似乎是单纯的固执，单纯的古怪，其实它在自然里是有其充分根据的。我们在喜剧里寻找的最重要的东西是一幅日常生活的忠实图画，如果我们发现这幅图画装饰以陌生的风俗和习惯，我们就无法相信它的忠实。在悲剧里则相反，最重要的东西即是最引人入胜的行动。使一个本国事件适于舞台演出，在处理行动方面，必须有较之一个大家都熟悉的故事所能允许的更大自由。"

第 97 篇　1768 年 4 月 5 日

仔细想起来，这样的解决方式不一定能符合一切剧作。因为即使陌生的风俗习惯不像本国的风俗习惯那样，适合于喜剧的目的，问题依旧存在：本国的风俗习惯不是也像陌生的风俗习惯一样，对于悲剧的目的有一种特殊的关系吗? 这个问题，至少由于难以使本国事件无需作过分明显和不合理的改变而能适合于舞台演出，未能得到解答。自然，本国的风俗习惯也要求本国的事件。要是悲剧只有描写异国风俗习惯，才能最容易、最确切地达到其目的，那么克服描写本国风俗习惯时存在的一切困难，比为了顾及最重要的东西而蒙受损失，肯定要好得多，这种最重要的东西，无疑是目的。并非一切本国的事件都需要做如此明显、如此不合理的改变。作家没有义务描写那些需要这

---

① 此话出自哈德的《论戏剧的不同领域》："如果喜剧事件是本国的，可以产生更好的效果，如果悲剧事件是外国的，则会产生相反的效果。"

② 莱辛这话引自哈德，是他把这话安在蒲伯名下的。其实这话引自沃伯顿（Worburton）为蒲伯《贺拉斯的摹仿》（*Imitation of Horace*, Ep. I 2）所作的注释。

种改变的事件。亚里士多德曾经说明过，① 可能而且一定会有一些事件，完全按照作家所需要的那样发生。由于这种情况极少，于是他又断定，作家与其照顾他那一小部分已经熟悉真实情节的观众，还不如履行他的起码的义务。

喜剧里的本国风俗习惯的长处在于，我们本来就非常熟悉它们。作家不必事先向我们介绍这些风俗习惯，他可以省略一切为此而作的说明和暗示，他可以让他的人物径直按照他们的风俗习惯行动，而不必事先把这些风俗习惯给我们作一番无聊的描写。可见，本国的风俗习惯能够减轻他的劳动，促进观众的想象力。

为什么悲剧作家就应该放弃这种一举两得的重要长处呢？他也有理由尽可能减轻自己的劳动，不在次要目的方面去浪费自己的精力，而是把它们节省下来，完全用于主要目的。对于他来说，也是一切都围绕着促进观众的想象力。或许有人会回答说，悲剧不需要很多风俗习惯，悲剧可以完全省却风俗习惯的描写。照这样说，它也不需要描写异国风俗习惯，它要表现的那一点点风俗习惯，若是来源于本国，而不是来源于异国，那就更好。

希腊人从未采用过别国风俗习惯，只是采用他们自己的风俗习惯，不仅喜剧里如此，在悲剧里也是如此。是的，他们也借用过异民族的故事作为他们的悲剧题材，但是他们宁愿赋予这种题材以他们自己的希腊风俗习惯，也不想通过无法理解的野蛮的风俗习惯而削弱舞台效果。他们很少或者根本不注意那种使我们的悲剧作家那样望而生畏的时代色彩。埃斯库罗斯的《波斯女人》② 可以证明这一点，为什么他们认为不必拘泥于时代色彩，其理由可以很容易从悲剧的目的里推断出来。

好了，关于目前与我关系不大的那部分问题，谈得太多了。我说本国风俗习惯，即使在悲剧里也比异国风俗习惯效果好得多，我的前

---

① 见《诗学》，第9章。
② 指的是埃斯库罗斯的《波斯人》。

提无疑是，至少在喜剧里是如此。既然它们是如此，至少我认为是如此，那么对于罗曼努斯先生在泰伦茨的戏里所作的改动，我只能表示赞同。

他改造了故事情节，这是对的，在这个故事中紧密交织着特殊的希腊罗马的风俗习惯。这个例子的力量，在于它的内在可能性，每一个人都是按照自己最常见的事物来判断这种可能性。它没有运用一点儿异国风俗习惯，否则我们必须费九牛二虎之力，设身处地地去想象这些异国风情。但是，这种改造绝非轻而易举之事。故事越是完整，倘不全部打乱，即使改变最微小的一部分也不容易。若是只满足于修修补补，而不进行根本改造，那就更糟！

这出戏叫《两兄弟》。泰伦茨之所以这样命名这出戏，系出于双重理由。不只两位老人——米齐欧和戴麦阿，而且一对青年人——埃施努斯和克泰西沃也是兄弟。戴麦阿是这一对青年人的父亲，米齐欧只是把埃施努斯过继来做儿子的。不过我不理解，为什么我们的作者不喜欢这种过继。我只晓得过继在我们这里，即使现在也还是流行的，而且其流行的原因，跟在罗马人那里完全一样。尽管如此，他还是取消了过继，在他的作品里，只有两位老人是兄弟，他们每人都有一个亲生儿子，他们都以自己的方式教育各自的儿子。或许有人会说，这不是更好吗？这样，两位老人都是名副其实的父亲，这出戏也是名副其实的"父亲学堂"，① 这是指自然给了他们做父亲的义务的那些人，不是指自愿地接受了这种义务，却难以继续承担这种义务而只顾贪图自身安逸的那种父亲。

做父亲，要向真正懂得做父亲者学习！② 非常正确！遗憾的是，在泰伦茨的作品里，这个"结"把埃施努斯和克泰西沃，把兄弟俩和他们的父亲戴麦阿联结在一起，而解开这个唯一的"结"，整部机器便陷于散落，并且从一种普遍的兴趣中产生两种完全不同的兴趣，

---

① 这是罗曼努斯喜剧的副标题。

② 此处原文为：Pater esse disce ab illis, qui vere sciunt!

只有作家的创作意图，而绝对不是它们自身的性质把它们联结在一起！

假如埃施努斯不是米齐欧的过继儿子，而是他的亲生儿子，戴麦阿怎么会那样关心他呢？兄弟的儿子不会像自己的儿子那样，与我有牵肠挂肚的关系。如果我发现有谁纵容我自己的儿子，即使出于人间最良好的愿望，我也有权利跟这个怀着好心肠教唆孩子干坏事的人大闹一场。在泰伦茨的作品里，戴麦阿跟米齐欧就这样大闹了一场。但是，假如不是我的儿子，而是纵容者自己的儿子，除了劝告这位纵容者之外，我还能做什么呢？我还有权利做什么呢？如果他是我的兄弟，我也只能经常地、严肃地劝告他。我们的作者让戴麦阿脱离了他在泰伦茨作品中所处的地位，却让他去大发雷霆，而这是他只有处在那种地位时才有权做的事情。戴麦阿在他的作品里，比在泰伦茨的作品里骂得还难听，吼得还厉害。他不愿意"为他哥哥的孩子承担恶名"。如果他兄弟回答他说："你不是个聪明人，我亲爱的弟弟，假如你认为，你会为我的孩子承担恶名。假如我的儿子是个无赖，这恶名也只能由我来承担，就像这件不幸的事情一样。你发脾气，用心是好的，然而你的脾气发得太过分了，你侮辱了我。要是你想一直这样挑怒我，最好不要进我的家门！"等等。我是说，如果米齐欧这样回答他，这出喜剧岂不一下子吹台了吗？或许米齐欧不至于做这样的回答？照理说，他不该做这样的回答吗？

在泰伦茨的作品里，戴麦阿的脾气发得多么得体呀！戴麦阿认为埃施努斯生活放荡，可他仍然是他的儿子，虽然他同时又是他哥哥的过继儿子。尽管这样，罗马的米齐欧要比德国的米齐欧理由更充分。他说，你把你的儿子交给我了，去关心你那个吧：

> ……照顾两个，几乎等于
> 再讨回你托付给我的那一个……

这种把他的儿子退还给他的隐蔽的威胁，不失为使他沉默的手段，可是他总不能奢望，这种威胁可以压制他的所有做父亲的感情。戴麦阿听到这种威胁之后，并未停止对他进行同样指责，这一定使米齐欧感到很厌烦，但是，他却不能责备这位父亲，如果他不想彻底毁掉他的儿子，他就不能责备这个父亲。总而言之，泰伦茨的戴麦阿是这样一个人，他把关心儿子的幸福视为自然赋予他的义务。他做这件事的方法固然不对，但是方法不能使理由变得更坏。我们作者笔下的戴麦阿则相反，是一个令人讨厌的口角之徒，他自恃出于亲属关系，有权口出粗鄙之言，而这是米齐欧在单纯的弟弟身上所不能容忍的。

第 98 篇　1768 年 4 月 8 日

　　取消双层兄弟关系以后，一对青年人的关系也成了歪曲的、错误的关系。我责备德国的埃施努斯，他"多次认为必须参与克泰西沃所干的蠢事，以便把他的堂弟从危险和公开的丑行里抢救出来"。什么样的堂弟？亲生父亲接着他的话，做这样的回答合适吗？"我赞成你在这件事情上所表现的谨慎和细心，今后我也不会阻止你这样做。"父亲不阻止儿子做什么？跟一个没有教养的堂弟一块儿干蠢事儿？不错，他应该禁止他这样做。他最多只能对儿子这样说："去找你的堂弟，尽量劝他不要干坏事，假如你发现他硬要干下去，就避开他；因为你的名誉比他的更重要。"

　　我们只允许亲弟兄在这方面进一步有所作为。一个人像下文那样称赞另一个人，只有发生在亲兄弟之间，才能使我们感到欣慰：

> 亏他挽救了我，希鲁斯！这高贵的人啊，
> 他竟敢为了我的利益不顾一切，
> 承担我的恋爱，我的失足的恶名！

　　我们知道，手足之情可以使人产生无限的智慧。不错，我们的作家懂得完全省却泰伦茨作品里的埃施努斯替他的弟弟做的那些蠢事。

一次暴力拐骗，被他改成了一场小小殴斗，他那个有教养的青年人没有进一步参与这场殴斗，而是想阻止这场殴斗。但他同时又让这个有教养的青年，替没有教养的堂弟干更多的事情。前者一定要设法让后者把一个小妞儿，像齐塔丽丝那样，带到他的家里来？带到他父亲的家里来？当着他那正派的情人的面？德国的埃施努斯答应在自己的家里给他那放荡的堂弟安置下处，并不是按照诱惑人的达米斯这个年轻人的瘟疫的意图，这只不过是作家的创作意图而已。

在泰伦茨的作品里，这一切都联结得非常出色！在那里，即使是细枝末节，也都处理得非常正确和必要！埃施努斯从一个奴隶贩子家里抢来一个为他弟弟所钟爱的少女。但是，埃施努斯这样做，不是为了满足他弟弟的欲望，而是为了避免一场更大的灾祸。奴隶贩子想立即把这个少女带到一个外国市场去，而弟弟想跟随这个少女去，宁可背井离乡，也不愿放弃他所钟爱的对象。① 埃施努斯及时获得了这个决定。他应该怎么办呢？他迅速把少女抢走，把她带到他的伯父家里，以便向这位善良的人说明全部事情的真相。因为少女是被拐骗来的，她必须给主人一笔赎身费。米齐欧毫不迟疑地偿付了这笔款，他不仅为青年人的行为感到高兴，而且也为他们的兄弟情谊感到欣慰，这是使他高兴的主要原因，并且也为他们在这件事情上信赖他而感到高兴。最重要的事情都做了，为什么他不应该再加上一份小意思，让他们过一天心满意足的快活日子呢？

> ……转眼工夫他给了我们钱，
> 外加半吊作为馈赠。

---

① 埃施努斯　遗憾的是我们知道得太晚了，你到那里去几乎无人能够帮你的忙，纵然愿意帮助你。
克泰西沃　我真丢脸。
埃施努斯　嗷！这是蠢行，不是耻辱！因为这点小事你急于背井离乡！太过分了！愿上帝保佑！　（见第二幕，第四场。）——莱辛注

　　既然他给克泰西沃买了一个少女，为什么又不允许他在自己家里跟她寻欢作乐呢？这在当时按照古老的风俗习惯丝毫无损于道德和荣誉。

　　但在我们的《两兄弟》里却不是如此！好心肠的父亲的房子被不适当地滥加利用。开始背着他，最后甚至得到了他的赞同。齐塔丽丝与那个普萨特莉娅相比，是一个更加不规矩的人物，而我们的克泰西沃跟他的普萨特莉娅事先有约会，泰伦茨的米齐欧一定会采取完全不同的态度。他将把齐塔丽丝轰出门去，并且跟那个做父亲的共同商定一个最有力的办法，管束一个如此放荡不羁的小流氓。

　　总的来说，德国的克泰西沃从一开头就被描写得品质过于堕落，我们的作者在这一点上也偏离了他的蓝本。克泰西沃跟他的堂兄谈论他父亲的一段对话，总是引起我异乎寻常的厌恶。

雷　安　德　但是，这怎么能跟你对你父亲的尊敬和爱戴一致呢？

里卡斯特　　尊敬？爱戴？哼，他不会指望我对他有这种感情的。

雷　安　德　他不应该指望这些感情？

里卡斯特　　不会，肯定不会的。我根本不喜欢我父亲。假如我说
　　　　　　喜欢他，就是撒谎。

雷　安　德　不通人情的儿子！你不想想，你说的什么。给了你生
　　　　　　命的人，你却不爱他！现在你这样说，因为你看见他
　　　　　　还活着。有朝一日你失去他，那时我倒要问问你。

里卡斯特　　哼，现在我可不晓得，那时会怎样。不管怎么说，我
　　　　　　也不会做得太不近情理。因为我相信，他也不会做得
　　　　　　更好些。他差不多天天跟我说："我不管你了！你滚
　　　　　　吧！"这叫爱？你能指望我再去爱戴他吗？

　　即使最严格的管教，也不会使一个孩子产生这样不自然的想法。一颗能产生这种思想的心灵，不管它出于什么原因，都得严加管制。即使我们支持一个放肆的儿子反对严厉的父亲，也不能让他的放肆显

露出极端丑恶的心灵。这只能是气质的放肆，青年人的轻率，贪图一时痛快和恶作剧闹出来的蠢事。米南德和泰伦茨就是根据这个原则，描写他们的克泰西沃的。尽管他父亲对他管教甚严，可他从未说过他父亲丝毫坏话。唯一的一次他却表达得非常委婉。他希望至少能够安安静静地享受几天爱情生活，他很高兴父亲又要去农庄劳动，他希望劳动使他精疲力竭，困乏到整整三天不能起床的程度。这是一个一闪念的愿望！人们可以看出，这里带有什么样的附加条件：

> ……啊！让他疲劳得
> 三天之内不能起床，
> 但不要伤害他的健康。

但不要伤害他的健康！这就对了！这就对了！可爱的年轻人！去吧，去追求你的欢乐和爱情吧！为了你，我们愿意睁一只眼、闭一只眼！你干的坏事，不会坏到不可收拾！你会严格监督自己的，不需要你父亲的监督！在我们摘取这段文字的那场戏里，有许多这样的描写。德国的克泰西沃是个狡猾的无赖，他非常善于撒谎和欺骗。罗马的克泰西沃则相反，在异常心慌意乱的情况下，还要找个小小的口实，为他离开父亲做辩护。

克泰西沃　他会问我到哪里去了，他一整天没见我的面。
　　　　　我怎么对他说呢？
希鲁斯　　你想不出说什么？
克泰西沃　想不出来！
希鲁斯　　这样，你可就大难临头了。你们家里没有被保护人、
　　　　　朋友、客人？
克泰西沃　当然有，那又怎么样？
希鲁斯　　好！就说你帮他们的忙。
克泰西沃　可我没有帮助他们呀？这不行！

"可我没有帮助他们"，这句话多么天真、诚实！这善良的青年在寻找一个口实；狡猾的用人建议他撒个谎。撒谎！不，"这不行"！

第 99 篇 1768 年 4 月 12 日

照这样说来，泰伦茨也没有必要在剧本的末尾让我们看见他的克泰西沃感到惭愧，并借此表现他正处在改邪归正的道路上。我们的作者大概一定要这样写。不过，我担心观众会认为，一个如此轻佻的无赖，他的卑躬屈膝的懊悔和怯懦的驯服是不真实的。两个人物的转变，都不是以自己的性格为依据的，观众从中分明感觉到作家急于结束他的戏的迫切愿望和采用较好的方式结束他的戏的踌躇心情。我完全不知道，那样多喜剧作家是从哪里学来的规则：坏人在剧本的结尾一定要受到惩罚，要么一定要得到改善。这条规则在悲剧里作用或许更大一些，它能使我们跟命运和解，把不平转变为怜悯。但据我想，这条规则在喜剧里非但无补于事，反而造成许多弊端。至少会使结尾显得歪曲、冷淡、单调。既然被联结在一个行动里的各种性格能使这个行动告一结束，为什么它们不应该依旧保持原样呢？自然，这样一来，行动就不能只是由一种性格的单纯冲突构成的了。它只能以改变和放弃这些性格中的一部分而告结束，而一出戏若是除行动之外没有别的，它就不仅接近了自己的终点，而且会逐渐消失。相反，虽然行动接近结束，不管接近到什么程度，那种冲突依旧持续着，这样观众就会明白，结尾将像中间那样生动和有趣。这恰恰是泰伦茨的最后一幕戏跟我们的作者的最后一幕戏之间的差别。在我们的作者的这出戏里，一旦我们听说严厉的父亲弄清了事情真相，其余一切便都了如指掌，因为这就是第五幕。开始的时候他发脾气、怒吼，很快又听人劝解，承认自己的不是，并保证今后绝对不再为这样一出喜剧提供题材。同样，那个顽皮的儿子也出来道歉，保证改悔，一句话，大家同心同德。我倒要看看，谁能在泰伦茨的第五幕戏里猜得出作家的转变！诡计早已告终，但性格的持续表演，却几乎专让我们发觉它已告结束。没有一个人物发生变化，而是每一个人都像别人一样，变得文雅了，足以防止放荡行为的危害。慷慨的米齐欧从吝啬的戴麦阿耍弄的花招得到启发，认识到自己的表现太过分了，他问道：

"哪里来的好情绪，这突如其来的慷慨？"反过来也是同样，严厉的戴麦阿通过十分宽容的米齐欧耍弄的手腕，终于认识到光责备和惩罚是不够的，还要"在适当的地方施以宽容"。

我想再谈一个细节，在这个细节上，我们的作者脱离了他的蓝本，构成了他自己的作品的缺陷。

泰伦茨自己说，[1] 他从狄菲鲁斯[2]的一出戏里摘取一个情节，加到米南德的《两兄弟》里，凑成了他的《两兄弟》。这就是埃施努斯暴力拐骗普萨特莉娅的情节，狄菲鲁斯这出戏叫作《双双殉情》。

> 狄菲鲁斯的一出戏叫作《双双殉情》……
> 在希腊文原作开始的地方，
> 一个青年从鸨儿手里抢走一个少女……
> ……我们的诗人原封不动地
> 把她放在《两兄弟》里……[3]

根据这两个情节判断，狄菲鲁斯一定描写了一对下定决心、宁愿一块儿死而不愿两相分离的情人；倘不是一位朋友从中作美，采用暴力替青年抢出少女，谁晓得会发生什么事呢？泰伦茨把双双殉情的决定，减轻为青年单方面决定追随少女，并为了她而离开父亲和祖国。对此，多纳图斯说得很明白："米南德描写他要死，泰伦茨描写他想逃。"但是，在多纳图斯这条注释里，米南德是否狄菲鲁斯之误呢？

---

① 见《两兄弟》开场白。

② 狄菲鲁斯（Diphilus，前350—前289），希腊喜剧作家，生平创作了大约一百出戏。

③ 见《两兄弟》开场白。——编者注

完全可以肯定，彼得·南纽斯①就曾经发现了这条误讹。② 因为如上所述，作家自己就说，整个拐骗的情节，不是取自米南德，而是取自狄菲鲁斯。狄菲鲁斯的作品，甚至是用死命名的。

由此可见，在米南德的作品里是另外一种诡计，而不是从狄菲鲁斯作品里借来的拐骗那样的情节。埃施努斯同样为了克泰西沃参与了那个诡计，并因此而引起了他的情人的怀疑，最后，这种怀疑又促进了他们的幸福结合。这诡计究竟是什么，现在很难猜测。随便它是什么样的诡计吧，它肯定是发生在戏的直接情节之前，像泰伦茨所采用的拐骗一样。它肯定是在事前发生的，因为戴麦阿进城时，到处都在风言风语地传说着这件事，同时它也是一开始就引起戴麦阿跟他哥哥发生争执的机缘和话题，在这场争执当中，两个人的性情表现得非常出色。

> ……其他的事情
> 抛开不说：看他现在怎样行凶？……
> 打破房门，闯进一个
> 不相识的人家……
> ……吓得人家鸡飞狗叫，这行为
> 实在可恶。当我走进城来，米齐欧，
> 多少人在说这件事呀？都在传说这事。

---

① 南纽斯（Pieter Nanninck，1500—1557），荷兰学者、古希腊罗马作家作品的注释者，莱辛的引文出自他的《杂文集》（第 5 卷，第 10 章）。

② "留心的读者会发现，米南德当读作狄菲鲁斯。要么整出喜剧，要么这里所描写的部分情节，原封不动地取自狄菲鲁斯，这是确定无疑的。因为狄菲鲁斯的喜剧，是以《双双殉情》命名的，而且其中也说到，有一个青年人要死，泰伦茨却把死改成了'逃'，因此我完全认为，这部仿作是取材自狄菲鲁斯，并非米南德。依照《双双殉情》的剧名，给这出戏加上了跟情人一块儿殉情的愿望。"（Sylloge V Miscell，cap. 10）——莱辛注

我在前面说过，我们的作者把暴力拐骗，改成了一场小小的殴斗。这样做，或许有他的充分理由，但无论如何他不该让这场殴斗发生得这样迟。大概而且一定是这场殴斗，激怒了严厉的父亲。可是在这场殴斗发生之前，他就发怒了，而观众却根本不知道为了什么。他一上场，就毫无缘由地争吵起来。尽管他说："大伙都在议论你儿子的不良举动，我的脚刚一迈进城门，就使我大吃一惊。"然而，人们正在议论什么，他听见了什么，使他大吃一惊，他显然为此跟他哥哥发生了口角，这些我们却没有听见，从戏里也无法猜测。一句话，我们的作者可以改变使戴麦阿发火的情节，但不应该给它换个地方！至少，倘要换个地方，也只能让戴麦阿在第一场戏里，对他哥哥的教育方式逐渐表示不满，而不应该让他一下子脱口而出。

但愿我们至少能看见泰伦茨用过的那些米南德的剧作！我不能想象，还有什么比把这出希腊原作与拉丁仿作作一番比较更有教益。

泰伦茨不是一个单纯奴隶式的翻译家，这是毫无疑问的。即使在完全保留了米南德剧作的故事线索的地方，他也增添了某些细节，加强或者削弱了这一个和那一个特征，多纳图斯在他的疏注里给我们指出了几处这样的地方。遗憾的是，多纳图斯的话说得总是那么简要，意思也常常表达得十分含糊（因为在他那个时代，每个人手头都有米南德的作品），因此我们很难对泰伦茨的匠心的得失，作出某些确切的评论。在这个问题上，《两兄弟》是一个非常值得注意的例子。

第 100 篇　1768 年 4 月 15 日

前面提到戴麦阿在第五幕戏里，想要按照自己的方式教训米齐欧一番。他佯装高兴，以便让别人干出真正放肆而愚蠢的事情。他扮演了一个慷慨解囊的角色，但不是掏自己的腰包，而是掏他弟弟的腰包。他希望他弟弟一下子倾家荡产，以寻求恶意的开心，最后可以对他说："瞧瞧你的好心肠给你带来的结果吧！"看见诚实的米齐欧，被他的财产折磨得不知如何是好，这个恶意玩笑，使我们觉得相当开心。那个不怀好意的人忽然想到，要给这个善良的鳏夫介绍一个年迈不堪的老太婆做妻室。单是这样一个突如其来的想法，一开始就逗得我们哈哈大笑。但是，当我们最后看见事情将成为现实，米齐欧真的上了圈套，他本来是可以用严肃的话题避开这个圈套的，于是我们几乎不知道该对谁发泄我们的愤怒了，要么对戴麦阿，要么对米齐欧。

戴 麦 阿　不错，这是我的愿望！我们必须从现在开始，给这些好人儿办起一个家庭来，我们必须采取一切办法资助他们，用各种方式支持他们。

埃施努斯　我恳求你，爸爸。

米 齐 欧　我一点都不反对。

戴 麦 阿　我们也只能这样做。首先，她是他妻子的妈妈。

米 齐 欧　她怎么样？

戴 麦 阿　她嘛，没说的，心地善良，为人正派。

米 齐 欧　我也听说过。

戴 麦 阿　她可有一把年纪了。

米 齐 欧　自然。

戴 麦 阿　她早就不能生儿育女了。在这件事情上，没有人关心过她，她非常孤单。

米 齐 欧　他说这话，是什么意思？

戴 麦 阿　你必须答应娶她，哥哥。而你（对埃施努斯）必须设法让他结婚。

米 齐 欧　我？娶她？

戴 麦 阿　你！

米 齐 欧　我？

戴 麦 阿　你！说的就是你！

米 齐 欧　你不是聪明人。

戴 麦 阿　（对埃施努斯）　现在就看你的本事了！他必须！

埃施努斯　爸爸——

米齐欧　怎么？你这傻瓜还想听他的？

戴麦阿　你抗拒也没用，就这么办吧。

米齐欧　你在说梦话。

埃施努斯　我恳求你，爸爸。

米齐欧　你发疯了？滚开！

戴麦阿　唉，满足儿子的愿望嘛！

米齐欧　你的脑袋还清醒吗？我，一个六十五岁的人还娶亲？娶一个年迈不堪的老太婆？你们能指望我做这样的事吗？

埃施努斯　就这样办吧，我答应他们了。

米齐欧　答应了？你这小流氓，替你自己答吧，你愿意答应什么都行！

戴麦阿　打起精神来！假如他现在恳求你的是一件重要事情呢？

米齐欧　好像这是一件什么重要事情？

戴麦阿　就这样答应他吧！

埃施努斯　答应我们吧！

戴麦阿　来，答应吧！

米齐欧　还要纠缠多久？

埃施努斯　直到你答应为止。

米齐欧　但是，这等于动武。

戴麦阿　做一件多余的事吧，好心的米齐欧。

米齐欧　既然这样，尽管我觉得这事很不合适、很荒唐，尽管这样做既不符合我的理智，也不符合我的品行，因为你们坚持要这样做，就这样吧！

　　有人批评说："不，这太过分了！作家在此理当受到指责。唯一能够替他辩护的是，他要表现过分的好心肠所招来的不利结果。到目前为止，米齐欧一直是一个可爱的人物，他有着那样丰富的智慧，有着那样丰富的人间阅历，使他的最后这次放肆显得违背一切可能性，文雅的观众必然会感到刺耳。如上所述，作家在此理当受到指责，受到各种方式的指责！"

指的是什么样的作家呢？是泰伦茨，还是米南德，还是两者？当代英国翻译者柯尔曼，① 想把大部分指责推到米南德头上。他认为可以根据多纳图斯的一条注释证明，泰伦茨至少减轻了原作这一段里的不合理成分。多纳图斯是这样说的："在米南德的作品里，那老头儿并不反对结婚。这是泰伦茨根据自己的虚构加上去的。"②

科尔曼解释道："非常奇怪的是，所有批评家都忽略了多纳图斯这条注释，由于米南德的作品已经失传，这条注释就更值得我们重视。毫无疑问，泰伦茨的最后一幕戏，沿用了米南德的布局。尽管他接受了米齐欧娶老婆的不合理情节，但我们从多纳图斯的注释里看到，他是不喜欢这个情节的，他对原作加以改善，让米齐欧表达了对这种结合的一切厌恶情绪，这在米南德的作品里，似乎是没有的。"

若说一位罗马作家不会比一位希腊作家写得更好，这不是不可能的。然而只是从可能性出发，我是绝对不愿意信以为真的。

科尔曼认为多纳图斯说的 Apud Menandrum senex de nuptiis non gravatur 这句话的意思是 "在米南德的作品里，那老头儿并不反对结婚"。假如不是这个意思呢？如果把它译作："在米南德的作品里，人们发现那老头儿对于结婚并不感到不方便"③ 呢？当然，前面的译文符合 Nuptias gravari 的意思，但它也符合 de nuptiis gravari 的意思吗？按照前边那种表达方式，gravari 仿佛是含有主动意义的被动式。按照后面这种表达方式，却是被动式原型，因此，我的分析不仅符合它的

---

① 原名 George Colman（1732—1794），莱辛的引文出自他 1765 年出版的泰伦茨注释。

② 此处原文为：Apud Menandmm senex de nuptiis non gravatur. Ergo Terentius εὑϱητικῶς。

③ 柯尔曼的译文肯定更符合原意。

原意，而且或许可以说，没有别的分析像我的分析这样，更符合它的原意。

假如是这样，应该怎样评价泰伦茨呢？他非但丝毫没有改善原作，反而使它更糟了。他并未通过米齐欧的拒绝，减轻他的结婚的不合理性，相反，这种不合理性是他自己虚构的。泰伦茨"根据自己的虚构"！但愿摹仿者的虚构不至于牵强附会！

结语　关于《汉堡剧评》

第 101、102、103 和 104 篇　1768 年 4 月 19 日

第 101 至 104 篇？我原来设想，这份刊物的年辑只由一百篇构成。一年 52 周，每周出两篇，当然应该出 104 篇。但是，为什么在一切打短工的人当中，唯独做周工的作家不能有假日呢？一年只有四个礼拜的假日，委实不多！

道斯利和康巴尼①明确地代我向读者许诺了 104 篇。我自然不应该把这些好心人弄成撒谎者。

现在的问题是，我怎样才能把事情做得善始善终呢？衣料既然裁短了，只好加以补缀或伸长。但是，这话听起来那样愚蠢。忽然想起，演员们在他们的主要节目之后，有加演一出小节目的习惯。这个加演节目的内容很随便，不必同主要节目有丝毫联系。这加一个加演节目，可以填补这份刊物的篇幅，本来我想省

---

① "道斯利和康巴尼"是一家著名的伦敦出版社（建于 1735 年）。莱比锡书店店员恩格尔伯特·本雅明·施维克尔特（Engelbert Benjamin Schwickert）（莱辛误认为是一个书商小集团）用这个商号的名义出版了一套丛书，其中包括《汉堡剧评》。借用这个有声望的英国出版社的名称，莱比锡出版家施维克尔特，非法翻印（偶尔中断）每周都在出版的"剧评"，这样就给自费出版的波德和莱辛造成相当大的亏损。莱辛（错误地）猜测一定是有些书商在策划阴谋，破坏他建立一种新的，以书籍生产和顾客直接联系为基础的销售网络的计划（参见莱辛与此相关的计划：Leben und leben lassen，估计写于 70 年代末）。虽然施维克尔特的个人行为，并未得到书商协会的赞同（参见尼柯莱关于《汉堡剧评》的评论），可他毕竟取得了他所希望的成功：由于作家的法律状况毫无保障，所以在书籍市场方面，并未进行机制性改革。

略它们。

先谈谈我自己吧！一出加演小节目，为什么不可以也有一个开场白，开宗名义就是"作家开始创作的时候"① 呢？

一年前，此地有几位好心肠的人突然想起要作一次尝试，看看能否比在一位所谓班主的管理下，多为戏剧做些贡献。不晓得他们怎么一下挑中了我，并且幻想我会对这番事业有用？我当时恰值无事，想找点活儿干，却又无人雇佣我，无疑，这是因为无人懂得利用我，正好碰见这伙朋友！我在自己的生活中，从来不大挑剔职业，我从来没有被迫或者自愿投效一种职业，但也从来不曾挑肥拣瘦，拒绝做最不起眼的事情。

他们问我，愿不愿意为繁荣本地的戏剧出把力，这个问题很容易得到回答。值得考虑的只是，我能不能做？怎样才能做得尽善尽美？

我既不是演员，又不是作家。

虽然有人每每给予我作家的荣誉，那是因为误会了我。根据我斗胆做的几出戏剧尝试，不应得出这样慷慨的结论。并非每一个手执画笔、挥霍颜色的人都是画家。试写那些最初的作品，往往是在喜欢把兴趣和轻率视为天才那样的年龄。我很清醒地意识到，新创作的那些尚堪卒读的东西，只应归功于批评。我觉得生机勃勃的源泉，② 不是在我身上靠着自己的力量涌流出来的，不是靠着自己的力量喷射出

---

① 引文出自泰伦茨《安德洛斯女人》序幕的开端。

② 这是莱辛一段有名的自我描绘，常常为了证明自己文学水平低下，而称自己是个多面手：这种说法，一方面具有讽刺意味，是针对那些青年"才子"的，例如针对那些大量炮制喜剧的诗人（哥尔多尼），并与他们划清了界限。另一方面他在反击克洛茨《德国丛书》上对《汉堡剧评》的评论时，用这种说法充当谨慎的引言，面对克洛茨的评论，他竭力捍卫批评的权利，称它为创造性的力量。最终人们从他的说法中，也可以看出他对自己的工作方法和思维方法的描绘，当然也可以看出，他对"生机勃勃的源泉"是缺乏信赖的，对待年轻一代是攻击多于放任自流的，因为他们把这种信赖提高成衡量文学唯一标准的有机力量。

那样丰富、那样新鲜、那样纯洁的水柱的，我必须用压力机和管子，把这一切从我身上挤出来。假如不是学会了一点谦逊地借助别人的珍宝，靠别人的火堆来暖自己的身子，用艺术的显微镜提高自己眼力的本领，我一定是一个贫乏、冷淡、目光短浅的人。当我读到或听到有人谈论批评的害处时，我总是感到惭愧或者恼火。有人说批评窒息天才，而我却恬不知耻地说什么从批评当中获得了某种非常接近天才的东西。我是一个把诽谤性文字刻在拐棍上①脑袋也不开窍的跛子。

诚然，拐棍可以帮助跛子从一个地方走到另一个地方，但不能帮助他成为长跑运动员。批评也是如此。借助批评，我能写点像样的东西，而没有批评，单靠我的才能却办不到。即使这样仍要花费我许多时间，我必须摆脱其他事物，不被偶然的干扰打断，我必须集中我的一切知识，每前进一步，我都得把从前关于风俗习惯和激情所做的一切说明，默默地过目一番。作为一个要为戏剧增添点新鲜东西的工人来说，世界上没有比我更加笨拙的人。

哥尔多尼在一年之内，拿十三出新戏丰富了意大利戏剧，我可得放弃为德国戏剧也这样做的念头。即使办得到，我也得打消这个念头，我比德拉·卡萨和老珊第②还不信任一切最初的思想。因为，纵然我既不把它们视为实在的恶魔的教唆，又不把它们视为寓意的恶魔

---

① 典出杨格的"天才美学"宣言 Conjectures on Original Composition (1759)，其中有一段话说："规则是拐棍，只有病人才用，健康人则弃置不用。"莱辛是通过 Thomas Abbt 的"第 204 封文学通信"了解到这句引文的，在那封通信里它被用作题词。

② Laurence Sterne 小说 *Tristram Shandy*（1759—1766）中的人物，前者指 Giovanni della Casa（1503—1556），他为了写自己的论教育的著作 *Galateo, Trattato de' Costumi* 进行了长时间的深入思考。

的教唆，① 我也总是认为最初的思想，毕竟是最初的思想，菜汤里的美味并不总是漂在表面上。我的最初的思想，绝对不比任何人的最初的思想为佳，而最聪明的人，是不急于向外张扬自己的最初的思想的。

终于有人想到要利用我的批评，而正是这一点，使我成了一个这样迟缓，或者如我那些精力充沛的朋友们所说，这样懒惰的工人。就这样产生了办这份刊物的想法。

我很拥护这个想法。它使我想起了希腊人的戏剧述评，亦即使我想起了希腊人那些戏剧简讯，甚至连亚里士多德都认为值得花费一些精力，撰写一些关于希腊舞台上演出的剧目的述评。它使我想起在很久以前，博学的卡索博努斯一度引起了我的讥笑，卡索博努斯出于对科学工作的诚实的真心实意的尊敬，颇为自负地认为，对于亚里士多德来说，他在自己的述评中首先是纠正年表上的差错。② 的确，假如亚里士多德关心的只是戏剧的艺术价值，只是它们对于风俗习惯的影响，只是培养鉴赏力，而不是更关心竞赛，更关心竞赛年，更关心主持演出这些剧目的执政官，对于亚里士多德来说，一定是一件永恒的耻辱！

---

① "使贝奈文托的大主教让·德拉·卡萨烦恼的一种想法是：他认为天主教徒在写一部著作的时候，即使（不是为个人爱好，而是）怀着善良愿望，目的在于印出来公之于世，他的最初的思想总归是魔鬼的引诱。——我父亲很欣赏卡萨这个理论，假如这个理论是他发现的，照我看，他会（假如他的信仰丝毫不受这种理论的拘束）为此付出十顷珊第田庄的上等耕地。由于他自己无法享受发明这个理论的荣誉，只好以这条理论的寓意聊以自慰。因为，他认为，偏见和由此而产生的错误的教育，就是魔鬼，不是别的。"（*Life and Op. of Tristram Shandy*，vol. V，第74页）——莱辛注

② "所谓述评（Didaskalien）是一种分析一出戏演出的时间、地点、演出情况和效果的文字。——批评家以这种精心的陈述，怎样大大帮助了年代学家，只有熟悉最初设法准确地计算时间的那些多么缺乏必要的辅助手段的人，才能作出公正的评价。我自己毫不怀疑，亚里士多德在编辑他的述评时，首先是着眼于这一点的。"（*Animadv. in Athenaeum Libr.* VI，cap. 7）——莱辛注

　　我曾经想把这份刊物命名为"汉堡戏剧述评"。但是这个标题叫起来太古怪，我非常满意当初选择了这样一个标题。至于说在一篇剧评里应该写什么或者不应该写什么，完全由我决定，至少里昂奈·阿拉齐①不必在这方面替我规定什么条条框框。学者们自以为懂得怎样写述评，而他们所知道的，无非是泰伦茨的尚存的戏剧述评，那位卡索博努斯称泰伦茨的戏剧述评"写得简洁、优美"。可我既没有兴趣把我的戏剧述评写得那样简短，又没有兴趣把它们写得那样优美。如果我们当代活着的卡索博努斯们发现，我很少提及任何一个年代学的情节，他们一定会大为摇头，因为在成千上万部著作被人遗忘以后，这种情节有朝一日或许仍能为某些史实提供证据。这一部或者那一部法国名作首次公演的时候，在路易十世的什么年代，或者在路易十五的什么年代，在巴黎或者在凡尔赛，当着某位亲王的面，或者不当着某位亲王的面等等。他们想在我的书里找到这些东西，但使他们非常惊讶的是居然没有发现。

　　这份刊物应该办成什么样，我在预告里作过说明，到底办得如何，我的读者自会知道。不完全像我答应要办的那样，成了另外一副样子，但是，我认为并不坏。

　　"它将伴随②作家和演员们的艺术在这里所走的每一步伐。"

　　对于后一半，我很快就感到厌倦了。我们有演员，但没有表演艺术。如果说昔日曾经有过这门艺术，现在我们却没有了，已经失传了，必须从头创造。在各国语言里都不乏关于这门艺术的泛泛的论述。但是，专门的、大家公认的、撰写得明白而精确的规则，按照这种规则来确定在一个特殊情况下对演员的指责或者赞扬，像这样的规

---

　　① 阿拉齐（Lione Allacci，1586—1669），希腊学者，他在自己的《剧评》里编辑整理了一个当时人们熟悉的剧作的目录。

　　② 参见"预告"，莱辛以"开场白"的形式，回顾说明了他写作"剧评"的目的，说明了"剧评"的艺术理论基础，但在"加演节目"里对接受和翻印表明态度之前，还说了"剧评"的局限性。

则，我连两条或者三条都不知道。因此，关于这个问题的一切议论，总是显得那样暧昧和不确切，而有一手成功经验的演员，又总是对这种议论表示愤怒，是不值得大惊小怪的。赞扬，他从来都觉得不够；指责，他总觉得过分。甚至他往往不晓得人家是在指责他，还是在赞扬他。早就有人指出过，随着艺术家对于批评的敏感的加强，他们艺术的可靠性、明确性和大量的基本规则减退了。替我自己，也是替他们所作的辩护，就谈这些吧，倘不是他们，我可没有必要替自己辩护呢。

我的诺言的第一部分又完成得怎样呢？关于这一部分，自然迄今为止在这里尚未引起重视。怎么能引起重视呢？栅栏尚未打开，人们就想看见赛跑者达到终点了，达到一个随时都距他们越来越远的终点？假如观众问：有什么成绩吗？并且以讥笑的口吻自我回答道："没有"，那么我也要问：为了取得一点成绩，观众做了什么呢？回答也是"没有"，甚至比没有还糟。观众不仅不爱护这番事业，甚至不允许它自然地发展下去。——下面谈谈为德国人创造一个民族戏剧的好心设想吧，因为我们德国人还不成其为一个民族！我不是从政治概念上谈这个问题，而只是从道德的性格方面来谈。几乎可以说，德国人不想要自己的性格。我们仍然是一切外国东西的信守誓约的摹仿者，尤其是永远崇拜不够的法国人的恭顺的崇拜者。来自莱茵河彼岸的一切，都是美丽的、迷人的、可爱的、神圣的。我们宁愿否定自己的耳目，也不想作出另外的判断；我们宁愿把粗笨说成潇洒，把厚颜无耻说成是温情脉脉，把扮鬼脸说成是作表情，把合折押韵的"打油"说成是诗歌，把粗鲁的嘶叫声说成是音乐，也不对这种优越性表示丝毫怀疑，这个可爱的民族，这个世界上的第一个民族（他们惯于这样非常谦逊地称呼自己），在一切善、美、崇高、文雅的事物中，从公正的命运那里获得了这种优越性，并且成了自己的财产。

这种口头禅是如此陈腐，引用得多了很容易令人恶心，我宁愿就此打住。

前面有必要暂时抛开剧作家的艺术在这里实际走过的步伐，在它

目前必须做的事情上，花费了一番笔墨，以便它能骤然间以更快、更
大的步伐走完自己的路程。那些步伐，是一个迷失方向的人在重新走
上正路、望到自己的目标之前必须走的步伐。

每个人都有权称赞自己的勤勉：我自信研究过戏剧学，比二十个
从事这门艺术的人研究得还多。为了取得发言权，我也从事过这门艺
术，我所花费的功夫足够满足需要。因为我知道，画家不愿意听到根
本不懂得怎样握画笔的人指责自己，作家也是如此。至少作家必须做
的事情我都尝试过，并且可以判断，凡是我自己不愿意做的事情，是
否值得做。我只希望在我们当中能有一种舆论，在我们这里也有人在
控制着一种舆论，他们若是不曾学会按照这个或者那个外国人的腔调
夸夸其谈，准比一条鱼还沉默。

但是人们可以研究，而且研究得深陷入谬误中去。我之所以没有
陷入谬误，没有误解戏剧艺术的本质，是因为我对它的理解，完全像
亚里士多德根据希腊舞台上大量优秀作品所总结出来的结论那样。我
对这位哲学家的《诗学》的产生和基础，自然有我自己的想法，关
于这些想法，在这里倘不详加阐述，是无法表达出来的。我并不否认
（我岂能在光天化日之下任人耻笑！）我把《诗学》视为一部可靠的
著作，像欧几里得定理①一样可靠。它的基本原则同样是真实的、可
靠的，只是不那么明白易懂，因此同这些原则所包含的一切相比，更
有遭到刁难的危险。特别是我敢于用悲剧（关于这个问题，似乎时
间从各方面来说对我们都是相当有利的）无可辩驳地证明，假如它
不想远离自己的完美性，就寸步离不开亚里士多德的准绳。

---

① 《欧几里得几何学》产生于公元前4世纪，被称为数学的基础教材。
莱辛把这本教科书与亚里士多德的《诗学》相比美，这是因为当时的欣赏趣
味正处于转变时期，仿佛审美作品也要服从类似欧几里得定律那样的普遍性
要求。在他看来，亚里士多德规定了这种普遍性的框框，这是人们应该严格
遵守的，在当时新的情感说的背景下，莱辛在阐释这个框框的内容时，却立
即想到了莎士比亚的激情描写。启蒙美学和天才美学之间的断裂，在这里表
现得十分清楚。

　　按照这种信念，我下决心详细地评论了几出法国舞台上最著名的样板。据说法国戏剧完全是按照亚里士多德的规则创立起来的，有人特别喜欢哄骗我们德国人，说法国戏剧只有借助这些规则，才达到了完美性的阶段，而它也就是站在这个高度上来俯视所有新兴民族的戏剧的。长期以来，我们也是坚定不移地相信这一点，对于我们的作家来说，摹仿法国人跟按照古人的规则创作是一码事。

　　但是，偏见是无法永久抗拒我们的感情的。幸运的是，几出英国戏剧把我们的感情从昏迷中唤醒过来，使我们终于认识到，悲剧除了高乃依和拉辛给它的效果之外，还能产生一种截然不同的效果。在这种突如其来的真理光辉照耀下，使我们从另一个深渊的边缘上退了回来。英国剧作显然没有法国剧作教给我们的那些规则。从这里应该得出什么样的结论呢？结论是：没有这些规则，悲剧照样能够达到自己的目的，假如有人未能完满地达到这一目的，倒可能是这些规则的过错。

　　对这一点或许不必苛责！然而，有的人居然拿这些规则跟一切规则混淆在一起，而且自视学识渊博，规定天才必须做什么和不许做什么。一句话，我们曾经想拿一切过时的经验开个玩笑，而宁肯要求每一个作家都去重新创造自己的技巧。

　　如果我认为找到了阻止这种鉴赏力发酵的①唯一方法，从而把为我国戏剧做的几点成绩归功于自己，那只能说明我太爱虚荣。不过，至少我可以毫无愧色地说，我终究为此着手做了一些工作，同时还孜孜不倦地驳斥了法国戏剧关于规则的谬见。没有哪一个民族对于古代戏剧规则的误解比法国人更严重。他们在亚里士多德的著作里，发现了几条关于戏剧的最恰当的表面布局的附带说明，便奉为重要论点，

---

　　①　这是过渡时期形势的标志，而这种形势的标志则是狂飙突进一代人的出现。尽管在文学作品方面只有一部盖斯腾伯格的《乌格利诺》，莱辛在自己的印刷厂里出版了这部作品，他还是认清了时代的标志，把自己的《剧评》理解为反对这些潮流的堡垒。

而真正的重要论点，却又被他们用种种界说和解释大大加以削弱，由此必然产生一些远远低于最高效果的作品，而哲学家就是以这种最高效果来审查他的规则的。

我在这里斗胆①发表一点看法，任凭人家怎样理解都行！请举出有哪一部伟大高乃依的剧作，我不想把它写得更好些？打赌有什么用？

不，有用的，我不希望人家把这种看法视为吹牛皮。请注意我的附注：我一定会把它写得更好，但还远不如高乃依，写出来的东西还不是杰作。我一定会把它写得更好，但我不能妄想使它成为杰作。我什么都写不出来，而每一个像我一样坚信亚里士多德的人都能写得出来。

给我们那些批判的鲸鱼们来一只木桶吧！② 一想到它们在这只木桶里玩得那样开心，我就高兴。这木桶是专门为它们制作的，尤其是专门为哈雷盐水里的小鲸鱼③制作的！

借这个改变话题的机会——它不必有丰富的内容——把严肃的开场白的调子，转变为我给最后这几期刊物规定的加演节目的调子。有谁能像 Stl. ④ 先生那样提醒我，现在是加演节目开始的时候了呢？Sd. 先生在枢密顾问克洛茨先生的《德国丛书》里，已经预告了这出

---

① 这是向"加演节目"的过渡，即开始与"德国丛书"上的评论（参见本书附录"同代人的接受"）进行论争。莱辛是以创造性和嘲讽的态度对待评论的，他把这种评论理解为与克洛茨进行论战的一部分，他在《关于古代内容的书信》里就是这样说的。他的"打赌"是针对人们对他的高乃依分析所作的批评说的，暗示"德国丛书"猜想他爱上了什么人，说他吹捧罗文太太和菲尔布里希小姐是有"秘密原因"的。

② 这是针对"批判的鲸鱼"的嘲笑说法，习惯上用于海员之间，给鲸鱼一只木桶，让它们在里面游戏，从而让它们离开船只。

③ 指制盐城哈雷的枢密顾问克洛茨。莱辛于 1768 年米加勒日（9 月 29 日）出版了他的攻击克洛茨的《旧书信》第一部分。——编者注

④ 评介作者 Stl. 真名不可考，莱辛似乎认为所谓 Stl. 即克洛茨本人。——编者注

加演节目的内容。

这位身穿花坎肩①的滑稽角色，用自己的鼓殷勤地替别人服务，究竟能得到什么好处呢？我记不得曾经答应过给他一点报酬。他大概只是为了自己寻开心才这样敲锣打鼓。天晓得他从哪里得来这些消息，街头巷尾那些可爱的少年，惊讶地跟在他身后，并从他嘴里知道了这些第一手的消息。他一定会占卜术，比《使徒传》里的女婢还要高明。② 否则谁能告诉他，《剧评》的作者，便是该书的出版者③呢？否则谁能向他泄露，为什么我要吹捧一位女演员声音洪亮，抬高另一位女演员的尝试演出的秘密原因呢？自然啦，我当时爱上了这两位女演员，但是我从不相信，哪一个机灵鬼能看破这件事情。这两位女演员也不能亲自告诉他，可见占卜是灵验的哩。如果我们高贵的记者和报刊撰稿者先生们用这样的小牛耕地，④ 我们这些可怜的作家就要倒楣了！如果他们抛开渊博的学问和敏锐的感觉，也利用这种最神秘的魔术来判断事理，谁还能与他们对抗呢？

Stl. 先生根据他那山神的暗示写道："若不是那篇批驳书商的论文花费作者许多精力，他或许早已写完那部作品，我也会为《剧评》的第二卷做广告了。"

假如一个山神从不说谎，人们也不想把他视为说谎者。这坏东西在这个问题上给好心肠的 Stl. 先生灌到耳朵里去的，并非完全是捕风

---

① 穿花坎肩的人，指的是舞台上的小丑，这里指的是克洛茨。

② 典出《新约·使徒行传》，第 16 章，第 16—18 行，说的是保罗让使女摆脱了附在他身上的巫鬼。这里是嘲讽的意思：尽管基督教取消了这种巫术，评论者似乎在他的暗示和猜测中仍然利用了这种巫术。

③ 暗示原版封面并未印上出版社的名字，可翻印的版本却印上了"道斯利和康巴尼"（即施维克尔特）。

④ 典出《骑士书》（*Das Buch der Richter*），书里说是希姆松给男人们出了一个谜语，由于他老婆泄密，被人们猜出来了，他说："你们若是没用我的小牛耕过地，你们是猜不出我的谜语的。"

捉影。我的确有过这种打算。① 我曾经想告诉我的读者，为什么这部作品常常中断，为什么花了两年时间，费了九牛二虎之力，才做完本来答应一年做完的事情。我曾经想对于翻印倾诉不平，有人企图借这种最简便的方法，把这部作品扼杀在摇篮里。我曾经想对于翻印的不利后果提出几点看法。我曾经想建议采取一种措施来控制翻印。但是，这并不是什么批驳书商的论文，而是为了他们才写的，至少是为他们当中那些正直的人而写的，而且这样的人是有的。我的 Stl. 先生，请您切不要过分相信自己的山神！您看，这个下流东西对于未来的预卜，只对了一半。

对于傻瓜的回答，就其傻气来说，② 已经是足够了，说得多了，他反倒自以为是个聪明人。因为有人说：不要按照傻瓜的傻气来回答傻瓜的问题，免得你自己变成跟他一样的人！这意思是说：不要按照他的傻气回答他的问题，事情会因此而被忘掉，你自己也会因此而变成他那样的人。现在我再转向我的严肃的读者，并为这些笑话而真心实意地请求原谅。

大家都知道，为什么这份刊物的出版会延迟至今，为什么完全停刊，唯一的原因就是有人翻印，有人想通过翻印让更多的读者受益。在对这个问题作进一步说明之前，请允许我拒绝那种所谓出于我的私利的怀疑。剧院本身为此付出了经费，希望通过销售这份刊物至少赚回一笔相当可观的费用。这个希望落了空，于我并无损失。但我为继续出版刊物搜集的材料未能嫁出门去，却也使我有点恼火。我甘愿放下这副犁，像把它扶起来时的心情一样。克洛茨及其同伙本来希望我从未扶过这副犁，他们当中一定会有一个出来，完成这项已告失败的

---

① 暗示莱辛的确有过出书和推销书籍的想法，见他的遗稿 Leben und leben lassen（写于 70 年代）。

② 引文出自《旧约·所罗门箴言》，那里说："不要按照傻瓜的傻气回答他，免得你成为和他一样的人。"——"但是要按照傻瓜的傻气回答他，免得让他以为自己聪明。"［中译按］参见《旧约·箴言》，第 26 章，第 4—5 行。

工作，并且告诉我，能够而且应该赋予这样一份定期的刊物以什么样的定期的益处。

我不想隐瞒，而且也无法隐瞒，这最后一部稿子几乎是在标明日期的一年以后写出来的。想在汉堡建立一座民族剧院的美梦，又消逝了，据我对这个地方的了解，它也只能使这样一场美梦落空。

但是，我不会把它放在心上！我绝对不愿意给人这样一种印象，似乎由于我所参与过的一切努力都变成了泡影，便把它视为一场巨大的不幸。尽管我参与了这些努力，它们仍然可以毫无特殊的重要性。假如具有重大意义的努力由于工作不热心而遭到失败，像我的努力由于同样原因遭到失败那样，又能怎么样呢？我未能写出五卷或者六卷《剧评》，而是只写了两卷，这并不能使人世间遭到任何损失。假如一位优秀作家的一部有益得多的作品同样被扼杀，人世间可能会遭受损失；世界上确实有这样一些人，他们制订出一套明确的计划，使哪怕是最有益的、在类似处境中所从事的事业归于失败。

我不愿意考察这些事情，而认为自己有责任向读者告发一件令人不可思议的阴谋。翻印《剧评》的道斯利和康巴尼，若干时间以来，在书商中间散发了一篇文章，现将原文照录如下：

发给书商先生的消息

我们在许多书商先生的协助下，决定禁止那些没有必要的资格将要介入书店的人（例如在汉堡和其他地方新开设的所谓的书店等等）私费出版书刊，并不顾他们的版权进行翻印，将其定价也随时减半。参与这项计划的书商先生们注意到，这样一种肆意破坏一定会给所有书商带来巨大损失，因此他们决定为了支持这项计划而设立一笔基金，投入一笔相当可观的款项。他们请求暂不公开姓名，并答应继续支持同样的措施。我们期待其余正直的书商先生们照此方式增加基金，并恳求他们替我们的出版社广为宣传。至于印刷和纸张的质量，将不会低于前者。此外我们将密切注视大量走私商人，避免他们在书店里进行纠缠和滋扰。我们向各位同事先生们保证，绝不翻印合法书商的一页书。相反，我们倒要非常注意，倘有人翻印本协会的一本书，不仅将给翻印者造成一切损失，而且也将给出售其翻印品的书商造成损失。因此，我们恳请各位书商先生，能在一年之内，即在公开我们的整个书商协会的姓名之前，将一切翻印品脱手，或者等待本出版社实行半价或者以更便宜的价钱出售。本协会倘需翻印某些书商先生的书籍，将按照基金的比例和收益，给予一笔可观的报酬，绝不欠缺。我们希望在正直的书商先生们协助下，于短期内克服书店方面的其余弊端。

如果情况允许，我们将每年亲自赴莱比锡赶复活节集，倘去不成，也将派出全权代表。顺致问候，并拜上各位忠实的同仁。

J. 道斯利和康巴尼

假如这篇文章不包含别的内容，只是邀请书商建立一个比较严格的联合会，以便把风行成灾的翻印控制在同仁之间，是没有一位学者不欢迎这篇文章的。明智而正直的人们怎能想到，这个计划居然扩张得如此厉害呢？为了制止个把溜门撬锁的小偷，他们自己想变成拦路抢劫的大盗吗？"他们要翻印那些翻印他们的书籍的人们的书籍。"但愿如此，假如当局允许他们以这种方式进行报复的话。然而，他们同时却要"禁止私费出版"。他们是什么人，居然想禁止私费出版？他们敢不敢用自己的真名实姓来从事这项犯罪活动？在什么地方，在什么时候禁止过私费出版？这怎么能禁止呢？什么样的法律能够侵犯一位学者从他个人的作品里采取可能的方式获得一切收益的权利？"但是，他们没有必要的资格介入书店"。什么是必要的资格？跟随某人学习五年包装，除了包装之外，别的不会吗？是谁无权介入书店？从什么时候开始，售书业成了一种行会？什么是它的不可侵犯的特权？谁授予它的这些特权？

假如道斯利和康巴尼想完成他们的翻印《剧评》的事业，我请求他们至少不要删节我的作品，而是把这些反对他们的文字也如实地翻印出来。至于说他们要为自己附加一篇辩护词①——假如他们有办法为自己辩护——我是不会责怪他们的。他们可以把这篇辩护词撰写成任何一种风格，或让一位愿意向他们出借文笔的渺小的学者来撰写，甚至可以把它撰写成妙趣横生的克洛茨风格，其中有着丰富的小史、轶事和诽谤，没有一句实话。不过我要事先声明，说病态的私利促使我如此激烈地反对他们，这类微不足道的暗示都是谎言。我从未私费印刷过什么东西，在我的一生当中大概也难以做到。如上所述，在书商当中我认识不止一位正直的人，我宁愿把这样的事托给他们去做。但是，对于这样一些人表示蔑视和憎恶——跟这些人相比，所有绿林盗匪和拦路抢劫的人确实算不得最坏的人——他们当中谁都不该责怪我。这些人干的是只身剪径，道斯利和康巴尼却想成群结伙地抢劫。

最好是接受这种邀请的人不多。否则的话，该是学者们严肃考虑实现著名的莱布尼茨计划②的时候了。

---

① 施维克尔特两者都做到了，既翻印了莱辛的书稿，又附加了一篇"插话"作为辩护词（见前文"插话"）。

② 莱布尼茨（Gottfried Wilhelm Leibnitz，1646—1716）曾经多次指出书商的缺点，最重要的一次是在他为美因茨大主教写的计划草案《论图书事业革新的正确方法》（1688）中。他建议所有学者都联合起来，自己掌握自己作品的印刷和销售，以便取消书商这个环节。

附　录

Wilfried Barner / Klanus Bohnen　编

《汉堡剧评》补遗

一　评论草稿

1

今天重演《萨拉·萨姆逊小姐》。①

比勒菲尔德②伯爵先生在他那本新出版的德文杂志③上，也发

---

① 1767 年 7 月 20 日重演《萨拉·萨姆逊小姐》，这篇残稿就是趁这个机会起草的，最终还是没有派上用场。早在第一次演出的时候（1767 年 5 月 6 日），莱辛就分析过他的作品的接受问题（参见第 14 篇）。

② 比勒菲尔德（Jakob Friedrich Freiherr von Bielefeld，1717—1770），作家、政治家，莱辛的引文出自他的 Progres des Allemands dans les sciences, des belles letters et des arts, particulierement dans la poesie et l'eloquence（1752，新版，即第三版，出版于 1767 年），原文是：Quoiqu'on voie ici une piece originale de M. Lessing, auteur allemand, qui s'est fait connaitre par beaucoup d'ouvrages tres estimes, il semble cependantque le sujet en soit pris ou imite des romans anglais et que l'esprit aussi bien que le gout de cette nation y domine. On y trouve beaucoup de cette vivacite, de cette ame que les Anglais nomment 'humour', beaucoup de naturel, de force et d'esprit。（第 15 章，序言）——比勒菲尔德的评论涉及了当时的重要问题，即题材的从属性和个人虚构的关系（见"评论草稿"，1），这个问题引起过许多关于剽窃的指责。对于莱辛来说，虚构这个概念是与题材的原创性无关的，而是存在于戏剧性地实现一个情节结构的过程中，它能建立起一套自身的互相联系，追求它自己的独立目标。这里所说的"英国小说"，即撒木尔·理查生（Samuel Richardson）的 *Clarissa Haelowe*（1746），只在他的剧本题材形成历史上起了一部分作用，丝毫不能减少莱辛在他剧本的戏剧结构方面所扮演的"虚构者"角色。

③ *a Leide*，1767 年 8 月，第 2 卷，第 343 页。

表了一个详细摘要，向外国人介绍这部作品。作者一定会为这份荣誉对他心怀感激之情，不过，这样他就对伯爵先生的评论不提出这样或者那样相左的意见了吗？

比勒菲尔德先生说："《萨拉·萨姆逊小姐》固然是一出原创性的德国作品，可它的题材似乎是取自英国小说，或者是模仿英国小说，作品里充满了这个民族的精神和审美趣味。"

这些话的真正意图是什么呢？题材似乎是取自英国小说？若要否定一个人的创造，只说一个"似乎"就够了吗？指的是哪一部英国小说？

2

《太太学堂》的批评①

多 兰 特　这么说，我的先生，你相信只有严肃的诗歌才是有意义的，才是美的，喜剧不过是些蹩脚的东西而已，它们是丝毫不值得称赞的？

乌拉尼亚　至少我不这样认为。悲剧只要写得好，无疑是某种美的东西，喜剧同样也是有魅力②的，我认为两者写起来都不容易。

多 兰 特　没错，太太，假如您说写喜剧更困难一点，大概也不算错误。比如说，把一些大言不惭的想法悉

---

① 这是莫里哀《太太学堂》第七场戏的译文，与第 53 篇有关系，可能是为了在 1767 年 7 月 24 日计划重新上演《太太学堂》而选出来的，但这个计划未能实现。莱辛恰恰对这个段落感兴趣，说明他除了第 53 篇中所说的小说与戏剧的类型差别之外，曾经有意深入研究喜剧与悲剧之间的关系这类重要问题。

② 蒙克尔最初理解成"有益"，这里依据的是彼得森（Petersen）的解释，符合法文原作的意思（魅力），就上下文来看更有意义。

数抖搂出来，用诗来回答什么是幸福，抱怨命途多舛，信口说出一些亵渎神灵的话等等，我觉得比恰如其分地表现人的可笑之处，比用愉快的方式把他们的缺点表现在舞台上，要容易得多。假如您描写英雄人物，可以根据自己的心愿去描写，它们的面孔都是根据个人的感觉描绘出来的，谁都不会要求它们具有相似性，您只需凭着想象力聚精会神地把它们的特征表现出来就行了，只有竭力不违背真实，才能捕捉住奇妙的东西。但是，假如您描绘的是人，大家就希望这些画面有相似之处，如果您实在做不到这一点，我们便无法从中辨认出我们亲人的真实面貌。总之一句话，在一出严肃的戏剧里，为了避免遭人责备，只说些合乎情理的话，好好地把它们表达出来，就足够了。不过这些话并不适合别的剧本，在别的剧本里应该有风趣，让头脑冷静的人发出笑声，这可是件相当棘手的事情。

特鲁布莱①

人们对待喜剧要比对待悲剧认真得多。让一个头脑清醒的人动情，甚至让他流泪，远比让他开心，逗他哈哈大笑容易得多。人的心一旦受到触动，总是容易波动的，机智则相反，在某种程度上它是不

①　译文出自 "Essais sur divers sujets de litterature et de morale par Mr. l'Abbe Trublet"（1762），IV 215。莱辛在第 53 篇里提到过特鲁布莱。这段引文紧接多兰特的解释，与莱辛 1768 年 6 月 9 日给卡尔·莱辛的信中所表达的看法相类似："引起怜悯比逗人发出笑声还容易，学会什么叫幸福与不幸，比学会什么叫道德与不道德，什么叫体面与可笑还容易。"

讲究风趣的。在不该笑的地方大笑，比起无缘无故的哭来，我们的虚荣心仿佛更容易受到伤害。前者表现的是愚蠢，后者只不过是软弱而已，而这种软弱是以善良为前提的。

3

第五十个晚上①（星期五，7 月 24 日）重演了莫里哀的《太太学堂》。

在莫里哀看来，② 1661 年后半年和 1662 年全年，他的剧院遭到了相当的冷待。全城人都跑到意大利人那里去观看斯卡拉姆切（Scaramouche），③ 因为它又回到了巴黎。莫里哀若是不想在空荡荡的剧场里演戏，他就必须弄点新鲜东西来吸引观众，比如说弄点外国的滑稽故事之类。可他却偏偏拿出他的《太太学堂》，而同样的观众，他们在那里为那些乏味的滑稽表演，用语言的大杂烩抖搂出来的令人呕吐的下流笑话，热烈鼓掌，开怀大笑，对待他却表现得特别严厉，好像他这里除了道德说教什么都没有，好像他们已经习惯了聆听优美风趣的笑话。可他还是把这些观众吸引来了，只要人们不断来他的剧院，他乐意听人批评。

对这其中的大多数批评进行羞辱，对于他来说如同探囊取物，随时都能信手拈来，他总是要用自己的方式来做这件事情。他要把这些乏味的批评搜集在一起，把它们分成各种可笑的原话，由某几个具有健康趣味的人物说出来，让他们在对话中对他的作品表示赞成，或者表示反对，犹如一出短戏一般，他称这是对前者的批评（《太太学

---

①　这是为重演莫里哀剧本所作的准备工作。当然，计划中的演出未能实现，所以这篇残稿也未派上用场。——值得注意的是，莱辛不断地脱离舞台演出，事先精心准备他的评论，不单单是搜集资料。

②　这段文字意译自伏尔泰的《莫里哀的生平》一书。

③　即兴喜剧的性格面具，这种喜剧能把大量意大利即兴喜剧串联起来，其中的滑稽人物颇受观众欢迎。

堂》的批评），而这里上演的正是这出戏。在他以后不止一位作家沿用过这种做法，但没有一个成功的。因为一出普普通通的剧作，不可能通过这样自卫式的辩护，取得一出好作品的声望，而一部好作品没有这种自卫式的辩护，也能经得住恶意的攻击，肯定会令人欣慰地流传后世。

4

今天上演了①《奥琳特与索弗洛尼亚》。

我曾经错误地以为克洛奈格先生是一位戏剧诗人。

为什么我们总要向外国人夸耀我们本来就没有的财富？比如《百科报》② 上就有人说过，他怀疑自己是否喜欢过我们的戏剧，是否任何时候都愿意看我们的戏剧。相反，他倒是说过，这是一出令人无法忍受的戏，剧本的对话十分无聊。

至于这份杂志关于他的《奥琳特与索弗洛尼亚》还说过什么，听起来更令人惊讶。

"他的《克特鲁斯》所获得的掌声，③ 使他颇受鼓舞，于是他又开始创作另外一出悲剧，他要在这出悲剧里，仿照希腊人的办法，重新引入合唱。他想试试看，既然拉辛的《亚他利雅》④ 在法国取得那么多成功，说不上在德国也能成功。但是，在他克服了所有巨大困难，工作接近完成的时候，他立刻放弃了自己的打算，因为他觉得，

---

① 1767 年 8 月 12 日重复上演了克洛奈格的《奥琳特与索弗洛尼亚》，这篇残稿应归入为此而作的准备工作，下面摘录的一段话，是为了回答某些评论家的，他们批评了他在第一篇里发表的克洛奈格评论，参见第 7 篇："使我非常惊讶的是，有人曾经断定，我那直言不讳的评论会激起许多读者的愤慨。"

② 《百科报》（*Journal Encyclopedique*），VI 88，1761 年 9 月号。

③ 出自《百科报》，VI 91f。

④ 拉辛最后一部悲剧（1691），因其形式严谨颇受称赞。

鉴于德国音乐自身的特点（attendu la nature de la Musique allemande），他的计划是无法实现的。他认为应该说明的是，德国音乐无法承担他要表达的美丽的价值观念和高尚的思想。① 可在我们看来，他完全能够驾驭这种音乐，像伏尔泰先生在他的《布鲁图斯》中那样处理合唱。

"不过，按照他的想法，这事该停下来了，于是他放弃了这出戏。那些剩余的、光彩夺目的手稿，让人特别惋惜他没有最后完成这部作品，否则德国会为自己有一部基督教悲剧，还给他们的剧院带来了荣耀而感到骄傲。"

这些话说得多么乏味！德国音乐！也许有人会说，德国诗歌根本就不配谱上音乐吧！

整个事情都是不真实的。克洛奈格根本就没有放弃他的工作，相反，他是死在工作当中的。

记者在文章最后说的那些话，一看就知道那是撒谎："一位英国作家认识了这出悲剧的价值，把它拿了过来。他的作品出版时用的标题是：奥琳特与索弗洛尼亚，根据塔索改编的悲剧，作者阿卜拉汉·珀塔尔，伦敦，1758。"就这样，好心的珀塔尔成了剽窃者，也许他根本就没有听说过克洛奈格这个名字。是的，1758 年，克洛奈格的《奥琳特》尚未出版呢。②

5

第六十五个晚上（星期五，8 月 14 日）重复上演了霍伊菲尔德先生的《尤丽》和史雷格尔的《寡言的漂亮姐》。

在《尤丽》之前，霍伊菲尔德先生由于在维也纳上演了两出戏

---

① Il crut appercevoir qu'elle n'etoit nullement proper a rendre la beaute des sentiments et la noblesse des pensees qu'il vouloit exprimer。

② 克洛奈格的《文集》出版于 1760 年。

而成了名人，这两出戏叫《操持家务》和《摩登情人》。除了标题之外，我尚不了解它们。但是，他在《尤丽》以后所写的第四出戏我是读过的。

名字叫《生日》，共分三场。从它的布局来看，按照法国人的说法，属于抽屉式戏剧（Pieces a tiroir）。① 就其基调来说，是一出滑稽剧，尽管这出戏的人物并非全都来自下层社会。他描写了各种各样可笑的人物，他们趁着一次过生日的机会全都聚在一起，他们在维也纳一个贵族家庭里，用普通的方式过生日。第一场戏描写了一系列早晨会见，人们来到一位贵妇人家里，对她表示祝贺。第三场戏表现的同样是这些人物在一场晚宴上的表演。中间一场戏是一场小型喜剧，名字叫飞利浦大哥的小妹妹。

6

第 71 场演出：② 《苏莱曼二世》

法瓦尔的改动是出于批判的原因？抑或只是为了讨好他的国家而这样做的？为了把他的法国女人不只是变得最活跃、最机智、最会消遣，而且还是最高尚和最慷慨的少女？以便让人家说：的确是这样，她是个傻乎乎的、粗心大意的小东西。可同时也是个心肠最好的人？就像布瓦希③在《伦敦的法国人》中把他那衣着时髦的人最终变成一个令人尊敬的年轻人。由此再毁掉一切善良的东西，因为这种描写只能使他显得愚蠢可笑。马蒙泰尔关于衣着时髦的角色，说过这样的话

---

① 指仅有松散的场次，没有严格统一性的剧本。

② 面临 1767 年 8 月 24 日的演出，为第 33 篇至第 35 篇起草的补充意见；在第 35 篇里提出的问题："是什么促使法瓦尔做这种改变呢？"这个问题在这里重又提了出来。

③ 布瓦希（Louis de Boissy，1694—1758），法国喜剧作家，尤其因 *Pamela – Parodie*（1743）而著称。

（法兰西诗学，第 2 部，第 395 页）："人们借助模仿衣着时髦的人，使自己得到快乐，他的所有滑稽特征已经被糟蹋殆尽，对他的模仿只对某些年轻人具有示范意义，因为他们具有成为这类人的气质。"

总体来说，法国戏剧诗人现在都是最会讨好国家的人。只有诗人们的虚荣心才能使他们的尝试得到保护。这方面的证明，可以举《围困加莱》为例，最新的例子可以举……

我们德国人都是些好心肠的傻瓜，尾随着他们表演这些作品，还在德国舞台上散布法国人那些赤裸裸的赞美之词。

我们不可能喜欢他们这样的悲剧，他们这样的喜剧一定也会彻底失败。我们没有罗塞兰那样的人，我们没有衣着时髦的人，我们的演员到哪里去寻找那样的样板呢？他们总是演不好这样的角色，这是毫不奇怪的。这样反倒更好！

7

这些演员①②是最先关照伟大高乃依的孙女③的人。为了给她助兴，他们演出了《罗多居娜》，观众蜂拥而至，当着他的后代来报答法国戏剧的创始人。勒·布伦④向伏尔泰先生介绍了高乃依小姐，他

---

① 集中在"评论草稿"，7 中的残稿，是不同题材范围里的笔记。前两节涉及的是比埃·高乃依《罗多居娜》（第 32 篇）评论的结尾，在这里并未特殊提到高乃依的评论者伏尔泰，莱辛在那里答应："关于我的这位前辈，我将在下一次重演《罗多居娜》的时候多谈一点意见"（重演是在 1767 年 8 月 26 日举行的）。

② Die Ephesian Matron von Ogilby. v. Cibb. Vol. 2. p. 267. a Poem. Die Ephes. Matr. Von Char. Johnson ibid. Vol. 5. p. 342. a Farce.

③ 这里不能理解为对家庭关系的准确描写，实际上演员们和伏尔泰所"接待"的 Marie – Anne Corneille 是这位作家的一位叔叔的女儿。

④ 勒·布伦（Ponce Denis Ecouchard le Brun，1729—1807），文书和业余作家，1760 年写了一首颂歌，请求伏尔泰给予支持。

把她接到自己身边，对她进行抚养和教育，通过出版她祖父的作品，为她置办了一份嫁妆。

大家觉得伏尔泰先生这件事情做得非常漂亮，有人把它写成了散文，也有人把它写成了诗歌，还有人把整个故事编成了一部希腊式的小说（《埃斯库罗斯的侄女》，1761）。

这件事情的确值得赞扬，可实际上又没有什么光彩，因为伏尔泰帮助的不是别人，而是伟大高乃依的孙女。与其说是荣誉，毋宁说是一种报答，他本来就能预见到，这种荣誉会给他带来更多的东西。某些来自封泰耐尔的辱骂，① 对于伏尔泰来说或许也是一种激励呢。

伏尔泰写评论高乃依的那本书，被认为是一件非常杰出的、不图私利的慷慨行动。（《百科报》，1761 年 10 月）"他做出来的这个榜样，是无与伦比的；可以认为是他离开自家的土地，去他邻居家的土地上干活，而且还赋予邻居家很高的报酬。但愿那些诽谤他的思想的人，至少对这样一种不多见的高尚行为给予赞扬。人们常常见到伟大人物互相学习，但是他们没有互相评论的习惯。在无数的出版家、评论家和编纂家当中，人们能够举出许多有学问的人，有的人有风趣，有鉴赏力的则很少：他是第一个既有天才，更有鉴赏能力，有风趣的人，甚至比他们当中任何一个都更有学问。我们会更多地赞美《罗多居娜》《波利厄克特》的作者、《西拿》的作者，如果我们能够看见他的作品具有丰富的注释，而这些注释又是出自《马哈迈德》的作者之手，出自《阿勒齐尔》作者之手或者出自《墨洛珀》作者之手，他们将加强我们从高乃依那里得来的看法，如果可能他们将让他在我们看来更加伟大，他们将让我们从阅读文本当中获得更多的快感和益处。"

这些谄媚式的预言，有多少已经被抛弃了？这些评论发生了多么大的负面影响！认为伏尔泰在这个问题上也有自私自利的打算，这个

---

① 就这一点而言，丰泰耐尔作为高乃依的外甥，应该最先承担起这项任务。

想法是十分轻率的。

班克①的《艾塞克思》创作于 1682 年，这就是说，这部作品是在高乃依之后出版的。他大概未见过这位法国人的作品。

他严格尊重历史事实，尽管他的剧本从布局和表达方式来看是平庸的，可他毕竟掌握了非常有趣地表现剧情的艺术，所以这出戏在舞台上能够久演不衰。

1753 年，琼尼斯（Jones）上演了他的《艾塞克思》（见《锡伯生平》，第三卷，第 175 页）。他想定期上演班克的作品，后来越做越冷淡。不过他那部作品的风格还是比较好的，语言也是富有诗意的。

1761 年，出现了布鲁克（Brook）的作品。他设法利用他那两位先贤的优点，避免他们的缺点，完全不顾及抄袭的指责。人们说，他懂得把班克的热情和慷慨激昂与琼尼斯的诗情画意结合起来。

布鲁克早就通过他的《古斯塔夫·瓦萨》为观众所熟知，可这出戏不允许在伦敦上演，有人说这出戏里含有各种各样反对当局的情节。

布鲁克把艾塞克思的性格描绘得更为高贵了，在最后一场戏里，他没有让他面对女王那样怒不可遏地说话。"同样，她让鲁特兰伯爵夫人发疯"（《百科报》1761 年 3 月号上是这样说的），"当她的著名的丈夫被押上断头台的那一瞬间。伯爵夫人令人特别同情的这一瞬间，给人的印象十分深刻，在伦敦被认为是令人叹为观止的。在法国这一出戏或许会显得可笑，或许会引起嘘声，人们或许会把伯爵夫人及其作者送进疯人院"。这对法国人来说更糟糕！

---

① 达尼尔（Samuel Daniel）的《菲洛塔斯》（*Philotas*），用陌生的人名描写艾塞克思的故事，见《锡伯生平》，第一卷，第 147 页。

8

《卡努特》① （第二幕，第四场）

乌尔佛　既然是为了荣誉，你就应该竭尽全力去拼搏。

NB。演员不应该这样说这句话，仿佛乌尔佛相信高德文当年为荣誉拼搏过。他要用下面的话表达自己的矛盾：

> 你出卖自己的血为别人换取财产，
> 你自己生活在屈辱之中，只是为了别人的光荣，
> 你在愚蠢的恐怖中劳动，像个奴隶一般。

演员必须这样说出这些道白，仿佛诗人说的一样：

> 既然是为了荣誉，你就应该竭尽全力去拼搏。他必然也要这样说话。

---

① 史雷格尔的悲剧，上演于 1767 年 9 月 23 日。莱辛的笔记似乎与他思考表演艺术的时机无关（参见第 3 篇）。

二 一般性注释

被打断的对话①

人们用线条，或者用删节号表示被打断的对话，法国人称这是 points poursuivans。

被打断的对话应该随时补充上去，这是容易补充的。在补写人物的时候，应该补写事物的本质，而不是表现诗人如何顺手，或者如何棘手。

伏尔泰说（Au Comment，见《艾塞克思伯爵》，第三幕，第二场）："这可是太粗心大意了，他的一个句子，一句话尚未说完，就被别人打断，更有甚者，这个打断别人的人是个下属，是个不懂礼貌的人，他居然打断上司的说话。托马·高乃依的所有剧本，都有这类缺点。"

如果人物的情绪要求打断，或者需要打断，有谁还会顾及礼貌呢？

倒是休姆（Home）对对话的真正美有更深入的认识。他在《批评的基本原则》② 第三卷，第 311 页上说："最常犯的毛病是，有人对你的话很不耐烦，要打断你的话，而你却继续说下去。你想想看，这时候这位不耐烦的演员会做出怎样的表情。他把自己的不耐烦，用激烈的行动表现出来，而不是打断说话的人，这将是不自然的。不过，掩盖他的不耐烦，做出一副冷淡的样子，既不着急，也不上火，同样是不自然的。"

---

① 从暗示的内容来看，可能与艾塞克思评论（第22篇至第25篇）残稿有关系，尤其是与第24篇有关系，在那里莱辛引用了伏尔泰评论艾塞克思的各种注释。

② 《批评的基本原则》（*Elements of Critik*, 1762—1765），作者 Henry Homes，德文译者 Johann Nikolaus Meinhard（1727—1767），第 3 部分（1766）。

古代悲剧里的合唱①

在当代英国作家中，有人又在设法引进合唱，其中特别是马松②做过各种各样的尝试。第一个是他的《艾尔弗丽达》（*Elfrida*），我有这部作品，他在此前的一些信件中提到过，为什么他要用这种古老风格写作。

第二个是他的《卡拉克塔库斯》（*Caractacus*），这是一部戏剧诗，1759 年出版。借后者出版的机会，《月亮》杂志（Month R. 第二十卷，第 507 页）的作者们，针对合唱那些所谓的优点，做了许多非常贴切的注释。其中特别有两条：第一，它常常能给作品带来诗情画意的美；第二，它是向观众灌输有益的道德说教最受欢迎和最合适的手段。最后，您很容易发现，马松的剧本如果没有这么多诗情画意，也许会更好。

未念过大学的诗人③（或称未受过科学训练的诗人）

亨利·琼斯，新版《艾塞克思》的作者，他是个泥瓦匠。

---

① 这是为第 63 个晚上的演出做的注释，演出剧目见莱辛编制的汉堡上演剧本目录，这段残稿表明，莱辛曾计划为克洛奈格的《奥琳特与索弗洛尼亚》的重演写一篇评论。连接点是第七篇末尾"古人"和英国人关于序幕和尾声的思考。

② 马松（William Mason, 1724—1797），按照古典形式创作的英国戏剧家，他的悲剧《艾尔弗丽达》（1752）和《卡拉克塔库斯》（1759），如他自己所说："written on the model of the ancient Greek Tragedy. "

③ 对文学和科学领域自学成才者的称呼，在第 59 篇中提到过他们，莱辛在这一篇里还提到琼斯。——这里提到的人有：亨利·琼斯（1721—1770），剧作家，他的剧本《艾塞克思伯爵》首演于 1753 年；"英国的《奥琳特与索弗洛尼亚》的作者 Abraham Portal；亨利·威尔德（约 1720），东方学者；罗伯特·希尔（1699—1777），语言学家；约塞弗·斯彭切于 1757 年把他比作意大利的图书管理员；还有从前的金匠玛格利亚贝奇（Antonio Magliabecchi, 1633—1714）。

英文版《奥琳特与索弗洛尼亚》的作者是个铁匠，或称炼钢工人。

在英国见到这样的人，从来算不上什么稀罕事，他们未经任何人指导，不仅在诗歌方面，而且在其他科学方面，也取得了非常可观的成就，他们要么是最下层的手工匠人，要么是家庭状况最糟糕的人。

亨利·威尔德（Heinrich Wild），他于1720年前后，在牛津大学教授过东方语言，他原来是个裁缝，曾经以阿拉伯裁缝闻名于世。

罗伯特·希尔（Robert Hill）是白金汉宫的一位裁缝，在意大利人玛格利亚贝奇（Magliabechi）和斯彭切（Spence）之间，于1759年写了一本类似的作品，期望借此较多地引起观众对自己的注目，尽量提升自己的地位。他学习过拉丁语、希腊语和希伯来语。（见《月亮》杂志，第二十卷，第217页）

谨　慎①

对那些毫无教养，毫无羞耻感的话语和古怪想法，只是表示温柔的气愤，并不总能证明你有一颗正直的心和纯净的想象力。最让人难为情的行为和最猥亵的想法，常常表现在同一个人的身上。正是因为他们能够清醒地意识到这一点，所以他们在外表上才表现得更为端庄。任何事情都不能暴露这种人的真实面貌，在大多数情况下，只有村野粗俗的语言才能暴露他们的猥亵，招来别人的侮辱。人们只有用正派而不伤风化的语言，把那些淫秽想法掩盖起来，才能得到大家的宽容。

----

①　从题材来讲，这则笔记一方面跟戏剧语言风格的讨论（第59篇）有关，另一方面也跟《明娜·封·巴伦海姆》在舞台上的接受有关；卡尔·莱辛在1768年3月22日给他哥哥的一封信中说，演员们对于剧中的"婊子"一词颇感为难。

　　毫无疑问，这类想法对于好的道德风尚是非常有害的，非常有欺骗性的。

　　有人曾经责怪我在《明娜》里用了"婊子"这个词。演员从来都未回避过用这个词。不管怎样，我都不会删掉它，只要我觉得适合用这个词的地方，我还会重复采用它。

　　但是，关于盖勒特和他的双关语，关于歪歪扭扭的围巾①等类语言，在《玩彩票的运气》中没有人阻止他使用。人们只是与作者一同发出会心的微笑。

　　在菲尔丁和理查生②身上也发生过类似的情况。在他最初的作品如《安德鲁斯》和《托姆·琼斯》中那些粗俗的表达方式，曾经遭到强烈指责，可那些经常出现在《克拉丽撒》里的伤风败俗的思想，却并未招来任何人不愉快。英国人自己就是这样评论的。③

————————

　　①　参见盖勒特（Christian Fuerchtegott Gellert）的喜剧《玩彩票的运气》，III 4。

　　②　亨利·菲尔丁，著有滑稽幽默小说《安德鲁斯》（1742）和《托姆·琼斯》（1749）；撒木尔·理查生的小说《克拉丽撒·哈楼》（Clarissa Harlowe，1747—1748）具有道德说教性质。

　　③　指《每月评论》（第二十卷，第132页）的作者。他们指摘卢梭把《克拉丽撒》当成了所有语言当中最美丽、最优秀的小说。"为了纪念一位已故的才华出众的作家，并公正地对待他，我们不能不在这里说明，我们常常会惊讶地发现，当人们要求提高敏锐的感觉时，却在《约塞夫·安德鲁斯》和《托姆·琼斯》中受到了庸俗的表达方式的伤害，而对《克拉丽撒》里那些肮脏的伤风败俗的思想，却丝毫不觉得反感。我们要问问这些感觉十分敏锐的人，他们认为最糟糕的是什么：是用庸俗语言表达连自己都讨厌的庸俗思想，还是用文字写出令人讨厌的肮脏的思想，这些文字无须劳驾耳朵便可进入心灵？在这种情况下，我们无法掩盖自己，我们是赞成那位容易轻信别人的斯利普斯洛普太太（指的是菲尔丁小说《约塞夫·安德鲁斯》里的"斯利普斯洛普太太"）的惊讶的喊叫的："玛丽，咱们走吧！人们的耳朵有时是他们身上最好的耳朵。"毫无疑问，那一部英国喜剧里的无聊角色说过这样的话，莫里哀把它借用过来了。见"《太太学堂》的批评"。

评论家指摘的东西,[①] 他不一定做得比别人好

所谓指摘，就是说出你所不喜欢的东西。

关于这种不喜欢，要么承认这只是感觉而已，要么说明理由来支持你的感觉。前者是有欣赏趣味的人，后者是艺术评论家。他们当中有谁既懂得指摘，又能做得比别人好呢？

人们未必能够驾驭自己的感觉，但是人们能够驾驭自己，把他们感觉到的东西说出来。假如一个有欣赏趣味的人，他不喜欢一首诗，或者一幅画里的某些东西，那么在他说出我不喜欢之前，一定要先去当个诗人或者画家吗？我觉得我的汤咸了，难道在我学会煲汤之前，就不能说它是咸的吗？

艺术评论家的根据是什么？是他从自己的感觉中得出来的结论，是把自己的感觉与别人的感觉进行比较得出来的结论，他还要运用关于完善与美的基本概念。

我看不出，一个人对待自己的结论为什么要比对待自己的感觉更克制一些。艺术评论家不只是能感觉到他不喜欢什么，而且他也能说出"因为"。这个"因为"是否一定得把他与"比别人做得好"联系在一起呢？只要它能说出"因为"，就可以不必"比别人做得好"。

自然了，如果这个"因为"是一个好的缜密的"因为"，他就会轻而易举地说出为什么不喜欢，应该怎样才不至于让他不喜欢。

但是这一点极容易引诱艺术批评家发表关于美的指导性意见，这种美既能够，也应该代替遭到指摘的缺点。

[①]　内容涉及《德国丛书》对莱辛"剧评"批评方法的批评，说它没有创造性，因为它不能通过文学样板得到提高。莱辛在第 96 篇里引用了这篇批评中的一段话："舞台必须通过样板进行改革，而不是通过规则。发议论比自己去虚构要容易得多。"这段文字与这些考虑是同时产生的，亦即 1769 年初。

我用了"引诱"这个词，因为人们对某些事物发表意见，是被引诱的，而不是被强迫的，这样对某些事物发表意见，有可能导致坏的结果。

如果艺术评论家对戏剧诗人说，与其这样描写戏剧冲突，不如采用别的方法；与其这样解决矛盾，不如采取另外的方法解决矛盾更好。艺术评论家是很容易受这种引诱的。

因为谁都没有权力要求他，一定要发表这样的意见。如果他只是说，你的冲突丝毫不起作用，你的故事情节也不好，再指出原因是什么，这就尽到了他的职责。至于怎样才算更好，诗人自己会考虑的。

他愿意帮助别人，诗人也愿意找人帮助自己，他去了，按照艺术评论家的建议修改了，真的，如果修改成功了，诗人和读者都会感谢他的，可是，要是不成功呢？

那也没有多少损失，全都怪他一个人就是了。只有在这个时候，为了说明自己的意见是正确的，他才有必要把那个工作马马虎虎的家伙赶下画架，拿起画笔和调色板，亲自动手。

"祝你成功！好家伙，现在就看你的功夫了！待你做完了，我们再来比较！"

有谁不相信，能够经得住比较呢！

如果他只是勉勉强强地做了修改，如果他只是满足于删除缺点，如果他不能成功地为我们大家提供一部全新的、完美的、令人惊叹的作品，他可就倒霉了！

一个医生，如果他仅能让一个盲人看见天日，而不能同时让他那天生无精打采、朦朦胧胧的眼睛变成美丽的蓝眼睛，或者光芒四射的黑眼睛，他算什么医生呢！

"值得花费这样的气力吗？对那样的缺点，我们都习惯了。从现在开始，我们要习惯修改稿。"

也许我们根本就未注意到这个缺点，是修改稿才让我们注意到了它。如果我们发现，我们在这样长时间里喜欢的东西，却是不应该喜欢的东西，我们会感到恼火的。

　　总而言之，如果说他的指摘为自己招来了侮辱，那么由于它"比别人做得好"，将会受到双倍的侮辱。

　　但愿你做得更好！这显然是被指摘的作家向他提出的挑战，但是这并不意味着他应该接受挑战。这只是击剑手用的那个护手盘而已，它是用来缓冲艺术批评家的攻击的。

　　艺术批评家若是接受这种挑战，他就倒霉了，这活儿就一股脑儿推给他了。

　　他若是接受这种挑战，他就是幸运的。但是，有谁会承认他是幸运的呢？世界上没有这样的人，艺术家不会承认，他那些批评界的同行也不会承认。

　　艺术家中那位被指摘的人是不能指望的，至于其余的人，世界上没有一只乌鸦把另一只乌鸦眼睛啄出来的事情，指不定哪一天也会轮到他们头上。

　　不过，他们一定会诅咒他树立了这样一个恶劣样板，说他滥用了自己的权利，从现在起人们会要求他们所有人都做得更好。为此他应该受到惩罚！

　　归根到底，艺术批评家是唯一的一类乌鸦，它们能把谚语弄成谎言。

《汉堡剧评》初版过程

付印本是两卷本的样书（第一卷 415 页，第二卷 410 页），是委托布莱梅的克拉默于 1769 年复活节出版的，排字工作是在汉堡波德和莱辛的印刷所完成的。书中的明显印刷错误，除事先声明过的之外，这次都做了改正，不规范的拼写法，都按照德意志古典作家出版社的规则，做了正字法的现代化处理，其余一律忠于原稿。段落注释提出了订正建议。

《剧评》是汉堡剧院的评论刊物，根据它的性质，出书之前暂定每周发表两篇评论，与书中的内容完全一致。《预告》是 1767 年 4 月 22 日发表的，它是这项事业的自我介绍，继《预告》之后，于 5 月 8 日又发表了最初的三篇。直到第三十一篇（8 月 14 日），莱辛不得不中止这种发表节奏，即每周发表两篇（分别在星期二和星期五）。这期间尼柯莱提醒说，莱比锡有人盗用"道斯利和康巴尼"公司的名义出版了一部盗版书，他觉得必须停下来，"尽可能减少盗版书造成的损失"（8 月 14 日致尼柯莱的信），8 月 21 日在《皇家特许汉堡新报》上发表了下述文字：

致读者的通报

《汉堡剧评》今天应该发表第 32 篇，由于外面有人主动对它表示尊重，进行了翻印，为了给这里的出版社减少日益增长的损失，作者不得不停止印制这本书的散页，请对此书感兴趣的读者，从第 32 篇起，到内部米迦勒书店集中购买第一卷的剩余部分。

在汉堡又发生了一起盗版事件，为了设法维护权益，抵制翻印，出版事宜又耽误下来，12月7日莱辛又在同一家报纸上通报他的读者：

关于《汉堡剧评》的通报

大家都说，若要继续印行《汉堡剧评》（本书此前由于在外地有人翻印而停了下来，后来在本埠又发生了第二次翻印，于是更增加了停止出版第一卷的危险，本来答应要出版一个全本的），现在需要采取必要的保护性措施，以便维护权益，避免其他的麻烦。为此，我们在此向各位读者通报，从明天起重新开始分发《汉堡剧评》的零散篇章，而且是每周发表四篇，直到弥补上耽误的时间为止。外埠希望继续发表这些文章的读者，我们曾经恭请他们协助做好这件事情，只去购买正版文章。他们可以径直去当地书店购买，那里正在以最便宜的价格出售。自然谁都不能阻止您偏爱翻印版，但是我们要提醒您想一想，您最终必定是为了弄到一本完整的书。可是，如果为了承担开销所必要的印数减不下来，必然要停止出版。

从1767年12月8日至1768年4月15日，莱辛恪守诺言，直到1月初，每周发表四篇，自那以后，每周要么发表两篇，要么发表三篇。1768年4月，已经完成了最初的82篇。1768年4月25日，他再一次发表通报，仍然是在《汉堡新报》上：

关于《汉堡剧评》的通报

由于仍然有人在不断地翻印《汉堡剧评》，必要的担心要求我们再一次停印《剧评》的活页。大约在下月中旬，也就是一年前这本书开始写作的时候，第二卷的剩余部分，也就是从第82篇至第104篇，连同两卷书的书名一并交稿。

1768 年 6 月 9 日，莱辛在给他弟弟卡尔的信中写道："现在我手头有做不完的事情，首先要做的还是《剧评》。这本书没有继续印行，只印到第 82 篇。第二卷的剩余部分，将在几周以后一块儿出版。"事实上这两卷书是 1769 年复活节才出版的。尽管这两本书的印行方式，既无规律又拖拖拉拉，莱辛还是按照定期出版的周刊形式，保持了原来确定的日期，所以第 101 至第 104 篇，仍然写着是在 1768 年 4 月 19 日发表的。

《剧评》与汉堡剧院命运的牵连，早就不存在了。他在发表第 32 至第 82 篇的时候（1767/1768 年冬天），剧院为了重新赚回日积月累的损失，已经迁到汉诺威去了，当他完成《剧评》的时候，剧院正处于第二个演出季节，正在新领导手下走向解体。作品的出版日期，与在汉堡创立德国民族剧院"梦想"的终结，恰好是同一时间。莱辛只对最初 14 周的文稿进行了修改。

对于文本接受有意义的是，1767 年仅完成了最初的 31 篇。这些评论文章曾经取得巨大反响，翻印这些篇章的事实，也证明了这一点，自然从文本批评的角度来说，这种翻印是毫无疑义的。从 1768 年 4 月中旬开始，最初的 82 篇已经问世了，直到 1769 年复活节，全部《剧评》才算大功告成。

亚里士多德《诗学》阅读札记

《剧评》是属于亚里士多德《诗学》范围的著作。在莱辛看来，《诗学》具有教科书的性质，所以他在尝试建立文学理论的时候，总是着眼于从意大利文艺复兴到法国古典主义这一时期，看欧洲人对亚里士多德是怎样接受的。当他凭借这些努力建立自己的文学主张的时候，总是向现代的，特别是向心理学的认识靠拢，他总是用市民阶级的认识水平来理解亚里士多德思想。与此同时，莱辛继承了翻译批评的传统，并在这个基础上传播他自己关于如何解读文本的建议。在德语国家的读者看来，第一流的《诗学》翻译和解释出自库尔蒂乌斯的手笔（亚里士多德，《诗学》，德译本，附注释并另附论文，库尔蒂乌斯，汉诺威：J. Chr. Richter，1753）。莱辛早就用批判的精神研究过这部著作，这反映在他与门德尔松和尼柯莱关于悲剧的书信里（1756/1757），这些看法在《剧评》里才以最终的形式表达出来。

从莱辛直接谈到库尔蒂乌斯德译本那些段落的情况，可以清楚看出这种研究的性质。个别的重要段落，在莱辛以后的很长时间里成了标准论断，后来又做了新的解读，并把弗尔曼的翻译建议附加在尖括弧里（见亚里士多德，《诗学》古希腊文—德文对照版，译者兼主编：弗尔曼，斯图加特，1982/1984）。

第一章 论模仿科学的区别（《诗学》即属于此类），这种区别源于模仿手段或工具的不同。

尤其是诗歌艺术，还有诗歌艺术的各种特殊体裁，每一种题材所产生的效果，一部符合规则的作品的故事情节布局，这类科学各部分的数量和性质，总之，凡是属于这个范围的素材，都是我们要研究的课题。我们要按照自然的规则，开始制定最初的基本原理。

英雄诗、悲剧、喜剧、酒神颂歌和大多数用笛子和七弦琴伴奏的戏剧，全都是模仿。但是，它们有各种各样的区别，这些区别是由工具和手段不同决定的，要么是由素材不同决定的，要么是由模仿方式不同决定的。比如画家绘画是借助颜色和人物形象，有的是通过艺术，有的只是通过训练，但也有人把二者（艺术和训练）互相结合起来，这样在上述艺术中就产生了各种各样的模仿，有的是单独通过观察（Abmessung）、语言和悦耳的声音，有的则是共同起作用。

笛子、七弦琴，还有同样性质的其他乐器，例如芦笛，它们只是利用观察和悦耳的声音。舞者的模仿是通过单纯的观察实现的，不需要悦耳的声音，它们通过体形的观察（身体姿态）来表现社会风气、感情和故事情节。英雄诗借助不连贯的或者连贯的语言进行模仿，在后面这种情况下，要么把各种各样的诗歌形式混合在一起，要么像目前流行的那样，只用一种诗律。

除了广泛流行的"史诗"（即用不连贯的或者连贯的语言进行的模仿）这个概念之外，我们还找不到一个广泛适用的名词，来概括索夫容和克塞纳尔库斯（Sophron und Xenarchus）的表演，苏格拉底的谈话和其余各种模仿，它们有的是用抑扬格诗行，有的用挽歌形式，有的用其他诗歌形式。有些把诗学与诗律混淆的人，称某些诗人为哀歌诗人，对别人又称英雄诗诗人，这是因为他们称呼一个诗人，不是根据模仿，而是根据诗律，习惯上人们也用这个名词来称呼用连贯的书写方式讨论医药和音响艺术的论文。荷马和恩培道克勒斯除了诗律之外，互相之间并无共同之处，因此前者被称为诗人，后者则被称为博物学家。同样，混淆了所有诗歌形式的人，只要他不做任何模仿，例如开瑞蒙（Chaeremon）在他的《抑郁症》一书中，运用各种诗律写了一部叙事诗，仍然不是诗人。这些情况只要把它们区分开来就足够了。

在另外一些文学体裁里，例如酒神颂歌（Dithyramben）、祭祀歌曲（Nomen）和悲剧、喜剧里，也能发现上述各种模仿形式，比如观察、歌唱和诗律等等。区别仅在于，前者运用所有这些因素，后者仅用一部分。

这就是由于模仿工具和手段不同而形成的各门艺术的区别。

第四章 诗歌艺术的起源及其不同门类

艺术的产生似乎有两个自然原因（模仿，包括观察与和谐）。人从童年时代起就有模仿的欲望，这是自然天性，这种出色的模仿才能，使人类区别于其他动物。这种模仿是在我们身上产生最初的概念的源泉，娱乐是一种普遍现象，它能提供模仿素材。欣赏绘画就为这句话提供了一个证明。某些原型能令我们产生厌恶之感，可它们那符合生活原貌的图片，却能引起我们的快感，残忍野兽的形象、死亡尸体也有同样的效果。

其原因在于，知识的增加不只是能使人成为伟大智者，而且也让别人感到匀称可爱，尽管他们掌握的仅是这些知识当中为数不多的一部分。假如他们在观察一幅图画的时候，认出了它的原型，并且知道这幅画表现的是什么，表现的是谁，它们也会高兴的。假如他们从来未见过原型，这样他们的快感就不是产生自模仿，而是产生自绘画艺术，产生自颜色，或者产生自别的类似的原因。

比起模仿来，音响和观察对于我们来说都是自然的东西。我把观察理解为诗律，而不是理解为观察人体的私密部位。

那些在两方面天生都有才能的人，会在缓慢的进步当中创造诗歌艺术，开始是根据无需准备就朗诵出来的那些诗歌。很快便通过区分它们不同的气质，而产生各种不同体裁的诗歌艺术。那些具有崇高性质的诗歌艺术，选择好的行动和品行高尚的人的事件进行模仿。思维方式庸俗的人，则以品行不端的行动作为榜样，他们会成为嘲讽歌曲的发明者，犹如前者是祭祀歌曲和颂歌的首创者。我们已经没有了第一种诗歌（嘲讽歌曲），在荷马之前很可能存在过这类诗歌。但是，从荷马时代开始，各种各样的这类诗歌是存在的，例如他的嘲讽诗歌（Margites）之类。除此之外，抑扬格的诗律最为灵巧，是这类诗歌喜欢采用的，由此而得名为抑扬格诗歌形式，人们在写嘲讽歌曲的时候就采用这种诗律。出于上述原因，人们把古代诗人划分为英雄诗人和抑扬格诗人。

荷马在严肃诗歌方面，是最伟大的作家（他是第一个不仅做了有规则的模仿，而且在戏剧方面也作出特殊贡献的人），同样也是他制定了第一部关于喜剧的基本理论，是他取消了互相辱骂，使可笑的事情成了戏剧作品的题材。拿《伊利亚特》《奥德赛》与悲剧相比，他的嘲讽诗歌（Margites）与喜剧相比具有更多的相似性。一旦有了悲剧和喜剧，那些对两种诗歌形式当中的某一种具有天赋的人，一部分从抑扬格诗人变成了喜剧诗人，另一部分则从英雄歌曲作者变成了悲剧诗人，因为他们觉得这一类诗歌与那一类诗歌相比，显得更伟大、更高贵。至于说悲剧本身，无论从其内在本质来说，还是从舞台来说，是否已经达到了完善程度，不是这里应该探讨的问题。

如此说来，悲剧和喜剧是由不经过准备而创作的歌曲产生出来的。前者是酒神颂作者发明的，后者则是那些庸俗歌曲的歌手，这些歌曲至今还在突破城市法规的限制，在许多城市里流行。这两类诗歌逐渐得到发展，根据规则人们又发现了这些诗歌的重要特点。在不断改编成其他形式的过程中，最终产生了悲剧，因为它的真正本质已经形成了。

埃斯库罗斯最初把舞台上活动的一个人物，变成了两个人物，减少合唱队的歌唱，发明了主角这个概念。索福克勒斯增加了第三个人物和舞台装饰。后来悲剧才摆脱了庸俗的题材，摆脱了来源自萨提尔（Satyr）的可笑的表达方式，提高了崇高的意义。抑扬格诗律取代了从前流行的四音步诗行的位置，因为那个时代的诗歌艺术，只是以逗乐和跳舞为目的。当人们为悲剧选择一种文雅的表达方式的时候，自然就找到了合适的诗律，因为抑扬格诗歌形式，与不连贯的语言最为接近。这句话由下面的事实得到了证明，即我们在日常交往的谈话中，常常不自觉地运用抑扬格诗行，极少运用六音步诗行，尤其是当我们用习惯的方式说话时，就会彻底放弃这种诗行。除此之外，大量的情节和悲剧的其余部分全都有了装饰。

关于这个问题，到此就算说得足够了，对每一出戏做详细分析，那是十分繁重的工作。

第五章　论戏剧、英雄诗和悲剧的区别

诚如上述，喜剧是对庸俗行动的模仿，但也不是模仿所有庸俗行动，而是模仿某些与可笑联系在一起的行动（我们说过，喜剧是对坏人的模仿，但不是模仿任何形式的坏事，只是模仿丑得可笑的事物）。可笑固然是一种缺点和弊端，但这并不意味着拿某人寻开心，也不意味着可笑的人与堕落有关。比如一个人的一张脸丑陋、畸形，令我们觉得可笑，但他并不感到疼痛。

悲剧的变革和变革悲剧的首倡者，都是众所周知的。喜剧的命运却并不为人所知，因为开始时人们并未把力气花费在喜剧的改善上。后来才由当权者组织了一个喜剧演员合唱队，因为在此之前演员都是由志愿人员组成的。从此以后，喜剧才有了某种形态，人们根据作品可以认识诗人，但是人们仍然不知道，化妆、作开场白的人，演员的增加等等是怎么来的。埃庇卡尔姆斯（Epiharmus）和弗尔米斯（Phormis）是最先为戏剧题材构造故事情节的人。所以这种编剧法来自西西里。在雅典克拉忒斯（Krates）是第一个摒弃暗示性的人物的人，他是第一个用语言和故事情节表现普遍性主题的人。

英雄诗和悲剧的共同性在于，二者都是借助表演和连贯的语言模仿伟大的行动。但它们是有区别的，因为英雄诗只是借助诗律来完成它的模仿，这是一种叙述性的作品，此外它还有延伸得较长的篇幅；悲剧则不然，它的长度仅限于一天之内，这个时间尺度只是在少数情况下才有改变。英雄诗的长度则没有什么限制，即使在开头的时候人们也很少把它与悲剧联系起来，只是把它视为叙事性诗歌。

所以这两种诗歌体裁，在某些方面有相同之处，奇怪的是有些方面十分接近悲剧。因此，凡是了解悲剧的美和缺陷的人，他也能够判断英雄诗的优劣。因为悲剧认为它的身上就包含了一首英雄诗的各个

方面，但一出悲剧的各种元素，却并不包含在一首英雄诗里。

第六章　论悲剧及其各种元素的性质

关于英雄诗和喜剧，我们想在下文再谈，这里只讨论悲剧。关于它的本质的说明，前面已经谈过了。悲剧是对一个严肃的、完整的、具有重要意义的行动的模仿，采用具有陌生装饰的语言，语言的所有元素都发挥着特殊作用，它们不是由诗人讲述出来的，而是（通过表演行动本身）用恐惧与怜悯来净化我们身上那些被表演的错误激情。（悲剧是对一种好的具有一定意义的完整行动的模仿，用组织得富有魅力的语言，与此同时，这种组织方法在不同的段落，也运用得各不相同。模仿行动的人物，而不是报道行动的人物，这种摹仿引起痛苦和恐怖，从而起到净化类似的感情状态的作用。）

所谓经过装饰的语言，我指的是具有观察、悦耳的声音和诗律的语言。我主张悲剧的不同元素都要有特殊的作用，因为在悲剧的若干元素中只有诗律在发挥作用，但在其余元素中却是音乐在发挥作用。

模仿是通过行动的人物实现的。其必然的结果是，舞台装饰在某种程度上成了悲剧的一部分，除此之外还有曲调和语言，因为模仿就是借助它们实现的。所谓借助语言，据我理解就是诗行的结构本身；所谓曲调就是音乐，它的作用大家都熟悉。

因为模仿有一种行动作原型，行动的人物要在舞台上表演出来，所以他们都要有符合其品德和思想（准则）的性格，由于我们判断行动的性质主要是根据这两种因素，所以思想和品德就成了行动的自然原因，成了人的幸与不幸的根源。

所谓对一个行动的模仿，就是一个故事，我用这个命名来称呼那些联结在一起的事件。品德表明行动的人物的性格，而思想则能表明说话人的倾向，揭示他们的情绪（对行动的模仿是传奇故事。所谓传奇故事，据我理解，就是许多事件的组合；所谓性格，就是我们给行动的人物规定的特性；所谓认识能力，就是人物用语言说明某种事物的本事，或者做出判断的本事）。

任何一出悲剧都必然是由六种元素组成的，这六种元素决定了它的本质。这六种元素是：故事情节、品德、语言、思想、舞台装饰和音乐。其中有两种元素与外在的语言有关，一种元素与模仿方式有关，另外三种元素涉及被模仿的事物本身。悲剧再也没有更多的元素。反过来说也是如此，很少有哪个诗人不同时运用上面所说的这些元素，因为任何一出悲剧的演出，都必然要与品德、故事、语言、音乐和思想这些元素打交道。

最重要的元素是故事，或者说是串联在一起的事件。因为悲剧不是对人物的模仿，而是对他们的行动的模仿，对他们的生活的模仿，对他们的幸与不幸的模仿。幸福存在于人的行动当中，人的愿望也是有行动的，它的目的不在于表现情绪状态。品德决定人的性格，行动却决定人的幸与不幸。所以悲剧要模仿的，其实不是品德，品德是为了模仿行动而引进来的。由此可见，事件和故事才是悲剧的最终目标，最终目标在一切事务中是最重要的事物。没有一出悲剧可以没有行动，但是它可以没有品德，虽然新戏剧诗人的多数剧本没有品德，它们之间还是有区别的，犹如科索塞斯（Xeuxes）和珀里格诺图斯（Polygnotus）的绘画也有区别一样。珀里格诺图斯是个很好的品德画家，这在科索塞斯的画幅中是见不到痕迹的。同样，如果有谁在一出戏里用熟练的语言和思想描绘品德的画面，他可能抓不住悲剧本质的东西。相反，另外一出戏，尽管上述元素还不如前一出戏，但却结构了一个故事和串联在一起的事件，它就可能是一出好悲剧。比这些更重要的是悲剧用来震撼心灵的那些十分有力的手段，故事的各种元素，亦即幸福的转变和重新辨认出来。上述这句话的另一个证明是，有关诗人几乎像所有古代诗人一样，与其说善于把事件联结在一起，毋宁说更善于描写语言和品德。

这样说来故事是基础，仿佛是悲剧的灵魂。占据第二位的是品德，在品德和故事之间发生了一种关系，类似在绘画里一样。因为最美丽的颜色若是毫无章法地涂在画布上，不会给眼睛带来愉悦，就像单纯采用石墨画出来的画一样。总之一句话，悲剧是借助行动的人物对行动的模仿。

占据第三位的是思想，这是一种说话技巧，它能使人把存在于自然和行为环境中的事物表达出来。为此语言需要政治和修辞学的指导。古人让他们的人物按照政治说话，今人则按照修辞学说话。

品德让我们事先就能猜出行动的人物在难以确定的情况下做出的决定。因此所有的话语都是没有品德的，行动的人物摒弃什么，或者采纳什么，事先是不让我们看见的。所谓思想就是人们对一个事物的性质所做的判断，从而打开了他的思路。

在悲剧中占第四位的是语言的表达方式。我所理解的语言，前面已经说过，就是用话语对思想所做的说明，这种表达方式不管是用连贯的语言，还是用不连贯的语言，都具有同样的力量。

占第五位的是音乐，与其他元素相比，音乐是最悦耳的。

舞台装饰对观众的情绪能产生强烈效果，但它不是诗人的作品，也不是构成诗歌艺术的元素。从悲剧的本质来说，没有公开的演出，没有表演的人物，它照样存在。由此可见，舞台装饰属于建筑师的领域，而不属于诗人的领域。

第七章　论故事的重要特点

在界定完悲剧的各种元素之后，我们要说明故事的性质，因为故事是悲剧最讲究和最重要的元素。

我们已经明确指出，悲剧是对一个完整的、具有重要意义的行动的模仿。不过，有些完整的行动并不一定具有重要意义。我所说的完整，是指一件事情有开端，有中间，有结尾。所谓开端不一定是从另一个开端里涌流出来的，但却是按照自然顺序产生，或者能够产生的某种另外的东西。结尾则相反，它是按照必然的或者可能的顺序，从前面的事物中自然产生出来的，它不再提出别的需要。中间是前面事物的结果，是后面事物的基础。所以在一个有规则的故事结构中，不论开端还是结尾都不是由诗人的意愿决定的，相反诗人必须遵照既定观念行事。

这里还要补充说明的是，美在生机勃勃的造物和一切合成的事物中，除了各种元素的规则之外，还必须有一种确定的意义。因为美存在于意义和规则之中，过分渺小的造物是不可能美的，因为观察一个几乎能让人忽略的事物，是很容易令人茫然的。同样，过分巨大的事物也不美，因为人们无法一眼看清楚它，在观察各个部分的时候，完整的概念就会在面前消逝，就像观察一个一万年前的动物一样。

不论是一个巨大的躯体，还是生机勃勃的造物，都需一眼便能看清楚，同样，故事的长度也必须能够让人记得住。至于这种长度的限制，这要看公开的演出和观众的注意力，是不能用规则来确定的。因为假如一天上演一百出悲剧，人们必须用滴漏观察这些戏演出的持续时间，古代人就是这样做的。悲剧最长的期限，若是符合自然本身，就是最美的长度，这样的长度人们可以在同一时间内对它一览无余。总之关于悲剧长度的确定，掌握一条标准就够了，即按照事件必然的和可能的相互联系，幸福转变为不幸，或者不幸转变为幸福。

第八章　论故事的统一性

悲剧的统一性来源于行动的统一性，并非如某些人所说的那样，来源于人物的统一性。世界上发生着许多事件，甚至是无数的事件，它们并不具有一致性，有时一个人的行动也是各种各样的，无法使之具有统一性。与此相反，在诗人当中，如海格力斯、台塞斯和其他类似人物的创造者，似乎都是违背诗人意愿的。因为他们认为海格力斯是一个人物，所有他所做的事情都必须是一个整体。荷马在各个方面都做得很优秀，要么是根据诗歌艺术的基本规则，要么是自然使然，对这个问题看得十分正确。在《奥德赛》里他并不歌唱他的英雄人物经历的所有事件。他并未把帕尔纳斯山上的惊讶与作战会议上伪装的暴怒联系在一起，因为在这些行动里，没有哪一个行动是另一个行动必然的或者可能的结果。相反，不管是《伊利亚特》，还是《奥德赛》，他都把它们结构在一个行动里。

像在其余的模仿艺术当中一样，任何一种模仿都只有一个题材，所以戏剧性的故事，由于它模仿的是行动，也是模仿一个，而且是完整的行动。事件的各个部分必须相互交错在一起，如实改变或者删掉一个段落，整体上都会改变或者受到损坏。凡是对行动不发生影响的，不管是添上或者删除，都不是行动的组成部分。

第九章　论诗人和历史学家的区别，兼论故事和插曲的区别

从上述一切可以说明，诗人的义务不是叙述已经发生的事情，而是让应该发生的事情，按照可能性和必然性发生。历史学家和诗人不是通过连贯的或者不连贯的写作方式来区别。希罗多德的作品是用诗行写的，不管它们采用或者不采用诗律，都是真正的历史。二者的区别主要在于，历史学家讲述的是已经发生的事情，诗人讲述的是应该发生的事情。因此诗歌艺术比历史更富于哲理性和教诲性，因为它描写的是普遍性事务，历史则只是描写特殊性事务。普遍性事物的特点是按照可能性说话或者行事。这种普遍性的事物，是诗歌艺术的最终目的，尽管它的人物都有特殊的姓名。有点儿特殊性的是，比如阿尔希比亚德斯（Alcibiades）做过的事情，或者受过的苦难。

这一点在喜剧里早已司空见惯。当喜剧诗人按照可能性设计故事的方案时，给人物取个任意的名字，而并不像抑扬格诗人那样，以描写一个特殊素材作为目的。

悲剧采用真实的姓名，原因在于，只有可能的才是可信的，不曾发生的事情，在我们看来也是不可能的。真实的事件本身就有明显的证据，证明它是可能的，不可能的事情是不会发生的。世界上有不少悲剧只有一个或者两个著名人物，其余都是虚构的。有些悲剧甚至所有人名都是虚构的，比如阿伽同（Agathon）那部名字叫《花》的剧本，其事件和人物都是虚构的，尽管如此，仍然令人赏心悦目。由此可见，我们不一定要拘泥于著名的故事，迄今为止悲剧都是从这里汲取素材的。这种要求是可笑的，因为只有少数人才具备哪怕是最熟悉的历史知识，表演产生的娱乐在任何情况下都是一样的。

所有这一切都说明，一位戏剧诗人必须把眼光更多地集中在诗行

身上，而不是集中在故事身上（由此可见，诗人的活动更多的是关注故事，而不是关注诗行）。因为模仿使他成为诗人，而模仿的原型是行动。假定一个诗人只是歌唱真实事件，他仍然是个诗人。因为真实的故事也可以这样传唱，像可能性规则要求的那样，在这种情况下它们可以成为诗人的素材。

在所有简单的故事和行动中，插曲是最不完善的。我所说的插曲式的故事，意思是在这些故事里，插进来的事件既不是按照可能性，也不是按照必然性互相联结在一起的。坏作家由于笨拙而犯这样的错误，好作家则是为了公开的演出。由于他们围绕价格进行竞争，便尽可能地伸长故事，为此常常被迫打断事件的联系。

悲剧不仅仅是对一个完整行动的模仿，也还要以引起恐惧与怜悯为目的（模仿不只是把一个内在完整的行动作为对象，还要把能够引起恐怖和痛苦的东西作为对象）。这两种激情首先是通过各种事件的出乎意料的联结而产生出来的，因为这种联结比偶然事件具有更多令人不可思议的地方，这种偶然事件总是与运气或者偶然机会分不开的。即使在偶然事件中，给人印象最深刻的，还是那些具有特殊目的的事件。比如米提斯（Mitys）石柱雕像，观众的目光只是关注米提斯的谋杀者是怎样杀死他的，这样，事件就不单单是偶然发生的。由此可见，这样的故事必然是最美的。

第十章　论简单的与合成的故事

故事分成简单的和复杂的（合成的）两种。作为模仿对象的行动，显然也分成这样两类。所谓简单行动，我指的是那种按照单一的、不间断的顺序发展，而又没有幸福的转变，或者未能重新认识矛盾症结的行动。所谓合成行动（复杂行动），是指通过幸福的转变，或者认清了矛盾的症结，或者通过二者使矛盾得到解决，这种矛盾的解决是在故事合成的基础上实现的，并且一定是遵循必然的，或者可能的顺序。因为事件是否是按照原因或者时间联结在一起的，这里有很大的区别。

第十一章 论幸福的转变，认识和激情

转折点或者幸福转变，如上文说的那样，是前面的遭遇的一种转变，是按照可能性或者必然性发生的。在《俄狄浦斯》里这种转变的发生，是因为送信人要讨得俄狄浦斯的高兴，让他从乱伦的恐怖中摆脱出来，向他说明了真实身世，反倒走向了他的最终目的的反面。当林肯斯（Lynceus）走向死亡的时候，由丹纳斯（Danaus）关照对他的执刑。事情发展的结果却是丹纳斯被处死，林肯斯反倒活了下来。

所谓认识，如这个概念表明的那样，就是转变，这个转变是通过辨认出从前不相识的人物而产生的，爱或者恨直接影响到特定人物的幸或者不幸。

认识的最美的方式，如同《俄狄浦斯》那样，是与幸福的转变相联系的。诚然世界上也有其他类型的重新认识，有时是通过无生命的或者偶然的事物表达出来时，有时某人是根据某种已经完成，或者尚未完成的行动被辨认出来的。当然，前面提到的那种方式是最受欢迎的方式，不管是故事还是行动，因为一个与幸福的转变联结在一起的重新认识，将会引起同情或者恐惧。至于说悲剧是对这类行动的模仿，前面已经把理由说得很清楚了。除此之外，幸福和不幸就是通过这种认识决定的。

重新认识是以某些人物为前提的，要么是单一的，因为反正一个人物是众所周知的，要么是双重的，因为二者必须互相认识。伊菲格尼亚（Iphigenia）通过送信被奥瑞斯特（Orest）辨认出来，但是他还需要别的标志，即对于奥瑞斯特来说更熟悉的标志。

这就需要故事有两个部分，幸福的转变和辨认，这个我们已经说过了。第三部分是激情，这就是一个与毁灭和痛苦联结在一起的行动，即明显的丧事、悲叹、痛苦等等。

第十二章 论悲剧的外在元素

我们讨论了悲剧的本质部分，即内在部分。决定剧本外在形式及

其段落数量的元素，有以下这些：序幕、插曲、结局与合唱。

合唱又分成三部分。它们是进场歌（Parodus）、肃立歌（Stasimon）和哀叹调（Kommoi）。肃立歌贯穿于悲剧的所有元素里，进场歌只占有一定的位置，哀叹调是合唱与上场人物共有的。

前台戏（Prologus）是合唱的进场歌（Parodus）之前悲剧的一个完整元素。插曲是悲剧的一个完整段落，它是包括在合唱歌曲之内的。出场（Exodus）是悲剧的残余部分，它出现在合唱的各首歌唱结束之后。

整个合唱的第一首歌叫 Parodus［进场歌］。合唱的所有其余歌唱都称为 Stasimon［肃立歌］，要求缓慢的诗歌风格。Kommoi［哀叹调］是合唱和行动的人物共同发出的悲叹。

第十三章　论人物的选择，论悲剧的结局

在确定了悲剧的各种元素之后，我们还要讨论一个诗人在编写故事的时候，为了完成一出悲剧，还要注意和避免什么。

编写一出最美的悲剧不是一件简单事情，而是一件复杂事情，这种模仿必须能够达到引起恐怖与怜悯的目的，这样说来，诗人必须选择品德高尚的人物，不能让他们由幸福的处境陷入不幸的处境。因为这样非但不能引起恐惧与怜悯，反倒引起厌恶之情。

同样也不能让那些不信上帝的人由不幸提升到幸福处境。这是不符合悲剧的目的和本质的，因为这样既不能给人带来娱乐，也引不起恐惧与怜悯。

诗人也不能把一个完全品行不端的人搬到舞台上来，这样的演出固然可以给人带来娱乐，却既不能产生恐惧，也不能产生怜悯。因为我们只关注那些具有较好命运的人身上发生的不幸事件，同样我们也只对与我们处境相似的人身上偶然发生的不幸事件感到恐怖。所以发生在完全品行不端的人物身上的事件，既不能引起我们的怜悯，也不能引起我们的恐惧。（至于说在编写故事的时候，诗人应该追求什么，避免什么，怎样才能取得悲剧的效果，紧接上文之后，再作详细

阐述。)

由于编写一部尽可能好的悲剧不是一件简单事情，而是一件复杂事情，由于他要模仿令人恐怖和悲痛的事情（这是这类模仿的特点），就要弄清下列事情：

1. 你不可以描写毫无缺点的人如何从幸福转变为不幸，这种描写既不能让人恐怖，也不能让人悲伤，只能使人厌恶。

2. 你也不可以描写流氓无赖如何从幸福转变为不幸，这是所有可能性当中最令人不能容忍的一种可能性，因为它缺乏必要的品质，它既不善良，也不痛苦，更不能引起恐怖。

3. 另一方面，你也不可以描写非常坏的人如何从幸福转变为不幸。尽管这样拼凑出来的性格中含有某些善良成分，但他既不能引起悲伤，也不能引起恐怖。这是因为前者发生在不该遭遇不幸的人身上，后者则发生在与观众相似的人身上，悲伤发生在不该遭受痛苦的人身上，恐怖发生在与观众相似的人身上，这样的事件既不充满悲伤，也不引起恐怖。

还有一条中间道路。悲剧的英雄人物必须是一个既不完全品德高尚和正直，又并非由于恶意和品行不端而陷入不幸的人，而是一个享有巨大荣誉和幸福的人，由于一时疏忽而陷入不幸。例如俄狄浦斯（Oedipus）和提斯特斯（Thyestes）以及其他著名人物，都属于这一类型。

由此可见，一个好的故事也是一个简单的故事，不一定如某些人所说的那样，一个好的故事，必须是个复杂的故事，不幸一定要转变成幸福，相反幸福倒是一定要转变成不幸。不过，这种转变并不是品行不端带来的结果，而是这样一个人物不经意间犯了一个大错误造成的结果，他具有上文所说过的性格，也就是说既不完全品德高尚，亦非品行不端，总而言之，他是一个好人，而不是一个坏人。

经验证明了这句话的可靠性。从前是人们都描写任意的故事。随着时间的推移，最美的悲剧题材之取材于少数家庭，例如阿尔克美翁（Alkmaeon）、俄狄浦斯、美利亚格（Meleager）、提厄斯特斯、泰莱夫斯（Telephus）等经历或者遭遇了可怕事件的人物。

　　按照艺术规则，具有这类布局的悲剧是最美的悲剧（这里指的是从幸福变为不幸）。所以那些讨厌欧里庇得斯大多数悲剧都有一个不幸结局的人，显然是误会了。如我们指出的那样，这些都是符合规则的。最可靠的证明是，这类作品如果表演得好，无论在舞台上，还是在艺术竞赛中，都会给观众以巨大震撼。从这个角度来说，欧里庇得斯是最伟大的悲剧诗人，尽管他的其余作品的布局并不是最优秀的。

　　具有双重事件的故事，都占有第二位的地位，尽管它们当中有几出是居第一位的。《奥德赛》就是这类作品。这些故事包括品德高尚的人和品行不端的人，他们的幸福向着相反的方向转变，也就是说，品德高尚的人是幸福的，品行不端的人是不幸的。有些剧院就是偏爱这类悲剧，并给他们提供第一的位置，因为诗人们都是按照观众的趣味行事的。由这种双重幸福转变所产生的娱乐，既不适用于悲剧，也不适用于喜剧，因为在一出喜剧里，人们看到的是最讨厌的敌人，而不是奥瑞斯特（Orest）和埃吉斯特（Aegisth），结尾时看到的是朋友之间的分手，而不是流血。

第十四章　论引起恐惧与怜悯问题

　　恐惧与怜悯是通过公开表演发挥作用的，但是它们也可以从事件本身的联结中产生出来，后者比前者更有优越性，在诗人看来更文雅。只不过故事必须这样安排，即使没有公开的表演，只是听事件也可以感觉到恐惧与怜悯。比如听俄狄浦斯的遭遇也一定能引起这样的激情的。

　　通过公开表演引起这种激情，不是诗歌艺术范围的事情，它需要一笔巨大开支。那些企图用公开表演来表现恐怖与惊人事物的人，与悲剧毫无共同之处。至少我们并不指望悲剧给我们带来各种各样的娱乐，只是指望某种特殊类型的娱乐。悲剧若要在模仿当中通过恐惧与怜悯发挥娱乐作用，那就说明诗人必须通过（表演）行动，创造这种类型的娱乐。（令人恐怖的事情和让人悲伤的事情，既可以是用搬上舞台的方式造成的，也可以是用组合事件本身的方式造成的，这是比较好的方式，也是比较好的诗人才能做得出来的。因为行动必须这样组合在一起，无论何人，只要他只是听见，不一定非要看见事件是怎样发生的，他就能从事件中感受到恐怖与悲伤。一个人若是听见俄狄浦斯的故事，就会有这样的感受。用搬上舞台的方式制造这样的效果，主要是艺术以外的事情，这是一个投资的问题。谁若是借助搬上舞台的方式，设法表现不仅令人恐怖，而且让人毛骨悚然的事情，它就距离悲剧不只十万八千里了。人们不可以用悲剧制造随便什么样的娱乐，只能制造与之相适应的娱乐。由于诗人要发挥娱乐作用，而且是通过模仿引起悲伤与恐怖的方式，那么显然这种效果一定是包含在事件本身里面。）

现在让我们探讨一下，什么样的事件是可怕的，或者是值得同情的。所有事件必须发生在朋友、敌人或者无关紧要的人们之间，这是必然的。一个敌人杀死他的对手，不论是在实施行动的时候，还是在结束行动的时候，都不可能引起怜悯，除非它与这一不幸事件的发生有什么牵连，同样情形，事情发生在无关紧要的人身上也是如此。如果同样的不幸发生在朋友之间，比如哥哥杀死或者要杀死弟弟，儿子杀死或者要杀死父亲，母亲杀死或者要杀死儿子，儿子杀死或者要杀死母亲，要么采取另外类似的行动，这些事件都是可以用来写悲剧的。

著名故事的事件是不必改变的。克里特姆涅斯特拉死在奥瑞斯特手里，埃利菲勒死在阿尔克美翁手里。诗人必须灵活运用众所周知的故事自行虚构。我要详细说明，我所说的灵活运用是什么意思。

一个悲剧性的行动，按照古代人的榜样，既可以处理成行动的人物是有意识地，经过深思熟虑发生的，例如欧里庇得斯作品中的美狄亚（Medea）成了屠杀自己孩子的凶手，就是这种类型。事件也可以处理成另外的样子，可怕的行动是出于无知而发生的，行为者后来才知道可怕行为的真相，例如在索福克勒斯的《俄狄浦斯》中就是如此，虽然这个行动并不是这出悲剧的组成部分。在阿斯提达马（Astydama）的《阿尔克美翁》里则恰好相反，悲剧本身就含有这样的行动，书中描写了泰雷格努斯（Telegonus）致伤尤利西斯的过程。第三种类型所描写的事件是，一个人出于无知正要实施犯罪行为，可在事件发生之前，他认识了自己的错误。更多的方式是不存在的，因为行动要么发生，要么不发生，要么是有意识的，要么是无意识的。

如果有人知道自己是在做一件犯罪的事情，却又不能实施，这是最不完善的类型。因为这种犯罪行为是邪恶的，却不是悲剧性的，它引不起任何激情。所以没有哪个诗人会描写这类行动，或者至少这种情况很少发生，像在索福克勒斯的《安提戈涅》里，海蒙（Haemon）要杀死他的父亲克瑞翁那样。

下面要说的是真正实现邪恶的行动。

一个人在无知的情况下，做了一件犯罪的事情，做完以后才认识到，这是一个误会，这类行动具有很大的优越性。这样一来，这行动不再令人感到厌恶，后面的认识则能在人的心理上引起强烈震动。

最后一种是最好的类型，因为人是在无知的情况下想要干一件犯罪的事情，在这之前却认识到了。在欧里庇得斯的《凯莱斯丰》里，墨洛珀（Merope）刚要杀死她的儿子，在实现她的打算之前认出他来；伊菲革涅娅要牺牲她的兄弟之前，认出来这是她的兄弟；弗瑞苏斯（Phryxus）在悲剧里称赫莱（Helle），当他要把自己的母亲交给敌人的时候，他认出这是他的母亲，以上就是我们所知道的例子。

如上所述，这就是为什么悲剧只包括了少数几个家庭故事的缘故。由于最初的几个诗人并非按照他们的艺术规则虚构这些故事，而是径直接过了出现在他们面前的幸福，就这样，他们按照真实的事件编织了这些故事。因此，直到现在诗人们还不得不从这些家族里选择他们悲剧的素材，这是因为在这些家庭里发生了真正的悲剧性事件。

关于故事的布局及其性质的话题，说到这里就算足够了。

第十五章　论道德教育

在观察道德的时候，有四件事情需要注意。

第一件，也是最重要的一件事情，是它的（诗意的）善。一句道白和一个行动，如前面所说的那样，只要它们事前能让人看见行动的人物的决定，就都是有道德含义的。这些道德是好的还是有缺陷的，要看实现是否选择得当。道德的诗意的善，可能出现在各种各样人物身上，它们也出现在女人和仆人身上，尽管前者大部分，后者全都是道德上邪恶的人。

诚实是道德的第二个特点。牺牲精神和勇敢精神固然是一种男性的品德，对于一个女人来说却是不合适的。

道德的第三个特点是与原型的相似性。如上所述，这一点与善和诚实是有区别的。

第四点是人物与自身的一致性，假如摹仿对象具有一种不相似的性格，诗人必须把这种性格同样描写成不相似的，这样摹仿出来的形象才能与原型相似。

如果道德不是必然的，它们就违背了诗意的善，如在欧里庇得斯的《奥瑞斯特》里，梅奈劳斯（Menelaus）的道德就是如此。《思齐拉》里的抱怨就是一个不诚实不得体的道德的例子，还有梅娜丽培（Menalippe）的道白。在《奥里斯的伊菲革涅娅》里，我们也看到了不一致的道德，例如悲剧开端时伊菲革涅娅的祈祷，与剧本结尾处的大胆表演就是没有共同之处。

无论是道德还是故事的布局，都必须以必然性和可能性为基础，一个以必然性和可能性的方式发生的事件，才能连续不断地发生。

由此可见，故事中冲突的解决，必须是故事自身发生的，而不是通过一个机器发生的，像在《美狄亚》里那样，像《伊利亚特》里希腊人的还乡那样。因为机器只能运用在行动之外，要么是发现过去的事情，即一个人无法知道的事情；要么是展望未来的事情，预言未来的事情。我们可以把各种事物的科学都归到神的身上。

悲剧里的任何事情都不可以是毫无缘由发生的。既然这是不可能的，那就是说，这样的事件至少不能构成行动的一部分，像在索福克勒斯的《俄狄浦斯》里那样。

因为悲剧是对最优秀的题材的摹仿，所以我们必须效仿熟练的画家，通过类似的描绘给一个人物塑造真实的形象，但又要美化他的特征。一个诗人在摹仿一个愤怒而又懒散，或者别的什么性格的时候，必须突出表现他的好的一面，而不是他的坏的一面（如此说来，诗人在摹仿一个愤怒的、恼火的，或者别的什么性格的时候，必须首先遵循可能性，而不是描写个别情形），荷马就是遵循这样的规则，在描写阿基里斯性格的时候，把他表现成了一个好人（阿伽同和荷马都是这样描写阿基里斯的）。

诗人必须注意所有这些事情，除此之外，诗人还必须特别关注与诗歌艺术紧密相连的感受力，在这个问题上是很容易出现纰漏的。关于这个问题，我在我主编的文章中曾经做过详细说明。

《汉堡剧评》的文本底稿

《汉堡剧评》这些草稿、笔记和材料汇编的印刷史，像它们的原作一样都是不完整的：它们包括卡尔·莱辛在《戏剧遗稿》(第2卷，1786，第245—254页) 上发表的第一批报告，包括费来波恩 (Fuelleborn，1799)、谷劳尔 (Guhrauer，1843)、马尔特灿 (Maltzahn，1857)、鲍克斯伯格尔 (Boxberger，1875) 零散发表的东西，还集中了莱辛作品恒佩尔版本 (1872—1877) 中的所有残稿。蒙克尔 (Muncker) 在全集里 (LM 15，第38页以后) 做了一个详细分类。

蒙克尔依据的是在布雷斯劳保存下来的手稿，而最后的文稿 ("评论家不必比他指责的人写得更好") 则是以盖奥格·古斯塔夫·费来波恩在他的杂志《业余时间》 (Stueck I，1799，第90—95页) 上转载的文稿为基础整理的。在他的版本 (LM 15，第38—65页) 里，他把零散稿纸按照它们产生的可能的顺序进行了整理。在个别问题上，这个顺序是可以争论的。

这个版本的底稿虽然是不可靠的，但在安排和文本形象方面，仍然是蒙克尔的凭据。莱辛和罗文所编制的在汉堡上演过的剧本目录 (见 LM，第48—59页)，是根据与《剧评》有关的材料编制而成的。

与《汉堡剧评》有关的材料

第一号

约翰·弗里德利希·罗文，《关于汉堡剧院（1766）将于1767年复活节发生变化的临时通告》，印刷：梅耶尔，弗里德利希·路德维希·施罗德，汉堡1823，卷2，第2部分，第31页 ff.：

Amphora coepit

Institui; currente rota cur urceus exit?

Horat.

我们向观众宣布的，也许是一个出人意料的希望，在汉堡提高德国戏剧的尊严，在别的情况下是无法做到的。只要美艺术这个优秀的、令人愉快的和富有教育意义的分支，依旧掌握在那些虽然诚实，但却不得不把艺术当成饭碗科学的人手里；只要演员们自己感觉到对摹仿缺乏鼓励和崇高的骄傲感情；只要人们尚不习惯于激励民族的诗人创作民族的剧本；只要戏剧警察不但对舞台上的剧本选择，而且对演员们的道德全然漠不关心，人们就很难看到德国戏剧摆脱它的幼稚和不成熟。

我们设想的先决条件是，一个民族的舞台能给全体人民带来巨大好处，今天我们已经不必向任何人证明这个问题，有些态度固执的人也不想看到这种证明。这中间人们早已认识到，戏剧除了让人以最美好的方式消磨时光之外，还能在道德教育方面做出巨大贡献，为此多花费些功夫肯定是值得的，别让人一想到真正的看戏，就离不开昏昏欲睡，直到今天人们还在为戏剧的内在完美性而努力。正是由于这个原因，它的后果对于整个民族都是有趣的，从鉴赏力的提高、道德的完善中产生的那些好处，能够惠及整个国家，惠及国民的柔顺性格。正是由于这个原因，我们说，我们很愿意把这种手段掌握在手里，让我们的国人除了得到人的理性能够承担的高尚娱乐之外，还能得到纯净道德的丰富财宝。

关于这种想法的可能性和可靠性，我们将做详细说明。

本埠有一个用心良苦的市民小团体，多年来就在设想推行这样一个计划，目前他们正在朝这个方向努力，正在物色足够志同道合的人，其中包括最优秀和最好的德国演员。按照他们的想法，待时机成熟时，在报刊上公开宣布德国剧院的成立，当它揭幕的时候，人们将会看到这是一个设备完善、富有教育意义的大舞台。最后人们把管理大权委托给一位在道德上无可挑剔的人，他既理解这门艺术的秘密，又有管理剧院的必要知识。他将不做演员的本职工作，而是除了执行经理必须承担的义务之外，还有责任对相关的青年演员进行心灵、道德和艺术教育，这样，人们很容易会想到，观众对他的期望肯定不会落空。大家指望这一伙道德高尚、知书达礼的人，能把只有在戏剧学院学到的有益的东西带给大家。最后，经理除了讲授前面说过的那些与心灵和艺术欣赏趣味有关的课程之外，还要简略地讲授"形体语言原理"，讲解关于悲剧朗诵的那些优秀短文，这些在不久的将来是应该向广大民众普及的。在这方面，要充分利用那些优秀的剧本片断，这些都是莱辛先生从外国优秀作品中挑选出来的，刊载在他的戏剧丛书和戏剧史论丛里。在这些授课中，应该让那些献身舞台的人们，从最初的艺术基础知识开始，了解整个戏剧领域，了解这门重要艺术的秘密。关于理论问题，人们将用我们最优秀的演员做例子，向他们进行解释，由于他们将来在表演激情的时候，必须赋予整个行动以灵魂，所以戏剧课的主要任务是，让他们了解关于演出效果的最重要的理论，千万不要忘记，究竟什么是这门困难艺术最细微的差别。

在设法培养优秀演员的时候，如果有才气横溢的人来听课，这种措施一定会给德国戏剧争来光彩，这时要慎重考虑这些表面看来是巧合的事情，要对那些有才能的人，做出优先妥善的安排，要尊重这些人的地位，与他们所献身的艺术相适应，要付给他们与其才能相适应的年薪，而且首先要考虑到，当那些高龄演员不能再为剧院出力的时候，也要让他们享受礼遇并受到终生照顾。有了这样辉煌的前景，人们就完全有理由要求最严谨、最高尚、最无可指摘的演出，要求最优秀、最可爱的道德，人们必须能够区分什么是好思想，什么是文明生活方式。人们历来都在为剧院的这种用途而呼吁、呐喊，如果作为这种道德的镜子的人们，玷污了他们自己的行动，那么这整个用途都会消失殆尽，对民众道德的改善也会化为徒然。由此说来，对神灵的非伪装的敬畏，对一切危及市民社会的不道德行为的厌恶，过一种未遭到践踏，不受任何怀疑的生活方式，这是每一个演员的头等义务。一旦人们看到他稍微离开这种义务，离开所有其他应该遵循的严格规则，即使他们当中最优秀的演员，也会立即丢掉所有这些优点。

按照狄德罗的说法，这位哲学家在他的许多重要工作之余，还抽出许多时间为剧院创作了两出伟大的杰作，但是，若想使它们对于全民族的戏剧成为有用的东西，只有在这个民族有了自己的舞台以后才能显现出来。由此说来，大家应该关注的是，逐渐地把德国剧院建设成民族的剧院，像别的民族的剧院一样，值得人们称赞。大家都知道，这是我国戏剧诗人的头等任务，可并不知道，为什么这件工作中的一部分尚停留在半路上，大家希望通过鼓励和设立奖金来实现这个愿望。自然，用报酬是不能为剧院培养真正的天才人物的，不过通过全民族积极的、有报酬的奖掖，来鼓励那些有才能的人，是许多民族早就做过的事情，从希腊和罗马开始就是行之有效的做法。依据这种做法，每年设立一笔五十金币的奖金，奖励最优秀的英雄题材或者市民题材的悲剧，另外五十金币奖励最优秀的喜剧。投稿时要对姓名和邮资进行密封，这在学术界，在美的杰出专家当中，在美科学丛书的作家当中，都是为保持德国风气的荣誉而普遍流行的做法。究竟哪部投稿作品获得奖励，这个决定是根据著名天才人物的评语做出的。公布获奖者，也像美科学丛书一样，每次都是与获奖作品一道，用印刷品的方式公开发表。

关于这家剧院的详细设备、性质和进一步的发展，将随时向公众做详细报道，这样一家剧院肯定会受到我们道德高尚的市民的欢迎。这项举措将促进这座幸运城市的审美趣味和道德的改善，为了公开表达对它的支持，我们不知道还有什么更好的方式，来表达说不尽的谢意，我们只能不断地，每年都志愿地在特定的日子里，为本埠公益基金会的收入做出贡献。大家希望剧院揭幕的时候，能够第二次向公众报道剧院的设备情况。

第二号

莱辛制定的从 1767 年 7 月 1 日至 12 月 4 日在汉堡上演的剧本目录。

这是遗稿里保存下来的笔记，是在写作《剧评》第 32 篇至第 82 篇时编制出来的，根据内容提示估计，成于第六十篇写作之时（1768 年 1 月）。旁边的提示均与原作有关。按照剧院说明书制定的目录，并不完全符合演出的实际情况，错误和纠正均置于括弧之中。印刷样稿为 LM 15，第 48 – 55 页。

35	《罗多居娜》，页 228 – 250（256）	
36	《苏莱曼二世》	星期五，7 月 3 日，页 251（257） – 284。
37	《纳尼娜》 《巴特林律师》	星期六，4 日，第 27 个晚上，页 162，第 33 个晚上 第 14 个晚上，页 109，第 28 个晚上
38	《墨洛珀》	星期二，7 日

39	羞于结婚的哲学家 新阿妮斯	第 7 个晚上，页 91，第 13 个晚上，第 19 个晚上，星期三，8 日 第 5 个晚上，页 75
40	善女的胜利	星期四，9 日
41	塞尼 53 照钟点办事的人，页 172，Month. R. Vol. X. 页 222	星期五，10 日 – 第 23 个晚上，页 153。第 29 个晚上，Francis Engl. Cenie (Phil. Francis 的 Eugenia，据莱辛说，这是塞尼的改编本)
42	莫里哀的太太学堂	星期一，13 日
43	拉·舒赛的母亲学堂	星期二，14 日，第 26 个晚上，页 161
44	艾塞克思伯爵 54，55，56，57，58（剧评的篇目）Johnson（Jones）的 Essex Month. R. Vol. VIII. 页 225	星期三，15 日，第 30 个晚上，页 173 – 200
45	罗曼努斯的两兄弟和 St. Foix 的预言者	星期五，17 日
46	萨拉小姐，第 11 个晚上，页 103	星期一，20 日
47	决斗（被纳尼娜取代） 荒岛，见第 67 个晚上	星期二，21 日
48	理查三世 米歇尔公爵	星期三，22 日
49	有理的女人，他是自家人吗？	星期四，23 日
50	太太学堂（被希德尼所取代）	星期五，24 日
51	一家之主	星期一，27 日
52	纳尼娜 马里沃的出乎意料的结局	星期二，28 日
53	艾杜阿特和埃雷奥诺拉	星期三，29 日
54	一家之主	星期四，30 日

55	希德尼。第 17 个晚上，页 129；睁眼瞎	星期五，7 月 31 日
56	墨洛珀	星期一，8 月 3 日
57	阿玛利娅和税务员，第 24 个晚上，页 157	星期二，4 日
58	塞尼和 L（罗文）的谜。第 34 个晚上，页 226	星期三，5 日
59	理查三世。*音乐作曲：Herteln *关于这出戏的诗意的表达方式，尤其是表达方式问题。Hord（Hurd），页 28，注释 9	星期四，6 日
60	勒萨日的杜卡莱先生	星期五，7 日
61	莫里哀的丈夫学堂、出乎意料的结局	星期一，10 日
62	罗曼努斯的两兄弟、罗文的新阿妮斯	星期二，11 日
63	奥琳特和索弗洛尼亚 *	星期三，12 日
	论 Portlands（Portals）的索弗洛尼亚。Month. Review. Vol. XIX. 页 94 论合唱的再引进，Hord（Hurd），页 116. N. 190 论马松（Mason）的合唱，Month. R. Vol. XX 页 507 论 Stirling 的带合唱的悲剧。见 Cibb. Lif. Vol. 1. 页 315，亦见 Daniels seine ibid. 页 147	
64	美拉尼德、照钟点办事的人	第 3 个晚上，页 57 – 70（57 – 62）；第 29 个晚上，星期四，13 日
65	霍伊菲尔德的尤丽 第 4 个晚上，页 62 寡言的漂亮姐	星期五，14 日
66	失子，演出的是新译本	星期一，17 日

	颠三倒四的人和荒岛	星期二，18 日
67	v. Zusch. I. 77，第 34 个晚上，页 221 论穆尔菲的荒岛，Month. Rev. Vol. XXII.，页 135	
68	Moor（e）的赌徒	星期三，19 日 论他取材的这一段意大利历史， M. R. Vol. VIII. 页 146
69	舒赛的母亲学堂、 鱼腹传书的婚姻（die Heirat durch Wechselbriefe vom Poisson）	星期四，20 日
70	巴特林律师和病女人	星期五，21 日，第 28 个晚上，页 169
71	苏莱曼二世	星期一，24 日，NB，第 36 个晚上的旧 戏
72	罗文的这个我说了算和有遗产的农民	星期二，25 日，第 33 个晚上，页 217
73	罗多居娜	星期三，26 日；第 35 个晚上
74	马里沃的爱情与意外事件的游戏	星期四，27 日
75	文雅的乡村地主 园丁经过考验的忠诚	第 9（正确：10）个晚上，页 97。星期 五，28 日
76	已婚哲学家	星期一，31 日
77	霍伊菲尔德的尤丽 第 4 和 64（65）个晚上 作为作家和仆役的情人	星期二，9 月 1 日 第 13 个晚上，页 109
78	塞密拉米斯	星期三，2 日。第 6 个晚上，页 77 – 92。 第 32 个晚上
79	悭吝人	星期四，3 日
80	作为父亲和岳父的鞋匠 时代风俗	星期五，4 日
81	扎伊尔	星期一，9 月 7 日，第 16 个晚上，页 113 – 128

82	魏塞的阿玛利娅，（非 Weiss，而是 Weisse） 普费佛尔（Pfeffel）的珍宝	星期二，8 日
83	勒·米埃的 Hypermnestre 米利尤斯的吻	星期三，9 日
84	塞丹的不知道自己的哲学家 谢弗里埃的作为女仆的夫人	星期四，10 日
85	爱情与意外事件的游戏 出乎意料的结局	星期五，11 日
86	采勒米尔	星期一，14 日
87	扎伊尔	星期二，15 日 星期三？星期四？（因为这两天都是忏悔日而关闭）
88	男权或者智者的障碍	星期五，18 日
89	作为父亲和岳父的鞋匠 沉船或者鞋匠的葬礼	星期一，21 日
90	悭吝人	星期二，22 日
91	卡努特 *	星期三，23 日
	* 选择史雷格尔的 Hang domestica facta（本国历史事件）。Hord（Hurd），页 211. n. 286	
92	赌徒，第 12 个晚上，页 108 他是自家人吗？	星期四，24 日
93	妄想病人	星期五，25 日
	星期一？星期二？星期三？（星期一和星期二，因米迦勒节而关闭）	
94	明娜·封·巴伦海姆	星期三，30 日
95	重演明娜	星期四，10 月 1 日

96	有理的女人	星期五，2 日 小丑的墓碑
97	塔尔丢夫	星期一，5 日
98	理查三世	星期二，6 日 在流行病院为贫民救济署举行义演
99	罗曼努斯的两兄弟	星期三，7 日 小丑的墓碑
100	乔治·巴伦威尔	星期四，8 日
101	谢弗里埃的作为女仆的夫人	星期五，9 日
102	明娜·封·巴伦海姆	星期一，12 日
103	不知道自己的哲学家	星期二，13 日 小丑的墓碑
104	爱情与意外事件的游戏	星期三，14 日 沉船或者鞋匠的葬礼
105	史图尔茨的尤丽和贝尔蒙	星期四，15 日
106	美拉尼德	星期五，16 日
107	一家之主	星期一，19 日
108	文雅的乡村地主	星期二，20 日 放纵之家
109	勒·米埃的 Hypermnestre	星期三，21 日
110	善女的胜利	星期四，22 日
111	de L'Isle 的野蛮人	星期五，23 日 放纵之家
112	尤丽和贝尔蒙	星期一，26 日 小丑的墓碑
113	莱辛的不信神的人。 第 15 个晚上，页 110 根据卢梭改编的误会	星期二，27 日
114	Moor（e）的赌徒	星期三，28 日

115	希德尼 寡言的漂亮姐 第 10 个晚上，页 99	星期四，29 日
116	伏尔泰的失子 按新译本演出	星期五，30 日
117	巴特林律师 小丑的诞生	星期一，11 月 2 日
118	明娜·封·巴伦海姆	星期二，3 日
119	男权	星期三，4 日
120	H. 罗文的这个我说了算	星期四，5 日
121	作为父亲和岳父的鞋匠	星期五，5 日
122	奶农克劳斯·鲁斯提希扮演 亚历山大大帝，或者第三幕里的 乡下喜剧演员。根据 H. Langendyk, Krelis Louwen 的荷兰文本	星期一，9 日
123	照钟点办事的人 小丑的诞生	星期二，10 日
124	苏莱曼二世	星期三，11 日
125	阿勒齐尔 Doeblin den Zamor	星期四，12 日
126	一家之主 小丑的墓碑	星期五，13 日
127	克吕格尔的候选人	星期一，16 日
128	霍伊菲尔德的尤丽	星期二，17 日
129	妄想病人 贝尔格的跳高者（杂技节目）	星期三，18 日
130	马里沃的有遗产的农民 小丑的诞生	星期四，19 日
131	明娜·封·巴伦海姆	星期五，20 日

132	罗文翻译的马罕默德	星期一，23 日
133	戴斯托舍的想不到的障碍 （又名没有障碍的障碍）	星期二，24 日，第 5 个晚上，页 73
134	史雷格尔翻译的自吹自擂的人 鱼腹传书的婚姻	星期三，25 日
135	史图尔茨的尤丽和贝尔蒙	星期四，26 日
136	雷雅尔的赌徒 小丑的墓碑	星期五，27 日
137	塞尼 戴斯托舍的三重婚姻	星期一，30 日
138	魏塞的阿玛丽娅	星期二，12 月 1 日
139	莫里哀的太太学堂 小丑旅行记（哑剧）	星期三，2 日
140	自吹自擂的人 小丑旅行记（哑剧）	星期四，3 日
	预言家马罕默德 罗文的演说	星期五，4 日

第三号

罗文制定的从 5 月 13 日至 11 月 25 日在汉堡上演的剧目，他们保存在莱辛的遗稿里。印刷样稿是 LM 15，第 55—59 页。

星期五	5 月 13 日	欧也尼、芭蕾舞
星期一	16 日	玫瑰嘴、芭蕾舞
星期二	17 日	厌恶女人的男人、照钟点办事的人
星期三	18 日	哑巴、芭蕾舞

星期四	19 日	明娜、La Serva pardona
星期五	20 日	莱辛先生的珍宝 小丑的墓碑
星期三	25 日	想不到的障碍、芭蕾舞
星期四	26 日	罗密欧与朱丽叶、芭蕾舞
星期五	27 日	欧也尼、芭蕾舞
星期一	30 日	骗人的外表、小丑旅行记
星期二	31 日	决斗、有遗产的农民
星期三	6 月 1 日	罗密欧与朱丽叶、芭蕾舞
星期四	2 日	一家之主、芭蕾舞
星期五	3 日	骗人的外表、新阿妮斯
星期一	6 日	时髦的偏见、芭蕾舞
星期二	7 日	照世风办事的人，或者布瓦希的骗人的外表（幕间插曲） 赌徒和祈祷的女人
星期三	8 日	马罕默德、芭蕾舞
星期四	9 日	纳尼娜、芭蕾舞
星期五	10 日	善女的胜利、芭蕾舞
M.	13 日	骗中骗、芭蕾舞
D.	14 日	厌恶女人的男人、误会，根据卢梭法文剧本 Les Meprises 改编
M.	15 日	假侍女、出乎意料的结局
D.	16 日	罗多居娜、谢特吉先生演奏几首协奏曲
星期五	17 日	骗中骗、芭蕾舞
星期一	20 日	明娜、芭蕾舞
星期二	21 日	哥尔多尼的狡猾的女寡妇、芭蕾舞
星期三	22 日	罗密欧与朱丽叶、芭蕾舞
星期一	27 日	羞愧的不信神的人、芭蕾舞
星期二	28 日	男权、芭蕾舞
星期三	29 日	舒塞的太太学堂、鱼腹传书的婚姻
星期四	30 日	采勒米尔、芭蕾舞

星期一	7月4日	美拉尼德、芭蕾舞
星期二	5日	欧也尼（我［罗文］太太在其中最后一次演出、芭蕾舞
星期三	6日	Moore 的赌徒、芭蕾舞
星期五	8日	假侍女、插曲 La Pace Campestre
星期二	12日	颠三倒四的人、芭蕾舞
星期三	13日	穆罕默德、芭蕾舞
星期四	14日	明娜、La Pace Campestre
星期五	15日	莫里哀的太太学堂、有遗产的农民
星期一	18日	骗中骗、芭蕾舞
星期二	19日	不知道自己的哲学家、芭蕾舞
星期三	20日	苏莱曼二世、芭蕾舞
星期四	21日	马里沃的虚伪的信赖、谢特吉先生演奏
星期五	22日	战船上的苦役、芭蕾舞
星期一	25日	战船上的苦役、芭蕾舞
星期二	26日	霍伊菲尔德的尤丽、德·拉·丰特的沉船或者鞋匠的葬礼
星期三	27日	狡猾的寡妇、芭蕾舞
星期四	28日	巴伦威尔、芭蕾舞
星期五	29日	候选人、芭蕾舞
星期一	8月1日	明娜、芭蕾舞
星期二	2日	厌恶女人的男人、谢特吉先生演奏
星期三	3日	艾杜阿特和埃雷奥诺拉、芭蕾舞
星期四	4日	安菲特里翁、小丑的墓碑
星期一	8日	悭吝人、La Giardiniera Contessa
星期二	9日	一家之主、芭蕾舞
星期三	10日	雷雅尔的赌徒、骚林的时代风俗
星期四	11日	罗密欧与朱丽叶、芭蕾舞
星期五	12日	哥尔多尼的撒谎者、芭蕾舞
星期一	15日	德谟克力特、芭蕾舞
星期二	16日	不信神的人、La Giardiniera Contessa

星期三	17 日	撒谎者、芭蕾舞
星期四	18 日	墨洛珀、芭蕾舞
星期五	19 日	欧也尼、芭蕾舞
星期一	22 日	照钟点办事的人，　　　　　小丑诞生自一枚鸡蛋 由于阿克曼太太缺席， 改演巴特林律师
星期二	23 日	鞋匠、St. Foix 的德卡利昂和皮拉
星期三	24 日	一家之主、芭蕾舞
星期四	25 日	霍伊菲尔德的尤丽、德卡利昂和皮拉
星期五	26 日	决斗、芭蕾舞
星期一	29 日	骗人的外表、芭蕾舞
星期二	30 日	哑巴、芭蕾舞
星期三	31 日	鞋匠、芭蕾舞
星期四	9 月 1 日	战船上的苦役、芭蕾舞
星期五	2 日	科尔曼的嫉妒的已婚女人、芭蕾舞
星期一	5 日	爱情的惊喜、马里沃的第二次惊喜（La seconde surprise etc）、芭蕾舞
星期二	6 日	文雅的乡村地主、芭蕾舞
星期三	7 日	嫉妒的已婚女人、芭蕾舞
星期四	8 日	骗中骗、芭蕾舞
星期五	9 日	安菲特里翁、芭蕾舞
星期一	12 日	萨拉·萨姆逊小姐、芭蕾舞
星期二	13 日	塞密拉米斯、芭蕾舞
星期五	16 日	明娜、芭蕾舞
星期一	19 日	作为作家和仆役的情人、一个在土耳其当奴隶的小丑
星期二	20 日	照钟点办事的人、重演哑剧
星期三	21 日	战船上的苦役、芭蕾舞

请注意：由于我出差，这里缺少几张卡片。但此后无有空白。

星期二	27 日	鞋匠、芭蕾舞
星期五	30 日	欧也尼、芭蕾舞
星期一	10 月 3 日	有遗产的农民、当奴隶的小丑
星期二	4 日	哥尔多尼的装病女人、芭蕾舞
星期三	5 日	Hypermnestre、米歇尔公爵
星期四	6 日	候选人、芭蕾舞
星期五	7 日	爱情的惊喜、芭蕾舞
星期一	10 日	装病女人、芭蕾舞
星期二	11 日	战船上的苦役、芭蕾舞
星期三	12 日	勒·格朗的睁眼瞎、当奴隶的小丑
星期四	13 日	赫尔曼和图斯奈尔德、芭蕾舞
星期五	14 日	希德尼、芭蕾舞
星期一	17 日	莫里哀的太太学堂、芭蕾舞
星期二	18 日	装病女人、芭蕾舞
星期三	19 日	阿勒齐尔（Alzire）、芭蕾舞
星期四	20 日	不信神的人、芭蕾舞
星期五	21 日	爱情的惊喜、沉船
星期一	24 日	悭吝人、芭蕾舞
星期二	25 日	德谟克力特、芭蕾舞
星期三	26 日	一家之主、芭蕾舞
星期四	27 日	爱丽其亚、德卡利昂和皮拉
星期五	28 日	装病女人、小丑的墓碑
星期一	31 日	爱丽其亚、德卡利昂和皮拉
星期二	11 月 1 日	撒谎者、卡若罗先生的跳跃
星期三	2 日	爱情的惊喜、重演卡若罗的跳跃
星期四	3 日	扎伊尔（H. Brandes 初次参与演出）、芭蕾舞
星期五	4 日	骗人的外表（H. Brandes　初次参与演出）、Champfort 的年轻的印第安女人
星期一	7 日	爱丽其亚、芭蕾舞

星期二	8 日	装病女人、年轻的印第安女人
星期三	9 日	嫉妒的已婚女人、卡若罗的跳跃
星期四	10 日	罗密欧与朱丽叶、芭蕾舞
星期五	11 日	勒·格朗（si fibula vera）的爱的教训、少年学堂
星期一	14 日	St. Foix 的全心全意的情人、芭蕾舞
星期二	15 日	同上、芭蕾舞
星期三	16 日	善女的胜利、卡若罗的跳跃
星期四	17 日	玫瑰嘴、少年学堂
星期五	18 日	苏莱曼、少年学堂
星期一	21 日	爱丽其亚、德卡利昂和皮拉
星期二	22 日	欧也尼、年轻的印第安女人
星期三	23 日	明娜、少年学堂
星期四	24 日	不知道自己的哲学家、卡若罗先生举行告别跳跃
星期五	25 日	艾杜阿特和埃雷奥诺拉、亨塞尔夫人朗诵她的告别辞

第四号

《"道斯利和康巴尼"针对莱辛攻击的答辩》，原文见莱辛，《汉堡剧评》，第二卷，道斯利和康巴尼 1769；第二卷，第 408 – 412 页：

插　话

莱辛先生大概是喜欢用一篇很难为他带来荣誉的附录，来玷污自己的剧评，既然是这样，如果读者听见我们说几句与戏剧艺术毫无瓜葛的话，就不必惊讶了。没有这个所谓的加演节目，您看到的将是一个完全不同的莱辛，不同于您在阅读作品时所钦佩的那个莱辛，而针对一出加演节目说一番插话，总会让人觉得这是针对一出严肃戏剧演出的闹剧。莱辛先生必须自己向他的读者道歉，是他自己脱去厚底靴子，穿上了花坎肩，我们相信自己有权利进行正当防卫。任何人都无权称别人为盗贼，而不受到惩罚，莱辛先生不论多么不懂礼貌，他也无权向我们提出这样的奢望。许多人误解了我们的良好愿望，他们侮辱了我们，却并不了解我们。我们容忍了这种做法，因为它不是公开发生的。但是鉴于整个德国，我们几乎可以说，连后代人都会称呼我们为盗贼，只有莱辛先生才允许自己开这样的玩笑，做那些在别人看来是不道德的事情。我们从来不曾想到，断章取义地印刷他那文质彬彬的滑稽戏，因为谁都想不到，莱辛会用这样的口吻说话。有谁会想到，他居然把伏尔泰拉过来与书商、与这么多当代艺术评论家打笔墨官司？他是否要让书商们卷入一场毁掉学者共和国的战争？是否要给我们的后代留下一个我国当代学者品质非常坏的印象？当然不会的，在莱辛先生看来，我们的未来是不值得一提的，这不可能是他的目的。他以为我们不会用别的方式回答他，只能雇佣一位学者代笔，为了离间我们与所有学者的关系，他咒骂替我们代笔的人卑鄙下流，说他们的行为像律师一样卑鄙下流，被人利用来反对一个毁谤者。但是，不管他相信还是不相信，我们并未雇佣任何人。因为，如何估计我们的能力，暂且不提，在这方面，我们完全能够与莱辛先生匹敌。他并未直言不讳地说是为了自己的利益，只是说他要捍卫同仁的利益，这是人们把个人的事情说成公众事情的常用手段。他捍卫的是私人出版社，是作家们的黑市交易。他在这里以书商的名义说话，而书商是懂得对付书商的。我们甚至会想到，他正致力于在书商当中建立君主政体，他与他们说话的时候，用的是旧尺牍的腔调，即使他用克洛茨主义的怀疑眼光，把我们视为胆小鬼，视为不值得一顾的人，我们还是要沿用剧评的特权，尽管有人反复强调说，这权力是属于莱辛和波德的，问问我们的读者，莱辛先生能彻底摆脱私利的怀疑吗？那些喜欢怀疑别人的人，最容不得别人怀疑自己。他会立即要求与我们决斗。我们在这里！他怀疑我们能否自卫。作家们想从他们的劳动中获得尽可能多的收益，这就是说，除了稿酬之外，他们还想得到另外一少部分（在德国人们完全有理由称这是一少部分），可我们是靠它们糊口的呀。他们这是要置书店于死地。印刷一本书，销售一本书，对于每一个人来说都是自由的，但是世界上有许多人，国家给了他们权利，让他们靠着图书交易过活，如果他们不能继续经营自己的买卖，这等于剥夺了他们的衣食，比贪心还厉害。警察局战后花费了许多力气，镇压乡下人，不然城里人就会饿死。我们也应该扪心自问，学者先生们都是有丰富经验的人，他们自然都知道自己从中只能得到少许好处。由于他们没有必要的资格介入书店，所以我们总是有办法报复他们，不接受他们的商品，他们的书籍常常既不能被阅读，也得不到销售。鉴于这种情况，他们觉得有必要参与制定价格，这价格吓得少数爱书人退避三舍，《剧评》的情况就是如此。出版家怎么会想到出版这本书呢？怎么就没有立即想到把它交给委员会里的克拉默先生呢？莱辛先生大概是想提高剧院发起人，或者波德先生的地位吧？波德先生历来印过的许多其余书籍，跟剧院有什么关系？发起人先生们在汉堡无法得到的东西，却想无偿地从我们这里弄到手？他们想成立一个印刷协会，在马格德堡人失败之后，莱辛先生是否想当它的经理？波德先生啊，您是多么缺乏一个真正的书商必备的才能呀，莱辛先生想必就是从您身上总结出了规规矩矩的概念，做图书交易最需要的就是学会打包！在您和您的同事面前，我们仿佛总是需要一点小小的自我报复！除此之外，我们感谢莱辛先生，是他让更多的人了解了我们，当然，他也应该感谢我们，是我们让他有了更多的读者。可是您哪，各位先生和女士，为了对伟大的莱辛表示敬意，都来鼓掌吧！

J. 道斯利和康巴尼

同代人的接受

第一号

摘自弗里德里希·尼柯莱,《通用德意志丛书》,柏林,1769,第2篇。

莱辛先生这部作品,最初几页刚刚出版的时候,头一眼看上去,就会以巨大的好奇心阅读下去,如今已是举世皆知。这是一部宝贵的作品,它对汉堡剧院上演的剧本做了正确分析和丰富的解释。借这个机会,特别是在第二卷里,为我国未来戏剧的创立和改善,开启了许多希望的大门,揭露了许多偏见,以十分敏锐的洞察力回答了许多与戏剧艺术有关的问题。关于在汉堡剧院上演的剧本,莱辛先生仅仅是借此机会,与读者谈论了与剧院相关的有趣的问题。因此,这部作品没有哪一个段落不值得仔细研究,特别是对于那些希望正确判断演出,或者亲自从事这一行的人。

我们在这里没有多少好说的,只需向我们的读者报告,翻印这部作品的主谋,其放肆程度远远超过了卡尔的厚颜无耻。

几年前有几位不愿透露姓名的人,开始用伦敦道斯利和康巴尼的假名,在莱比锡图书博览会上销售几本他们自己出版的书籍。这个伪装的道斯利和康巴尼,同时在书商当中散发一份无聊的印刷品通告,他们在通告里说什么"有些人没有必要的资格,却要介入图书交易,捍卫私费出版,出于这一目的,他们想借助几位书商的帮助,开始建立一个基金会,为了扩大基金会,他们正在寻找经费,只要有人翻印他们社团什么书籍,他们将让他承担所有损失,这样,所有的书商可以在一年之内摆脱各种形式的翻印,或者可以指望半价出售他们的出版社"等等。所有头脑清醒的书商,都用鄙视的眼光读过这个通告,把它视为凭空开的一个大玩笑,视为某些无名之辈想在大庭广众之中

引人注目之举。事情是明摆着的，人们无法从一个素不相识的人那里
知道，他是否具备从事图书交易的必要资格，谁都无法阻止别人自费
出版书籍，而扩大一笔基金更是荒唐，谁都不知道它的会计师是什么
人，在他们未披露身份之前，他们所说的话，他们所做的保证，等于
空穴来风。由于这些人假冒别人的名义威胁说，让某些人承担所有损
失，半价出售别人的出版社（这两项威胁都是没有法律依据的），这
样，有些人也许会怀疑，保护翻印，或者保护出售翻印的书籍，也许
只是那些不知姓名的人想给别人造成损失的借口，那些所谓的道斯利
和康巴尼先生们，也许就是他们所说的拦路抢劫者。对那些素不相识
的人表示不信任，至少对那些至今不愿露面的人表示不信任，是一个
头脑清醒的商人必不可少的警惕，因为世界上常常有骗子故意装成老
实人，既然道斯利和康巴尼已经开始了他们翻印《剧评》的行动，
判断就会对他们不利。（我们确实知道），没有哪个有声望的书商上
他们的当，只不过是少花几个塔勒购买几本他们出版的闲书而已，任
他们像许多小商贩一样，利用交易自由去挣口饭吃。

     ……

有些人假冒陌生人的名字，实际上是一位著名学者，不仅通过翻
印他的著作伤害了他的人格，而且还公开嘲笑他，这简直是无耻之
尤！每个头脑冷静的学者，每个头脑清醒的书商，都有权表达他的厌
恶之情，而且一定会对哈勒学报作者的头脑感到惊讶，他居然对这种
行为表示欢迎，他大概相信道斯利和康巴尼先生的插话，能给莱辛带
来一个不愉快的时刻吧。

第二号

摘自《德国美科学丛书》，哈勒，1769，第9篇。

再怎么危险的事情，也莫过于惹得一位作家发怒，即使是针对他
的最微不足道的批评，也会成为他写一本书的动因和素材（《文学通
讯》，第 V 部分，第 4 页）。莱辛先生郑重宣布，不准有人在这套丛

书里赞扬他。我是不会赞扬他的，尽管我在这部作品里有这样做的机会。但我也不会指责他，尽管我有许多相关素材！他规劝别人，要以镇定冷静的态度对待那些专横独断的批评，可他自己却做不到镇定冷静。他肯定会给尼柯莱先生寄去一册戏剧通信。跟任何评论家争论，都不要跟他争论，这肯定是个令人不愉快的事情。作为一个真正反复无常的人，如果有谁以为捉住了他，他会溜之大吉，如果他不能用真理为自己辩护，也会倒打一耙的。《汉堡剧评》的意图、内容和语气，读者早就领教过了。大家都知道，《剧评》的作者在哲学、洞察力、知识和爱国主义精神等方面，远远超过了《繁荣戏剧的建议》的作者和《戏剧丛书》的作者，当然大家更知道，《明娜》的作者也远远超过《老处女》的作者。大家都知道，他与那些懂得把自家的戏剧打扮成时尚的法国戏剧评论家，相去何其遥远，大家也都知道，他是多么接近英国人的观察精神。可我们的读者似乎一直未弄明白，人们怎么可以指摘众所周知的成功作品，又不至于丝毫有损于它的价值。在这个问题上，全怪作家们自己，一旦有人要剪掉他们衣服上一条多余的流苏，他们便会大喊大叫起来。我关于剧评所要说的话，并非出于我有指摘别人的怪癖。尽管有人会根据倾向性做这样的推论，但是，对事物本身不进行探讨，只是做这样的推论，这说明他自己就是有倾向性的。

　　尽管戏剧理论蒙受了这么多损失，我还是认为大家不应该批评莱辛，而是应该批评汉堡剧院的主持人。我认为，我们的剧院尚处于一个稚嫩的年龄段上，还经不起莱辛式批评的威严。现在更需要的难道不是指出，如何才能到达理想的手段，而不是说我们距离理想还有多远吗？一份定期性的报纸，难道不是也像定期性的剧评一样，具有定期性的效用吗？难道剧评只是为贬低我们自己而写的吗？从这一点来说，否定批评有害于欣赏的说法是对的，到目前为止商人更喜欢外国剧院，出于各种原因而不喜欢德国剧院，他只会鹦鹉学舌似的重复这些原因，却不明白那是什么意思。艺术批评家不是观众，但他们却培养观众。现在我们有了一部剧评，可我们也能得到一个剧院吗？一个原创性的剧院？我非常怀疑。我们可以从我们没有的东西那里学习，但它们不能代替我们没有的东西。剧院必须通过榜样，而不是通过规则来改善。对于美学家来说，剧评是一个丰富的源泉，可它只能打倒我们的诗人，而不是让他们清醒。如今的时尚是，判断一出悲剧，不是根据感情，不是根据它从观众那里赚取的眼泪，而是根据美学术语。在我们的观众那里开始苏醒的那点感情，却被冷冰冰的哲学给窒息了。最能迎合我们的虚荣心的是，给我们的每一个推理都涂上哲学色彩，而推理比创作本身要容易得多。从中产生什么样的片面判断，人们从《文学通信》里可以找到无数的例子，在《剧评》里也能找到同样多的例子。一旦形成一个观点，然后便拿起鲍姆加登哲学的望远镜，于是人们就可以按照自己的心愿，赋予事物一个形象。但是，假如不是按照过分普遍的规则来衡量事物，而是在做出一个判断之前，对一切定义进行一番检验，是否更具有哲学意义。我们的民族，到目前为止更尊重他们的批评家，而不是更尊重他们的诗人，而且十分愿意毫不费力地重复这些片面结论。上百个人通过望远镜发现月亮上有污点，直到有一天终于有一个人发现，原来前面落着一只苍蝇。像许多人一样，我在剧院的正厅里听人说过：哈，高乃依是个小角色！亚里士多德才是戏剧评论界的君主。要想推倒他，大概只是为了把一个新的亚里士多德捧上宝座。新奴隶制常常比旧奴隶制更严酷。为什么我们的批评家当中有那么多人，容不得别人与自己平起平坐？总想让所有人都听从他们指挥，自己充当凯撒？这就是为什么《剧评》的某些段落流露了贬低别人的癖好的原因！这就是用居高临下的语调对待外行的原因。

> 只有他懂得，如何对高超艺术
> 用几句话赞扬，在报刊上指摘，
> 他说的话总是与规则相符，
> 立即判断与别的作品有何不同。

这是莱辛在伏尔泰身上发现的一种艺术，其实，他在其中用力越多，发现的越少。当赫尔德说到艺术批评家的时候，却把他们当作作家进行评论，其实他指的就是这类专横跋扈的人，他说："通常他们是以作家的身份阅读，而在评论当中所描绘的，却是他们那日渐衰落的作家身份的长长的影子。为了改善自己的视野，他们常常要拆毁眼前的障碍物；为了永远保持自己的忌妒心，他们常常要像雷姆斯（Remus）一样，翻越兄弟家的墙头；为了参加竞技，为了第一个到达终点，夺得桂冠，他们常常也跟着赛跑；为了给自己建造一座殿堂，他们常常在故纸堆里绞尽脑汁，如果能完成这座建筑物，并且获得一顶完美体系的桂冠，那么许多人付出的劳动，也只是盖成一座神谕宣示所而已。"剧评作者就是这样侮辱他的对手的，不是把他们树立为榜样，而是用一种令人无法忍受的利己主义折磨读者；不是对事物进行深入思考，而是任意破坏；大谈哲理，却没有丝毫真理，只是给老生常谈换一副新面孔；提出一些自认为是颠扑不破的小体系，对于那些跟着他鹦鹉学舌的人来说，这仿佛就是神谕。戏剧诗人评论戏剧作品，并非每一次都能带来益处，他们常常是把自己的天才作为规则强加于别人。人们似乎可以把剧评称之为莱辛怪念头中的一段小小插曲。所以那些评论常常是片面的，作家选择一个把什么都能牵扯进来的主题，而不是像赫尔德要求的那样，把古人作为先驱，把当代人作为竞争对手来介绍，并指出如何赶上他们的方法，而是责备法国人的民族傲慢，谴责那些受过法国式教育的人。说他们不是我们唯一的样板，这话已经重复多次了，不必再说了。但是，把他们贬低为只会写顺口溜的人，还要把他们彻底赶出诗歌艺术领域，同样也是巨大的民族傲慢。人们常说，我们德国人很少选择中间道路。要说哪种诗歌体裁没有民族性，那一定说的是戏剧。用高兴的眼光看待法国人有自己的文学风格，就不会低估了他们的长处，如果他们的风格的确是美的。既然我们如此瞧不起法国人，我们自己又如何呢？我们自己在风格方面不是还不如他们吗？普遍的审美趣味真的就是如此吗？首先，把剧评弄成了一个反对伏尔泰的战场，尤其是，诚如作者所说的那样，遇到机会往外抖搂点知识的时候。寻找这位快手的毛病，并不困难，批驳这些毛病，同样易如反掌。不少批驳性的文章中，充满了论战的、批判的和嘲笑的腔调，这种毫无抑扬顿挫的腔调，是会让人犯困的，特别是当作者总是把这种笔墨官司的开端，当成结尾来对待的时候。就像伏尔泰喜欢骑着一匹历史的战马一样，他太喜欢骑着他那匹批判的战马往来冲杀，并在冲杀过程中扬进观众眼睛里一些灰尘。可惜，他未能生活在那个以辩论推动艺术繁荣的时代。我的意思并不是说他是一个诡辩家和喜欢辩论的作家，像某些无礼貌的人说过的那样，不过他肯定会成为一个竞技运动员。说话算数当然是个挺惬意的事！正是因为这样，我们不得不经常满足于阅读关于历史上的古代战争的书籍，以便从中得到戏剧性的教导。我跟那些人不一样，"他们答应把剧评办成一份戏剧报，不过比戏剧报要丰富多彩，把上演过的剧本内容，编写成短小有趣或者感人的故事，发表些滑稽可笑、离奇古怪和傻里傻气的人物的生平事略，自然，他们必须是些从事戏剧写作的人，还要发表些关于演员，特别是关于女演员的奇闻轶事，既能供人消遣，又有耸人听闻的效果。"当然，我不是要求全都发表这类小玩意儿，不过，关于一出戏的长篇论文最终只能让人犯困，关于亚里士多德的详细阐释，那是一篇关于古典文化的论文做的事情，不属于剧评的范围。那些离题万里的议论，常常比对事物本身的论述长得多，表达尚未说过的话题的欲望，常常误导作者偏离自己的主旨。正是因为如此，剧评并未成为一部所有上演过的剧本的批判性索引，同样，文学通信也并未勾勒出我国文学的一幅完整画面，剧评也并未像预告所说的那样，伴随作家和演员的艺术所走过的每一步伐，而是把剧本当成了一个难得的机会，以便表达作家那些早就存心要说的话。全部剧评的文章，都是关于美学问题的探讨，比如什么是悲剧，悲剧应该是什么样的等等。所有其他文章，都是整体计划的一些插曲。关于喜剧几乎什么话都未说，关于每一出戏也并未说全，只是说了些无关紧要的话。这就是这样一份报纸的全部真实计划？作家在这里写的并不是文学通信，如赫尔德所说，在这种《文学通信》里，评价作品特点的标准，全看是否符合自己的判断，是否能惩罚别人，是否有进行推论和想象的空间，是否能挑出某些段落，以便在其中施展自己的拳脚，发现某些地方，以便在其中倾诉自己最喜欢的思想。

第三号

摘自《德国美科学丛书》，哈勒，1769，第 13 篇。

遗憾的是这第二卷竟然成了最后一卷，在如此短暂的时间里，我们便看到了一部作品的完成，多年之后我们还会怀着忧伤的心情合上这本书。如今我们已经有了这本书的许多翻印本，但是所有这些翻印本加在一起，也无损于我们这部原作的结局。我们很少见到原创性的作品，尤其是在舞台上。不容忽视的是，写作这部作品的动因已经停止了，出于对我们民族的尊敬，我还是希望这本书继续写下去，因为它让我们了解了我们的邻国，在戏剧批评方面有着很多长处，而不必总觉得在戏剧方面大不如人。继续写下去之所以是容易的，这是因为剧评的作者非常喜欢无拘无束地写作，这部作品很少拘泥于原来的写作意图，甚至根本未考虑实际的应用。这些文章并不构成一种戏剧哲学体系，但却是这样一个体系的很有价值的素材，常常有些关于细枝末节的精确定义，常常有些经过冥思苦想的质疑，当然大多数还是关于戏剧本质的抽象考察，其中充满了深刻的洞察力。作家宁可引起别人对创新欲望的怀疑，也不愿跟在别人后面亦步亦趋，做个没有独立思想的人。周报的形式恰好符合他的兴趣，他可以在无限广阔的领域进行反复探讨，忽而在这里，忽而在那里，播撒新知识的种子。对于读者来说，这花样是足够多的，他们跟着他拐弯抹角而不至于头晕目眩！他那多方面的才能，让他扮演了一个多才多艺的角色。他不仅仅用戏剧方面的探讨丰富了美学，不仅是为我们，也为我们的邻国锻造了批评的枷锁，他不仅仅侮辱了革新者，也成了戏剧方面的旧书商，他证明没有人读懂过亚里士多德，只有他一个人读懂了。《剧评》是半部美学，半部关于亚里士多德的注释，半部文艺学和半部学术研究的书。照我看，与拉奥孔相比，《剧评》含有更多的哲学和学术研究，假如这里面没有掺杂吹毛求疵的钻牛角尖、对独特事物的偏爱、专横独断的傲慢和目空一切的骄傲自满，我会双倍地给它以高度评价。

第四号

摘自伽尔威（Christian Garve），《美科学和自由艺术新丛书》，莱比锡，1770 年 10 月，第一篇。

大作家与历史上的大人物是一样的。人们认识大人物主要不是看他们在公众面前做了些什么，而是看他们在内阁当中，在宫廷侍从当中做了些什么。关于大作家，人们很容易从他们信手写来、偶然发表的那些文章中看出他们的才智，而不是根据他们精心撰写的那些作品。凡是精神能够自由活动的地方，精神活动大都是按照自己的方式进行。限制赋予精神的总是一副陌生面孔。每当他打定主意做点大事，按照一个宏伟计划工作的时候，总会尝到一点这种限制的苦头。

在这类作品中，像我们的作品一样，作家竭力追随某一个想法，任其信马由缰，直至作家感到疲倦为止，只有这时人们才最容易看得出来，哪一条路是他的才智的自由而顺畅的通道。这样表达出来的思想，首先是献给心灵的，这思想具有心灵特有的色彩。作品之所以要写成这样，也许是由于作者不容易与每一个读者的思想取得一致，要想让自己适应其余思想的整个体系，他就需要把话说得和缓一些。可是，要想把这件微不足道的工作留给读者来做，他必须花费大量精力来吸引读者，使他们产生丰富的想象力。

莱辛先生并未按照原来的设想和计划完成这部作品。这个计划的一部分，大概是毁于他为之而写作的那些人的虚荣心，另一部分则毁于作家自己的洞察力。

即使我们无需设身处地，我们也可以理解，一个人在分析各种概念的时候，他能够走得非常遥远，在这个过程中能得到极大的满足，而这个过程却是艰难的，他要迅速地从一个思想走向另一个思想，犹如对一个广阔的课题进行全面研究一样。放弃一个研究项目，直到把这个项目中的问题研究清楚，他是要付出一些精力的，对一个事物要么什么话都不说，要么把所有的话都说出来，他几乎没有别的选择。

这在一本书里是经常出现的，因为它所讨论的题目十分复杂，这能导致作者从许多方面进行研究。在这个研究过程中，真正起决定作用的不是别的，而是一般性的最终目的，是第一个素材，或者可以说是引起研究的第一个机会。前者指的是我们所接受的戏剧艺术教育，为戏剧诗人、戏剧评论家和演员开的课程，后者指的是上演过的剧本。人们可以看到，他在这方面有许多选择的自由。人们可以对个别作品的优点和缺点进行分析，对类似的作品进行互相比较，从各种经验当中引申出新的理论，通过各种例子对旧的理论进行确认或者修改；对那些夸夸其谈的规则，戏剧艺术规则，甚至对一般的艺术规则进行研究，以丰富关于人自身的哲学，没有关于人自身的哲学何谈诗艺？更遑论戏剧艺术。在一部这样的作品中常常出现这样的情况，当作家最初走进一打题材的时候，他会发现一个广阔的天地，他想迈着同样的步伐游遍这个领域，而在这个领域里，他刚刚迈出头一步，就发现了许多值得观看和研究的东西，直到他看得精疲力竭，放弃或者推迟剩余的旅程为止。细心的读者也许会在剧评的不同段落里发现，研究的进程使作者离开了他原来设想的计划。在我们的国家没有一位作家像他那样，能把敏锐的洞察力与风趣和渊博的学识结合在一起，他观察任何事物，都能洞见到它的最细微之处，因此对待某些广阔的题材，他只能在单独的作品中才能完成这种研究。

才智的这种特性，在一部只有一个固定和唯一主题的作品里，可能引起细节与整体比例关系的失调。但是为此它将在一部进行孤立研究，而非进行互相联系的研究的作品里，从每一个素材的内部寻找出那些隐蔽的思想，它将赋予这些研究以更多的新颖性和差别性，因为它不需要顾及任何一个自身的或者陌生的体系。即使它没有必要为读者探究所有的题材，那么看到如何对事物进行探究，对于他来说也是有益的。

从才智的这样一种特性里，说不定还能产生另外一种特性。亦即这样一种特性，作者在他的思想形成过程中，不知不觉之中强化了他开头的思想，或者继续推动这个思想，以至于超越了他最初的想法；作者激烈地赞成或者反对某些本来他可以泰然处之的事务；本来他认为只是一种猜想的东西，最终却以极大的热情把它变成了自己的信念，通过他所惧怕或者假设的矛盾，更加坚信不疑，本来他也许不会如此激动地去捍卫这种想法的。

全书还贯穿着一个次要的意图，如莱辛先生所认为的那样，即消除我们对法国人的过分推崇。这个想法并无恶意，因为不论哪个民族，如果它过分崇拜别的民族，这对它是有害的。这样下去，通常他会过多地怀疑自己，不能足够地重视自家的伟大人物，在不断致力于完善自己的时候，若是只能借助陌生民族的道德和语言，那就会忽视吸收那些本来可以在自家土地上成熟起来的东西。如果这个陌生民族轻视了我们一段时间之后，仍然不了解我们，这自然也会引起我们的不满。而一个人若是意识到自己的语言和才能的优越性，也许会由于不满而贬低那个民族的成绩，像他们出于无知而贬低我们的成绩一样。不过，我们的行动似乎应该宽容一些，我们不应该用以牙还牙的态度，来报复他们从前对我们的蔑视，他们那些头脑清醒的人，现在也会为此而感到羞愧的。如果我们也承认他们曾经有过好作家，像我们一样，如果他们对我们的文学产生过巨大的坏影响，他们与我们的老师一样有着共同的缺点，如果他们的某些作品对我们所产生的影响，并不符合它们的巨大声望，这可能是由于我们力所不及而造成的，我们未能感受到那些在语言选择和运用中所表现出来的细微的美，这并不意味着否定发现和表达激情的功绩，这些细微的美，恰恰是这个民族的读者总要最先感受或者关心的东西。

在这种情况下，人们也许必须大胆而高声地说话，这样才能让对方听见，因为他们喊叫得更大胆，声音更响。实际上，那些可鄙的人们在自己的祖国却又蔑视自己的国家，盲目崇拜另外一个民族，可他们却只能结结巴巴地说人家的语言，对人家的作品只能似懂非懂，却又不愿意学习自己国家的语言和作品。这伙人数量之多，足以为一场活泼而激烈的反抗进行辩护。

人们很容易看得出来，对于一部大多数篇幅由批评构成的作品来说，不能再继续给它增添什么东西，只能把那些在个别作品的批评中被分离开来的素材，进行分门别类并集中到一起。这样做并非没有用处，因为其中大量附带的注释，是本书的一大贡献，这一点尚未引起人们的注意。大多数读者阅读一本包括许多看法的著作，会立即对事物表示赞成或者反对。然后他们要关注的既不是赞扬，也不是批评，而是纯粹的研究，哪怕这研究是不重要的，甚至是粗浅的。

第五号

摘自约翰·高特弗里德·赫尔德：莱辛，生于 1729 年，逝于 1781 年，见《德意志水星》，魏玛，1781，第四号季刊。

照我看来，与莱辛相比，没有一个新秀作家在文学欣赏趣味，对文学对象的细致而透彻的评论方面，对德国发生过更大影响。在本世纪初，什么是德国的欣赏趣味？当高特舍特接过塔兰德（Talander）、魏塞（Weise）、米南德（Menander）的欣赏趣味，按照他的方式继续发展的时候，尚谈不上什么欣赏趣味。这欣赏趣味经过了净化和淘洗，他接受的只是躯体，而没有精神和灵魂。波德默过来帮助克服这种缺陷，他从意大利、英国作家以及古典作家等有关人士那里，引进了各种思想的口粮。遗憾的是，那都是陌生的思想，有些思想甚至是单调的、难懂的，在德国不容易受到普遍欢迎。现在莱辛来了。不仅在风趣方面，而且在学识、才能和表达方式方面，他几乎都是高特舍特的对手。从瑞士人那里，他采纳了他们的博学和他们那透彻的判断，而在这两个方面又很快超越了他们。尤其是在表达方式的敏捷方面，在语言及其修饰的变化多端方面，在真正的哲学敏锐性方面，不但超过了他们，而且超过了他的所有先驱者。他懂得把敏锐的洞察力与他那生动活泼的对话式风格特点结合起来，用冷嘲热讽、无拘无束的笔调，描写那些经过深思熟虑的事物，仿佛信手拈来一般。自从用德文写作以来，照我看，没有哪个人写的德文，能与莱辛比美，有人会说，他的变化，他的特点，并非就是他的语言本身的特点。自从路德以来，没有哪个人从这个角度运用和理解过语言。在这两位作家笔下，语言与粗俗的风格无关，与僵化的状态无关，尽管有人想把这种状态赋予语言，使之成为民族的财产，不过，有谁像路德和莱辛那样运用过德文？况且，如果一个人具有聪明头脑，而且学会了运用语言，可这语言却不愿意为他服务，这会是一种什么样的语言呢？

......

　　莱辛当时生活在汉堡，他要领导一家剧院，他手下这家剧院要成为德意志国家剧院。为什么它未能成为这样一家剧院呢？或者说，它的全部承诺为何未能实现呢？他在自己剧评的结尾处，表现了一个男子汉的谦逊，直言不讳地说了出来。尽管他在汉堡逗留期间，仅能完成两卷剧评，可他所能做或者未能做的那些微小变革，对于德国剧院来说却提供了丰富的补偿。他对个别剧本和演员的评论，每一次都是实事求是的，深思熟虑的，带有男子汉的气概，可这些评论对于他来说只是机缘而已，他借此机会对什么是戏剧的来源，什么是真正悲剧和喜剧的本质，从古希腊至今，人们都是怎么说的，进行了广泛传播。尤其是对亚里士多德，伏尔泰进行了反反复复的阐释，这是从来无人做过的事情，这肯定是真理的光辉。莱辛从不放过任何一部天才著作，他坚信，每个艺术家和诗人只有明明白白地理解他的艺术，才能在艺术中取得成功。通向这种明明白白理解的道路，在这里已经敞开了大门，铺平了一部分道路。

第六号

摘自《席勒致歌德的信》，1799 年 6 月 4 日。

　　在这段时间里，通常我们都要聚在一起，可现在我在阅读莱辛的《剧评》，实际上阅读这本《剧评》是一次十分风趣而生动活泼的消遣。毫无疑问，在他那个时代的所有德国人当中，莱辛对于艺术的论述，是最清楚、最尖锐，同时也是最灵活的。最本质的东西，他看得也最准确。只要读读他的东西，便会感到德国欣赏趣味的大好时代已经过去了，现在对艺术的批评无人能与他相比。

译者后记

"文革"以后，1979年冬季，我曾有机会去德国图宾根大学进行学术考察，接待我的是现代语言系系主任施罗德教授。我们在接触中，他了解到我50年代在莱比锡大学读过书，便告诉我："你的老师马耶尔教授就住在这里。"听说马耶尔老师住在图宾根，我非常兴奋。我1959年毕业回国以后，由于国际形势的变化，我们很快失掉联系，尤其是"文革"十年，根本接触不到德文报刊，连老师的去向都一无所知。

马耶尔教授是个德籍犹太人，青年时期学习法律，颇有音乐天才，在一家乐团任小提琴手。希特勒上台后流亡去了瑞士，在那里写了文学史博士论文《毕希纳和他的时代》，参加了秘密的反法西斯斗争组织。二战以后返回德国，在法兰克福一家电台任编辑，冷战爆发后，因与美国占领军当局意见不合，移居德国东部，任莱比锡卡尔马克思大学日耳曼语言文学系教授兼系主任。由于在卡夫卡和德国浪漫派文学的评价方面，与东德官方学者产生分歧，一再遭到批判，于60年代初期复又移居西德，退休后定居图宾根。老人家精力充沛，著述颇丰，有"德国文坛教皇"之称。

施罗德教授帮助我约好时间，我们去看望当年的老师。他家位于内卡河对岸的山坡，依山傍水的一座小楼里，我揿响门铃，老师亲自出来接我。我把准备好的一束鲜花递到他怀里，老师高兴得不得了，他并未说谢谢，而是以他习惯的方式一再重复说：这可太好了，这可太好了！这是一语双关的表达方式，既可理解为对鲜花的赞赏，也可理解为对二十年后师生重逢的感叹。他把我让进客厅，给我倒了一杯葡萄酒，彼此寒暄了几句，他径直问我："张先生，你当年答应我的事情做了吗？"老师称呼学生为"先生"，我已经不习惯了，在德国这只是个平常的称呼，可他提的问题，却让我一时摸不着头脑，我还真不记得我何时何地向他许诺过什么。我当时的样子，一定像学生在课堂上回答不出老师的提问一样尴尬。

他见我无从回答，再一次提醒我说："你还记得吗，当年你的论文答辩结束以后，跟我说过什么？"

经他这一提醒，我才想起，1959 年我在莱比锡大学毕业论文答辩完毕以后，曾经与他简单地说了几句题外话，我一直认为他这样做，是为了让学生放松一下，免得我头脑紧张，跌跌撞撞地走出门去，发生什么不测。我还记得马耶尔老师问我："你回国以后做什么？"现在想起来，他大概是问我毕业以后选择什么职业。可我刚刚答辩完毕，脑筋的弦绷得紧紧的，尚未转过弯来，跟老师说几句告别话，顺口回答了一句："我回国第一件要做的事情，是翻译《汉堡剧评》。"不知是我的答非所问，让他摸不着头脑呢，还是我的回答令他惊讶，他瞪大眼睛追问了一句："你说什么？"我把原话又重复一遍。

他以既意外又狐疑的目光盯着我，停顿了一会儿，犹犹豫豫地说："这可是个不轻松的活儿呀！"

事后我理解，他的意思大概是说，翻译这样一本书谈何容易，不要说它的理论问题，单是其中涉及的各方面知识，就不是一个刚刚大学毕业的人能够驾驭得了的。他当时说的话，还有他那盯视我的眼神，给我留下了深刻印象。后来，即上世纪 80 年代初，他第一次应邀来我工作的单位做客时，他问我你在做什么课题，我说我在写关于布莱希特的论文。我用了一个德文词 Abhandlung，他立即说："你在中国写不了 Abhandlung，第一手资料都在德国，你最多可以写个 Arbeit。"原来德国学术界所说的"论文"，指的是发现新资料、提出新问题、解决新问题的原创性学术著作，它可以是成本的书，也可以是单篇文章，而重复性的著作，不管是单篇文章或者成本的书，只能算是 Arbeit。他在说这话的时候，我发现他还像当年一样，用疑惑的眼光盯视着我。

令我惊讶的是，我当年无意中说的一句话，他居然未忘，20 年后他对我提出的第一个问题，居然是《汉堡剧评》你翻译过了吗？可见，翻译《汉堡剧评》这件事情，在他心目中分量是多么沉重。

是啊，这本书在德国乃至欧洲文化史上，毕竟是一本举足轻重的大书，后世关于文学理论，特别是关于戏剧文学的不少经典性观点和精彩论述，都可以在这本书里找到源头，例如马克思的现实主义理论。而我能否驾驭这本书，说不定他一直担心着呢，不然怎么会一见面就提出这个问题呢？幸好，我在出国前就翻译完了全书，而且在《世界文学》1978 年复刊的试刊号上，登载了其中的几个章节，还引起了界内同好的重视。我把这些情况向老师做了介绍，告诉他这本书尚未出版，我们国家的出版事业，经过一场"文化大革命"的浩劫，正处于百废待兴的关头。我的回答引来了我与马耶尔老师，还有施罗德教授，关于莱辛和《汉堡剧评》的一番热烈谈话。巧了，施罗德教授是研究莱辛的专家。

当年，我在毕业论文答辩完毕以后，怎么会突然冒出一句要翻译《汉堡剧评》的话呢？这是因为莱辛这本书给我的印象太深刻了，包括莱辛其人，他那明白晓畅、从来不搞"弯弯绕"的文风。我忘记是哪个学期了，舒伯特老师开德国启蒙运动讨论课，为我们几个外国同学（来自芬兰、朝鲜和中国）请了一位名叫艾迪特的女辅导员，课外开小灶。艾迪特是我上一年级的同学，有一段时间，她专门给我们辅导莱辛，也就是给我们讲述她知道的关于莱辛的知识。显然，她是个莱辛崇拜者，往往讲得眉飞色舞。有一次，她讲到莱辛与高特舍特的争论：德国戏剧究竟应该向法国学习，还是向英国学习？她引用莱辛《关于当代文学的通讯》第十七篇里的话说："当时有人说'没有人否认，德国舞台的改善，大部分功劳应该归功于高特舍特教授。'"你们知道莱辛怎么说？他说："我就是这个'没有人！'"艾迪特一边复述莱辛的话，一边抬高了嗓门，"砰"地拍了一下桌子，仿佛她就是莱辛，正在与人争论。还有一次讲到莱辛与法国新古典主义的论争，她引用了《汉堡剧评》第 14 篇的一段话说："王公贵族和英雄人物的名字可以为戏剧带来华丽和威严，却不能令人感动。我们周围人的不幸自然会深深打动我们的心灵；如果我们对国王产生同情，那是因为我们把他们当成人，并非当作国王……"，"如果有人相信爵位能够感动我们，那是对人类本性的误解。"不知为什么，今天重复莱辛这些话的时候，我总会想到恩格斯评价但丁的话：说他是

"中世纪最后一位诗人，同时又是新时代最初一位诗人"。莱辛就是一个执意要唱衰封建势力的诗人，德国市民阶级的思想先驱。艾迪特在引用莱辛这几句话的时候，语调是那样的抑扬顿挫、斩钉截铁，伴之以蔑视一切的手势。她把莱辛作为启蒙思想家的那种摧枯拉朽、横扫千军的气势，表达得令我心潮澎湃。艾迪特的辅导课给我留下了深刻印象，对我日后下决心翻译《汉堡剧评》起了"煽风点火"的作用。当时我在课堂上用的是新出版的三卷本《莱辛文集》，唯独《汉堡剧评》这一卷，我用红笔做了许多批注，画了许多杠杠，今天看来，它们不仅是课堂上随手做的笔记，还有课后自学留下的感悟，这表明我当时就萌生了翻译这本书的念头。这些笔记在我日后的翻译过程中，对我正确理解原文发挥了十分宝贵的启迪作用。

　　其实，我毕业回国后一直想着《汉堡剧评》的翻译，但没有机会。1959 年秋天，我一回国就遇上了"反右倾"，然后就是"天天讲，月月讲"、整社、四清、社教、"滚泥巴"……刚刚从国外回来，这一连串的"运动"，弄得我晕头转向，无所适从。我还记得，有一年全所批判所长何其芳，大字报在三楼会议室挂得琳琅满目，我满心的狐疑、恐惧，怎么也看不出名堂，不知他错在哪里。身旁一位从延安来的老同志问我："你怎么不参加战斗呀？你看那位从苏联回来的同学写的大字报。"我支支吾吾地回答了些什么，至今一点都不记得了，我只记得当年为了躲避在研究所里搞"运动"，一有机会就主动要求下乡。我是农村出身，虽然在国外吃了五年洋面包，但一到农村，不管是干农活，还是与老乡接触，我还是有"如鱼得水"的感觉。这样折腾了十来年，待到"文革"后期，我在国外学的那点德文都快忘光了，还谈什么读洋文，翻译洋书！1972 年，从干校回来，我自己也折腾得疲惫不堪了，在"批林批孔"中，看那苗头不对，干脆当起了"逍遥派"。没逍遥几天，当年的夙愿便浮上心头，在书架上找到那本灰头土脸的《汉堡剧评》，由于多年不动，已经粘在书架上，取下来的时候，发出"刺啦刺啦"的响声。我翻动那些已经泛黄发脆的纸张，看着当年那些用红笔写的批注，心不禁怦怦跳动起来，想着，与其这样浪费生命，不如做点实实在在的事情，把当年的梦想变成现实。于是我在单位走廊的乱纸堆中，办公室的犄角旮旯，办公桌抽屉里，拣了些写大字报用过的废稿纸，有的只剩一半或者三分之一空白，也有只写了个开头便扔掉的，当然也有些虽然揉搓得不像样子，但却一字未写的。拿回家来，关上门做起了翻译《汉堡剧评》的梦。

那年头，除了写大字报有地方"发表"，做学问，搞翻译是没有出版机会的。当时我已经习惯了日复一日地在大喇叭的喧闹声中，无所事事地打发日子。其实自己心里也着急，要么眼看着群众之间斗来斗去；要么被工军宣队赶着出去"拉练"，"找苦吃"；要么下工厂劳动锻炼，接受工人阶级再教育；要么不顾老弱病残，一律下干校，走"五七道路"。记得1970年冬天，在河南息县五七干校期间，我与本所一位同志走在乡村土路上，他忧心忡忡地问我："你估计这样下去还得多长时间？"显然，他像我一样，对当时的形势既不满意，又无可奈何，心里总惦记着自己的本职工作，用当年的话说："要为文化建设作贡献。"可现实生活距离"文化建设"越来越远。知识分子就是本民族文化活的载体，让大批知识分子长年累月"滚泥巴"，这与"文化建设"有什么关系？不过我还是坚信，当前的状况是不正常的，共产主义理想绝不等同于愚昧和无知，我们不会长期在农村待下去。我把自己的想法告诉那位同志，他说："你倒满乐观。"其实这不是"乐观"或者"悲观"问题，他和我都知道，我们这些普通知识分子，徒有一腔爱国热情，为共产主义奋斗的理想，就是没有施展抱负的机会，谁都无力左右当前的形势。因为"运动"的时间太久了，眼看着自己的青春年华白白地荒废掉，生命的紧迫感越来越强烈，实实在在做点事情的欲望越来越不可遏制，一旦有个适当的机会，这种紧迫感就会变成工作动力，甚至毫不计较条件。

1972年夏天，从干校回到北京，一方面对"批林批孔"背后的用意产生怀疑，一方面又不甘心做逍遥派荒废时光，在憋得足足的工作欲望驱使下，开始翻译《汉堡剧评》。开始用的是节选本，很快便找来著名的黎拉版，这是个带有详细注释的全本。由于学生时代对这本书下过功夫，对于它的难度心理上是有准备的。一边翻译，一边找些相关书籍来阅读，解决翻译过程中遇见的知识性难题，找不到书的，便请教了解有相关知识的同事。关于古希腊罗马历史和文学的问题，我主要是靠着请教王焕生、陈洪文两位同志解决的，他们不但回答了我的许多疑问，还告诉我应该阅读哪类参考书。他们是我在古希腊罗马历史文学知识方面的启蒙老师，至今我遇见这个领域的问题，仍然习惯于请教王焕生同志。翻译的过程就是读书的过程，研究的过程，请教别人也是读书研究，翻译《汉堡剧评》必然伴随着大量读书，光凭熟练掌握中德两种语言，是不足以应对这部著作的。这部书不仅是启发了后世的思想宝藏，而且蕴藏着丰富的人生智慧和书本知识，翻译这本书让我大开眼界，增长了欧洲文化知识，为我后来的德国文学研究做了很好的知识铺垫。

当初翻译的时候，根本未想出版问题。说完全不想出版也不对，只是那时你根本看不到出版机会，何必去花费这种脑筋？那时的出版家们大都在走"五七道路"，"接受再教育"，连他们自己也未必知道何时才有重返岗位的机会。正是因为未想出版问题，翻译的过程就十分从容。今天想起来，当年翻译的时候，颇有点古人为"藏之名山"而写作的意思。从头到尾，工作得兴味盎然，丝毫没有干"苦差事"的感觉。这绝不是说没有遇见困难，相反，今天重读译文，仍然记得哪些地方进行过反复推敲和修改，甚至为了寻找一个合适的表达方式，一停顿就是好几天；停下来去读书，读中文书、外文书、史书、散文书……或者干脆放在那里，过几天回头再找补，直到满意为止。那时我的日程，只要没有"运动"干扰，便安排得十分饱满，上下午都是搞翻译，晚饭后与邻居老侯去日坛公园散步聊天，常常能从他那里了解一些"运动"的动向，使我与当时的"社会主流"保持联系。今天说起这些来，简直令人不可思议，一整天摆弄外文，满脑袋都是外国古时候的事情，傍晚与老侯散步时，一谈起"运动"来，仍然像身临其境一样，要么慷慨激昂，要么唉声叹气。其实，也只是听听而已，议论完了也就完事，很少放在心上。天黑以后，我又会沉浸在《汉堡剧评》的天地里，直到深夜十二点。

就这样日复一日而又断断续续，伏案一年多，到1974年底，完成全书的初稿翻译。说起来也真奇怪，在这一年多的翻译工作中，从来没有过"累"的感觉。除了当时正年富力强之外，一定与多年不跟书打交道有关系，一旦有机会干自己感兴趣的事情，那种精神抖擞的状态，表现为不可遏止的亢奋，工作起来只觉得痛快淋漓，自然也就没有疲乏之感。再加当时既不必向谁汇报工作，又没有出版社催稿，工作起来颇有些"信马由缰"的逍遥感，不像后来正式开展研究工作之后，有那么多有形或无形的压力。翻译心态是放松的，有时近乎一种玩赏状态。正是因为有这样松弛的心情，译文在一些细节上、难点上花了不少功夫，尽自己的所能，减少似是而非、磕磕绊绊的文句。同时，努力表达这位启蒙思想家明快晓畅、尖锐犀利的文风以及行文的语气。这部著作出版后，我盼望着有人对译文发表评论，指出其中的错误和不足。二十多年来，该书出版了三个版本，印行了五次，其中有些章节多次重印、转载。中国人民大学一位老师在他主编的选本里，就一处译文在脚注里提出建议。我非常感谢这位老师，他能如此认真细致地读这部著作，我已经在这第二个版本里采纳了他的建议。这次华夏出版注疏本，我又从头到尾对照原文核对了一遍，除对译文做了一些修改之外，还弥补了几处疏漏。

　　关于这本书的翻译和出版，我要感谢一些同志的帮助和关怀。除了前面提到的王焕生、陈洪文之外，我还要感谢原《世界文学》编辑部办公室主任，诗人邹荻帆先生。1978 年中国社会科学院外国文学研究所准备复刊《世界文学》杂志，刊物停办了十来年，与原来的译者大都失掉了联系，对社会需求也不清楚，需要尝试出几期试刊。有一天我在走廊里遇见邹荻帆先生，他正在张罗《世界文学》的复刊，便拉住我说：把你翻译的《汉堡剧评》选几个章节，在咱们的"试刊"上用。所里的同志都知道，我在"文革"期间翻译了这本书。但那是初稿，尚未来得及整理，由于多年未工作，我自己对译文也没有把握。荻帆先生见我犹豫，便鼓励我说："不急不急，时间还多着呢，你慢慢整理，两万字就可以了"，还说了许多勉励的话。事后我整理了几篇《汉堡剧评》中关于现实主义的论述，交给荻帆先生，在 1978 年底《世界文学》的试刊号上登载出来。荻帆先生给我这个机会，对我是个很大的鼓舞，让我中断了十来年工作之后，又逐渐找回了信心。

　　译文发表后陆续听到一些鼓励的反应，尤其是在 1980 年举办的"文革"后第一届外国文学年会上，南京大学赵瑞蕻教授当面讲了许多热情勉励的话，让我信心倍增。他说："我读了你的译文，挺通顺，你的前言写得也好，《汉堡剧评》太值得翻译了。"50 年代我在德国莱比锡读书的时候，他正在那里教授汉语和文学，我常去他那里叨扰，我们成了忘年交。回国之后，多年未曾谋面。60 年代初期，他曾经关注过我翻译的《高加索灰阑记》，现在又对我翻译《汉堡剧评》给以鼓励，我十分感谢这位忘年交朋友。从老一辈学者那里得到鼓励，对于刚刚步入学术大门的年轻人来说，其作用往往是不可估量的，它能帮助年轻人树立信心，坚定信念，在学术上取得进步。

第一届外国文学年会结束以后，从广州回到北京不久，当时的上海译文出版社社长包文棣先生突然来到我家。包文棣先生屈尊下访，令我一时手足无措，不知该怎样招待他。包文棣先生在我心目中是文化界的大人物，他的译著若说"等身"那是夸张，可他的翻译成就不论数量，还是质量都是令人敬佩的，他是翻译车尔尼雪夫斯基的大家，他翻译的车氏《莱辛评传》在国内知识界很有影响，许多人对莱辛的了解，就是从这本书开始的。包文棣先生性格内向，一口吴越普通话，说起来温文尔雅。他举止谦和，待人平等，没有名人架子，看样子也不善辞令，不会客套，坐下来便单刀直入，与我谈《汉堡剧评》的出版问题。这本书的个别章节虽然在《世界文学》试刊号上登载过，可谈到出版，我还是有点诚惶诚恐。除心理上对自己的译文没有把握之外，最直接的原因是书稿尚未经过整理，我当初用的稿纸上有不少还保留着当年大字报底稿的字迹，稿纸也不统一，有红格的、蓝格的、绿格的，有薄纸的、厚纸的，有三百字的、五百字的等等。芜芜杂杂地摞在一起足有一尺高。包文棣先生以他惯常的谦和体贴的声调鼓励我：不必着急，这么大工程，一个人整理花时间太多，让你爱人帮帮忙，整理完寄给我。说是"不必着急"，从他的口气，听得出来，他希望越快越好。这是可以理解的，一方面，当时出版界正在百废待兴，希望早出书、多出书、出好书，解决延续了多年的书荒；另一方面，他翻译过《莱辛评传》，知道《汉堡剧评》在欧洲文化史上的地位和价值。像这样的著作，他当然愿意早些奉献给读者。况且他显然是读过我发表过的译文，心里是有数的。谈完出书问题，他悠闲地环视我家的居住条件。包文棣先生高度近视，视物有些不方便，难为他亲自登门，大概费了不少周折才找到我家，真让我受宠若惊。他见我家一间十五平方米的卧室，除了一张大床、一张小床、一个衣柜，四壁光光，西窗下放着一张小二屉桌。他似乎觉得有点不可理解，怎么这样简陋。他疑惑地问我：你们晚上怎样工作。我告诉他：我和爱人挤着用一张桌子，我坐正面，她打横，孩子在凳子上写作业。他轻轻地拍了拍眼前又窄又短的小二屉桌，口里喃喃地说："在二尺半的桌子上，也可以出大作品。"他没有再多说什么，一切都流露在他的眼神里……《汉堡剧评》能够有出版的机会，最终要感谢包文棣先生这位伯乐，是他给了我"见公婆"的勇气。

　　他走后，我开始整理译稿。遵照他的建议，我一边整理，我爱人一边帮助誊写。她在誊写过程中，发现有不顺的句子，别扭的表达方式，我们一起讨论修改，尽量使译文既符合原意，又适合中文的特点。我爱人虽然是搞理工的，但她从中学时就喜欢读文学书籍。这次整理译稿，她不仅承担了三十多万字的誊写，在文字润色方面也出了许多好主意。自那以后，凡是我翻译作品或者写了文章，大都征求她的意见，她既是我的第一位读者，又是我的文字把关人。至今我们还保持着这个习惯，我写了东西她看，她写了东西我看。《汉堡剧评》整理完后，适逢她去上海出差，亲自把译稿送到译文出版社，在那里受到韩世钟、钱鸿嘉、江建中等同行的热情接待。1981 年《汉堡剧评》出版以后，我的同行韩世钟同志又给了我许多鼓励，尤其是他说："你为中国社会主义文化建设又积累了一笔财富！"这话令我终生难忘。后来，有一次我在人民大会堂偶然遇见赵瑞蕻教授，他正准备去德国参加莱比锡大学东方系的庆祝活动。我们一见面他就对我翻译《汉堡剧评》说了许多鼓励的话，他根据自己多年的翻译和教学活动，总结了一条经验，他说："一个外国文学工作者，一生能留下一本有长远价值的东西，这成绩就很可观了。"老韩和赵教授的话，一直以来我不仅把它们视为对我的鼓励，实际上它们大大提升了我的精神境界，提升了我对翻译工作的认识和责任感。至今我对他们的鼓励依旧心怀感激，他们既是我的知音、益友，也是我的良师。做学问的人能遇见这样的益友良师，是幸福的，幸运的。

　　借华夏出版社扩版重印《汉堡剧评》之机，我向为翻译出版这本书，给予我帮助和鼓励的师友表示衷心感谢，其中包括我的老师汉斯·马耶尔教授，各版本的责任编辑钱鸿嘉、裴胜利、孙颖、陈希米同志！尤其要感谢刘小枫教授，他作为注疏本的主编，为我收集了过去翻译中未曾注意的资料，大大丰富了这个译本。

2009 年 1 月 24 日（鼠年除夕）

2016 年 4 月 30 日重识

图书在版编目（CIP）数据

汉堡剧评 / （德）戈特霍尔德·埃夫莱姆·莱辛著；张黎译.
--2版--北京：华夏出版社有限公司，2021.10
（西方传统：经典与解释）
ISBN 978-7-5222-0146-7

Ⅰ.①汉⋯ Ⅱ.①戈⋯ ②张⋯ Ⅲ.①戏剧文学评论－德国
Ⅳ.①I516.073

中国版本图书馆 CIP 数据核字(2021)第 135546 号

汉堡剧评

著　　者	［德］戈特霍尔德·埃夫莱姆·莱辛	
译　　者	张　黎	
责任编辑	刘雨潇	
责任印制	刘　洋	
出版发行	华夏出版社有限公司	
经　　销	新华书店	
印　　装	北京汇林印务有限公司	
版　　次	2021 年 10 月北京第 2 版	
	2021 年 10 月北京第 1 次印刷	
开　　本	880×1230　1/32	
印　　张	18.375	
字　　数	550 千字	
定　　价	128.00 元	

华夏出版社有限公司　地址:北京市东直门外香河园北里 4 号　邮编:100028
网址:www.hxph.com.cn　　电话:(010)64663331(转)
若发现本版图书有印装质量问题，请与我社营销中心联系调换。

西方传统：经典与解释
Classici et Commentarii
HERMES
刘小枫◎主编

古今丛编

欧洲中世纪诗学选译　宋旭红 编译

克尔凯郭尔　[美]江思图 著

货币哲学　[德]西美尔 著

孟德斯鸠的自由主义哲学　[美]潘戈 著

莫尔及其乌托邦　[德]考茨基 著

试论古今革命　[法]夏多布里昂 著

但丁：皈依的诗学　[美]弗里切罗 著

在西方的目光下　[英]康拉德 著

大学与博雅教育　董成龙 编

探究哲学与信仰　[美]郝岚 著

民主的本性　[法]马南 著

梅尔维尔的政治哲学　李小均 编/译

席勒美学的哲学背景　[美]维塞尔 著

果戈里与鬼　[俄]梅列日科夫斯基 著

自传性反思　[美]沃格林 著

黑格尔与普世秩序　[美]希克斯 等著

新的方式与制度　[美]曼斯菲尔德 著

科耶夫的新拉丁帝国　[法]科耶夫 等著

《利维坦》附录　[英]霍布斯 著

或此或彼（上、下）　[丹麦]基尔克果 著

海德格尔式的现代神学　刘小枫 选编

双重束缚　[法]基拉尔 著

古今之争中的核心问题　[德]迈尔 著

论永恒的智慧　[德]苏索 著

宗教经验种种　[美]詹姆斯 著

尼采反卢梭　[美]凯斯·安塞尔-皮尔逊 著

舍勒思想评述　[美]弗林斯 著

诗与哲学之争　[美]罗森 著

神圣与世俗　[罗]伊利亚德 著

但丁的圣约书　[美]霍金斯 著

古典学丛编

赫西俄德的宇宙　[美]珍妮·施特劳斯·克莱 著

论王政　[古罗马]金嘴狄翁 著

论希罗多德　[古罗马]卢里叶 著

探究希腊人的灵魂　[美]戴维斯 著

尤利安文选　马勇 编/译

论月面　[古罗马]普鲁塔克 著

雅典谐剧与逻各斯　[美]奥里根 著

菜园哲人伊壁鸠鲁　罗晓颖 选编

《劳作与时日》笺释　吴雅凌 撰

希腊古风时期的真理大师　[法]德蒂安 著

古罗马的教育　[英]葛怀恩 著

古典学与现代性　刘小枫 编

表演文化与雅典民主政制
[英]戈尔德希尔、奥斯本 编

西方古典文献学发凡　刘小枫 编

古典语文学常谈　[德]克拉夫特 著

古希腊文学常谈　[英]多佛 等著

撒路斯特与政治史学　刘小枫 编

希罗多德的王霸之辨　吴小锋 编/译

第二代智术师　[英]安德森 著

英雄诗系笺释　[古希腊]荷马 著

统治的热望　[美]福特 著

论埃及神学与哲学　[古希腊]普鲁塔克 著

凯撒的剑与笔　李世祥 编/译

伊壁鸠鲁主义的政治哲学
[意]詹姆斯·尼古拉斯 著

修昔底德笔下的人性　[美]欧文 著

修昔底德笔下的演说　[美]斯塔特 著

古希腊政治理论　[美]格雷纳 著

神谱笺释　吴雅凌 撰

赫西俄德：神话之艺
[法]居代·德拉孔波 编

赫拉克勒斯之盾笺释　罗逍然 译笺

《埃涅阿斯纪》章义　王承教 选编

维吉尔的帝国　[美]阿德勒 著

塔西佗的政治史学　曾维术 编

古希腊诗歌丛编

古希腊早期诉歌诗人 [英]鲍勒 著

诗歌与城邦 [美]费拉格、纳吉 主编

阿尔戈英雄纪（上、下）
[古希腊]阿波罗尼俄斯 著

俄耳甫斯教祷歌 吴雅凌 编译

俄耳甫斯教辑语 吴雅凌 编译

古希腊肃剧注疏集

希腊肃剧与政治哲学 [美]阿伦斯多夫 著

古希腊礼法研究

宙斯的正义 [英]劳埃德-琼斯 著

希腊人的正义观 [英]哈夫洛克 著

廊下派集

剑桥廊下派指南 [加]英伍德 编

廊下派的苏格拉底 程志敏 徐健 选编

廊下派的神和宇宙 [墨]里卡多·萨勒斯 编

廊下派的城邦观 [英]斯科菲尔德 著

希伯莱圣经历代注疏

希腊化世界中的犹太人 [英]威廉逊 著

第一亚当和第二亚当 [德]朋霍费尔 著

新约历代经解

属灵的寓意 [古罗马]俄里根 著

基督教与古典传统

保罗与马克安 [德]文森 著

加尔文与现代政治的基础 [美]汉考克 著

无执之道 [德]文森 著

恐惧与战栗 [丹麦]基尔克果 著

托尔斯泰与陀思妥耶夫斯基
[俄]梅列日科夫斯基 著

论宗教大法官的传说 [俄]罗赞诺夫 著

海德格尔与有限性思想（重订版）
刘小枫 选编

上帝国的信息 [德]拉加茨 著

基督教理论与现代 [德]特洛尔奇 著

亚历山大的克雷芒 [意]塞尔瓦托·利拉 著

中世纪的心灵之旅 [意]圣·波纳文图拉 著

德意志古典传统丛编

《浮士德》发微 谷裕 选编

尼伯龙人 [德]黑贝尔 著

论荷尔德林 [德]沃尔夫冈·宾德尔 著

彭忒西勒亚 [德]克莱斯特 著

穆佐书简 [奥]里尔克 著

纪念苏格拉底——哈曼文选 刘新利 选编

夜颂中的革命和宗教 [德]诺瓦利斯 著

大革命与诗化小说 [德]诺瓦利斯 著

黑格尔的观念论 [美]皮平 著

浪漫派风格——施勒格尔批评文集 [德]施勒格尔 著

美国宪政与古典传统

美国1787年宪法讲疏 [美]阿纳斯塔普罗 著

启蒙研究丛编

论古今学问 [英]坦普尔 著

历史主义与民族精神 冯庆 编

浪漫的律令 [美]拜泽尔 著

现实与理性 [法]科维纲 著

论古人的智慧 [英]培根 著

托兰德与激进启蒙 刘小枫 编

图书馆里的古今之战 [英]斯威夫特 著

政治史学丛编

克服历史主义 [德]特洛尔奇 等著

胡克与英国保守主义 姚啸宇 编

古希腊传记的嬗变 [意]莫米利亚诺 著

伊丽莎白时代的世界图景 [英]蒂利亚德 著

西方古代的天下观 刘小枫 编

从普遍历史到历史主义 刘小枫 编

自然科学史与玫瑰 [法]雷比瑟 著

地缘政治学丛编

施米特的国际政治思想 [英]欧迪瑟乌斯/佩蒂托 编

克劳塞维茨之谜 [英]赫伯格-罗特 著

太平洋地缘政治学 [德]卡尔·豪斯霍弗 著

荷马注疏集

不为人知的奥德修斯 [美]诺特维克 著

模仿荷马 [美]丹尼斯·麦克唐纳 著

品达注疏集
    幽暗的诱惑 [美]汉密尔顿 著

欧里庇得斯集
    自由与僭越 罗峰 编译

阿里斯托芬集
    《阿卡奈人》笺释 [古希腊]阿里斯托芬 著

色诺芬注疏集
    居鲁士的教育 [古希腊]色诺芬 著
    色诺芬的《会饮》 [古希腊]色诺芬 著

柏拉图注疏集
    挑战戈尔戈 李致远 选编
    论柏拉图《高尔吉亚》的统一性 [美]斯托弗 著
    立法与德性——柏拉图《法义》发微 林志猛 编
    柏拉图的灵魂学 [加]罗宾逊 著
    柏拉图书简 彭磊 译注
    克力同章句 程志敏 郑兴凤 撰
    哲学的奥德赛——《王制》引论 [美]郝兰 著
    爱欲与启蒙的迷醉 [美]贝尔格 著
    为哲学的写作技艺一辩 [美]伯格 著
    柏拉图式的迷宫——《斐多》义疏 [美]伯格 著
    苏格拉底与希琶阿斯 王江涛 编译
    理想国 [古希腊]柏拉图 著
    谁来教育老师 刘小枫 编
    立法者的神学 林志猛 编
    柏拉图对话中的神 [法]薇依 著
    厄庇诺米斯 [古希腊]柏拉图 著
    智慧与幸福 程志敏 选编
    论柏拉图对话 [德]施莱尔马赫 著
    柏拉图《美诺》疏证 [美]克莱因 著
    政治哲学的悖论 [美]郝岚 著
    神话诗人柏拉图 张文涛 选编
    阿尔喀比亚德 [古希腊]柏拉图 著
    叙拉古的雅典异乡人 彭磊 选编
    阿威罗伊论《王制》 [阿拉伯]阿威罗伊 著
    《王制》要义 刘小枫 选编

    柏拉图的《会饮》 [古希腊]柏拉图 等著
    苏格拉底的申辩（修订版） [古希腊]柏拉图 著
    苏格拉底与政治共同体 [美]尼柯尔斯 著
    政制与美德——柏拉图《法义》疏解 [美]潘戈 著
    《法义》导读 [法]卡斯代尔·布舒奇 著
    论真理的本质 [德]海德格尔 著
    哲人的无知 [德]费勃 著
    米诺斯 [古希腊]柏拉图 著
    情敌 [古希腊]柏拉图 著

亚里士多德注疏集
    《诗术》译笺与通绎 陈明珠 撰
    亚里士多德《政治学》中的教诲 [美]潘戈 著
    品格的技艺 [美]加佛 著
    亚里士多德哲学的基本概念 [德]海德格尔 著
    《政治学》疏证 [意]托马斯·阿奎那 著
    尼各马可伦理学义疏 [美]伯格 著
    哲学之诗 [美]戴维斯 著
    对亚里士多德的现象学解释 [德]海德格尔 著
    城邦与自然——亚里士多德与现代性 刘小枫 编
    论诗术中篇义疏 [阿拉伯]阿威罗伊 著
    哲学的政治 [美]戴维斯 著

普鲁塔克集
    普鲁塔克的《对比列传》 [英]达夫 著
    普鲁塔克的实践伦理学 [比利时]胡芙 著

阿尔法拉比集
    政治制度与政治箴言 阿尔法拉比 著

马基雅维利集
    君主及其战争技艺 娄林 选编

莎士比亚绎读
    莎士比亚的政治智慧 [美]伯恩斯 著
    脱节的时代 [匈]阿格尼斯·赫勒 著
    莎士比亚的历史剧 [英]蒂利亚德 著
    莎士比亚戏剧与政治哲学 彭磊 选编
    莎士比亚的政治盛典 [美]阿鲁里斯/苏利文 编
    丹麦王子与马基雅维利 罗峰 选编

洛克集

　　上帝、洛克与平等　[美]沃尔德伦 著

卢梭集

　　论哲学生活的幸福　[德]迈尔 著

　　致博蒙书　[法]卢梭 著

　　政治制度论　[法]卢梭 著

　　哲学的自传　[美]戴维斯 著

　　文学与道德杂篇　[法]卢梭 著

　　设计论证　[美]吉尔丁 著

　　卢梭的自然状态　[美]普拉特纳 等著

　　卢梭的榜样人生　[美]凯利 著

莱辛注疏集

　　汉堡剧评　[德]莱辛 著

　　关于悲剧的通信　[德]莱辛 著

　　《智者纳坦》（研究版）　[德]莱辛 等著

　　启蒙运动的内在问题　[美]维塞尔 著

　　莱辛剧作七种　[德]莱辛 著

　　历史与启示——莱辛神学文选　[德]莱辛 著

　　论人类的教育　[德]莱辛 著

尼采注疏集

　　何为尼采的扎拉图斯特拉　[德]迈尔 著

　　尼采引论　[德]施特格迈尔 著

　　尼采与基督教　刘小枫 编

　　尼采眼中的苏格拉底　[美]丹豪瑟 著

　　动物与超人之间的绳索　[德]A.彼珀 著

施特劳斯集

　　苏格拉底与阿里斯托芬

　　论僭政（重订本）　[美]施特劳斯 [法]科耶夫 著

　　苏格拉底问题与现代性（增订本）

　　犹太哲人与启蒙（增订本）

　　霍布斯的宗教批判

　　斯宾诺莎的宗教批判

　　门德尔松与莱辛

　　哲学与律法——论迈蒙尼德及其先驱

　　迫害与写作艺术

　　柏拉图式政治哲学研究

　　论柏拉图的《会饮》

　　柏拉图《法义》的论辩与情节

　　什么是政治哲学

　　古典政治理性主义的重生（重订本）

　　回归古典政治哲学——施特劳斯通信集

　　　　　　　＊＊＊

　　论源初遗忘　[美]维克利 著

　　政治哲学与启示宗教的挑战　[德]迈尔 著

　　阅读施特劳斯　[美]斯密什 著

　　施特劳斯与流亡政治学　[美]谢帕德 著

　　隐匿的对话　[德]迈尔 著

　　驯服欲望　[法]科耶夫 等著

施米特集

　　宪法专政　[美]罗斯托 著

　　施米特对自由主义的批判　[美]约翰·麦考米克 著

伯纳德特集

　　古典诗学之路（第二版）　[美]伯格 编

　　弓与琴（重订本）　[美]伯纳德特 著

　　神圣的罪业　[美]伯纳德特 著

布鲁姆集

　　巨人与侏儒（1960-1990）

　　人应该如何生活——柏拉图《王制》释义

　　爱的设计——卢梭与浪漫派

　　爱的戏剧——莎士比亚与自然

　　爱的阶梯——柏拉图的《会饮》

　　伊索克拉底的政治哲学

沃格林集

　　自传体反思录　[美]沃格林 著

朗佩特集

　　哲学与哲学之诗

　　尼采与现时代

　　尼采的使命

　　哲学如何成为苏格拉底式的

　　施特劳斯的持久重要性

大学素质教育读本
　古典诗文绎读 西学卷·古代编（上、下）
　古典诗文绎读 西学卷·现代编（上、下）

柏拉图读本（刘小枫 主编）
　吕西斯　贺方婴 译
　苏格拉底的申辩　程志敏 译
　普罗塔戈拉　刘小枫 译

阿里斯托芬全集
　财神　黄薇薇 译

中国传统: 经典与解释
Classici et Commentarii
经典与解释
刘小枫　陈少明◎主编

知圣篇 / 廖平 著
《孔丛子》训读及研究 / 雷欣翰 撰
论语说义 / [清]宋翔凤 撰
周易古经注解考辨 / 李炳海 著
图象几表 / [明]方以智 编
浮山文集 / [明]方以智 著
药地炮庄 / [明]方以智 著
药地炮庄笺释·总论篇 / [明]方以智 著
青原志略 / [明]方以智 编
冬灰录 / [明]方以智 著
冬炼三时传旧火 / 邢益海 编
《毛诗》郑王比义发微 / 史应勇 著
宋人经筵诗讲义四种 / [宋]张纲 等撰
道德真经取善集 / [金]李霖 编撰
道德真经藏室纂微篇 / [宋]陈景元 撰
道德真经四子古道集解 / [金]寇才质 撰
皇清经解提要 / [清]沈豫 撰
经学通论 / [清]皮锡瑞 著
松阳讲义 / [清]陆陇其 著
起凤书院答问 / [清]姚永朴 撰

周礼疑义辨证 / 陈衍 撰
《铎书》校注 / 孙尚扬 肖清和 等校注
韩愈志 / 钱基博 著
论语辑释 / 陈大齐 著
《庄子·天下篇》注疏四种 / 张丰乾 编
荀子的辩说 / 陈文洁 著
古学经子 / 王锦民 著
经学以自治 / 刘少虎 著
从公羊学论《春秋》的性质 / 阮芝生 撰

刘小枫集
　共和与经纶 [增订本]
　城邦人的自由向往
　民主与政治德性
　昭告幽微
　以美为鉴
　古典学与古今之争 [增订本]
　这一代人的怕和爱 [第三版]
　沉重的肉身 [珍藏版]
　圣灵降临的叙事 [增订本]
　罪与欠
　儒教与民族国家
　拣尽寒枝
　施特劳斯的路标
　重启古典诗学
　设计共和
　现代人及其敌人
　海德格尔与中国
　现代性与现代中国
　现代性社会理论绪论
　诗化哲学 [重订本]
　拯救与逍遥 [修订本]
　走向十字架上的真
　西学断章
编修 [博雅读本]
　凯若斯: 古希腊语文读本 [全二册]

古希腊语文学述要
雅努斯：古典拉丁语文读本
古典拉丁语文学述要
危微精一：政治法学原理九讲
琴瑟友之：钢琴与古典乐色十讲

译著

柏拉图四书

经典与解释辑刊

1 柏拉图的哲学戏剧
2 经典与解释的张力
3 康德与启蒙
4 荷尔德林的新神话
5 古典传统与自由教育
6 卢梭的苏格拉底主义
7 赫尔墨斯的计谋
8 苏格拉底问题
9 美德可教吗
10 马基雅维利的喜剧
11 回想托克维尔
12 阅读的德性
13 色诺芬的品味
14 政治哲学中的摩西
15 诗学解诂
16 柏拉图的真伪
17 修昔底德的春秋笔法
18 血气与政治
19 索福克勒斯与雅典启蒙
20 犹太教中的柏拉图门徒
21 莎士比亚笔下的王者
22 政治哲学中的莎士比亚
23 政治生活的限度与满足
24 雅典民主的谐剧
25 维柯与古今之争
26 霍布斯的修辞
27 埃斯库罗斯的神义论
28 施莱尔马赫的柏拉图
29 奥林匹亚的荣耀
30 笛卡尔的精灵
31 柏拉图与天人政治
32 海德格尔的政治时刻
33 荷马笔下的伦理
34 格劳秀斯与国际正义
35 西塞罗的苏格拉底
36 基尔克果的苏格拉底
37 《理想国》的内与外
38 诗艺与政治
39 律法与政治哲学
40 古今之间的但丁
41 拉伯雷与赫尔墨斯秘学
42 柏拉图与古典乐教
43 孟德斯鸠论政制衰败
44 博丹论主权
45 道伯与比较古典学
46 伊索寓言中的伦理
47 斯威夫特与启蒙
48 赫西俄德的世界
49 洛克的自然法辩难
50 斯宾格勒与西方的没落
51 地缘政治学的历史片段
52 施米特论战争与政治
53 普鲁塔克与罗马政治
54 罗马的建国叙述
55 亚历山大与西方的大一统
56 马西利乌斯的帝国
57 全球化在东亚的开端
58 弥尔顿与现代政治
59 拉采尔与政治地理学